D1655587

Zwei Studenten finden beim Geocaching inmitten des Waldes am Fuße des Schauinslandes eine grausam entstellte Leiche. Kriminalhauptkommissar Thomas Bierman und seine Kollegin Sarah Hansen werden mit den Nachforschungen beauftragt. Schnell wird dem Ermittlerduo und den hinzugezogenen Kollegen klar, dass sie es mit einem ganz außergewöhnlichen Verbrechen zu tun haben. Der Täter hat alles daran gesetzt, eine Identifizierung des Opfers zu erschweren, und so ist es denn auch nur einem Zufall und der tatkräftigen Unterstützung des Rechtsmediziners Dr. Schwarz zu verdanken, dass einige vage Anhaltspunkte gefunden werden.

Bei mühsamen Recherchen und mit zum Teil mutigen Spekulationen verfolgen die Ermittler Spuren die nach Japan, Großbritannien und in den Nahen Osten führen. Dabei kommen Sie den Tätern immer näher und geraten tiefer in den Sog der Ereignisse.

Derweil verfolgen Thomas' und Sarahs Gegenspieler weiter einen teuflischen Plan, und als die beiden Polizisten beginnen zu erahnen, welche dunklen Machenschaften sich in ihrer beschaulichen Heimatstadt Freiburg abspielen, ist es fast schon zu spät, um einen terroristischen Anschlag gigantischen Ausmaßes zu verhindern.

Andre Rober, geboren 1970 in Freiburg im Breisgau, studierte Volkswirtschaftslehre und arbeitete nach dem Abschluss mehrere Jahre für Banken im In- und Ausland. Mit der Absicht, sich beruflich zu verändern, machte er ein Ausbildung zum Business-Coach und arbeitete parallel an seinem literarischen Erstlingswerk „Sturmernte".

Andre Rober

STURMERNTE

Thriller

Ungekürzte Taschenbuchausgabe
2. überarbeitete Auflage April 2013

Umschlaggestaltung: Nicola Manuela Lieke, Perth, Australien
Umschlagabbildung: Andre Rober
Satz: Büro für angewandte Reklame, Andrea Budig, Freiburg
Gesetzt aus der Palatino
Papier: Munken Print Cream
Druck: schwarz auf weiss, Freiburg
Printed in Germany
ISBN 978-3-00-038702-9

„Denn sie säen Wind und werden Sturm ernten“

(Hosea 8,7)

So fühlt es sich also an! Komischerweise war genau das ihr erster Gedanke. Es gab keinen Moment der Verwunderung, keinen Moment des Begreifens, was eigentlich gerade geschehen war. Sie wusste es in dem Augenblick, als es passierte und so war die Frage, die sie sich schon des Öfteren gestellt hatte, mit einem Mal beantwortet. So fühlt es sich also an. Mit geschlossen Augen, ohne Angst oder gar Schmerz wahrzunehmen, horchte sie voller Neugier auf die Flut von Signalen, die ihr Körper in diesen Sekunden aussandte. Alles andere war auf einen Schlag unwichtig. Was sie hierher geführt hatte, was sie hier wollte, alles war wie ausgeblendet. Sie war urplötzlich ganz nah bei sich und gab sich den unterschiedlichen Gefühlen hin, wollte jedes einzelne davon genau erspüren.

Drei Wochen zuvor

Sarah Hansen stand in ihrem Büro und sah abschätzig mit leicht angehobenen Augenbrauen auf den Schreibtisch gegenüber. Vor wenigen Augenblicken war die 31-jährige Kriminalkommissarin ins Zimmer getreten. Ihr Kollege Thomas Bierman war noch nicht da. Das war um kurz vor acht Uhr nichts Außergewöhnliches und schon gar nicht der Grund ihres Anstoßes. Was sie, wie schon so oft, irritierte, war das Chaos auf dem Schreibtisch, der dem ihren gegenüberstand. Der Kontrast, hervorgerufen durch die Tatsache, dass ihr eigener Arbeitsplatz ein Musterbeispiel an funktioneller Aufgeräumtheit darstellte, verschärfte noch den Anblick des schier undurchdringlichen Dickichts aus Papieren, Stiften, Akten, leeren Coladosen, Protein-Riegeln, zwei oder drei McDonald's Verpackungen und diversen anderen Abfällen. Was für eine Sauerei! Wenn sie sich nicht täuschte, lugte unter einem Motorradmagazin – was auch immer dieses auf dem Schreibtisch zu suchen hatte – sogar eine Beweismitteltüte hervor. Diese gehörte nun wirklich, wenn schon nicht in die Asservatenkammer, doch zumindest in eine der abschließbaren Schreibtischschubladen! Obwohl die attraktive junge Frau alleine im Raum war, verzog sie, wie für ein unsichtbares Publikum, ihr Gesicht zu einer missbilligenden Grimasse und sog hörbar die Luft durch die Nase. Dann schüttelte sie resignierend den Kopf, strich sich eine Haarsträhne aus dem Gesicht und trat ein paar Schritte in Richtung Garderobe, um ihr leichtes Jackett auf einen Bügel zu hängen. Es war Anfang Mai und schon relativ warm. Am frühen Morgen hatte sie das Jackett zwar noch gebraucht, aber der Tag versprach zu einem echten Frühsommertag zu werden. Der Wetterdienst hatte stolze 24 ° C angesagt und beim Blick aus dem Fenster konnte Sarah lediglich ein einziges kleines Wölkchen am Himmel erkennen. Sie trat vor die Garderobe und runzelte erneut die Stirn: die immerhin sieben Kleiderbügel waren allesamt belegt. Kein einziger von einem Kleidungsstück, das ihr gehörte. Wie schaffte Thomas es, immer wieder das Büro abends mit weniger Kleidungsstücken zu verlassen, als er es am Morgen betreten hatte? Egal! Der Zustand der Garderobe war in ihren Augen die konsequente Fortführung des Chaos' auf dem Schreibtisch, nur mit dem Unterschied, dass jenes Chaos diesmal in einen Bereich übergriff, der auch von ihr genutzt wurde. Sie nahm sich vor, Thomas wieder einmal auf diesen Missstand hinzuweisen und befasste sich sogar mit dem Gedanken, ihm anzubieten, den Haufen von Kleidungsstücken, mit dem die Garderobe zugedeckt war, und diverse Gegenstände, die seinen Schreibtisch verunstalteten, mit dem Auto nach Hause zu bringen. Mit seinem Motorrad würde er schätzungsweise fünf Mal hin- und herfahren müssen, um den Berg an Klamotten und anderen Utensilien effektiv abtragen zu können. Was sie nicht begreifen konnte war die Tatsache, dass ein Mensch, den man guten Gewissens als einen echten Chaoten bezeichnen konnte, derart brillant und strukturiert Fakten zusammentragen und die entsprechenden Rückschlüsse daraus ziehen konnte. Hätte sie Thomas privat kennengelernt, wäre „Ermittler bei der Mordkommission" der letzte Beruf gewesen, den gewissenhaft auszuführen sie ihm zugetraut hätte. In ihm hätte sie, gut gebaut und durchtrainiert wie er war, eher einen Animateur gesehen, vielleicht einen Profisportler in einer ausgefallenen Disziplin, Kiten oder Sky-Surfen. Bassgitarrist in einer Rockband würde ihm auch gut stehen, oder besser noch: ein Video- oder Performancekünstler. Nicht in der extrovertierten, schrillen Art eines Jonathan Mese, sondern ein gehöriges Maß stiller und subtiler. Aber Polizist? Niemals wäre ihr dieser Gedanke kommen, allein wegen der fast schulterlangen, schwarzgelockten Haare und der Tattoos, die, abhängig von seiner Kleidung, manchmal am Hals oder den Unterarmen zu sehen waren! Die mittlerweile fast drei Jahre, die sie nun mit ihm als Partner zusammenarbeitete, hatten sie eines Besseren belehrt. Seine fachlichen Qualitäten als Kollege waren der eine Grund dafür, dass sie über die Auswüchse seines chaotischen Verhaltens meist lächelnd hinwegsehen konnte. Der zweite Grund war, dass sie ihn einfach sehr gern hatte. Auch wenn er ihr durch seine abgeklärte und distanzierte Art bisher wenig Möglichkeiten geboten hatte, ihn näher kennenzulernen, übte er eine für sie schwer zu definierende Anziehung auf sie aus. Sein Gesicht war zwar markant, aber weit davon entfernt, als attraktiv bezeichnet werden zu können. Es wurde von einer ziemlich großen Nase dominiert, die eindeutig irgendwann einmal übel zugerichtet worden war. Man hatte seinerzeit offensichtlich keine allzu großen Anstrengungen unternommen, die Deformationen wieder geradezubiegen. Auch eine sehr gut sichtbare Narbe am Kinn sowie die Tatsache, dass eine schlimme Akne im Jugendalter nicht richtig behandelt wurde, trugen wenig dazu bei, seine äußere Erscheinung besonders positiv erscheinen zu lassen. Aber vielleicht genau wegen der Kombination aus Verschlossenheit und der offensichtlichen unerfreulichen Erfahrungen, die er in seinem Leben schon gemacht haben musste, unterschied ihn von dem, was man gemeinhin als die Norm bezeichnete. Auf alle Fälle war er ein ganz klein wenig geheimnisvoll, wobei trotz seines zum Teil fast abweisenden Verhaltens seine dunklen Augen immer eine tiefe Wärme ausstrahlten. Immerhin: vor einigen Wochen war sie zum ersten Mal auch privat mit ihm zusammen gewesen. Es hatte Differenzen mit den Kollegen gegeben, wie in einem konkreten Fall weiter vorzugehen sei, und die gereizte Stimmung hatte dafür gesorgt, dass sie beide abwinkten, als, es war spät am Abend, in die Runde gefragt wurde, wer denn noch auf ein Bier mitgehen wollte. Als alle gegangen waren, hatten sich irgendwie ihre Augen getroffen und es war ihnen beiden sofort klar geworden, dass es auch sie noch nicht nach Hause zog.

Und, wo sollen wir hingehen?, war das Einzige, das Thomas im Büro gefragt hatte.

Das „Cheers" hat noch auf, war ihre kurze Antwort gewesen, und so saßen sie kurz darauf in der beliebten Studentenkneipe am Altstadtrand und sprachen zum ersten Mal nicht ausschließlich über berufliche Angelegenheiten. Wirklich private Dinge hatten sie nicht angeschnitten, aber sie wusste nun immerhin, dass er ein Fan von Quentin Tarantino war, überhaupt sehr gerne ins Kino ging, dass er gerne Krimis im Stile von Simon Beckett, Stieg Larsson und Henning Mankell las, aber sonst keinen übermäßigen Bezug zur Kunst in Form von klassischer Musik oder Malerei hatte. Die Beach Boys und die amerikanischen Gruppen aus dieser Zeit mochte er sehr und überhaupt schien der „California way of life" die richtige Daseinsform für ihn zu sein. In diesem Zusammenhang hatte er auch seiner Begeisterung für den Sport Ausdruck gegeben, der für ihn fast schon ein Credo war. Irgendwie hatte sie seine scheinbare Oberflächlichkeit, die im krassen Gegensatz zu ihrer bisherigen Wahrnehmung stand, zwar überrascht, aber keineswegs gestört, zumal sie vermutete, dass es noch viel, viel mehr bei ihm zu entdecken gab.

Das Klingeln des Telefons riss Sarah aus ihren Gedanken. Thomas' Apparat. Sie lokalisierte den Platz, wo das Telefon ungefähr stehen musste und griff beherzt unter den zur Seite gerutschten Stapel Schnellhefter und Akten.

Hansen, Apparat Bierman, guten Morgen!, sie fischte nach einem Zettel und einem Stift.

Hier Gröber, dröhnte die Stimme des Ressortleiters aus der Muschel. Kein Guten Morgen oder Ähnliches.

Schön, dass ich wenigstens Sie im Büro erreiche.

Ein überflüssiger Seitenhieb, denn er wusste genau, dass Sarah meist vor der Zeit an ihrem Arbeitsplatz anzutreffen war. Dass er auf Thomas' Apparat anrief, obwohl er sich sicher sein konnte, dass dieser um drei Minuten nach acht den Anruf nicht entgegen nehmen würde, war ebenso Bestandteil seiner alltäglichen Gängeleien.

Leichenfund. Offenbar Gewaltverbrechen. Mehr weiß ich nicht. Sehen Sie zu, dass Sie schnell hinkommen, es ist nur eine Streife da, um den Tatort abzusichern. Sagen Sie Schwarz und der Spurensicherung Bescheid. Ich selbst bin derzeit unabkömmlich.

Der harsche Ton, das Fehlen jeglicher Begrüßung, der Hinweis auf seine Unabkömmlichkeit, alles Ausdruck seines fast krankhaften Zwanges, einem jedem bei jeder Gelegenheit zu sagen: „Ich bin der Chef!"

Auch die Tatsache, dass entgegen sonst üblicher Vorgehensweisen immer er es war, der von der Telefonzentrale zuerst informiert werden musste, passte in das Gesamtbild. Sarah lächelte, während sie die genauen Daten des Fundortes notierte.

Ja, Herr Dr. Gröber, ich kümmere mich darum und bin auch gleich unterwegs!

Einen Doktortitel hatte Henning Gröber nicht. Aber irgendwann hatte einmal ein Kollege angefangen, ihn aus Stichelei Herr Dr. Gröber zu nennen. Man munkelte, dass Gröber mit seiner Dissertation kläglich gescheitert war, und er den Posten des Ressortleiters nur seiner Frau und deren guten Beziehungen zur lokalen Politprominenz zu verdanken hatte. Schließlich musste man dem Mann der damals jüngsten Juraprofessorin einen Arbeitsplatz verschaffen, wollte man die hochgehandelte Koryphäe dazu bringen, dem Ruf an die hiesige Fakultät zu folgen. War bisher die Staatsanwaltschaft im direkten Kontakt mit den Leitern der Kommissionen, wurde kurzerhand die Stelle des sogenannten Ressortleiters geschaffen, die dann mit Gröber besetzt wurde. Als Jurist war er den Gerüchten zufolge eine ebenso große Niete wie als Vorgesetzter und als Ermittler. Gegen die Anrede Herr Dr. Gröber hatte er sich nie gewehrt und so hatte sie sich mit der Zeit durchgesetzt.

Ich sage auch Bierman Bescheid, er ist kurz aus dem Büro, um...

Bemühen Sie sich nicht, unterbrach Gröber, ich habe ihn bereits zu Hause erreicht. Er ist unterwegs. Also unterlassen Sie in Zukunft Ihre geradezu lächerlichen Versuche, Ihren Kollegen zu decken, haben Sie das verstanden?

Ohne Sarahs Antwort abzuwarten hatte er aufgelegt. Auch Teil des Katz-und-Maus-Spiels. Sarah lächelte trotz des Anschisses immer noch. Denn so autoritär sich der Choleriker Gröber auch gab, letzten Endes hatte er kein Rückgrat. Sarah wusste, dass die kleine Flunkerei genauso wenig Konsequenzen haben würde, wie Gröbers Androhungen Thomas gegenüber, ihn wegen seiner Undiszipliniertheit und seines ständigen Zuspätkommens zu belangen. Dafür waren dessen Ergebnisse einfach zu gut und schließlich zögerte er auch nicht, notfalls 48 Stunden oder länger im Büro oder bei Ermittlungen zu verweilen. Immerhin war Gröber clever genug, um zu wissen, dass er ohne engagierte Ermittler wie Thomas und Sarah ziemlich schlecht und erfolglos dastehen würde.

Sarah gelang es irgendwie, den Telefonhörer wieder auf seinen Platz zu bekommen. Dabei stieß sie an einen ohnehin recht labil wirkenden Aktenstapel und musste mitansehen, wie dieser in Schieflage geriet und nun ein Ordner nach dem anderen wie in Zeitlupe herunterrutschte und über die Schreibtischkante auf den Boden fiel.

Ach, scheiße!

Ohne sich weiter um die Akten am Boden zu kümmern, setzte sie sich auf ihren Stuhl und zog ihren eigenen Telefonapparat zu sich herüber. Dann suchte sie im Kurzwahlspeicher die Nummer von der Spurensicherung. Nachdem sie die Kollegen instruiert hatte, wählte sie zu guter Letzt die Nummer von Peter Schwarz, dem Leiter der Rechtsmedizin, der bei Verdacht auf ein Tötungsdelikt trotz seiner vielfachen Verpflichtungen diese Fälle immer persönlich übernahm.

Ach, warum die Eile. Wenn die erste Diagnose des anwesenden Streifenpolizisten richtig ist, bin ich mir ziemlich sicher, dass unser Opfer nicht weglaufen wird.

Gerade Peter Schwarz war natürlich bewusst, dass es entscheidend darauf ankommt, Spuren und Beweise an einem Tatort so früh wie möglich zu sichern, vor allem, wenn es sich um einen Ort im Freien handelt. Aber das war eben seine Art auf Sarahs Bitte, er möge sich beeilen, zu reagieren. Sie wusste, dass er alles unternehmen würde, um so schnell wie möglich mit seinen Untersuchungen beginnen zu können.

Sie saß jetzt am Steuer des ML 420, des einzigen Geländewagen im Dienstwagen-Pool der Mordkommission. Naturgemäß war das Fahrzeug vor allem bei ihren männlichen Kollegen sehr beliebt, so sehr, dass bereits kurz nach der Anschaffung einige Auflagen erlassen wurden, was die Nutzung betraf. Nichts desto trotz, der

Fundort der Leiche war offensichtlich inmitten des Waldes und nur über eine Schotterpiste zu erreichen, so dass Sarah sich ausreichend gerechtfertigt sah, das Geländefahrzeug zu reservieren. Zwar würden Schwarz und die Spurensicherung mit normalen Straßenfahrzeugen zum Fundort kommen, und auch die Streife, die bereits vor Ort war, war ja sicher nicht zu Fuß dorthin gelangt, aber egal. Sie fuhr das Auto einfach gerne und genoss die Fahrt in südlicher Richtung.

Die Natur war bereits sattgrün und der Himmel so blau, wie sie ihn nur selten in Europa gesehen hatte. Im Frühjahr und Sommer war es hier in der Region auch bei Sonnenschein meist ein wenig diesig, doch heute Morgen war es so frisch und klar, dass alles gestochen scharf und die Farben fast unnatürlich intensiv waren. Ein herrlicher Tag! In diesem Moment bedauerte es Sarah fast, dass man von nahezu überall in Freiburg innerhalb kürzester Zeit bereits inmitten der Natur sein konnte. Dieser Umstand, den sie sonst so schätzte, bedeutete, dass die Fahrt zu dem gemeldeten Fundort wohl nicht länger als 25 Minuten dauern würde. Zu gerne wäre sie bei diesem Wetter noch länger durch die herrliche Landschaft gefahren. Aber nachdem sie schon Schwarz in Gröbers Namen zur Eile angehalten hatte, widerstand sie dem Verlangen, Richtung Hexental abzubiegen und so durch einen Umweg über das Selzental und über die Dorfgemeinde Horben zu dem von Gröber beschriebenen Fundort zu gelangen. Von Langacker aus, einer kleinen Gemeinde auf einem Sattel zwischen Hexen- und Günterstal, hatte man einen fantastischen Blick über die Täler und die Rheinebene. Bei diesem Wetter konnte man sicherlich den Kaiserstuhl und auch die Vogesen im benachbarten Elsass bestens erkennen.

Warum nur musste sie ausgerechnet heute so unter Zeitdruck sein! Aber wirklich ärgern tat sie sich nicht. Zwar war die Strecke durch das Günterstal kürzer, aber nicht minder schön. Nachdem sie die Ortschaft mit dem alten Stadttor und der malerischen Klosteranlage der Lioba Schwestern, die sich linkerhand unterhalb des dunklen Waldes befand, hinter sich gelassen hatte, fuhr sie weiter Richtung Schauinsland. An dessen Fuß musste sie nun aufpassen, um den kleinen Fahrweg, den ihr Gröber genannt hatte, nicht zu übersehen. Geradeaus ging es weiter zur Talstation der Seilbahn, die wanderwillige oder aussichtsuchende Touristen und Einheimische bis fast zum Gipfel des Freiburger Hausbergs brachte. Aus dieser Richtung wäre sie gekommen, hätte sie sich vorhin zu dem Umweg durchringen können. Vielleicht auf dem Rückweg, dachte sie sich und folgte der Schauinslandstraße, die links Richtung Gipfel führte. Früher, das wusste Sarah, war diese einzigartige Straße Austragungsort von Bergrennen gewesen, und Oldtimerfahrten fanden dort auch heute noch regelmäßig statt. Doch leider lag die Strecke nicht auf dem Weg zu ihrem Ziel: Noch bevor sie an deren unzähligen Kurven und Serpentinen kam, sah sie rechts einen von den für den Südschwarzwald typischen geschotterten Forstwegen, den Gröber ihr beschrieben hatte. Das musste es sein! Sie bog rechts ab und folgte der Fahrstraße. Ein, zwei Höfe gab es hier noch, dann aber wurde der Weg enger und nach einer kleinen Kurve war Sarah ganz und gar von hohen Bäumen umgeben.

Mit dem Eintauchen in den Wald wurde es auch sehr unwegsam. Während der letzten Woche waren lange und sehr ergiebige Regenfälle niedergegangen. Diese hatten den Schotter in beinahe regelmäßigen Abständen komplett weggespült. Da, wo das Wasser in kleinen Sturzbächen über die Fahrstraße geflossen sein musste, hatten sich richtige Wälle gebildet. Diese hohen Buckel machten das Vorankommen auch im ML alles andere als komfortabel. Vor jeder Rinne musste Sarah auf Schrittgeschwindigkeit abbremsen, um nicht heftig durchgeschüttelt zu werden.

Schier endlos zog sich der Forstweg hin, bis Sarah endlich vor sich einen Streifenwagen in einer Ausweiche stehen sah. Daneben stand ein uniformierter Polizist, ein wenig abseits von ihm ein junges Pärchen, sicherlich hatten sie den Fund gemeldet. Die beiden standen einander umarmend am Wegrand und der Mann strich der jungen Frau mit der Hand durch die Haare. Offensichtlich versuchte er, sie zu trösten. Sie mochten um die 20 Jahre alt sein. Beide trugen dem lauen Wetter entsprechende moderne Outdoorkleidung und feste Schuhe. Neben ihnen lagen zwei Mountainbikes am Rand der Fahrstraße, womit für Sarah auch geklärt war, wie die beiden hierhergekommen waren. Sie stellte den Wagen direkt hinter dem Passat Kombi des Streifendienstes ab, griff zu ihrer Einsatztasche und stieg aus.

Guten Morgen! Hansen, Kripo Freiburg, stellte sie sich kurz vor.

Den Kollegen in Uniform kannte sie nicht.

Guten Morgen Frau Hansen! Kleine vom Polizeirevier Süd, und das sind Frau Müller und Herr, ähhh DaCelli, sie haben den Leichnam gefunden.

Sarah nickte den beiden lächelnd zu und registrierte, dass sie sehr bleich waren. Sichtlich verstört und unsicher erwiderten sie Sarahs Gruß ebenfalls mit einem kurzen Nicken. Jetzt bemerkte Sarah auch, dass der Mann und die Frau ein wenig zitterten und sie konnte den leicht säuerlichen Geruch von Erbrochenem wahrnehmen. Sie blickte an den beiden herunter und sah die riesigen Flecken auf beiden Schienbeinen der jungen Frau, wo entweder sie sich selber oder ihr Begleiter sich über ihre Beine übergeben haben musste.

Die Armen, dachte Sarah, einen morgendlichen Fahrradausflug mit dem Fund einer Leiche zu beenden, damit rechnet ja nun niemand.

Noch wusste sie nicht, in welchem Zustand der oder die Tote war, aber sie erinnerte sich noch sehr gut an ihr erstes Mal, als sie als Frischling von der Akademie mit ihrem damaligen Partner zu einer Wohnung in einem Mietshaus gerufen wurde. Nachbarn hatten den Bewohner lange nicht gesehen und einen unerfreulichen Geruch gemeldet. Die Bilder, wenn auch schon einige Jahre her, hatte sie immer wieder im Kopf. Auch sie hatte sich damals recht abrupt von ihrem Frühstück verabschieden müssen. Folglich konnte sie ziemlich gut einschätzen, wie sich die Beiden nun fühlten. Wie lange mochten sie hier schon so stehen? Sie hatten offensichtlich einen leichten Schock und auch wenn sie es bis jetzt geschafft hatten, wollte Sarah kein Risiko eingehen.

Sie haben sicherlich etwas sehr Furchtbares gesehen, aber versuchen Sie mal, nicht daran zu denken! Atmen Sie ganz tief ein und aus! Ja gut so! Und jetzt setzen Sie sich erst mal in das Auto, damit Sie uns hier nicht zusammenklappen.

Sarah bemerkte im Augenwinkel ein nervöses Zucken im Gesicht von ihrem Kollegen, der offensichtlich nicht begeistert von der Idee war, die Polster seines Dienstfahrzeuges mit dem ehemaligen Mageninhalt der jungen Leute zu versauen. Sofort erkannte Sarah, dass dies auch der Grund sein musste, warum die beiden trotz ihres angeschlagenen Zustandes nicht schon früher zum Sitzen eingeladen wurden. Sie nahm dem jungen Mann den kleinen Trekking-Rucksack ab, den er immer noch auf dem Rücken trug und bugsierte die beiden auf Fahrer- und Beifahrersitz. An der Seite des Rucksacks war eine große Trinkflasche, die sie abnahm und ins Fahrzeug reichte. Sie ermahnte beide, ausreichend zu trinken und ließ die Türen weit offen stehen. Dann wandte sie sich wieder ihrem Kollegen zu.

Wo ist denn nun unsere Leiche? Und überhaupt, sind Sie eigentlich alleine hier?

Der Polizist schüttelte den Kopf.

Nein, mein Kollege ist beim Fundort, um sicherzustellen, dass mit der Leiche nichts passiert... jetzt, wo sie quasi freigelegt wurde... es ist ja jede Menge Tierzeug unterwegs. Ich bin lieber wieder zu Frau Müller und Herrn DaCelli hierhergekommen, falls... Sie wissen schon...

Sarah wusste schon.

Nur dein Auto mit Kotze versauen wolltest du dir offensichtlich nicht, dachte sie. Naja, die Beiden hätten sich auch auf den Boden oder in den Kofferraum setzen können, aber gut. Jetzt waren sie erst mal versorgt und brauchten sich das hier auch nicht anzuhören.

Da Sarah nichts erwiderte, fuhr der Polizist fort:

Das Opfer befindet sich mitten im Wald, etwa 80 Meter von hier. Sie können es von hier aus nicht sehen. Wenn Sie weiter unten über einen kleinen Erdwall kommen, stehen sie direkt über der Stelle. Dann können Sie meinen Kollegen nicht verfehlen.

Das Opfer? Ist denn sicher, dass es sich um ein Gewaltverbrechen handelt?, entgegnete Sarah.

Sie wusste, dass Menschen, die sich selbst das Leben nahmen, manchmal die entlegensten und abenteuerlichsten Stellen suchten, um aus Rücksicht auf die Hinterbliebenen ein Auffinden unmöglich zu machen.

Was macht Sie so sicher, dass es kein Suizid war?

Weil sich Selbstmörder nicht in Gewebeplane einwickeln, das Ganze mit Seilen zubinden, und sich dann in einen Reisekoffer quetschen, um den Reißverschluss von außen zu schließen.

Immerhin, schlagfertig war ihr Kollege offensichtlich. Sarah hätte sicherlich über die Antwort gelächelt, hätte er nicht das Wort Selbstmörder benutzt. Mord war schließlich ein Straftatbestand. Ein Mensch, der den Freitod wählt, war in Sarahs Augen entweder pathologisch krank oder von einem so unglaublichen Schmerz und einer so hoffnungslosen Verzweiflung erfüllt, dass er es nach langem und leidvollem Kampf trotzdem vorzog, Kinder, Verwandte und Freunde mit zermarternden Schuldgefühlen zurückzulassen. Wer so weit kam, hatte den Weg durch die Hölle hinter sich. Als Sarah sechzehn Jahre alt war, war ihr Vater, der sie liebevoll umsorgt hatte, unerwartet und plötzlich verstorben. In der Folge hatte ihre Mutter, die schon immer ihren persönlichen Ehrgeiz und ihre unmenschlichen Ansprüche auf Sarah übertragen hatte, ihren Druck und ihre Strenge weiter erhöht. In dem Gefühlschaos aus Verlust, Trauer, Verzweiflung und Ausweglosigkeit war auch Sarah auf diesem Weg durch die Hölle gewesen. Ihrem Kollegen gegenüber ließ sie sich ihre Gedanken jedoch nicht anmerken.

Sagen wir einmal so: zumindest handelt es sich um die illegale Entsorgung eines Leichnams, entgegnete sie nur trocken und trat an den Rand der Fahrstraße.

Sie blickte durch den dichten Wald nach unten. In einiger Entfernung konnte sie den beschriebenen Erdwall ausmachen, aber weiter konnte sie in dem Dickicht nicht sehen.

Haben Sie auf dem Weg zur Leiche auf Spuren geachtet? Schleifspuren, Fußabdrücke, geknickte Zweige?

Der Kollege nickte.

Das haben wir, aber wirklich auffällig war nichts. Zumal ja nicht sicher ist, ob die Leiche von genau hier aus nach dort unten verbracht worden ist. Sehen Sie diese weite Kurve? Er kann praktisch von überall aus die Leiche dort hinunter geschleppt haben.

Kleine wies auf den weiteren Verlauf der Fahrstraße.

Wir dachten, das Beste ist, denselben Weg zu nehmen, den auch die beiden jungen Leute benutzt haben, um so nicht noch mehr das Umfeld des Fundortes zu zerstören.

Die Minenfeldtaktik: bist du sicher zu einem bestimmten Punkt gekommen, dann tritt auf dem Rückweg in deine eigenen Fußstapfen! Sarah nickte anerkennend. So viel Umsicht traf man trotz aller Ausbildung bei den Kollegen des Streifendienstes leider nicht immer an. Sie selbst würde warten bis die Spurensicherung da war und dann gemeinsam mit den Kollegen genau diesen Weg zum Fundort nehmen. Dann würde im direkten Umfeld nach Spuren gesucht, um den Weg zu finden, auf dem die Leiche dorthin gekommen war. Falls sie auf exakt diesem Wege zu der besagten Stelle geschafft worden war, würde natürlich ein Großteil der Spuren zerstört sein. Aber mit etwas Glück konnten sie auf ein paar auswertbare Beweise hoffen. Sie fischte in der Seitentasche ihres Jacketts nach ihrem Handy, um festzustellen, ob sie hier Empfang hatte. Ihr fiel ein, dass ja auch das Pärchen, das jetzt einigermaßen entspannt im Polizeiwagen zu sitzen schien, den Fund per Handy gemeldet haben musste. Auch sie hatte alle fünf Balken auf dem Display. Sie stellte den Signalton auf die höchste Lautstärke, steckte das Handy wieder ein und wandte sich an Kleine.

Rufen Sie doch bitte mal Ihren Kollegen an und sagen Sie ihm, dass ich schon hier bin, wir aber noch auf die Spurensicherung warten. Und fragen Sie ihn, ob er noch durchhält, sagte Sarah, denn über einen längeren Zeitraum mit einer Leiche allein zu sein, ganz gleich in welchen Zustand sie sich auch befinden mochte, konnte sehr zermürbend sein und schnell auf die Psyche schlagen.

Sarah drehte sich Richtung Polizeiwagen und überlegte, ob sie auf Thomas warten oder schon mit der Befragung beginnen sollte. Sie entschied sich für Letzteres, allein schon, um die beiden entlassen zu können, falls sie stabil genug waren und Dr. Schwarz nichts einzuwenden hatte. Viel würde ihrer Einschätzung nach ohnehin nicht zu erfragen sein.

Entschuldigen Sie, Frau Müller, Herr DaCelli? Geht es Ihnen besser? Meinen Sie, Sie können mir ein paar Fragen beantworten?

Mit etwas mehr Farbe im Gesicht als zuvor nickten ihr beide schüchtern zu.

Ok, als erstes, wie sind Sie überhaupt auf den Leichnam aufmerksam geworden?

Sarah brannte eine andere Frage viel mehr auf den Lippen, doch sie hatte entschieden, sie erst ganz zum Schluss zu stellen. Die junge Frau sah hilfesuchend zu dem Mann herüber, wollte zu sprechen ansetzen, ließ dann aber die Luft mit einem lauten Seufzer aus ihren Lungen entweichen. Sie schüttelte ganz leicht den Kopf und Sarah sah, dass ihr Tränen in die Augen traten. Sie war noch nicht soweit. Herr DaCelli legte seine Hand auf ihre Schulter und zog sie etwas zu sich heran. Er räusperte sich kurz und senkte den Blick, als er zu berichten anfing.

Dass... dass da ein toter Mensch ist, konnten wir ja gar nicht ahnen, geschweige denn sehen. Es war... da war dieser schwarze Koffer. Ich habe ihn auch nur zufällig gesehen. Wenn wir nur drei oder vier Meter weiter rechts oder links gewesen wären, wären wir sicher daran vorbei gegangen.

Er holte tief Luft und es schauderte ihn offensichtlich.

Es ist schon ziemlich viel Grün im Unterholz und er lag mitten zwischen irgendwelchem Gestrüpp. Aus ein paar Metern Entfernung war er noch nicht zu sehen, wir liefen quasi genau darauf zu, sonst hätten wir ihn verpasst.

Er hielt kurz inne und dachte nach. Sarah fragte sich, ob er sich in diesem Augenblick wohl wünschte, es wäre genauso gekommen, wie von ihm gerade beschrieben.

Dann sind wir hingegangen und haben ihn uns etwas näher angeschaut. Die Reißverschlüsse waren zu. Ich dachte, dass vielleicht jemand seinen Müll entsorgt hatte, das passiert ja leider öfter hier in den Wäldern.

Und so falsch hast du damit ja schließlich gar nicht gelegen, dachte Sarah.

Dann habe ich in der oberen Ecke den Reißverschluss aufgezogen, weil wir beide neugierig waren. Sabrina hat noch spöttisch etwas von Geldbündeln oder Goldbarren gesagt.

Die junge Frau begann nun zu zittern, weckte die Erzählung doch die Erinnerungen an die furchtbare Entdeckung, die sie dann gemacht hatten.

Dann habe ich die Folie gesehen, ich habe mir aber immer noch nichts dabei gedacht. Der Koffer ist ja auch nicht so riesig. Und gerochen habe ich da auch noch nichts. Ich habe das verschnürte Paket, obwohl es so schwer war, ein Stück aus dem Koffer herausziehen können. Dann habe ich mit dem Taschenmesser einen langen Schnitt gemacht und die Folie aufgerissen und dann...

Er kniff die Augen zusammen und Sarah sah, dass die Knöchel seiner Hand, mit der er die Hand der jungen Frau hielt, weiß hervortraten, so sehr verkrampfte er sich. Doch sie schien das gar nicht zu spüren.

Es... es... es war genau das Gesicht, das mir da entgegenkam, es... und dann war da auch ganz plötzlich dieser widerliche Gestank. Sabrina hat nur laut geschrien... und ich, ich konnte nicht loslassen und habe nur in dieses Gesicht gestarrt. Dann habe ich...

Er zitterte nun am ganzen Leib.

... dann habe ich... also ganz plötzlich konnte ich nicht mehr und musste kotzen. Sabrina hat die ganze Zeit nur geschrien!

Die junge Frau schluchzte nun hemmungslos an der Schulter des Mannes und schien zu keinem Satz fähig zu sein. Sarah gab den beiden schweigend einige Momente sich zu sammeln, dann bat sie Herrn DaCelli, seinen Bericht fortzusetzen.

Wir sind dann ganz schnell wieder zu unseren Mountainbikes gerannt und haben sofort die Polizei angerufen. Wir hatten beide schrecklich Angst und es dauerte furchtbar lange, bis Ihre Kollegen da waren.

Das konnte sich Sarah angesichts der Abgelegenheit des Fundortes und dem Zustand der Fahrstraße sehr gut vorstellen. Mit dem Streifenwagen mussten die uniformierten Kollegen schier geschlichen sein, um sich nicht die Frontspoiler wegzureißen oder einen Achsbruch zu riskieren. Sarah nickte.

Haben Sie außer den Reißverschlüssen und der Folie noch irgendetwas anderes angefasst oder bewegt, oder gar mitgenommen?

Beide sahen sich an, überlegten kurz, schüttelten dann aber den Kopf.

Haben Sie etwas am Fundort zurückgelassen? Ein Taschentuch vielleicht, nachdem Sie sich übergeben hatten? Oder das Messer, mit dem Sie die Folie angeschnitten hatten?

Wieder dachten sie einen Moment nach. Der Mann tastete an der Seitentasche seiner Hose, vermutlich nach seinem Taschenmesser. Nachdem er einige weitere Taschen durchwühlt hatte, schien er sich zu erinnern.

Ich fürchte, das Messer habe ich in der Schrecksekunde fallen lassen, sagte er schließlich.

Das Messer wird tatsächlich noch da rumliegen.

Sarah nickte.

Und sonst?

Nein, da dürfte sonst nichts von uns sein, antwortete er, nachdem er nochmals angestrengt nachdachte und auch die junge Frau mit dem Kopf geschüttelt hatte.

Ok, ich würde Sie noch um zwei Dinge bitten. Erstens, zu warten, bis die Spurensicherung da ist. Die Kollegen werden Ihnen beiden die Fingerabdrücke abnehmen. Haben Sie keine Sorge, das ist nur, weil Sie den Koffer und die Folie angefasst haben, und dient dazu, Ihre Abdrücke bei der späteren Untersuchung zuordnen und ausschließen zu können. Das Gleiche gilt für die Sohlen Ihrer Schuhe. Das Zweite ist, meinem Kollegen, den ich gleich zu Ihnen schicken werde, Ihre Personalien zu geben. Ich glaube aber nicht, dass wir Sie für die Ermittlungen noch einmal brauchen werden. Das Beste wird sein, die Kollegen bringen Sie und Ihre Fahrräder nach Hause.

Sarah wollte keinesfalls, dass sich die beiden nach diesem Albtraum mit ihren Fahrrädern in den Straßenverkehr wagten.

Eine Frage hätte ich da allerdings noch, sagte Sarah in genau der Art, in der es Columbo vor der Entlassung eines Zeugen zu tun pflegte.

Sie tat sich schwer, ein Schmunzeln zu verbergen, als sie sich dessen bewusst wurde.

Bitte verstehen Sie mich nicht falsch, aber was macht man an einem Dienstagmorgen in aller Früh an so einer abgelegenen Stelle mitten im Wald?

Mit Erleichterung bemerkte sie, dass ein leichtes Lächeln über das Gesicht von Sabrina Müller huschte. Offensichtlich war sie über den Themenwechsel erleichtert.

Ja, das muss Sie ziemlich beschäftigen, sagte sie.

Aber wir wollten nur einen Cache möglichst unzugänglich verstecken. Wissen Sie, wir sind Geocacher.

Sie sind bitte was?, entgegnete Sarah, die diesen Ausdruck noch nie gehört hatte.

Geocacher!, wiederholte Herr DaCelli.

Geocaching ist so etwas wie die moderne Form der Schnitzeljagd oder des Schatzsuchens. Haben Sie noch nicht davon gehört?

Sarah schüttelte den Kopf.

Nein, nie! Das müssen Sie mir wohl erklären, sagte sie.

Auf der ganzen Welt verstecken Leute wie wir in wasserdichten Verpackungen kleine „Schätze". Darin ist immer ein sogenanntes Logbuch, etwas zum Schreiben und eine Reihe kleiner, meist wertloser Gegenstände, wie etwas aus einem Überraschungsei, ein Spitzer, ein Monchichi oder ein Schlüsselanhänger. Andere Geocacher machen sich dann auf die Suche, um diese „Schätze" zu finden.

Und das verstecken Sie irgendwo in der Natur... weltweit, sagen Sie? Und was haben Sie davon? Das findet doch kein Mensch!

Sarah begriff den Sinn des Ganzen noch nicht.

Die junge Frau fuhr mit den Erklärungen fort.

Wenn man einen Cache versteckt hat, veröffentlicht man ihn mit entsprechenden Hinweisen, meist den GPS-Koordinaten auf der Geocaching Homepage im Internet. Man kann die Koordinaten unverschlüsselt angeben, oder mit verschiedenen Hinweisen verschleiern, manchmal ist es nur ein einziger Cache, manchmal findet man an einem Versteck die Hinweise für ein zweites, dort für ein drittes und so weiter. Das ist unheimlich spannend!

Das wichtigste Handwerkszeug ist ein Hand-GPS, ergänzte Herr DaCelli.

Er nestelte an seiner Jackentasche herum und brachte ein Garmin E-Trex, einen etwa handygroßen GPS-Empfänger zum Vorschein.

Für gewöhnlich beginnt man damit, Caches, die im Internet angezeigt sind, zu suchen. Wenn man einen gefunden hat, nimmt man etwas vom Inhalt raus, tut etwas Neues rein, und schreibt das dann mit Datum und Codenamen in das Logbuch. Später „logged" man dann diesen Cache auch im Internet unter seinem Codenamen als „gefunden". Man kann also immer im Internet nachlesen, was sich in dem Cache befindet, wer ihn wann gefunden hat und welche Gegenstände von wem rausgenommen oder hineingelegt wurden. Wenn man mehr Erfahrung hat, kann man auch selber Caches verstecken und im Internet anzeigen, und genau das hatten wir heute vor.

Da sie nun über ihre gemeinsame Leidenschaft und nicht mehr über den Fund der Leiche sprechen konnten, sprudelten die beiden jungen Leute fast vor Begeisterung.

Und um es anderen Cachern schwer zu machen, haben Sie sich eine besonders unwegsame Stelle ausgesucht?, fragte Sarah.

Ja, so kann man es sagen. Dienstags haben wir beide erst um zwölf Uhr Vorlesung und da haben wir gestern Abend auf den Karten nach einer Stelle gesucht, die etwas schwerer zugänglich ist. So sind wir hier gelandet, antwortete Frau Müller und schwieg dann etwas hilfesuchend, da das Thema wieder auf den Fund der Leiche zu kommen drohte.

Sarah entnahm der Antwort auch, dass die beiden offensichtlich Studenten waren. Sie winkte ab.

Verstehe, sagte sie.

Und wie werden diese Caches dann versteckt und vor allem verpackt? Das Ganze muss doch vor der Witterung geschützt werden!

Diesmal griff Herr DaCelli zu dem Rucksack, an dem sich auch die Trinkflasche befunden hatte. Er zeigte Sarah eine transparente Tupperdose von der Größe eines DIN A4-Blattes, etwa drei Finger tief. Darin konnte Sarah ein Notizbuch, zwei Stifte und diverses Kleinzeug erkennen.

Das ist eigentlich dicht genug und auch sehr haltbar, sagte Herr DaCelli, aber es wird dann noch in zwei, drei Plastiktüten gewickelt, damit es sauber bleibt und beim Öffnen kein Dreck oder Wasser hineingelangt.

Sarah nickte und schürzte nachdenklich die Lippen. In einiger Entfernung hörte sie das unverwechselbare Geräusch von Thomas' 650er Einzylinder-Enduro, die sich den Berg nach oben kämpfte. Die Schotterpiste mit seiner kräftigen und agilen Geländemaschine hinaufzuheizen machte ihm sicherlich Spaß und er würde dementsprechend schnell da sein. Sarah betrachtete noch einmal kurz die Utensilien. Mehr würde sie von den Beiden nicht erfahren können.

Ok, ich denke, das war es erst einmal. Vielen Dank für die Informationen. Wenn Sie bitte noch wie besprochen etwas warten würden?

Sie sah Einverständnis in den Augen und nickte ihnen noch einmal aufmunternd zu. Dann steckte sie den Notizblock weg und ging zu Herrn Klein, damit er die Personalien festhalten konnte.

Geocaching!, dachte sie, das ist genau nach Thomas' Geschmack. Und sie war sich sicher: entweder er wusste nicht, was das war, oder aber er praktizierte es bereits mit Enthusiasmus.

Was zum Teufel machen diese jungen Leute um die Zeit mitten im Wald?

Thomas Bierman hatte seine Honda XR650R oberhalb des Streifenwagens abgestellt, den Helm über die Lenkstange gehängt und Klein freundlich, Sarah hingegen sehr herzlich begrüßt. Dass dies seine erste Frage war, hatte Sarah erwartet.

Sie wollten einen Geocache verstecken, und zwar einen von der Sorte, wo man richtig in die Pampa muss. Deswegen haben sie sich eine abgelegene Stelle gesucht.

Sarah gab sich wissend und sagte sonst nichts dazu. Sie beobachtete ihn scharf. Ein kurzes Stirnrunzeln war die einzig erkennbare Reaktion. Er dachte kurz nach.

Ja, das wäre natürlich eine stimmige Erklärung.

Sie war sich noch nicht sicher, ob das eine ironische Erwiderung aufgrund vollkommener Ahnungslosigkeit war, oder ob er dieses Fakt kurz analysiert und auf seine Glaubwürdigkeit hin beurteilt hatte.

Hältst du es für notwendig, zu überprüfen, ob die Internet-Codenamen existieren und auch tatsächlich zu den beiden gehören?

Sarah lächelte innerlich. Verdammt, dachte sie, natürlich weiß er, was Geocaching ist! Sie schüttelte den Kopf.

Ich halte sie für glaubwürdig. Ich habe ihre Ausrüstung gesehen, GPS, Frischhaltedose und das ganze Zeug. Zwei verliebte Studenten mit einem gemeinsamen Hobby. Wenn die Ausweise in Ordnung sind, würde ich sie entlassen. Zumal, warum eine Leiche mit größtem Aufwand verstecken und an einer Stelle platzieren, wo sie nach menschlichem Ermessen niemals gefunden wird, und dann die Meldung machen und sich so ins Spiel bringen? Die Leiche scheint auch schon eine Weile hier draußen zu liegen, der Mann sprach von einem ziemlichen Gestank...

Thomas nickte kurz. Er verließ sich häufig auf Sarahs Urteil, was die Einschätzung von Menschen anging.

Ok, die Codenamen soll Klein trotzdem notieren, die zwei Minuten nehme ich mir nachher im Büro. Wenn es darum geht, vom Betreiber der Geocaching-Homepage die Namens- und Adressdaten zu bekommen, brauchen wir eh einen richterlichen Beschluss. Den fordern wir aber nur an, falls sich Hinweise auf die beiden ergeben sollten.

Damit verstießen sie gegen einen der Grundsätze, wenn es um die Eingrenzung eines möglichen Täterkreises ging. Es wurde schon in der Ausbildung immer wieder betont, dass die Person, die einen Leichenfund meldete, grundsätzlich zunächst einmal zu den Verdächtigen zu zählen ist. Allzu oft wiesen die Statistiken ausgerechnet den ahnungslosen und verzweifelten Anrufer bei der Polizei zu guter Letzt als Täter aus. Vor allem bei Verbrechen im häuslichen Bereich und einer Tat, die erst frisch begangen wurde, war der Finder zumindest statistisch signifikant oft auch der Täter. Komischerweise hielt sich offenbar ziemlich hartnäckig der Irrglaube, dass, wenn man sich selber verdächtig macht und bewusst in die Ermittlungen hineinmanövriert, dieses Verhalten von der Polizei als entlastend gewertet würde. Dass nicht zuletzt wegen der durch den Einsatz von Computern gewonnenen erhöhten Datentransparenz und mehr noch durch den immer weiter zunehmenden Einsatz von Psychologen und Profilern solche Taktiken nach hinten losgehen, schien nicht bekannt oder wurde aus Selbstüberschätzung ignoriert. Doch in diesem Fall war die Sachlage komplett anders und so waren auch für Thomas Bierman die beiden jungen Leute wohl nur bedauernswerte Menschen, für die der Zufall die Rolle der Entdecker eines Verbrechens vorgesehen hatte.

Willst du die beiden trotzdem kurz sprechen?, fragte Sarah.

Bevor sie nach Hause geschickt werden, sage ich ihnen noch ein paar Worte.

Er sah den Fahrweg hinunter, wo gerade der große Mercedes Vito der Spurensicherung und dahinter Schwarz' Familienkombi um die Ecke bogen und schwerfällig über die Hindernisse auf dem Schotterweg krochen. Thomas winkte die zwei Autos vorbei, damit sie sich oberhalb der anderen Fahrzeuge an den Wegrand stellen konnten. Schwarz hatte die Seitenscheibe heruntergelassen und warf den beiden im Vorbeifahren ein „Schönen guten Morgen" zu. Kaum ausgestiegen begannen die Beamten der Spurensicherung und Schwarz, ihre Ausrüstung vorzubereiten. Thomas sah Klein an und bedeutete ihm mit einer knappen, fast schon unhöflichen Geste, er möge doch die Kollegen kurz in die knappen Fakten einweisen. Er und Sarah würden sowieso noch warten, bis die Spurensicherung den Weg zum Fundort genauestens untersucht und freigegeben hatte. Der Uniformierte hob die Hand zum Zeichen, dass er verstanden hatte und ging gemächlichen Schrittes zu den Kollegen.

Und, sonst alles klar bei dir?, fragte Thomas Sarah.

Erfreut registrierte sie die Frage nach ihrem persönlichen Befinden. Lange Zeit hatte Thomas nicht einmal eine solche fast selbstverständliche Floskel über die Lippen gebracht. Erst seit sie an jenem besagten Abend zum ersten Mal zu zweit weg gewesen waren, öffnete er sich etwas und ließ auch hin und wieder ein persönliches Gespräch zu.

Ja, ja alles ok, sagte sie, vielleicht etwas zu lässig.

Sie wollte nicht abweisend klingen!

Das Wetter war ja atemberaubend am Wochenende, ich habe es genutzt, um meine Staffelei einzupacken und ein bisschen zu malen.

Du malst?, fragte er ein wenig erstaunt, das wusste ich ja gar nicht.

Das klang etwas unbeholfen, fast steif. Sarah stellte zum wiederholten Male fest, dass sie tatsächlich sehr wenig voneinander wussten, dafür, dass sie seit nunmehr fast drei Jahren eng zusammenarbeiteten. Sie bedauerte das. Menschen waren ihr immer sehr wichtig. Und in Thomas' Fall, das musste sie sich eingestehen, schwang auch ein klein wenig mehr mit als nur Sympathie. Er hatte ihr durch seine verschlossene Art aber nie die Chance gegeben, auf ihn zuzugehen. Sie hatte das respektiert. Aber immerhin hatte es in letzter Zeit kleine Anzeichen einer Öffnung gegeben.

Ja, ist eine Leidenschaft von mir, es sind so meine Auszeiten! Ich genieße es, in der Natur zu sein und einfach nur alle Eindrücke auf mich wirken zu lassen. Manchmal kommt es sogar vor, dass ich, ohne einen Pinselstrich getan zu haben, wieder nach Hause komme. Aber meistens versuche ich, sämtliche Empfindungen irgendwie auf der Leinwand festzuhalten. Sogar Geräusche und Gerüche.

Sie unterbrach sich, da sie unsicher war, ob Thomas das alles überhaupt interessierte. Doch die Chance, das Gespräch nun zu beenden oder in eine andere Richtung zu lenken, nutzte er nicht. Im Gegenteil.

Geräusche und Gerüche... muss ich mir die Ergebnisse dann eher abstrakt vorstellen?, fragte er.

Nicht die, die ich im Freien male, antwortete sie, das sind meistens wirklich gegenständliche Bilder und ich versuche, was ich sehe, tatsächlich wiederzugeben. Wenn ich im Keller male, dann drehe ich meinen mp3-Player voll auf und tobe mich aus. Das hat dann etwas von Actionpainting, da erkennst du dann wirklich nichts. Hängt von meiner Stimmung ab, je nach dem, was ich gerade brauche. Sie versuchte in seinem Gesichtsausdruck eine Reaktion zu erkennen. Fand er das, was sie sagte, überdreht? Redete sie einfach zu viel? Sie wechselte die Taktik.

Und was hast du denn mit dem verlängerten Wochenende angefangen?, fragte sie.

Ich habe die Chance genutzt und bin mit einem alten Freund noch Freitagnacht runter an den Gardasee zum Surfen gefahren.

Leon, das ist ein Freund aus meiner Zeit beim Bund, hat dort unten einen Wohnwagen stehen.

Thomas blickte jetzt zum Streifenwagen und beobachtete, wie eine Ermittlerin der Spurensicherung den beiden Geocachern die Fingerabdrücke abnahm und anschließend die Abdrücke der Schuhsolen mit Hilfe einer selbstklebenden Folie ebenfalls sicherte.

Und? War es gut?

Sarah wollte den Gesprächsfaden nicht abreißen lassen, jetzt, da Thomas etwas von sich erzählte.

Geiler Wind, geiles Wetter, geiles Essen.

Er brachte es wie immer kurz und knapp auf den Punkt.

Wir waren eigentlich außer zum Essen und Schlafen nur auf dem Wasser. Was für dich das Malen, ist für mich das Surfen: Auszeiten! Der Kampf mit Wind und Wasser, da kriegt man ganz schnell einen freien Kopf. Trotz der ständigen Konzentration und der körperlichen Anstrengung findest du sehr, sehr schnell zu dir selbst. Es ist etwas so Elementares...

Dass er in seiner Freizeit sehr viel Sport machte, wusste Sarah und es war ja auch unübersehbar. Wenn er im Sommer nur im T-Shirt am Schreibtisch saß, konnte man sehen, dass er gut mit Muskeln bestückt war. Nicht aufgepumpt wie ein Bodybuilder, sondern eher wie eine Mischung aus Boxer und Triathlet. Und einmal, als ihm beim Ausziehen eines Pullovers das Shirt mit nach oben gerutscht war, konnte sie sogar einen verstohlenen Blick auf seinen Waschbrettbauch werfen. Lecker!, war ihr einziger Gedanke in dieser Sekunde gewesen. Vom Snowboarden, Mountainbiking, Karate und Squashspielen hatte sie am Rande schon etwas mitbekommen, dass er auch surfen ging, verwunderte sie nicht.

Und wie hast du dein Surfbrett mit deinem Motorrad an den Gardasee bekommen?, fragte sie lachend.

Natürlich war das als Scherz gemeint, aber Sarah konnte in diesem Moment nicht umhin, sich Thomas mit einem Surfbrett unter dem Arm, den Mast über die Schulter gelegt, vorzustellen, wie er verzweifelt um Balance bemüht auf seiner Honda Richtung Süden fuhr. Mit diesem Bild im Kopf musste sie, auf Thomas' Antwort wartend, ihren Drang, loszulachen, sichtbar unterdrücken. Er schaute sie eine Sekunde sichtlich irritiert an, dann war ihm klar, dass die Frage nicht wirklich ernst gemeint war, sondern lediglich der Fortführung und Auflockerung der Konversation diente. Also stieg er darauf ein.

Jaaa, den Mast habe ich mittig auf die Maschine geschnallt, darauf sitze ich dann, steht vorne und hinten ein bisschen über... nicht so schlimm. Den Gabelbaum habe ich dann wie einen Hula-Hupp-Reifen um die Hüfte gelegt und das Bord schnalle ich mir auf den Rücken. Der einzige Nachteil ist, dass ich dann stark nach vorne gebeugt fahren muss, das Kinn sozusagen auf der Lenkstange, was den Reisekomfort natürlich etwas einschränkt... .

Nun begann Sarah tatsächlich laut zu lachen, hielt aber sofort inne, legte sich die Hand auf den Mund und schaute übertrieben schambewusst in Richtung der Spurensicherung.

Tss, was sollen die Kollegen bloß von mir denken, und vor allem das junge Pärchen, stieß sie verschmitzt lächelnd hervor.

Lass gut sein...

Nein im Ernst, Leon hat mich mit seinem Defender abgeholt, die Boards und Rigg aufs Dach und den Rest hinten rein. Richtig zünftig. Mein Bike habe ich hier gelassen.

Er sah jetzt auf die Uhr und wieder in Richtung der Kollegen.

Ist das Surfen eigentlich schwierig, versuchte sie abermals das Gespräch in Gang zu halten.

Jetzt schaute er sie etwas fragend an.

Du bist doch bei Kiel aufgewachsen, nicht? Ihr habt doch tolle Reviere da oben! Hast du es denn nie probiert?

Sarah schüttelte den Kopf.

Nein, sagte sie, ich bin froh, dass mir meine Eltern erlaubt haben, schwimmen zu lernen.

Sie zögerte, und überlegte einen kurzen Moment, wie weit sie ausholen sollte, beließ es dann aber dabei.

Ich habe Dressurreiten gemacht und hatte jahrelang Ballettstunden. Aber Surfen ist sicher klasse! Wer weiß, vielleicht lerne ich es ja noch.

Sie war ein wenig gespannt auf seine Reaktion, hatte sie ihm doch den Ball recht offensichtlich zugespielt. Ein lauter Pfiff von Schwarz würgte jedoch eine Antwort ab. Sie sahen beide hinauf zu den Kollegen. Die Beamten der Spurensicherung hatten sich bereits in ihre weißen Plastikoveralls gehüllt, die vermeiden sollten, dass von den Ermittlern Haare, Schweiß oder Ähnliches auf den Fundort übertragen wurden. Solche „Spuren" erhöhten den kriminaltechnischen Aufwand, sie kosteten Zeit, Geld und waren im schlimmsten Fall irreführend und lenkten vom tatsächlichen Täter ab. Da er als Erster die Leiche untersuchen würde, hatte sich auch Schwarz das Ganzkörperkondom, wie die Ermittler den Einmaloverall scherzhaft nannten, übergezogen.

Wir sind dann soweit, rief er in Richtung Sarah und Thomas und hob zur Bekräftigung die rechte Hand.

Können wir?

Sofort!

Sarah und Thomas gesellten sich zu Schwarz und dem Team der Spurensicherung. Sarah wandte sich an Schwarz.

Bevor wir loslegen, noch eine kleine Bitte. Könnten Sie einen kurzen Blick auf die beiden jungen Leute werfen, nur um zu entscheiden, ob wir sie heimbringen lassen können oder ob vielleicht doch besser ein Psychologe und ein Krankentransport gerufen werden soll?

Kann ich machen, entgegnete er.

Wie lange sind die beiden denn schon hier?

Etwa zwei Stunden, die meiste Zeit haben sie gestanden, die letzte halbe Stunde im Polizeiwagen gesessen, antwortete Sarah.

Schwarz ging zuerst zu der jungen Frau, wechselte ein paar Worte mit ihr, fühlte kurz den Puls und beobachtete sie währenddessen scharf. Dann ging er zu Herrn DaCelli und begutachtete auch seinen Zustand.

Dieser versuchte gerade, mit einem Taschentuch die schwarze Farbe von seinen Fingern zu wischen, mit deren Hilfe ihm kurz zuvor die Fingerabdrücke abgenommen worden waren.

Er wandte sich zu Thomas, der hinter ihm an den Wagen getreten war, um und nickte kurz, um anzuzeigen, dass er nichts gegen eine Entlassung der beiden einzuwenden hatte. Dann richtete er sich nochmals an das junge Pärchen.

Sie werden möglicherweise in den nächsten Tagen mit Angstzuständen konfrontiert werden, die leichten Panikattacken gleichen. Das wäre eine typische Reaktion auf das Schockerlebnis, das Sie heute hatten. Das kann, muss aber nicht auftreten. Je nachdem wie Sie auf so etwas reagieren, sollten Sie sich von Ihrem Hausarzt vielleicht ein Beruhigungsmittel verschreiben lassen, welches Sie dann im Bedarfsfall einnehmen. Ansonsten würde ich Ihnen heute zu Ablenkung raten, zum Beispiel die Zeit miteinander oder mit Freunden zu verbringen. Meistens treten diese Stresssymptome nachts auf, deswegen ist es besser, nicht alleine in einer Wohnung zu sein, sondern jemanden in Rufweite zu haben. Ansonsten denke ich, werden Sie darüber hinaus keine Probleme zu erwarten haben und das Ganze relativ bald verarbeiten. Haben Sie noch Fragen an mich oder die Polizei?

Die beiden sahen sich kurz an und schüttelten dann den Kopf. Thomas wollte aber noch einen Punkt klarstellen.

Auch wenn Sie sicher das Bedürfnis haben werden, über das Geschehene zu sprechen, tun Sie das *nur* untereinander oder mit einem zur Verschwiegenheit verpflichteten Dritten wie einem Arzt. Ihnen ist klar, dass es sich hierbei um ein Gewaltverbrechen handelt, und zum derzeitigen Zeitpunkt können wir noch nicht entscheiden, wie wir mit der Öffentlichkeit, sprich der Presse, umgehen werden. Ein zu frühes Bekanntwerden des Vorfalles könnte die Ermittlungsarbeit entschieden behindern. Wann und vor allem was wir der Öffentlichkeit mitteilen, muss unserer alleinigen Entscheidung unterliegen. Ist Ihnen das bewusst?

Leicht eingeschüchtert von Thomas' grußlosem, autoritärem Auftreten sahen sie ihn nur mit großen Augen an und nickten abermals schweigend.

Gut! Wenn Sie Fragen haben oder Ihnen etwas einfällt, hier ist meine Karte.

Er reichte dem jungen Mann den weißen Karton.

Zögern Sie nicht, mich anzurufen.

Er blickte noch einmal von einem zum anderen.

Dann wünsche ich Ihnen beiden trotz allem, was Sie erlebt haben, noch einen schönen Tag! Die Kollegen werden Sie und Ihre Bikes jetzt nach Hause bringen.

Er reichte ihnen nacheinander die Hand, die sie etwas zögerlich ergriffen.

Klein!! Packen Sie die Fahrräder der beiden in den Kofferraum und bringen Sie sie nach Hause.

Ohne sich noch einmal umzudrehen, ging er mit Schwarz wieder zu Sarah, die noch am Wegrand auf sie wartete und beobachtete, wie sich die Spurensicherung langsam vortastete, hier und da kleine nummerierte Hütchen aufstellte und diese Stellen aus verschiedenen Blickwinkeln fotografierte. Das Ermittlerteam war drei Dutzend Meter weit vorangekommen. Auf der kurzen Strecke hatten sie schon mindestens fünf Schuhabdrücke mit Gips ausgegossen und alle paar Sekunden erhellte das Blitzlicht einer Kamera das grüne Unterholz. Hoffentlich würde sich beim Fundort herausstellen, dass der Täter nicht eben diesen Weg genommen hatte. Dann war zwar die soeben geleistete mühevolle Arbeit umsonst, aber dafür die relevanten Spuren nicht in Mitleidenschaft gezogen.

Hoffen wir mal, dass der Täter nicht die Autobahn benutzt hat, murmelte Schwarz der darauf anspielte, dass dieser Weg nicht weniger als sieben Mal begangen wurde, von dem jungen Pärchen hin und zurück, von den beiden uniformierten Kollegen hin und von Klein auch wieder zurück.

Die Chancen stehen gut, erwiderte Thomas.

Er wies auf den weiteren Verlauf der Fahrstraße auf der anderen Seite des kleinen Tales.

Im Prinzip könnte er von überall dort hinuntergegangen sein. Und soweit mich mein Orientierungssinn nicht täuscht, führt ein gutes Stück weiter unten sogar noch ein Forstwirtschaftsweg vorbei. Noch ein wenig enger als dieser, den benutze ich manchmal mit dem Mountainbike, wenn ich vom Schauinsland runterkomme. Auch von da kann er die Leiche dorthin gebracht haben. Gut, er hätte sie dann hundert, vielleicht zweihundert Meter bergauf schleppen müssen. Jetzt warten wir erst mal ab!

Nach einer Weile, in der Sarah, Thomas und Schwarz schweigend von oben zusahen, waren die drei Spurensicherer bis zu dem kleinen Erdwall vorgedrungen, der die Sicht auf den eigentlichen Fundort versperrte. Nun begannen die drei auch den Abstieg.

Je näher sie der Stelle kamen, desto angespannter wurde Sarah. Sie wollte sich auf das, was sie gleich sehen würden, innerlich vorbereiten. Die Leiche, die sie vor ein paar Jahren in der Wohnung gefunden hatte, war der einzige Leichnam gewesen, der sich in einem nennenswerten Zustand der Verwesung befunden hatte. Die wenigen Toten, die sie während ihrer Arbeit im doch eher beschaulichen, fast provinziellen Freiburg zu Gesicht bekommen hatte, waren allesamt erst kurz vorher aus dem Leben gerissen worden. Da sie aber die Bilder von damals immer noch im Gedächtnis hatte und auch noch genau wusste, wie sie sich gefühlt und wie sie auf den Anblick reagiert hatte, fragte sie sich, wie sie diesmal mit der Situation zurechtkommen würde. Thomas, der sich mit Schwarz über sein Wochenende am Gardasee unterhielt, merkte, dass sie still geworden war. Er drehte sich um.

Alles ok bei dir?, fragte er.

Geht schon, antwortete sie.

Ich versuche nur, für den Anblick gleich gewappnet zu sein.

Ja, mir ist auch jedes Mal etwas mulmig. Aber ich rede mir immerzu ein, dass das gut ist, um nicht vollkommen abzustumpfen, gestand er mit nachdenklicher Miene.

Trotzdem gehört das zu den wenigen Dingen, die einem den Job mitunter verleiden können.

Diese Ehrlichkeit überraschte Sarah und erfreute sie zugleich. Die Änderung seines Verhaltens ihr gegenüber fand sie immer offensichtlicher. Noch vor zwei Monaten hatte sie ihn für kalt wie Hundeschnauze gehalten. Immer kontrolliert und professionell, ohne Regung. Und jetzt teilte er ihr sogar ungefragt etwas von seinen Gefühlen mit.

Als die drei, Schwarz an der Spitze, auf dem kleinen Erdwall ankamen, konnten sie zum ersten Mal einen Blick auf den eigentlichen Fundort werfen. Doch der erste Eindruck war zweifellos der Geruch, der sie augenblicklich umfing. Die Mischung aus süßlichen Noten und dem sehr scharfen Ammoniak wurde überdeutlich von dem Geruch von faulen Eiern durchzogen. Die Zusammensetzung des bestialischen Gestanks war so spezifisch, dass Sarah sofort die Bilder von damals wieder im Kopf hatte. Aber sie kam im Moment erheblich besser damit zurecht, als sie befürchtet hatte.

Mentholsalbe oder Nasenklemme?, fragte Schwarz und stellte seine Tasche vor sich auf den Boden.

Mentholsalbe, bitte, antwortete Thomas.

Als Schwarz und er sich einen dicken Strich der aufdringlich riechenden Salbe zwischen Oberlippe und Nase gestrichen hatten, streckte Sarah die Hand aus.

Für mich bitte auch.

Selbst die scharfe Salbe konnte den Geruch nicht vollkommen übertönen, aber zumindest verfälschte sie die Wahrnehmung so stark, dass das Gesamtergebnis erträglich wurde.

Während die Spurensicherer das direkte Umfeld noch akribisch untersuchten, verschafften sich Sarah, Thomas und Schwarz erst einmal einen Überblick. Der schwarze Koffer lag etwa 15 Meter unterhalb von ihnen im jungen Gestrüpp. Deutlich zu sehen war die grüne Gewebeplane, die zum Teil aus dem Koffer herausgerissen war. Herr DaCeli war beim Öffnen nicht zimperlich vorgegangen. Im oberen Bereich, wo sie relativ großflächig auseinanderklaffte, konnte man etwas dunkel Gefärbtes, Rundes erkennen, das der Kopf des Opfers sein musste. Der Ansatz der Schultern war auch zu sehen, Details waren aus dieser Entfernung jedoch nicht auszumachen. Kleines Kollege stand ein paar Meter abseits und hielt sich ein Taschentuch vor sein kalkweißes Gesicht. Er blickte erwartungsvoll nach oben.

Kommen Sie rauf, Ihr Kollege wartet schon auf Sie, um die beiden Studenten und ihre Bikes nach Hause fahren zu können, erlöste Thomas den Beamten, ohne ihn erst lange zu begrüßen oder sich vorzustellen.

Dieser nickte dankend und erklomm den Erdwall.

Gehen Sie ruhig, falls wir Fragen haben, melden wir uns, entließ ihn Thomas endgültig, nachdem der junge Mann zunächst mit fragender Miene bei ihnen stehen geblieben war.

Sichtlich erleichtert, diesem Ort den Rücken kehren zu können, machte er sich daran Richtung Fahrweg zu gehen. Weiter unten waren die Spurensicherer noch damit beschäftigt herauszufinden, auf welchem Weg der Koffer mit dem Leichnam zu dieser Stelle gebracht worden war. Nach einem kurzen Moment wandte sich einer der Kollegen an Schwarz.

Ok Doc, Sie können jetzt kommen, und an Sarah und Thomas gerichtet:

Sie selbstverständlich auch.

Nacheinander stiegen die Angesprochenen die verbleibenden Meter hinunter. Sie näherten sich bedächtig dem Koffer, zuerst Schwarz, der neben der Leiche auf die Knie ging und die sterblichen Überreste eingehend betrachtete.

Auch Sarah und Thomas sahen sich den Leichnam nun aus der Nähe an. Der Anblick war ohne Zweifel grauenerregend. Die Haut im Gesicht war aufgedunsen und dunkel verfärbt und schien eher eine gallertartige Masse zu sein. Auch die nun gut sichtbare Schulterpartie war richtiggehend aufgebläht, so, als ob man einen 240-Kilo Mann vor sich gehabt hätte. Die Augen waren komplett zugeschwollen, so dass es unmöglich war zu sagen, ob noch Augäpfel vorhanden waren oder nicht. Diese widerwärtig aussehenden Aufblähungen, das wussten auch Sarah und Thomas, stammten von den Fäulnisgasen, die, je länger der Tod zurücklag, stetig zunahmen. Paradoxerweise war trotz der raumnehmenden Schwellungen der Mund des Opfers weit geöffnet, so dass man die Zähne sehen konnte. Der fast Tennisball große, dunkle Klumpen hinter den Zähnen musste wohl die um ein mehrfaches verdickte Zunge sein. Es schien, als wollte der grausam entstellte Körper noch im Tod laut herausschreien! Schweigend betrachteten Sarah, Thomas und Schwarz den Leichnam. Das spärlich einfallende Sonnenlicht, das wegen des bewegten Laubes über ihnen unregelmäßig über der Fundstelle tanzte, vermittelte den Eindruck von Bewegung. Vor allem wenn kleine Lichtflecke über das Gesicht fielen, konnte man meinen, der Tote rolle mit den Augen. Der Anblick und die erdrückende Stille, die auf einmal herrschte, machten Sarah schaudern. Keiner der Anwesenden sprach im Moment und es war auch kein anderer Laut zu hören, nicht einmal ein Vogelzwitschern. Allein die Wipfel der Bäume, die sich ganz leicht im kaum wahrnehmbaren Wind wiegten, verursachten ein leises Rauschen, während sie mit ihrem Schattenspiel die Szenerie so unwirklich erscheinen ließen. Die beklemmende Stimmung währte nur wenige Sekunden. Ein Räuspern von Thomas brachte die Realität zurück.

Und Schwarz, was sagen Sie dazu?, fragte er den Rechtsmediziner.

Wir sind zu spät! Ich kann nichts mehr für ihn tun!, schüttelte dieser bedächtig den Kopf ohne es mit der Dramatik zu übertreiben.

Dann sah er mit ernster Miene in die Gesichter der anwesenden Ermittler. Allein ein sehr junger Kollege, der mit einer digitalen Spiegelreflexkamera alle Details fotografierte, zeigte einen kurzen Anflug von Verwirrung. Aber bereits Sekundenbruchteile darauf wich der Gesichtsausdruck einem allzu offensichtlich zur Schau gestellten Ich-habe-verstanden-Blick. Dazu performte er ein cooles Kopfnicken, begleitet von einem leisen Schnauben, das seine Verlegenheit zusätzlich überspielen sollte. Sarah sah kurz herüber zu Thomas, der die Situation wie immer bis ins letzte Detail wahrgenommen hatte. Selbst auch ein wenig belustigt, konnte sie in seinen Augen ein leichtes Schmunzeln entdecken. Beide wussten, dass Schwarz alles andere als pietätslos war. Hätte er einen soeben gestorbenen Menschen oder gar ein geschundenes, getötetes Kind vor sich gehabt, wäre er schweigsam und nachdenklich ans Werk gegangen. Aber der Zustand der Überreste brachte bereits ein genügend großes Ausmaß an Entfremdung mit sich, um es Schwarz zu erlauben, einen solchen Witz zu machen. Der seinem Namen mehr als ebenbürtige Humor, mitunter zynisch und vielen unbegreiflich, war Waffe und Schild in seinem Alltag. Als ständiger Zeuge der Verletzbarkeit und Vergänglichkeit des menschlichen Daseins und der Perfidität und Brutalität des menschlichen Handelns war für ihn ein solches Ventil notwendig. Nur so konnte er zu Hause der liebende und fürsorgliche Familienvater sein, für den nichts schöner war, als mit seiner Frau, seinen drei bildhübschen Töchtern und Mr. Bond, dem Bernhardiner-Neufundländer Mischling, einen Sonntagsausflug in die Natur zu machen.

Schwarz hatte sich Latexhandschuhe übergestreift, drückte vorsichtig auf die eine oder andere Stelle. Beim Loslassen zogen sich kurze zähflüssige Fäden von seinen Fingerspitzen. Er wischte die glibbrigen Überreste an seinem Einmal-Overall ab und stand auf.

Hier mache ich am besten gar nichts, sagte er.

Wir tüten den ganzen Koffer mit Plane und Inhalt in einem Stück ein und bringen alles in die Rechtsmedizin. Dort kann ich dann in aller Ruhe auspacken, ohne dass uns etwas abhandenkommt oder irgendetwas von der Umgebung auf die Sachen übertragen wird. Haben Sie die großen, reißfesten Säcke dabei? Oder besser noch so eine große verschließbare Plastikbox, wo das hier als Ganzes reinpasst?

Ein Mitarbeiter der Spurensicherung nickte.

Ja, haben wir hinten im Van, lasse ich gleich holen.

Das hier, er reichte Thomas einen Klarsichtbeutel mit einem geöffneten Taschenmesser, lag direkt neben der Leiche, wird wohl einem der beiden Studenten gehören.

Thomas nahm ihm den Beutel nicht ab, also legte ihn der Beamte wieder in die neben ihm stehende Plastikkiste und fuhr fort.

Aber Folgendes: Wir haben jetzt rund um die Fundstelle jeden Quadratzentimeter untersucht, aber nichts gefunden, was auch nur ansatzweise auf eine Spur hindeutet. Das wundert mich aber nicht, schließlich scheint er hier ja schon eine ganze Weile so zu liegen. Und da jetzt im Frühjahr alles so verflucht schnell wächst... Gestrüpp, Bodendecker...

Er zuckte mit den Schultern. Thomas stimmte ihm zu.

Und außerdem hatten wir letzte Woche diese sintflutartigen Regenfälle. Deswegen können wir, denke ich, ziemlich sicher sein, dass die Spuren, die hier herunterführen, ausschließlich von dem jungen Pärchen, beziehungsweise den beiden Kollegen stammen. Schade.

Regenfälle ist ein gutes Stichwort, hakte Sarah ein.

Schaut euch mal den Zustand und die Lage des Koffers und den weiter unten liegenden Boden an. Fällt euch was auf?

Schwarz schob sich mit dem Zeigefinger die Brille zurecht, nicht ohne vorher vorsichtig den widerlich aussehenden und übelriechenden Latexhandschuh ausgezogen zu haben.

Ja, es ist eindeutig, sagte er nach einigen Momenten.

Der Koffer wurde ursprünglich vergraben. Aber das Regenwasser hat sich wohl da oben konzentriert und ihn im weiteren Verlauf ausgewaschen. Wenn sich fließendes Wasser einmal eine kleine Furche gefressen hat, sammelt es sich immer mehr und kann schnell zu einem richtigen Sturzbach werden. In diesem Fall hat es offensichtlich jede Menge Material abgetragen. Nur so konnten die beiden Studenten den Koffer überhaupt erst sehen!

Thomas fixierte Sarah und in seinen Augen lag Anerkennung.

Sehr gut!, sagte er, denn das sagt uns etwas über unseren Täter. Nicht nur, dass er eine äußerst abgelegene und unzugängliche

Stelle für die Entsorgung seines Opfers gewählt hat. Als sei das als Versteck nicht schon sicher genug, nein, er nimmt auch noch die Mühe auf sich, um es zu vergraben. Das bedeutet, dass es für ihn von höchster Wichtigkeit war, dass die Leiche nicht gefunden wird.

Und somit ist zu vermuten, komplettierte Sarah, dass er befürchtet, über die Leiche identifiziert zu werden. Sprich, Opfer und Täter kannten sich möglicherweise. Wir sollten alles daran setzen, das Opfer so schnell wie möglich zu identifizieren!

Eine Vermutung möchte ich Ihnen nicht vorenthalten, meldete sich Schwarz zu Wort. Sie wissen, ich hasse Schnellschüsse, und ich bin auch kein spezialisierter Anthropologe, aber wenn ich mir die Physiognomie des Schädels so ansehe, würde ich einfach mal behaupten, dass es sich hierbei um einen Asiaten handelt. Diese Aussage wage ich trotz des desolaten Zustandes. Wir werden das aber noch forensisch untersuchen. Die Zähne, ich meine vor allem die Art der zahnmedizinischen oder kieferorthopädischen Behandlung, kann unter Umständen weiterhelfen. Und mit einer gewissen Wahrscheinlichkeit kann das auch ein DNA-Test untermauern.

Haben Sie noch Kundschaft auf den Tischen oder nehmen Sie ihn sich gleich vor?, erkundigte sich Sarah.

Sowie ich in der Rechtsmedizin bin, kommt er dran. Oder sie. Kann man ja im Moment noch nicht sagen.

Schwarz bedeutete Sarah und Thomas einen Schritt zur Seite zu machen, damit die Spurensicherer mit einem großen weißen Kunststoffbehälter vorbeikonnten, den sie in der Zwischenzeit aus ihrem Van geholt hatten. Der leitende Beamte wies seine Kollegen an, beim Einpacken noch einmal genauestens das Umfeld und den Bereich unter dem Koffer nach Spuren oder Fremdkörpern zu untersuchen.

Es ist noch früher Vormittag, wenn Sie sich heute mit dem Leichnam auseinandersetzen, bekommen wir dann morgen früh schon irgendwelche Ergebnisse?, fragte Thomas, während sie zusahen, wie der Koffer vorsichtig in den bereitstehenden Behälter gehoben wurde.

Die reinen anatomischen Untersuchungen habe ich dann abgeschlossen. Toxikologie, Pharmakologie, DNA und so weiter dauern halt wie üblich. Schwarz ließ seinen Blick noch einmal über die Fundstelle schweifen. Ich werde mich dann mal auf den Weg machen. Wünsche noch einen angenehmen Tag!

Wir hören morgen voneinander, verabschiedete sich Thomas, und wie er hob Sarah die Hand zum Gruß.

Während Schwarz hinter den beiden Spurensicherern, die den nun gut verschlossenen weißen Plastikbehälter zur Fahrstraße hinaufschleppten, hertrottete, wandten sich Sarah und Thomas den beiden verbliebenen Ermittlern zu, die den Boden unter dem Koffer, sowie die vom Wasser ausgewaschene Erde unterhalb der Fundstelle durch feine Siebe rieben. Doch nach einer Weile wurde klar, dass auch hier keinerlei Gegenstände wie etwa Bruchstücke des Grabwerkzeuges oder Zigarettenstummel zu finden waren. Nach etwa eineinhalb Stunden, in der Thomas und Sarah die nähere Umgebung noch einmal in Augenschein nahmen, brach der Leiter der Spurensicherung ab.

Hier gibt es nichts zu finden. Der Täter oder die Täter waren sehr vorsichtig und gründlich. Und das Wetter und die Zeit haben ein Übriges besorgt. Selbst wenn er hier irgendwo an einen Baum oder Strauch gepinkelt hat, ist davon jetzt nichts mehr nachweisbar. Von der Schwemmerde, mit der der Koffer ursprünglich zugedeckt war, habe ich mal Proben eingepackt, aber ich mache mir da keine Hoffnungen. Wie immer haben wir auch von allen Pflanzen in der Umgebung Proben genommen.

Letzteres war in den letzten Jahren der kriminaltechnischen Arbeit mittlerweile zur Routine geworden. Sollte zum Beispiel an Schuhen, Kleidung oder Fahrzeug eines Verdächtigen Reste von Pflanzen gefunden werden, war es möglich, über die Pflanzen-DNA eine Verbindung zum Fundort nachzuweisen.

Thomas nickte nachdenklich.

Gut, sagte er, uns ist auch nichts weiter aufgefallen. Schicken Sie uns diesmal bitte auch Zwischenergebnisse, ich will nicht auf den kompletten Bericht warten, bis wir mit unserer Arbeit beginnen. Er hob die Hand zur Verabschiedung, hinterließ ein an beide Kollegen gerichtetes, „dann bis zum nächsten Mal“, und machte sich unverzüglich auf den Weg nach oben.

Wie kommen Sie denn zurück? Soll ich Sie mitnehmen?, erkundigte sich Sarah, der eingefallen war, dass das Einsatzfahrzeug ja noch unterwegs zur Rechtsmedizin war.

Die Kollegen kommen wieder hierher, winkte der Leiter ab.

Wir müssen ja auch noch die ganze Ausrüstung verstauen.

Ok, dann danke schön und einen schönen Rest-Tag, verabschiedete sie sich und beeilte sich, hinter Thomas den steilen Weg zu ihren Fahrzeugen hinaufzuklettern.

Oben angekommen wartete Thomas bereits auf sie.

Sorry, ich wollte dich nicht einfach so stehen lassen..., begann er, doch sie winkte ab.

Kein Problem, sagte sie, lass uns ins Büro fahren und mal zusammentragen, was wir so haben.

Nahe Beirut, Spätsommer 1982

Der große Ball der Sonne, der den Tag über die staubigen, mit Abfällen übersäten Straßen mit fast unerträglicher Hitze durchdrungen hatte, begann langsam, eine rötliche Färbung anzunehmen. Er war zwar noch ein gutes Stück vom Horizont entfernt, doch die schmutzerfüllte Luft konnte ihm schon jetzt ein wenig von seinem grellen Strahlen und seiner unerbittlichen Glut abringen. Immerhin war das Hitzeflimmern, das bis eben über den schäbigen Blechbaracken und provisorischen Lehmziegelverschlägen erkennbar gewesen war, schon fast nicht mehr auszumachen.

Doch selbst wenn ein kleiner Luftzug den feinen Staub aufwirbelte und dadurch mit den Augen wahrnehmbar wurde, brachte er kein bisschen Kühlung. Zu warm war die Luft, zu warm war der hartgetretene Lehmboden, als dass ein solch sanfter Hauch spürbar zur Abkühlung hätte beitragen können. Trotzdem waren viele Menschen unterwegs. Im Freien, und wenn man ein Plätzchen im Schatten finden konnte, war es immer noch angenehmer als in den Schuppen und Verschlägen, die für die Menschen hier als Unterkunft dienten und den meisten Kindern das einzige Gefühl von Heimat und Geborgenheit boten. Die Kleinsten unter ihnen, die hier geboren wurden oder bei ihrer Ankunft zu jung waren, um sich zu erinnern, kannten nichts anderes. Für sie war das Leben hier an diesem Fleck normal und sie hatten sich leichter an die Umstände angepasst als jene, die aus ihrer Heimat vertrieben worden waren oder aus Furcht vor Terror und Tod ihr Hab und Gut aufgegeben hatten, in der Hoffnung, hier ein besseres, vor allem sichereres Leben beginnen zu können. Doch diese Hoffnung war bei den Meisten von der brutalen Realität geradezu hinweggefegt worden; dieser Platz, einst nur als vorübergehende Station angesehen, wurde von vielen längst resigniert als Endstation akzeptiert.

Eine Gruppe von Kindern, in etwa zwischen acht und dreizehn Jahren alt, spielte auf einem freien Stück Land, wo noch keine Baracken errichtet worden waren, mit einem aus Plastiktüten, Folien und Klebebändern zusammengeschusterten Ball. Die Kinder hatten bei ihrem Spiel, das sie barfuß und mit schmutziger, eher Lumpen ähnelnder Kleidung mit lautem Geschrei und in wildem Getümmel vollführten, sichtlich Spaß. Ab und an brach eines der Kleineren, wenn es im rauen Geplänkel etwas zu ungestüm vom Ball getrennt oder zu Boden gestoßen wurde, in lautes Weinen aus. Doch nach wenigen Sekunden der Nichtbeachtung durch die anderen bemühte man sich, schnell wieder am Spielgeschehen teilzunehmen.

Eine Gruppe älterer Männer saß am Rand des provisorischen Spielfeldes und beobachtete amüsiert das Treiben. Ein dunkler, selbstfabrizierter Glimmstängel wanderte von Hand zu Hand.

Mit rissigen Lippen sogen die Männer abwechselnd an dem unförmigen, notdürftig zusammengerollten Stück Tabak. Wenn sie ein Missgeschick beim Spiel der Kinder sahen, offenbarte ein breites Lachen so manche Lücke in den gelben, schief stehenden Zahnreihen der Männer. Wie die Kinder hatten auch sie trotz der Hitze an diesem Spätnachmittag ihre Freude. Sie diskutierten wild gestikulierend und laut, aber freundschaftlich, und klopften einander von Zeit zu Zeit auf die Schultern. Sie ließen sich auch von den Gerüchten, die seit einigen Tagen die Runde machten, nicht ihre Stimmung verderben. Die Zionisten sollen ihre Siedlung mittlerweile komplett eingeschlossen und abgeriegelt haben. Es soll unmöglich geworden sein, das Gebiet zu verlassen, schwer bewaffnet würde das Militär die Ausgänge kontrollieren.

Für die Männer war das kein Grund zur Besorgnis. Gängeleien seitens anderer, sei es durch die Milizen des Landes oder durch die Israelis, war man gewohnt, und wenn man nichts zu verbergen hatte und sich kooperativ zeigte, wurde man in der Regel auch in Ruhe gelassen. Auch die Kinder schenkten den gelegentlichen Schüssen und den Tumulten, die in der Ferne zu hören waren, keine Beachtung. Einer der Jungen, er mochte vielleicht neun oder zehn Jahre alt sein, verließ die Gruppe, und wedelte wild mit den Armen, um sich von seinen Kameraden zu verabschieden. Sein Vater hatte ihm erzählt, was draußen vorging, aber ihn gleichzeitig auch beruhigt. Die Soldaten waren gläubige und gottesfürchtige Menschen. Auch wenn sie ihren Gott nicht Allah sondern Jahwe nannten und ihrem Glauben anders Ausdruck verliehen als er und seine Familie. Vor solchen Menschen brauchte man, wenn man nichts Böses tat, keine Angst zu haben. Am Morgen war er zu einem der Posten geschlichen und hatte die Soldaten von einem sicheren Versteck aus beobachtet, wie sie untereinander scherzten und mit umgehängten Gewehren alle, die versuchten das Gebiet zu verlassen, zurückschickten. Er empfand diese Menschen, wie sein Vater es ihm gesagt hatte, nicht als unmittelbare Bedrohung. Dafür hatte er hier schon zu viel erlebt.

Für ihn war es nun an der Zeit, nach Hause zu seiner Familie zu gehen. Er hatte seinem Vater versprochen, wenn es kühler wurde, ihm dabei zu helfen, mit ein paar Sperrholzbrettern eine Wand in den einen Raum, den sie zu fünft bewohnten, zu ziehen. Seine Mutter würde in Kürze ein weiteres Baby bekommen. Mit dem Sperrholz wollte sein Vater seiner Mutter und dem Neugeborenen ein bisschen Ruhe ermöglichen, wenn er und seine zwei kleineren Geschwister zu Hause waren. Er schätzte ab, ob es wirklich schon an der Zeit war, zu der sein Vater mit den Arbeiten beginnen würde und entschied, dass er noch ein wenig durch die Gassen schlendern konnte. Vielleicht erlebte er ja etwas Spannendes oder konnte etwas Brauchbares organisieren. Als er aufmerksam um sich blickend ziellos durch die Gegend lief, fiel ihm auf, dass nun immer häufiger Gewehrfeuer zu hören war. Auch vernahm er zunehmend deutlicher lautes Geschrei. Ob das panische Gekreische und die bittenden, klagenden Rufe von Männern, Frauen oder Kindern kamen, konnte er nicht immer genau sagen. Manchmal waren die Stimmen fast unwirklich und verzerrt, so dass es ihm vorkam, sie wären nicht menschlicher Natur.

Der Lärm kam aus der Richtung, wo er mit seinen Freunden mit dem selbstgebastelten Ball gespielt hatte. So wie es klang, musste sich dort irgendetwas Furchtbares abspielen. Er beschloss, zurückzugehen und in Erfahrung zu bringen, was vor sich ging.

Je näher er dem Platz kam, desto mehr Menschen kamen ihm in Panik entgegengerannt, manche blutüberströmt. Jüngere stützten Alte oder Verletzte, alle blickten immer wieder angsterfüllt hinter sich. Einige versuchten, den kleinen Jungen zum Umdrehen zu bewegen, ihn mitzuzerren, doch in dem Tumult konnte er nicht verstehen, was ihm die Leute zu sagen versuchten. Also drängte er sich in eine enge Seitengasse, um nicht gegen den Strom der Menschen ankämpfen zu müssen und lief angsterfüllt weiter um nachzusehen, wie es seinen Freunden ging.

Auf dem letzten Wegstück, das er geduckt und von einem Versteck zum nächsten hetzend zurücklegte, waren die Gewehrsalven ungeheuer laut geworden, und das Geschrei hatte auch noch zugenommen. Er kam zu dem letzten Verschlag vor dem Spielplatz, etwas größer als die üblichen Hütten auf dieser Straße.

Vorsichtig lugte er um die Wellblechwand, um einen Blick auf den Spielplatz werfen zu können. Instinktiv ruckte er ein Stückchen zurück, die Augen vor Entsetzen weit aufgerissen. Es dauerte einen Moment bis er realisierte, was dort vor sich ging. Eine Anzahl von Männern, die mit automatischen Gewehren ausgestattet waren, feuerte wahllos in die Menge. Menschen stürzten zu Boden, wurden überrannt, auf den Körper getreten. Frauen versuchten weinend, ihre Kinder mit dem eigenen Körper zu schützen, einige Männer versuchten mutig, den Angreifern näherzukommen um ihnen eine Waffe zu entreißen. Einer nach dem anderen fiel mit blutenden Wunden in Brust oder Kopf zu Boden.

Am ganzen Körper zitternd versuchte der kleine Junge, seine Freunde auszumachen. Am anderen Ende des Spielplatzes sah er die Gruppe von Kindern, die weinend den Versuch unternahmen, über den Maschendrahtzaun zu fliehen. Die Männer, die sie beim Spielen beobachtet hatten, halfen ihnen dabei, das Hindernis zu überwinden. Doch dann wurde dem kleinen Jungen gewahr, dass einige der Schützen den Fluchtversuch bemerkten und in Richtung der Kinder gingen. Die alten Männer stellten sich schützend vor die Kinder, doch die Angreifer zögerten keinen Moment und streckten sie mit mehreren Feuerstößen nieder. Dann begannen sie auf die kletternden Kinder zu schießen, und eines nach dem anderen fiel getroffen von dem Zaun.

Als einem der Schützen die Munition ausgegangen war, fing er an, mit dem Gewehrkolben auf die Köpfe der Kinder einzuschlagen und der kleine Junge konnte mit vor Entsetzen geweiteten Augen erkennen, wie das Blut aus den kleinen Körpern spritzte, und die Männer, wenn ein Kind zu Boden gefallen war, mit den Füßen nach ihnen traten und auf den Körpern herumzuspringen.

Plötzlich nahm er ein hohes Surren wahr, das rasend schnell an seinem Kopf vorbeizischte und einige Meter hinter ihm mit einem lauten, blechernen Geräusch an einer Hütte verstummte. Erst danach durchzuckte ein stechender Schmerz seine linke Hand, wo der Querschläger auf seinem Handrücken eine Streifwunde verursacht hatte. Er beachtete den Schmerz nicht weiter. Kaum einer Bewegung fähig kroch er zwischen eine Ansammlung von Plastikkanistern, ertastete eine schwere, undurchsichtige Plane, zog sie langsam über sich und begann in seinem Versteck leise vor sich hin zu wimmern.

Die Luft hatte schon merklich abgekühlt und es hatte sich bereits die Dämmerung über sein Versteck gelegt, als der kleine Junge es endlich wagte, einen Blick nach draußen zu werfen. Er schob die Folien, die ihn die letzten Stunden vor Entdeckung geschützt und ihm ein schwaches Gefühl von Sicherheit vermittelt hatten, vorsichtig ein wenig beiseite und versuchte zu erkennen, was sich um ihn herum befand. Der Krawall, die Schreie und Schüsse, die ihn veranlasst hatten, in seinem Versteck mit beiden Händen die Ohren zuzuhalten und die Augen fest zuzukneifen, hatten sich langsam immer weiter entfernt. Er konnte hören, dass der Schrecken immer noch im Gange war, aber die Horde von Männern, die seine Freunde am Nachmittag getötet hatte, schien ihr Unwesen nun etliche Straßenzüge weiter zu treiben. Er horchte angespannt. Der Lärm war weit genug fort, er konnte es wagen, den ganzen Kopf hinauszustrecken, um sich ein besseres Bild machen zu können. Seine Augen hatten genug Zeit gehabt, sich an die Dunkelheit zu gewöhnen, also konnte er schnell die schemenhaften Umrisse der Baracken um ihn herum erkennen. Es war kein Mensch zu sehen, zumindest ging niemand den staubigen Weg entlang, der an seinem Unterschlupf vorbeiführte. Er konnte auch keine

Stimmen hören, eine seltsame Stille umgab ihn, wo doch normalerweise gerade um diese Zeit Kindergeschrei, lautes Diskutieren unter Männern und herzhaftes Lachen von den Frauen zu hören war. Der Junge spürte, dass er hier an diesem Fleck im Moment alleine war. Er schlug die Folien mit einem Ruck zurück und stand langsam auf. Die Wunde an seiner Hand tat ihm weh, aber sie hatte aufgehört zu bluten. Vorsichtig begann er sich umzusehen. Ein paar Meter von ihm lag etwas, das aussah, wie ein Haufen hellen Stoffes, der zusammengeknüllt am Wegrand lag. Doch der kleine Junge musste nicht erst sehen, dass das Tuch an etlichen Stellen von Blut getränkt und zerfetzt war, um zu wissen, dass es sich hierbei um einen toten Menschen handelte. Er konnte um sich herum noch einige andere Leichen erkennen, ging aber zu keiner hin, um sie sich genau anzusehen. Dann durchfuhr es ihn wie ein Stich mit einem Messer! Seine Familie! Sein Vater! Seine Mutter, die ihm bald ein weiteres Geschwisterchen bringen sollte! Seine zwei kleinen Brüder, auf die aufzupassen er seinen Eltern immer versprochen hatte, wenn er sie zum Spielen mitgenommen hatte. Plötzlich von unbändiger Panik und Furcht erfasst, versuchte er sich vorzustellen, in welcher Richtung von hier aus sein Heim lag. Mehrmals drehte er sich um sich selbst, versuchte sich zu erinnern, auf welchem Weg er hierhergekommen war. Nachdem er sich erinnert hatte, wie er gelaufen war, als ihm die Menschen angsterfüllt entgegengekommen waren, hatte er seine Orientierung wieder gefunden.

Angestrengt lauschte er auf den Tumult, den er immer noch gut wahrnehmen konnte, und versuchte auch, ihm eine grobe Richtung zu geben. Waren die Männer schon in seinem Viertel gewesen? Konnte er seine Familie noch warnen oder mit seinem Vater zusammen etwas gegen die Männer unternehmen? Er stellte sich so, wie er glaubte, um in die Richtung seiner Hütte zu blicken, schloss die Augen und horchte auf das Geschrei und die Schüsse. Der Lärm schien von rechts zu kommen und der Junge meinte zu erkennen, dass er sich weiter entfernte.

Vielleicht waren sie noch nicht dort!, dachte er hoffnungsvoll! Vielleicht haben sie einen anderen Weg genommen oder vielleicht sogar sein Viertel verschont!

Er rannte los. Er achtete nicht auf die Toten, die hier und da verkrümmt auf der Straße oder in den Eingängen zu den Baracken lagen. Er war nur von dem Gedanken beseelt, seine Familie zu warnen und hetzte die schmutzigen Wege entlang, um Ecken herum, sprang aus dem Lauf heraus über Abfall, Bauschutt, Leichen. Er spürte nicht, dass ihm das Herz bis zum Halse schlug, dass er sich die Fußsohle an einem scharfkantigen Blech aufgeschnitten hatte und auch die Wunde an seiner Hand wieder angefangen hatte zu bluten. Er merkte nur, dass ihm heiße Tränen ungehemmt durch das Gesicht liefen. Ich muss nach Hause, ich muss sie warnen und ihnen helfen! Dieser Gedanke hämmerte sich während des ganzen Weges in seinen Kopf. Als er sich seiner Behausung näherte, verlangsamte er vollkommen erschöpft von der Hatz seinen Schritt. Die Kleider klebten schweißnass an seinem Körper und er musste einen Augenblick anhalten. Weit vornüber gebeugt stützte er sich an einer roh gezimmerten Wand ab, atmete er einige Male tief durch und versuchte, Klarheit in das Chaos in seinem Kopf zu bekommen. Er war nur noch eine Querstraße von seinem Heim entfernt, und wie er da stand und langsam zu Atem kam, wurde ihm bewusst, dass auch hier niemand unterwegs war. Angst beschlich ihn. Kam er zu spät? Hatten die bösen Männer ihr Zerstörungswerk bereits verrichtet? Doch dann keimte Hoffnung in ihm auf. Er hatte seit einigen Minuten keine Toten mehr gesehen. Sicher hatten seine Familie und seine Nachbarn das Unheil kommen hören und waren geflohen. Bestimmt hatte sein Vater sofort die Situation erkannt und alle in Sicherheit gebracht. Sein Vater war besonnen genug, um alle zu den ausländischen Soldaten an einem der Zugänge zu führen, und die haben sie dann vor den Männern beschützt. Der kleine Junge beruhigte sich ein wenig und ging mutig in Richtung seiner Hütte, die er nach der nächsten Wegbiegung schon sehen konnte. Auch hier war alles still.

Es ist bestimmt so, wie ich es vermute, dachte er bei sich und näherte sich ohne Umschweife seinem Heim.

Doch dann blieb er erstarrt stehen. Direkt vor dem Eingang zu seiner Hütte lag jemand auf dem Rücken, die Arme rechts und links ausgestreckt, so, als wäre er am Boden gekreuzigt worden. Seine Kleidung war über der Brust aufgerissen und von Blut durchtränkt. Eine Gewehrsalve musste den Mann derart zugerichtet haben. Doch auch sein Gesicht war grauenhaft entstellt, unkenntlich, Fleischfetzen, in denen man weder Augen noch Nase oder Mund erkennen konnte. Das Werkzeug der Verstümmelung konnte der kleine Junge neben dem Kopf des Toten sehen: eine blutverschmierte Axt, an der auch Stofffetzen und Haare klebten, lag im Staub. Ein Rinnsal aus Blut hatte sich aus dem Hals des Opfers ergossen und unter dem Stiel des schweren Beils eine dunkle Lache gebildet.

Ungläubig starrte der kleine Junge auf den Leichnam. Er hatte schon aus einigen Metern Entfernung am Muster des Kaftans erkannt, dass es sein Vater war, der so grausam hingeschlachtet vor ihm lag. Wortlos, unter Schock schob er den Jutevorhang zur Seite und betrat sein ehemaliges Heim. Zitternd machte er die verbeulte Petroleumlampe an, die er selbst irgendwo gefunden und voll Stolz mit nach Hause gebracht hatte. Als er den Docht zurückgedreht und die Flamme aufgehört hatte zu flackern, bot sich ihm das grauenvolle Bild, das er von diesem Moment an jeden Tag vor sich sehen sollte, das ihn jede Nacht seines weiteren Lebens in seinen Träumen begleiten würde. Minutenlang stand er da, unfähig, sich zu bewegen. Regungslos und ohne jede Träne stellte er sich dem Anblick. Dann, ohne erkennbaren Anlass, löschte er die Lampe aus, drehte sich um und ging wieder hinaus zur Leiche seines Vaters. Dort kniete er an seiner Rechten nieder und nahm seine Hand. Der Ring, von dem sein Vater ihm erzählt hatte, dass er seit beinahe tausend Jahren im Besitz der Familie sei, war wie durch ein Wunder noch an seinem Finger. In ihrem Eifer mussten die Männer das kostbare Stück übersehen haben. Der Junge streifte ihn ab, sah ihn einen Moment mit versteinertem Gesicht an und schob ihn dann über seinen Daumen. Einen Moment verharrte er noch, dann stand er wie in Trance auf und begann, ziellos durch die Gassen zu irren.

Freiburg

Morgen, Schwarz!

Thomas und Sarah betraten den Obduktionsraum, zu dem Fräulein Finkenbeiner – die Empfangsdame der Rechtsmedizin bestand auf dieser Anrede – sie nach einem prüfenden Blick über die Halbgläser ihrer Lesebrille geschickt hatte. Peter Schwarz saß hinter dem Schreibtisch etwas abseits der Seziertische, die durch eine Glaswand und eine ebensolche Tür von dem Arbeitsplatz abgetrennt waren. Er hob nur kurz den Kopf und tippte weiter auf seinem Laptop.

Schon bei der Kundschaft? Wir wollten zuerst in Ihr Büro, aber dann hat man uns direkt hierher geschickt.

Thomas reichte Dr. Schwarz die Hand.

Auch Sarah begrüßte den Rechtsmediziner, der noch ein paar Tasten betätigte, bis schließlich der Drucker in der Ecke des Raumes anfing zu surren und ein Papier nach dem anderen ausspuckte. Schwarz erhob sich.

Guten Morgen, Frau Hansen, guten Morgen, Herr Bierman, erwiderte er, ja, in meinem Büro stapeln sich zurzeit die Akten. Ich habe vorhin kurz reingeschaut, aber die Berge waren immer noch da, also bin ich lieber hier heruntergekommen. Kaffee?

Thomas nickte, gerne, sagte Sarah. Sie begleiteten Schwarz auf den Flur in Richtung der kleinen Teeküche. Während dieser an dem Kaffeevollautomaten hantierte und aus dem Kühlschrank ein

Kännchen mit fettarmer Milch bereitstellte, begann Thomas, der gewohnt ungeduldig war, mit seinen Fragen.

Hatte der Tote Ausweis, Führerschein oder Ähnliches bei sich?

Schwarz schüttelte den Kopf. Er stellte die erste volle Kaffeetasse auf ein Edelstahltablett für Sezierbesteck, füllte ein Porzellankännchen mit Milch und platzierte dieses in der Mikrowelle.

Zucker?

Thomas und Sarah schüttelten beide den Kopf.

Er hatte gar nichts bei sich, was für die Identifizierung hilfreich wäre. Der Leichnam war komplett unbekleidet. Entweder er war bereits nackt, als er ermordet wurde, oder aber der Täter hat ihn nach der Tat komplett ausgezogen. Wenn die Laborergebnisse kommen, kann ich dazu sicher mehr sagen.

Es war also tatsächlich ein Mord, sagte Sarah, auch wenn die Möglichkeit der Entsorgung eines natürlich Verstorbenen auch für sie keine wirkliche Alternative gewesen war.

War es noch möglich, Fingerabdrücke zu nehmen?

Schwarz wartete mit seiner Antwort das laute Mahlen der Kaffeemaschine ab.

Nein, das war leider unmöglich. Ich zeige Ihnen gleich, warum.

Er bugsierte die zweite Kaffeetasse auf das Tablett und nahm das Kännchen mit Milch aus der Mikrowelle.

Und irgendwelche anderen Spuren im oder an dem Koffer? Oder der Folie, vielleicht Epithelgewebe auf dem Seil?, fuhr Thomas mit seinen Fragen fort.

Vor allem auf einem Seil konnten sich sehr gut Spuren festsetzen, wenn der Täter zum Beispiel, ohne Handschuhe zu tragen, Knoten gezurrt hatte.

Ich habe gestern, nachdem ich die Leiche hier ausgepackt habe, alles zur Spurensicherung geschickt, aber was erwarten Sie? Das war am frühen Nachmittag, da müssen Sie sich noch ein Weilchen gedulden.

Er komplettierte das Trio der Kaffeetassen, nahm sich das Tablett und wies mit dem Kopf Richtung Tür.

Alles, was ich Ihnen über den Koffer sagen kann, ist, dass er außen sehr dreckig war. Die Plane war außen ziemlich sauber, aber innen ordentlich versaut, sagte er auf dem Weg den Flur entlang, aber das können Sie sich ja sicher vorstellen.

Sarah und Thomas nickten beide. Sarah hielt Schwarz die schwere Tür zum Obduktionsraum auf. Ihr Blick fiel auf den großen Aufkleber, der den Verzehr von Speisen und Getränken ausdrücklich verbot. Sie schaute zu Thomas, der nur mit den Schultern zuckte und hinter Schwarz den Raum betrat. Dieser hatte das Tablett bereits abgestellt und den Stapel Papier aus dem Drucker geholt. Sarah und Thomas angelten sich je eine Tasse Kaffee.

Und, woran ist unser kleiner Asiat denn nun gestorben?, fragte Thomas.

Schwarz nahm den frisch gedruckten Obduktionsbericht und schob ihn Richtung Thomas.

Steht alles hier drin. Ist allerdings nur vorläufig, die meisten Ergebnisse stehen noch aus. Aber da ich weiß, dass Sie ungern lesen und sich auch dieses Mal niemand finden wird, der es verfilmt, werde ich es Ihnen wohl mal wieder mündlich mitteilen müssen, sagte er.

Welchen anderen Grund hätten wir denn sonst, Sie in Ihren Katakomben zu besuchen?, grinste Thomas.

Er mochte Schwarz, und das freundschaftliche Geplänkel mit ihm gehörte ebenso zum Alltag wie die feindselige Anmache zwischen ihm und Gröber.

Weil der Kaffee hier um Längen besser ist, als bei Ihnen auf dem Revier? Außerdem sind die Leute hier unten viel ruhiger. Oder aber Sie wollen einfach meine reizende Gesellschaft nicht missen. Mir fallen etliche Gründe ein, mich in meinen Katakomben, wie Sie es ausdrücken, aufzusuchen!

Auch Schwarz lächelte.

Aber zurück zu Ihrem Stichwort „Asiat". Ich habe Schädelvermessungen durchgeführt und auch ein Schichten-CT gemacht. Die Datenbanken lassen vermuten, dass es sich wirklich um einen

Asiaten handelt. Auch die oberflächliche Inaugenscheinnahme des Kiefers bestätigt diese Vermutung. Dr. Mayer, unser Spezialist in Sachen Zähnen, wird sich das heute Nachmittag noch genauer ansehen. Aber die bisherigen Merkmale sind so ausgeprägt, dass ich nichts anderes erwarte als eine Bestätigung. Auch die Körpergröße in Bezug zum Alter lässt diesen Schluss zu.

Wie alt war denn das Opfer zum Zeitpunkt des Todes?, hakte Sarah ein.

Irgendetwas zwischen 35 und 45, eher Richtung 45. Er war somit ein männlicher Erwachsener. Körpergröße so um die 1,65 Meter, Gewicht um die 60 Kilo.

Thomas, der nachdenklich zugehört hatte, nickte.

Ok, also mit ziemlicher Sicherheit ein Asiate. Kleine Statur, bei dem besagten Gewicht eher schlank aber nicht schmächtig. Und woran ist er jetzt gestorben?

Schwarz sah die beiden Ermittler mit ernster Miene an.

Todesursache ist eindeutig Herzversagen.

Sarah und Thomas setzten wie abgesprochen eine demonstrativ gelangweilte Miene auf. Thomas fing an sich im Raum umzusehen, Sarah begutachtete ihre Fingernägel und pfiff dabei leise „New York, New York“.

Also gut, den kannten Sie offensichtlich schon, fuhr Schwarz nach einem kurzen Moment der Stille fort. Er war ein wenig enttäuscht darüber, dass sein Rechtsmediziner-Witz über die Tatsache, dass letzten Endes fast jeder an Herzversagen starb, bei Sarah und Thomas nicht die erhoffte Reaktion zur Folge hatte. Er bedeutete ihnen zum Seziertisch mitzukommen. Seine Kaffeetasse noch in der Hand, öffnete er die hermetisch schließende Glastür und augenblicklich schlug Sarah und Thomas eiskalte Luft entgegen. Schwarz schlug das weiße Tuch, welches den Körper des Toten bedeckte und an manchen Stellen bereits bräunlich durchfleckt war, komplett zurück.

Fangen wir mit dem Offensichtlichen an! Die etwas merkwürdige Stellung der Beine mag Ihnen auffallen, aber das liegt daran, dass unser Täter, nachdem das Opfer tot war, beide Beine extrem nach oben gebogen hat, damit er in diesen Koffer überhaupt hineinpasste. Er hat ihn sprichwörtlich zusammengefaltet. Ich habe aus obduktionstechnischen Gründen die Beine wieder in eine normale Position gebracht, aber so richtig gut sieht das halt nicht aus.

Sarah verzog angewidert das Gesicht. Schwarz gab Thomas eine Reihe von Fotos. Es waren die Aufnahmen von dem Leichnam in dem Koffer, die das Freilegen des Körpers Schritt für Schritt dokumentierten. Zuerst einige mit der Gewebeplane, dann folgten die Bilder, auf denen der Tote immer weiter zum Vorschein kam. Es war grausam anzusehen, denn er hatte tatsächlich den Kopf zwischen den Füßen.

Warum hat er ihn nicht einfach in eine Hocke gebracht und dann in den Koffer gepackt?, fragte Thomas.

Dazu hat der Tote ein zu breites Kreuz. Seine Schultern sind doppelt so breit wie sein Brustkorb stark ist. Der Koffer war einfach nicht tief genug.

Und wenn er den Oberkörper gegenüber der Hüfte um 90 Grad verdreht hätte?

Sarah betrachtete die Bilder und versuchte sich vorzustellen, wie der Täter diese abscheuliche Verstümmelung hätte vermeiden können.

Dann hätte er dasselbe Problem mit der Hüfte bekommen. Hüfte und Schultern sind so breit, dass sie beide flach auf dem Boden des Koffers zu liegen kommen mussten. Es handelt sich hier also nicht um unnötige Gewalt sondern schlicht um Notwendigkeit. Offensichtlich war dieser Koffer das einzige Behältnis, in dem unser Täter die Leiche fortschaffen konnte. Die Alternative wäre gewesen, die Beine abzutrennen und sie dann neben den Körper zu packen. Aber warum eine riesige Sauerei veranstalten, wenn es auch ohne unnötiges Blutvergießen geht? Auf jeden Fall sind bei dieser Aktion beide Hüftgelenke aus den Pfannen gesprungen, eines ist sogar gebrochen. Sämtliche Bänder und Sehen sind massiv gedehnt oder gerissen. Ich muss es an dieser Stelle ausdrücklich sagen: Dazu ist eine ziemliche Kraft notwendig. Ihr Täter dürfte also sehr kräftig gebaut sein oder aber zumindest über relativ große physische Kräfte verfügen. Und er dürfte auch relativ groß sein, aber darauf komme ich später. Was ich sagen wollte: das Brechen der Beine und alles, was ich sonst an dem Leichnam feststellen konnte, ist postmortal geschehen, außer diesem hier.

Er deutete auf eine Verletzung, die sich von der linken bis zur rechten Seite des Brustkorbes hinzog, augenscheinlich ein Stückchen unter dem letzten Rippenbogen.

Ursächlich für das Ableben unseres kleinen Freundes ist allein diese Stich-Schnittwunde. Keine Kampfspuren, keine Abwehrverletzungen, keine Hämatome. Keine weiteren Stich- oder Schnittverletzungen mit Ausnahme... aber darauf komme ich später zurück. Als tödliche Verletzung kommt nur diese eine in Frage.

Schwarz sah seine beiden Zuhörer aufmerksam an. Da sie keine Frage stellten, trank er von seinem Kaffee, die er neben die Leiche auf den Seziertisch gestellt hatte, und fuhr dann fort.

Der Stich, oder besser: der Schnitt ist sehr tief, ganz genau kann ich das wegen des Zustandes des umgebenden Gewebes nicht sagen, aber schätzungsweise 16 Zentimeter plus/minus maximal zwei Zentimeter.

Thomas maß die 16 Zentimeter zwischen seinen Händen.

Das ist dann in etwa die Länge der Mordwaffe. Gehen Sie von einem Messer aus? Oder kann es auch etwas anderes gewesen sein?

Schwarz schüttelte den Kopf.

Ich tippe in jedem Fall auf Messer, und zwar extrem scharf! Zumindest vermute ich das. Sehen Sie mal her.

Er hatte sich Gummihandschuhe übergezogen und zog die Wundränder etwas auseinander, damit Sarah und Thomas einen Blick hineinwerfen konnten.

Sehen Sie das? Über etwa zehn Zentimeter hinweg ist die Wunde in etwa gleich tief, dann fängt sie an, nach außen hin flacher zu werden. Der Täter hat auf der linken Seite zugestochen und dann die Wunde mit einem Schnitt immer dem Rippenbogen folgend nach rechts ausgeweitet. Selbst beim Herausziehen der Waffe hat er diese noch nach rechts bewegt und dabei den Schnitt weitergeführt.

Sarah ergriff das Wort.

Das bedeutet, wir können über die Breite des Werkzeuges keine Aussage machen? Gibt es Hinweise auf die Beschaffenheit oder Form, vielleicht den Schliff?

Schwarz musste verneinen

Leider nicht. Das hat zwei Gründe. Erstens ist das Gewebe, wie schon erwähnt, bereits zu stark angegriffen, als dass man Rückschlüsse auf Form und Schliff ziehen könnte. Und dann, und da muss ich sagen, haben wir ziemlich Pech, hat der Täter mit der Waffe weder Knochen noch Knorpel getroffen. Dort hätte er sonst Spuren hinterlassen, die uns unter Umständen weiter geholfen hätten. So aber hat er nur weiches Gewebe durchtrennt.

Sie sagten ja eben, dass der Täter über enorme körperliche Kräfte verfügt. Könnte die Wunde auch mit Gewalt gerissen worden sein, zum Beispiel mit einem Schraubenzieher oder etwas in der Richtung?, wandte Sarah ein.

Nein, soweit reichen die Spuren im Gewebe dann doch aus, um das auszuschließen, antwortete Schwarz. Außerdem: sehen Sie sich die Wunde an, sie ist über die komplette Länge fast gleichbleibend tief. So etwas bekommen Sie nur mit etwas von der Schärfe eines Sushimessers hin. Das menschliche Gewebe ist in diesem Bereich zu weich und auch zu dehnbar, als dass man eine solche Wunde mit etwas weniger Scharfem verursachen könnte!

Thomas trug die Fakten zusammen.

Das bedeutet, wir haben eine Mordwaffe, die etwa 14 bis 18 Zentimeter lang und auf jeden Fall spitz ist. Auf mindestens einer Seite besitzt sie außerdem eine extrem scharfe Schneide. Da kommt ja nur ein Messer in Frage!

Schwarz überlegte nur einen kleinen Augenblick.

Wenn ich mich festlegen sollte, ja, ein Messer. Dafür sprechen auch die folgenden Wunden. Sie erinnern sich, dass ich keine Fingerabdrücke nehmen konnte? Die Chance wäre bei dem allgemeinen Zustand der Leiche schon relativ gering gewesen, aber der Täter hat es ganz bewusst unmöglich gemacht.

Schwarz griff nach dem Handgelenk des Toten und drehte den Arm, der flach neben dem Körper auf dem Edelstahltisch lag, so, dass Sarah und Thomas die Handinnenflächen und die Finger sehen konnten. Obwohl die Verwesung auch hier bereits deutliche Spuren hinterlassen hatte, war auch für einen Laien leicht zu erkennen, dass an den Fingerkuppen erhebliche Verstümmelungen stattgefunden hatten.

Wie Sie sehen, fehlt an den Fingerspitzen erheblich mehr Gewebe, als sich durch die beginnende Verwesung erklären ließe. Der Täter hat unserem kleinen Freund hier die Fingerkuppen abgeschnitten. Nicht, wie in Mafiafilmen, das komplette erste Glied, sondern nur das Fleisch. Auch dafür muss er ein sehr scharfes Messer benutzt haben.

Schwarz gestattete Sarah und Thomas einen längeren Blick und legte dann den Arm wieder auf den Seziertisch.

Das ist ja grauenhaft!, entfuhr es Sarah.

Meinen Sie, er wurde gefoltert?

Schwarz und Thomas schüttelten beide den Kopf. Der Mediziner ließ Thomas den Vortritt mit seiner Interpretation.

Wenn nur eine geringe Anzahl an Fingerkuppen fehlen würde, könnte das auf eine Folter oder gezieltes Quälen hindeuten. Aber da alle zehn fehlen, würde ich stark vermuten, dass der Grund für die Verstümmelung einzig in der Erschwerung der Identifizierung zu suchen ist und diese postmortal stattgefunden hat.

Schwarz bestätigte das.

Medizinisch kann ich das nicht eindeutig sagen, aber es passt ins Bild: der abgelegene Fundort, keine Papiere, keine Kleidung. Der Täter wollte es uns wirklich nicht leicht machen!

Und weiter erschwerend ist die Tatsache, fügte Thomas hinzu, dass er auch hier nur durch weiches Gewebe geschnitten hat. Ob er mit Absicht vermieden hat, mit seinem Werkzeug Knochen zu treffen?

Er zuckte mit den Schultern.

Behalten wir diesen Zufall mal im Hinterkopf. Haben Sie in der Umgebung der verschiedenen Wunden Fremdblut oder andere Spuren feststellen können?

Sie meinen, falls sich der Täter im Umgang mit dem scharfen Werkzeug selbst verletzt hat? Nichts Offensichtliches. Aber selbstverständlich habe ich die üblichen Abstriche gemacht, auch um und in der Wunde. Das Labor untersucht auf mögliche Fremd-DNA. Diese Ergebnisse stehen aber noch aus. Ebenso die pharmakologischen Befunde. Auch wenn die Todesursache hier offensichtlich ist, habe ich die Standardtests veranlasst.

Er sah auf die Uhr an der Stirnseite des Raumes.

Mit sehr viel Glück bekommen wir da heute noch etwas, aber ich rechne nicht vor morgen früh damit. Die DNA-Tests dauern noch bis mindestens übermorgen.

Wir haben also ein bis etwa 18 Zentimeter langes, superscharfes Messer.

Thomas schloss das Thema Mordwaffe ab und nahm seinen letzten Schluck Kaffee.

Aber zurück zur Todesursache: ist er verblutet?

Das ist anhand der Größe und der Art der Wunde wahrscheinlich. Der Stich beziehungsweise Schnitt hat, das haben Sie vorhin sehen können, in einem aufwärtsgerichteten Winkel stattgefunden. Etwa 40 Grad. Der Einstich trifft Magen und linken Lungenflügel. Dann durchtrennt er, indem er die Waffe nach rechts führt, die Aorta und landet schließlich in Leber und rechtem Lungenflügel. Das hatte, neben der Aortaruptur, einen doppelseitigen Pneumothorax zur Folge. Die Lunge kollabiert, das Opfer kann nicht oder nur äußerst schwer atmen. Gleichzeitig schießt das Blut mit einem daumendicken Strahl aus dem Körper. Ob er letzten Endes erstickt oder verblutet ist, ist hier nicht von Relevanz, denke ich. Aber mit allergrößter Wahrscheinlichkeit verblutet.

Thomas und Sarah sahen sich die Verletzung noch einmal genau an, während Schwarz wie zuvor das Gewebe vorsichtig auseinanderhielt. Nach einigen Augenblicken richtete sich Sarah wieder auf und blickte etwas skeptisch in ihre Kaffeetasse. Schließlich nahm sie nach einigem Überlegen doch einen Schluck, den sie allerdings eher herunterzuwürgen schien, als ihn wirklich zu genießen. Thomas, der ihr Zögern ein wenig belustigt mitverfolgt hatte, wandte sich wieder Schwarz zu.

Haben Sie anhand der Spuren eine Theorie, wie es zu der Verletzung gekommen ist?, fragte er den Mediziner.

Ich habe über verschiedene Szenarien nachgedacht. Lage und Größe der Wunde, sowie die Richtung des Einstichs und der darauffolgenden Bewegung des Tatwerkzeuges, lassen für mich aber eigentlich nur einen Tathergang zu, sagte Schwarz, nachdem er Handschuhe ausgezogen und in einen Mülleimer unter dem Seziertisch geworfen hatte.

Der Täter, Rechtshänder und ein ordentliches Stück größer als das Opfer, kommt von hinten. Er sticht dem völlig ahnungslosen Kontrahenten vorne links vom Brustbein unter den Rippenbogen.

Schwarz stellte sich hinter Thomas und demonstrierte mit bloßer Faust die Bewegung.

Der Stich ist nach oben gerichtet und dringt aufgrund der Länge der Tatwaffe sehr weit in den Brustkorb ein, trifft die Lunge. Dann reißt er das Messer mit einer sehr kräftigen und schneidenden Bewegung unterhalb des Rippenbogens nach rechts und vergrößert so die Verletzung um ein Vielfaches.

Schwarz fuhr die Bewegung auf Thomas Körper nach.

Jetzt hat das Opfer keine Chance mehr. Die Lunge kollabiert augenblicklich, die Aorta ist durchtrennt, der Tod tritt innerhalb zwei, maximal drei Minuten ein.

Thomas löste sich aus Schwarz' Griff und stellte sich hinter ihn.

Und wenn der Täter unserem kleinen Freund die linke Hand auf den Mund gelegt hat und ihn nach dem Stich zum Beispiel mit dem Knie, entgegen seiner natürlichen Schmerzreaktion, ins Hohlkreuz gezwungen hat – Thomas drückte Schwarz das Knie in den Steiß und hielt ihn, während sich dieser unweigerlich nach hinten krümmte, mit beiden Händen fest – dann hat die Wunde weit geklafft und das Kollabieren der Lunge ging so schnell, dass er keinen Ton rausgebracht hat, richtig?

Thomas ließ Schwarz los, der mit übertriebener Theatralik beide Hände an die Lendenwirbel legte und über seine Bandscheiben zu lamentieren begann. Dann lächelte er die doch leicht erschrockene Sarah verschmitzt an und wandte sich Thomas zu. Er brauchte nur einige Sekunden Bedenkzeit, um mit einem Nicken zu bestätigen.

Ja, sagte er, mehr als ein leises Röcheln war dann nicht mehr drin. Wenn es sich so abgespielt hat, ging das Ganze ziemlich flott und fast lautlos vonstatten. Allerdings – und das muss ich nochmals betonen, wenn man bedenkt wie viele Organe und Gewebe er mit dem einen Schnitt durchtrennen musste – muss man zu dem Schluss kommen, dass er äußerst kräftig und seine Tatwaffe fast schon rasiermesserscharf war!

Thomas sah Sarah und Schwarz erst eine Weile an und schien seine Gedanken zu ordnen. Dann schloss er kurz die Augen und nickte wie zu sich selbst, die Lippen leicht gespitzt. Sarah kannte diesen Ausdruck bei Thomas. Er hatte zumindest einen Verdacht. Sie überlegte, ob sie ihn fragen sollte, verwarf den Gedanken aber. Er würde es ihr zunächst unter vier Augen sagen wollen.

Können Sie uns sagen, wie lange er schon tot ist?, wollte Thomas nun wissen.

Das gehört noch zu den Dingen, die genau bestimmt werden müssen, entgegnete Schwarz.

Da die Überreste einigermaßen hermetisch von der Umwelt abgeschlossen waren, haben wir keinen Insektenbefall, der uns die Arbeit normalerweise erleichtern würde. So aber sind wir für die Eingrenzung auf die reinen biochemischen Prozesse der stattfindenden Verwesung angewiesen. Hängt bekanntlich von sehr vielen Faktoren ab. Ich habe die Daten der nächstgelegenen Wetterstationen angefordert. Tag- und Nachttemperaturen, Niederschläge, Bewölkung, alles, was eine Rolle spielt. Wenn ich das alles habe, werde ich es mit dem Computer noch genauer eingrenzen können. Außerdem habe ich heute Morgen einen Praktikanten zu der Fundstelle geschickt, der soll mal den Tag über feststellen, wie die Sonne so an diesen Fleck kommt und die Temperaturen am Boden messen. Er ist angewiesen, das über zwei, drei Tage zu machen, dann kann ich die spezifischen Abweichungen zu den Daten der Wetterstationen besser abschätzen. In diesen kleinen Tälern kann das Lokalklima ganz erheblich von der Großlage abweichen. Aber bis ich die Daten ausgewertet habe, nehmen Sie als Richtwert mal zwei bis drei Wochen.

Sarah löste den Blick von Thomas, den sie bis jetzt angesehen hatte.

Wie groß ist die maximale Abweichung?

Schwarz neigte den Kopf hin und her und zog Luft durch die Zähne.

Da ist im Moment noch relativ viel möglich, sagen wir plus/minus fünf bis sieben Tage. Ich schätze, dass ich es Ihnen nach Auswertung aller Daten aber auf ein, zwei Tage genau werde sagen können.

Thomas nahm Sarah die leere Kaffeetasse ab und stellte sie zusammen mit seiner auf das Tablett am Schreibtisch. Sarah nahm diese ungewohnte Geste erfreut wahr.

Ok, sagte er, dann erst mal danke. Wenn Sie noch etwas rausbekommen oder die Ergebnisse der Tests da sind...

... dann rufe ich sofort an, wie immer.

Schwarz drückte Thomas den vorläufigen Obduktionsbericht und den Stapel mit den Fotos in die Hand.

Dann wünsche ich Ihnen beiden einstweilen einen schönen Tag und grüßen Sie Herrn Dr. Gröber.

Er zwinkerte Sarah zu und hielt den beiden Ermittlern die Tür auf.

Sarah und Thomas warteten vor dem Aufzug, um zum Sitzungssaal zu gelangen. Die erste Besprechung, die Gröber persönlich leiten wollte, stand an. Da zum derzeitigen Zeitpunkt kaum konkrete Hinweise oder Spuren vorhanden waren und der Großteil der medizinischen und labortechnischen Befunde noch ausstand, diente die Besprechung hauptsächlich dazu, die Kollegen, die dem Fall zugeordnet wurden, zu informieren. Auf der Fahrt von der Gerichtsmedizin hatte Thomas Sarah bereits mitgeteilt, was er für ein Bild von der Todesursache, der Täter-Opfer-Beziehung und den möglichen Hintergründen hatte. Sarah fand es ganz wichtig, dass sie beide vor solchen Meetings den gleichen Wissensstand hatten, damit nicht einer von ihnen vor den Kollegen und vor allem vor Gröber in eine peinliche Situation geriet. Außerdem war ihr gegenseitiger Austausch immer sehr fruchtend gewesen. Thomas hatte Sarah von Beginn ihrer Zusammenarbeit an immer in seine Theorien eingeweiht und ihr kritisches Feedback eingefordert. Der erste Austausch, den er immer mit ihr alleine machte, und die darauf folgenden Diskussionen hatten meist zu sehr interessanten Ansätzen geführt und sie im Laufe der Zeit besser und eingespielter werden lassen. Außerdem waren die Sachverhalte dann schon von zwei Personen mit durchaus unterschiedlichen Standpunkten beleuchtet und dadurch gefiltert oder weiterentwickelt worden. Das versetzte sie in die Lage, die Kollegen nur mit fundierten und plausiblen Theorien zu konfrontieren. Auch nach außen gaben sie so ein äußerst kompetentes Duo ab. Letzten Endes war auch das mit ein Grund, warum Gröber trotz seiner offensichtlichen Abneigung Thomas gegenüber diesen fast immer zum Leiter der zusammengestellten Kommissionen machte. Und das, obwohl er mit seinen 36 Jahren noch zu den jüngeren Ermittlungsbeamten gehörte.

Als sie im Sitzungssaal ankamen, saßen dort bereits Hans Pfefferle und sein Partner Thorsten Neubauer sowie Karen Polocek und Nico Berner. Sarah sah auf die Uhr: absolut pünktlich. Gröber würde mindestens 15 Minuten später kommen, nur um seine Wichtigkeit zu demonstrieren.

Sarah und Thomas begrüßten ihre Kollegen und setzten sich auf die freien Plätze am oberen Ende des Tisches.

Und, wollen wir schon anfangen oder lieber warten, bis der Chef da ist?

Pfefferle war ein gemütlicher, ziemlich übergewichtiger Kollege von 52 Jahren, der, den Vorruhestand bereits im Blick, in Bezug auf Gröber eine ähnlich lässige Haltung hatte wie Sarah und Thomas. Auch Karen Polocek und Nico Berner konnten gut mit Gröber umgehen, sie, ähnlich wie Sarah, mit einer eher souveränen Art, er, fast im Stile von Gröber selbst, mit einem gehörigen Schuss an Überheblichkeit und Arroganz. Allein Thorsten Neubauer, der leptosome, kurzhaarige Neuling, den Pfefferle unter seine Fittiche hatte nehmen müssen, war geradezu panisch, wenn Gröber einen seiner Ausbrüche bekam. Wenn Gröber erste Anzeichen von Missbilligung erkennen ließ, trat bei Neubauer sofort der Schweiß auf die Stirn, er begann zu stammeln und sogar seine Pickel traten auf der blassen Haut weiter hervor und schienen an Farbe zuzunehmen. Er war wohl der einzige, der Gröber beflissen mit Herr Doktor anredete ohne zu wissen, dass er ihm damit bitterbösen Spott entgegenbrachte.

Wie würde er das aufnehmen, wenn wir ohne ihn anfangen würden?, fragte er und es war klar, dass er alles vermeiden wollte, was Gröbers Stimmung bereits zu einem so frühen Zeitpunkt könnte kippen lassen.

Der doppelte Konjunktiv verdeutlichte seine Unsicherheit.

Nun machen Sie sich mal nicht ins Hemd, Neubauer. Er wird Sie schon nicht auffressen, brummte Pfefferle.

Andererseits können wir die Zeit nutzen und noch einen Kaffee trinken. Ziehen Sie doch mal los und besorgen Sie uns sechs schöne Becher Automaten-Cappuccino.

Und wenn Gröber vor mir da ist?, entgegnete Neubauer und seine Nasenspitze begann schon etwas weiß zu werden.

Alle verdrehten die Augen, nur Nico Berner ignorierte die Situation völlig und betrachtete gelangweilt die Decke. Doch bevor jemand eine bissige Bemerkung in Richtung Neubauer machen könnte, öffnete sich die Tür und Gröber trat ein. Wie auf Kommando blickten alle mit mehr oder weniger gut verstecktem Erstaunen auf ihre Armbanduhren. Eine Sekunde Stille im Raum.

Uhrenvergleich, kommentierte Thomas lautstark und unverhohlen grinsend die komisch anmutendende Situation. Während Sarah „Rado“ sagte, Pfefferle „Citizen“ einwarf, Karen Polocek ihre leeren Unterarme hob und Berner ob des billigen Spaßes ein leicht angewidertes Gesicht zog, war von Thomas Neubauer ein „13.04 Uhr“ zu hören.

Naturgemäß hatte auch Gröber den Witz nicht verstanden oder gab das zumindest vor und ging ohne eine Reaktion oder einen Gruß zum Thema über, während Sarah, Thomas und Pfefferle noch den verwirrten Ausdruck auf Neubauers Gesicht genossen. Dieser blickte unsicher und nervös von einem zum anderen.

Legen wir gleich los! Bierman, die Fakten. Und, wie immer, zuerst nur die Fakten. Rückschlüsse und Theorien später.

Thomas nickte. Ohne in seine Unterlagen zu sehen begann er, die bisherigen Ergebnisse zu referieren.

Wir haben eine bisher nicht identifizierte männliche Leiche. Körpergröße etwa 165 Zentimeter. Mit großer Sicherheit Asiate oder asiatischer Abstammung. Opfer eines Gewaltverbrechens. Todesursache ein einziger sauberer aufwärtsgerichteter Schnitt unter dem rechten Rippenbogen, der die Lunge massiv verletzt hat. Keine Abwehrverletzungen oder Folterspuren. Todeszeitpunkt in etwa vor drei Wochen. Die Leiche sauber in einer Gewebefolie eingebunden und einem Reisetrolley verpackt. Dazu wurden dem Opfer posthum die Hüftgelenke gebrochen. Des Weiteren wurden die Fingerkuppen an allen zehn Fingern mit einem scharfen Gegenstand abgeschnitten, ohne die darunter liegenden Knochen zu verletzen. Das geschah nach Einschätzung des Rechtsmediziners auch nicht aus Zwecken der Folter, sondern ebenfalls nach Eintritt des Todes. Die Verstümmelung dürfte dazu dienen, die Identität des Opfers zu verschleiern.

Er griff zu dem Stapel von Fotos, den Schwarz seinem vorläufigen Obduktionsbericht hinzugefügt hatte, und warf die Bilder nacheinander für alle sichtbar mitten auf den Tisch. Dann griff er zu dem Umschlag der Spurensicherung, den sie auf dem Weg ins Besprechungszimmer noch abgeholt hatten, und entnahm diesem einen Packen ausgedruckter Digitalbilder vom Fundort. Er breitete auch diese für jeden sichtbar aus.

Der Koffer wurde mit einigem Aufwand in einem abgelegenen Stück Wald in Günterstal versteckt. Kleidung und amtliche Dokumente wurden vom Täter, analog zu den abgeschnittenen Fingerkuppen, zur Erschwerung der Identifizierung entfernt. Aufgrund der fortgeschrittenen Verwesung ist kein Lebendbild zu erstellen. Der Abgleich mit der bundesweiten Vermisstendatenbank, den wir gestern trotz der wenigen Fakten über Körpergröße, Geschlecht, Zeitpunkt des Verschwindens und möglicher Abstammung durchgeführt haben, hat zu keinem vielversprechenden Ergebnis geführt. Pharmakologische und toxikologische Befunde, DNA-Analyse, Gebissschema, Analyse des Mageninhaltes, Abstriche jeder Art, sowie die Ergebnisse der erkennungsdienstlichen Untersuchung von Koffer, Folie, Seil und des gesamten Tatortes stehen noch aus. Das ist im Wesentlichen alles, was wir zu diesem Zeitpunkt an Fakten haben.

Die Bilder wurden von allen eindringlich begutachtet. Einer nach dem anderen lehnten sich die Polizisten zurück und blickten mehr oder weniger erwartungsvoll in Richtung Gröber. Es lag an ihm, die nächste Runde einzuläuten. Als dieser das letzte Bild aus der Hand gelegt hatte, wandte er sich an den jüngsten Kollegen.

Neubauer!

Ein leichtes Zusammenzucken.

Ja, Herr Dr. Gröber?

Gehen Sie doch mal ein Stockwerk tiefer und bringen Sie jedem einen Cappuccino, während wir das mal auf uns wirken lassen.

Merkliches Lächeln in den Augen der meisten Besprechungsteilnehmer. Neubauer ausgenommen, war Nico Berner der einzige, der sich durch seine Nichtreaktion von den Übrigen zu distanzieren suchte.

Sarah fand sein Benehmen befremdlich, fast noch unangenehmer als das von Gröber. Sie wusste, dass Berner auf einer Hacienda in Argentinien aufgewachsen war, Enkel deutscher Auswanderer, der in den ersten Jahren seines Lebens vom Zimmermädchen bis zum Chauffeur alles hatte, was man sich als betuchte Familie in Südamerika leisten konnte. Das Geld und auch das Umfeld mussten ihn zu dem Macho gemacht haben, der er heute war. Seine Gestik und Mimik deuteten eigentlich ständig an, was er für eine Meinung von seinem Gegenüber oder dessen augenblicklichem Niveau hatte, und dass er sich selbst für etwas Besseres hielt. So gesehen war es nicht dumm von Gröber gewesen, ihm die blitzgescheite und selbstbewusste Karen Polocek zur Seite zu stellen. Trotz ihres polnischen Namens war sie ein mediterraner Typ mit langen schwarzen Haaren und fast ebenso dunklen Augen. Ihre ziemlich füllige Figur hatte sie anfangs zu einem Objekt Berners plumper Sprüche werden lassen. Aber da sie äußerst schlagfertig, gebildet und eine gute Ermittlerin war, musste dieser sehr schnell erkennen, dass ihm Karen überlegen war – auf so manchen Gebieten. Nach wenigen Versuchen, ihr auf verschiedenste Weise ihre Position ihm gegenüber klarzumachen, hatte er es aufgegeben und seitdem funktionierten die beiden als Team auf einer sehr distanzierten, professionellen Ebene recht gut.

Nach wenigen Minuten trat Neubauer ein, auf einem Tablett balancierte er sieben dampfende Becher. Angefangen bei Gröber stellte er jedem einen an seinen Platz. Dieser nahm einen Schluck Cappuccino.

Als Erstes irgendwelche Fragen an die Kollegen Bierman und Hansen?, lud er die Ermittler ein.

Pfefferle ergriff das Wort.

Fundort ist ja offensichtlich nicht der Tatort. Irgendwelche Hinweise auf das Transportmittel? Reifenabdrücke, Bremsspuren, Schleifspuren, Fußabdrücke?

Er blickte Sarah an. Sie schüttelte den Kopf.

Absolut nichts Verwertbares.

Irgendwelche Hinweise auf die Tatwaffe?

Sarah schilderte kurz, was sie mit Schwarz in der Gerichtsmedizin diskutiert hatten. Danach hielt im Sitzungsraum mehr oder weniger Stille Einzug.

Ok, dann lassen Sie Ihren Assoziationen mal freien Lauf, forderte Gröber auf, nachdem er einige Sekunden von Einem zum anderen geschaut hatte.

Wer schreibt am Whiteboard?

Ohne einen Ton zu sagen stand Berner auf, griff sich einen Stift und blickte ausdruckslos in die Runde.

Täter und Opfer standen in einer Beziehung zueinander. Bei einem Zufallsopfer, bei Raub oder einer Streiterei hätte der Täter sich nicht die Mühe gemacht, die Spuren so zu verwischen. Er hat Angst, dass man ihn über das Opfer identifiziert.

Karen hatte sich vorgebeugt.

Und diese Mühen zeugen davon, dass der Täter sich sicher ist, unerkannt bleiben zu können. Das spricht dafür, dass es bei der Tat keine Zeugen gab, er also mit dem Opfer alleine war.

Thomas nickte. ... oder mit den Tätern... was wiederum untermauert, dass Opfer und Täter sich gekannt haben. Oder aber der Angriff kam so überraschend und schnell, dass unser Toter seinen Angreifer nicht bemerkt hat. Es könnte auch eine Kombination von beidem sein.

Gibt es Grund zur Annahme, dass es mehrere Personen waren? Oder konkrete Hinweise, dass es sich nur um einen Einzelnen handelt?, hakte Karen nach.

Sarah nahm die Frage auf.

Weder das Eine, noch das Andere. Die Indizien zeigen eindeutig, dass es einem kräftigen Mann durchaus möglich war, sowohl das Opfer zu töten, als es auch mit einer gewissen Anstrengung zu verpacken und an die Fundstelle zu verfrachten. Es spricht nichts zwingend für Helfer. Aber wie gesagt, das bedeutet nur, dass es eine Person getan haben könnte und schließt das Vorhandensein Weiterer nicht aus!

Stichwort „Opfer töten".

Nico Berner hatte auf dem Whiteboard die Möglichkeiten der alleinigen sowie mehrfachen Täterschaft notiert.

Gibt es Erkenntnisse darüber, wie die Tat genau stattgefunden hat?

Thomas nickte, riss den vollkommen ahnungslosen Thorsten Neubauer von seinem Stuhl und demonstrierte, was sie in der Rechtsmedizin mit Schwarz diskutiert hatten.

So kann man das Zustandekommen der Wunde perfekt erklären... Einzeltäter!

Er drehte sich, den verschüchterten Kollegen noch immer fest im Griff, zu Pfefferle und bat ihn, in der jetzigen Stellung als zweiter Täter auf verschiedene Arten zuzustechen. Es wurde allen schnell klar, dass, egal wie Pfefferle sich stellte oder wie er sein „Messer" auch hielt, die Verletzung nur unter seltsamen Annahmen und unsinnigen Griffhaltungen zustande kommen konnte. Gegen jede Alternative gab es stichhaltige Einwände, die verdeutlichten, dass die Theorie vom hinter dem Opfer stehenden Einzeltäter die wahrscheinlichste war. Thomas ließ den leicht verkrampften Neubauer los und schlug ihm auf die Schulter.

Gut gemacht!

Ok, damit wissen wir allerdings nicht, ob noch andere anwesend waren, fasste Nico Berner zusammen.

Diese Frage ist also noch offen.

Ist zum derzeitigen Stand auch nicht von Relevanz, angesichts der verschwindend geringen Menge an Fakten, knurrte Gröber.

Was ziehen Sie aus den Umständen der Tat für Schlüsse, Bierman?

Zumindest ein Verdacht, der sich mir aufdrängt, ist ein sehr unangenehmer. Die Art, wie das Opfer unseren Vermutungen nach zu Tode kam, wird bei den Spezialeinheiten und Geheimdiensten als eine von verschiedenen perfekten Methoden gelehrt, einen einzelnen Gegner aus dem Hinterhalt heraus im Nahkampf zu töten.

Warum sticht man dann nicht von hinten ins Herz?, fragte Thorsten Neubauer, der sich zum Erstaunen der anderen zu Wort meldete.

Ist doch sicherer und schneller!

Falsch!, stellte Thomas richtig.

Erstens ist die Gefahr, bei der Attacke auf das Herz von hinten an der Wirbelsäule oder den Rippen hängen zu bleiben, viel zu groß. Zweitens führt der Stich ins Herz keinesfalls zum sofortigen Tod! Das Opfer kann noch eine ganze Weile leben und dabei, und das ist jetzt das Entscheidende, sprechen, weglaufen und auch schreien. Der wichtige Punkt dieser Methode hier ist, dass, wenn man es richtig macht, praktisch kein Laut mehr über die Lippen des Opfers kommt. So tötet man lautlos! Und da diese Methode ein spezielles Wissen und auch eine gewisse Übung voraussetzt, hege ich den Verdacht, dass es sich bei unserem Täter um einen Profi handeln könnte. Die Tat war so perfekt umgesetzt, dass ich hier nicht an einen Zufall glaube.

Betretenes Schweigen in der Runde zeigte an, dass jeder der Anwesenden Thomas' Ausführungen für stichhaltig und glaubwürdig erachtete und zumindest die Möglichkeit gegeben war, dass er mit seiner Theorie, das Opfer könnte von einem Profi getötet worden zu sein, recht haben könnte. Dann war es wieder Thorsten Neubauer, der, für seine Verhältnisse fast schon vorlaut, mit einem neuen Gedanken aufwartete.

Aber wenn er ein Profi ist, dann weiß er auch, dass eine Person genauso gut wie über ihre Fingerabdrücke auch über ihr Gebissschema identifiziert werden kann. Wenn er sich, wie jetzt schon vielfach festgestellt, so unendliche Mühe gemacht hat und sogar die Fingerabdrücke verschwinden ließ, dann hätte er als Profi doch auch die Zähne ziehen oder ausschlagen müssen.

Sofort wanderten alle Augen zu Thomas, der wenige Augenblicke nachdachte und dann den Kopf schüttelte.

Da bin ich anderer Ansicht, entgegnete er, er versucht nur effizient zu sein. Nach Fingerabdrücken kann man in den mittlerweile schon international vernetzten Polizeidatenbanken systematisch suchen. Und da reicht bereits der Umstand, dass eine Person schon einmal wegen eines vergleichsweise geringen Tatbestandes wie Einbruch oder Autodiebstahl erkennungsdienstlich behandelt wurde. Oder die Person steht im öffentlichen Leben, gilt als gefährdet oder stand schon einmal unter Polizeischutz oder Ähnliches. Mittlerweile reicht es ja schon, per Flugzeug in die USA einzureisen, um seine Fingerabdrücke zur Identifizierung abgeben zu müssen! Sprich: die Chance, dass, aus welchen kriminellen oder nichtkriminellen Hintergründen auch immer, die Fingerabdrücke einer Person irgendwo in Computersystemen gespeichert sind, ist relativ groß. Dahingegen kann eine Person anhand des Gebissschemas ja nur dann identifiziert werden, wenn man beim entsprechenden Zahnarzt der Person die Unterlagen einsehen kann. Mit anderen Worten, man benötigt schon einen bestimmten Verdacht, wer die Person, die es zu identifizieren gilt, gewesen sein könnte. Eine blinde Treffersuche wie bei den Fingerabdrücken funktioniert nicht, allein mangels der Existenz und der Vernetzung entsprechender Datenbanken. Die einzige Chance bestünde in der Veröffentlichung des Gebissschemas in den einschlägigen zahnärztlichen Fachblättern mit der Bitte um Unterstützung. Haben wir auch schon einmal gemacht, brachte aber keinen Erfolg. Es gab allerdings schon Fälle, in denen das Opfer auf diese Weise identifiziert werden konnte.

Sarah nickte.

Wir hatten in den Grundkursen zur Kriminaltechnik einen Beispielfall. Aber die Wahrscheinlichkeit ist bedeutend geringer als bei einer computergestützten Suche nach Fingerabdrücken oder DNA.

Du meinst, fasste Karen Polocek an Thomas gewandt zusammen, dass der Täter deiner Überlegung folgend die Zähne verschonte, aber sehr wohl einkalkuliert hat, dass sich die Fingerabdrücke des Opfers möglicherweise bei einer Recherche hätten finden lassen können. Entweder weil er weiß, dass das Opfer bereits „Kontakt" zu den Behörden hatte, oder aber, weil er das Risiko genauso wie du eingeschätzt hat und ihm ebendieses einfach zu groß war. Das würde dann sogar von einer Abgeklärtheit zeugen, die deine Profitheorie eher untermauert, als ihr zuwider spricht!

Alle, inklusiv Gröber und Neubauer, nickten, während Nico versuchte, das Wort Profikiller irgendwie sinnvoll in seine Aufzeichnungen am Whiteboard einzufügen.

Eines scheint mir sicher: Das war keine Zufallstat oder eine Handlung im Affekt, ließ Pfefferle verlauten, dagegen sprechen zu viele Details, die von einem durchdachten Vorgehen des Täters zeugen. Er wusste genau, was er tat und hat nie die Kontrolle verloren. Es war ein kaltblütiger und fast perfekt verübter Mord.

Wieder vermittelten die nachdenklichen Mienen der Tischrunde Zustimmung.

In die Stille hinein fragte Sarah Thomas: Woher weißt du eigentlich schon wieder so genau, wie bei den Geheimdiensten dieser Welt Menschen lautlos kaltgemacht werden?

Das fragen Sie ihn ein andermal, schnitt Gröber Thomas die Antwort ab, es geht jetzt um die zu erledigenden Aufgaben! Die Fakten, die wir haben, sind mehr als mager, die Theorie mit dem Profi halte ich nicht für abwegig, aber auch nicht wirklich für zwingend. Bierman, wie wollen Sie weiter vorgehen?

Solange wir nicht alle Untersuchungsergebnisse des Erkennungsdienstes und der Untersuchungen der Leiche haben, halte ich es für müßig, viel Energie in wenig versprechende Richtungen zu lenken. Ich denke, das Einzige, was wir derzeit machen können, ist die Suche in den Vermisstendatenbanken weniger restriktiv zu gestalten, in der Hoffnung, einige vage Treffer zu erhalten, die es sich lohnt, weiter zu untersuchen. Der Tote könnte Ausländer sein, deswegen schlage ich vor, dass wir Kontakt zu den Behörden der Nachbarländer aufnehmen und auch deren Vermisstendatenbanken auf mögliche Übereinstimmungen untersuchen. Ich denke, das wird die Beschäftigung für den Nachmittag sein. Morgen Vormittag können wir mit weiteren Laborergebnissen rechnen, dann sehen wir weiter.

Ok, einverstanden, gab Gröber zurück.

Wie sieht es mit der Presse aus?, fragte Karen Polocek.

Vielleicht können wir über einen sehr vorsichtig formulierten Artikel Informationen aus der Bevölkerung bekommen?

Nicht zum gegenwärtigen Zeitpunkt!, gab Gröber unumwunden und fast aggressiv zurück.

Ich bin froh, dass die Öffentlichkeit nichts über dieses Verbrechen weiß und dementsprechend auch kein Interesse hat! Die Lösung dieses Falles scheint für mich im Moment in so weiter Ferne, ich will nicht in die Schusslinie der Medien geraten und uns unter Druck setzen lassen. Bierman, was ist mit den Leuten, die die Leiche gefunden haben?

Sind entsprechend instruiert, antwortete er, als Weiteres gebe ich zu Bedenken, dass es von Nachteil für unsere Ermittlungen wäre, wenn der Täter erführe, dass sein Opfer gefunden wurde. Im Moment wiegt er sich in Sicherheit. Wenn er von der Entdeckung erfährt, könnte er unseren Ermittlungen gezielt entgegenwirken oder sich einfach absetzen. Immer vorausgesetzt, es handelt sich um eine Person hier aus dem süddeutschen Raum.

Und nicht um einen CIA-Agenten, ergänzte Nico Berner etwas spöttisch.

Du missverstehst meinen Ausdruck „Profi"! Wenn sich ein Geheimdienst des Opfers angenommen hätte, und sei es einer der unseren, dann hätten wir jetzt keinen Fall, da sei dir mal sicher!, entgegnete Thomas etwas gereizt.

Wenn ich Profi sage, meine ich, dass die Person das Töten gelernt hat und es vielleicht sogar gewöhnt ist!

Sarah hatte schon des Öfteren festgestellt, dass er auf Spötteleien seine Person oder Kompetenz betreffend mitunter recht wirsch reagieren konnte. Aber jetzt atmete er nur einmal tief durch, und während Gröber seine Unterlagen zusammenpackte und beim Verlassen des Raumes lediglich die Hand hob, begann er, die Rollen für den Nachmittag zu verteilen.

Ok, fangen wir mit den unmittelbaren Nachbarn an! Karen, du hattest doch letztens mit den Schweizer Kollegen in Basel zu tun...

Kriminaloberkommissar Stimpfli wird sich bestimmt an dich erinnern, das heißt, Schweiz für dich.

Karen nickte beflissentlich. Noch bevor Thomas weiterreden konnte, steckte Gröber den Kopf noch einmal durch die Tür herein.

Bierman, fassen Sie alles, was wir bis jetzt haben, heute noch in einen kurzen Bericht. Ich habe um 9.30 Uhr ein Treffen mit dem Staatsanwalt. Das heißt: 8 Uhr auf meinem Schreibtisch!

Sofort war die Tür wieder geschlossen. Thomas runzelte die Stirn und nahm den Faden wieder auf.

Zu welchem Kollegen in Mulhouse oder Straßburg haben wir einen guten Draht?

Comissaire Dufour in Straßburg, meldete sich Sarah, den kann ich übernehmen.

Sehr gut, und da du auch die Einzige bist, die hier ein nennenswert gutes Französisch spricht, würde ich dich auch bitten, die Kollegen in Luxemburg zu kontaktieren. Nico, knöpf du dir bitte Bregenz vor. Hans, du und Herr Neubauer, Ihr könnt die Kollegen in Liechtenstein ansprechen, die Kollegen dort können ausgezeichnet Deutsch. Wenn ihr mit den nächsten Nachbarn ergebnislos durch seid, würde ich dich, Sarah, bitten, weiter Richtung Belgien zu gehen. Hans, ihr könnt Tschechien und die Slowakei mit einbeziehen. Karen, du kannst dich ja dann mit den grenznahen Städten in Polen in Verbindung setzen, da hast du ja keine Sprachbarriere. Wenn das alles nichts bringt, was ich leider befürchte, weiten wir die Suche entsprechend aus. Aber bis morgen die nächsten Untersuchungsergebnisse kommen, haben wir zumindest was zu tun. Alles klar soweit?

Zustimmendes Gemurmel und allgemeines Herumkramen in den Unterlagen war Thomas Zeichen genug, dass die Sitzung von allen als beendet angesehen wurde. Er selbst nahm den letzten Schluck seines nunmehr kalten Kaffees und packte ebenfalls seine Papiere zusammen. Die Anwesenden machten sich auf den Weg in ihre Büros, um mit den entsprechenden Nachforschungen zu beginnen.

Thomas und Sarah verließen gemeinsam als Letzte den Sitzungsraum und gingen schweigend den Gang hinunter. Als sie vor dem Aufzug warteten, griff Sarah ihre Frage von vorher noch einmal auf.

Gröber hat dich vorhin so rüde unterbrochen, als ich dich fragte, woher du die verschiedenen Arten der – nennen wir es mal „Spezialisten" – zu töten, Bescheid weißt. Ist das nur wieder etwas von deinen unendlich vielen Interessensgebieten oder hat das einen anderen Hintergrund?

Thomas blickte sie etwas zerstreut an. Er hatte angenommen, ihre Frage sei einfach lapidar in den Raum geworfen gewesen, vielleicht eine witzig gemeinte Bemerkung. Dass sie tatsächlich eine Antwort erwartete und möglicherweise sogar mehr dahinter vermutete, überraschte ihn, zumal ja tatsächlich sein bisheriger Werdegang ursächlich für sein Wissen auf diesem Gebiet war. Das war zwar kein Geheimnis, aber er war sich sicher, dass keiner seiner Kollegen außer Pfefferle darüber Bescheid wusste, und er konnte sich auch nicht vorstellen, dass Sarah mit Gröber über ihn geplaudert hatte. Einen Moment überlegte er, ob es der richtige Zeitpunkt war, ihr etwas von sich und seiner bewegten Vergangenheit zu erzählen, entschied sich aber dagegen. Er wusste, wenn er sich kurz fasste, würde eine Frage die nächste ergeben. Als sich die Fahrstuhltüren öffneten und er hinter Sarah in die Kabine trat, sagte er deswegen nur:

Das ist in der Tat eine etwas längere Geschichte.

Doch gleich darauf biss er sich wegen dieser Formulierung auf die Lippe, denn ihm war augenblicklich klar geworden, dass es für Sarah ja geradezu eine Herausforderung war, jetzt mehr zu erfahren. Doch sie reagierte sehr defensiv.

Vielleicht haben wir ja mal Zeit, dass du sie mir erzählen kannst, sagte sie nur knapp und beließ es auch während der Fahrt dabei.

Doch Thomas nahm den offensichtlich ausgelegten Köder nicht an. Als sich drei Stockwerke tiefer die Türen des Aufzuges öffneten, hörten sie schon in ihrem Büro schräg gegenüber ein Telefon klingeln. Thomas beeilte sich, zu seinem Schreibtisch zu kommen und versuchte, seine Unterlagen irgendwo auf den vorhandenen Stapeln zu platzieren, um das Gespräch, das auf seinem Apparat ankam, entgegenzunehmen, bevor es der Anrufer aufgab oder die Umleitung zur Zentrale einsprang. Da er keine ausreichend große, ebene Fläche vorfand, legte er seinen Stapel auf Sarahs Schreibtisch ab, die das Ganze stirnrunzelnd verfolgte. Während Thomas den Hörer abnahm und Bierman ins Telefon bellte, legte sie ihre eigenen Unterlagen ab und drohte Thomas mit erhobenem Zeigefinger. Dieser hob entschuldigend die Arme und schaltete den Lautsprecher des Telefons an. Am anderen Ende war Schwarz.

... was hat denn da gerade so furchtbar gekracht?, war das Erste, was Sarah von dem Rechtsmediziner hörte.

Ich habe Sie nur eben auf laut gestellt, damit Frau Hansen mithören kann, antwortete Thomas.

Ah, das ist gut! Hallo Frau Hansen, haben Sie den Besuch bei mir heute Morgen gut verkraftet?

Ganz der Charmeur ließ er es sich natürlich nicht nehmen, Sarah persönlich zu begrüßen.

Hallo Dr. Schwarz, gab sie zurück, na ja, schön war es wirklich nicht, um ehrlich zu sein. Ich frage mich, wie Sie wohl Ihr Mittagessen heute genossen haben. Ich jedenfalls hab es ausfallen lassen. Aber was haben Sie denn für uns?

Im Hintergrund hörte man das Rascheln von Papier.

Ich bin selber etwas erstaunt, wie schnell die nun folgenden Informationen ihren Weg zu mir gefunden haben... Wieder war das Blättern in Unterlagen zu hören, was darauf hindeutete, dass sich Schwarz selbst noch keinen Überblick verschafft hatte, bevor er zum Telefon griff. Es sind, wie ich gerade sehe, auch nur die Ergebnisse der Wundabstriche, die ich gestern noch ins Labor gegeben hatte... ohne die DNA-Analyse... verflucht warum haben die mir das denn überhaupt schon geschickt?

Thomas und Sarah grinsten sich schweigend an, während Schwarz weiter mit seinen Papieren kämpfte.

Ah, da haben wir es ja. Hmmm..., ok. Also das Labor hat mich vorab über etwas informiert, das bei der Chromatographie der Wundabstriche auffällig erschien.

Wieder eine längere Pause, in der Schwarz den Bericht eingehender studierte.

Ja, das ist wirklich bemerkenswert, ließ er zwischendurch verlauten.

Jetzt spannen Sie uns nicht weiter auf die Folter, konnte Thomas seine Neugier nicht mehr zügeln, woraufhin sich Schwarz räusperte und dann begann, die neuen Erkenntnisse vorzutragen.

Wir haben sowohl in der Stichwunde als auch an den Wundrändern der Finger eine nicht unbeträchtliche Menge einer Mischung an n- und Iso-Paraffinen nachweisen können... hier folgen Einzelheiten zur Zusammensetzung... das Ganze wird bei diesem Mischungsverhältnis eine cremige Paste gewesen sein. In der Stichwunde, genauer, direkt beim Einstich, war die höchste Konzentration. Der Verletzung Richtung rechten Rand folgend nahm die Konzentration ab. Und auch an den Fingern konnte das Labor von Schnitt zu Schnitt eine geringer werdende Menge dieser Substanz finden. Außer in den Wunden war sie am ganzen Körper nicht vorhanden. Zumindest was die Abstriche, die ich gemacht habe, angeht. Lassen Sie mich eines noch hinzufügen: An dieser Stelle wage ich zu behaupten, dass das Opfer zum Zeitpunkt der Tat nackt war oder zumindest aber am Oberkörper keine Kleidung trug. Sonst hätte sich die Substanz höchstwahrscheinlich an dem Stoff abgerieben und wäre nicht, oder zumindest nicht in dieser Konzentration, nachzuweisen gewesen.

Während Schwarz sich wieder in die Papiere zu vertiefen schien, sah Sarah zu Thomas, der angestrengt nachdachte.

Daraus lassen sich auf alle Fälle schon mal zwei Fakten ableiten, fasste er seine Gedanken nach einer Weile zusammen.

Erstens, da sich diese Paraffine außer in den Wunden nirgendwo sonst auf der Leiche befinden, können wir davon ausgehen, dass sie mit der Tatwaffe dorthin gelangt sind. Das bedeutet, dass die Tatwaffe mit der betreffenden Substanz kontaminiert war. Und zweitens zeigt uns die abnehmende Konzentration des Stoffes die zeitliche Abfolge, in der die Wunden verursacht wurden, da mit jedem Schnitt diese Creme, was auch immer es ist, zunehmend von dem Werkzeug, wir hatten uns auf ein Messer geeinigt, abgerieben wurde.

Genau!, ergänzte Sarah, zuerst der Stich, da war die Waffe noch voll von dem Zeug, deswegen ist hier auch am meisten davon zurückgeblieben. Bei der Wunderweiterung wurde es schon weniger, dann ging es an die Finger.

Jeweils vom Daumen Richtung kleiner Finger, mit der linken Hand angefangen, vervollständigte Schwarz, am Ring- und kleinen Finger der rechten Hand war es kaum noch nachzuweisen. Das Ganze bestätigt uns auch in der Annahme, dass unser Opfer nicht gefoltert wurde. Schließlich hatte er die tödliche Verletzung zu dem Zeitpunkt ja schon erhalten.

Irgendwie empfand Sarah an dieser Nachricht etwas Tröstliches.

Und selbst wenn er zu dem Zeitpunkt noch gelebt haben sollte, mitbekommen hat er es nicht. Da hatte er schließlich ganz andere Probleme, ruinierte Thomas mit nur einer Bemerkung Sarahs vorangegangene Gedanken.

Aber nun die spannende Frage: Was sollen wir uns unter einer, wie nannten Sie es, Mischung aus n- und Iso-Paraffinen vorstellen, und wo kommt so etwas vor?

Das Ganze, antwortete Schwarz, der seine Unterlagen jetzt sicher unter Kontrolle zu haben schien, ist ein Abfallprodukt aus der Erdölgewinnung, eine weißlich-transparente, salbenartige Mischung aus verschiedenkettigen Kohlenwasserstoffen. Die Art der Zusammensetzung ist sehr spezifisch. In der Technik ist die Substanz sehr beliebt, weil sie universell als Gleitmittel eingesetzt werden kann. So wird sie vielfach in Rollen-, Walz- und Gleitlagern benutzt. Des Weiteren werden auch unbewegte Werkstoffe mit der Substanz behandelt, weil sie einen hervorragenden Korrosionsschutz bietet. Darüber hinaus wirkt sie auf kein bekanntes Material aggressiv.

Das scheint ja ein wundersames Zeug zu sein, sagte Sarah, sagen Sie nur, man kann damit auch die Zähne putzen?

Schwarz lächelte am anderen Ende der Leitung.

Nein, Zähne putzen kann man damit nicht, zumindest nicht ohne Zugabe bestimmter Stoffe. Aber sie wirkt beim Menschen wundheilungsfördernd und wird auch in der Kosmetik vielfach eingesetzt. Und jetzt, Ohren auf: Sie kennen die Substanz unter der Bezeichnung Vaseline.

Vaseline, stöhnte Sarah, hätten Sie uns das nicht auch in kürzerer Form mitteilen können?

Das hätte ich, sagte Schwarz und das Schmunzeln hätte man fast greifen können, so eindrücklich gab der Lautsprecher seine kindliche Freude wieder, aber auf diese Weise macht es mir einfach viel mehr Spaß! Und Sie wissen ja, wenn man keinen Spaß mehr an seiner Arbeit hat...

Thomas überhörte die freundschaftlichen Kabbeleien zwischen seiner Partnerin und Schwarz. Er setzte sich auf seinen Bürostuhl, stellte die Ellenbogen auf die Tischkante und rieb sich seufzend mit beiden Handflächen durch das Gesicht. Dann legte er die Hände, wie zum Gebet gefaltet, zusammen, die Fingerspitzen an der Nase, die Daumen unter dem Kinn und wartete, bis die beiden mit ihrer Diskussion fertig waren. Als nach einem kurzen Abtausch Stille herrschte, teilte er die Erkenntnis, die ihn soeben ereilt hatte, mit.

Wir haben, sagte er, ein Mordwerkzeug, von dem wir wegen der notwendigen Schärfe annehmen, dass es sich um ein Messer handelt, und dessen Klinge mit Vaseline eingefettet wurde. Damit würde ich behaupten, ist klar, um was genau es sich dabei gehandelt hat.

Diesmal war es an Thomas, die spannungsgeladene Stille einige Momente länger als notwendig genüsslich auszukosten.

Ok, ich sag es euch. Es war ein Tauchermesser. Die Vaseline dient quasi dem Rostschutz der Klinge.

Ein Tauchermesser?, wiederholte Sarah mit einem ziemlich skeptischen Blick.

Konservieren Taucher etwa ihre Messer mit Vaseline?

Das mag für dich vielleicht komisch klingen, aber: Ja, Taucher konservieren ihre Messer mit Vaseline.

Thomas sagte das sehr bestimmt und Sarah hatte ein wenig Angst, dass er ihre spontane Reaktion als Kritik an seinen Rückschlüssen aufgefasst hatte. So oft er sehr zugänglich für ihre Anregungen und Ergänzungen war, manchmal reagierte er, ohne dass man es vorhersagen konnte, ihrer Meinung nach einfach ziemlich eingeschnappt. Ihr gegenüber war das zwar äußerst selten, aber es kam vor. Und trotz aller Anstrengung war es ihr noch nicht gelungen, dahinterzukommen, nach welchem Muster seine Reaktionen ausfielen. Vielleicht war es auch einfach nur Launenhaftigkeit.

Ich hätte nur gedacht, dass man auf die Idee kommt, bei Messern, die unter Wasser verwendet werden sollen, ein sehr widerstandsfähiges Material wie etwa rostfreiem Edelstahl zu verwenden, erklärte Sarah ihr Unverständnis und ihre Nachfrage.

Das ist natürlich auch so, sagte Thomas und seine Stimme verriet ihr, dass er nicht verärgert war

Aber selbst die allermeisten Edelstähle reagieren auf Meerwasser zumindest längerfristig korrosiv. Daher nehmen Taucher ihre Messer regelmäßig auseinander und fetten Klinge und Angel dick mit Vaseline ein, um das gute Stück zu schützen.

Gibt es denn keine Messer aus Titan oder einem ähnlich haltbaren Stoff?, fragte Schwarz nach.

Es gibt mittlerweile sogar solche aus Keramik, aber Fakt ist, es werden immer noch die allermeisten Taucheresser aus Edelstahl, in der Regel 420er, gefertigt, die der geflissentliche Taucher brav mit Vaseline einfettet, weil sie die beste Wirkung bietet, eine gute Haftung hat und obendrein spottbillig ist.

Kann denn nicht trotzdem irgendetwas Anderes in Frage kommen?, tönte Schwarz' Stimme aus dem Telefon.

Ich will nicht ausschließen, dass man sich auch andere Szenarien ausdenken kann, bei dem sich ein scharfer Gegenstand in Verbindung mit Vaseline als Mordwaffe nutzen lässt, aber warum die Fantasie anstrengen, wenn wir so offensichtliche Indizien auf einen doch sehr gängigen Gegenstand haben?

Weder Schwarz noch Sarah gaben darauf eine Antwort.

Gehen wir also von einem Tauchermesser aus, hielt Thomas nach angemessener Bedenkzeit fest.

Sarah ergriff ereifert das Wort.

Das hilft uns bei der Tätersuche aber ein riesiges Stück weiter! Unser Täter ist auf jeden Fall ein aktiver Taucher! Ich könnte mir zwar vorstellen, dass die meisten Tauchermesser, die über die Ladentheke gehen, niemals mit Wasser in Berührung kommen. Aber wenn jemand ein solches Messer nicht zum Tauchen benutzt, wird er es ziemlich sicher nicht mit Vaseline einfetten. Alleine schon deswegen, weil er als Landratte nicht weiß, dass es „echte" Taucher so machen. Wir haben somit eine erhebliche Einschränkung des Täterkreises.

Langsam, langsam, bremste Thomas den fast euphorischen Ausbruch von Sarah, die mit einer beachtlichen Geschwindigkeit diesen Schluss gezogen hatte.

Weißt du, wie viele aktive Taucher es alleine im südbadischen Raum gibt? Ich kenne keine Zahlen, aber der Sport ist mittlerweile so beliebt, das geht in die Zehntausende. Nicht zu vergessen, dass wir aber auch nicht den geringsten Anhaltspunkt dafür haben, dass unser Täter überhaupt von hier ist. Solange wir vom Täter ausschließlich wissen, dass er Taucher und groß und kräftig gebaut sein könnte, gleicht unser Problem immer noch der Suche nach der Nadel im Heuhaufen.

Aber zumindest haben wir doch die Option, bei den Tauchshops und -schulen...

Thomas unterbrach sie mit einem Kopfschütteln.

Die Option, ja. Aber im Moment halte ich das für voreilig. Dafür ist die Anzahl der Shops und Schulen einfach zu groß. Wir können uns das immer noch offenhalten, wenn uns die anderen Ergebnisse und Recherchen nicht weiterbringen. Vergiss nicht, wir sind in diesem Fall nur mit sechs Ermittlern besetzt, mehr kriegen wir von Gröber derzeit sicher nicht. Für diesen immensen Aufwand ist das Indiz einfach zu vage.

Vage? Ich meine, der Täter ist Taucher..., begann Sarah

Stopp!, sagte Thomas.

Wir gehen nur mit einiger Sicherheit davon aus, dass es sich bei der Mordwaffe um ein Tauchermesser handelt! Das mit der Vaseline, da gebe ich dir natürlich recht, weist auf ein Messer hin, das auch tatsächlich zum Tauchen verwendet wird oder wurde. Aber vielleicht ist unser Täter ja schon lange nicht mehr aktiv und das Messer lag jahrelang in der Nachttischschublade. Die Vaseline wäre auch nach langer Zeit noch vorhanden.

Er machte eine kurze Pause und sah Sarah mit einem beruhigenden, fast liebevollen Blick an.

Natürlich teile ich deine Rückschlüsse, fuhr er fort, gerade auch, weil die Theorie von einem aktiven Taucher, der seine Ausrüstung pflegt und dabei sehr gewissenhaft ist, irgendwie gut in unser Bild von einem abgeklärten, präzise vorgehenden Profi passt. Ich will nur, dass wir keine Schnellschüsse machen.

Ich finde, das ist die beste Spur, die wir derzeit haben, konterte Sarah ein bisschen weniger trotzig als sie es ursprünglich wollte.

Es könnte die beste Spur werden! Ich will nur sehen, ob wir dem Puzzle noch ein paar Details hinzufügen können, bevor wir uns in vielleicht unnötige Berge von Arbeit stürzen. Schwarz, sind Sie noch da?

Jaha!, tönte es aus einiger Entfernung durch den Lautsprecher und das leise, gerade soeben noch wahrnehmbare Klirren von Glas ließ Thomas vermuten, dass er sich gerade an der Bar in der hinteren Ecke seines Büros einen Drink einschenkte.

Um diese Zeit greifen Sie schon zu Ihrem Highland Park?, fragte er in Richtung des Telefons.

Sie wissen, wenn Sie irgendwie Hilfe benötigen...

Diese Stichelei konnte er sich erlauben, weil Schwarz alles andere als ein Trinker war. Er war nur der pure Genussmensch und seinen mittäglichen Dram Malt ließ er sich einfach nicht nehmen.

Thomas, für den der wuchtige Schottische Whisky ein fürchterliches Gebräu war, zog ihn bei Gelegenheit ein wenig mit seiner Vorliebe auf.

Nach ein paar Sekunden, in denen aus dem Lautsprecher nichts zu vernehmen war, zeigte das Ächzen eines ledernen Bürostuhls an, dass Schwarz wieder am Schreibtisch angekommen war.

Was kann ich denn noch für Sie tun?, fragte er.

Kann man bei einem Toten, der sich im Zustand unseres Mordopfers befindet, noch anhand irgendwelcher Parameter feststellen, ob er in der Zeit vor seinem Tod getaucht hat?

Schwarz stockte einen Moment.

Wenn es nicht zu lange vor dem Exitus war, und die Leiche noch nicht lange gelegen hat, denke ich schon, dass das möglich sein könnte. Allerdings ist bei unserem kleinen Freund hier das Problem, dass er schon seit drei Wochen vor sich hin gammelt. Die Fäulnisgase verfälschen die zum Zeitpunkt des Todes vorherrschenden Gaskonzentrationen und auch die der im Blut gelösten Gase sehr schnell. Letzten Endes wird der ursprüngliche Zustand nicht mehr rekonstruierbar sein. Wobei... mhmm – ich hätte da vielleicht jemanden, der uns weiterhelfen könnte. Ich werde mich drum kümmern.

Wenn Sie da heute noch aktiv würden, wäre es natürlich großartig!

Ich kann Ihnen allerdings nicht sagen, ob überhaupt, und wenn ja, wann ich Ihnen hier schlüssige Ergebnisse liefern kann, aber ich mache mich gleich daran.

Aus seiner Stimme konnte man heraushören, dass es ihn selber sehr interessierte, ob eine solche Untersuchung veritable Ergebnisse liefern konnte.

Danke, und viel Erfolg!, verabschiedete Thomas den Mediziner und legte den Telefonhörer zurück auf die Station.

Einfach nur so eine Idee, sagte er.

Aber vielleicht können wir nachweisen, dass zumindest unser Opfer aktiver Taucher war. Das Messer könnte ja schließlich auch von ihm selber stammen! Derweil lass uns, wie vorhin besprochen, mit den Vermisstendatenbanken weitermachen. Allerdings werde ich erst mal den Bericht für Gröber schreiben.

So, ein Viertele Rioja für dich, das Ganter alkoholfrei war bei dir. Was darf ich euch denn zu essen bringen?

Die junge Dame, zweifellos eine der vielen Studenten, die in der Freiburger Gastronomie als Kellner jobbten, stellte den Wein vor Sarah ab, angelte einen Bierdeckel, ließ ihn an Thomas' Platz auf den Tisch fallen und stellte das Bier darauf. Dann zückte sie einen Block und Kugelschreiber und sah die beiden Ermittler erwartungsvoll an. Nachdem der Nachmittag mit mühevoller, aber nicht zu neuen Erkenntnissen führender Arbeit zu Ende gegangen war, hatte Sarah die Initiative ergriffen und Thomas gefragt, ob er mit ihr nicht eine Kleinigkeit essen wolle. Spontan hatte er zugesagt und so saßen sie nun in den urigen, alten Kellergewölben des Tacheles. Sarah kannte das Restaurant noch nicht und Thomas, der schon bei Gelegenheit von den Schnitzeln und Steaks gesprochen hatte, brauchte keine Überredungskunst, um Sarah für einen Besuch hier zu gewinnen. Mit Glück hatten sie einen Zweiertisch in einer der unzähligen Nischen ergattern können, wo sie im Halbdunkel sogar ein wenig Privatsphäre hatten.

Nun überlegte Sarah, ob sie eines der vielgepriesenen Fleischgerichte nehmen oder doch lieber, wie es für sie unter der Woche abends eigentlich üblich war, einen leichten, knackigen Salat bestellen sollte.

Was nimmst Du?, fragte sie Thomas, der im Gegensatz zu ihr die Karte bereits geschlossen und vor sich hingelegt hatte.

Er schaute zu der Kellnerin auf.

Für mich bitte das Jägerschnitzel mit grünen Pfefferkörnern.

Die Bedienung notierte.

Was dazu?, fragte sie, Spätzle? Bratkartoffeln? Pommes? Salat?

Pommes und einen kleinen Beilagensalat, lautete die Antwort.

Und für mich..., Sarah war sich immer noch unschlüssig, ... mhmm, den gemischten Sommersalat bitte.

Putenstreifen, Rinderfiletspitzen oder Gambas?

Gambas, bitte.

Wenig, mittel oder richtig scharf?

Wenn es frische Chilis sind, ruhig scharf!

Die junge Dame nickte, steckte den Kugelschreiber weg, entzündete die Kerze, die sich in der Tischmitte befand, mit einem Feuerzeug, sammelte die Karten ein und entschwand auf der Treppe, nicht ohne noch lächelnd ein „Dankeschön, ich brings euch gleich", in Richtung der Beiden geworfen zu haben.

Das muss deine jugendliche Ausstrahlung sein, kommentierte Thomas ihren Abgang mit gespielt säuerlicher Miene, wenn ich hier alleine bin, werde ich immer gesiezt.

Dabei hast du dich doch auch ganz gut gehalten, für einen Mann deines Alters...

Sarah stützte sich auf beide Ellenbogen und lehnte sich, frech lächelnd, nach vorne.

Aber wenn dir das gut tut, komme ich gerne öfters mit dir hierher.

Thomas sah sie mit leicht gehobenen Augenbrauen an.

Na, wenn das kein Angebot ist..., sagte er, doch dann fiel ihm nichts Geistreiches ein, um irgendwie in eine Unterhaltung überleiten zu können.

Sarah erkannte das und rettete ihn, indem sie ihren Rioja ergriff, das Glas anhob und Thomas in die Augen sah.

Zum Wohl! Schön, dass es mal wieder geklappt hat!, sagte sie, und auch er nahm sein Glas, prostete ihr zu und trank einen Schluck.

Als sie die Gläser abgestellt hatten, griff Sarah ihre Frage vom Vormittag wieder auf.

Gröber hat mich ja ziemlich abgewürgt vorhin, und so richtig gesprächig warst du im Aufzug ja auch nicht.

Thomas weitete seinen Blick ein wenig und tat, als habe er Angst, was nun kommen würde.

Aber ich finde, wir kennen uns ja nun schon eine Weile und irgendwie weiß ich so gut wie nichts von dir. Und als dann heute das Gespräch auf die Art und Weise des Mordes kam...

Ach so, Thomas atmete übertrieben grimassierend auf.

Er lächelte.

Ja, das hat tatsächlich mit meinem früheren Betätigungsfeld zu tun. Und da unser Täter sich einer derart ungewöhnlichen Methode bedient hat..., ich meine, mittlerweile schneidet man in solch einer Situation dem Opfer die Kehle durch, das ist genauso effizient und leichter anzuwenden.

Sarah reichte über den Tisch und legte ihre Hand auf die seine, um ihn zu unterbrechen.

Stopp, sagte sie, heute Abend reden wir nicht über den Fall! Ich würde einfach gern mehr über dich erfahren!

Da gibt es nicht viel zu erzählen, entgegnete er und zuckte mit den Achseln.

Aber als du neulich von deiner Malerei angefangen...

Schhhhhhh!, unterbrach Sarah mit dem Zeigefinger vor den Lippen. Von *dir* will ich ein bisschen mehr erfahren.

Sie hatte sich vorgenommen, jegliches Ausweichmanöver seinerseits sofort und konsequent zu unterbinden. Ihr beider Umgang war so ungezwungen, dass sie sich das erlauben konnte. Sie lächelte ihn erwartungsvoll an.

Ähh... ja..., wo soll ich anfangen?

Sarah war klar, dass er es nicht gewohnt war, einfach so von sich zu erzählen.

Zum Beispiel: bist du hier aufgewachsen? Leben deine Eltern noch? Hast du Geschwister? Was hast du vor deiner Karriere als Kriminalhauptkommissar getan?, gab sie ihm bereitwillig Starthilfe.

Auf die Frage „hast oder hattest du schon mal eine Freundin?" verzichtete sie in dem Bewusstsein, dass dies zu diesem Zeitpunkt vollkommen unangebracht war und durchaus einen Konversationskiller darstellen konnte.

Ja gut, also du hast es mit einem echten Freiburger Bobbele zu tun, fing er nach einigen Augenblicken des Nachdenkens an.

Meine Großeltern haben hier gelebt, meine Eltern leben hier immer noch, und ich habe auch die meiste Zeit meines Lebens hier verbracht.

Hast du viel Kontakt zu deinen Eltern?, hakte Sarah ein und vermied es zu fragen, ob er gar noch zu Hause wohnte.

Wir telefonieren ein, zwei Mal die Woche und ich helfe ihnen hin und wieder im Haus und im Garten oder bei schweren Einkäufen. Gesundheitlich geht es den Beiden nicht so gut. Sie sind zwar noch nicht wirklich alt, aber mein Vater hat sich seinerzeit im Kieswerk um seine Gesundheit geschuftet und auch meine Mutter hat sehr hart gearbeitet, um das kleine Reihenhäuschen, in dem ich groß geworden bin, abzahlen zu können.

Sarah nippte an ihrem Rotwein. Auch Thomas nahm einen Schluck. Ohne dass Sarah einen weiteren Anstoß geben musste, fuhr Thomas fort.

Meine Eltern haben alles getan, damit meine Schwester – sie ist zwei Jahre älter – und ich eine unbeschwerte Kindheit und Jugend verbringen konnten. Und sie haben auch alles darangesetzt, dass wir beide zumindest Abitur machen konnten.

Habt ihr irgendwie Kontakt?, fragte Sarah nach.

Ich meine, du und deine Schwester?

Wir verstehen uns eigentlich ganz gut, sehen uns aber nur sehr selten. Sie ist verheiratet, hat zwei Kinder und lebt mit ihrem Mann, der irgendwas mit Investment Banking zu tun hat, in New York.

Der Mimik und dem Tonfall konnte Sarah entnehmen, dass sich Thomas und sein Schwager wohl nicht ganz grün zu sein schienen. Aber sie entschied, nicht näher darauf einzugehen.

Und du, was hast du gemacht, nachdem du dein Abi in der Tasche hattest?

Tja, ich stand natürlich vor der Wahl: Bund oder Zivildienst.

In diesem Augenblick trat die hübsche Bedienung wieder an den Tisch. Sie balancierte geschickt zwei Teller und eine Schale mit Brot sowie ein Henkelkörbchen, in dem sich eine Salz- und eine Pfeffermühle befanden. Das Brot und den Henkelkorb platzierte sie in der Mitte des Tisches und stellte dann den Teller mit einer riesigen Portion Salat vor Sarah, den anderen, auf dem zwei gigantische Schnitzel und ein Berg Pommes Frites prangten, vor Thomas.

Den Beilagensalat bringe ich dir gleich noch, flötete sie und war schon wieder verschwunden.

Thomas wartete schweigend die zwei Minuten, bis die junge Dame wieder auftauchte, ihm seinen Salat in Reichweite stellte und sich mit: „So, ich wünsch euch einen guten Appetit", freundlich verabschiedete.

Ja, den wünsche ich dir auch, sagte Sarah, einerseits über das appetitliche Arrangement vor sich sehr erfreut, andererseits etwas enttäuscht, dass Thomas' ungewohntem Redefluss nun eine Zäsur widerfuhr.

Danke, ebenso!, sagte er und breitete seine Serviette auf dem Schoß aus.

Die ersten Minuten aßen beide schweigend.

Ist das gut?, fragte Thomas Sarah, als diese gerade eine der Riesengarnelen angebissen und den Schwanz auf den Rand des Tellers gelegt hatte.

Sarah stöhnte und verdrehte die Augen.

Ein Traum! Lecker gewürzt mit Zitrone, Salz und Chili. Genau die richtige Schärfe.

Sie kam aus dem Schwärmen kaum heraus.

Willst du mal probieren?, fragte sie und hielt ihm eine Garnele über den Tisch.

Sehr gerne.

Thomas nahm sie ihr nicht aus der Hand, sondern biss einfach ab.

Mhmmm! Das ist wirklich toll!, sagte er.

Und dein Schnitzel?, wollte Sarah wissen.

Auch sehr lecker, gab Thomas zurück, aber im Vergleich dazu, er deutete auf Sarahs Teller, natürlich ziemlich derbe Hausmannskost.

Kann doch auch sehr gut sein, sagte Sarah, lehnte jedoch mit einem Kopfschütteln ab, als Thomas ihr den Teller zum Probieren anbot.

Für was hast du Dich denn entschieden?, knüpfte sie stattdessen an die Unterhaltung zuvor an und fügte noch „Zivi oder Bund" hinzu, als sie Thomas' leicht verwirrte Miene erkannte.

Bund!, antwortete er und begann nach einer kurzen Pause wieder von sich aus zu erzählen.

Nicht als Wehrdienstleistender. Ich wollte die Chance nutzen, mal für eine Zeit von Zuhause wegzukommen. Und damit wären wir auch bei dem Thema von heute Morgen.

Er schnitt ein Stück Schnitzel ab, spießte noch einige Pommes Frittes dazu und fuhr durch die üppig vorhandene Sauce. Sarah wartete geduldig und nahm ihrerseits auch einen Bissen.

Ich habe damals schon viel Sport gemacht und meinen Tauchschein hatte ich schon, also habe ich mich entschlossen, mich für acht Jahre bei der Marine zu verpflichten und die Offizierslaufbahn einzuschlagen. Und da es sich anbot, und es mich auch wahnsinnig interessierte, habe ich die Aufnahmeprüfung für die Kampfschwimmer gemacht.

Haben sie dich genommen?

Sarahs Frage war eher rhetorisch, ging sie doch davon aus, dass Thomas dieses sicherlich sehr anspruchsvolle Auswahlverfahren mit Bravour bestanden hatte. Thomas nickte.

Ja, sie haben mich genommen. Übrigens war Leon, der, mit dem ich neulich am Gardasee war, einer meiner Ausbilder. Wir haben uns von Anfang an richtig gut verstanden, obwohl er eigentlich als Schleifer verrufen war.

Wieder gönnte sich Thomas einen Bissen und rundete mit einem Schluck Bier ab.

Ich weiß nicht, warum, aber vielleicht sind wir einfach seelenverwandt. Was mir natürlich zugutekam, war, dass ich in vielen

Disziplinen, bedingt dadurch, dass ich schon Vieles als Hobby gemacht habe, gegenüber den anderen Rekruten einen Vorsprung hatte. Ich konnte tauchen, Karate habe ich seit dem fünfzehnten Lebensjahr gemacht, Schwimmen war immer schon eine Leidenschaft, und da ich auf einem technischen Gymnasium war, konnte ich auch in der Ausbildung in Elektronik, Funk, Zünder Basteln und so, richtig gut punkten.

Sarah überraschte das nicht.

Ich glaube allerdings, schon damals war das Surfen mit ausschlaggebend, fuhr Thomas fort, die Kampfeinheit ist ja nicht weit von Kiel stationiert, wir waren viel in der Freizeit zusammen auf den Brettern.

Du warst in Kiel!, jetzt war Sarah wirklich fast beleidigt.

Du hast mich nicht darauf angesprochen? Du weißt doch, dass ich von da oben stamme... ich glaube es nicht!, sagte mit sie mit spürbarer Enttäuschung in der Stimme.

Wie kann man nur so derart verschlossen sein!

Thomas sah, von dem Ausbruch etwas erschrocken, hilflos zu ihr herüber. Offensichtlich fand er wirklich nichts dabei, Sarah nicht auf ihre Heimatstadt angesprochen zu haben, in der auch er einige Zeit verbracht hatte.

Doch sie beruhigte sich schnell wieder.

Und da wundert man sich, dass man nach der langen Zeit noch so wenig voneinander weiß, brummelte sie schon etwas zahmer und in einem verbindlicheren Tonfall.

Sie aßen beide ein paar Bissen. Die Bedienung kam vorbei und fragte, ob alles recht sei. Nachdem sich sowohl Thomas als auch Sarah sehr lobend über das Essen geäußert hatten, fand Sarah wieder den Einstieg in Thomas' Erzählung.

Du warst also bei den Kampfschwimmern, – jetzt lag sogar etwas Anerkennung in ihrer Stimme – das ist doch das Härteste, was die Bundeswehr so zu bieten hat, oder?

Die Ausbildung und auch der Dienst bringen einen schon an den Rand der physischen und psychischen Belastbarkeit, stimmte er Sarah zu, aber es ist auch unglaublich befriedigend und vor allem natürlich aufregend.

Und daher kennst du dich im lautlosen Töten aus?

Sarah hatte keine genaue Vorstellung davon, wie Ausbildung und Einsatzprofil eines Kampfschwimmers aussahen.

Thomas nickte.

Alles, was man aus Film und Fernsehen über Spezialeinheiten – und eine solche sind die Kampfschwimmer – sieht, ist nur ein kleiner Teil von dem, was sich tatsächlich in so einem Verband abspielt. Die Kampftechniken, waffenlos, mit Messer, mit Faustfeuerwaffen über Maschinengewehre bis hin zum Granatwerfer und mobilen Boden-Luftraketen, muss man aus dem FF beherrschen. Besonderer Wert wird natürlich auf Annäherung und Absetzen gelegt, Tarnen und Täuschen. Verhörtechniken und Methoden, eben solchen zu widerstehen. Fallschirmspringen, Schnellbootfahren, all das gehört dazu. Des Weiteren hat jeder mindestens eine Einzelkämpferausbildung und ist Präzisionsschütze. Manche sind ausgebildete Sprengmeister, andere können Helikopter fliegen. Und die im Actionfilm gezeigte Technik ist in der Regel auch keine Science Fiction. Vieles davon wird so oder ähnlich tatsächlich eingesetzt.

Als Thomas wieder die Gabel zum Mund führte, ließ Sarah seinen Redeschwall eine Weile auf sich wirken. Sie war sicher, dass er nicht angeben wollte, sondern ihr lediglich mitzuteilen versuchte, was er so alles bei den Streitkräften gemacht hatte. Dass er in seiner Begeisterung, die ihm anzumerken war, ein wenig über das Ziel hinausschoss, verzieh sie ihm. In diesem Fall, dachte sie, war viel reden besser als nicht reden.

Und was für Einsätze hattet ihr so?, fragte sie deshalb interessiert.

Da kann ich leider nicht drüber reden.

Thomas schien über die ihm auferlegte Schweigepflicht dankbar.

Soviel sei gesagt: wir hatten in der Tat einige brenzlige Situationen und ich bin froh, dass unser Team immer ohne einen Todesfall wieder aus dem Einsatz zurückgekehrt ist.

Waren das Antiterroreinsätze? Oder Geiselbefreiungen? Sarah war eifrig bei der Sache.

Nein, Thomas' Stimme nahm einen geheimnisvollen Unterton an, denn dafür ist, wie du weißt, die Polizei mit den SEKs zuständig. Die Bundeswehr darf auf deutschem Boden außer im Verteidigungsfall und zu zivilen Hilfseinsätzen, wie zum Beispiel bei den Hochwasserkatastrophen, nicht eingesetzt werden.

Das heißt, eure Übungen waren derart gefährlich..., begann Sarah verständnislos zu fragen, dann glaubte sie, verstanden zu haben und hielt inne.

Thomas, der ihr Stocken richtig interpretierte, huschte ein Lächeln über das Gesicht.

Ja, genau. Wir haben gezielte Operationen in Kriegs- und Krisengebieten durchgeführt. Immer mit einem brisanten Auftrag und fast immer auch mit Feindberührung.

Das bedeutet, ihr wart wirklich auf Kampfeinsätzen!, sagte Sarah leise und ein wenig ungläubig.

Ich dachte, das wäre rein rechtlich gar nicht möglich...

Nun musste Thomas wirklich lachen.

Was glaubst du?, fragte er etwas spöttisch.

Meinst du, dass, als dieser US General sich neulich verplappert hat und vor laufenden Kameras die exzellente Arbeit des KSK in Afghanistan lobte, deutsche Soldaten zum ersten Mal im Kampfeinsatz waren? Also ich spreche nicht von humanitärer Hilfe mit dem Recht auf Selbstverteidigung. Ich spreche davon, zum Beispiel eine Anzahl von Torpedobooten im Hafen mit Haftminen zu versenken. Oder aus getarnter Stellung heraus mit Lasern Panzer, Radarstationen oder Ähnliches zu markieren, die dann von den Amis mit ein paar F16 in einem Luftschlag dem Erdboden gleichgemacht werden.

Thomas atmete durch.

Seien wir ehrlich, eine Spezialeinheit steht und fällt nicht zuletzt mit ihrer Erfahrung. Und glaube mir, davon haben wir eine ganze Menge! Und verfalle nicht dem Irrglauben, dass die Politik das nicht wüsste. Solche Einsätze gab und gibt es schon seit Langem!

Ohne Bundestagsmandat!, hauchte Sarah leise, und es war ihr anzumerken, dass ihr Glaube in das System gerade einen ziemlichen Knacks zu erleiden drohte.

Ich dachte, so was machen immer nur „die Anderen".

Solche Einsätze sind durch spezielle Klauseln rein rechtlich von der Pflicht der Beauftragung durch den Bundestag ausgenommen. Hier kommen sehr raffiniert ausgearbeitete, multilaterale NATO-Verträge zum Zuge. Rein verfassungstechnisch ist das wasserdicht. Nur von der Öffentlichkeit will man das natürlich fernhalten. In Deutschland herrscht einfach ein anderes Bewusstsein als zum Beispiel in den USA oder in England. Deswegen wird darüber das Mäntelchen des Schweigens gelegt.

Sarah atmete tief durch.

Ja, wenn man mal nüchtern darüber nachdenkt... irgendwie überrascht das ja nicht. Schließlich spielen wir seit Jahrzehnten wieder auf internationalem Parkett. Aber richtig wahrhaben will man es halt doch nicht. Hast du... musstest du...

Ob ich schon jemanden getötet habe, möchtest du wissen?, half Thomas Sarah bei der Vollendung ihrer Frage.

Würde es etwas an deiner Meinung über mich ändern?

Sarah überlegte keine Sekunde

Nein! Natürlich nicht!, sagte sie schnell.

Ich meine, ich bin bei der Polizei, ich trage eine Waffe. Auch ich kann in die Situation kommen, einen Menschen sehr schwer zu verletzen oder sogar zu töten. Es hat mich einfach interessiert... falls... wie... wie es ist!

Thomas sah sie mit weichem Blick schweigend an.

Es ist nicht schön, sagte er leise.

Das heißt, du warst schon in dieser Situation!

Es war mehr eine Feststellung als eine Frage, aber Thomas antwortete trotzdem.

Mehr als nur einmal!

Sein Blick hatte etwas Nachdenkliches. Dann lächelte er aber wieder.

Komm, sagte er, lass uns von etwas anderem reden. Wie wäre es zum Beispiel mit einem Nachtisch?

Sarah schüttelte sich kurz, ihr war der Wechsel von diesem Thema zu abrupt gekommen. Aber sie respektierte, dass Thomas diesen Abschnitt seines Lebens hier und jetzt nicht vertiefen wollte und versuchte, für einen Nachtisch Begeisterung aufzubringen. Als sie die Karte studierte, welche die Bedienung ihnen auf Nachfrage ausgehändigt hatte, fiel ihr das auch schon um Einiges leichter.

Wow, sagte sie, das klingt ja alles ganz köstlich. Was ist denn besonders gut?

Thomas schüttelte den Kopf.

Ich habe hier noch nie ein Dessert bestellt, sagte er und wandte sich an die junge Frau.

Kannst du uns was empfehlen? Er hatte sich mit der Anrede der Studentin angepasst.

Sie lachte.

Hier ist alles gut! Aber wir haben heute ein geeistes Zimtparfait mit Kakaostaub und exotischen Früchten, das steht nicht auf der Karte. Das würde ich an eurer Stelle mal probieren.

Thomas sah Sarah an, sie nickte. Er gab die beiden Karten der Bedienung zurück.

Zweimal das Zimtparfait dann!

Kaffee, Cappuccino, Espresso, Grappa?

Zu einem Espresso würde ich mich überreden lassen, ließ Sarah vernehmen, also setzte Thomas noch: „Und zwei Espresso, bitte!" hinzu.

Und? Was ist bei Ihren Untersuchungen herausgekommen?

Die sechs an dem Fall beteiligten Ermittler und Henning Gröber saßen im Sitzungsraum. Den vorigen Nachmittag und den größten Teil des Tages hatten sie mit den Vermisstendatenbanken der meisten europäischen Länder zugebracht, ohne einen wirklich vielversprechenden Hinweis zu bekommen.

Die wenigen Fälle, in denen eine vermisste Person theoretisch das Opfer hätte sein können, wurden akribisch untersucht, aber alle konnten letzten Endes aufgrund irgendeines Details ausgeschossen werden. Eine Liste von Tauchcentern und -schulen in Baden-Württemberg, die Thomas vorsorglich schon einmal recherchiert hatte, wies an die 270 Positionen aus. Selbst im südbadischen Raum waren es noch gut 80 Unternehmen, die in irgendeiner Form mit Tauchausrüstung, Ausbildung, Reparatur oder Schulung zu tun hatten. Gerade als man Gröber über den bisherigen Stand informiert hatte, klingelte das Telefon im Konferenzraum, auf das Thomas seinen Apparat umgeleitet hatte. Es war Schwarz.

Herr Dr. Schwarz!, begrüßte ihn Gröber.

Sie haben neue Erkenntnisse für uns?

Die habe ich, antwortete dieser und fuhr ohne Zögern fort.

Ich bin der Idee nachgegangen, die Herr Bierman in Bezug auf die löslichen Gase bei einer Leiche im fortgeschrittenen Verwesungsstadium hatte.

Bei den meisten Anwesenden machte sich eine deutliche Neugier auf den Gesichtern breit. Thomas und Sarah hatten dem Team noch nichts von Schwarz' Aktivitäten bezüglich des Leichnams gesagt. Thomas setzte die Ermittler mit zwei Sätzen ins Bild, dann griff Schwarz den Faden wieder auf.

Zunächst möchte ich Folgendes zu Ihrer aller Information vorausschicken: Ich war vor ein paar Jahren auf einem Kongress für medizinische Forensik in Brüssel, mit hochkarätigen internationalen Referenten. Ein wirklich interessantes Symposium, wenn man den perfekten Mord plant...

Kommen Sie zur Sache, sagte Gröber scharf.

Allen außer ihm war klar, dass solch ein Verhalten Schwarz bestenfalls dazu verleiten würde, genüsslich seine Recherchen weiter vor ihnen auszubreiten – zumal Gröber ja nicht sein Vorgesetzter war.

Lieber Herr Dr. Gröber, Sie verlangen doch immer fest untermauerte Fakten. Wenn Sie mir also erlauben, Ihnen darzulegen, dass die Analysemethoden und Rückschlüsse, die ich Ihnen gleich mitteilen werde, von dem anerkannten Spezialisten auf diesem Gebiet stammen?

Er wartete nicht auf Gröbers Antwort, sondern fuhr einfach fort:

Damals in Brüssel hatten wir einen Referenten, der ursprünglich Tauchmediziner bei den U.S. Navy Seals war und sich später als Rechtsmediziner beim Naval Criminal Investigative Service in Norfolk, Virginia, auf die wissenschaftliche Untersuchung von Todesopfern im Zusammenhang mit Wasser spezialisiert hat. Er galt und gilt auf diesem Gebiet als *die* Koryphäe. Er ist mittlerweile berentet und genießt seinen wohlverdienten Ruhestand in Coronado, im sonnigen Südkalifornien. Dort wird er allerdings sowohl von der San Diego State Police als auch von der Navy immer noch um Rat gefragt, wenn es um mysteriöse Todesfälle geht, speziell was Ertrinken und Ähnliches betrifft. Genaugenommen wird er zu jedem komplizierten Fall in ganz Südkalifornien hinzugezogen.

Schwarz ließ das kurz auf die Ermittler wirken, dann fuhr er fort.

Als Sie, Herr Bierman gestern mit Ihrer Frage bezüglich der Gassättigung kamen, habe ich mich erinnert, dass Dr. Lang bei seinem Vortrag andeutete, an einem Verfahren zu arbeiten, um eben genau unserer Fragestellung Rechnung zu tragen. Es geht genaugenommen darum, auch bei vor längerer Zeit Verstorbenen Nachweise für gelöste Gase im Blut beziehungsweise im Gewebe zu erbringen und so Rückschlüsse auf Atemgemische und Gaskontamination vor dem Zeitpunkt des Ablebens zu ziehen. Ihn habe ich gestern Abend angerufen und er war freundlicherweise sofort bereit, mir zur Seite zu stehen. Wissen Sie, ich hatte ihn am Abend nach dem Vortrag in das Brüsseler Nachtleben eingeführt... aber das führt zu weit.

Diesmal atmete selbst Thomas erleichtert durch, verschonte Schwarz sie doch mit den sicherlich amüsanten Details des besagten Abends.

Um es kurz zu machen, er hat in den letzten Jahren auch in Zusammenarbeit mit dem FBI empirisch unter Berücksichtigung aller externen und internen Faktoren Kriterien aufgestellt und eine Tabelle erarbeitet, mit der man, so behauptet er, in der Lage ist, entsprechende Rückschlüsse zu ziehen.

Karen Polocek meldete sich zu Wort.

Und dieses Verfahren hat noch nicht Einzug in die weltweite Forensik gehalten?

Aus verschiedenen Gründen: nein!, antwortete Schwarz.

Zum einen ist seine Arbeit noch nicht abgeschlossen und auch noch nicht soweit wissenschaftlich unterlegt, als dass man das als Standardverfahren aufnehmen könnte. Zum anderen sind Fälle, bei denen unsere Fragestellung relevant ist, ja weiß Gott sehr selten! Insofern kann man sagen, er ist derzeit möglicherweise der Einzige weltweit, der sich mit dieser Problematik wissenschaftlich auseinandersetzt.

Karen nickte und Thomas, der sich erst mit Blicken in die Runde versichert hatte, dass niemand mehr eine Frage hatte, forderte Schwarz auf, weiterzumachen.

Dr. Lang hat mich um eine ganze Reihe sehr spezifischer Werte gebeten, für die meisten habe ich letzte Nacht im Labor noch einmal jede Menge Untersuchungen machen müssen. Ich will nicht ins Detail gehen, aber das sind Dinge, die normalerweise bei einer Obduktion komplett unter den Tisch fallen.

Ein deutlich vernehmbares Gähnen unterstrich die Tatsache, dass Schwarz wohl sein Bett in der vorausgegangenen Nacht, wenn überhaupt, nur sehr kurz gesehen hatte.

Diese ganzen Werte habe ich Dr. Lang auf elektronischem Wege übermittelt und er hat sie umgehend in sein Modell eingegeben.

Schwarz machte eine kurze Pause.

Der Zeitverschiebung sei Dank, vor 20 Minuten rief er zurück: Er betonte nochmals, dass seine Methode lediglich ein Abgleich mit empirischen Daten ist, wenngleich auch ein sehr komplexer und gut durchdachter. Seiner Meinung nach bestätigten die Werte unsere Vermutung, dass unser Opfer in den Tagen, möglicherweise Wochen, vor seinem Tod viel Zeit mit einem DTG unter Wasser verbracht hat.

DTG?, flüsterte Sarah fragend zu Thomas

Drucklufttauchgerät, raunte er leise, aber für alle verständlich, zurück.

Also das, was der Normalbürger gemeinhin, aber fälschlicherweise als Sauerstoffflasche bezeichnet.

Wieso fälschlicherweise?, fragte Gröber nach.

Bevor Bierman antworten konnte, fuhr Schwarz mit seinem Bericht fort.

... aber damit noch nicht genug! Dr. Lang hat aufgrund der... Moment... 47 Werte, die ich ihm durchgegeben habe, ein weiteres, möglicherweise für die Ermittlungen wichtiges Detail geäußert: Er ist sich sicher, dass unser Opfer mit einem erhöhten Sauerstoffanteil im Atemgas getaucht ist.

Er ist ein Nitroxgemisch getaucht?, hakte Thomas ein.

Konnte Dr. Lang eingrenzen, welchen O_2-Anteil das Atemgas hatte?

Er wollte sich nicht mit Sicherheit festlegen, aber nachdem ich ihn um eine Schätzung gebeten hatte, nannte er 35 % bis 40 %. Allerdings unter Vorbehalt, wir sollten das wirklich nur als Anhaltspunkt nehmen.

Sarah konnte erkennen, wie sich auf Thomas' Gesicht ein klein wenig Zuversicht breitmachte. Auch an seiner Körperhaltung konnte sie ablesen, dass er sich ein wenig entspannte. Mit leicht geschürzten Lippen und funkelnden Augen blickte er in die Runde.

Na also, wir haben die erste wirklich heiße Spur, sagte er und musste lächeln.

An was für Zufällen wir uns doch manchmal durch so einen Fall hangeln müssen!

Gespannt sah er alle an und schien nach Zustimmung zu suchen. Ihm war offensichtlich nicht bewusst, dass keiner der Anwesenden außer ihm in der Lage war zu beurteilen, wie wichtig die Rückschlüsse aus den von Schwarz mitgeteilten Fakten zu bewerten waren. Nach kurzer Stille war es Pfefferle, der sich erbarmte nachzufragen.

Thomas!, er räusperte sich.

Da wir nicht alle über dein Hintergrundwissen verfügen, sei doch bitte so freundlich und erkläre uns, wieso diese Ergebnisse deiner Meinung nach einen so großen Fortschritt bedeuten.

Die allgemeine Zustimmung der Runde quittierte Thomas mit einem einsichtigen Nicken. Er hatte erkannt, dass er, wie so oft, seine weitreichenden Kenntnisse auf den unterschiedlichsten Gebieten immer auch bei anderen voraussetzte. Mit Äußerungen wie „das ist ja klar" oder „logisch" war er dem ein oder anderen Kollegen schon kräftig auf die Füße getreten. Er wandte sich zu Gröber:

Wie ausführlich soll es denn sein? Ich könnte auch nur die Rückschlüsse...

Nein! Auch die Hintergründe.

Gröber sah auf die Uhr.

Ich möchte, dass es jeder versteht.

Thomas schloss für wenige Augenblicke die Augen und schien in diesen Sekunden das recht komplexe Thema in seinem Kopf auf ein verständliches, aber mit einem Höchstmaß an Informationen gefülltes Minimum zu reduzieren. Er nahm einen Schluck Kaffee, stellte die Tasse geräuschvoll wieder auf den Tisch und ging zu dem Whiteboard am Kopfende des Konferenztisches.

Also gut, dann ein paar Grundlagen zum Tauchen. Normalerweise befindet sich in den Flaschen, die einen Taucher unter Wasser mit Luft versorgen, einfach Pressluft, das heißt, ganz normale Luft, wie wir sie mit jedem Atemzug einatmen. Nur hochkomprimiert. In der Regel auf 200 Bar, es gibt aber auch 300 Bar-Systeme.

Wow, entfuhr es Pfefferle, wenn dir so ein Ding mal um die Ohren fliegt!

Er hatte wie alle anderen eine möglichst entspannte Sitzposition eingenommen, um dem kurzen Vortrag konzentriert folgen zu können. Auch Gröber, der normalerweise, wenn er nichts zu sagen hatte, demonstrativ an seinem Blackberry herumnestelte, hatte sich zurückgelehnt und sah Bierman interessiert an.

Unsere Atemluft besteht im Wesentlichen aus zwei Gasen, nämlich zu 78 % aus Stickstoff, der dem Menschen unter Oberflächenbedingungen nicht weiter schadet, und zu 21 % aus Sauerstoff, den wir ja zum Atmen zwingend benötigen.

Er schrieb die beiden Zahlen mit einem Boardmarker an die weiße Fläche. Der Rest sind unbedeutende Beimengungen. Unter Druck reagiert unser Körper aber auf die Atemgase anders als an der Oberfläche. In Bezug auf den Stickstoff hat das zwei nennenswerte Effekte. Zum einen haben wir den Tiefenrausch, auch Stickstoffnarkose genannt, der je nach Verfassung und Situation ab etwa 30 Meter Wassertiefe auftreten kann und zu Benebelung, Konzentrationsschwäche, Angstzuständen oder auch Euphorien führen kann. Vergleichbar mit der Wirkung einer Droge, ein Rausch eben.

Er vergewisserte sich mit einem prüfenden Blick, ob das Gesagte bei allen angekommen war. Dann fuhr er fort.

Der zweite Effekt ist, was gemeinhin als Taucherkrankheit bezeichnet wird. Der Stickstoff löst sich unter Druck zu einem weit größeren Teil in unserem Blut als an der Oberfläche, und zwar abhängig von der Tiefe und der Zeit, die man in einer bestimmten Tiefe verbringt. Hat sich der Stickstoff im Blut gelöst und taucht der Taucher schnell oder zu schnell auf, perlt der Stickstoff im Körper aus, vergleichbar mit dem Öffnen einer Sektflasche. Das zieht im weniger schwerwiegenden Fall Muskel- und Gelenkschmerzen nach sich, kann aber auch tödliche Folgen haben.

Deswegen machen Taucher beim Auftauchen die Zwischenstopps auf einer geringen Tiefe?

Karen Polocek hatte nicht nur aufmerksam zugehört, sondern offensichtlich auch schon mal etwas von der Materie gehört.

Richtig! Diese sogenannten Dekompressionsstopps in geringer Tiefe ermöglichen es, den Stickstoff wieder aus dem Blut auszuscheiden, ohne dass es zu dem Sektflascheneffekt kommt. Dekompressionstauchgänge sind zwar mittlerweile Gang und Gäbe, aber sie sind natürlich weitaus risikoreicher als Tauchgänge im sogenannten Nullzeit-Bereich.

Was genau bedeutet Nullzeit-Bereich?, wollte Sarah wissen.

Die Nullzeit ist die Zeit, die sich ein Mensch auf einer bestimmten Tiefe maximal aufhalten darf, um ohne Dekompression, also zu jedem Zeitpunkt, sofort wieder auftauchen zu können. Früher musste man das Tauchprofil genau planen, heute hat man in der Regel einen Tauchcomputer am Handgelenk, der einem immer genau sagt, wie lange man noch in der momentanen Tiefe verbleiben kann, ohne zu dekomprimieren. Ein solches Gerät zeigt auch Tiefe und Dauer eines Dekostopps an, wenn denn einer vonnöten werden sollte.

Sarah, die gern Menschen zuhörte, wenn sie begeistert von einem Thema sprachen, über das sie sich auskannten, ließ Thomas nicht aus den Augen. Er war in seinem Element.

Pfefferle lehnte sich voller Eifer nach vorne.

Aha, und jetzt kommt wohl der erhöhte Sauerstoffanteil beim Nitrox-Atemgemisch ins Spiel! Ich könnte wetten, dass man damit die Nullzeiten erhöhen kann. Richtig?

Auch er hatte genau aufgepasst und die richtigen Schlüsse gezogen. Thomas nickte anerkennend.

Sehr gut! Das liegt daran, dass die Wirkung der Gase auf den menschlichen Körper nicht vom Gesamtdruck, sondern vom sogenannten Partialdruck abhängt. Dieser wiederum steht in direktem linearen Zusammenhang mit dem Anteil des Gases am Gesamtgemisch.

Wie habe ich das zu verstehen? Gröber hakte nach.

Am besten mal ein Beispiel. Wir haben hier an der Oberfläche so in etwa 1 Bar Luftdruck. Da der Stickstoff 78 % der Atemluft ausmacht, haben wir für den Stickstoff an der Oberfläche einen Partialdruck von ca. 0,78 Bar. Nun ist es so, dass je 10 Meter Wassertiefe der Gesamtdruck um 1 Bar zunimmt. Das heißt, in einer Tiefe von 20 Metern haben wir einen Gesamtdruck von ca. 3 Bar.

Er schrieb die Zahlen an die Tafel. Nun war es Sarah, die kombinierte:

Wenn ich das richtig verstehe, bedeutet das, dass in 20 Meter Wassertiefe ein Stickstoffpartialdruck von drei mal 0,78, macht ca. 2,4 Bar, haben.

2,34 Bar, um genau zu sein.

Thomas lächelte sie an und in seinen Augen lag die Aufforderung, den Gedanken weiterzuspinnen.

Das würde bedeuten, wenn man, wie unser Toter es getan hat, den Stickstoffanteil des Atemgases durch die Zugabe von Sauerstoff auf 60 % senkt, hätte man in 20 Meter Tiefe nur noch einen Stickstoffpartialdruck von drei mal 0,6, macht nur noch 1,8 Bar. Damit löst sich weniger Stickstoff im Blut und wir haben die gewünschte Verlängerung der Nullzeit. Sprich, wir können länger unten bleiben.

Summa cum Laude, lobte Thomas und schrieb die Berechnung für alle verständlich an.

Genauso verhält es sich.

Und wieso taucht man dann nicht mit 100 % Sauerstoff? Wäre doch praktisch: Kein Tiefenrausch, keine Dekompression, und mit genügend großem Vorrat könnte man fast unbegrenzt unter Wasser bleiben.

Sichtlich von dem Thema interessiert war es Karen Polocek, die noch weitere Informationen haben wollte. Thomas setzte schon zur Erklärung an, Gröber winkte jedoch ab.

Bringt uns das in Bezug auf den Fall weitere Erkenntnisse?, fragte er.

Thomas nickte.

Ja, vielleicht nichts Bahnbrechendes, aber es kann uns zumindest ein weiteres Detail liefern.

Also gut, dann legen Sie los, knurrte Gröber, und im Anschluss erläutern Sie uns endlich, was an all dem nun so wichtig ist.

Thomas nahm sich einen anderen Stift und wandte sich wieder den Kollegen zu.

Gut! Die Frage von Karen ist sehr berechtigt, klingen die Fakten bezüglich der Dekompression und des Tiefenrausches doch recht verlockend! Die Sache hat nur einen Haken: Nicht nur der Stickstoff hat unter Druck eine andere Wirkung auf den Organismus, sondern auch der Sauerstoff. Man spricht hier vom Paul-Bert-Effekt: Das für uns lebensnotwendige Gas wird nämlich ab einem Partialdruck von etwa 1,6 Bar schwer toxisch. Und zwar ziemlich plötzlich und ohne Anzeichen. Eine solche Sauerstoffvergiftung führt in kürzester Zeit zu schweren Krampfanfällen bei komplettem Verlust der Koordination. Wir sprechen hier von einem Zeitraum von wenigen Sekunden! Über die Dauer von Minuten kann das Überschreiten des Partialdrucks von 1,6 Bar unter Wasser natürlich tödliche Folgen haben! Um eine gewisse Sicherheitsreserve zu haben und weil auch hier, wie beim Tiefenrausch, die individuelle körperliche Konstitution und besonderen Umstände der jeweiligen Situation eine Rolle spielen können, wird in der Tauchtiefenberechnung in der Regel sogar von einem Wert von 1,5 Bar ausgegangen, beim Sporttauchen sogar zum Teil von 1,4.

Sarah dachte angestrengt nach.

Das bedeutet für die Praxis, dass ich mit 100 % Sauerstoff nur, ... gehen wir mal von einem höchstzulässigen Wert von 1,6 Bar aus ... Moment... 1 Bar haben wir alleine schon für den Luftdruck... bleiben 0,6 Bar für den maximalen Wasserdruck... etwa 6 Meter tief tauchen kann, ohne Gefahr zu laufen, an der Sauerstoffvergiftung zu sterben oder wegen unkontrollierter Krämpfe mein Mundstück zu verlieren und jämmerlich zu ertrinken?

Besser hätte ich es nicht ausdrücken können, meinte Thomas.

Wieder notierte er auf dem Board.

Allgemein ausgedrückt: Es gibt einen Trade-off zwischen Vermeidung der Dekompression und Unterdrückung des Tiefenrausches auf der einen, und der maximal erreichbaren Tauchtiefe auf der anderen Seite. Für Pressluft ergibt sich die maximale Tauchtiefe mit 1,6 geteilt durch 0,21, das ergibt einen zulässigen Gesamtdruck von 7,6 Bar. Minus das eine Bar Luftdruck ergibt einen maximal zulässigen Wasserdruck von 6,6 Bar, was einer Tiefe von 66 Metern entspricht.

Oder für unseren Fall, wenn wir ein 40 % Nitroxgemisch annehmen: 1,6 geteilt durch 0,4 ergibt 4,0 Bar Gesamtdruck minus 1 Bar Luftdruck, bleiben 3 Bar Wasserdruck. Das entspricht 30 Meter Wassertiefe. Mehr war für unseren Toten folglich nicht drin.

Thomas legte den Boardmarker auf die Seite und ging wieder zurück an seinen Platz.

Ich finde nicht, dass uns die Information, dass unser John Doe maximal 30 Meter tief tauchen konnte, sonderlich weiter bringt. Warum also Ihre Zuversicht?

Gröber bediente sich des amerikanischen Ausdruckes für eine nicht identifizierte Person wahrscheinlich, um seine Untergebenen zu beeindrucken. Das Ganze klang bei seiner stark schwäbisch gefärbten Aussprache allerdings irgendwie aufgesetzt.

Thomas konterte:

Das war nur die kleine Information am Rande, von der ich sprach. Sie haben Recht, denn viel wichtiger ist für uns die Information, dass er überhaupt mit Nitrox getaucht ist. Denn: Prinzipiell kann jeder, der eine gewisse Ahnung hat, seine Flaschen mit einem dafür geeigneten Kompressor selber befüllen. Aber da er ein Nitroxgemisch benutzt hat, können wir fast zu 100 % davon ausgehen, dass er sich seine Luft bei einem Tauchshop geholt hat. Das führt uns zu zurück auf unseren gestern verworfenen Vorschlag mit den Tauchcentern.

Ok, verstanden.

Gröber schien Thomas' Begeisterung nicht zu teilen.

Noch was?

Ich bin mir relativ sicher, dass die Zahl der Tauchcenter, die Nitrox abfüllen, nur ein Bruchteil dieser Endlosliste ausmachen. Das grenzt unsere Suche ganz erheblich ein! Ich werde mich gleich im Anschluss daran machen herauszufinden, welche Tauchshops das überhaupt anbieten, dann können wir ganz gezielt bei unserer Befragung vorgehen. Des Weiteren ist von großem Vorteil, dass es unser Opfer war, das getaucht ist und nicht oder nicht nur unser Täter! Denn, sowenig wir zwar von ihm wissen, wir haben ein Vielfaches mehr an Informationen über das Opfer als über den Täter! Mit ein bisschen Glück können wir unseren Toten in Kürze identifizieren.

Thomas setzte sich wieder auf seinen Platz und gewährte der nun einsetzenden Stille den nötigen Raum.

Das heißt, ich habe mal so ganz nebenbei Ihr „Nadel-im-Heuhaufen-Problem" flugs auf eine überschaubare und lösbare Aufgabe reduziert, tönte es nach einigen Augenblicken mit einem leichten Unterton der Selbstzufriedenheit aus dem Konferenzlautsprecher.

Brauchen Sie mich im Moment noch? Ich hätte da noch Kundschaft...

Nein, das war, denke ich, alles, bellte Gröber ins Gerät, ohne sich bei den Anwesenden zu vergewissern, ob noch Fragen bestanden.

Er langte Richtung Tischmitte, doch bevor er den Ausschalter betätigte, konnte Sarah noch ein „Danke, Sie haben uns wie immer sehr geholfen" in das Mikrofon sprechen.

Eine mögliche Antwort von Dr. Schwarz wurde allerdings von Gröber per Knopfdruck abgewürgt.

Ok, wir haben also eine neue Situation, eine vielversprechende Spur!

Gröber sah zuerst auf die Uhr und dann zu Thomas.

Bierman, die nächsten Schritte sprechen Sie im Team ab und verteilen die Aufgaben. Ich habe einen wichtigen Termin.

Er packte seine Notizen und Unterlagen zusammen und verließ ohne ein weiteres Wort den Raum.

Nachdem die Tür, wie immer eine winzige Spur zu laut, ins Schloss gefallen war, grinste Thomas in die Runde.

Heute ist der Ball der Juristischen Fakultät an der Uni, das ist sein „wichtiger Termin". Und das Beste: er ist wieder nicht eingeladen worden, sondern nur wegen seiner Frau da.

Woher willst du das wissen?, fragte Sarah nach.

Helen hat es mir vorhin gesteckt.

Helen war eigentlich Gröbers Sekretärin, aber auch Mädchen für alles, bei allen beliebt und kam mit der Rolle als „Frau zwischen den Fronten" bestens klar.

Er hat sich allem Anschein nach bei ihr ausgeheult. Da wird er wohl wieder den ganzen Abend als „Mann von Frau Professor Tessenbrink" vorgestellt, weil ihn sonst kein Arsch kennt. – Mensch, nicht mal seinen Namen hat sie angenommen! Irgendwie kann er einem ja schon leidtun.

Na, jetzt übertreib mal nicht, brummte Pfefferle, jeder kommt auf Dauer so rüber, wie er nun mal ist und wir wissen ja...

Können wir nicht einfach die Einsatzbesprechung beenden und dann an die Arbeit gehen?, wurde er ziemlich rüde von Nico Berner unterbrochen.

Pfefferle runzelte sichtlich verärgert die Stirn und Thomas hatte schon den Mund geöffnet, um einen entsprechenden Kommentar loszuwerden, als Karen die Situation gekonnt witzig rettete:

Was ist los, Nico, hast' heute Abend eine Maus am Start? Na, dann wollen wir doch seinem Sexualleben nicht im Wege stehen, findet ja eh selten genug statt.

Alle bis auf Nico Berner, der die Augen verdrehte, grinsten unverhohlen.

Nachdem wir das nun geklärt haben..., jetzt blickte auch Thomas auf die Uhr..., es ist kurz nach halb sechs. Mein Vorschlag: Geht nach Hause. Von der Nitrox-Spur verspreche ich mir Einiges. Ich werde schauen, was ich heute noch rausbekommen kann. Ich denke, morgen im Laufe des Vormittages können wir dann bei den entsprechenden Tauchshops unsere Arbeit aufnehmen. Ich schreibe euch per SMS, wo ihr morgen mit den Ermittlungen beginnen könnt. Vorgehensweise ist klar: Wir fragen nach, ob in dem Zeitraum von vor drei Wochen ein Asiate, auf den unsere spärliche Beschreibung passt, regelmäßig oder zumindest öfters Flaschen mit einem Nitroxgemisch befüllen ließ und so ungefähr vor drei Wochen zum letzten Mal da war. Vielleicht kann sich ja jemand an ihn erinnern. Das war es von meiner Seite, mehr können wir im Moment nicht tun.

Einer nach dem Anderen erhob sich. Als Erster verließ Nico Berner den Raum, immerhin nicht ohne ein einigermaßen klares „Schönen Abend zusammen" gemurmelt zu haben. Auch Hans Pfefferle, Thorsten Neubauer und Karen Polocek verabschiedeten sich und gingen Richtung Fahrstuhl. Sarah blieb noch sitzen und beobachtete Thomas, der noch ein paar Notizen machte.

Soll ich dir bei deiner Recherche noch etwas helfen?, fragte sie nach einer Weile.

Thomas blickte auf und sah sie gedankenversunken an.

Nein, brauchst du nicht. So wie ich das einschätze, ist es kein besonders großer Aufwand herauszufinden, wer hier im Umkreis Nitrox abfüllt.

Ich dachte nur, wenn ich dir helfe, könnten wir hinterher noch etwas trinken.

Sie versuchte, ihn so aufmunternd wie möglich anzuschauen. Er ging auf den Flirt ein.

Die Aussicht auf einen weiteren netten Abend mit dir ist sehr verlockend, sagte er, zumal wir zur Abwechslung über dich und deine dunkle Vergangenheit reden könnten, aber wenn ich hier fertig bin, und das geht vielleicht noch anderthalb Stunden, gehe ich noch ins Krav Maga. Ich habe mich da als Co-Trainer verpflichtet und kann schlecht absagen.

Schade! Wirklich schade, entgegnete Sarah und machte ein enttäuschtes Gesicht.

Thomas rümpfte die Nase und zuckte leicht resignierend die Achseln, um ihr zu signalisieren, dass er auch lieber mit ihr weggehen würde, als sich beim Krav Maga blaue Flecken zu holen.

Ja, das finde ich auch sehr schade, sagte er.

Wie sieht es bei dir denn die nächsten Tage aus?

Ein leichtes Lächeln zeigte sich in Sahras Augen.

Er wollte sich also wirklich wieder mit ihr treffen!

Gut!, sagte sie, und in einem Anflug von Spontaneität hörte sie sich selbst sagen:

Was hältst du von Samstagabend? Dann würde ich zu Hause was kochen... nur wenn du magst...

Selbst erschrocken über ihren plötzlichen Vorstoß war am Schluss ein wenig Unsicherheit in ihrer Stimme. Doch Thomas schien von dem Vorschlag angetan. Er blickte ihr gerade in die Augen und in seinem Gesicht konnte sie sehen, dass er den Gedanken durchaus gut fand.

Ja, sehr gerne! Halten wir Samstag fest! Dann sehe ich endlich auch mal, wie du wohnst.

Er scheut den privaten Rahmen nicht, dachte sie mit freudiger Erregtheit, das ist doch schon mal etwas!

Ok, dann gehe ich jetzt mal nach Hause und wälze Rezeptbücher für Samstag!, sagte sie zum Abschied.

Und dir wünsche ich einen schönen Abend im Krav Maga Studio.

Danke, dir auch einen schönen Abend, bis morgen!

Er hob kurz die Hand, sie tat es ihm gleich und ging dann den Gang hinunter. Sarah, Sarah dachte sie bei sich, als sich der Fahrstuhl in Bewegung setzte, jetzt hast du es auf ein Rendezvous angelegt und auch tatsächlich eines bekommen.

In dem alten, dunklen Lagerraum, in den aus lediglich vier Dachluken nur ein wenig von dem strahlenden Sonnenlicht drang, das draußen das Thermometer wieder über 25° C steigen ließ, saß ein Mann auf einer Kiste und las beim Schein einer einfachen Ikea-

Lampe in vergilbten Dokumenten. Das Glas der Oberlichter war vom Staub und Schmutz vieler Jahre fast blind geworden und machte deshalb auch tagsüber die elektrische Beleuchtung vonnöten, ohne die man sich in dem Raum zwar zurechtgefunden, aber nicht die verblassende Schrift auf dem alten Papier hätte lesen können. Immer wenn er durch das gelbe, fade Licht des Lämpchens zu einem neuen Dokument griff, war auf seinem Handrücken deutlich die hässliche Narbe einer sehr alten, schlecht behandelten Wunde zu sehen.

Der Mann hatte eine roh gezimmerte Lattenkiste als Hocker umfunktioniert, als Tisch diente ein simples Brett, das über zwei niedrige Böcke aus Holz gelegt worden war. An den roten Backsteinmauern, die den etwa eintausend Quadratmeter großen, länglichen Raum umschlossen, lehnte jede Menge altes Holz, Paletten und Schrott. Aus den länglichen Fenstern, die das Mauerwerk an den Seiten unterbrachen, war das Glas größtenteils herausgebrochen, jedoch waren sie ohnehin von außen mit schweren Läden verschlossen, so dass auch hier kein Licht nach innen drang. Lediglich durch ein paar winzige Spalten fielen einige Sonnenstrahlen, die in der staubigen Luft den Raum wie Balken aus Licht durchtrennten. In der hinteren Ecke, wo etwas von dem alten Plunder, der weite Teile des Bodens bedeckte, zur Seite gerückt und auf einen Haufen geworfen war, lag eine Matratze. Sie war mit einfachen Leinentüchern überzogen. Als Kissen diente der Packbeutel des Schlafsackes, der zerknüllt auf der Matratze lag. Er war mit einem dicken Armeeparka ausgestopft, ein Ärmel hing aus der sorglos zugebundenen Öffnung.

Neben der Bettstatt stand eine ebensolche Kiste wie die, auf der der Bewohner des Lagerraumes gerade saß. Auf ihr lagen einige Kleidungsstücke, daneben aufgereiht befand sich eine Anzahl verschlossener und angebrochener Lebensmittelpackungen. Einige Meter weiter hing an einem alten Kleiderständer ein Trockentauchanzug, Maske, Flossen und andere Tauchutensilien. Auf der anderen Seite des Raumes parkte ein weißer, ziemlich schmutziger Geländewagen älteren Baujahres, die Hecktür stand weit offen und gab den Blick auf einige Aluminiumkoffer frei. Auf dem Boden hinter dem Geländewagen surrte ein Stromerzeuger, dessen Abgase über einen Schlauch durch ein roh in den Fensterladen gebrochenes Loch nach draußen geleitet wurden. Das Verlängerungskabel, welches von dort bis zu dem provisorischen Tisch reichte, endete in einem Mehrfachstecker. Daran angeschlossen war ein billiges, zerbeultes Transistorradio mit einer Wurfantenne.

Der moderne Laptop und das Satellitentelefon, deren Ladegeräte ebenso an dem Stromverteiler hingen, wollten irgendwie nicht recht in diese Umgebung gehören. Die CZ 75 Halbautomatik, die griffbereit neben zwei Schachteln 9-Millimeter-Parabellum-Munition auf der Holzplatte lag, passte schon eher ins Bild.

Der Mann hatte sich seinen Arbeitsplatz mit Blick auf das sorgfältig verschlossene Tor eingerichtet, das zusätzlich mit einer schweren Kette und einem Vorhängeschloss gesichert war. In seinem Rücken waren einige Stapel mit leeren Jutesäcken bis fast unter das Dach des Raumes aufgetürmt. Neben dem Tisch standen eine Reihe von etwa 1,40 Meter langen, 60 Zentimeter tiefen und ebenso hohen Stahlkisten. Sie waren zum Teil zerbeult, alle stark verwittert und mit Schlamm verkrustet. Drei der Behältnisse waren aufgebrochen, ihr Inhalt, Ordner und vergilbtes Papier, lugte zerwühlt und durcheinandergeworfen unter den lose zugeklappten Deckeln hervor.

Jetzt legte der Mann das Blatt, welches er intensiv studiert hatte, in einen dunklen Lederordner zurück, klappte ihn zu und fügte ihn einem Stapel von gleich aussehenden Ordnern hinzu. Dann machte er sich einige Notizen in dem Collegeblock, der vor ihm auf der Tischplatte lag. Nachdem er eine Seite des Blocks umgeschlagen hatte, nahm er einen weiteren Lederordner aus der Kiste, die ihm am nächsten stand und schlug ihn auf. Er löste das erste Blatt heraus, überflog es und legte es weg, dann das nächste und auch das übernächste. Beim vierten Blatt griff er zu einem deutsch-englischen Wörterbuch, schlug einige Wörter nach und machte sich anschließend wieder Notizen. Dann legte er es zurück und befasste sich mit dem nächsten Papier.

Nach einigen Stunden, in denen er sorgsam die Dokumente aus den stählernen Kisten sichtete, stieß er auf einen Ordner, der eine Anzahl mehrfach gefalteter Blaupausen enthielt. Er entfaltete vorsichtig einen der Bögen, der ausgebreitet in etwa die Größe DIN B0 aufwies. Aufmerksam studierte er die Linien, Zahlen und Symbole. Nach und nach machte sich ein Lächeln auf seinem Gesicht breit. Das war zwar noch nicht das, wonach er suchte, aber er war sich nun sicher, auf der richtigen Spur zu sein. Der alte Mann hatte also die Wahrheit gesagt! Warum nur musste er bis kurz vor seinem Tod warten, um ihm die notwendigen Informationen zukommen zu lassen! Andererseits war der heutige Tag nicht schlechter als jeder andere der letzten zwei Jahrzehnte. Es war wahrscheinlich einfach noch nicht an der Zeit gewesen. Jetzt, und er spürte ein überwältigendes Gefühl der Zuversicht in ihm hochsteigen, gingen die Dinge ihren vorbestimmten Gang! Zufrieden legte er den Plan zusammen und machte sich wieder an die Arbeit.

Nach zwei weiteren Stunden, in denen er Blatt um Blatt untersuchte, legte er den Ordner, den er gerade bearbeitete, zur Seite. Hinter den Dachluken war bereits die fortgeschrittene Dämmerung zu erkennen. Er blickte auf die Uhr: Kurz vor halb neun.

Er stand auf, streckte seine vom langen Kauern über den Papieren steif gewordenen Glieder, griff nach der Pistole und steckte sie sich im Rücken in den Hosenbund. Dann ging er hinüber zu dem Geländewagen, hob einen Plastikkanister aus dem Kofferraum und nahm einige Schlucke des Leitungswassers, das sich darin befand.

Er untersuchte die angebrochenen Lebensmittelpackungen, die neben seinem Notbehelf-Nachttisch standen und sah nach, ob noch irgendetwas da war, worauf er gerade Lust hatte. Schließlich griff er zu einer Packung Reis und einer Dose Lammfleisch, nahm beides mit zu dem Geländewagen und machte sich daran, auf einer Campingkochplatte das Lammfleisch und etwas Wasser für den Reis zu erhitzen. Das Ergebnis würde bei Weitem kein richtiges „Yakhnet kousa bil laban" abgeben, aber der Mann war von früher weit schlimmere Nahrung gewohnt und daher sehr genügsam. Kurz darauf begann er, ohne Hast sein Abendessen zu verzehren.

Hier ist es!

Sarah fuhr schwungvoll auf den Parkplatz des Tauchcenters und brachte den ML knapp vor einem der Natursteinblöcke zum Stehen, die als Begrenzung der Parkplätze zur Straße dienten. Wie erwartet hatte Thomas am Vorabend nur eine relativ überschaubare Anzahl an Shops gefunden, die selber die Abfüllung von Nitrox anboten. Pfefferle und Neubauer hatte er einige Adressen in Karlsruhe zugeschickt, Berner und Polocek sollten in Lörrach nachfragen. Die Freiburger Adressen hatte er für sich und Sarah vorgesehen. Jetzt machten sie sich ohne aus dem Auto auszusteigen erst einmal ein Bild von dem Geschäft. Das Gebäude, vor dem sie gerade den ML abgestellt hatten, schien vor der Umwandlung zum Tauchcenter eine Tankstelle oder ein Kfz-Reparaturbetrieb gewesen zu sein. Jetzt warben eine Reihe farbenfroher Fahnen und riesige Lettern für die Freizeitgestaltung am und im Wasser. „Blue Ocean Wassersport" prangte auf einem Schild über zwei großen, blau gestrichenen Garagentoren. „Sail & Dive Törns, Kiten, Nitrox-Tauchcenter" hieß es auf einem großen Banner darunter. Thomas stieg aus und lehnte sich an den Kofferraum, während Sarah nach ihrer Jacke auf dem Rücksitz griff. Er musterte weiter das Gebäude. Sarah kämpfte indes mit ihren langen Haaren, die ihr von dem frischen Wind ständig ins Gesicht geblasen wurden. Er schaute zu ihr hinüber und beobachtete lächelnd, wie sie mit leicht verkniffenem Gesichtsausdruck versuchte, ein Haar, das offensichtlich in den Mund geraten war, von der Zunge zu entfernen. Als eine kleine Böe wieder einen ganzen Schwung ihrer Haarpracht quer über die Augen wehte, öffnete sie nochmals die Fahrertür und beugte sich weit in den Mercedes hinein, um irgendetwas herauszuholen. Thomas' Blick blieb unweigerlich an ihren langen schlanken Beinen und dem nach seinem Dafürhalten äußerst knackigen Po haften. Die enge Jeans und die Stiefeletten mit halbhohem Absatz standen ihr wirklich ausgezeichnet! Gerade rechtzeitig, bevor sie sich wieder aufrichtete, merkte er, wie er sie anstarrte und gab seinem Blick eine unverfängliche Richtung. Aus den Augenwinkeln nahm er wahr, dass sie sich wohl aus der Mittelkonsole ein einfaches Gummiband geangelt hatte, mit dem sie sich jetzt die Haare zu einem kessen Pferdeschwanz zusammenband. Das Knallen der Fahrertür und das kurze Fiepen der Zentralverrieglung signalisierte ihm, dass sie bereit war.

Thomas entschied, noch einmal zu ihr hinüberzuschauen. Konnte er es wagen, ihr ein Kompliment zu machen?

Steht dir gut, so die Haare nach hinten, sagte er schließlich nach einem vielleicht einer Spur zu langem Moment, währenddem sie seinen Blick offen und ein wenig erwartungsvoll erwiderte.

Danke!, sagte sie kurz und lächelte charmant.

Na dann wollen wir mal. Der Eingang ist wohl da vorne.

Eine Klingel, die beim Öffnen der Tür ertönte, kündigte ihr Eintreten an. Sie befanden sich in einem kleinen, hellen Büroraum. Am hinteren Ende stand ein Schreibtisch mit PC, an den Wänden hingen Poster, Kalender und diverse Urkunden und Zertifikate von verschiedenen Tauchsportverbänden, die den Mitarbeitern von Blue Ocean höchste Qualifikation und Professionalität bescheinigten. Auf ein paar Regalen fanden sich verschiedene Bildbände und Tauchliteratur. Die Stühle, die auf der rechten Seite vor dem Fenster zusammengeschoben waren und ein Flipchart, das an die Wand gelehnt in der Ecke stand, ließen vermuten, dass der Raum nicht nur als Büro, sondern auch für die Theoriestunden genutzt wurde.

Komme gleich!, tönte eine Frauenstimme aus dem angrenzenden Raum, in dem man an Kleiderständern und in Vitrinen Neoprenanzüge, Tarierjacketts, Atemregler und alle möglichen Tauchutensilien erkennen konnte.

Thomas und Sarah sahen sich in dem Raum um und musterten interessiert die Exponate. Thomas nahm einen Flyer mit den verschiedenen Tauchkursen zur Hand und studierte ihn. Sarah ließ ihren Blick über die Ausbildungsbücher und Bildbände schweifen. Schließlich griff sie nach einem Buch, auf dessen Umschlag die Fotografie eines großen, sehr gefährlich dreinschauenden Hais zu sehen war.

Die gibt es hier in den Baggerseen aber nicht zu sehen?, meinte sie verschmitzt lächelnd zu Thomas, der daraufhin aufsah und das Cover einen Augenblick lang musterte.

Die gibt es in absehbarer Zeit nirgendwo mehr zu sehen, antwortete er mit einem Stirnrunzeln, denn so perfekt die Evolution ihn auch hervorgebracht hat, der größte Killer auf diesem Planeten ist schließlich der Mensch. Und der schafft es sogar, ein solch herrliches Wesen wie den Weißen Hai auszurotten.

Er schüttelte bedauernd den Kopf.

Es ist wirklich ein Jammer. Die Menschheit ist schon eine ziemliche Pest für diesen Planeten!

... und deswegen sollten mehr Menschen das Tauchen lernen, um zu erkennen, wie wundervoll und beschützenswert das sensible Ökosystem der Ozeane ist.

Eine etwa 40-jährige Frau war aus dem Nebenraum gekommen und hatte Thomas' letzte Bemerkung offensichtlich gehört. Auf dem blauen Pullover, den sie trug, prangte ein Sail & Dive – Emblem und wies sie als Mitarbeiterin aus. In der linken Hand hielt sie einen Atemregler, die andere streckte sie Thomas und Sarah entgegen.

Ich bin Jessica Jablanski vom Blue Ocean Team, stellte sie sich vor, was kann ich denn für euch tun?

Ein Blick auf die an der Wand hängenden Dokumente sagte Thomas, dass sie Mitinhaberin und Geschäftsführerin der Tauchschule war. Er stellte das Buch wieder an seinen Platz, schüttelte ihr die Hand und zog dann seinen Ausweis aus der Gesäßtasche seiner ziemlich abgetragenen Jeans.

Mein Name ist Thomas Bierman von der Kriminalpolizei Freiburg, das ist meine Kollegin Sarah Hansen. Wir ermitteln in einem Todesfall und hätten ein paar Fragen an Sie. Haben Sie ein wenig Zeit für uns?

Die blonde Frau hob sichtlich besorgt die Augenbrauen.

Geht es um einen Tauchunfall, von dem ich nichts weiß? Haben wir möglicherweise ein Problem?, fragte sie ein klein wenig verunsichert.

Sofort ging ihr auf, dass sie mit einer Gegenfrage geantwortet hatte.

Entschuldigung, sagte sie, leicht mit dem Kopf schüttelnd, ja natürlich habe ich Zeit für Sie. Worum geht es denn?

Genauer gesagt geht es um einen Mordfall, ergriff Sarah das Wort, und die forensischen Untersuchungen des Mordopfers haben eindeutig ergeben, dass die betreffende Person in der Zeit vor ihrem gewaltsamen Ableben ziemlich intensiv getaucht ist.

Ok, sagte Frau Jablanski gedehnt, und da noch keine Frage im Raum stand, sah sie Sarah mit der Aufforderung, weitere Details zu nennen, abwartend an.

Thomas hatte bereits auf der Herfahrt mit Sarah diskutiert, wie viel Informationen zu dem Fall und dem Stand der Ermittlungen sie bei der Befragung preisgeben wollten. Sie hatten sich geeinigt, das je nach Situation zu entscheiden. Thomas nahm Sarahs Faden auf.

Eine Identifizierung des Mordopfers war bisher nicht möglich und daher erhoffen wir uns von Ihnen Hinweise. Hier ein paar Fakten: Die Person war männlich, asiatischer Herkunft. Ca. 165 Zentimeter groß. Sie muss vor einiger Zeit des Öfteren ein 30- bis 40-prozentiges Nitroxgemisch abgefüllt haben, möglicherweis bei Ihnen im Center. Vor etwa drei Wochen dürfte er dann zum letzten Mal hier gewesen sein. Das ist der ungefähre Todeszeitpunkt. Können Sie sich an eine solche Person erinnern?

Ein Japaner!, antwortete die Angesprochene spontan.

Nicht unbedingt, sagte Sarah, es könnte auch ein Chinese, Koreaner oder...

Nein, nein, unterbrach Frau Jablanski, ich meine damit, dass ich mich an ihn erinnere. Er hatte einen japanischen Pass.

Sie erinnern sich an ihn? Er war also tatsächlich hier!

Sarah strahlte fast vor Begeisterung.

Auch Thomas nahm diese Nachricht erfreut auf.

Ja, sogar gut! Jetzt ist mir auch klar, warum Sie zu uns gekommen sind. Nitrox bekommt man hier ja nicht an jeder Ecke.

Sie lächelte und schien in gewisser Weise ein wenig beruhigt.

Er kam eine ganze Weile regelmäßig her. Hat sich beim ersten Mal eine komplette Tauchausrüstung geliehen und dann fast täglich zwei Zwölfliterflaschen mit Nitrox gefüllt. Er muss wirklich eine Menge Zeit unter Wasser verbracht haben. Die genauen Daten kann ich Ihnen gerne raussuchen.

Das ist ja fantastisch!, entfuhr es Sarah, was für Angaben notieren Sie sich denn?

Wir machen Kopien von Personalausweis oder in dem Fall Reisepass, den Tauchbrevets und dem ärztlichen Attest über die Tauchtauglichkeit. Wir müssen ja im Falle eines Unfalles rechtlich abgesichert sein. Und da er sich eine teure Ausrüstung geliehen hat, haben wir auch seine Kreditkartendaten zwecks Kaution hinterlegt.

Sarah und Thomas schauten sich fassungslos an. Dass es so einfach werden würde, hatten sie nicht erwartet.

Wenn Sie mir ein wenig Zeit geben, kann ich Ihnen auch genau raussuchen, an welchen Tagen er da war und welche Gerätschaften er sich geliehen hat, beziehungsweise wann er zum letzten Mal da war. Falls Ihnen das weiterhilft?

Sie war hinter den Schreibtisch getreten und legte den Atemregler vor sich auf die Platte.

Das sind ungeheuer wichtige Informationen für uns! Je mehr Sie uns über diesen Japaner sagen können, desto besser! Aber das Wichtigste wären zunächst die Kopien der amtlichen Dokumente, die Sie eben erwähnt haben. Was glauben Sie, wie lange das dauert?

Thomas wollte die Sache nun schnell vorantreiben.

Die kann ich Ihnen gleich mitgeben, das habe ich schnell gefunden.

Frau Jablanski griff nach einem Ordner in der Ecke des Wandregals und begann zu blättern. Nach einer knappen Minute öffnete sie die Bügel und entnahm dem Aktenordner eine Klarsichtfolie mit einer Anzahl von Blättern.

Sooo, sagte sie, das hier ist er. Wir haben, sie musterte die einzelnen Seiten und legte sie nacheinander vor Thomas und Sarah auf den Schreibtisch, die ersten Seiten seines Reisepasses, das ist sein PADI Tauchbrevet, das hier ist seine Tauchtauglichkeitsbescheinigung, das ist Vorder- und Rückseite seiner Kreditkarte und zum Schluss die letzte Seite seines Logbuches. Er hatte bereits über 300 Tauchgänge darin gelogged, das heißt, er war ziemlich erfahren.

Sie glauben gar nicht, wie sehr Sie uns damit weiterhelfen!, bedankte sich Sarah und versuchte Thomas über die Schulter zu schauen, der die Papiere eingehend betrachtete.

Er merkte es und hielt die Seiten so, dass sie auch etwas sehen konnte. Der Reisepass lautete auf den Namen Shigeru Morimura, wohnhaft in Takarazuka, einer Stadt, von der weder Thomas noch Sarah bisher gehört hatten.

Können wir die behalten?, fragte er.

Ich mache Ihnen gerne Kopien von allem, ich bräuchte die Unterlagen wieder in diesem Ordner, wenn das geht?, antwortete Frau Jablanski.

Selbstverständlich! Wie lange brauchen Sie in etwa, uns die anderen Daten zur Verfügung zu stellen?

Das kommt darauf an, ich muss ja die Verleihlisten der letzten zwei bis drei Monate komplett durchgehen. Aber ich schätze, bis heute am späten Nachmittag kann ich Ihnen alles raussuchen. Reicht Ihnen das?

Thomas schätzte die unbedingte Kooperationsbereitschaft sehr hoch ein. Deswegen gab er sich mit diesem Zeitrahmen zufrieden und nickte zustimmend.

Das wäre hervorragend! Zwei Fragen noch: Erstens, war denn der Japaner alleine oder war er in Begleitung? Schließlich ist eine Grundregel ja, dass man nicht alleine tauchen soll! Und zweitens: Haben Sie die Ausrüstung denn zurückbekommen? Oder können Sie sich sogar erinnern, ob er oder jemand anders sie zurückgebracht hat?

Insgeheim verband er mit der Frage die Hoffnung, dass auch der Mörder in Verbindung mit dem Tauchshop gebracht werden könnte. Die Frage war, einer plötzlichen Intuition folgend, natürlich ein reiner Schuss ins Blaue.

Ich kann mich nicht erinnern, dass mal eine andere Person dabei war. Da fragen wir aber auch nicht nach, denn das mit dem alleine Tauchen ist ja, wie soll ich sagen, keine amtliche Vorschrift. Es bleibt jedem überlassen, ob er nicht auch alleine tauchen will. Wir raten zwar davon ab, aber die entspanntesten Tauchgänge hat man halt, wenn man nicht ständig nach dem Buddy sehen muss.

Frau Jablanski schmunzelte schuldbewusst.

Auch ich will unter Wasser hin und wieder meine Ruhe haben.

Thomas nickte verständnisvoll.

Und die Ausrüstung? Hat er sie selbst zurückgebracht?

Die haben wir auf jeden Fall wieder, so eine Ausrüstung mit Trockenanzug, Jacket, Regler und so weiter ist schnell um die 3000,– Euro wert, da sind wir ziemlich hinterher und kontrollieren regelmäßig die offenen Posten. Allerdings kann ich mich selbst nicht daran erinnern, die Sachen zurückgenommen zu haben. Das muss in die Zeit gefallen sein, als mein Mann und ich auf unserem Frühjahres Sail & Dive Törn waren. Wir hatten dieses Jahr wegen des großen Interesses den Katamaran ausnahmsweise für volle vier Wochen gechartert und sind zu den Tauchgründen vor Sardinien und Korsika geschippert.

Und im Shop hatten Sie in der Zeit Vertretung?, wollte Sarah wissen.

Ja klar, das Geschäft läuft in der Zeit weiter. Im Notbetrieb sozusagen, die Tauchlehrer wechseln sich dann ab. Aber ich kann natürlich rausfinden, wann die Sachen zurückkamen und schauen, wer sie angenommen hat. Derjenige kann sich ja mit Ihnen in Verbindung setzen und Ihre Fragen beantworten.

Ich finde es ganz toll, wie Sie sich bemühen und auch mitdenken, nickte Sarah und schenkte ihrem Gegenüber ein anerkennendes Lächeln, da Thomas noch immer über den Papieren sinnierte und keine Anstalten machte, etwas zu sagen.

Kein Problem, das mache ich doch gerne, antwortete Frau Jablanski und schaltete den Tischkopierer neben dem Computerbildschirm an. Vom Surren des sich aufwärmenden Gerätes aus seinen Gedanken gerissen, reichte Thomas die Blätter über den Schreibtisch und konnte zwei Minuten später die Kopien in Empfang nehmen. Im Gegenzug reichte er Frau Jablanski seine Karte.

Hier ist meine Durchwahl im Polizeirevier, und da unten ist auch meine Handynummer, sagte er.

Wenn Sie uns heute Nachmittag kurz Bescheid geben, wenn Sie alles herausgesucht haben. Je nachdem kommen wir dann noch mal vorbei, um mit dem betreffenden Tauchlehrer zu sprechen. Möglicherweise ist er der Letzte, der unser Opfer lebend gesehen hat. Die Daten können Sie gleich an diese Nummer faxen, einfach „Thomas Bierman" draufschreiben, dann landet es auf meinem Schreibtisch.

Er faltete die frischen Kopien zweimal und steckte sie in die Innentasche seiner Jacke.

Eine Bitte noch, wenn Sie sich die Male, die Sie den Japaner gesehen haben, heute nochmals durch den Kopf gehen lassen und überlegen, ob Ihnen irgendetwas aufgefallen ist, vielleicht Nervosität oder eine Veränderung seines Verhaltens, Gestik oder Stimmung, dann sagen Sie uns bitte Bescheid. Ich weiß, das ist jetzt für Sie schon über sieben Wochen her, aber wenn Sie in Ruhe nachdenken, können Sie sich vielleicht an etwas erinnern.

Dann fiel ihm noch etwas ein.

Ach ja, eins noch: Bitte behandeln Sie unseren Besuch und alles, was Sie eben erfahren haben, absolut vertraulich!

Die Tauchlehrerin hörte aufmerksam zu und nickte.

Ja, das werde ich machen, gab sie zurück.

Gut, dann hören wir heute Mittag von Ihnen, schloss Thomas das Gespräch ab.

Bis dahin einen schönen Tag und nochmals vielen Dank für Ihre Unterstützung.

Auch Sarah verabschiedete sich und trat hinter Thomas ins Freie.

Wow, sagte sie, wenn das kein Volltreffer war!

Das war es!, stimmte er zu und griff zum Handy.

Helen? Pass auf! Anfrage bei allen gängigen Autovermietungen. Sie sollen uns mitteilen, wann und wo ein gewisser Shigeru Morimura ein Fahrzeug gemietet hat, welcher Fahrzeugtyp, Kennzeichen etc. Und Helen, ganz wichtig, ob der Wagen bereits wieder zurückgegeben wurde. Morimura, wie man es spricht. Shigeru, mit SH. Alles klar, danke!

Er schob das Handy zu und sah auf die Uhr.

Noch zu früh, um Mittag zu essen. Schlage vor, dass wir ins Büro fahren und den diplomatischen Stein ins Rollen bringen.

Sarah öffnete den ML per Fernbedienung und setzte sich hinters Steuer, während Thomas noch gedankenversunken in Richtung Tauchschule schaute, dann stieg auch er ein.

Was hast du überlegt?, fragte sie ihn, schaltete die Fahrstufe „R“ und legte den Arm um den Beifahrersitz, um den Wagen rückwärts aus der Parklücke zu manövrieren.

Zum ersten Mal nahm Thomas ihr Parfüm wahr, ein frischer aber sehr femininer Duft. Er genoss die Nähe zu ihr und versuchte unmerklich, noch ein wenig von dem angenehmen Duft in die Nase zu bekommen. Diese eigentlich belanglose Situation, ihre Hand um die Kopfstütze seines Sitzes gelegt, empfand er als äußerst prickelnd. Er hatte den leisen Wunsch, dass dieser Augenblick noch ein wenig länger anhalten würde. Als sie den Arm von der Kopfstütze nahm und den Wählhebel auf „D“ schaltete, folgte er mit seinem Blick ihrer Hand, bis sie wieder das Lenkrad ergriff. Er verspürte den Drang, hinüberzugreifen und sacht über ihren

Handrücken zu streicheln. Undenkbar! Er unterdrückte den Reiz und sah wieder aus der Frontscheibe.

Hallo? Sarah hatte den Wagen mittlerweile auf die Straße gelenkt und forderte noch eine Antwort ein.

Entschuldige, ich war in Gedanken, was hattest du noch gefragt?, entgegnete er etwas verwirrt.

Was du gerade in Bezug auf unsere Erfolge im Tauchcenter überlegt hast, half sie ihm auf die Sprünge.

Ich habe mich gefragt, warum ein Japaner, ein versierter Taucher, in den Schwarzwald kommt, an einen Platz, wo das Meer in jeder Richtung mindestens 800 Kilometer entfernt ist, um hier über Wochen hinweg täglich zwei Tauchgänge zu machen. Die Seen hier sind auf ihre Weise sicherlich sehr interessant, aber als Tauchurlaub wohl eines der letzten Ziele, die ich wählen würde. Ich frage mich nach seinen Beweggründen.

Und so wie ich dich kenne, stellst du dir auch die Frage, ob diese mysteriösen Beweggründe auch mit seiner Ermordung zusammenhängen, komplettierte Sarah seine Ausführungen.

Thomas sah sie an und nickte.

Ja, genau das bin ich gerade am Abwägen. Ist doch merkwürdig: Ein Mensch macht etwas, für das wir uns im Moment kein Motiv vorstellen können. Er macht etwas Ungewöhnliches. Und ausgerechnet dieser Mensch findet einen gewaltsamen Tod. Da liegt die Vermutung doch nahe, dass sich sein Verhalten und seine Ermordung in irgendeiner Form bedingen.

Du meinst, dass in seinem Verhalten ein Motiv für seine Ermordung zu finden ist?

Sarah hatte verstanden, was Thomas meinte.

Möglicherweise indirekt. Auf der einen Seite haben wir einen Menschen, der eine sehr weite Reise auf sich nimmt und für teures Geld etwas mit Ausdauer betreibt, wofür wir derzeit keine Erklärung haben. Auf der anderen Seite haben wir einen Täter, der nichts unversucht lässt, um die Entdeckung seiner Tat zu verhindern und ebensolche Anstrengungen unternimmt, um im Falle des Fundes eine schnelle Identifizierung zu erschweren. Daraus könnte sich ableiten lassen, dass für den Täter die Aktivitäten des Opfers sehr wichtig waren, und er den Mord begangen hat, um einen Vorteil zu erlangen. Sei es, um das Opfer an der Fortführung seiner Aktivitäten zu hindern oder aber, um die Früchte seiner Aktivitäten selber nutzen zu können. Insofern hättest du mit deiner Vermutung das Motiv betreffend recht.

Thomas schaute Sarah von der Seite an. Sie war damit beschäftigt, sich in den dichten Verkehr auf dem zweispurigen Zubringer stadteinwärts zu fädeln. Ihrer Mimik konnte er aber entnehmen, dass sie zugehört hatte und dabei war, seine Rückschlüsse zu analysieren. Als sie es durch einen beherzten Tritt auf das Gaspedal geschafft hatte, knapp vor einem Tanklastzug auf die Fahrspur zu wechseln, sprach sie ihr Fazit aus.

Ich finde deine Vermutungen zwar ziemlich allgemein formuliert, aber absolut plausibel. Ich meine, beim derzeitigen Stand sind wir natürlich auf Spekulationen angewiesen, aber das ist weitaus besser als das, was ich mir bisher ausgedacht habe. Um ehrlich zu sein, hatte ich noch gar keine Idee, wie Täter und Opfer aufeinander treffen konnten und warum. Wie baust du deine Theorie, dass es sich bei dem Täter um einen Profi handelt, in dieses Szenario ein?

Thomas zuckte mit den Achseln.

So weit bin ich noch nicht gekommen. Hast du schon was überlegt?

Sie schüttelte mit dem Kopf.

Nein, noch keine konkrete und gleichzeitig einigermaßen realistische Idee. Bestenfalls sehr wilde Spekulationen. Aber die drängen sich ja förmlich auf: Seltsamer Ausländer mit sonderbarem Verhalten, Profikiller, internationale Verwicklung... mir fiele da schon was ein.

Sie lächelte zu Thomas rüber, der auch grinsen musste.

Wenn wir mit so etwas zu Gröber gehen, schickt er uns zum Polizeipsychologen. Jetzt machen wir erst mal unsere Anfragen an die japanischen Behörden und warten ab, was die Dame von

Blue Ocean noch an Informationen liefert. Wenn wir dann auch noch den Background des Opfers kennen, können wir ja weiter spekulieren.

Der Mann legte einen weiteren Ordner beiseite und rieb sich mit beiden Händen die Augen. Seit Tagen hatte er kaum das Tageslicht gesehen, so hart hatte er gearbeitet. Nur einmal war er mit seinem Geländewagen zu einem Supermarkt gefahren, um sich Wasser und Lebensmittel zu besorgen. Auch hatte er vorgestern die Porta Potti Camping Toilette, die er versuchte, so selten wie möglich zu benutzen, entleeren müssen. Er war dafür extra bis hoch ins Simonswälder Tal gefahren, bis er sicher war, einen Seitenweg gefunden zu haben, an dem ihn niemand überraschen würde. Das Letzte, was er wollte, wár aufzufallen und möglicherweise eine Personenkontrolle über sich ergehen lassen zu müssen. Auf dem Rückweg hatte er die Chance genutzt, in einem öffentlichen Schwimmbad ausgiebig zu duschen und auch einige Bahnen zu schwimmen, stellte sich die tägliche Hygiene in dem Lagerraum doch recht aufwändig dar. Natürlich achtete er peinlich genau darauf, sich sauber zu halten, denn auch saubere Kleidung und angenehmen Geruch erachtete er als besonders wichtig, um nicht die Aufmerksamkeit auf sich zu ziehen, wenn er in der Stadt oder in Geschäften auf andere Menschen traf. Er rasierte sich und wusch sich zweimal täglich, doch mit einem Plastikkanister Wasser über den Kopf zu gießen war nicht sehr effektiv und auch nicht sonderlich angenehm. Auch wenn er Entbehrungen gewöhnt war: Was die Körperpflege anging, hatte er, wenn es sich irgendwie darstellen ließ, durchaus Ansprüche. Deswegen hätte es ihm, um seinem Bedürfnis nach Sauberkeit nachzukommen, niemals gereicht, in dem See, den er ja über Wochen hinweg betaucht hatte, oder in irgendeinem anderen der zahlreichen Gewässer zu baden. Also hatte er, als er zufällig an dem Hallenbad vorbeigekommen war, kurzerhand den Entschluss gefasst, etwas Gutes für Körper und Geist zu tun.

An jenem Nachmittag wurde er sich der Freiheit, die er in diesem Land genoss, richtig bewusst. Niemand ahnte etwas von dem, was passiert war und auch jetzt vor sich ging, und selbst wenn, war es unmöglich, es mit ihm in Verbindung zu bringen. Dieser Umstand und die Tatsache, dass man hier in Mitteleuropa toleriert oder besser ignoriert wurde, erlaubte ihm, sich sorglos in der Öffentlichkeit zu bewegen, einzukaufen und eben auch ein Schwimmbad zu besuchen, ohne in irgendeiner Form behelligt zu werden.

Auf dem Rückweg hatte er noch bei einer Tankstelle die zwei olivgrünen 20-Liter-Kanister mit Benzin gefüllt, denn der Stromerzeuger war am Abend zuvor einfach ausgegangen und hatte ihn gezwungen, früher als geplant die Arbeit abzubrechen und schlafen zu gehen. Daraufhin hatte er in Erwägung gezogen, sich in einem Outdoorshop eine Gaslampe zu besorgen und das Stromaggregat nur zu benutzen, wenn er seinen Laptop oder das Satellitentelefon laden musste. Er hatte sich dagegen entschieden. Das Geld für das Benzin spielte eine untergeordnete Rolle, das gedämpfte Geräusch des Generators störte ihn nicht im Geringsten und elektrisches Licht war einfach gleichmäßiger und heller als das einer Campinglaterne. Und so surrte auch jetzt der Viertaktmotor im unteren Lastbereich. Da er gute 20 Meter entfernt stand und mittlerweile mit Brettern umstapelt und mit dicken Lagen Jutesäcken verhängt war, konnte man ihn nur unterschwellig wahrnehmen.

Als der Mann seine müden, abgespannten Augen gerieben und sich mit den Fingerspitzen die Schläfen und die Stirn massiert hatte, zog er die nächste Stahlkiste zu sich neben den Tisch. Er nahm das schwere Brecheisen, mit dem er schon den anderen Truhen zu Leibe gerückt war, und hatte, wie die Male zuvor, erhebliche Mühe, die festsitzenden Verschlüsse aufzuhebeln. Die Behältnisse mochten alt sein, aber solide waren sie allemal. Und immerhin waren sie die langen Jahre, die sie in Vergessenheit verbracht hatten, ihrer Bestimmung gemäß intakt geblieben. Allah sei Dank, dachte er zum wiederholten Male.

Als es ihm nach einigen Minuten schließlich gelungen war, die Verschlüsse zu sprengen und auch der Deckel seinen Widerstand aufgegeben hatte, kamen wieder Lederordner, Papierstapel, ja, diesmal sogar Lineale und Schablonen zum Vorschein. Mit unendlicher Geduld griff sich der Mann den ersten gebundenen Papierstapel und begann wieder, mit Wörterbuch und Notizblock nach der entscheidenden Information zu suchen, die zu finden er nun seit Tagen hoffte.

Abermals vergingen Stunden. Als er den nächsten Ordner öffnete, wusste er sofort, dass es diesmal der richtige war. Sorgfältig studierte er die Papiere und machte sich die Mühe, fast den gesamten Inhalt der Mappe zu übersetzen. Mangels Kenntnissen der deutschen Grammatik war das Resultat zwar lediglich eine Ansammlung von Wort für Wort übersetzten Begriffen, aber am Ende war er in der Lage, alle nötigen Angaben und Informationen herauszulesen. Er unterstrich einige Worte in seinen Notizen, vornehmlich die, die auch in den deutschen Texten groß geschrieben waren, und für die er zum Teil keine Übersetzung in seinem Wörterbuch gefunden hatte. Dann startete er den Laptop. Nachdem dieser hochgefahren war, steckte er seinen mobilen Internetadapter in die USB-Buchse, startete Mozilla Firefox und fing an, die Begriffe, die ihm besonders wichtig erschienen, zu googeln. Wieder machte er sich eifrig Notizen, übersetzte ganze Passagen und setzte das ein oder andere Lesezeichen in seinem Browser.

Nach und nach fügte sich das Bild zusammen. Alles, was er herausfand, erschien plausibel. Mit wachsendem Interesse studierte er eine Homepage besonders intensiv und versuchte, so viel wie möglich von dem Geschriebenen zu verstehen. Leider war die Seite, und das konnte der Mann, auch ohne der deutschen Sprache mächtig zu sein, erkennen, sicher nicht von einem professionellen

Anbieter erstellt worden und auch der Betreiber schien dies eher nebenberuflich wahrzunehmen. Folglich waren die Texte auch nicht auf Englisch verfügbar und es kostete ihn viel Zeit, sich ein genaues Bild zu machen. Die Site offenbarte leider, was seinen Bedarf anging, nur sehr oberflächliche Informationen. Er würde sich die wichtigen Details anders beschaffen müssen.

Er überlegte sich die weiteren Schritte. Morgen würde er die Probe machen und anschließend sicher mehr wissen. Nach kurzer Überlegung befand er die für den heutigen Tag erledigte Arbeit für ausreichend. Er fragte noch seine Mails ab, aber es befanden sich keine Neueingänge auf seinem Account. Also fuhr er den Laptop herunter und beschloss, sich auf diesen Erfolg hin ein Essen in einem Restaurant zu gönnen.

Mit einem Anflug von Zufriedenheit und einem dezenten Hauch von Stolz nahm Sarah wahr, dass sich Thomas zumindest im Ansatz Mühe gegeben hatte, seinem Schreibtisch wieder etwas von der Zweckmäßigkeit eines Arbeitsplatzes zurückzugeben. Den Begriff „ordentlich" definierte sie zwar immer noch anders, aber es war unübersehbar, dass er sich am Vorabend, als er noch alleine im Büro geblieben war, nicht nur der Internetrecherche hingegeben hatte. Sie schätzte die Abnahme der Aktenstapel auf etwa zwei Drittel, und sowohl die Beweismitteltüte als auch die verschiedenen Abfälle, von denen sie sicher war, nur einen Bruchteil überhaupt wahrgenommen zu haben, waren gänzlich von der Platte verschwunden. Durch einen leisen Pfiff signalisierte sie Thomas, der hinter ihr das Büro betreten hatte, dass sie die Veränderung bemerkt hatte. Der Blick zur Garderobe, den zu wagen sie nun praktisch gezwungen war, brachte wieder ein wenig Ernüchterung. Aber gut, erstens durfte sie nicht zuviel erwarten, zweitens sah sie ja ein, dass es mit einem Motorrad ohne Seitenkoffer recht schwierig war, einen solchen Berg an Klamotten zu transportieren. Also nahm sie den verbesserten Zustand des Schreibtisches als ersten Schritt und als Zeichen, dass er es mit den guten Vorsätzen ernst meinte.

Sie setzte sich schwungvoll hinter ihren Schreibtisch und beobachtete Thomas, wie er auf der gegenüberliegenden Seite dasselbe tat, mit dem Unterschied, dass er sofort seine Füße, an denen sich hellbraune Jack Wolfskin Treckingschuhe befanden, auf das Fensterbrett legte. Er nahm den Laptop aus der Dockingstation und platzierte ihn, die Beine immer noch hochgelegt, an die ihm namengebende Stelle und startete in dieser extrem gemütlich wirkenden Position Firefox.

Wollen wir mal sehen, was für offizielle Ansprechstellen der japanischen Behörden es bei uns gibt, sagte er und klickte auf das Lesezeichen von Yahoo, um eine Internetanfrage zu starten.

Über den Suchbegriff „Japanische Botschaft" führte ihn der erste Treffer zur Botschaft in Berlin. Sarah, die hinter ihn getreten war, überflog die Seiten, durch die sich Thomas, wie immer ein wenig zu schnell für sie, durchklickte. Als er die Seite mit den Telefonnummern gefunden hatte, setzte er ein Lesezeichen und diktierte Sarah, die bereits zum Telefonhörer gegriffen hatte, die Durchwahl.

Nachdem sie sich bis zur zuständigen Stelle durchgefragt hatte, machte sie dem Ansprechpartner die traurige Mitteilung über das gewaltsame Hinscheiden von Shigeru Morimura und bat um die Vermittlung eines Ansprechpartners bei der Polizei in Takarazuka. Es galt, mit Hilfe der örtlichen Behörden die Identität Morimuras durch Zahnvergleiche oder mittels DNA-Analyse zweifelfrei zu klären. Da an der Echtheit der Dokumente und der Zuordnung zu dem Leichnam aber eigentlich kaum Zweifel bestanden, war für die Ermittlungen noch wichtiger, im heimischen Umfeld Morimuras nach möglichen Motiven zu forschen. Nachdem Sarah sich eine

Liste mit den erforderlichen Formalitäten für die Botschaft sowie die Adresse und Faxnummern, an welche die entsprechenden Dokumente gehen sollten, notiert hatte, bedankte sie sich und legte auf.

Und?, fragte Thomas, der während des etwa 30-minütigen Gesprächs weiter seinen Laptop bemüht hatte.

Wie zu erwarten, jede Menge Papierkram, sagte Sarah.

Das Meiste schicken sie uns per Mail, damit wir es ausdrucken und ihnen ausgefüllt zurückschicken können.

Will die Botschaft niemanden hierherschicken?, fragte Thomas erstaunt.

Ich hätte mir da ein wenig mehr Engagement vorgestellt.

Sarah zuckte mit den Schultern.

Die Dame, die übrigens absolut akzentfrei Deutsch sprach, sah das ziemlich nüchtern. Sie hat sich eigentlich nur auf die Formalitäten beschränkt. Sie werden sich jetzt selbst mit Japan in Verbindung setzen und den Hintergrund von Herrn Morimura ermitteln, um auch Angehörige, falls vorhanden, zu verständigen. Wegen eines Kontaktes zur Polizei in Takarazuka will sie sich noch mal telefonisch mit uns in Verbindung setzen, sie muss da auch erst jemanden finden. Takarazuka ist bestimmt so ein Kaff, wo es keine Polizei gibt. Oder hast Du schon mal was davon gehört?

Thomas blickte kurz von dem Laptop auf.

Nein, habe ich nicht, aber ein Kaff ist die falsche Bezeichnung. Er stellte den Laptop auf den Schreibtisch und drehte ihn so, dass auch Sarah etwas sehen konnte.

Hier: Takarazuka auf der Hauptinsel Honshu. 225.000 Einwohner... in etwa so viele wie Freiburg. Zwei Universitäten, Autobahn, überregionaler Bahnhof, Museen, Theater. Also nicht so klein wie du dachtest. Aber sind wir mal ehrlich, wie viele Städte in Japan kennst du außer Tokyo, Hiroshima und Nagasaki?

Sarah betrachtete den Bildschirm interessiert.

Kobe, Nagoya und Osaka, antwortete sie.

Und natürlich noch Matsuyama. Aber das war es dann auch schon.

Sie setzte sich auf die Schreibtischecke, was noch gestern mangels Platz unmöglich gewesen wäre, und betrachtete die spärlichen Bilder auf der Seite von Wikipedia.

Da kommt er also her, unser kleiner Japaner. Hast du sonst noch was in Erfahrung bringen können?

Thomas öffnete einen weiteren Link, den er sich offensichtlich vorher gespeichert hatte. Es war eine Seite der englischsprachigen Homepage der „Koshien University Takarazuka", einer der beiden Universitäten der Stadt. Aufmerksam las Sarah die Mitteilung, die offensichtlich von einem Archivserver bereitgestellt wurde. Darin ehrte die Universität in einem vor zwei Jahren erschienenen Artikel den kürzlich verstorbenen Professor Tadashi Morimura mit einem nüchternen und für Sarahs Befinden auch sehr knappen Nachruf. Dieser lehrte an der Universität allgemeine Geschichte des 20. Jahrhunderts.

Ich habe die Suche auf Takarazuka beschränkt, sagte Thomas, als Sarah zu Ende gelesen hatte.

Bei einer allgemeinen Suche gibt es zu viele Treffer. Scheint ein recht gängiger Name in Japan zu sein. Ob dieser Professor etwas mit unserem Mordopfer zu tun hat, sei freilich dahingestellt. Eine Verbindung kann ich hier nicht erkennen. Vom Alter her könnte Tadashi der Vater von Shigeru gewesen sein. Aber wie gesagt, es deutet nichts auf eine Verwandtschaft hin. Ich würde das hier jetzt einfach mal abbrechen, bis wir die Hintergrundinformationen von der Botschaft haben.

Sarah stimmte dem zu. Sie ging hinüber zu ihrem Schreibtisch und schaltete den Flachbettscanner ein, der über einen Switch sowohl von ihrem, als auch von Thomas' Computer aus angesprochen werden konnte. Nacheinander scannte sie die Dokumente, die sie bei Blue Ocean erhalten hatte, und schickte alles in einer Mail an die japanische Botschaft.

Die Dame wollte das schon mal vorab, bevor wir die ganzen Formulare ausgefüllt und zurückgeschickt haben, sagte sie auf Thomas' fragenden Blick hin.

Wollte Gröber nicht sofort Bescheid wissen, wenn wir neue Erkenntnisse haben?

Stimmt!

Thomas griff zum Telefon, landete jedoch bei Helen, über die er ausrichten ließ, dass das Opfer im Asiatenmord aller Voraussicht nach als Shigeru Morimura identifiziert war, japanischer Staatsbürger, nicht prominent, und dass die japanischen Behörden bereits informiert seien. Weitere Fakten erhoffe man sich noch von einem Telefonat und einer Befragung, die aber erst am Nachmittag stattfinden könne. Damit sah er seiner Informationspflicht Gröber gegenüber genüge getan. Er fuhr den Laptop herunter, klappte ihn zu und sagte nur:

Mittag! Wohin gehen wir?

Sarah lehnte sich in ihrem Drehstuhl zurück und verschränkte die Arme hinter dem Kopf. Sie sah Thomas an und dachte nach. Da er offensichtlich nicht in die Kantine gehen wollte, versuchte sie sich zu erinnern, welche Empfehlungen sie von Bekannten oder Freunden in letzter Zeit bekommen hatte. Es wollte ihr nichts einfallen.

Ach komm, lass uns einfach einen Döner im Stühlinger essen. Da können wir uns bei dem schönen Wetter auch raussetzen.

Döner klingt gut, sagte Thomas und griff nach der speckigen Lederjacke, die über seinem Stuhl hing.

Hepp! Jetzt fährst du!

Sarah warf den Schlüsselbund Thomas zu, der diesen gekonnt auffing und Sarah galant den Vortritt ließ, bevor er hinter ihr auf den Flur trat, ihre Hand ergriff und den Autoschlüssel lachend wieder hineinfallen ließ.

Als Sarah und Thomas nach ihrem etwas länger als geplant dauernden Mittagessen, bei dem sich beide einen erstklassigen Yufka und anschließend noch jeder eine Portion Baklava mit einem Mokka gegönnt hatten, wieder im Büro eintrafen, hatte sich noch nichts Neues ergeben. Weder die Zentrale hatte Gespräche entgegengenommen, noch befanden sich neue Mails in den Postkörben, die beide sofort nach ihrer Ankunft überprüften. Nicht einmal einen Ansprechpartner der Polizeibehörde in Takarazuka hatte man ihnen mitgeteilt. Offensichtlich wurde auch in der japanischen Botschaft in Berlin trotz der Umstände einer ausgiebigen Mittagspause nicht widerstanden. Oder aber selbst für die diplomatische Vertretung war es schwieriger als angenommen, über die weite Distanz entsprechende Stellen zu identifizieren und eine geeignete Anlaufstelle zu finden. Selbst die beiden Teams Pfefferle/Neubauer und Polocek/Berner waren noch nicht wieder zurück. Sarah und Thomas hatten sie telefonisch von ihrem durchschlagenden Erfolg verständigt und ihnen mitgeteilt, dass sie ihre Befragungen im Lörracher, beziehungsweise Karlsruher Raum abbrechen konnten. Bei Pfefferle und Neubauer vermutete Thomas, dass sie mit den Karlsruher Kollegen, zu denen sie ein ausgesprochen herzliches Verhältnis hatten, in eine sehr beliebte Gaststätte in der Südweststadt zum Mittagessen gegangen waren. Und im Falle Berner und Polocek lag die Vermutung nahe, dass auch sie trotz ihrer unterschwelligen Differenzen die Chance genutzt hatten, auf der Rückfahrt in einer der vielen Gartenwirtschaften einzukehren, die auf der Strecke zwischen der Schweizer Grenze und Freiburg zu finden waren. Badische Gemütlichkeit angesichts eines bahnbrechenden Ermittlungserfolges.

Wohlverdient, dachte Thomas, der außerdem auch nicht wusste, wie er die anderen im Moment beschäftigen sollte. Wie schon zuvor in diesem Fall, musste wieder auf Ergebnisse und Ereignisse von außen gewartet werden. Diese kamen schließlich in Form eines Telefonanrufes aus der Rechtsmedizin, gerade als Thomas und Sarah die Dokumentation der bisherigen Fakten und

Theorien durch ihre heutigen Erkenntnisse ergänzt hatten und anfangen wollten, ihre Spekulationen ein wenig zu präzisieren. Schwarz, vergnügt und freundlich wie immer, hatte einen ganzen Schwung an Ergebnissen von den labortechnischen Untersuchungen erhalten und wollte, bevor er die zum Teil sehr komplizierten und fachlich anspruchsvollen Unterlagen an Thomas und Sarah weiterleitete, die wesentlichen Punkte vorab mündlich besprechen. Das Fazit der Analysen war recht mager, aber lieferte doch das ein oder andere Detail.

Die zahntechnische Untersuchung durch den Spezialisten hatte ergeben, dass eine Brücke im hinteren Bereich des rechten Oberkiefers mit großer Sicherheit in Japan, zumindest aber im asiatischen Raum gefertigt und eingesetzt wurde. Diese Erkenntnis war angesichts der sensationellen Ergebnisse bei der Tauchschule zwar redundant, aber Thomas hakte trotzdem ein.

Haben Sie die Unterlagen über das Gebiss auch in elektronischer Form vorliegen? Ich würde das nämlich gerne an die japanischen Behörden weiterleiten. Wenn wir schon eine solche Auffälligkeit wie ein Brücke haben, sollten wir den Kollegen die Chance geben, unser Opfer eindeutig zu identifizieren!

Schwarz versprach, die Unterlagen sofort einzuscannen und rüberzuschicken.

Des Weiteren, fuhr er fort, haben wir keinerlei Fremd-DNA nachweisen können. Kein Speichel, kein Blut, kein Epithelgewebe. Nicht die geringste Spur, die unserem Täter zugeordnet werden könnte. Außerdem sind die pharmakologisch-toxischen Befunde allesamt negativ, bis auf einen geringfügig erhöhten Alkoholgehalt im Blut. Lag bei ca. 0,05 Promille. Also auch hier absolut nichts, was unsere Nachforschungen in eine bestimmte Richtung lenken könnte. Ach ja! Mageninhalt. Das letzte Mahl war zum Zeitpunkt des Todes nicht weit verdaut. Allerdings haben die drei Wochen im verwesenden Leichnam die Analyse nicht gerade vereinfacht. Trotzdem haben die Mädels vom Labor ganze Arbeit geleistet. Dem Bericht hier zufolge bestand es aus paniertem Schnitzel vom Schwein mit

Pommes und Salat. Dazu ein alkoholfreies Hefeweizen, die Marke kann ich Ihnen nicht sagen... mhmmm, da hat er sich aber ziemlich schnell den hiesigen Essgewohnheiten angepasst. Ich hätte jetzt Ente süß sauer und einen Pflaumenwein erwartet!

Naja, sagte Sarah, er war ja möglicherweise schon eine ganze Weile hier, bevor ihn das Unglück ereilt hat. Was Neues zum Todeszeitpunkt?

Ja, da habe ich, unter anderem mit den Ergebnissen unseres Praktikanten, neue Berechnungen angestellt. Gehen Sie mal vom Mittwoch oder Donnerstag vor drei Wochen aus. Also der 13. oder 14. April. Genauer lässt sich das jetzt nicht mehr eingrenzen.

Da werden wir mal sehen, inwieweit sich das mit den Unterlagen aus dem Blue Ocean in Deckung bringen lässt. Frau... wie heißt sie noch... Jablanski wollte sich heute noch melden.

Thomas sah Sarah an und deutete zuerst auf sie und dann auf das Telefon, um sicherzugehen, dass sie keine Frage mehr an Schwarz hatte. Nach einem kurzen Kopfschütteln ihrerseits bedankte er sich und legte auf. Just in diesem Moment kam Helen mit einem großen braunen Umschlag in der Hand ins Büro und überreichte diesen Sarah, die etwas näher zur Tür stand. Mit einem kurzen „Hallo" und „Tschüss" rauschte sie auch schon wieder hinaus auf den Gang. Vermutlich hatte sie irgendeine wichtige Aufgabe für Gröber zu erledigen. Der Umschlag, den Sarah umgehend öffnete, enthielt die Untersuchungsergebnisse von Koffer, Seil und Plane, all der Gegenstände, die vom kriminaltechnischen Labor und nicht von der Rechtsmedizin in Augenschein genommen wurden. Gemeinsam mit Thomas studierte sie Seite um Seite des ausführlichen Berichts, immer bemüht, die wesentlichen Aussagen aus den seitenlangen Stellungnahmen herauszufiltern.

Der Koffer war eine Sackgasse. Auch an ihm konnten außer dem Dreck mit den üblichen Bestandteilen keinerlei organische Spuren wie Blut oder Schweiß nachgewiesen werden. Der Koffer selbst war ein gängiges Modell, das in Taiwan produziert und weltweit unter verschiedenen Labels verkauft wurde. In Deutschland unter anderem von der Metro Gruppe und als Aktionsware auch bei Aldi und Lidl.

Ähnlich niederschmetternd war das Ergebnis für die Gewebeplane und das Seil. Beides waren deutsche Produkte und wurden auch nur in Deutschland angeboten. Allerdings waren sie nicht nur bei Hagebaumarkt, Obi, Hornbach, Praktiker und Bauhaus zu kaufen, sondern vermutlich auch noch bei anderen Ketten. Die Plane gab es in zwei verschiedenen Farben und zwölf verschiednen Größen, das Seil war Meterware in der Selbstbedienung. Jedes der Produkte ging, das erbrachte die telefonische Nachfrage bei einigen Filialen, täglich zwischen 20 und 60 mal über die Theke und war somit als Spur vollkommen wertlos.

Einzig das Seil und zwei der Ösen in der Plane lieferten einen weiteren Hinweis. Zwar waren entgegen der Hoffnungen auch hier keine Epithelzellen zu finden, aber es fanden sich fast mikroskopisch kleine rote Fasern, die weder zum Koffer noch zur Plane und auch nicht zum Seil selbst passten. Den Nachforschungen in den Datenbanken des LKA zufolge, handelte es sich dabei um Kunstfasern eines Teppichs, Mustername „Florenz" in der Farbe „Alt-Bordeauxrot", der von einer Firma für Bodenbeläge in Regensburg hergestellt wurde. Die Firma hatte keine Weiterverkäufer als Kunden, sondern belieferte ausschließlich Gastronomie, Hotels und Industrie. Damit tat sich eine neue Spur auf.

Wir haben uns noch keine Gedanken darüber gemacht, wo denn Shigeru so genächtigt haben könnte, jetzt, wo anhand der Aussage von Frau Jablanski klar geworden ist, dass er sich längere Zeit hier in Freiburg oder Umgebung aufgehalten hat, sagte Sarah und deutete mit dem Zeigefinger auf die Herkunft der roten Fasern.

Aber das hier könnte uns natürlich zu einem Hotel führen. Möglicherweise machen wir so den Tatort ausfindig.

Sie nahm sich den Telefonhörer und wählte die Nummer der Regensburger Firma. Es dauerte eine Weile, bis sie einen Mann mit leicht krächzender Stimme in der Leitung hatte, der bereit war, ihre Fragen zu beantworten. Nein, er könne ihnen nicht sagen, welche Kunden im Freiburger Raum diesen Teppich geordert haben. Nein, das läge nicht an mangelnder Kooperationsbereitschaft. Natürlich gäbe es einen anderen Grund. Ganz einfach, diese Unterlagen stünden nicht mehr zur Verfügung, da „Florenz" in „Alt-Bordeauxrot" vor etwa 25 Jahren aus der Produktion genommen und auch der Verkauf vor etwa 20 Jahren eingestellt wurde. Nein, Archivdaten gebe es nicht mehr. Warum? Weil vor 13 Jahren, er erinnere sich noch genau, die Produktionsstätte mitsamt Archiv nach einem Blitzschlag abgebrannt sei. Natürlich hätten die Unterlagen in Papierform vorgelegen. Nein, es gäbe keine Kopien oder eine elektronische Sicherung der Dokumente.

Vollkommend entnervt, dass sie dem Kauz jedes einzelne Wort aus der Nase ziehen musste, bedankte sich Sarah etwas brüsk und beendete das Gespräch.

Fehlanzeige, sagte sie, doch Thomas, der dem Telefonat wegen der aufdringlichen Stimme des Gesprächspartners gut hatte folgen können, meinte:

Nur bedingt. Wir wissen immerhin, dass das Hotel oder die Pension, in dem sich Shigeru oder unser Täter möglicherweise einquartiert hat, die letzten 20 Jahre keinen neuen Teppichboden bekommen hat! Das wird ja dann eine ziemliche Kaschemme sein. Die großen Hotels und auch die meisten Pensionen dürften aus unserem Suchmuster wohl rausfallen.

Das bedeutet, wir müssen erst mal eine Liste aller Unterkünfte erstellen und dann mittels Recherche oder persönlicher Einschätzung entscheiden, welches Etablissement zu besuchen sich lohnt, sagte Sarah, die immer noch den Hörer in der Hand hielt, mit nachdenklicher Miene.

Die meisten Häuser, die im Internet vertreten sind, werben ja damit, wie jung sie sind oder wann die letzte Renovierung stattgefunden hat. Und grundsätzlich kommen natürlich auch all diejenigen in Frage, die gar keinen Internetauftritt haben.

Ein sicheres Indiz dafür, dass sie nicht sehr fortschrittsorientiert sind, vollendete Thomas den Gedankengang. Zur Not müssen wir anrufen und nachfragen, das ist eine Heidenarbeit! Da soll sich Neubauer drum kümmern, wenn die Zwei zurück sind, das ist doch die richtige Aufgabe für ihn. Und wenn Karin und Nico auch wieder im Büro auftauchen, können sie ihm helfen und auch gleich mit den Befragungen beginnen. Ich würde, während wir auf Nachricht von der japanischen Botschaft und von Blue Ocean warten, gerne mit dir noch mal unsere Fakten abklopfen und ruhig mit ordentlich Phantasie etwas spekulieren.

Etwa zwei Stunden später, als Neubauer, Pfefferle, Berner und Polocek bereits seit einiger Zeit an der Recherche infrage kommender Unterkünfte saßen, und Sarah und Thomas ihren wilden Phantasien freien Lauf ließen, ohne sich jedoch eine wirklich plausible oder halbwegs wahrscheinliche Geschichte zusammenreimen zu können, klingelte endlich das Telefon. Da Thomas gerade am Flipchart an der Stirnwand beschäftigt war, und Sarah neben seinem Apparat auf der Schreitischplatte saß, nahm sie das Gespräch entgegen und schaltete sofort den Lautsprecher ein. Am anderen Ende meldete sich Frau Jablanski vom Blue Ocean Tauchcenter.

Hallo Frau Hansen. Ich wollte Ihnen nur Bescheid sagen, dass ich die entsprechenden Einträge herausgesucht und für Sie übersichtlich zusammengestellt habe. Ich werde das jetzt gleich aufs Fax legen.

Wunderbar!, bedankte sich Sarah.

Damit helfen Sie uns schon ein ganzes Stück weiter. Konnten Sie schon herausfinden, wer die verliehene Tauchausrüstung zurückgenommen hat?

Das ist der zweite Grund meines Anrufes, antwortete die Tauchlehrerin, das hat Dennis Bühler getan, ich habe Ihnen Namen, Adresse und Telefonnummer zu dem letzten Eintrag auf den Papieren geschrieben. Allerdings ist er dieses Wochenende auf einem Tech-Diving-Lehrgang am Bodensee. Er ist heute Morgen schon gefahren und kommt erst Sonntagabend zurück.

Können wir ihn irgendwie telefonisch erreichen?, hakte sich Thomas in die Unterhaltung ein.

Schwierig, entgegnete Frau Jablanski.

Das Programm dieser Lehrgänge ist immer sehr straff. In den Theoriestunden wird er sein Handy sicher ausgeschaltet haben, und wenn sie mit dem Lehrgang unter Wasser sind, ist es eh hinfällig. Oder wollen Sie ihm eine SMS schicken?

Thomas verneinte.

So etwas können wir nur in einem Gespräch klären. Wir müssen also noch etwas warten.

Frau Jablanski beruhigte ihn sogleich.

Der Zufall will es, dass er am Montagnachmittag so ab 15 Uhr hier im Shop sein wird, um meinem Mann beim Flaschen-TÜV zu helfen.

Montagnachmittag?, wiederholte Sarah, dann wird es vielleicht das Beste sein, wenn wir Sie nochmals in der Tauchschule besuchen.

Ihr fragender Blick Richtung Thomas wurde von diesem mit einem Nicken beantwortet.

Darf ich Ihren Besuch ankündigen?, wollte Frau Jablanski wissen, ich würde auch nichts vorwegnehmen. Es geht mir nur darum, Dennis mitzuteilen, dass er sich keine Sorgen zu machen braucht und voll kooperieren soll.

Machen Sie das, meldete sich Thomas zu Wort, dann ist er, wenn wir auftauchen, schon etwas entspannter und kann sich möglicherweise besser erinnern. Wir kommen dann am Montag so gegen 15.30 Uhr zu Ihnen.

Nachdem sie sich verabschiedet und gegenseitig ein schönes Wochenende gewünscht hatten, legte Sarah auf und Thomas ging hinaus, um das angekündigte Fax zu holen. Als er wieder in das Büro trat, hatte er außer dem Stapel Papier auch zwei Becher Cappuccino mitgebracht, von denen er einen Sarah in die Hand drückte.

Vorsicht, heiß!

Sie beugten sich beide über die Papiere und stellten fest, dass Shigeru Morimura am 3. März zum ersten Mal bei Blue Ocean in Erscheinung trat. Er lieh sich einen Trockenanzug, was angesichts der Jahreszeit mehr als verständlich war, dazu Flossen, Jacket und einen vereisungssicheren Atemregler, alles auf unbestimmte Zeit. Die Kaution hinterlegte er mit seiner Kreditkarte, Miete für die Ausrüstung bezahlte er bar für vier Wochen im Voraus. Eine Maske und eine akkubetriebene Hochleistungstaschenlampe der Marke Kowalski hatte er sich gekauft und einen nitroxfähigen Tauchcomputer bereits dabei. Dazu ließ er sich zwei Zwölf-Liter-Flaschen mit 40 % Nitrox geben, die er von da an fast täglich wieder befüllen ließ. Nach etwa drei Wochen wurden die Flaschen nur noch mit 30 % Nitrox ausgegeben, was Thomas bemerkenswert fand. Nach zirka weiteren drei Wochen, am 14. April, wurde der ordnungsgemäße Empfang der Ausrüstung von Dennis Bühler quittiert, die restliche Gerätemiete wiederum bar bezahlt und von diesem Tag an tauchte Shigeru Morimura nicht mehr in den Unterlagen auf. Dies deckte sich hervorragend mit dem von Schwarz berechneten Todeszeitpunkt, der ja den 13. oder 14. April als wahrscheinlichsten Zeitraum für das Ableben des Japaners angegeben hatte. Thomas zog eine erste Bilanz.

Also, wir wissen nun, wann Herr Morimura mit seiner für uns noch nicht zu erklärenden Taucherei angefangen hat und dass wir mit unserer Einschätzung, wann der Mord an ihm begangen wurde, ziemlich gut liegen.

Er ging zum Flipchart und machte entsprechende Notizen.

Allerdings habe ich jetzt eine Idee, was seine Motivation gewesen ist, so oft und so ausdauernd zu tauchen.

Und die wäre?, fragte Sarah neugierig, als Thomas ohne fortzufahren nochmals die Unterlagen studierte.

Eigentlich liegt es offen auf der Hand. Aber die Tatsache, dass er von 40 % Nitrox nach einer Weile auf 30 % gewechselt hat, scheint mir meine Vermutung zu bestätigen: Er hat systematisch nach etwas gesucht.

Sarah fand den Gedankengang zwar etwas gewagt, verstand aber sofort, was Thomas dazu veranlasste.

Du meinst, er hat zuerst bis zu einer durch das Atemgemisch limitierten Tiefe ein bestimmtes Gebiet abgesucht und, nachdem er sicher war, dass das Objekt seiner Begierde dort nicht zu finden ist, kurzerhand den Sauerstoffanteil vermindert, um seine Suche in größerer Tiefe weiterführen zu können?

Genau, er hoffte zuerst, dass er nicht tiefer als, Thomas überschlug die Zahlen im Kopf, so etwa 22 Meter gehen müsse. Als er nicht fündig wurde, hat er nochmal ungefähr 12 Meter draufgepackt und bis zu einer Tiefe so um 34 bis 35 Meter weitergesucht. Hätte ich auch so gemacht: erst mal schauen, ob es auch einfach geht und nur wenn es nicht klappt, auch die größere Tiefe absuchen.

Sarah überlegte und knabberte unbewusst an dem Plastiklöffel, den Thomas zuvor in dem Cappuccinobecher mitgebracht hatte. Sie schien zu dem Schluss zu kommen, dass Thomas wieder einmal Recht haben könnte.

Es ist zumindest eine plausible Erklärung dafür, dass Herr Morimura unsere Baggerseen den tropischen Tauchparadiesen vorzieht und, nach japanischen Maßstäben, etwa drei Jahresurlaube und viel Geld dafür opfert. Als gesicherte Information können wir das allerdings leider trotzdem nicht ansehen.

Wieder dachte sie nach und ihre Begeisterung für die Richtigkeit der Rückschlüsse beflügelte ihre Phantasie.

Mein Gott, wenn das stimmt!, sprudelte es auf einmal aus ihr heraus.

Stell dir mal die möglichen Hintergründe vor: Ein Gegenstand von äußerster Wichtigkeit, oder von unvorstellbarem Wert, der einen ausländischen Staatsbürger veranlasst, auf eigene Faust 20.000 Kilometer zu reisen und akribisch danach zu suchen. Und ein anderer, der geschult darin ist, Menschen zu töten, vielleicht ein Profikiller oder Mitarbeiter eines ausländischen Geheimdienstes, tritt auf den Plan und ermordet denjenigen. Sind wir hier an etwas ganz Großem dran?

Thomas musste ob dieses Ausbruches seiner Partnerin ein wenig lächeln.

Du bist dir aber schon im Klaren, dass alles, was du bis jetzt gesagt hast, unseren Vermutungen und unserer Phantasie bezüglich einiger Indizien entspringt? Es kann ja genauso gut sein, dass Herr Morimura ein Limnologe ist, der seine Doktorarbeit über die Flora und Fauna der künstlichen Gewässer im Südschwarzwald schreiben wollte. Eines Abends gerät er in einer der vielen Freiburger Kneipen nach dem Verzehr von Schni-Po-Sa mit einem Gast aneinander, der ihm sein Tauchermesser abnimmt und in betrunkenem Zustand damit einen Glückstreffer landet, der uns zu unseren Profikiller-Theorien bewegt. Der Typ bekommt die Panik und, weil er einfach zuviel CSI schaut, schneidet er unserem Opfer die Fingerkuppen ab, verbrennt seine Klamotten und Papiere, um danach die Leiche in einem abgelegenen Stück Wald verschwinden zu lassen. Das klingt doch auch sehr plausibel, findest du nicht?

Sarah sah Thomas mit großen Augen an und schwieg. Es dauerte eine ganze Weile, bis sie mit einiger Enttäuschung in der Stimme auf das Gesagte reagierte.

Das glaubst du aber nicht wirklich, oder?, brachte sie matt hervor.

Nein, das glaube ich nicht wirklich, beruhigte er sie, ich finde auch, dass die Hinweise, die wir haben, ausreichend Grund sind, um mehr hinter den seltsamen Vorgängen und der Tat zu vermuten. Trotzdem sollten wir sachlich bleiben und uns nicht von diesen Gedanken blenden lassen. Es ist einfach noch viel zu viel offen, um uns auf ein Szenario festzulegen!

Sarah gab dem natürlich Recht, aber auf ihre Frage, welche andere Szenarien Thomas für betrachtenswert hielt, konnte er auch nur mit den Schultern zucken.

Noch keine Idee, sagte er nur kurz.

Mit einem leicht triumphierenden Lächeln im Gesicht stand sie von Thomas' Schreibtisch auf, zog sich die Bluse glatt und ging rüber zu ihrer Seite des Büros, wo an ihrem Laptop mit einem dezenten „Pling“ auf den Eingang einer neuen Mail aufmerksam gemacht worden war. Es waren die Gebissschemata, die Schwarz gescannt und gesendet hatte. Sarah leitete die PDF-Dokumente gleich weiter und versah das Ganze noch mit einem kurzen Anschreiben, in dem sie auch nochmal höflich nach einem Ansprechpartner in Takarazuka fragte.

Kurz darauf steckte Karen Polocek den Kopf durch die Tür, um sich ins Wochenende zu verabschieden. Sie überreichte Thomas noch die Ergebnisse ihrer Recherche, eine Liste von Pensionen und Hotels, die ihrer Meinung nach für einen Besuch in Frage kamen, etwa 40 an der Zahl. Die Arbeit sei aufgeteilt und sie würden sich gleich am Montagmorgen daranmachen. Pfefferle und Neubauer gemeinsam, sie und Nico jeweils alleine. Natürlich nur, wenn Thomas damit einverstanden sei. Dieser überlegte einen Augenblick, ob er sich die Zeit nehmen sollte, in einer kurzen Besprechung noch die neuen Erkenntnisse und ihre daraus resultierenden Annahmen mitzuteilen, entschied sich aber dann dagegen. Für die Befragung in den möglichen Unterkünften waren diese Fakten, bis vielleicht auf die genauen Daten des In-Erscheinung-Tretens und des Verschwindens von Shigeru Morimura, nicht weiter relevant. Bei der nächsten Sitzung mit Gröber würden sie alles zusammentragen. Also segnete er die geplante Vorgehensweise ab, verabschiedete Karen und begann nach einem Blick auf die Uhr, seinen Schreibtisch in einen für Sarah zufriedenstellenden Zustand zu bringen. Er schloss sein Laptop und sein Gürtelholster mit der Dienstwaffe in den Schreibtischauszug und griff zu seiner Jacke.

Ich habe noch einen Termin, sagte er nur kurz und etwas abwesend, ich wünsche dir einen schönen Abend!

Und noch während Sarah von seiner plötzlichen Eile überrascht: „Danke, ich dir auch!“ hauchte, war er schon durch die Tür verschwunden. Ein wenig vor den Kopf gestoßen, saß sie an ihrem Schreibtisch und grübelte, was jetzt wohl schon wieder in ihn gefahren war und, noch wichtiger, was das wohl für ein Termin sein konnte, der ihm so kurzfristig eingefallen war. Sie wurde einfach immer wieder nicht schlau aus seinem Verhalten. Da fiel ihr ein, dass sie ja für den morgigen Samstag verabredet waren und sie sich auch schon konkrete Gedanken darüber gemacht hatte, mit was sie ihn bekochen könnte. Seit ihrem Gespräch am Vorabend hatten sie das Treffen nicht mehr erwähnt und Sarah fragte sich, wie fest das ausgemacht war und ob er wohl daran denken würde. Gehe lieber auf Nummer sicher, sagte sie zu sich selbst und schrieb umgehend eine SMS. „Ruf mich bitte an wegen Abendessen", lautete ihr kurzer Inhalt. Sie würde, wenn er nicht darauf regieren würde, trotzdem alles einkaufen und hoffen, kurzfristig einen anderen Abend ausmachen zu können. Aber eigentlich ging sie doch davon aus, dass er auch am Wochenende sein Diensthandy einschalten würde. Da es mittlerweile 19 Uhr war, und sie immer noch keine Antwort aus Berlin erhalten hatte, fuhr auch sie ihren Laptop herunter und machte sich auf den Heimweg.

Zufrieden stellte der Mann fest, dass außer ihm selbst noch etwa 20 weitere Personen an diesem Morgen beschlossen hatten, die geführte Besichtigungstour zu machen. Bei so vielen Menschen würde es schwerer sein, sich im Nachhinein an seine Person zu erinnern. Nicht, dass er das für relevant hielt oder gar seine Entdeckung befürchtete, aber er registrierte eben sein Umfeld genau und wog zu jeder Zeit günstige und ungünstige Umstände ab. Ein Zufall erwies sich als besonders vorteilhaft. Schon auf dem Waldweg vom Parkplatz bis hier zu dem Besucherzentrum, das diesen Namen wahrhaft nicht verdiente, war ihm ein Ehepaar aufgefallen: Amerikaner, die in Shorts, Turnschuhen und Hawaiihemden einen laufenden Camcorder vor sich her trugen und sich dabei lautstark in breitem Amerikanisch unterhielten. Er hatte darauf geachtet, in Hörweite zu bleiben und konnte so mitverfolgen, wie der Mann am Kartenschalter fragte, ob denn der Guide auch Englisch könne, woraufhin ihm versprochen wurde, dass die wesentlichen Punkte der zweistündigen Führung auch in Englisch vorgetragen würden. Zufrieden stellte sich der Mann an dem Schalter an und erwarb eine Erwachsenenkarte. Ihm war bewusst, dass er im Verlauf der Führung oder danach vielleicht noch die ein oder andere Frage stellen musste, aber je weniger er in Erscheinung trat, desto lieber war es ihm. Er sah sich um und prägte sich alle Details ein. Hier sollte das alles stattgefunden haben? Er versuchte Spuren zu entdecken, die auf die frühere Anwesenheit von großen Maschinen, Hebeanlagen und Ähnlichem hindeuteten, doch er konnte nichts dergleichen ausmachen. Der schmale, geschotterte Waldweg hatte ihn schon zweifeln lassen, ob er hier wirklich an der richtigen Stelle war. Auch der beengt wirkende Eingang, dessen genaue Größe er versuchte abzuschätzen, schien ihm nicht recht zu den Vorgängen zu passen, die hier vor etlichen Jahren stattgefunden haben sollten. Er entschied, erst einmal die Führung abzuwarten. Vielleicht offenbarten sich ja hierbei neue Erkenntnisse. Da bis zu Beginn der Tour noch etwa 15 Minuten Zeit blieben, setzte sich der Mann auf einen Stapel verrosteter Schienen und musterte die Leute, die sich gleich mit ihm unter Tage begeben würden. Außer dem amerikanischen Ehepaar, das nun wie zwei Mitarbeiter von CNN eine Reportage über das Museumsbergwerk zu drehen schienen, warteten noch drei Familien mit je zwei Kindern auf dem Platz vor dem Eingang. Zwei der Familien schienen sich zu kennen, die Eltern standen beisammen und unterhielten sich, während die Kinder, drei Jungs und ein Mädchen, alle etwa zwischen zehn und zwölf Jahre alt, lautstark um die alten Maschinen und den Bauwagen tobten, der als Ticketschalter und Souvenirshop diente. Die andere Familie hatte sich etwas abseits auf großen Steinen niedergelassen. Sie schienen von irgendwo hierher gewandert zu sein, denn die Eltern hatten Rucksäcke vor sich auf den Boden gestellt und der Vater war gerade dabei, Brot und Würstchen an seine Schützlinge zu verteilen, während die Mutter eine große Trinkflasche von einem zum anderen reichte. Ein Ehepaar, so um die 50, unauffällig gekleidet, studierte in Stille die großen Schautafeln. Das junge Pärchen, in schwarz gekleidet, mit Piercings und gefärbten Haaren, das die meiste Zeit albern lachend Neckereien und Küsse ausgetauscht hatte, passte am wenigsten hierher. Zu guter Letzt war da noch ein knapp 40-jähriger etwas übergewichtiger Mann in Outdoorkleidung und mit Dreitagebart, der sich angeregt mit einem der Mitarbeiter unterhielt.

Endlich tat sich etwas. Eine junge, in einen hellen Overall gekleidete Frau, die einen Bauarbeiterhelm mit Stirnlampe und ein mit diversen Utensilien bestücktes Koppel trug, rief etwas auf Deutsch und fügte dann auf Englisch:

Kommen Sie bitte hier zusammen, damit ich Ihnen eine kleine Einweisung geben kann, hinzu.

Alle versammelten sich an einem im Freien stehenden, hölzernen Regal, in dessen Fächern Helme, Arbeitshandschuhe, Stirnlampen und schwere Batterien lagen. Die junge Frau demonstrierte an dem Mann in Outdoorkleidung, wie man die Lampe am Helm montierte und am praktischsten das Stromkabel über die Schulter nach hinten führte, wo die Batterie an einem Gürtel zu hängen kam. Nachdem alle die Ausrüstung angelegt hatten und sie einige Sätze auf Deutsch gesprochen hatte, kam wieder eine kurze Information auf Englisch:

In den Stollen ist es kalt und rutschig. Achten Sie darauf, wo Sie hintreten. Auf den Leitern dürfen maximal zwei Personen gleichzeitig sein, bitte halten Sie auch den Abstand so, dass Sie der Person unter Ihnen nicht auf die Finger treten. Und bitte verlieren Sie nicht den Anschluss an die Gruppe. Das Stollensystem ist über 100 Kilometer lang, es könnte Wochen dauern, eine verirrte Person zu finden.

Der Amerikaner ließ einen leisen Pfiff vernehmen. Er hatte die Baseballkappe, die mit dem Schriftzug „CVN 64 U.S.S. Constellation“ bestickt war, in seiner Hand und schien zu überlegen, wo er sie jetzt, wo sein Kopf von dem Grubenhelm besetzt war, ablegen könnte. Schließlich platzierte er sie auf einem der Helme, die noch in dem Regal lagen und raunte seiner Frau ein:

Remind me when we come out, please, zu.

Dann setzte sich der Tross in Bewegung.

Bereits in der ersten größeren Halle, welche die Gruppe nach einigen Minuten in einem mit Brettern ausgelegten, elektrisch beleuchteten Gang zurücklegten, bekam er einige der Informationen, die er für die Einschätzung der Lage dringend benötigte. Anhand einer großen Schautafel erläuterte die junge Führerin, dass man von dem Stollensystem nur den ältesten Teil begehen würde. Diese Gänge wurden bereits im Mittelalter in der Nähe des Gipfels in den Berg getrieben und in den folgenden Jahrhunderten immer weiter nach unten geführt. Den deutschen Besuchern, das konnte er an der Länge der Ausführungen erkennen, erzählte die junge Frau erheblich mehr. Die englische Version war demnach eine Zusammenfassung der wichtigsten Fakten. Immerhin war er sich jetzt im Klaren, dass man während dieser Führung nur einige hundert Meter des weitläufigen Systems erkunden und auch nur zwei Etagen tiefer als dieser höchstgelegene Stollen steigen würde. Angesichts der mehreren hundert Meter, welche die verschiedenen Schächte in die Tiefe führten, ein verschwindend kleiner Teil. Aus dem Schaubild konnte er erkennen, dass auch immer wieder von der Seite des Berges her Stollen in den Fels getrieben worden waren. Je tiefer diese ansetzten, also je näher sie dem Fuß des Berges waren, desto länger waren die Gänge logischerweise. Und, wenn er es richtig verstand, desto jüngeren Datums. Zu gerne hätte er bereits an dieser Stelle gefragt, in welcher Zeit die einzelnen Stollen und Schächte angelegt worden waren, und vor allem auch, ob die gut ein halbes Dutzend weiteren Zugänge auch geöffnet waren, aber er mahnte sich zur Geduld. Vielleicht würde er die Information sowieso auf dem Rundgang bekommen.

Die folgende Dreiviertelstunde war zwar vom Standpunkt des Bergwerkbesuchers aus sicher sehr interessant, doch er lauschte hochkonzentriert den technischen und historischen Details, die er in gekürzter Form an den verschiedenen Stationen vorgetragen bekam, nur, um einzuhaken, sollte er einen Zusammenhang zu seinen Vorhaben erkennen. Über schlüpfrige Leitern und durch enge Schächte gelangte die Gruppe nun zu dem Punkt, von dem die Führerin sagte, dass es der tiefste auf dem Rundgang sei. Sie ließ einen nach dem anderen in einen abgesperrten, tiefen Schacht sehen und erklärte, dass man an dieser Stelle zu den weiter unten liegenden Stollen gelänge, vorausgesetzt, man sei des Kletterns mächtig, habe keine Höhen- oder Platzangst, eine gute Kondition und einen Ariadnefaden bei sich.

Hier bot sich eine Chance, unverfänglich ein paar Fragen zu stellen, provozierte doch die geheimnisvolle Darstellung der jungen Frau geradezu die Neugier der Anwesenden.

Die Führerin gab sich Mühe, bei der Frage-Antwort-Runde alles, was zu Sprache kam, auch ins Englische zu übersetzen. Ob denn in den letzten Jahren überhaupt jemand die tieferen Stollen betreten hätte, war die erste Frage, die von dem Mann in Outdoorkleidung gestellt wurde.

Die einzigen Menschen, die in den letzten Jahrzehnten tiefer als zu dieser Stelle vorgedrungen seien, waren Mitglieder des privaten Vereines, die sich in ihrer Freizeit um die Erschließung, Erhaltung und Begehbarmachung des Bergwerkes kümmerten. Jede „Expedition", wie sie es nannte, müsse wegen der Gefahren von der Bergbaubehörde in Freiburg genehmigt werden, so dass nur alle ein bis zwei Jahre eine Gruppe von Interessierten diesen Schacht hinunterklettere, um sich ein Bild von dem Stollensystem zu machen.

Ob sich denn irgendjemand in der ganzen Anlage auskenne, wollte der Amerikaner wissen, nachdem die junge Frau übersetzt hatte. Diese Frage war von großem Interesse! Der Mann trat einen Schritt näher, um nichts von der Antwort zu überhören. Auch diese Begehungen seien, so die Führerin, nicht mehr als ein Kratzen an der Oberfläche. Ihrer Meinung nach dürfte es sogar schwierig sein, jemanden zu finden, der auch nur wüsste, wie es da unten überhaupt aussah!

Jetzt schaltete sich wieder der Mann in Outdoorkleidung ein. Aber es sei doch bis Anfang der 50er Jahre in der Anlage gearbeitet worden, und außerdem gäbe es doch auch die weiteren Zugänge, die ja sicher eine weit komfortablere Möglichkeit darstellten, um in die weiter unten liegenden, moderneren Tunnel zu gelangen, war dessen These.

Die Führerin schüttelte den Kopf. Die Zugänge, die zu späterer Zeit entstanden waren, seien zwar schon breiter als die, in denen die Führung stattfand, aber bei Weitem nicht so wie ein Straßentunnel oder Vergleichbares. Außerdem, so fuhr sie fort, wären alle Zugangsstollen bis auf einen, durch Bruch über weite Strecken verlegt, so dass man nach wenigen Metern nicht mehr weiter käme. Manche Eingänge seien nicht einmal mehr bekannt.

Wie es denn mit dem einen freien Stollen ausschaue, bohrte der Mann mit dem Dreitagebart nach.

Dieser würde, so die Antwort, von dem privaten Förderverein einige Male im Jahr begangen und auf den ersten paar Metern genutzt, um alte Bergwerksmaschinen zu parken, die in Zukunft restauriert und den bestehenden Exponaten beigestellt werden sollten. Aber nach einigen hundert Metern träfe der Zugang – sie bezeichnete ihn mit Leopoldstollen – auf den Hauptschacht, der mit 600 Metern Tiefe ein schier unüberwindbares Hindernis darstelle. Deswegen sei die letzten 40 Jahre niemand mehr in diesem Teil des Bergwerkes gewesen. Man solle sich einfach vorstellen, dass es dort dunkel, nass, rutschig und kalt sei. Im Prinzip genauso wie hier, nur eben etwas geräumiger.

Diese Antwort nahm der Mann befriedigt auf. Dem Rest der Führung folgte er nur oberflächlich. Viel intensiver fragte er sich, wie er herausfinden sollte, wo denn der Eingang zum Leopoldstollen sei und wie man dorthin gelangte. Doch auch bezüglich dieser Fragestellung leistete ihm der Mann mit dem Dreitagebart unerwartet Schützenhilfe. Kaum waren sie den kalten, klammen Stollen entstiegen, konnte er hören, wie der Mann, dessen Outdoorkleidung unter Tage ziemlich schmutzig geworden war, die

Frau nach dem letzten verbleibenden Zugang fragte. Er konnte zwar nur das Wort „Leopoldstollen“ verstehen, aber die junge Frau schien ihre Antwort auch den englischsprachigen Besuchern nicht vorenthalten zu wollen. So bekam er eine detaillierte Beschreibung, wie der Eingang zu finden war. Nachdem der Grubenschnaps, welchen er mit dem Hinweis auf die Rückfahrt mit dem Auto lächelnd abgelehnt hatte, die Kehlen der erwachsenen Tourteilnehmer hinabgeflossen war, kaufte er sich einen Plan der Anlage, eine verkleinerte Version des Schaubildes, anhand dessen bei der Führung die Entstehung des Tunnelsystems erläutert wurde. Es ging zwar nicht daraus hervor, was für ihn wirklich wichtig war, aber für die grobe Orientierung war es hilfreich. Sehr zufrieden mit dem heutigen Vormittag machte sich der Mann daran, den sonnigen Schotterweg zurück zum Parkplatz zu gehen.

Sarah liebte es, samstags früh morgens über den Freiburger Markt zu schlendern! Normalerweise wäre sie von Herdern aus mit der Straßenbahn in die Freiburger Innenstadt gefahren. Aber da sie Einiges auf ihrer gestern Abend akribisch zusammengestellten Einkaufsliste hatte, war sie mit dem Auto gekommen. Den roten Mazda MX5 aus der ersten Generation, von dem sie sich bisher nicht hatte trennen können, hatte sie in der Schlossberggarage abgestellt und war die verbleibenden paar Meter bis zum Münsterplatz zu Fuß gegangen. Die Stände, die rund um den erhabenen gotischen Sandsteinbau des Freiburger Wahrzeichens gruppiert waren, luden mit ihren frischen Produkten zu einem kulinarischen Streifzug ein. Nicht nur die Landwirte aus dem naheliegenden Umland verkauften hier ihre Erzeugnisse, auch aus dem Elsass und der Nordschweiz waren zahlreich Händler vertreten, die ihre

Köstlichkeiten feilboten. Ebenso fand man griechisches Olivenöl verschiedenster Qualitäts- und Preisstufen oder auch italienische Antipasti. Und neben den Wurstbuden, wo Einheimische wie Touristen die obligatorische „Freiburger Rote", eine besondere Bratwurst im Brötchen, verzehrten, vervollständigten Blumen- und Gewürzhändler das bunte Bild vor der mittelalterlichen Kulisse.

Trotz aller Hektik war dies ein Platz, um die Seele baumeln zu lassen. Wie oft hatte Sarah sich vorgenommen, ihre Kamera mit dem 270er Teleobjektiv und einem Schwarzweißfilm zu bestücken, um einzelne Szenen dieses lebendigen Treibens festzuhalten. Auch diesmal wünschte sie sich die Zeit und Muße, dieses Vorhaben endlich in die Tat umzusetzen. Heute traf sie eine ganz besondere Stimmung an. Ein ganz leichter Dunst lag noch über dem alten Kopfsteinpflaster und kroch sachte an den Fassaden des Alten Kaufhauses und des Münsters empor. Die Schwaden wurden von dem goldenen Licht der Morgensonne durchflutet, und Sarah fühlte sich wie verzaubert von der Atmosphäre, die der Platz ausstrahlte. Wären neben den einfachen Holzständen mit den grob geflickten Tuchdächern nicht auch moderne Anhänger mit gekühlter Auslage gestanden, Sarah hätte sich ins Mittelalter zurückversetzt gefühlt, so eindrucksvoll bot sich ihr die Szenerie dar. Sie hatte den Marktplatz von Osten her betreten. Zwischen der alten Wache und der mächtigen Apsis des Münsters war ihr ein Strom japanischer Touristen entgegengekommen. Die Teilnehmer der Gruppe gestikulierten wild und richteten ihre Kameras und Camcorder auf alles, was älter als 50 Jahre zu sein schien. Die runzligen, wettergegerbten Gesichter der ein oder anderen Bauersfrau inbegriffen. Schade, dachte sie, die Gesichter dieser bodenverbundenen Menschen verdienten es, professionell und mit der nötigen Ehrfurcht abgelichtet zu werden. In ihnen konnte der Betrachter die Geschichten lesen, die von der Zeit und dem mühevollen Leben geschrieben wurden.

Gedankenversunken tauchte sie weiter in das Getümmel zwischen den Buden und Läden ein. Ohne Hast saugte sie das farbige

Treiben in sich auf und beobachtete die Menschen, denen sie auf ihrem Weg immer wieder ausweichen musste, aufmerksam. Immer wieder fiel ihr Blick auch auf das aus rotem Sandstein gehauene Maßwerk der gotischen Fensterbögen, die Pfeiler und die vielen Statuen, welche die Seitenfassade des mittelalterlichen Münsters schmückten. Als sie nach Freiburg gezogen war, hatte sie an einer Stadt- und Münsterführung teilgenommen und deshalb wusste sie, dass hier auf der nach Süden gewandten Seite der Bischofskirche, der „guten" Seite, die Figuren etwas verbindlicher, zahmer, lieblicher gestaltet waren. Auf der gegenüberliegenden Seite, wo die bösen Geister und finsteren Kräfte des kalten Nordens abgeschreckt werden sollten, wartete die Schar der Kreaturen, die das ehrwürdige Münster bewachten, mit schreckenerregenden Fratzen auf. Auch durch ihre Körperhaltung vermittelten sie die Bereitschaft, den Kampf gegen alles Übel, das da kommen möge, um den christlichen Glauben zu vernichten, aufnehmen zu können.

Der eindrückliche Duft von Knoblauch, Rosmarin und Thymian, der Sarahs Nase im nächsten Augenblick umschmeichelte, riss sie aus ihren Gedanken. Sie hatte sich für den Abend mit Thomas, dem sie ein wenig nervös aber voller Vorfreude entgegensah, ein mediterranes Menü zusammengestellt und wollte am Anfang zu einem Glas Prosecco ein paar Antipasti reichen. Sie probierte von den unterschiedlichen Oliven, bis sie sich für eine besonders kräftige Sorte mit ausgeprägtem Aroma entschied. Dazu nahm sie ein paar Streifen eingelegte Paprika, einige Gigantes und einen kleinen Becher mit Pomodori secchi. Die Bruschette würde sie selbst zubereiten, frische Tomaten und Knoblauch hatte sie noch zu Hause. Das Baguette hierfür würde sie auf der anderen Seite des Münsters bekommen. In Gedanken machte sie einen Haken an die Vorspeise und überlegte, was sie für den ersten und zweiten Hauptgang, das Trou Normand und die Nachspeise noch so alles brauchte. Hier und da erwarb sie an den Ständen weitere Zutaten, und kam schließlich zur Westseite des Marktplatzes. Zu ihrer Rechten ragte nun der mächtige Münsterturm auf.

Von ihrer Dachgeschosswohnung in Herdern aus wirkte das Freiburger Wahrzeichen mit seinem durchstochenen Helm filigran, fast zerbrechlich. Aber hier, am Fuße des massiven Mauerwerks, herrschte ein Eindruck von der Wehrhaftigkeit und Unüberwindlichkeit einer trutzigen Burg vor.

Da sie Zeit hatte, entschloss sich Sarah, der großen Eingangshalle, die von dem Turm überragt wurde, mal wieder einen Besuch abzustatten. Schlendernden Schrittes scheuchte sie ein paar Tauben auf, die aus den Spalten zwischen den Pflastersteinen die Krümel von den Brötchen aufpickten, die ihnen von den Touristen vorgeworfen wurden. Nachdem der flatternde Schwarm den Weg freigegeben hatte, betrat sie zwischen den schmiedeeisernen Toren die Eingangshalle. Als sie in der Mitte angekommen war, wo ein Messingknopf im Boden den senkrechten Punkt unter der gut 115 Meter höher gelegenen Turmspitze markierte, blieb sie stehen. Wie schon so oft betrachtete sie fasziniert die in Stein gehauenen Himmlischen Heerscharen, welche die gotischen Torbögen über den schweren Holztüren verzierten. Welch ein Meisterwerk mittelalterlicher Steinmetzkunst! Eco hätte sich wahrscheinlich seitenlang über jedes einzelne Detail der Figuren ergießen können. Auch Sarah nahm sich die Zeit, einzelne Figuren genauer zu betrachten und knüpfte wieder an ihre Gedanken an, die sie bereits beim Umschreiten der Außenmauern der Kathedrale hatte: Welche Hingabe in den Skulpturen steckte! Rechts und links von ihr befanden sich die rohen Steinbänke, auf denen einst die Marktgerichtsbarkeit tagte, die zwischen Händlern und Käufern vermittelte und Recht sprach. Um eindeutige und für alle gerechte Urteile zu sprechen, waren noch vor dem schmiedeeisernen Tor in die Steine des Turmes verschiedene Maße und Formen eingehauen, die Vorgaben, wie lang zum Beispiel eine Elle war, oder wie groß ein Laib Brot zu sein hatte, um auf dem Markt verkauft werden zu dürfen. Verbraucherschutz im Mittelalter! Unwillkürlich versuchte Sarah sich vorzustellen, wie es hier an einem Markttag im 14. Jahrhundert wohl zugegangen sein mag. Ihr war zwar bekannt, dass zu jener Zeit der Markt noch auf der wenige Meter weiter gelegenen Hauptstraße stattfand und der Platz rund um das Münster der Friedhof war. Nichtsdestotrotz stellte sie ihre mittelalterlichen Figuren und alten Marktstände in Gedanken hier rund um das Münster.

Gerade als es ihr gelungen war, die staunenden Touristen in altertümlichen Gewändern mit Schnabelschuhen zu sehen, die statt ihrer Kameras und Reiseführer Leinensäcke, Stöcke oder Lederbeutel mit Silberstücken in den Händen hielten, rempelte sie ein kleiner Junge an, der, von der Szenerie sichtlich unbeeindruckt, mit einem Mädchen Fangen spielte. Die Mutter der beiden setzte dem hektischen Gerenne mit einem strengen:

Marco! Giovanna! Veni qui! Silenzio! ein Ende und seufzte mit resignierter Miene:

Scusi, Signora! ... bambini..., in Richtung Sarah.

Wieder in der Gegenwart angekommen, lächelte sie zurück und kramte:

Va bene, non fa niente, aus den hintersten Winkeln ihres einige Jahre zurückliegenden Italienischkurses.

Das Klingeln ihres Handys besiegelte endgültig das Ende ihres Tagtraumes und Sarah beeilte sich, die sakrale Vorhalle zu verlassen, war es ihr doch ein wenig peinlich, schließlich war sie ja schon fast im Inneren der Kirche. Während sie sich gegen einen einströmenden Schwall von Amerikanern nach draußen drängte, angelte sie in ihrer Jackentasche nach dem vibrierenden Telefon, das penetrant Doldingers Titelmusik zu „Tatort" von sich gab. Sie steuerte schnurstracks einen Platz hinter den Würstchenbuden an, wo sie unmittelbar neben der hoch aufragenden Seitenwand des Münsterturmes genügend Ruhe hatte, um das Gespräch entgegenzunehmen. Bis sie dort ankam, war das Handy jedoch bereits verstummt. Der Anzeige im Display konnte sie entnehmen, dass es Thomas gewesen war, der versucht hatte, sie zu erreichen. Freudig lächelnd und ein wenig ungläubig blendete sie die Uhrzeit ein. 10.45 Uhr. Doch schon später, als sie gedacht hatte. Aber wie immer, wenn sie sich einfach treiben ließ, verging die Zeit wie im Fluge. Sie drückte die Funktion „Anrufer zurückrufen" und lauschte dem Tuten im Telefon. Nach dreimaligem Klingeln nahm Thomas ab.

Guten Morgen Sarah, ich lese gerade deine SMS. Sorry, habe ich dich eben geweckt?, meldete er sich.

Sarah musste angesichts der Uhrzeit schmunzeln, es fehlte ihr leider in diesem Moment an Schlagfertigkeit, um eine entsprechende Bemerkung zu machen.

Nein, nein keine Sorge! Ich bin schon eine ganze Weile auf. Ich bin schon in der Innenstadt, sagte sie.

Was kann ich denn so früh am Morgen schon für dich tun?, gelang es ihr doch noch, einen kleinen ironischen Seitenhieb unterzubringen.

Es bleibt bei heute Abend?, fragte er und Sarah glaubte ein wenig Hoffnung in seiner Stimme mitschwingen zu hören.

Ich habe mir nämlich gedacht, wenn du schon diejenige bist, die kocht, dann kann ich wenigstens den Wein mitbringen. Und da wollte ich fragen, was es denn zu essen gibt. Damit auch alles perfekt ist... also ich meine, damit der Wein auch perfekt zum Essen passt.

Belustigt stellte Sarah fest, dass Thomas ein wenig nervös zu sein schien. Das hatte sie bisher noch nicht erlebt und sie deutete dies als Zeichen dafür, dass ihm an dem heutigen Abend gelegen war.

Was es gibt, wird nicht verraten!, antwortete sie, aber soviel sei gesagt, es wird etwas Südländisches sein.

Südländisch..., er überlegte ein paar Momente lang.

Arabisch, Afrikanisch oder doch eher Europäisch?

Europäisch! Stell dich mal auf Italienisch ein! ... Aber es wird keine Pizza geben!, grinste Sarah in das Handy.

Sie hatte nicht vor, ihm die Speisenfolge jetzt schon zu offenbaren.

Italienisch... und keine Pizza... da fallen mir doch nur Spaghetti ein, entgegnete er und vermittelte äußerst glaubhaft einen von jedem Hang zum Kulinarischen ungeküssten Teutonen.

Sarah ging auf das Spiel ein.

Genau, es gibt weichgekochte, versalzene Spaghetti! Aber welche klumpige und angebrannte Soße es dazu gibt, erfährst du erst heute Abend.

Na, dann weiß ich ja Bescheid! Mir läuft schon das Wasser im Mund zusammen!, lächelte Thomas.

Wann soll ich denn bei dir sein?

Ist sieben Ok für dich?, fragte Sarah.

Sieben Uhr dann!, antwortete er, und nach einem winzigen Stocken setzte er:

Ich freue mich!, hinzu.

Ich freue mich auch! Bis heute Abend!

Sarah klappte ihr Handy zu und steckte es, in Gedanken noch bei Thomas, wieder in ihre Jackentasche. Das Ganze entwickelte sich ihrer Meinung nach zu einem romantischen Abend mit eindeutigen Zügen eines Rendezvous! Und sie nahm sich nun zum wiederholten Male vor, diesen Nachmittag in der Küche das Beste zu geben!

Der Mann hatte, gleich nachdem er zu seinem Geländewagen zurückgekommen war, die Umgebungskarte aus dem Handschuhfach geholt und nachgesehen, wie er am besten zu dem von der Führerin beschriebenen Eingang des letzten noch offenen Stollens gelangte. Es dauerte einige Zeit, bis er den Ortsteil gefunden hatte, von dem aus eine enge Straße zu einem kleinen Parkplatz für Wanderer führte, in dessen Nähe sich auch das Tor zu dem Bergwerk befinden sollte.

Er hatte entschieden, nicht wieder die kurvenreiche Hauptstraße bis nach Freiburg hinunterzufahren, sondern ein kleines

Stückchen weiter Richtung Süden, um dann durch das Tal, welches auf seiner Karte „Oberrieder Tal" benannt war, von der anderen Seite nach Kappel zu gelangen. Ihm war das als der kürzere Weg vorgekommen. Nun, da er Oberried bereits seit einiger Zeit hinter sich gelassen hatte und zumindest gefühlt wieder auf der Höhe von Freiburg war, befand er die Entscheidung im Nachhinein als richtig. Die Straße war zwar meist steiler als die, die er gekommen war, hatte aber erheblich weniger und auch nicht so enge Kurven. Er fuhr jetzt auf der K4909 nach Westen. Das war, so erinnerte er sich, die Straße, von der er in Kürze links abbiegen musste. Kurz darauf sah er das Hinweisschild, bog links ab und fuhr durch die Ortschaft hindurch. Er folgte der Beschreibung und war eine knappe Viertelstunde später an dem besagten Parkplatz angelangt. Bevor er den Wagen parkte, verschaffte er sich einen Überblick. Der Eingang zu dem Stollen war nicht zu übersehen. Ein massives, verwittertes Betonbauwerk umrahmte ein nicht minder stabil wirkendes, schweres Eisentor, welches das alte Bergwerk vor unbefugtem Zutritt schützte. Rechts davon lagerte ein Haufen alter, rostiger Schienen, die bereits von Gräsern und kleinen Büschen überwuchert waren. Auf dem Parkplatz selbst standen vier Autos, ein Cabriolet, dessen Dach geschlossen war, zwei Familienkombis, an deren Heckscheibe jeweils die Namen des Nachwuchses prangten und ein Minivan mit getönten Scheiben. Alle Fahrzeuge hatten Freiburger Kennzeichen und es war zu vermuten, dass die Besitzer an einem sonnigen Samstag wie diesem eine der vielen möglichen Wandertouren unternahmen, von denen die Dame am Bergwerk so geschwärmt hatte.

Die Hoffnung, hier ungestört zu Werke gehen zu können, begrub der Mann zunächst. Aber gut, als erstes ging es ja nur darum, unbemerkt durch das mächtige Stahltor in den Stollen zu gelangen. Einmal dahinter angekommen, bestand keine Gefahr mehr, durch Ausflügler gestört zu werden.

Nachdem er die Umgebung sorgsam abgescannt hatte, parkte er den Wagen neben dem Minivan und ging hinüber zu dem

Stahltor, um zu sehen, wie dieses gesichert war. Dort angekommen, warf er als erstes einen Blick in den Stollen. Er griff in seine Tasche und förderte eine Double Cell Maglite zutage, mit der er den vor sich liegenden Tunnel ausleuchtete. Doch trotz des grellen Lichtstrahls konnte er nur sehen, wie sich der Stollen in der Dunkelheit verlor. Also schaltete er die Lampe wieder aus und musterte die Konstruktion der Eisentür. Bis etwa 1,50 Meter bestand sie aus sehr massiv wirkendem Vollstahl, darüber bildeten mehrere Zentimeter starke Eisenstangen ein Gitter, durch das man mit den Armen hindurchgreifen konnte. Die Streben, die solide mit der Stahlplatte und dem Rahmen verschweißt waren, stellten ein ebenso großes Hindernis dar, wie der massive untere Teil der Tür. Selbst mit einem Lkw-Wagenheber würde es ihm wohl kaum gelingen, die wuchtigen Stahlstäbe aufzuspreizen. Außerdem, machte er sich in diesem Moment klar, musste er den Eingang ohne sichtbare Spuren öffnen, würde er doch möglicherweise über Wochen im Verborgenen arbeiten müssen.

Äußerlich war kein Schloss oder Schließmechanismus zu erkennen. Auch sah man keine Scharniere oder Angeln. Er fasste zwei der Eisenstäbe und rüttelte, doch erwartungsgemäß bewegte sich das Tor keinen Millimeter. Also langte er hinein und versuchte, die Dicke zu erfühlen. Er musste feststellen, dass die Tür sicher an die zehn Zentimeter stark und massiv war. Sollte der Eingang dauerhaft verschlossen worden sein? Aber dann fiel ihm ein, dass der Förderverein ja immer wieder mal den Stollen betrat, also musste es auch eine Möglichkeit geben, dieses Tor zu öffnen. Er machte seinen Arm so lang wie möglich und tastete systematisch am Rand innen entlang. Nach einigen Minuten hatte er einen schweren Riegel gefunden, aber keinen Hebel oder Ähnliches, um ihn zu bewegen. Seine Hand glitt ein Stück nach oben und ertastete nun eine Art Stahlkassette, die fest an dem Rahmen angeschweißt schien. Darin musste sich die Bedienung des Riegels verbergen. Er suchte die Kassette ab und fand ein Vorhängeschloss, das deren Tür verschlossen hielt. Nun musste er lächeln, ein simples Vorhängeschloss konnte er innerhalb von Minuten unbeschädigt öffnen, auch wenn er ohne hinsehen zu können und mit angewinkeltem Arm arbeiten musste. Möglicherweise verbarg sich in dem Stahlschränkchen noch ein weiteres Schloss für den Eisenriegel, aber er widerstand der Versuchung, jetzt am helllichten Tage das Vorhängeschloss zu öffnen und nachzusehen.

Egal, was für die Sicherung des Riegels auch eingesetzt wurde, er war sich sicher, mit diesem Problem fertig werden zu können. Innerlich machte er sich aber den Vermerk, am Abend, wenn er zurückkäme, einen Spiegel am langen Stiel mitzubringen, um sich diese Arbeit zu erleichtern. Da er gerade dabei war, stellte er in Gedanken seine Ausrüstung zusammen. Für heute Abend würden ein Satz Dietriche, Kletterausrüstung, genügend Batterien für seine Lampen, ausreichend Seil, Hammer, Felshaken und gegebenenfalls das schwere Brecheisen ausreichen. Da er aber sicher war, die nächsten Nächte regelmäßig hier zu Werke zu gehen, dachte er bereits über einen weiteren Stromerzeuger und Baustellenleuchten nach. Welche Art von Flaschenzügen und Seilwinden er brauchte, konnte er erst entscheiden, wenn er gefunden hatte, was er suchte. Er schaute auf die Uhr. Genügend Zeit, in einem Outdoorgeschäft in Freiburg seine Ausrüstung zu komplettieren. Abermals zufrieden mit den Ergebnissen ging er zu seinem Wagen, setzte sich hinters Steuer und trat den Heimweg an.

Sarah stellte die zwei Einkaufstüten, die sie auf ihrem Streifzug über den Markt und durch die Geschäfte und Spezialitätenläden in der Innenstadt ziemlich üppig gefüllt hatte, vorsichtig auf den Boden und suchte nach ihrem Wohnungsschlüssel. Bacardi, ihr kleiner getigerter Kater, hatte wie immer schon an der Haustür auf sie gewartet und war ihr freudig die Treppen bis ins Obergeschoss gefolgt. Jetzt strich er ungeduldig und heftig schnurrend um Sarahs Beine. Er konnte augenscheinlich nicht abwarten, bis sich die Wohnungstür öffnete. Kaum war es Sarah gelungen, den Schlüssel aus den untersten Tiefen ihres Cross-Rucksacks zu angeln und endlich aufzuschließen, da schoss er laut maunzend durch den schmalen Spalt und ließ sich im Zugang zur offenen Küche mitten in der Weg fallen. Wieder zum Schnurren übergegangen, forderte er jetzt erst einmal seine Portion Streicheleinheiten ein. Sarah, die beladen mit ihrem Rucksack und den zwei Tüten die Wohnungstür durch einen Kick mit der Ferse lautstark ins Schloss gestoßen hatte, musste einen großen Ausfallschritt über ihren kleinen Liebling machen, um sich ihrer Last in der Küche entledigen zu können.

Ja, mein Süßer, ich komm ja gleich zu dir!, beruhigte sie die Katze, die bei Sarahs Balanceakt bereits nach ihren Schnürsenkeln zu langen versucht hatte und ihr nun einen entrüsteten Blick zuwarf.

Ich muss doch die Hände frei haben für dich!

Sie ging in die Knie und begann das Tier zu streicheln, was ihr durch wohliges Geschnurre und stürmisches Anschmiegen gedankt wurde.

Aber nicht zu lange, mein Kleiner, ich habe jetzt Einiges zu tun.

Innerlich fluchte sie, dass es gestern Abend so spät geworden war, denn einen Großteil von dem, was sie heute auf den Tisch bringen wollte, hätte sie schon vorbereiten können. Vor allem das Tiramisu und die Ravioli wären sicherlich heute Abend sogar besser, wenn sie am Vortag die Zeit für die Zubereitung gefunden hätte.

Was solls, dachte sie, wenn nicht alles fertig ist, können wir ja zusammen in der Küche plaudern, während ich noch ein bisschen rumwerkele.

Nachdem Bacardi etwa fünf Minuten Zuwendung als ausreichend bemessen hatte und es sich daraufhin auf der Wohnzimmercouch gemütlich machte, stand Sarah auf und fing an, die Einkäufe auszupacken und in Gedanken den weiteren Ablauf zu strukturieren. Sie kam zu dem Schluss, dass der Tisch bei Thomas' Ankunft unbedingt fertig gedeckt und dekoriert sein musste. Sie hatte, da es so warm und beständig war, extra eine Tischdecke im südfranzösischen Stil gekauft, damit sie auf der kleinen Dachterrasse essen konnten. Ein frischer Strauß Blumen auf dem Tisch, eine Anzahl von Teelichtern sowie zwei Ölfackeln konnten die Loggia, wie sie ihren Lieblingsplatz zu nennen pflegte, in einen wunderbar romantischen Ort verwandeln. Die zahlreichen Terracottakübel mit Farnen, Fikus, Kletterrosen und Kamelien sowie der Blick bis hin zum Münsterturm taten ein Übriges. Über den Dächern von Herdern war dies ein kleines Paradies, das sich Sarah hier geschaffen hatte, und in den Wintermonaten sehnte sie sich nach der Zeit, wenn es wieder warm genug war, um die Pflanzen aus dem Keller zu holen und mit einem guten Glas Wein draußen an der frischen Luft zu sitzen. Der Tisch und das Ambiente hatten also absolute Priorität, wobei Sarah einräumen musste, dass sie das Tiramisu doch gleich als Erstes zubereiten sollte. Schließlich entfaltete sich der Geschmack erst nach einer geraumen Zeit im Kühlschrank so richtig. So angelte sie ihren iPod aus dem Rucksack, stöpselte ihn in die Stereoanlage und wählte „Funhouse" als Hintergrundmusik für ihre Tätigkeiten in der Küche aus. Sie stellte die verderblichen Sachen in den Kühlschrank und kramte nach einer Auflaufschale. Zuerst löste sie Puderzucker in Amaretto auf, gab noch einen Schuss Meyer's Rum dazu und verrührte das Ganze mit einer Packung Mascarpone und der gleichen Menge Magerquark. Auf Ei verzichtete sie ganz, das war ihrer Meinung nach auch nicht nötig, um einen köstlichen Gaumenschmaus zu zaubern. Schließlich ließ sie noch zwei extra starke Kaffee aus ihrem Automaten, tauchte Löffelbisquits kurz ein und schichtete diese abwechselnd mit der Mascarponecreme in die Schale.

Ab mit dir in den Kühlschrank, sagte sie leise zu sich selbst.

Das Kakaopulver würde sie kurz vor dem Servieren darüber streuen. Da die Nachspeise so schnell zubereitet war, räumte sie nach kurzer Überlegung nun doch auch der Zubereitung der Ravioli den Vorrang vor der Dekoration des Tischs ein. Während sie ihre chromblitzende Atlas-Teigmaschine am Küchentisch festschraubte, die Kurbel einsteckte und begann, Mehl, Eier, Salz und etwas Olivenöl zu dem Ravioliteig zu verarbeiten, ging sie in Gedanken nochmals alle Fakten des Falles durch. Insgeheim war sie so angefressen von dem Gedanken, es mit einem internationalen Komplott zu tun zu haben, dass es ihr schwer fiel, so etwas Banales wie einen Raubmord oder eine Kneipenschlägerei in ihre jetzigen Überlegungen mit einzubeziehen.

Vollkommen ihren Gedanken nachhängend, bereitete sie fast mechanisch aus Lachsfilet, etwas Räucherlachs, frischem Ricotta, Zwiebeln und Salz die Füllung für die Ravioli vor. Sie pürierte die Masse, hackte ein wenig frischen Schnittlauch und hob ihn unter. Dann drehte sie mit ihrer Maschine den Teig zu langen Platten, wechselte die Einsätze der Teigmangel und ließ mit je einem Löffel Füllung und einer Drehung mit der Kurbel aus zwei Teigplatten eine Anzahl appetitlich aussehender Ravioli entstehen, die sie im Kühlschrank lagerte. Bacardi, den der Duft des Räucherlachses wohl aus seinen Träumen gelockt hatte, war in der Küche aufgetaucht und schlängelte sich wieder zwischen Sarahs Beinen durch, den Kopf hoch erhoben und eifrig schnuppernd. Sarah nahm das kleine Stückchen Lachs, das sie extra für ihn aufgehoben hatte, aus der Packung und stellte das Schmankerl auf einer Untertasse vor den schnurrenden Kater, der sich sogleich daranmachte, die Köstlichkeit zu vertilgen. So etwas Feines gab es nicht alle Tage!

Sarah kümmerte sich derweil um den Tisch und als alles zu ihrer Zufriedenheit gedeckt und dekoriert war, nahm sie den Rest der Essensvorbereitung in Angriff. Das Vitello Tonnato, das Steinpilzrisotto und vor allem der Kaninchensalat mit Knoblauch brauchten viel Zeit und ihre ganze Aufmerksamkeit. Als sie nach fast drei Stunden, während derer sie auch „Mizzundaztood“ und „I'm not Dead“ gehört hatte, den Salat endlich zum Abkühlen ins Eisfach geschoben und schon einige Tomaten zum Waschen in das Spülbecken gelegt hatte, blickte sie erschrocken auf die Uhr. 18.40 Uhr. Und weder die Bruschette, noch die Meerrettichsoße für die Ravioli oder gar das Steinpilzrisotto waren fertig, ganz zu schweigen von der Tatsache, dass sie ziemlich durchgeschwitzt war und ihre Haare und Haut sicherlich den ein oder anderen Duft aus der Küche angenommen hatten.

Ok Thomas, du musst mir halt noch etwas Gesellschaft in der Küche leisten, bevor es etwas zu essen gibt!, sagte sie halblaut, legte das Kochmesser aus der Hand, hängte die Schürze über einen der Barhocker vor dem Küchentresen, zog schon auf dem Weg ins Badezimmer ihre Bluse über Kopf und feuerte die Schuhe ins Schlafzimmer.

Hoffentlich ist er genauso unpünktlich wie im Büro, dachte sie bei sich, als sie unter der Dusche stand und sich eilig die Haare wusch. Kaum war sie in ihre engen Lieblingsjeans und in das äußerst figurbetonte, schwarze Spaghettiträger Shirt geschlüpft, konnte sie auch schon Thomas' Motorrad hören. Noch 30 Sekunden! Sie schaffte es gerade noch, die nötigsten Handgriffe mit einem Eyeliner zu tätigen und in die hellblauen Canvas zu steigen, schon läutete die Türglocke. Ein letzter Blick in den Spiegel, die nassen Haare, die sie nur mit einem Frotteetuch durchgerubbelt hatte, ließen sich mit der Bürste kaum bändigen. Sie versuchte, von Hand etwas Ordnung in ihre Frisur zu bringen. Der Erfolg war zwar gering, aber sie fand, dass das Arrangement auf ihrem Kopf etwas Natürliches, vielleicht ein klein wenig Unbändiges an sich hatte. Aber, dachte sie, während sie mit in die Hüften gestemmten Armen ihr Gegenüber betrachtete, das musste ja nicht unbedingt schlecht sein! Sie warf die Handtücher in den Wäscheeimer und stürzte zur Wohnungstür. Just in dem Moment, in dem sie den Summer für die Eingangstür betätigte, klingelte es nochmals. Sarah musste lächeln. Kam es ihr nur so vor, dass Thomas ein bisschen ungeduldig war? Sie öffnete die Tür und warf ein „Hallohoo! Ganz oben!", in das Treppenhaus. Thomas quittierte von unten mit einem prompten: „Okidoki!" Alsgleich konnte sie seine

Schritte hören, die das Treppenhaus zu ihr heraufhallten. Oben angekommen begrüßte er Sarah ein wenig verlegen. Er schien sich nicht ganz schlüssig zu sein ob er nur ein weiteres: „Hallo" verlauten lassen oder ihr förmlich die Hand reichen sollte. Oder widerstand er gar dem Impuls, sie in den Arm zu nehmen und auf die Wangen zu küssen? Sarah war sich nicht ganz sicher, aber damit es nicht zu einer peinlichen Situation kam, fasste sie Thomas an der Schulter.

Schön, dass du da bist!, sagte sie und strahlte ihn so offen wie möglich an.

Ich freue mich auch!, erwiderte er und überreichte ihr eine in braunes Papier eingewickelte Flasche.

Ich hoffe, der ist Ok, sagte er und schnupperte mit leicht gehobener Nase.

Riechen tut es hier ja schon ganz ausgezeichnet!

Sarah nahm die Flasche entgegen und wickelte sie aus.

Mhmm, ein 2001er Vino Nobile de Montepulciano, besser hätte es gar nicht passen können!, sagte sie.

Den Wein aus dieser Gegend liebe ich! Und für ein mediterranes Essen ist er ausgezeichnet! Sag bloß, du bist ein Kenner?

Thomas lächelte etwas verlegen. Er brachte die andere Hand, die er hinter seinem Rücken versteckt gehalten hatte, zum Vorschein. Auch darin befand sich eine in Papier eingeschlagene Flasche.

Äh... nein, bin ich nicht. Und weil ich keine Ahnung habe, war ich vorhin noch bei Drexler und habe gebeten, mir etwas Passendes für ein italienisches Essen zu geben. Und da ich keine weiteren Informationen über das Menü für ihn hatte, hat er mir den hier auch noch eingepackt. Um sicherzugehen.

Sarah begutachtete auch die zweite Flasche. Ein relativ junger Pinot Grigio aus dem Friaul. Ebenfalls eine sehr gute Wahl!

Sie werden beide perfekt sein, du wirst sehen!, entgegnete Sarah, die erfreut registriert hatte, dass Thomas sich für die Wahl des Getränks die Mühe gemacht hatte, extra einen exquisiten Weinhandel aufzusuchen.

Sie drückte ihm die beiden Flaschen in die Hand, nahm ihn beim Ellenbogen und dirigierte ihn in Richtung Küche.

Komm rein, ich bin noch nicht ganz fertig. Du kannst mir vielleicht noch ein bisschen helfen.

Sicher! Allerdings nur, wenn es um niedere Küchenarbeit geht. Alles andere muss ich wohl oder übel dir überlassen! Aber vielleicht kann ich ja das ein oder andere lernen.

Beginnen wir damit, sagte sie verschmitzt lächelnd, dass du den Pinot Grigio ins Eisfach legst, damit er schnell kalt wird! Den wird es nämlich zu den Vorspeisen und dem ersten Hauptgang geben.

Thomas tat wie geheißen und öffnete zielsicher die Besteckschublade, langte nach dem darin befindlichen Korkenzieher und begann den Rotwein zu öffnen. Sarah beobachtete einen Augenblick, wie er mit der Flasche hantierte, ging dann an die Vitrine im Wohnraum und kam mit einem Kristalldekanter zurück. Diesen drückte sie Thomas, der gerade dabei war an dem eben gezogenen Korken zu riechen, in die Hand.

Kannst ihn hier reinmachen und dann draußen auf den Tisch stellen, sagte sie, ging zum Messerblock und zog das große Kochmesser mit der einen, das kleine Gemüsemesser mit der anderen Hand hervor.

Und danach kannst du es dir aussuchen: Tomaten fein würfeln oder Knoblauch hacken?

Tomaten, sagte er, bereits auf dem Weg zur Loggia, um den Wein auf den hübsch dekorierten Tisch zu stellen.

Für den Knoblauch bin ich zu grobmotorisch veranlagt.

Fishing for compliments, raunte Sarah leise, denn sie wusste, dass er alles andere als das war.

Gemeinsam bereiteten sie die Bruschette nach Sarahs Anweisungen vor. Als die mit der Tomatenpaste bestrichenen Ciabattascheiben im vorgeheizten Backofen verschwunden waren, nahm Sarah das zum Anlass, jedem ein Glas Prosecco einzuschenken.

Vielen Dank für die Einladung, sagte Thomas mit leicht gehobenem Glas.

Auf einen schönen Abend!, erwiderte Sarah lächelnd und beobachtete Thomas über den Rand ihres Glases. Sie tranken einen Schluck und sahen einander einen Moment schweigend an.

Das Risotto!, beendete Sarah die ein wenig peinlich zu werden drohende Stille, das müssen wir auch noch auf den Weg bringen! Dann können wir anschließend ohne große Unterbrechung das Essen genießen!

Es war gerade noch etwas dämmrig, als der Mann seinen Geländewagen auf dem Parkplatz vor dem Bergwerkseingang zum Stehen brachte und erfreut registrierte, dass die Fahrzeuge vom Nachmittag verschwunden waren. Er schaltete das Licht an seinem Wagen aus und blieb noch eine Weile sitzen, um seine Augen an die Dunkelheit zu gewöhnen. Nachdem er sich noch einmal vergewissert hatte, dass sich niemand in seiner Nähe aufhielt, nahm den Bund mit den Dietrichen, seine Taschenlampe und den kleinen Kosmetikspiegel, den er auf ein abgebrochenes Stück Besenstiel geklebt hatte und ging langsam zum Eingang des Stollens. Dort angekommen zögerte er nicht lange und machte sich ans Öffnen der Tür. Er schob Spiegel und Lampe auf Höhe der Stahlkassette, die er am Mittag ertastet hatte, durch die Gitterstäbe und begutachtete das Vorhängeschloss. Ein mittelgroßes Abus mit Messingkorpus. Er senkte den Spiegel und schaute sich das Schlüsselloch einige Zeit genau an. Dann zog er beide Hände zurück, steckte Lampe und Spiegel in die Hosentasche und wählte zwei Dietriche aus. Schließlich griff er wieder durch die Gitterstäbe und hantierte blind an dem Schließzylinder. Zwei Minuten später machte es leise „klack“ und er konnte das Schloss aushängen. Er steckte es in die Tasche, öffnete die Stahltür des Schränkchens und nahm wieder Spiegel und Taschenlampe zur Hand. Jetzt konnte er sehen, dass der Eisenriegel, der die Tür von innen blockierte, in dem Schrank von einem daumendicken Bolzen gesichert war. Daran befand sich ein weiteres Vorhängeschloss, diesmal von erheblich größerem Kaliber. Aber auch dieses widerstand seinen geschickten Fingern nur unwesentlich länger als das erste. Als er den Bolzen entfernt hatte, ließ sich der schwere Riegel endlich bewegen. Trotzdem musste er sich mit seinem ganzen Körpergewicht gegen die Tür stemmen, die zwar sauber und geschmiert lief, aber allein durch ihre Masse einen enormen Widerstand bot. Als der Spalt breit genug war, um bequem hindurchschlüpfen zu können, holte der Mann seine Ausrüstung aus dem Wagen. Obwohl er sich nicht sicher war, ob er in der heutigen Nacht schon in tiefer gelegene Stollen absteigen würde, hatte er sich vier 60-Meterseile, jede Menge Karabiner, Felshaken, Klemmkeile, darunter einige Camelots und eine LED-Stirnlampe besorgt.

Schwer behangen passierte er den schmalen Spalt und legte die Ausrüstung vorsichtig auf dem Boden ab, um die Tür wieder zu verschließen. Als sie an ihrem alten Platz war, überlegte er nur kurz, ob er zumindest den Riegel vorschieben und das kleine Schränkchen mit dem Vorhängeschloss sichern sollte, aber er entschied sich dagegen. Sich hier drinnen mitten in der Nacht einzuschließen grenzte an Paranoia. Und bevor morgen die ersten Sonnenstrahlen den Tag erhellten, würde er den Stollen wieder verlassen und die Tür ordnungsgemäß verschlossen haben. Er hatte mit dem Gedanken gespielt, sein Quartier hierher zu verlegen, aber angesichts der eisigen Kälte und des Wassers, das selbst hier im Eingangsbereich einige Zentimeter hoch stand, war das für ihn keine Option mehr. Außerdem würde dann sein Wagen Tag und Nacht auf dem Parkplatz stehen und möglicherweise das Interesse eines Försters oder Jägers wecken. Er empfand es schon als risikoreich genug, dass in der Endphase des Unternehmens ein erheblich größeres Fahrzeug für längere Zeit dort abgestellt sein würde.

Er schulterte die schweren, locker zusammengelegten Seile, griff sich mit der linken Hand den Rucksack mit den Kletterutensilien und mit der rechten seine Maglite. So gerüstet ging er langsam, Boden, Decke und Wände ableuchtend, den in den Fels gesprengten Gang entlang. Nach etwa 80 Metern traf er auf eine Anzahl schwerer Bergbaumaschinen, Lkw für unter Tage und Grubenbagger. Das mussten die alten Fahrzeuge sein, die von dem Verein hier geparkt waren und auf ihre Restaurierung warteten. Er sah sich die gelb lackierten, zum Teil ziemlich verrosteten Maschinen an, die wie Urzeitmonster in ihrem Bau auf Beute lauerten. Er versuchte abzuschätzen, wie breit der verbleibende Raum bis zur Tunnelwand sein mochte und rief sich die Pläne aus den alten Stahlkisten ins Gedächtnis. So optimistisch er auch schätzen mochte, es führte kein Weg daran vorbei: die Maschinen mussten aus dem Weg geräumt werden. Da sie ohne Zweifel nicht betriebsbereit waren und er ohnehin nicht wusste, wie sie zu bedienen waren, gab es nur die Möglichkeit, sie mit fremder Kraft zu bewegen. Das würde ein Problem werden. Er schätzte jeden dieser Kolosse auf gut und gerne fünf bis zehn Tonnen. Er kroch um und unter die Fahrzeuge. Die Reifen waren alle intakt, würde es also gelingen, die Räder vom Getriebe zu trennen, sollte man sie mit entsprechender Kraft auch bewegen können. Da der Tunnel nicht weit von hier einen Blindgang hatte, brauchte man die Maschinen auch nur etwa 20 Meter zu bewegen, um freien Durchgang zu schaffen. Zwei Haken hatte das Ganze allerdings noch. Zum einen durften die Geräte erst unmittelbar vor dem Abtransport bewegt werden, damit die privaten Grubenforscher, sollten sie ausgerechnet in der nächsten Zeit auf die Idee kommen, ihren zukünftigen Exponaten einen Besuch abzustatten, nicht auf die Aktivitäten hier im Tunnel aufmerksam würden. Zum anderen bestand die Möglichkeit, dass die Fahrzeuge mit einer Druckluft- oder Hydraulikbremse ausgestattet waren, so dass sie sich erst bewegen konnten, wenn genügend Druck zum Öffnen der Bremsen aufgebaut war. Dann wäre jeglicher Versuch, die Maschinen zum jetzigen Zeitpunkt zu bewegen, ohnehin zum Scheitern verurteilt. Denn die Kraft, die nötig wäre, um die Fahrzeuge entgegen einer solchen Feststellbremse zu bewegen, war unmöglich hier unten aufzubringen. Die Getriebe der Fahrzeuge, das fiel ihm auch in diesem Moment ein, konnten ebenfalls hydraulisch oder pneumatisch betätigt werden.

Er setzte seine Inspektion fort. Die Kardanwellen lagen frei, es würde also kein Problem sein, diese mit einem Schneidbrenner zu durchtrennen, sollten sich die Getriebe nicht betätigen lassen. Er suchte vergeblich nach Druckluft- oder Ölschläuchen, war sich aber nicht sicher. Diese Frage würde also Nassira klären müssen, wenn sie da war. Sie wäre sicherlich auch in der Lage, zu dem Pneumatik- oder Hydrauliksystem der Maschinen einen Zugang zu legen und die Bremsen mittels eines externen Kompressors oder einer Hydraulikpumpe zu öffnen, so dies denn notwendig sei. Und für die Auswahl der Einzelteile und die Konstruktion der Hebevorrichtung, die es mit ziemlicher Sicherheit noch in den Schacht einzubauen galt, war ihr fachmännischer Rat von großer Wichtigkeit. Er warf nochmals einen letzten Blick auf den Fuhrpark und überlegte, ob er noch etwas vergessen hatte, dann drehte er sich um und machte sich daran, weiter in den Berg vorzudringen.

Er war froh, dass der Tunnel, den er wie zuvor bei jedem Schritt akribisch ableuchtete, allem Anschein nach in einem guten Zustand war und er noch keinerlei Anzeichen von Bruch oder drohender Einsturzgefahr hatte erkennen können. Die Dame hatte in der Führung also nicht zuviel versprochen. Sollte der Stollen wirklich bis zum Hauptschacht, der auf seinem Plan mit „Roggenbachschacht" bezeichnet war, in diesem Zustand und ohne weitere Barrieren zu passieren sein, war er eine große Sorge los. Er wäre zwar auch in der Lage gewesen, einen Felssturz zur Not freizusprengen, aber dieses Vorgehen hätte zweifellos die Gefahr einer Entdeckung erhöht. Von der zusätzlichen Zeit, die das Fortschaffen des Abraums in Anspruch genommen hätte, ganz zu Schweigen.

Er war sich nicht sicher, wie weit er den Stollen nun schon entlanggegangen war. Auf seine Fähigkeit, Entfernungen ziemlich exakt einzuschätzen, wollte er sich hier unten nicht verlassen. Aber dass er, seit er den verrottenden Grubenmaschinen den Rücken gekehrt hatte, bereits über einen Kilometer weit gekommen war, glaubte er noch einigermaßen richtig einordnen zu können. Dann sah er in der Ferne im Lichtkegel der Taschenlampe, dass sich der Stollen verbreiterte. Er konnte es auf die Distanz, es waren sicher noch an die 75 Meter, nicht genau erkennen, aber dort schien ein rechteckiger Betonrahmen in den Gang gebaut zu sein. Das war möglicherweise der Zugang zum Schacht, in dem sich ja einst eine Art Aufzug befunden haben musste. Dann war das Bauwerk, welches er nun immer genauer sehen konnte, der Einstieg zu diesem gewesen. Er ignorierte den Impuls, die letzten Meter schneller zurückzulegen, sondern blieb seinem Schritt und seinem Muster treu: Boden ableuchten, Decke ableuchten, Wände ableuchten. Ein paar Schritte weiter gehen. Boden ableuchten, Decke ableuchten...

Endlich war er an dem Betonrahmen angekommen. Dahinter befand sich aber kein Schacht sondern ein etwa 25 Meter langer, sechs bis acht Meter breiter Raum. Diese kleine Halle, sie war auch gut zwei Meter höher als der Stollen, war sauber ausbetoniert. Hier hätte man leicht zwei Autos aneinander vorbeimanövrieren und diese mit ein wenig Geschick sogar wenden können. Auf der gegenüberliegenden Seite des Raumes führte der Stollen weiter durch den rohen Fels. In der Halle waren rechts und links einige etwa drei bis vier Meter tiefe Kammern, in denen die Überreste von Regalen davon zeugten, dass hier früher Material und Ausrüstung gelagert worden war. An der Decke konnte er elektrische Leitungen ausmachen, die zu einfachen Lampen führten. In einer der Kammern standen ein grob gezimmerter Holztisch und einige Bänke. Sicher machten hier die Bergleute ihre Pausen.

Als er den Raum sorgfältig abgeleuchtet hatte, legte er seine Seile und den Rucksack auf dem provisorischen Tisch ab, froh, das schwere Gepäck nun von den Schultern zu haben. Dann nahm er lediglich Stirn- und Taschenlampe sowie das Brecheisen an sich und näherte sich vorsichtig dem großen, rechteckigen Durchlass, hinter dem er den Hauptschacht vermutete. Unmittelbar vor der gähnenden Öffnung, die er im Schein der Maglite erkennen konnte, befand sich ein weiterer dicker Betonrahmen.

Einige Bohrlöcher und der Rest einer rostigen Metallschiene verrieten ihm, dass hier einmal eine Schiebetür gewesen war, um den Schacht, wenn sich gerade kein Aufzug in dieser Etage befand, zu verschließen. Er klopfte den äußeren Rahmen mit dem Brecheisen ab, um festzustellen, wie gut die Konstruktion all die Jahre in Feuchtigkeit und Kälte überdauert hatte. Als sich durch Abklopfen keine Stücke aus dem Beton lösten und auch keine Brösel zu Boden rieselten, stach er an verschiedenen Stellen wuchtig mit der Spitze des Brecheisens in den Beton, der bis auf ein paar Kratzer keinen weiteren Schaden davontrug.

Behutsam näherte er sich dem Rand des Schachtes und wiederholte dort die Prozedur. Auch hier war das Ergebnis zu seiner Zufriedenheit. Er ging auf die Knie und schaute erst nach oben. Selbst als er die Maglite zu Hilfe nahm, konnte er das Ende des Schachtes nicht sehen. Er sah auf seinen provisorischen Plan, fand die Stelle, an der er sich im Moment befinden musste und versuchte abzuschätzen, wie weit der Schacht wohl nach oben reichte. Auf dem Plan war kein Maßstab angegeben, aber in der linken Ecke war die gotische christliche Kirche, die er sich schon interessiert angesehen hatte, als Größenvergleich abgebildet. Der Turm des Gebäudes, das wusste er, war etwa 115 Meter hoch. Demnach ging der Schacht von hier aus etwa 200 Meter in die Höhe. Dann maß er mit den Fingern das Teilstück, das in die Tiefe ging... schwindelerregende 450 Meter, so seine Schätzung. Er blickte nach unten, obwohl er wusste, dass er keine Chance hatte, irgendetwas zu sehen, außer den dunklen Schachtwänden, die sich irgendwo in der Unendlichkeit zu treffen schienen. Jetzt widmete er sich den Felsen in seiner unmittelbaren Nähe. Rechts und links konnte er jeweils zwei parallele Reihen mit Bohrlöchern ausmachen. Aus manchen ragten noch, zum Teil mit Beton fixiert, kräftige Stahlstangen hervor. Für ihn bestand kein Zweifel, hier waren einmal Leitschienen für den Aufzug angebracht gewesen, die verhinderten, dass das Gefährt bei seinem Weg durch den Schacht schaukelte und an den Felswänden anstieß. Auf seiner Höhe oder unmittelbar über ihm waren leider keine solcher Bohrlöcher auszumachen, das war bedauerlich, denn diese hätte man gut für die Aufhängung des eigenen Aufzuges gebrauchen können. So aber musste er wohl oder übel erst eine Sicherung anbringen, dann einen Felshaken nach dem anderen in die Wand schlagen und dann in den Seitenwänden eine Aufhängung verankern, die den Ansprüchen gewachsen war. Das konnte recht knifflig werden, trotzdem empfand er ein hohes Maß an Zuversicht. Er blickte auf die Uhr: es war bereits 4.37 Uhr. Zu spät, um mit dem Abstieg zu einem der tieferen Gänge zu beginnen. Das würde bis morgen Nacht warten müssen. Also ließ er seine Ausrüstung dort, wo er sie abgelegt hatte und verließ den Raum Richtung Ausgang, diesmal um einiges schneller als auf dem Hinweg.

Thomas kratzte mit Bedacht den letzten Rest Tiramisu aus dem Dessertschälchen. Er atmete einmal tief durch, betrachtete den Löffel wie ein Bergsteiger das letzte Stück Steilwand, das es zu bezwingen galt, und führte ihn dann langsam in den Mund.

Köstlich!, sagte er. Alles war köstlich!

Er lehnte sich zurück und legte die Hände auf den nicht vorhandenen Bauch.

Kaffee? Espresso?, fragte Sarah und musterte Thomas, der seinerseits Sarah mit einem Lächeln in den Augen beobachtete.

Gerne einen Espresso.

Sarah stand auf und ging hinüber in die Küche, um ihren verchromten Luxus-Kaffeeautomaten in Betrieb zu setzen. Thomas' Blicke folgten ihr durch die Balkontür. Sarah hantierte mit dem Rücken zu ihm, so konnte er sie, ohne Gefahr zu laufen, in eine peinliche Situation zu geraten, bei ihrem Tun genau beobachten. Er registrierte jede Bewegung, die sie vollführte. Die blonden Haare, leicht wellig, fielen ihr verführerisch in den Nacken und wogten bei jeder Drehung des Kopfes. Das schwarze Spaghettishirt war am Rücken sehr tief ausgeschnitten und er betrachtete die ebenmäßige, leicht gebräunte Haut und das Spiel der Schulterblätter, wenn sie mit den Armen zugange war. Ein schöner muskulöser Rücken! Thomas Blick wanderte weiter nach unten und blieb unweigerlich an der eng geschnittenen Jeans hängen. Die schlanken Beine zogen Thomas in ihren Bann. Gerade als er am Saum der Jeans angekommen war, stellte sich Sarah auf die Zehenspitzen, um irgendetwas aus dem Hängeschrank zu holen. Die hochrutschende Hose gab den Blick auf ihre schlanken Fußgelenke frei. Die flachen, blauen Canvas, in denen ihre Füße steckten, waren für Thomas der perfekte Abschluss des äußerst ansprechenden Gesamtbildes.

Mein Gott Sarah, du bist so verdammt sexy, dachte er bei sich, und musste tief durchatmen. Die zwei Flaschen Wein, die leer auf der Arbeitsfläche in der Küche standen, waren auch an ihm, der sich mit Blick auf den Nachhauseweg etwas zurückgenommen hatte, nicht ganz spurlos vorübergegangen. Weit davon entfernt, betrunken zu sein, spürte er jedoch eine gewisse Leichtigkeit und Unbeschwertheit. Als er diese wahrnahm, mahnte er sich zu Zurückhaltung.

Mach jetzt ja nichts falsch!, sagte er zu sich. Der Abend war bis jetzt so wundervoll, zerstör' das nicht!

Während der einzelnen Speisen, eine köstlicher als die andere, hatte sich das Gespräch schnell zu Sarahs Vergangenheit gewandt. So viel wie in den vergangenen dreieinhalb Stunden hatte Thomas, zumindest empfand er es so, noch nie von einem anderen Menschen erfahren. Er war immer noch ein wenig überrascht, mit welcher Offenheit und mit welchem Vertrauen sie ihm aus ihrer Kindheit und Jugend berichtet hatte.

Er wusste nun, dass Sarah aus einer sehr wohlhabenden Familie kam. Eine Villa in einem Vorort von Kiel, Pool, Pferdeställe, Reitplatz, ein Zwölf-Meter-Boot im Yachtklub. Reitunterricht, Ballettstunden, Tennisverein. Von außen betrachtet eine angesehene, gut funktionierende Familie. Aber Sarah hatte Thomes eben auch die Einblicke gewährt, die dem Außenstehenden für gewöhnlich peinlichst vorenthalten werden. So berichtete sie von der überaus schwierigen Beziehung zu ihrer Mutter, die im Alter von 18 Jahren in einer Bulimie endete, weil sie weder den hohen Ansprüchen der Mutter gerecht werden konnte, noch deren Werte und Lebensstil akzeptieren wollte. Auch von dem schmerzlichen Verlust des Vaters, der in der Beziehung zu Ihrer Mutter immer ein ausgleichender, ruhender Pol war, hatte Sarah Thomas berichtet. Einer der tragischsten Momente in ihrem Leben war allerdings der Tag, an dem ihre zwei Jahre ältere Schwester, die Sarah vergötterte, im Pool des Hauses ertrank. Sarah war gerade fünf Jahre alt geworden. Ihr Vater war, wie leider so oft, auf Geschäftsreise und ihre Mutter im Haus zugange. Sarah und Lena spielten alleine am Pool. Beim Rumtollen stürzte Lena unglücklich, schlug sich am Beckenrand den Kopf und fiel in das Schwimmbecken. Sarah, die zwar schon schwimmen konnte, aber in ihrem zarten Alter nicht imstande war, ihrer Schwester zu helfen, versuchte verzweifelt, ihre Mutter herbeizurufen. Als sie realisierte, dass ihre Mutter nicht kommen würde, rannte Sarah in Panik ins Haus, um sie zu suchen. Sarah konnte sich noch an jedes Detail erinnern. Sie fand sie im kleinen Salon auf dem Sofa. Auf dem Couchtisch stand eine Reihe von Flaschen. Weinend versuchte Sarah, zu berichten, was sich draußen im Garten abgespielt hatte, doch ihre Mutter starrte sie nur mit roten Augen an und reagierte ganz verlangsamt. Als die beiden schließlich am Pool angekommen waren und ihre Mutter es irgendwie geschafft hatte, Lena aus dem Wasser zu ziehen, war es bereits zu spät.

Für Sarah war dieser Tag der Beginn des Martyriums, wie sie es Thomas gegenüber bezeichnete, das in den Jahren nach dem Tod ihres Vaters gipfelte und letzten Endes zum Zerwürfnis mit ihrer Mutter führte. Sarahs Wunsch, Polizistin zu werden, und der zielstrebige Weg, den sie einschlug, um ihr Ziel zu erreichen, belastete das Verhältnis zusätzlich. Als Sarah nach erfolgreichem Abschluss der Polizeiakademie ihren Dienst nahe Flensburg verrichtete, musste sie bereits nach kurzer Zeit einsehen, dass nur eine größere räumliche Distanz zu ihrer Mutter ihr die Möglichkeit zu einer unbeschwerten Entwicklung bringen würde. Also setzte sie alles daran, so weit wie nur irgend möglich in den Süden der Republik versetzt zu werden. Allen bürokratischen Hürden trotzend schaffte sie es, bei der Kriminalpolizei in Freiburg angenommen zu werden, trotz Wechsel des Bundeslandes und der sehr kurzen Zeit bei der Polizei in Flensburg. Und das war der Punkt, an dem sie in Thomas' Leben getreten war. Zunächst als junge Kollegin und seit einigen Wochen, so empfand er, auch als eine Freundin. Und jetzt, da er sie mit einem kleinen Tablett mit Espressotassen lächelnd auf ihn zukommen sah, war da vielleicht auch noch etwas mehr als eine einfache Freundschaft...

Sarah stellte das Tablett auf den Tisch. Sie legte ihre Hand auf Thomas' Schulter, beugte sich ein wenig zu ihm und fragte, ob er zu dem Espresso vielleicht einen Grappa haben wolle. Die verbindliche Berührung nahm er erfreut wahr, den Grappa jedoch lehnte Thomas lächelnd ab.

Nein danke, sagte er, setz dich doch einfach wieder zu mir.

Sie tat wie geheißen. Schweigend rührten sie beide zwei Löffel Zucker in ihren Espresso. Als sie den kräftigen, angenehm duftenden Kaffee getrunken hatten, Sarah in drei Anläufen, Thomas in einem Schluck, machte er einen Vorschlag.

Kannst du mir mal ein paar von deinen Bildern zeigen? Ich fand das neulich ziemlich spannend, was du mir über deine Malerei erzählt hast!

Sarah stellte ihre Tasse ab und strahlte über den Tisch.

Es interessiert dich tatsächlich?, fragte sie sichtlich erfreut.

Ja, sogar sehr!, antwortete Thomas und verschränkte die Arme hinter seinem Kopf.

Sarah schien ganz aufgekratzt und begann leicht hektisch, das sich noch auf dem Tisch befindliche Geschirr auf das Tablett zu räumen. Sie marschierte mit den Küchenutensilien Richtung Balkontür. Thomas nahm Salz- und Pfefferstreuer sowie die beiden Rotweingläser, die auf Sarahs Tablett keinen Platz mehr gefunden hatten, und folgte ihr in die Küche.

Leider, sagte sie, sind alle Bilder bis auf zwei, drei im Keller in Tücher eingeschlagen und irgendwo hinter Kisten oder in Regalen. Aber bevor ich sie wegpacke, mache ich immer Fotos davon und habe sozusagen eine Art Katalog zusammengestellt, den ich immer aktuell halte. Da könnte ich dir dann Einiges zeigen...

Das ist doch Klasse, unterbrach Thomas, dann können wir gemütlich zusammensitzen und du erzählst mir was zu deinen Werken.

Sarah klappte den Geschirrspüler zu und drehte am Programmwahlrad. Als das Gerät leise zu surren begann, drückte Sarah Thomas eine Packung Rocher in die Hand und wies einladend auf die Couchgarnitur im Wohnzimmer.

Draußen wird es mir zu langsam zu kühl! Setz dich schon mal, ich hole das Fotoalbum, sagte sie und entschwand in der Diele.

Thomas ließ sich auf der Couch nieder und versank förmlich in dem flauschigen Sitzmöbel. Er öffnete die Schachtel Rocher und legte zwei davon auf den Couchtisch. Zum ersten Mal sah er sich in Ruhe in der Wohnung um. Doch bevor er alle Details aufnehmen konnte, kam Sarah schon zurück und setzte sich schwungvoll neben ihn. In der Hand hatte sie ein dickes Buch, dessen Einband sie offensichtlich selbst mit bunten Ornamenten und Tribals verziert hatte.

Unmittelbar wurde Thomas der körperlichen Nähe gewahr, sie trug dasselbe Parfum wie neulich im Auto. Ihre Ellenbogen berührten sich, und als sie sich über das nun aufgeschlagene Buch beugten, streiften sich auch ihre Knie. Ihr schien das augenscheinlich nichts auszumachen. Im Gegenteil, anstatt das Bein zurückzuziehen, meinte Thomas zu spüren, dass sie den Kontakt bewusst provozierte. Während Sarah lebhaft von ihrer Arbeit und den Bildern erzählte, fiel es Thomas zunehmend schwerer, sich auf die Fotos zu konzentrieren und auf das zu hören, was Sarah darüber sagte. Er genoss die fast intime Stimmung, die er zu fühlen glaubte, und blickte Sarah, so oft sie den Kopf hob, in die Augen. Auch sie verweilte immer wieder mit ihren Blicken und Thomas hatte das Gefühl, dass nun doch irgendetwas passieren müsse.

Ist das der richtige Moment?, dachte er, doch letzten Endes versagte ihm der Mut zu mehr. Als sie über die Bilder zum Thema subjektive und objektive Wahrnehmung kamen, landeten sie unweigerlich auch bei Geschmack und Vorlieben. Sie erläuterten einander, wie sie auf Menschen reagierten und auf was sie achteten, da fragte Sarah ganz unvermittelt:

Was spricht dich denn bei Frauen besonders an, ich meine jetzt optisch?

Thomas war von der Plötzlichkeit ihrer doch sehr konkreten Frage ein wenig verunsichert. Er wusste, dass er nun die Chance hatte, Sarah mitzuteilen, dass alles, was sie an sich hatte, wie sie sich gab und wie sie aussah, ziemlich genau seine Vorlieben widerspiegelte. Aber schnell hatte er sich gefangen und sah Sarah, die ihn erwartungsvoll fixierte, lächelnd ins Gesicht.

Tja... wo soll ich anfangen, begann er und erlaubte sich ein paar weitere Sekunden nachzudenken.

Ganz wichtig ist natürlich der allererste Gesamteindruck. Und da geht es nun mal um Dinge wie Figur, Haare und Gesicht. So traurig das ist, aber wenn das nicht stimmt, ist die Chance auf näheres Kennenlernen zumindest mal ein ganz beträchtliches Stück geschmälert. Das heißt aber nicht, dass sich der erste Eindruck nicht noch revidieren lässt!

Sarah hatte ein Bein auf das Sofa gezogen und hörte Thomas zugewandt gespannt zu. Sie legte ihre Hand auf sein Knie und griff seine letzten Worte bewusst auf:

Und wie muss das Gesamtbild sein, damit die Chancen, mhmmm... sich kennenzulernen, nicht drastisch geschmälert werden?

Wieder gab sich Thomas Zeit, seine Worte sorgsam zu wählen.

Eine sportliche, schlanke Erscheinung. Schlanke lange Beine. Aber schon weibliche Formen! Kein Hungerhaken!

Die Haare?, fragte Sarah.

Am liebsten etwas länger. Kurz kann zwar auch was haben, aber ich mag es einfach lang, antwortete er.

So wie bei dir, traute er sich noch hinzuzufügen.

Die Antwort schien ihr zu gefallen.

Und die Farbe?, fragte sie.

Ich muss zugeben, ich stehe nun mal auf blond.

Wieder ein verschmitztes Lächeln in ihrem Blick.

Das Gesicht, die Augen?, bohrte sie nach.

Was macht ein Gesicht hübsch?, fragte er.

Das kann ich nicht sagen. Ich glaube ebenmäßig soll es sein. Volle aber nicht zu dicke Lippen. Schöne Zähne sind wichtig. Und große Augen! Die Farbe ist eigentlich egal..

Ist blau in Ordnung?, fragte sie, und beugte sich etwas nach vorne, um ihn mit weit aufgerissenen Augen schelmisch lächelnd von unten her anzusehen.

Auch Thomas musste grinsen

Mehr als das!, antwortete er und überlegte, ob er ihr kurz durch das Gesicht streichen sollte. Der Augenblick verstrich ungenutzt.

Was noch?

Ich mag es, wenn eine Frau nur sehr dezent oder gar nicht geschminkt ist. Ich bevorzuge es natürlich.

Und in diesem Moment wurde ihm bewusst, dass Sarah heute tatsächlich bis auf einen leichten Lidstrich nichts weiter aufgelegt zu haben schien.

Auch das passt, dachte er bei sich und war sich nicht sicher, ob Sarah nicht in diesem Moment zum gleichen Ergebnis gekommen war.

Spielt Kleidung eine Rolle?, hakte sie weiter nach, zupfte ihre Spaghettiträger zurecht und warf das Haar in den Rücken.

Ich will ehrlich sein, es gibt natürlich Unterschiede und manche Kleidung macht eine Frau einfach attraktiver, aber letzten Endes ist auch das nicht so wichtig. Es gibt einfach Frauen, die sehen auch in einem Jutesack umwerfend aus.

Diesmal schluckte er das: „So wie du zum Beispiel" einfach hinunter. Das wäre nun wirklich zu dick aufgetragen.

Und auf was achtest du nach diesem ersten Eindruck? Ich meine immer noch äußerlich! Innere Werte setze ich voraus!, lachte sie.

Ganz wichtig ist, dass sie topp gepflegt ist! Fettige Haare oder Dreck unter den Fingernägeln sind ein absolutes No go!, lautete Thomas' spontane Antwort.

Sarah beugte sich wieder zu ihm hinüber.

Na, da habe ich ja richtig Glück, sagte sie ganz leise mit einem auffordernden Unterton und hielt ihm ihre Hände vor das Gesicht.

Thomas ergriff beide Hände und betrachtete sie genau, während er mit den Daumen zärtlich ihre Handrücken streichelte.

Ja, du hast unglaublich schöne Hände, sagte er nach einer Weile, das ist mir schon vor einiger Zeit aufgefallen.

Er rechnete damit, dass sie ihm ihre Hände wieder entziehen könnte, aber nichts geschah. Sie ließ ihn gewähren und wartete. Er studierte vertieft die weiche Haut ihrer schmalen Handrücken und strich dann ihre langen schlanken Finger entlang, jeden einzelnen bis hinauf zu den Nägeln. Nach einer Weile hob er den Kopf und sah, dass Sarah ihn mit weichem Blick beobachtete.

Sind Hände wichtig für dich?, fragte sie und ließ ihn weiter ihre Finger streicheln.

Sehr wichtig! antwortete Thomas und zögerte einen Moment.

Schöne Hände und schöne Füße sind etwas ganz Besonderes, finde ich!

Sarah sah ihn einige Momente schweigend an. Dann fragte sie:

Und du findest meine Hände wirklich schön? Ich finde immer, ich habe zu schmale Gelenke!

Thomas schüttelte fast ärgerlich den Kopf.

Ach was!, sagte er.

Sie sind perfekt. Wunderschön!

Jetzt zog Sarah ihre Hände zurück und rutschte ein wenig von Thomas weg. Doch nicht, wie er einen kurzen Augenblick befürchtete, um Distanz zu schaffen. Sie streckte ihr rechtes Bein aus, legte ihren Fuß in seinen Schoß und sah ihn abwartend an.

Thomas griff mit einer Hand zum Saum ihrer Jeans und schob sie ein wenig nach oben. Er strich mit der anderen Hand das Ende des Schienbeines herunter bis ihrem Fußgelenk und umfasste es sanft. Dann strich er zärtlich über ihre Haut entlang des hellblauen Stoffschuhs und kreiste anschließend mit den Fingerspitzen um ihre Knöchel.

Du hast schöne schmale Fußgelenke, sagte er, ohne seinen Blick abzuwenden.

Ich mag es, wenn man die Knöchel gut sieht.

Sarah schien seine behutsamen Berührungen sehr zu genießen. Sie hatte die Augen geschlossen und machte keinerlei Anstalten, die Situation in irgendeiner Form zu beenden.

Und der Rest? flüsterte sie ihm zu, die Augen nun geöffnet.

Thomas sah sie direkt an und suchte ihren Blick zu deuten. Dann begann er sachte, die Schleife des Canvas zu öffnen. Ihre Augen schienen zu sagen: Mach weiter, es gefällt mir! Und so lockerte er den Schnürsenkel, streifte den Stoffschuh vorsichtig von ihrem nackten Fuß. Den Schuh ließ er auf den Boden fallen. Langsam fuhr er mit seiner Hand den Spann entlang, streichelte die Zehen und berührte dann sanft ihre Fußsohle, bis er an der Ferse angekommen war. Sarah hatte unterdessen auch das zweite Bein in seinen Schoß gelegt. Thomas zog ihr auch den zweiten Canvas vom Fuß und streichelte die Fußsohle zärtlich.

Sie sind wunderschön!, sagte er, nachdem er ihre Füße eine Weile gestreichelt hatte.

Ihre Blicke trafen sich erneut. Langsam zog sich Sarah an Thomas heran und setzte sich rittlings auf seinen Schoß, die Arme hinter seinem Nacken verschränkt. Thomas legte den Kopf zurück und sah sie schweigend an, dann legte er seine Hände an ihre Hüften und atmete tief aus.

Sarah beugte sich nach vorne und gab Thomas einen flüchtigen Kuss auf den Mund.

Ich finde es schön, wenn du mich berührst, flüsterte sie ihm ins Ohr.

Thomas fühlte ein Prickeln durch den ganzen Körper schießen und ließ abermals ein schweres Atmen vernehmen. Sarah setzte sich wieder auf, strich eine Strähne aus Thomas' Gesicht und fuhr dann mit ihren Fingern über seine Wangen, dann über seine Augen, über seine Nase und über seine Lippen, schließlich über seinen Hals bis zum ersten Knopf seines Hemdes. Sie hielt einen Moment inne, dann öffnete sie den Knopf, tastete sich weiter bis zum nächsten und öffnete langsam einen nach dem anderen. Schließlich zog sie sein Hemd auseinander und strich mit ihren Handflächen seinen Körper entlang. Thomas spürte die Lust in ihm hochwallen und auch Sarah schien das zu bemerken, denn sie lächelte ihm verschwörerisch zu, nahm seine Hände und legte sie auf ihre Brüste. Thomas schloss die Augen und ließ seine Hände für einige Sekunden bewegungslos dort liegen. Dann begann er, mit den Daumen ihre Brüste sanft zu streicheln und konnte nun auch ihre aufkommende Erregung spüren. Ihr Atem beschleunigte sich, als sie zur Seite kippten und Sarah Thomas voller Verlangen auf den Mund küsste.

Als die beiden leise stöhnend hinter der Lehne des Sofas verschwanden, erhob sich Bacardi, der die Szenerie von seinem Lieblingsplatz aus beäugt hatte, drehte sich um und trottete resigniert aus dem Wohnzimmer.

Diesmal war der Mann um einiges früher am Eingang zum Stollen angekommen. Es war noch hell, der Parkplatz aber schon leer. Heute würde er genügend Zeit haben, den Abstieg in eine tiefere Ebene zu wagen. Diesmal dauerte es nur wenige Sekunden, bis er die Schlösser geöffnet, durch die Tür gestiegen und diese hinter sich wieder verschlossen hatte. Die Stirnlampe so ausgerichtet, dass ihr Strahl etwa zwei Meter vor ihm auf den Boden fiel, ging er zügigen Schrittes den Gang entlang. Kaum war er in dem Raum angekommen – er hatte bestenfalls ein Drittel von der Zeit benötigt, die er gestern bis hierher unterwegs war – suchte er nach zwei geeigneten Stellen, wo er seine Sicherungshaken einschlagen konnte. Er hatte in Erwägung gezogen, den stabilen Betonrahmen anzubohren und zwei Haken zu verdübeln, aber da die Geschäfte am Tag geschlossen hatten, konnte er sich nicht mit dem nötigen Material versorgen. Er wollte aber keinen weiteren Tag abwarten, also hatte er entschieden, dass es normale Felshaken tun mussten.

Als erstes schlug er zwei davon in den rohen Fels des Stollens und setzte zwei Umlenkrollen an die Kante des Betonrahmens, um sich für das Einschlagen der eigentlichen Aufhängung im Schacht zu sichern. Er stieg in das Klettergeschirr, zurrte es fest und hakte sich mit zwei Karabinern in die zuvor gelegten Seile. Dann lehnte er sich weit in den Schacht und schaute sich zwei Stellen aus, wo er sicher weitere Felshaken anbringen konnte, einen rechts des Durchlasses, einen links davon. Als er zwei Positionen festgelegt hatte, die ihm tauglich schienen, machte er sich daran, die Haken mit dem Hammer in den Fels zu treiben.

Der Ton, den das Werkzeug auf dem Haken verursachte, wurde mit jedem Schlag heller und höher: ein gutes Zeichen. An diesen zwei Befestigungen konnte er sich leicht mindestens eine Seillänge hinunterlassen, also hakte er sich aus seinem Provisorium aus und hängte sich in den Abseilachter ein. Er nahm ein weiteres aufgerolltes 60-Meterseil und hängte es hinten an seinen Klettergurt. Schließlich griff er sich noch einige Fels- und Klemmhaken, befestigte sie an den dafür vorgesehenen Ösen und steckte noch den Hammer in das Holster. Dann trat er rückwärts an den Rand des Betonrahmens und ließ sich mit den Beinen am Schachtrand abstützend Meter für Meter nach unten. Dabei leuchtete er mit seiner Stirnlampe jeden Quadratmeter der Schachtwand ab. Nach etwa 40 Metern vorsichtigen Abseilens, als er schon überlegte, wieder Haken in die Wand einzubringen und auf das zweite Seil umzusteigen, trat sein rechtes Bein ins Leere! Einen Moment war er unaufmerksam gewesen und hatte nicht bemerkt, dass er den nächsten Querstollen erreicht hatte. Mangels Widerstand an den Beinen knallte er mit dem Oberkörper gegen den Betonsturz der Schachtöffnung, verlor die Kontrolle über das Bremsseil, das er mit der rechten Hand führte, und rauschte an dem Stollen vorbei etliche Meter nach unten. In letzter Sekunde bekam er das Bremsseil wieder zu fassen, packte kräftig zu und riss es mit Gewalt nach unten. Abrupt endete sein Sturz und die Gurte schnitten ruckartig und schmerzhaft in seine Leiste und die Achselhöhlen. Vollkommen außer Atem verweilte er einige Minuten in dieser Position, bis er nachsah, wie lang das Ende des Seiles noch war, das er in der rechten Hand hielt. Knappe anderthalb Meter waren ihm geblieben, danach wäre das Ende durch den Abseilachter gerutscht und er hätte etwa 400 Meter im freien Fall zurückgelegt!

Noch einmal atmete er tief durch, wischte sich mit dem linken Ärmel den Schweiß aus der Stirn, kletterte mühsam zu dem Stollen nach oben und wälzte sich durch den Betonrahmen. Auf dem kalten Boden blieb er zunächst einige Momente tief atmend liegen und dankte Allah für sein schützendes Eingreifen. Dann hakte er sich aus, band das Seil locker um einen Eisenstift, der aus dem Felsen ragte, und schaltete seine Taschenlampe ein.

Entgegen dem Raum von dem aus er sich abgeseilt hatte, war die Kammer, in der er sich jetzt befand, nur geringfügig größer als der Stollen, der sich zu beiden Seiten in der Dunkelheit verlor. Auch war hier außer bei der Öffnung zum Schacht hin kein Beton verbaut worden, die Wände bestanden aus nacktem Fels. Nach wenigen Metern ließen die Spuren am Gestein vermuten, dass es sich nicht um einen reinen Zugangsstollen handelte, sondern dass hier bereits Erz abgebaut wurde. Die Öffnung im Fels war unregelmäßiger, mal schmal, dann wieder sehr breit. Scharfe Biegungen und zig Meter hohe, zum Teil mehrere Meter breite Spalten zeigten an, dass beim Abbau dem natürlichen Verlauf des Silberflöz gefolgt worden war. Eigentlich entsprach das nicht der Umgebung, in der er das Objekt seiner Suche zu finden vermutete. Er hatte eher mit gemauerten oder betonierten, bunkerähnlichen Räumen gerechnet. Aber da auch nach etwa 150 Metern der Boden immer noch eben und relativ breit war, was ihm für die Arbeiten, die irgendwo hier unten stattgefunden haben mussten, unumgänglich erschien, suchte er weiter.

Aufmerksam leuchtete er die Wände ab und drang in die kleineren Tunnel ein, die gelegentlich von dem Hauptgang wegführten. Allah sei Dank waren die Gänge nicht labyrinthartig verzweigt, denn, das musste er an der ersten Abzweigung erschrocken feststellen, die Rolle mit 300 Meter Anglernylon, die er schon am Samstag besorgt hatte, lag oben in seinem Wagen. Stunde um Stunde verging, bis er sich sicher war, dass in diesem Teil des Stollensystems nichts zu holen war. Er zog seinen Plan aus der Jackentasche und strich diesen Teil, der mit „1. Sohle" bezeichnet war, mit Bleistift aus. Dann überlegte er, welcher Systematik er bei seiner Suche in den folgenden Nächten folgen sollte. Würde er so vorgehen wie bei den Tauchgängen, würde er zuerst die leicht zugänglichen Teile untersuchen. In diesem Fall würde das bedeuten, dass er auf der ersten Ebene, auf der er sich jetzt befand, jenseits des Hauptschachtes weitermachen müsste. Aber beim Studieren des Plans entschied er sich anders, denn auf der anderen Seite führten die Stollen zunächst nicht in eine Sackgasse, sondern trafen auf einen weiteren Schacht. Das wäre seiner Meinung nach der Effizienz der Anlage nicht förderlich gewesen. Er vermutete, dass die Räume nur über einen einzigen Aufzug zu erreichen und am Ende einer Sackgasse gelegen waren, um einerseits einen unkomplizierten Zugang, andererseits aber eine einfache Absicherung zu garantieren. Deswegen schloss er die Stollen, die auf dem Plan links vom Hauptschacht lagen, zunächst aus. Für ihn bedeutete das, dass er sich diesseits des Schachtes nach unten arbeiten würde. Morgen würde er also den mit „2. Sohle" beschrifteten Stollen in Angriff nehmen.

Er faltete den Plan zusammen, ging zielstrebig zurück zum Schacht und kletterte an dem Seile wieder nach oben zum Zugangsstollen. Dort nach äußerst kraftraubenden zehn Minuten angekommen, hatte er sich bereits dazu entschieden, am morgigen Tag zwei Flaschenzüge und noch mindestens vier 100 Meter Stücke Seil zu besorgen. Dann könnte er sich relativ leicht selbst nach oben ziehen. Da das Seil dann vierfach umgelenkt würde, müsste die Strecke allerdings in zwei Etappen zurückgelegt werden. Trotzdem würde der Aufstieg, der ja dann schätzungsweise doppelt so lang war wie heute, etwas einfacher und bequemer vonstattengehen. Den Kopf voller Gedanken und Pläne lief er im Schein seiner Stirnlampe in Richtung Ausgang.

Als Sarah am Montagmorgen ihr Laptop hochfuhr, hatte sie endlich eine Mail von der japanischen Botschaft in Berlin, die ihr einen Kommissar Masao Gonda als Ansprechpartner bei der Polizeibehörde von Takarazuka nannte. Der Hinweis in Klammern, dass Herr Gonda recht gut Deutsch sprach, stimmte Sarah zuversichtlich auf die heute folgenden Telefonate.

Ihr Englisch war zwar passabel, was den Alltagsgebrauch anging, als fließend oder gar verhandlungssicher sah sie es aber bei weitem nicht an. Dass sie in der Lage gewesen wäre, die Sachlage und die Fragen, die sie noch hatten, wirklich treffend mit den korrekten Fachausdrücken wiederzugeben, glaubte sie keinesfalls.

Dies war wieder einer der Momente, in denen sie ihre humanistische Bildung verfluchte. Latein als erste Fremdsprache war ja noch zu akzeptieren. Aber dass ihre Eltern darauf bestanden hatten, als Zweitsprache Altgriechisch zu wählen, würde sie ihnen nicht verzeihen. Als wäre das noch nicht genug, hatte sie viel mehr Energie und Geld für Kurse und Auslandsaufenthalte aufgebracht, um Französisch zu lernen, anstatt ihre nicht sehr weitreichenden Englischkenntnisse aufzubessern. Um ihr fast perfektes Französisch war sie heute sehr froh, aber ihre gravierenden Lücken in der angelsächsischen Sprache empfand sie als unentschuldbares Manko. Und da sich die Arbeit mit einem Dolmetscher in der Regel sehr mühsam und vor allem zeitaufwändig gestaltete, hoffte sie inständig, dass ihr die Dame aus der Botschaft, deren Mail mit Kimi Matsako unterzeichnet war, nicht zuviel versprach. Angesichts des fehlerfreien Schriftdeutsch, das Sarah vor sich sah, traute sie ihr aber eine realistische Einschätzung durchaus zu.

Im weiteren Verlauf der Mitteilung berichtete Kimi Matsako, dass sämtliche Unterlagen, die sie am Freitag von Sarah erhalten hatte, bereits an Masao Gonda weitergeleitet worden waren, und sicherte die uneingeschränkte Kooperation zu, wobei sie sich selbst als erste Ansprechpartnerin empfahl, wenn es um diplomatische und nicht um polizeiliche Auskünfte ginge. Zu guter Letzt hatte sie sogar darauf hingewiesen, dass Japan in der Zeitzone UTC+9 lag, folglich der Zeitunterschied zu Takarazuka sieben Stunden betrug, da Japan auf die Schaltung der Sommerzeit verzichte. Japanische Gründlichkeit. Sarah fand im Verteiler der Mail nur sich selbst, also leitete sie diese an Thomas und die anderen Ermittler unter dem Betreff: „Zur Info“ weiter und machte danach zwei Ausdrucke, von denen sie einen mitten auf den gegenüberliegenden Schreibtisch legte.

Dann setzte sie sich auf ihren Bürostuhl und begann zu grübeln. Wie sollte sie sich Thomas gegenüber verhalten? Was sollte sie ihm sagen? Wie würden sie beide miteinander umgehen? Nachdem er Samstagnacht sehr spät gegangen war, hatte sie den ganzen Sonntag über mit einer großen inneren Unruhe und Unsicherheit auf ein Zeichen von ihm gewartet. Immer, wenn sie die Spannung nicht mehr aushalten konnte, hatte sie zum Telefon gegriffen und seine Nummer gewählt, jedoch jedes Mal bevor sein Apparat klingeln konnte, wieder aufgelegt. Die Zerrissenheit und Ratlosigkeit hatte sie fertig gemacht. Sie war so angespannt, dass ihr beim Ausräumen der Spülmaschine zwei Gläser und ein Dessertteller entglitten waren, alle drei Teile gingen auf den Fliesen des Küchenbodens zu Bruch. Als sie sich dann auch noch beim Aufheben der Scherben einen tiefen Schnitt am linken Daumen zugezogen hatte, war sie derart mit den Nerven am Ende, dass sie sich mit einer Tafel Ritter Sport Vollmilch-Nuss in ihr Bett zurückgezogen hatte und leise das ein oder andere Taschentuch vollschniefte. Natürlich nicht, ohne das Telefon in Reichweite zu stellen, nach dem sie regelmäßig voller Hoffnung schielte.

Irgendwann am Nachmittag hatte sie sich wieder gefangen und ihre Traurigkeit war in Wut umgeschlagen. Es war ja schließlich nicht ihre Schuld gewesen. Alles war perfekt gewesen. Sie konnte nichts dafür, es war Thomas' Schuld. Aber auch diese Wut war bis zum Abend verflogen, und als sie sich für das Bett fertig gemacht hatte, war ihr seelisches Gleichgewicht wieder hergestellt und ihr Emotiosbarometer hatte sich bei „neutral“ eingependelt.

Allerdings hatte sie von diesem Moment an nur noch darüber sinniert, wie wohl das Zusammentreffen am nächsten Morgen aussehen möge. Würde sie in der Lage sein, die Situation zu meistern? Konnte sie, emphatisch wie sie sonst war, die richtigen Worte finden, um das, was sich in den letzten Tagen und Wochen zwischen ihr und Thomas entwickelt hatte, zu retten? Sie hoffte es inständig! Und als sie sich gerade zum hundertsten Mal ein entsprechendes Szenario vorgestellt hatte, betrat Thomas das Büro, und obwohl sie sich so gut versucht hatte, vorzubereiten, schlug ihr auf einmal das Herz bis zum Hals! Ihre Strategie sah ein zurückhaltendes „Guten Morgen, Thomas“ vor, das sie auch einigermaßen neutral und ohne den Anklang eines Vorwurfes herausbrachte. Thomas, auf dessen Gesicht sie einen kleinen Anflug von verhaltener Freude glaubte erkennen zu können, mied den Augenkontakt und ging Richtung Garderobe.

Guten Morgen, Sarah. Und, gibt es schon was Neues?

Das war so in etwa die Reaktion, die Sarah erwartet hatte. Manchmal war er doch einfach nur typisch Mann. Sie nahm sich vor, das Gespräch zunächst auf der sachlich professionellen Ebene weiterzuführen, auf die er sich flüchtete. Gib ihm die Zeit, die er braucht, um wieder etwas Nähe aufzubauen, sagte sie sich und antwortete deswegen so betont normal wie nur eben möglich:

Ja, wir haben einen Ansprechpartner in Takarazuka, ein gewisser Kommissar Masao Gonda, mit dem wir, wenn die Dame aus Berlin Recht behält, sogar deutsch sprechen können.

Das ist doch schon mal was.

Er brachte es immer noch nicht fertig, ihr in die Augen zu schauen, sondern überflog die Mail, die Sarah ihm ausgedruckt hatte. Ich habe eine SMS von Karen erhalten. Die Vier sind, wie am Freitag besprochen, unterwegs zu ihren Befragungen bei den selektierten Unterkünften. Sie wollen sich melden, wenn sie auf etwas stoßen.

Schön, sagte Sarah.

Ja, das ist gut, erwiderte Thomas.

Sehr gut, echote sie.

Bevor Sarah die Spannung, die sich in der peinlichen Stille danach aufbaute, mit einer ihrer wohlüberlegten Einstiege in das Thema, das zwischen ihnen stand, entschärfen konnte, ergriff Thomas wieder das Wort. Zu Sarahs Enttäuschung allerdings, schnitt er „es“ nicht an.

Wieviel Uhr ist es denn jetzt in Japan?

Eine rhetorische Frage, hatte er doch gerade eben gelesen, dass sie dort sieben Stunden weiter waren.

15.23 Uhr, antwortete Sarah mit einem deutlichen Zeichen ihres Kopfes in Richtung der Funkuhr, die über der Tür hing, acht plus sieben.

Ja, richtig.

Thomas war sich der Banalität ihres Dialoges angesichts des Vorfalles Samstagnacht mehr als bewusst, schaffte es jedoch nicht, in das Gespräch einzusteigen. Sarah ließ ihn. Nach weiteren Augenblicken der Stille entschloss sie sich, das Spiel mitzuspielen und ihm später entweder eine Brücke zu bauen, oder aber ihn direkt darauf anzusprechen.

Ok, dann wollen wir Herrn Gonda mal anrufen und schauen, was er uns so zu sagen hat, sagte sie, griff nach dem Hörer und wählte die Nummer.

Doch als nach langem Klingeln endlich eine Stimme aus dem Lautsprecher drang, den Sarah inzwischen eingeschaltet hatte, sprach die Person zunächst nur Japanisch, um dann in einem alles andere als gut verständlichen Englisch mitzuteilen, dass Masao Gonda nicht im Hause sei.

Dann probieren wir es eben morgen, kommentierte Thomas, nachdem Sarah aufgelegt hatte.

Er hatte ja auch eine ganze Menge zu lesen heute Vormittag.

Der Mann saß an seinem provisorischen Schreibtisch und notierte konzentriert, was er heute noch alles zu organisieren hatte. Das Wichtigste war, dass Nassira so schnell wie möglich zu ihm kam, um ihm bei der Planung des Vorhabens zu helfen. Auch wenn er bei seiner Suche noch nicht zum Abschluss gekommen war, war er sich nun sicher, dass sein Unternehmen von Erfolg gekrönt sein würde. Er startete den Laptop, und während dieser hochfuhr, griff er zum Handy. Er benutzte das Gerät bedenkenlos, da sein Ursprung vollkommen legal war und es weder ihm noch seiner Organisation oder auch nur der arabischen Welt zugeordnet werden konnte. Er war von der Sicherheit der Leitung überzeugt. Auswendig wählte er die Nummer eines Handys, das in der Türkei angemeldet war. Der Besitzer befand sich in Esenyurt, einer Stadt unweit von Istanbul in einem unauffälligen Büro. Seine Aufgabe war, Personen und Material für die verschieden Aktivitäten in Europa zu organisieren und zu koordinieren. Diesen Ort hatte sich die Führung ausgewählt, weil die Türkei zum einen genügend Freizügigkeit bot, um nicht Gefahr zu laufen, entdeckt zu werden. Zum anderen war es ein Leichtes, Dinge im Land zu besorgen, die in Westeuropa aufzutreiben unmöglich gewesen wäre. Außerdem war das Land sowohl geografisch als auch politisch eine Brücke zwischen Asien und Europa. Dieser Umstand machte es möglich, solche Dinge, die selbst in der Türkei nicht aufzutreiben waren, über grüne Grenzen zu Syrien, Irak oder Iran unentdeckt und unbehelligt ins Land zu bringen. Von der Türkei aus hatten sich dann mehrere kleine Grenzübergänge nach Bulgarien bewährt, um unkontrolliert Sendungen weiterzuschleusen. Der Verlockung des Geldes war ein kleiner Grenzbeamter schnell erlegen, und sollte man im Guten keinen Erfolg haben, wurde auch schon mal ein Foto von Ehefrau oder Kindern verschickt. Ohne Kommentar und mit den besten Grüßen. Die Kooperationsbereitschaft war dann meist sehr schnell erreicht. Nur einmal musste man tatsächlich etwas nachdrücklicher werden. Da man den kleinen Sohn des betreffenden Grenzers aber wie versprochen unversehrt und mit der zuvor angebotenen Summe Geld nach Hause geschickt hatte, war daraus eine verlässliche Zusammenarbeit auf Dauer geworden. Allerdings wurden auch solche Verbindungen nicht überstrapaziert. Man wechselte für den Grenzübertritt immer Ort, Zeit und auch Helfer. Einmal in Bulgarien war der Rest des Weges nur noch reine Formsache.

Das Büro war einigermaßen karg eingerichtet. Einige billige Stahlschränke an den Wänden, die meisten Aktenorder, die sich darin befanden, waren leer. Auf einem schäbigen Sideboard stand eine alte Kaffeemaschine, die, da sie gerade durchgelaufen war, leise vor sich hin röchelte. Die abgewetzte Sitzgarnitur um den erstaunlich chic wirkenden Glastisch war wenig einladend. Ein Standventilator, der in der Ecke des Raumes eintönig oszillierte, sandte immer, wenn er sich vorbeidrehte, einen kühlen Lufthauch über den das Büro dominierenden Schreibtisch. Auf dem Computermonitor, der auf eben diesem stand, war ein unspektakulärer Bildschirmschoner bei der Arbeit.

Ahmed, so hieß der Besitzer des Handys, saß in seinem Bürostuhl und hatte die Füße auf der Tischplatte vor sich liegen. Mit einem Smith&Wesson Einhandmesser reinigte er seine Fingernägel und verfolgte das Vormittagsprogramm von Al-Dschasira auf dem großen Samsung Flatscreen, der an der gegenüberliegenden Wand angebracht war. Er hatte im Moment nichts weiter zu tun als zu warten.

Die Vorräte, die in der hinter einem hohen Aktenschrank verborgenen Kammer lagerten, waren aufgefüllt. In dem Versteck waren die eher alltäglichen Dinge untergebracht: Nicht registrierte Handys, zwei ältere Laptops, gefälschte Ausweisrohlinge, in die nur ein entsprechendes Foto eingebracht werden musste, aber auch Handfeuerwaffen, Munition, kleinere Mengen Plastiksprengstoff, Zünder. Sogar eine Kalaschnikow AK-74 und rund 1000 Schuss passender Patronen im Kaliber 5,45 x 39 Millimeter lagen seit einiger Zeit in dem Versteck. Es war in der letzten Zeit kaum etwas von den Beständen abgerufen worden. Und außergewöhnliche Dinge wie Fahrzeuge, Raketenwerfer, Panzerfäuste, Haftminen oder größere Mengen Sprengstoff organisierte er sowieso nur auf Anweisung. On demand, sozusagen.

Als jetzt eines der fünf Handys, die sauber aufgereiht auf dem Schreibtisch vor ihm lagen, anfing, lautstark zu klingeln und vibrierend über die Tischplatte zu wandern, zuckte Ahmed derart zusammen, dass er sich mit dem scharfen Messer in den kleinen Finger stach, wo er gerade ein besonders hartnäckiges Stückchen Dreck unter dem Nagel versucht hatte abzukratzen. Laut fluchend warf er das Messer auf den Tisch, um in der Schreibtischschublade nach einem Tempotaschentuch zu suchen. Er fand eine ungeöffnete Packung, und versuchte, sie mit seiner linken Hand und seinen Zähnen zu öffnen, während er mit seiner Rechten das lärmende Handy einfing. Als ihm beides gelungen war und er seinen kleinen Finger in das gefaltete Taschentuch drückte, nahm er den Anruf entgegen.

Ahmed!, sagte er nur knapp.

Der Anrufer meldete sich nicht mit Namen, aber das war auch nicht notwendig, denn es gab zu jedem der Handys nur eine Person, welche die Nummer kannte.

Es ist fast soweit!, sagte der Anrufer.

Ich brauche jetzt zunächst Nassira hier bei mir! Und die anderen sollen sich auch bereit machen!

Dann hat sich alles als zutreffend erwiesen?, wollte Ahmed wissen.

Alles, was ich bisher gefunden und herausgefunden habe, stimmt mit dem, was Morimura gesagt hat, überein. Auch wenn ich noch nicht am Ende angelangt bin, es ist nur noch eine Frage der Zeit!

Ahmed hatte nur sehr vage Informationen die Unternehmung betreffend, aber er hatte die Anweisung, den Anrufer in allem zu unterstützen, egal was das auch sei.

Ok, ich gebe Nassira Bescheid! Muss sie etwas mitbringen?, fragte er.

Die Antwort des Anrufers kam prompt:

Nein, was wir benötigen, steht noch nicht fest. Die anderen können dann mitbringen, was wir hier noch brauchen. Ist der Transporter organisiert?

Ahmed dachte an den gestohlenen, relativ neuen 7,5 Tonner, der gerade in der Werkstatt seines Vertrauens umgespritzt und so in die perfekte Doublette eines bulgarischen Gemüseexporteurs verwandelt wurde. Sogar die Nummernschilder würden dem Original entsprechen und jeder selbst nicht nur oberflächlich durchgeführten Kontrolle standhalten. Die doppelte Rückwand war schon eingepasst und konnte gleich, nachdem die Ausrüstung verladen sein würde, eingebaut werden.

Ja, schätzungsweise morgen steht er zur Verfügung, antwortete er dem Anrufer.

Ok, das reicht auf jeden Fall, sagte dieser zufrieden.

Es wird einige Tage dauern, bis wir ihn hier benötigen. Sowie ich durchgegeben habe, was uns noch fehlt, sollen sich die Anderen auf den Weg machen. Wenn hier alles so weit ist, kann ich jede Hand gebrauchen!

In Ordnung, entgegnete Ahmed.

Sobald ich die Flugdaten von Nassira habe, gebe ich sie per E-Mail durch.

Bestens!, raunte der Anrufer.

Sonst noch etwas?, fragte Ahmed.

Das war es für den Moment. Ich melde mich!

Ein lautes Klicken in der Leitung sagte Ahmed, dass der Anrufer das Gespräch unterbrochen hatte. Ahmed legte das Handy zurück an seinen Platz. Dann rüttelte er an der Maus, um den Bildschirmschoner auszuschalten und sah zuerst nach Flügen von Istanbul nach Basel, Zürich oder Karlsruhe. Als er eine passende Verbindung gefunden und online gebucht hatte, griff er wieder zu dem Handy und wählte die Nummer von Nassira, um sie von ihrer bevorstehenden Reise zu unterrichten.

Um kurz nach halb vier parkten Sarah und Thomas vor dem Blue Ocean Tauchcenter. Diesmal stand das große Werkstatttor weit offen. Drinnen waren ein etwa 30-jähriger und ein um die 50 Jahre alter Mann damit beschäftigt, Tauchflaschen verschiedener Größen mit einer Liste abzugleichen und sie mit einem Aufkleber zu versehen, um sie dann in einen roten Lieferwagen zu laden, der vor dem Tor auf dem Parkplatz stand. Sarah vermutete, dass es sich bei dem jüngeren Mann um Dennis Bühler handeln musste. Der Ältere war sicher der Mann der Geschäftsführerin. Da sie zunächst noch mit Frau Jablanski alleine sprechen wollten, störten sie die beiden nicht und gingen durch den Eingang an der Seite ins Büro. Die Gesuchte saß hinter dem Schreibtisch und war mit dem Computer beschäftigt.

Ah, Frau Hansen, Herr Bierman, hallo!, begrüßte sie die beiden Polizisten, haben Sie die Unterlagen bekommen? Hat Ihnen das weitergeholfen?

Das hat es allerdings! Danke nochmals!, sagte Sarah.

Zwei Sachen noch bevor wir Herrn Bühler befragen. Erstens, ist Ihnen denn noch etwas eingefallen, wovon Sie glauben, dass es erwähnenswert ist?

Leider nein, schüttelte die Tauchlehrerin den Kopf, ich habe alles nochmal Revue passieren lassen, aber nein, da ist nichts.

Macht nichts, entgegnete Sarah, ist ja schon eine Weile her. Das Zweite: was haben Sie Herrn Bühler denn bis jetzt gesagt?

So wie besprochen: nur, dass Sie heute kommen und ihm ein paar Fragen bezüglich seiner Vertretungen hier im Laden stellen wollen. Er weiß nicht, dass Sie in einem Mordfall ermitteln.

Sie war aufgestanden und ging Richtung Tür.

Soll ich?

Thomas nickte aufmunternd und kurz darauf kam sie mit den beiden Männern wieder in das Büro und stellte die Beamten, Dennis Bühler und ihren Mann gegenseitig vor.

Kommen wir gleich zur Sache, begann Thomas.

Sie waren in der Zeit, als Ihre Chefs segeln waren, des Öfteren hier im Shop vertretungsweise für den Verkauf und den Verleih von Ausrüstung zuständig.

Das war keine Frage sondern eine Feststellung.

Der Grund, warum wir ausgerechnet Sie sprechen wollen, ist folgender: Sie haben den Unterlagen zufolge am 14. April eine geliehene Ausrüstung zurückgenommen, für deren Mieter wir uns sehr interessieren. Das hier, er zeigte Herrn Bühler die Kopie der

Rücknahmebestätigung, ist die Ausrüstung, um die es ging. Der Mieter war, wie Sie hier sehen können, Shigeru Morimura und er hat in den Wochen zuvor regelmäßig zwei Flaschen mit Nitrox befüllen lassen. Können Sie sich an Herrn Morimura erinnern?

Dennis Bühler, der aufmerksam zugehört hatte, nickte.

Ja, das kann ich, ich habe ihn einige Male gesehen, wenn ich hier Dienst hatte. Er sprach so ein gebrochenes Englisch, dass ich ihn nur schwer verstehen konnte.

Sie erinnern sich! Das ist sehr gut, fuhr Sarah fort.

Die erste Frage, die uns interessiert, hat er die Ausrüstung selber zurückgegeben oder tat das eine andere Person?

Der Angesprochene dachte kurz nach. Dann schien er sich sicher.

Nein, er hat sie selbst zurückgebracht.

Warum wissen Sie das so genau?, hakte Thomas nach.

Nun, Ihre Frage hatte mich schon etwas verwundert, weil ich dachte, dass Sie vielleicht wissen, dass auch sein Freund, mit dem er kam, immer zwei Flaschen Nitrox geholt hat. Dieser hätte die Sachen ja tatsächlich ebenso zurückbringen können. Aber ich bin mir hundert Prozent sicher, dass sie am 14. beide da waren, Morimura hat die komplette Ausrüstung zurückgegeben und sein Freund seine beiden geliehenen Flaschen.

Thomas und Sarah fielen beinahe die Kinnladen nach unten. Völlig sprachlos schauten sie ruckartig Richtung Frau Jablanski, die sofort eine defensive Haltung einnahm, die Schultern zuckte und ganz schnell ihre Erklärung vorbrachte:

Als wir noch hier waren, kam er immer alleine, das kann ich beschwören!

Thomas und Sarah, die erkannt hatten, wie vorwurfsvoll ihre Blicke auf sie gewirkt haben mussten, beschwichtigten umgehend.

Sie müssen entschuldigen, sagte Sarah, aber diese Nachricht hat uns jetzt natürlich sehr überrascht. Hätte Herr Bühler uns nicht derart auf dem falschen Fuß erwischt, wäre uns natürlich klar gewesen, dass Sie uns, so toll wie Sie bisher geholfen haben, einen solchen Zusammenhang mitgeteilt hätten.

Die Tauchlehrerin, sichtlich erleichtert, lächelte bereits wieder und Herr Bühler griff den Faden auf.

Die ersten Male kam Herr Morimura noch alleine, aber gegen Ende der ersten Vertretungswoche tauchte dann der Andere auf. Da sie immer gemeinsam kamen und sich auch unterhielten, nahm ich an, dass es ein Freund sei.

Können Sie den Mann beschreiben?, fasste Sarah nach.

Oder zunächst: hat Morimura die Utensilien für ihn ausgeliehen oder hat er sich selbst ausgewiesen, um...

Ich kann Ihnen, wenn Sie wollen, die vollständigen Unterlagen raussuchen, unterbrach Dennis Bühler lächelnd.

Er hatte schnell verstanden, worum es bei dem Besuch der beiden Ermittler ging.

Er hat die Sachen auf seinen Namen gemietet.

Diese Worte hörten Sarah und Thomas nun schon zum zweiten Mal, und genau wie die Tage zuvor, konnten sie ihr Glück kaum fassen.

Im weiteren Verlauf der Befragung erfuhren sie weitere Details. Der Fremde kam am Mittwoch der letzten Märzwoche zum ersten Mal gemeinsam mit Shigeru Morimura in den Tauchcenter. Dann, das konnte durch den Abgleich der Verleihlisten festgestellt werden, kamen sie immer zur gleichen Zeit und stellten auch am gleichen Tag, dem Montag in der ersten Aprilwoche, von 40% auf 30% Nitrox um. Der mysteriöse Freund war wie Morimura PADI-zertifiziert und verfügte offensichtlich über eine eigene Ausrüstung, da er sich nur die Flaschen geliehen hatte. Nach der Einschätzung von Dennis Bühler sprach er sehr gepflegtes British English, war in seiner ganzen Art zuvorkommend höflich und hatte überhaupt sehr gute Umgangsformen. Insgesamt machte er auf ihn einen sehr gebildeten Eindruck. Auf Nachfrage von Thomas bezüglich seiner Statur bezeichnete ihn Herr Bühler als auffallend athletisch. Die Kopie des Reisepasses, die er nach einigem Suchen herausgelegt hatte, wies den Inhaber als Robert Isaak Fowley, britischer Staatsbürger, wohnhaft in Rugeley, Staffordshire aus. Größe

1,93 Meter, Haarfarbe schwarz, Augenfarbe dunkelbraun. Diese Angaben wurden von dem Passbild bestätigt, von dem aus Mr. Fowley, der einen relativ dunklen Teint zu haben schien, die Betrachter mit einem sehr durchdringenden Blick anstarrte.

Sarah beschlich ein unangenehmes Gefühl. Ob es daran lag, dass dieser Mann nun zum Hauptverdächtigen in ihrem Mordfall geworden war, konnte sie nicht ergründen, aber die Erscheinung flößte ihr mehr als nur Respekt ein. Mit dem Mann auf dem Foto hätte sie definitiv keinen Streit haben wollen. Nachdem sie und Thomas das Bild eine Weile schweigend betrachtet hatten, stellte Thomas noch ein paar weitere Fragen bezüglich Auffälligkeiten im Verhalten, besonders zwischen Morimura und Fowley, und auch mit welchen Fahrzeugtypen die beiden jeweils in das Tauchcenter kamen, um die Ausrüstung abzuholen. Immerhin konnte sich Herr Bühler vage an irgendein Golf-Klasse Auto erinnern, vermutlich eine Marke aus Fernost, und zumindest hatte er irgendwie das Gefühl, ein Münchner Kennzeichnen vor seinem geistigen Auge zu sehen. Damit war ziemlich sicher, dass es sich um einen unauffälligen Mietwagen von Sixt handelte, was die Ermittlungen nicht weiterbrachte. Zudem war Morimura ja bereits identifiziert. Fowley, da war sich Herr Bühler sehr sicher, war immer bei Morimura mitgefahren und, zumindest wenn er im Shop die Vertretung machte, kein einziges Mal mit einem eigenen Fahrzeug aufgetaucht. Sofort spekulierte Sarah, ob das ein Zufall war oder Fowley ganz bewusst keine Hinweise hinterlassen hatte. Sie verwarf aber den Gedanken sofort, schließlich hielten sie ja eine Kopie seines Reisepasses in Händen.

An der abwesenden Art, in der Thomas noch einige abschließende Fragen stellte, merkte sie, dass er jetzt eigentlich darauf brannte, ins Büro zu fahren und die Identität von Robert Isaak Fowley durch die britischen Behörden überprüfen zu lassen, gegebenenfalls bei den Kollegen ein Verhör oder eine Festnahme zu erwirken.

Die Spannung, die auch sie nach Aushändigung der Reisepasskopie überkommen hatte, war Thomas deutlich anzumerken.

Nach einer kurzen Verabschiedung und dem erneuten Hinweis an alle Anwesenden, über die Angelegenheit Stillschweigen zu bewahren, stiegen Sarah und Thomas wieder in den ML, Sarah auf der Fahrerseite, er rechts neben ihr, wie immer, wenn sie gemeinsam unterwegs waren.

Plötzlich kam Sarah ein Gedanke.

Möchtest du vielleicht lieber fahren?

Mit fragender Miene schaute er sie von der Seite an.

Warum sollte auf einmal ich fahren wollen?

Wie sollte sie das nun formulieren? Ganz vorsichtig wagte sie einen Vorstoß:

Naja, vielleicht findest du es... komisch... immer von mir durch die Gegend kutschiert zu werden? Ich habe einfach nie darüber nachgedacht...

Thomas schaute sie mit leicht geöffnetem Mund an. Sarah konnte erkennen, dass er angestrengt ihre Worte zu interpretieren versuchte und sie hatte auf einmal Panik, ob sie nicht einen großen Fehler begangen hatte. Du törichtes kleines Ding, sagte sie zu sich selbst. Diese billige Farce durchschaut er doch, selbst, wenn er im Koma läge!

Tatsächlich ließ er auf einmal mit einem lauten Schnauben den Kopf nach vorne fallen und schüttelte ihn resigniert. Dann fixierte er einen imaginären Punkt am Stoffdach des Mercedes und atmete ein paar Mal tief durch. In ängstlicher Erwartung saß Sarah neben ihm und wagte kaum, sich zu rühren. Dann sah Thomas mit einem leicht traurigen Blick zu ihr.

Glaubst du wirklich, dass es so einfach ist? Dass ich so simpel gestrickt bin?

Seine Augen blieben an ihr haften, und irgendwie schaffte sie es, seinem Blick standzuhalten. Immerhin glaubte sie erkennen zu können, dass er nicht böse auf sie war, sondern eher mit sich selbst zu ringen schien.

Nein, entschuldige, sagte sie, nachdem sie sich genau überlegt hatte, wie sie weiter an einer Klärung arbeiten konnte.

Das war dumm von mir. Mir hätte klar sein müssen, dass das der falsche Weg ist. Aber irgendwie muss ich doch an dich herankommen! Gib mir doch bitte eine Chance!

Thomas sah sie weiter an und schwieg. Aber sein Blick hatte nichts Abweisendes sondern eher etwas Flehendes. Sarah sah dies als Einladung und Aufforderung an, den ersten Schritt zu machen.

Das am Samstagabend, ich meine, das kann doch jedem mal passieren! Vielleicht war es nicht der richtige Zeitpunkt, nicht die richtige Atmosphäre oder vielleicht lag es ja auch an mir... ?

Was redest du da? Es war alles perfekt! Es war der perfekte Zeitpunkt! Der ganze Abend war perfekt! Die Stimmung war perfekt! Du... du warst perfekt! Ich habe mich noch nie vorher von einer Frau so angezogen gefühlt! Ich habe dich... begehrt... ich tue es immer noch, jetzt im Moment! Immer wenn wir zusammen sind! Alles an dir ist wunderschön, sexy, erotisch. Du warst bereit, ich war bereit! Da gab es einfach nichts, das... das... na ja, es gab keinen Grund, warum ich am Samstag nicht... keinen...

Jetzt mach dich doch nicht so fertig!, versuchte Sarah die Pause zu füllen, als er ins Stocken geriet.

Ich finde dich auch absolut begehrenswert! Ich fühle mich so stark zu dir hingezogen. Ich will so viel über dich erfahren! Wir haben doch alle Chancen! Wir brauchen halt nur noch mal ein bisschen Zeit und einen zweiten Anlauf! Und nur, weil du... weil... es... nicht geklappt hat, ist das doch lange kein Grund so niedergeschlagen zu sein und mir vor Peinlichkeit aus dem Weg zu gehen! Wie gesagt, das kann doch jedem passieren!

Das ist es doch nicht, sagte er leise.

Dass ich... nicht konnte, hat mich an dem Abend, wie du ja gemerkt hast, total aus der Fassung gebracht. Ich war niedergeschlagen und wütend auf mich selbst. Aber ich bin mittlerweile auch zu dem Schluss gekommen, dass ich das nicht überbewerten sollte. Es war halt so.

Er schwieg wieder für einige Augenblicke. Sarah legte so viel Verständnis in ihren Blick, wie sie nur eben konnte.

Was mich so fertig gemacht hat, ist, wie ich mit dir umgegangen bin. Dass ich so schnurstracks meine Sachen gepackt habe und davongerauscht bin. Dass ich dich einfach so habe stehen lassen. Dass ich mich den ganzen Sonntag herumgewunden und es nicht geschafft habe, dich anzurufen. Dafür schäme ich mich, darum habe ich solche Probleme, dir unter die Augen zu treten und normal mit dir zu reden.

Er schaute Sarah wieder mit diesem liebevollen Blick an, den sie schon ein-, zweimal zuvor registriert hatte.

Ich hasse mich dafür und es tut mir unendlich leid, wenn ich dich verletzt habe! Das will ich nie wieder tun!

Und in diesem Moment wurde Sarah klar, wie sehr sie ihn mochte und es tat ihr fast weh zu erkennen, wie sehr er sich selber im Weg stehen konnte. Auf der einen Seite sein Hang zum Perfektionismus, seine überragende Intelligenz und sein immenses Wissen, verbunden mit schier unmenschlichen Ansprüchen an sich selbst, auf der anderen Seite die tiefe emotionale Seite, ständig kontrolliert und unterdrückt und somit nicht geübt genug, um in Situationen wie der am letzten Samstag die Führung über sein Handeln zu übernehmen. Sie versprach sich selbst, ihm so viele Chancen wie nötig zu geben, um aus diesem Dilemma herauszukommen. Also legte sie ihre rechte Hand auf seine Wange, streichelte mit dem Daumen kurz sein Gesicht und sagte:

Schon gut. Ich bin froh, dass du mit mir geredet hast. Lassen wir uns einfach viel Zeit, ok?

Dann schenkte sie ihm noch ein Lächeln, bevor sie den Wagen startete und sie schweigend die Fahrt ins Büro antraten.

Sarah und Thomas betraten Gröbers Büro. Helen hatte sie kurz zuvor angemeldet, und der Ressortleiter hatte sie, entgegen seines sonstigen Verhaltens, sofort hereingebeten. Wie immer war die Atmosphäre im Büro des Vorgesetzten erdrückend. So modern und hell die Arbeitsplätze in der Polizeidirektion waren, so sehr hatte Gröber sich bemüht, sein eigenes Zimmer genau gegensätzlich zu gestalten. Das Ergebnis war ein mit dunklen Eichenmöbeln ausgestatteter Raum, der mit einem braunen Hochflorteppich ausgelegt war und muffig nach alter Kirchenbank roch. Mit dem Fenster im Rücken residierte Gröber geradezu klischeehaft hinter einem gigantischen, schweren Schreibtisch und war in den ersten Momenten nur als Silhouette zu erkennen.

Sie haben etwas Neues?, begann er und forderte die beiden Ermittler mit einer knappen Geste auf, Platz zu nehmen.

Das kann man wohl sagen!, antwortete Sarah und berichtete knapp und präzise von den sensationellen Fortschritten, die sie in den letzten Tagen gemacht hatten.

Wir haben nun Namen und Anschrift eines dringend Tatverdächtigen: Robert Fowley, wohnhaft in Großbritannien. Im Moment versuchen wir festzustellen, wie er ein- beziehungsweise ob er vielleicht wieder ausgereist ist. Bei sämtlichen Mietwagenfirmen läuft eine Anfrage, ob er einen Wagen genommen hat, für den Fall, dass wir ihn zur Fahndung ausschreiben, schloss sie ihren kurzen Vortrag ab, während Thomas die Farbkopie des Reisepasses auf den Stapel der Ermittlungsergebnisse legte. Gröber betrachtete die Dokumente eine Weile schweigend.

Ok, sagte er dann, das reicht meiner Meinung nach für einen internationalen Haftbefehl. Stellen Sie die Unterlagen in einem Kurzbericht zusammen, ich werde sofort zusehen, dass wir den richterlichen Beschluss dafür bekommen.

Thomas nickte in Richtung Gröber und sah dann zufrieden lächelnd zu Sarah hinüber.

Den Bericht haben Sie in 30 Minuten. Ich werde, sowie der Haftbefehl ausgestellt und an die Behörden in Großbritannien übermittelt wurde, mit den entsprechenden Stellen Verbindung aufnehmen und sie mit unseren Ermittlungen und Ergebnissen vertraut machen.

Gröber quittierte das mit einem Kopfnicken. Sein Blick haftete immer noch an der Kopie des Reisepasses. Plötzlich warf er das Blatt auf den kleinen Stapel mit den übrigen Papieren.

Bierman, sagte er und fixierte Thomas dabei, wenn Sie mit London sprechen, versuchen Sie doch, die Kollegen dazu zu bringen, Sie zu der Verhaftung und den Verhören einzuladen. Vorausgesetzt natürlich, Fowley hält sich in England auf und sein Aufenthaltsort kann ermittelt werden! Ich denke, Ihre Anwesenheit würde für uns auf jeden Fall von Vorteil sein.

Einer Verhaftung und den folgenden Befragungen in einem befreundeten Land beizuwohnen war zwar möglich, aber bei weitem nicht alltäglich. Im Allgemeinen hatte man dann den Status eines Gastes, ohne polizeiliche Befugnisse. Das bedeutete vor allem, das Festsetzen einer Person in sicherem Abstand zu beobachten, jedoch keinesfalls in irgendeiner Form, schon gar nicht mit der Waffe in das Geschehen einzugreifen. Für die folgenden Verhöre war es rechtlich möglich, die Funktion des Zuhörers dahingehend auszuweiten, dass mit dem Einverständnis der zuständigen Beamten auch Fragen gestellt werden konnten. Da solche Dienstreisen in der Regel mit Kosten verbunden waren, war es, soweit Thomas sich erinnern konnte, seit Gröber seinen Posten angetreten und damit auch die Kostenstellenverantwortung übernommen hatte, das erste Mal überhaupt, dass eine solche bilaterale Zusammenarbeit genehmigt, geschweige denn von ihm selbst initiiert wurde. Von einigen kleineren Aktivitäten mit den Kollegen aus Basel oder dem Elsass abgesehen. Thomas und Sarah war sofort klar, dass Gröber die Chance witterte, bei diesem Fall ein besonders helles Licht auf sich fallen zu lassen. Und die Zusammenarbeit mit den britischen Dienststellen und die Anwesenheit vor Ort verliehen diesem Fall zusätzlich Bedeutung und zeugte für die Behörde von außerordentlicher Professionalität.

Thomas lächelte:

Natürlich werde ich den englischen Kollegen irgendwie schmackhaft machen, mich hinzuzuziehen, es...

Wenn es so weit kommt, unterbrach Gröber, teilen Sie denen mit, dass Sie selbstverständlich zu zweit kommen werden. Sie nehmen Hansen mit.

Thomas stockte einen kurzen Moment. Dass er von diesem Fall so viel Prestige erwartete, hätte er nun doch nicht gedacht. Er blickte zu Sarah, die ihre Freude nur sehr schlecht verbergen konnte, und wandte sich wieder Gröber zu.

Selbstverständlich, sagte er mit ein wenig zu viel Respekt in der Stimme, als dass man dies hätte ernst nehmen können.

Gröber jedoch schien das nicht zu bemerken und griff nach einer Akte. Dies war das eindeutige Zeichen, dass die Audienz beendet war.

Noch am selben Nachmittag klingelte das Telefon in Sarahs und Thomas Büro.

England!, sagte Thomas zu Sarah hinüber, der eine 0044er-Nummer im Display angezeigt bekam.

Vor einigen Stunden hatten sie mit den Londoner Behörden telefoniert, die Berichte, Bilder und den internationalen Haftbefehl an entsprechende Stellen gefaxt. Man war verblieben, sich wieder mit den beiden in Verbindung zu setzten, wenn die Dokumente gesichtet und ein Verantwortlicher gefunden war. Thomas zog das Telefon zu sich und drückte die Lautsprechertaste am Apparat. Nachdem er sich gemeldete hatte, tönte die Stimme eines britischen Beamten aus dem Telefon, der sich mit eindeutig irischem Akzent als Christopher Mulling, Chief Superintendent des New

Scotland Yard vorstellte. Schon bei den vorangegangenen Gesprächen hatte Sarah festgestellt, dass Thomas fließend Englisch sprach, so als hätte er sich sein ganzes Leben in keiner anderen Sprache unterhalten. Sie selbst hatte einige Mühe, sowohl dem irischen Einschlag von Mulling, als auch Thomas' stark amerikanisch gefärbten Englisch zu folgen, war sich aber ziemlich sicher, alles zu verstehen.

Mulling, der bestens mit den Ermittlungsergebnissen der Freiburger Behörden vertraut schien, stellte eine Detailfrage nach der anderen, und im Verlauf des Gespräches wurde klar, dass er die ungeheuren Verdächtigungen, die sich aus den vorgelegten Dokumenten ergaben, ganz genauso einschätzte wie Thomas und Sarah. Als schließlich die Umstände des Todes von Shigeru Morimura genauer diskutiert wurden, und Thomas seine Theorie von einem geschulten Mörder einbrachte, enthüllte Mulling seinerseits Informationen über Robert Isaak Fowley, die von höchstem Interesse waren. Fowley war über Jahre hinweg beim Special Air Service, kurz SAS, der britischen Armee. Die in Credenhill stationierte Spezialeinheit, vergleichbar mit den amerikanischen Navy Seals oder den Deutschen KSK, operierte weltweit und galt als die bestausgebildete Gruppe der britischen Streitkräfte. Leider, so Mulling, unterlagen sämtliche Informationen, was Einsatzart und Ausbildung von Fowley anging, strengster Geheimhaltung, und das Militär war offensichtlich auch nicht gewillt, das selbstauferlegte Schweigen zu brechen. Lediglich die Information, dass er seit einigen Jahren Zivilist sei, ließen die Stellen verlauten.

Für die laufenden Ermittlungen warfen diese Informationen natürlich weitere Verdachtsmomente auf Fowley – nun war offiziell bestätigt, dass er körperlich in der Lage war, Morimura zu überwältigen und auch über die Technik verfügte, den Mord in der festgestellten Art und Weise zu begehen. Spätestens zu diesem Zeitpunkt war man sich einig, dass eine Festnahme angezeigt war, zu der Mulling Sarah und Thomas, ohne dass sie nachfragen mussten, einlud. Noch während des Gespräches suchte der

Mann von Scotland Yard im Internet nach Flügen für den nächsten Morgen und versprach, bis zum Eintreffen der beiden noch so viele Informationen wie möglich über Fowley zu besorgen. Beide Seiten drückten ihre Freude über das morgige Zusammentreffen aus, und das Gespräch wurde beendet.

So! Dann fliegen wir morgen in aller Frühe nach London!, sagte Thomas zu Sarah.

Und? Hast du jemanden, der Bacardi versorgt?

Der Mann zog einige letzte Knoten fest und ließ seinen selbstkonstruierten Personenaufzug mit den Flaschenzügen in die Tiefe rauschen, bis der Knoten im Seil einen weiteren Fall verhinderte. Nach seinen Berechnungen müsste das nun übriggebliebene Ende genau bis zu dem unteren Rollenblock reichen. Für den oberen hatte er wieder zwei Felshaken eingeschlagen, diesmal an der Schachtwand zu seiner Rechten. Jetzt bestückte er sein Klettergeschirr wieder mit einigen Karabinern, den zwei verbleibenden Rollenblöcken und dem extra langen Seil. Dann hakte er sich in seinen Abseilachter und vergewisserte sich, dass die Rolle mit dem Anglernylon am Rückenteil des Klettergurtes festgehakt war. Schließlich trat er an den Schacht und ließ sich auf konventionelle Weise an der Wand hinunter. Er achtete diesmal sorgsam auf die Wand, an die er die Füße stellte, denn ein weiteres Missgeschick wie jenes der letzten Nacht, das leicht in einer Katastrophe hätte enden können, wollte er um jeden Preis vermeiden.

Seine Rippen taten an der Stelle, wo er gegen den harten Betonrahmen getroffen war, immer noch weh. Auch seine Leiste musste er sich bei dem Sturz in den Klettergurt ziemlich gezerrt haben. Aber nachdem er festgestellt hatte, dass ihn beide Verletzungen nicht nachhaltig beeinträchtigten, setzte er zügig seinen Abstieg fort.

Wie er erwartet hatte, traf er einige Meter unterhalb des Einstiegs zur ersten Sohle auf das Ende seines Flaschenzuges. Er schwang zur rechten Schachtwand und richtete dort mittels zweier Haken und eines Karabiners die Sicherung für die zweite Stufe der Aufstiegshilfe ein. Dann zog er das zweite Seil durch die beiden Doppelrollen, hängte die obere in den Karabiner und ließ die zweite nach unten ab. Den Knoten, der das Durchrauschen verhindern sollte, hatte er schon zuvor in das Seil gewunden. Als die Konstruktion hing und er sich nochmals der Richtigkeit und Sicherheit aller Komponenten vergewissert hatte, ließ er sich weiter hinab.

Da er diesen Teil des Schachtes zum ersten Mal durchkletterte, ließ er dieselbe Sorgfalt walten, wie nachts zuvor für das obere Teilstück. Diesmal sichtete er den rechteckigen Durchstieg zur zweiten Sohle auch rechtzeitig, sodass er ein wenig nach links ausschwenkte und sich so weit nach unten abließ, bis er mit den Füßen den Boden betreten konnte. Dann sicherte er das Seil und hakte sich aus. Er griff nach seiner Taschenlampe und leuchtete um sich. Im Wesentlichen entsprach dieser Raum dem darüber liegenden, und trotz sehr penibler Inspektion der Wände konnte er keine Hinweise auf eine andere Nutzung finden als bei dem Raum, den er nachts zuvor erkundet hatte. Aber auch hier war der Boden des Abbaustollens, soweit er ihn mit seiner Taschenlampe ausleuchten konnte, sehr eben beschaffen. Also machte er sich daran, diesen Stollen, seine Kammern und Nebentunnel sorgsam zu erkunden.

Als Sarah und Thomas, nachdem sie wie alle anderen Passagiere die Einreise und Zollabfertigung am Flughafen Stansted hinter sich gebracht hatten, durch die automatische Schiebetür in die Ankunftshalle hinaustraten, sahen sie zugleich einen hochgewachsenen, etwa 50 Jahre alten Mann auf sich zu kommen.

Frau Hansen, Herr Bierman?, fragte dieser freundlich lächelnd und setzte, als Thomas und Sarah nickten und die Hände des Fremden schüttelten, ein „Willkommen in England“ in gebrochenem Deutsch hinzu.

Ich bin Chief Superintendent Christopher Mulling, wir hatten telefoniert.

Sein Händedruck war kurz und kräftig, sein Blick offen und herzlich.

Wie war Ihr Flug?

Ganz Ok, antwortete Thomas für sie beide, ist ja nur ein Katzensprung hierher. Vielen Dank übrigens, dass Sie uns persönlich abholen und natürlich, dass wir bei den Verhören zugegen sein können.

Ja, da haben Sie uns ja eine tolle Geschichte serviert!

Die Fältchen um seine fast grauen Augen kräuselten sich zu einem weiteren Lächeln. Sarah fand den britischen Kollegen auf Anhieb sympathisch, er hatte so gar nichts von der Verkniffenheit und Distanziertheit eines Hennig Gröbers.

Wir haben angesichts der etwas prekären Sachlage entschieden, fuhr er ohne Umschweife fort, die Leitung dieser Operation in der Verantwortung der Londoner Behörden zu belassen, was bedeutet, dass ich, da ich die Hintergründe auch am besten kenne, das Kommando in Rugeley haben werde. Es wird mir also ein großes Vergnügen sein, Sie beide nach Staffordshire zu begleiten.

Das Vergnügen ist ganz auf unserer Seite! Haben Sie noch etwas über Fowleys Tätigkeit beim SAS in Erfahrung bringen können?

Sarah war froh, Thomas das Reden überlassen zu können.

Nein, schüttelte Mulling den Kopf. Sie durchschritten die große Halle und näherten sich einer schweren Tür, die zu öffnen nur autorisierten Personen erlaubt und die als alarmgesichert gekennzeichnet war. Mulling zeigte den beiden Wachmännern, die mit schusssicherer Weste und Maschinenpistole bestückt neben dem Eingang standen, im Vorbeigehen seinen Ausweis und nickte den beiden Beamten zu.

Das Militär verfolgt eine sehr rigide Informationspolitik, griff Mulling den Gesprächsfaden wieder auf, selbst die eindeutigen Indizien auf die Verwicklung in ein Kapitalverbrechen waren in deren Augen nicht Grund genug, uns Einsicht in seine Akte zu gewähren. Sie haben sich nicht mal überzeugen lassen, dass die Informationen ja durchaus zu einer Entlastung hätten beitragen können. So wissen wir, was seine militärische Laufbahn angeht, ziemlich wenig. Er ist relativ spät, mit 24 Jahren, zur Royal Navy gekommen. Nach drei Jahren regulären Dienstes hatte er es geschafft, zur SAS zu wechseln, wo er nach weiteren zehn Jahren im Range eines Captains mit allen Ehren ausgeschieden ist.

Da war er dann 37 Jahre, überlegte Thomas laut, also ein Alter, in dem man durchaus bei einer solchen Einheit in den Ruhestand geht.

Mulling nickte bestätigend.

Und wir wissen nicht, was er in den letzten Jahren gemacht oder wovon er gelebt hat. Die einzigen weiteren Informationen, die wir haben, stammen von den örtlichen Behörden in Rugely. Aber auch die haben nur rudimentäre Informationen, dass er bei ihnen per Hauptwohnsitz gemeldet ist und dort auch im Wählerregister steht. Er ist übrigens auch in Rugeley aufgewachsen, ganz normaler Werdegang. Abschluss der Schule, dann ein Studium an der Aston University in Birmingham als Maschinenbauingenieur. Nach dem Unfalltod seiner Eltern musste er dieses abbrechen und ist, vermutlich um das Elternhaus halten zu können, ohne Abschluss in die Navy eingetreten. In diesem Haus wohnt er heute noch. Seit elf Jahren verheiratet, keine Kinder. Das ist alles. Ach ja, im Telefonbuch stehen er und seine Frau unter seinem richtigen Namen, inklusive Adresse.

Nichts wirklich Außergewöhnliches, sagte Thomas nachdenklich, außer dass er in einer Eliteeinheit gedient hat. Haben Sie mit Nachbarn Kontakt aufgenommen?

Nein, antwortete Mulling, unter Berücksichtigung der fast erdrückenden Indizien, die Sie geliefert haben, haben wir uns darauf geeinigt, zunächst ohne weitere Nachforschungen seiner habhaft zu werden und alle Fragen mit ihm direkt zu klären.

Mittlerweile waren sie den ziemlich langen, fensterlosen Gang um mehrere Ecken entlanggegangen.

Wie wollen Sie jetzt weiter vorgehen, wagte Sarah eine Frage, nachdem sie sich Wortwahl, Satzstellung und Aussprache sehr genau überlegt hatte.

Nachdem sich mein Vorgesetzter, Commander Stark, Ihre Indizien und Theorien angeschaut hat und dann auch noch die Information herauskam, dass Mr. Fowley eine staatlich ausgebildete Kampfmaschine ist, hat er darauf bestanden, die „Einladung zum Verhör" wie er es nannte, mit Hilfe der Blue Barets zu „überbringen". Das ist der Spitzname für die Specialized Firearms Command, eine Sondereinheit der Polizei, fügte er, als er Sarahs fragenden Blick registrierte, noch hinzu.

Vergleichbar mit unserem SEK, also mächtig harte Jungs, ergänzte Thomas auf Deutsch.

Dann wandte er sich wieder auf Englisch an Mulling.

Sie planen tatsächlich einen Zugriff durch die Spezialeinheit? Ich ging davon aus, dass wir an der Tür klingeln und ihn um ein Gespräch bitten. Auf den Gedanken, dass gleich so ein Wirbel gemacht wird, wäre ich nicht gekommen. Schließlich ist Fowley ja zunächst nur ein Verdächtiger.

Mulling drehte sich zu Sarah und Thomas um.

Der Hauptverdächtige! In einem abscheulichen Mordfall in einem befreundeten Land. Mit einer erdrückenden Beweislast. Und dann noch als extrem gefährlich einzustufen. Da gehen wir überhaupt kein Risiko ein!

Ein breites Grinsen tat sich auf seinem Gesicht breit.

Und dann können wir uns es doch nicht entgehen lassen, Ihnen unsere Vorgehensweise zu demonstrieren. Sie sollen ja auch ein bisschen was erleben, wo Sie schon mal auf der Insel sind. Die Show dürfen Sie nicht verpassen!

Das wollen wir um keinen Preis! Auch Thomas lächelte.

Wie sieht die Planung im Moment aus?, fragte er Mulling

Das Team ist heute Morgen schon in Marsch gesetzt worden. So wie es vor Ort ist, kundschaften wir das Wohnhaus von Mr. Fowley aus und planen den Zugriff. Mit der Operation selbst warten die Einsatzkräfte aber, bis wir auch da sind.

Mulling öffnete eine Tür, die ins Freie führte.

Wie lange brauchen wir denn von hier bis nach Staffordshire?, wollte Thomas nach einem Blick auf die Uhr wissen.

Er schien sich Sorgen zu machen, zuviel Zeit zu vergeuden.

Etwa 45 Minuten, lächelte Mulling und wies nur mit der Hand in Richtung eines gelb-schwarzen Eurocopter EC 135, der 100 Meter entfernt von ihnen auf dem Rollfeld stand.

Mulling suchte Blickkontakt mit dem Piloten und machte dann mit der Hand über dem Kopf eine kreisende Bewegung. Sofort startete der Pilot die Maschine. Bis sie bei dem Helikopter angekommen waren, tönte die Turbine bereits mit einem hohen Fiepen, und die vier Rotorblätter begannen langsam sich zu drehen. Mulling nahm neben dem Piloten Platz, Sarah und Thomas setzten sich in die zweite Sitzreihe und stellten ihre Reisetaschen zwischen sich. Thomas reichte Sarah einen Kopfhörer mit Bügelmikrofon, setzte sich selbst auch ein solches Gerät auf und schnallte sich an. Als auch Sarahs Gurt ins Schloss gerastet war, hob Thomas die Faust mit nach oben gestrecktem Daumen und signalisierte Abflugbereitschaft. Sofort heulte die Turbine auf und der Hubschrauber begann zu steigen. Kurz darauf vollführte der Pilot im starken Steigflug eine scharfe 180-Grad-Wende. Ein Manöver, bei dem Sarah, die noch nie zuvor mit einem Helikopter geflogen und noch dazu vollkommen unvorbereitet war, der Magen bis zum Kehlkopf zu springen schien. Mit großen

Augen und geplusterten Backen stieß sie die Luft aus. Nachdem sich die Maschine in einer für Sarahs Verhältnisse „normalen“ Fluglage, aber immer noch im rasanten Steigflug befand, atmete sie zwei, drei Mal heftig durch und brachte ein „Na das kann ja heiter werden“ über die Lippen.

Thomas, der solche Situationen wohl schon öfters miterleben durfte, schien die atemberaubende Achterbahnfahrt nichts auszumachen.

Er lächelte nur in ihre Richtung und winkte mit der Hand ab, so, als wollte er zum Ausdruck bringen, dass das noch gar nichts sei.

Keine Panik, alles ganz normal!, versuchte er sie zu beruhigen.

Sarah erkannte seine gute Absicht, ihr ein wenig Angst zu nehmen. In Bezug auf ihren Magen war das aber relativ wenig hilfreich. Trotzdem rang sie sich ebenfalls ein Lächeln ab und versuchte, eine zuversichtliche Miene aufzusetzen.

Geht schon!, sagte sie, ist halt das erste Mal.

Und Silverstar ist ein Dreck dagegen!

Eine Weile hielt sie sich noch an den Haltegriffen vor sich fest, aber mit Eintreten der ruhigeren Flugphase entspannte sie sich zusehends und beobachtete interessiert die Landschaft, die grün, gelb und orangerot gefleckt unter ihnen vorbeizog.

Thomas hatte sich derweil in ein Fachgespräch mit dem Piloten vertieft und Mulling bekam einen Anruf aus Rugley über Funk durchgestellt. Nachdem er das Gespräch beendet hatte, wandte er sich an Thomas und Sarah.

Wir haben folgende Situation vor Ort: Die CO19, das ist die offizielle Bezeichnung für unsere Spezialeinheit, ist eingetroffen und hat die Lage gepeilt. Das Haus ist ein freistehendes Haus auf einem Grundstück von etwa 3.000.000 Square Feet, das sind ganz grob gesagt 35 Hektar, also ein recht großes Gelände. Die angrenzenden Grundstücke sind in etwa von der gleichen Größe, das bedeutet, die nächsten Nachbarn sind ein ganzes Stück entfernt. Das bringt Vorteile mit sich, hat aber auch den Nachteil, dass wir uns nicht unauffällig mit Fahrzeugen nähern können.

Handelt es sich um freies Gelände oder haben Ihre Männer Sichtschutz und gegebenenfalls Deckung?, fragte Thomas.

Das Grundstück ist in unmittelbarer Umgebung zum Haus ziemlich eingewachsen. Alter Baumbestand, dichte Hecken und jede Menge Büsche. Außerhalb dieses abgegrenzten Gartens besteht der Bewuchs aus wilden Gräsern, die schon so hoch stehen, dass eine unbemerkte Annäherung möglich ist. Da die Einsatzkräfte das Haus weiträumig umgehen und größere Strecken unter Tarnung, also quasi auf dem Bauch zurücklegen müssen, habe ich den Leiter der CO19 angewiesen, seine Männer jetzt schon in Position zu bringen. Bis wir angekommen sind, werden sie die Posten bezogen haben und uns weitere Informationen liefern können.

Was, wenn er gar nicht zu Hause ist?

Es war Sarahs zweiter Satz auf Englisch an diesem Tag. Mulling konnte sie beruhigen.

Wir haben seine Anwesenheit bereits gestern, noch bevor wir die Aktion geplant haben, überprüft: Er hält sich in besagtem Objekt auf.

Er musste grinsen.

Mit dem simpelsten Trick, den man sich vorstellen kann. Wir haben eine unserer Beamtinnen mit unterdrückter Rufnummer anrufen lassen, mit dem Vorwand, eine Marketingumfrage zu machen. Seine Frau, sie heißt übrigens Mirjam Fowley, hat uns bestätigt, dass ihr Mann zu Hause sei, aber gerade nicht an den Apparat kommen könne. Seit diesem Gespräch hat niemand das Anwesen verlassen. Der Fuchs ist also in seinem Bau, wir müssen nur noch die Hunde loslassen.

Sergeant Pooney hob seine rechte Faust, um den beiden Kameraden des Sondereinsatzkommandos, die sich leise und in geduckter Haltung hinter den Sträuchern vorwärtsbewegten, zu signalisieren, anzuhalten und sich nicht zu bewegen. Auf dem Weg bis hierher hatte die Dreiergruppe jede Deckung ausgenutzt und sich zum Teil auf dem Boden kriechend vorwärts bewegt. Die Annäherung an das Haus hatte so fast eine ganze Stunde gedauert, aber allem Augenschein nach war es ihnen gelungen, unbemerkt zu bleiben. Über Headsets hatten sie Kontakt zur Einsatzleitung und den anderen drei Gruppen gehalten, die sich gleichzeitig durch das Gelände aus unterschiedlichen Richtungen bis zu dem befriedeten Anwesen herangearbeitet hatten.

Der Kommunikator auf seiner Schulter, an dem auch das Headset hing, war auf lautlos geschaltet, nur in seinem Knopf im Ohr konnte Sergeant Pooney die Anweisungen von der Einsatzleitung und die Meldungen der anderen Gruppen hören. Letztere waren mit abnehmender Entfernung zum Zielobjekt verstummt. Man wollte um keinen Preis die Entdeckung riskieren.

Pooney musste den Blickkontakt zu seinen beiden Begleitern nicht suchen, er wusste, sie würden scharf auf Zeichen von ihm achten. Da sie ihre vorherbestimmte Ausgangsposition für den geplanten Zugriff erreicht hatten, gab er seinen Männern das Zeichen, abzuwarten. Er konnte die Zielperson jetzt durch das dichte Buschwerk ausmachen.

Der Mann saß etwa 30 Meter entfernt mit dem Gesicht Sergeant Pooney zugewandt an einem Gartentisch und starrte ins Leere. Auf dem Tisch lag eine dezent gemusterte Decke, die bis zum Boden reichte. Vor dem Mann stand ein Glas mit klarem Inhalt und daneben eine Flasche, deren Etikett Pooney nicht lesen konnte. Im Rücken hatte die Person, es handelte sich zweifellos um Fowley, etwa zwei Meter entfernt eine mit dunklem Efeu bewachsene Mauer, zwischen 2,50 Meter und 3 Metern hoch. Sie verlieh der Terrasse mit den vielen Blumenkübeln und dem gemauerten Außenkamin eine sehr gemütliche, geborgene Stimmung. Ohne den

Mann aus den Augen zu lassen, gab Pooney in seinen Kommunikator auf der rechten Schulter eine dreistellige Zahlenkombination ein, die das Gerät veranlasste, ein digitales Signal an die Einsatzleitung zu senden. Diese Nachricht enthielt seine persönliche Absender-ID und die Mitteilung, dass Team Bravo unentdeckt seine Position Null erreicht habe und Blickkontakt zum Zielobjekt bestand. Genauso würden die drei anderen Teams lautlos ihre Einsatzbereitschaft übermitteln. Allerdings konnten Team Alpha, das das Haus von vorne stürmen sollte, und Team Delta, das wahrscheinlich in diesen Augenblicken hinter der bewachsenen Mauer seine Stellung einnahm, sicherlich keinen Blickkontakt bestätigen. Behutsam drehte Pooney den Kopf nach rechts. Obwohl ihm klar war, dass es selbst ihm mit seinem geschulten Auge wahrscheinlich nicht möglich sein würde, Team Charlie, das sich irgendwo rechts von ihm befinden musste, auszumachen, versuchte er seine Kameraden in dem undurchdringlichen Grün zu erspähen. Erfolglos. Im Headset kündigte ein leiser, kurzer Ton einen Funkspruch an.

Team Bravo, hier Zulu, meldete sich die Einsatzleitung, bestätigen: Position Null erreicht. Stellung beibehalten, Delta ist noch nicht bereit.

Einer der vielen Vorteile des digitalen Funkverkehrs neben der Abhörsicherheit war zweifellos die Möglichkeit, Empfänger gezielt einzeln, in Gruppen, oder insgesamt ansprechen zu können, ohne dass die anderen Teams den Sprechverkehr mithören mussten. Das Prinzip des DSC, des digital selective call, vor einigen Jahren noch die ultimative Neuheit im militärischen Funkverkehr, hatte mittlerweile sogar Einzug in die Welt der Amateurfunker gehalten. Hauptsächlich bei den UKW-Sprechfunkgeräten der Freizeit-Kapitäne gehörte es mittlerweile zum Standard. Nichtsdestotrotz war es immer noch unangefochten die geeignetste Technik, um Polizei- und Militäraktionen gezielt zu koordinieren.

Wie immer unmittelbar vor einem solchen Einsatz war Sergeant Pooney innerlich sehr angespannt, aber nicht nervös. Er verglich das Gefühl mit einer Sprungfeder, die, bis aufs äußerste gedehnt, bereit war, sofort loszuschnellen. Sein Puls war nur wenig erhöht, als er nochmals konzentriert die Szenerie vor sich durch die Zieloptik seiner HK-MP5 beobachtete. In diesem Moment trat eine schlanke, gutaussehende Frau aus der Terrassentür, mit beiden Händen ein Tablett balancierend. Sie ging die paar Meter zu dem Tisch, an dem die Zielperson saß, und stellte einige Gegenstände vor den fast bewegungslos dasitzenden Mann.

Es war bekannt, dass die Frau des Verdächtigen anwesend war. Gemäß den Beobachtungen des Vormittages kam sie von Zeit zu Zeit in den Garten, blieb meistens nur kurz draußen und ging dann wieder ins Haus. Obwohl sie als ungefährlich eingestuft wurde, war sie ein gewisser Unsicherheitsfaktor. Man hatte deswegen entschieden, den Zugriff nur dann zu starten, wenn ihr Aufenthaltsort genau bestimmt werden konnte, im Idealfall, wenn sie bei ihrem Mann auf der Terrasse war. Zu dumm, dass Miller und sein Team Delta noch nicht Einsatzbereitschaft gemeldet hatten. Es wäre die Gelegenheit gewesen.

Pooney sah, wie sich die Hand der Frau auf die Schulter des Mannes legte und sie ein paar Worte mit ihm zu wechseln schien. Kurz danach richtete sie sich auf und verschwand wieder im Haus. Er meinte, durch das Zielfernrohr eine leicht besorgte Miene erkennen zu können. Pooney suchte die unmittelbare Umgebung des müde wirkenden Mannes ab, ob sich erkennbar Waffen in seiner Reichweite befanden. Es war nichts Augenscheinliches erkennbar, jedoch konnte Pooney wegen des langen Tischtuches nicht erkennen, was sich unterhalb der Platte befand. Der Gesamteindruck, den er sich in den letzten Minuten von der Situation gemacht hatte, war aber scheinbar harmlos und friedlich. Das sollte jedoch in keiner Weise die Vorsicht und Professionalität des bevorstehenden Einsatzes beeinflussen. Immerhin war der Mann bei der SAS, Englands härtester militärischer Spezialeinheit gewesen, und so musste mit allem gerechnet werden. Wieder piepte es kurz in seinem Headset.

An alle Teams, Delta ist nun auch in Position, wir ermitteln noch den Standort der Frau. Bereithalten!

Diese Mitteilung war an alle gegangen, so dass Pooney seine beiden Kameraden nicht durch Zeichen verständigen musste. Trotzdem blickte er kurz nach rechts und links und erntete von seinen Kollegen, beide mit ihren Waffen im Anschlag, ein kaum wahrnehmbares Kopfnicken. Dann war es soweit. Erst der kurze Fiepton, dann der Einsatzbefehl:

An alle Teams, hier Zulu: weibliche Person befindet sich in der Küche. Zugriff!!

Gedankenlos rieb sich der Mann die Narbe an seiner Hand, die wieder einmal zu jucken begonnen hatte. Von der Arbeit ziemlich erschöpft ließ er sich in dem Lagerraum auf die Kiste an seinem Arbeitstisch fallen. Die Suche war anstrengend und vor allem leider auch erfolglos gewesen. Am liebsten würde er sich jetzt gleich auf die Matratze in der Ecke legen, doch er musste erst nachsehen, ob Ahmed bereits Nassiras Flugdaten gesendet hatte. Also startete er mit müdem Blick den Laptop. Wegen letzter Nacht war er keineswegs entmutigt, schließlich war er erst zweimal intensiv in dem Stollensystem zugange. Und der Flaschenzug hatte den Aufstieg nach den vielen Stunden im dunklen Stollen in der Tat erheblich vereinfacht. Wollte er für die kommende Nacht wieder auf diese komfortable Hilfe zurückgreifen, würde er allerdings zunächst eine dritte Stufe einbauen müssen. Seil, Karabiner und Felshaken hatte er noch genug, und einige weitere Flaschenzüge würde er nach ein paar Stunden Schlaf in einem der vielen Baumärkte besorgen, die er, soweit es möglich war, jeweils nur ein einziges Mal besuchte. Mit einem leisen Pling machte sein E-Mail

Client auf neue Eingänge aufmerksam. Die eine Mail, die sich im Postfach befand, hatte keinen Inhalt, lediglich in der Betreffzeile stand „Basel-Mulhouse" eine Flugnummer, ein Datum und die Ankunftszeit 17.50 Uhr. Erfreut las er das angegebene Datum noch einmal. Kein Zweifel, Nassira würde bereits heute eintreffen! Er sah auf die Uhr: genügend Zeit, einige Stunden zu schlafen. Die Flaschenzüge würde er auf dem Rückweg vom Flughafen besorgen, vielleicht sogar in Frankreich. Und falls die Geschäfte dann schon geschlossen waren, würde sich der nächste nächtliche Ausflug eben um einen Tag verschieben. Er musste innerlich lächeln: wahrscheinlich würden er und Nassira die kommende Nacht sowieso anders nutzen, als in dem kalten Bergwerk die anstrengende Suche zu zweit fortzusetzen!

Robert Isaak Fowley saß an dem eleganten Kunstrattantisch im Garten hinter seinem Haus in Rugeley. Seine Frau Mirjam hatte ihm gerade die zweite Tasse Broken Orange Pekoe gebracht und auch einen Teller mit frischen Scones und ein kleines Schälchen mit Cornish Clotted Cream auf den Tisch gestellt. Dazu hatte sie ein Glas selbstgemachte Erdbeerkonfitüre geöffnet und dieses ebenfalls in Reichweite ihres Mannes platziert. Um die Tischdecke aus feiner englischer Spitze nicht zu gefährden, befand sich unter dem gesamten Arrangement ein buntgeblümtes, gummiertes Set, das Marmelade und Tee notfalls von dem edlen Tuch fernhielt. Mirjams Frage, ob sie ihm denn nicht den Sonnenschirm aufspannen solle, hatte er mit einem Kopfschütteln verneint und so war sie, nachdem sie sacht ihre Hand auf seine Schulter gelegt, und ihn einige Sekunden mit einem liebevollen Blick angesehen hatte, wieder ins Haus zurück gegangen.

Wenn er ihr doch nur besser zeigen, es ihr besser sagen konnte, wie endlos er sie liebte und dass sie ihm die Welt bedeutete! Wie immer, wenn er sich seines Glückes bewusst wurde, wanderten seine Gedanken auch zu jenen Ereignissen, die sein Leben so einschneidend, so unwiderruflich verändert hatten. Zu seiner Zeit beim Special Air Service hatte er sich innerhalb der Eliteeinheit binnen weniger Jahre einen Namen gemacht. Sein kühles, überlegtes taktisches Vorgehen verbunden mit einer ultimativen Härte in den entscheidenden Sekunden einer Operation hatte ihn seinen Vorgesetzten auffallen lassen. Die Kaltblütigkeit und Präzision, mit der er in der Lage war, einen Gegner kaltzustellen, war beeindruckend. Umso mehr, als dass er vollkommen immun gegen psychische Nachwirkungen oder Stresssymptome zu sein schien. Bei Gutachten und psychologischen Tests im Anschluss an einen erfolgreichen Auftrag konnte er immer beste Ergebnisse vorweisen. Und so wurde er, zu diesem Zeitpunkt bereits hochdekorierter Oberleutnant, zum Captain befördert und als Commanding Officer für jenen Auftrag ausgewählt, der vor sechs Jahren sein Leben in die Bahnen lenkte, in denen es sich heute immer noch – zwangsweise – bewegte. Damals bekam er den streng geheimen Auftrag, mit seiner Combateinheit, bestehend aus sechzehn erfahrenen Elitekämpfern, ein sich im Aufbau befindliches Terrorcamp im Nordosten Afghanistans „auszuschalten". Ausschalten bedeutete, die Infrastruktur komplett zu zerstören und die „weichen Ziele" zu eliminieren – was in der Praxis bedeutete, keine Gefangenen zu machen. Geheimdienstberichten zufolge hatte ein weithin bekannter Führer einer Splittergruppe von al-Qaida in dem neuen Camp kurz zuvor seine erste Serie Auszubildender empfangen. Der Zeitpunkt war günstig, nur eine Handvoll wirklich erfahrener Kämpfer und ein Haufen unorganisierter, noch nicht einsatzerprobter Neulinge befanden sich vor Ort. Gemäß Satellitenaufklärung, die Bilder waren von den Amerikanern geliefert worden, befanden sich im Zielgebiet keinerlei schwere Waffen oder Flugabwehr.

In einer Neumondnacht wurden er und sein Team im Tiefstflug von drei Super Lynx Helikoptern von Pakistan aus über die Grenze geflogen und etwa drei Meilen entfernt in einem Nebental abgesetzt. Ausgerüstet mit Nachtsichtgeräten, den Standard-Handfeuerwaffen MP5 und SIG Sauer P228, sowie Hand- und Blendgranaten, machten sie sich zu Fuß auf in Richtung Camp. Drei Scharfschützen mit Infrarotzielfernrohr und Schalldämpfer auf ihren AI L96 A1 Scharfschützengewehren sollten aus größerer Entfernung die Operation decken. Nach erfolgter „Säuberung" war es die Aufgabe von vier Sprengstoffspezialisten, mit Brand und Sprengbomben sämtliche Hütten, Fahrzeuge und Zelte zu zerstören. Während eine AWACS-Boeing den Luftraum überwachte, blieben die drei Lynx Helikopter, jeder mit einer ganzen Batterie Sidewinder Luft-Luft-Raketen und einer 20-Millimeter-Maschinenkanone sowie einem Behälter Hellfire-Raketen für Bodenziele ausgestattet, in Bereitschaft, um im Falle eines Falles Gegenmaßnahmen zu ergreifen und die Bodentruppen so schnell wie möglich zu evakuieren. Alles war bis ins Detail geplant, auf die Informationen der Geheimdienste musste man sich blind verlassen.

Was genau schiefgelaufen war, vermochte Robert Isaak Fowley im Nachhinein nicht zu sagen. So sehr ihn diese Frage in den letzten Jahren auch beschäftigte, er war nie zu einem befriedigenden Schluss gekommen. Dass die Aktion ein Fiasko war, welches elf seiner Kameraden das Leben und den britischen Steuerzahler einen Militärhelikopter und wertvolle Ausrüstung gekostet hatte, war unbestritten. Robert Fowley hatte vor seinem inneren Auge die Szene, als plötzlich, wie aus dem Nichts, in nicht allzu großer Entfernung eine Salve von Schüssen losbrach. Fowley und seine Männer hatten unmittelbar das Feuer erwidert, doch schon nach wenigen Sekunden lagen zwei seines Viererteams verwundet oder tot auf dem Boden. Er selbst konnte, nachdem er ein paar Salven abgegeben hatte, hinter einem Felsen Deckung finden. Der Funkverkehr, den er in den darauffolgenden Momenten der relativen Ruhe mithören konnte, zeugte davon, dass es den zwei anderen Gruppen genauso ergangen war, wie der seinen. Auch sie waren von einem plötzlich hereinbrechenden Kreuzfeuer überrascht worden. Laute Schreie, hastige Befehle und die Bitte um Hilfe prägten die panikartige Stimmung im Äther. Fowley forderte sofort Unterstützung durch die Scharfschützen an und orderte die Helikopter, um aus der Luft ebenfalls Deckung zu bekommen.

Derweil ging das Feuergefecht weiter und mit schwindender Munition sah er sich in zunehmender Bedrängnis. Es befand sich bereits das letzte seiner vier Stangenmagazine in seiner MP5 und auch vier seiner Handgranaten hatte er schon eingesetzt. Doch dann erkannte er das ersehnte Geräusch der drei Lynx, gepaart mit dem durchdringenden Geratter der schweren Maschinenkanonen. Die Hubschrauber schienen wie bösartige Insekten über die Stein- und Sandhügel zu hüpfen und nahmen die Verteidiger schwer unter Feuer. An einen Abbruch dachte Fowley in diesem Moment noch nicht. Er war lediglich davon ausgegangen, dass statt des chirurgischen, sozusagen minimalinvasiven Eingriffes ohne nennenswerte Spuren, nun ein militärischer Keulenschlag geworden war, dessen Urheber nicht mehr im Verborgenen bleiben konnten.

Ein Szenario, das die Befehlshaber und vor allem die Politiker zu Hause soweit als nur möglich zu vermeiden gesucht hatten. Aber auch für diesen Fall war geplant worden: Anstatt die Ziele mit dem geringst möglichen Aufsehen durch die spezialisierten Bodentruppe auszuschalten, begannen nun zwei der Helikopter, ihre Hellfire auf die erkennbaren Ziele abzufeuern, während der dritte mit der Maschinenkanone so gut es ging versuchte, die SAS Kämpfer auf dem Vormarsch zu decken. Das Ziel war immer noch die Vernichtung des Lagers und die Liquidierung aller angetroffenen Personen.

Fowley löste seine vorletzte Granate von der Einsatzweste, zog den Splint und schleuderte sie soweit es ging in Richtung der Verteidiger. Nach der Detonation wagte Fowley einen Blick um seinen schützenden Felsen. Das, was man in einiger Entfernung als Lager ausmachen konnte, stand zum Großteil in Flammen. Vor dem gelbroten Inferno setzten sich die Silhouetten der Kämpfer deutlich ab. Er konnte genau erkennen, wie hier und da eine der umhüllten Gestalten wie aus dem Nichts zusammenbrach, mit Sicherheit das Werk der Scharfschützen. Aber er konnte auch sehen, wie Kameraden zuckend zu Boden gingen, wenn sie auf ihrem Sprint zur nächsten Deckung von einem der Terroristen mit den Schnellfeuergewehren unter Beschuss genommen wurden. Der Schmerz dieses Anblicks durchdrang seinen ganzen Körper! Und dann musste er entsetzt mitansehen, wie hinter einer Felsgruppe eine Gestalt eine Fliegerfaust auf die Schulter legte und auf einen der Lynx anlegte. Wie in Zeitlupe schien sich das Geschoss aus dem Rohr zu lösen, und obwohl es Fowley gelang, den Schützen mit einem Feuerstoß, seinem vermeintlich letzten, niederzustrecken, traf die Flugabwehrrakete den Hubschrauber dennoch. Die Maschine explodierte in einem gewaltigen Feuerball und stürzte brennend zu Boden. Und schon konnte er den nächsten Kämpfer sehen, der eine mobile Flugabwehr ausrichtete und schussbereit machte.

Jetzt erkannte Fowley, zu welch einem Desaster sich die Operation entwickeln würde. Er riss seine SIG Sauer aus dem Halfter und brüllte den Rückzugscode in sein Sprechgerät. Er warf die letzte ihm verbleibende Handgranate in Richtung seiner Gegner und orientierte sich, um den vereinbarten Aufnahmepunkt mit den Helikoptern zu lokalisieren. Kaum nahm er die Explosion der Granate wahr, begann er zu laufen, immer in der Hoffnung, dass die Scharfschützen in der Lage waren, den Rückzug ausreichend zu decken. Mit wirren Gedanken im Kopf hetzte er, ohne sich umzudrehen, in Richtung des vorbestimmten Treffpunktes. Die Lunge schien ihm aus dem Halse schießen zu wollen, während er unter Aufbietung aller seiner Kräfte versuchte, so viel Distanz wie möglich zwischen sich und seine Gegner zu bringen. Als die Kampfgeräusche ein wenig leiser wurden und er sich schon in Sicherheit wähnte, wuchsen plötzlich wie von Geisterhand vor ihm einige Gestalten in dunklen Kaftans aus dem Boden und eröffneten ohne Vorwarnung das Feuer!

Irgendetwas riss Fowley aus seinen Erinnerungen! Sofort war er mit seiner Aufmerksamkeit wieder zurück in seinem Garten in Rugely. Er war sich nicht sicher, was genau ihn aus seinen Gedanken zurückgeholt hatte. Eine seltsame Bewegung in den dichten Büschen? Ein Geräusch? Angestrengt konzentrierte er all seine Sinne auf die ihn umgebenen Sträucher und Bäume. Und urplötzlich brach der Alptraum, der ihn seit den Vorkommnissen jener Nacht in einem abgelegenen Tal des Hindukusch nun beinahe täglich verfolgt hatte, wieder über ihn herein. Es dauerte einige Sekunden, bis er realisiert hatte, dass die schwarz gekleideten, vermummten und mit Maschinenpistolen bewaffneten Gestalten, die gleichzeitig wie aus dem Nichts aufgetaucht waren und auf ihn zu stürmten, nicht seiner Fantasie entsprangen, sondern wirklich aus Fleisch und Blut waren.

Der Mann stand in der Halle des Regio-Airports Basel-Mulhouse-Freiburg und biss in ein eben am Kiosk für teure 6,50 Euro erstandenes Tomaten-Mozzarella-Brötchen. Seit einigen Tagen hatte er wieder nur über dem Campingkocher erwärmtes Büchsenfleisch gegessen und die frischen, saftigen Tomaten und der schmackhafte Mozzarella waren in diesem Moment für ihn ein Hochgenuss. Langsam kauend betrachtete er geduldig die große Anzeigetafel, auf der unter den Arrivals der Swiss Flug LX2980 aus Zürich mit etwa 25 Minuten Verspätung angekündigt war. Er lächelte abfällig. Selbst in den hochentwickelten Ländern wie der Schweiz oder Deutschland brachte man es fertig, dass ein Flug fast genau so viel Verspätung hatte, wie er eigentlich dauern würde. Und wie überheblich sprachen die Westeuropäer und die Amerikaner von seinem Land und beklagten die örtlichen Zustände.

Er schob den Rest des Brötchens in den Mund, wischte sich mit der Papierserviette über die Lippen und warf das zusammengeknüllte Tuch zielsicher über etwa drei Meter in den nächstgelegenen Mülleimer. Derweil zeigten zwei grüne, blinkende Lampen und das Wort „landed" hinter Flug LX2980 an, dass Nassiras Maschine mittlerweile eingetroffen war.

Da sie die Einreise- und Zollformalitäten bereits in Zürich hinter sich gebracht haben musste, würde sie höchstwahrscheinlich recht bald aus den Milchglasschiebetüren treten, die den öffentlichen Bereich des Flughafens von dem für eintreffende Passagiere trennten. Trotzdem dauerte es noch weitere 30 Minuten, bis er sie endlich, als die Schiebetüren einen kurzen Blick freigaben, hinter einem Strom krawattenbestückter Geschäftsmänner ausmachen konnte. Lächerlich! Die Verspätung mit eingerechnet, hätte er sie fast ebenso gut mit dem Auto am Flughafen Zürich abholen können.

Doch jetzt trat Nassira durch die Schiebetür. Einen Rollkoffer hinter sich herziehend blickte sie sich suchend um, und ihre langen, schwarzgelockten Haare fielen von einer Seite ihres Kopfes auf die andere. Dann hatte sie ihn entdeckt und auf ihrem Gesicht machte sich ein Lächeln breit. Er seinerseits hob kurz die Hand und verfolgte, wie Nassira mit ihrem Koffer durch das automatische Sperrgitter trat und sich den Weg zu ihm bahnte.

Sie war westlich gekleidet, unter der schwarzen Lederjacke trug sie ein rotes Top, dazu eine Blue Jeans und halbhohe Lackstiefel. Er stellte fest, dass ihr etliche der männlichen Passagiere mit den Augen folgten, sie von oben bis unten musterten und sie mit ihren Blicken schier auszogen. So sehr er selbst Nassiras Anblick in diesem Moment genoss, war er innerlich verärgert über das Verhalten der Männer um ihn herum. Wäre Nassira traditionell gekleidet gewesen, wären die Blicke zwar nicht weniger, aber von anderer Qualität gewesen. Sie hätten nichts Lüsternes gehabt, sondern lediglich eine gewisse Neugier, gepaart mit einem nicht zu übersehenden Maß an Verachtung.

Diese Reaktion hatte er in den westlichen Ländern schon so oft erlebt, und umso größer wurde sein Groll auf die ach so toleranten, scheinbar weltoffenen und selbsternannten modernen Zivilisationen.

Als Nassira schließlich vor ihm stand und erwartungsvoll ansah, berührte er zunächst nur zärtlich ihre Wange. Dann zog er sie zu sich und küsste sie leidenschaftlich auf den Mund.

Keine Bewegung, Polizei! Die Hände über den Kopf!!! Ich will Ihre Hände sehen!!!

Sergeant Pooney brüllte die Anweisungen mit ganzer Kraft. Er registrierte zu seiner Rechten die drei Kollegen von Team Charlie, die auch schon die Terrasse erreicht hatten. Hinter der Zielperson hatten bereits zwei Leute von Team Delta die Mauer überwunden und zielten mit ihren Waffen auf den entsetzt dreinblickenden Mann. Alles ging rasend schnell!

Ich will verdammt noch mal Ihre Hände sehen!, wiederholte Pooney, als sich Fowley nach einigen Sekunden immer noch nicht rührte.

Hoch damit! Sofort!

Als Fowley aus seinem Schock zu erwachen schien und zögerlich begann, die Arme zu heben, piepte es in Pooneys Headset.

Achtung an alle! Die weibliche Person hat die Küche verlassen, kommt vermutlich auf die Terrasse.

Der denkbar schlechteste Augenblick! Die Zielperson war noch nicht gesichert! Und jetzt tauchte die zweite Person auf, es gab keine Informationen über deren Absicht oder ob sie bewaffnet war!

Smith! Jones! Mit mir zur Tür.

Er und die beiden Angesprochenen setzten zur Tür. Sie erreichten sie just in dem Moment, als die junge Frau, die Pooney durch seine Zieloptik hatte beobachten können, mit entsetztem Gesicht auf die Terrasse trat. In der Linken hielt sie ein großes Kochmesser, an dem, das nahm Pooney wahr, noch Reste von Grünzeug hingen.

Was zum Teufel...

Messer weg!, schrie er sie an.

Messer weg, verdammt noch mal! Runter auf den Boden!

Jones zur Linken der Frau hatte diese bereits im Genick gepackt und trat ihr mit aller Wucht die Beine unter dem Körper weg, so dass sie hart bäuchlings auf die Platten stürzte, das Messer immer noch in ihrer ausgestreckten Hand. Mit dem Gesicht prallte sie auf den Stein und Pooney konnte sehen, wie ihre Lippe aufplatzte. Sofort war Smith über ihr und zielte mit seiner MP5 auf den Kopf der Frau. Dann trat er mit seinem Stiefel auf das Handgelenk, so dass sie den Arm nicht mehr bewegen konnte.

Loslassen! Sofort loslassen! schrie er die verzweifelt kreischende Frau an.

Jones hatte mittlerweile seine Waffe auf den Rücken gehängt und drückte sein Knie ins Rückgrat der Frau, die sich trotz der aussichtslosen Lage verzweifelt versuchte zu wehren. Es dauerte nur zwei Sekunden, bis er ihren rechten, freien Arm zu fassen bekam und ihn brutal nach oben drehte. Dann erstarb ihre Gegenwehr.

Person gesichert, meldete Smith, nachdem er sich gebückt und das Messer an sich genommen hatte.

In seinem Rücken konnte Pooney die flehenden Rufe des Mannes wahrnehmen.

Tun Sie ihr nichts! Um Gottes willen! Bitte, bitte tun Sie ihr nichts!

In der Stimme lag die blanke Angst, und als sich Pooney umdrehte, sah er, dass Fowley, der zitternd die Arme in die Höhe hob, die Tränen über das Gesicht liefen. Seine Stimme wurde zu einem Wimmern.

Bitte, tun Sie ihr nichts, sie hat doch nichts getan!!

Langsam erfasste Pooney die Details der sich ihm bietenden Szene. Seine Kollegen, die Fowley umringt hatten, ließen einer nach dem anderen zögerlich die Waffen sinken. Der Tisch, den sie umgeworfen hatten, um freien Zugriff auf Fowley zu erhalten, lag zwei Meter abseits auf der Seite. Das Porzellangeschirr war komplett zu Bruch gegangen. Lediglich die Zuckerdose lag auf der Seite, schaukelte hin und her und verteilte ihren Inhalt auf dem Boden. Das Tischtuch, welches den Blick auf Fowleys Unterkörper verdeckt hatte, lag auf den Terrassenplatten und saugte sich langsam mit dem verschütteten Tee voll.

Und ganz zuletzt erreichte ihn das Bild, das auch seine Kollegen so ungläubig die Waffen hatte senken lassen: In der Mitte des fast grotesk wirkenden Arrangements saß der tränenüberströmte, zitternde Fowley in einem Rollstuhl und schluchzte leise vor sich hin.

So eine gottverdammte Scheiße!

Mulling war außer sich vor Wut.

Da hat man nun das modernste Equipment. Wärmebildkameras, hochauflösende Teleobjektive, die bestausgebildeten Männer... und dann so etwas!

Er schlug lautstark mit der flachen Hand auf den groben Holztisch des kleinen Besprechungszimmers der Polizeistation Rugeley. Mit ihm am Tisch saßen nebst Sarah und Thomas der Leiter der CO19 Eingreiftruppe, der Chef der örtlichen Polizei, Intendant

Walter Perry und als Dienstältester des Zugriffkommandos Sergeant Pooney.

Nach dem Zugriff war die Einsatzleitung umgehend von der vorgefundenen Situation informiert worden. Bis zur Abklärung, ob es sich bei der Behinderung Fowleys und dem psychischen Zusammenbruch nicht um die Täuschung eines abgebrühten Profis handelte, hatte man ihn und Mirjam auf die Wache gebracht. Dort waren sie unter Aufsicht der Spezialeinheit ärztlich versorgt worden, beide schienen unter schwerem Schock zu stehen.

Auch wenn Mulling, Sarah, Thomas und vor allem auch Sergeant Pooney, der die Reaktion der beiden Verdächtigen während des Zugriffs und danach genau mitbekommen hatte, keinen Zweifel daran hatten, dass bei der Aktion so ziemlich alles schiefgelaufen war: Es musste Klarheit herrschen. Also hatte man, während die Anfragen an das Militär liefen – diesmal von höchster Stelle eingeleitet – und als das Ehepaar Fowley einigermaßen wiederhergestellt war, mit einem Verhör begonnen. Allerdings hatte Mulling die Befragung eher im Rahmen eines lockeren Gespräches durchgeführt, bei dem Thomas und Sarah anwesend waren.

Gleich zu Beginn hatte er sich für die Vorkommnisse umfassend entschuldigt und versprochen, dass man alles tun werde, um die beiden für den materiellen Verlust und in erster Linie den psychischen Stress entsprechend zu entschädigen. Fowley, der nach Verabreichung von Beruhigungsmitteln immer noch ziemlich erbärmlich aussah, lehnte schlaff in seinem Stuhl und hörte mit geschlossenen Augen Mullings Vortrag aufmerksam zu. Dieser hatte ihm in aller Offenheit dargelegt, welche Indizien auf seine Spur geführt hatten, nicht ohne zu betonen, dass die Weigerung des Militärs, Auskunft über Fowleys Situation zu geben, ursächlich für das Desaster dieses Nachmittages war. Und so unglaublich es den Beteiligten auch vorkam, an dieser Stelle war Fowley sogar ein leichtes Lächeln auf die Lippen gekommen. Als Mulling seinen Monolog beendet hatte, erklärte Fowley sich müde bereit, Auskunft zu geben.

Im Verlauf des Gespräches erfuhren die Ermittler, wie es Robert Isaak Fowley während seiner letzten Monate bei der SAS und in den darauffolgenden Jahren ergangen war. Auch von jener Nacht im Hindukusch, als er und seine Männer so überraschend unter Feuer genommen worden waren.

Ob die Schuld bei der Aufklärung lag, ob die Planung nicht sorgfältig genug gewesen war, oder ob einfach die Verkettung unglücklicher Zufälle zu der Katastrophe geführt hatten, konnte auch durch den Untersuchungsausschuss, den das britische Militär damals eingesetzt hatte, nicht geklärt werden. Fowley selbst war, nachdem er den Rückzugsbefehl gegeben und sich auf den Weg zum Sammelplatz gemacht hatte, von einer Gruppe gestellt und in dem folgenden Feuergefecht schwer verwundet worden. Damit begann sein eigentliches Martyrium.

Er wurde von den Terroristen entgegen seiner Erwartung nicht hingerichtet, sondern gefangengenommen. Sie unternahmen sogar alle notwendigen Schritte, um ihn nicht sterben zu lassen. Der eine Grund hierfür war, soviel Informationen wie möglich aus ihm herauszuholen. Dies wurde auch unter schrecklich schmerzhafter, aber nicht lebensgefährlicher Folter versucht. Der weitere Grund war, ihn für Videoaufnahmen mit politisch-religiösen Botschaften der Geiselnehmer zu missbrauchen. So durchlitt Fowley während der darauffolgenden sieben Monate unvorstellbare Qualen, bis ihn durch Zufall eine afghanische Militäreinheit bei einem Zusammenstoß mit seinen Peinigern befreien konnte. Den Rettern bot sich ein schrecklicher Anblick des einst stattlichen, muskulösen Elitekämpfers. Während seiner Gefangenschaft war er auf 54 Kilo abgemagert, hatte Ausschläge, Eiterpusteln und eine schwere Lungenentzündung. Ob er die Strapazen überleben würde, war lange Zeit fraglich. Doch die meisten seiner Wunden verheilten im Laufe der Zeit, eine jedoch vermochten auch die besten Ärzte und die modernsten Rehabilitationsmaßnahmen nicht rückgängig zu machen. Bei seiner Gefangennahme hatte ihn eine Pistolenkugel im Rücken getroffen. Sie hatte zwar seine Weste nicht durchschlagen, aber die Aufprallenergie war groß genug, seine Wirbelsäule unterhalb des letzten Rippenbogens zu zertrümmern. Seit jener Sekunde, als sechzehn Gramm messingummanteltes Blei mit 320 Metern pro Sekunde von mehreren Lagen Kevlar zwar abgefangen wurden, aber fast die volle Energie von über 700 Joule auf sein Rückgrat übertrugen, war Robert Isaak Fowley querschnittsgelähmt.

Er und seine Frau, die während des ganzen Gespräches dabei gewesen war, berichteten noch von der Zeit nach seiner Rückkehr. Von der physischen und psychischen Reha, von den Monaten der langsamen Wiederkehr in ein einigermaßen geordnetes Leben, von ihrem Alltag bis zum Schock des heutigen Nachmittags. Betroffen hatten Mulling, Sarah und Thomas den Schilderungen gelauscht. Ein Zettel, der von Intendent Perry gegen Ende des Gespräches hereingereicht worden war, hatte die Angaben Fowleys schließlich bestätigt.

Erst jetzt, nachdem die Fowleys unter die Obhut von zwei Psychologen gestellt waren und die fünf Beamten um den Tisch herum Platz genommen hatten, ließ Mulling seinen ganzen Zorn und Ärger heraus.

Wenn diese Sturköpfe vom Militär uns auch nur einen einzigen Satz mitgeteilt hätten! Einen einzigen! Dann hätten wir uns diese Aktion, die Blamage und nicht zuletzt das traumatische Erlebnis für Mr. und Mrs. Fowley ersparen können!

Er schüttelte mit dem Kopf und nahm einen kräftigen Schluck Guinness, das Perry von irgendwoher besorgt hatte, und knallte das Glas auf die Tischplatte.

Ein Satz! Etwa „Captain Fowley ist seit einem Einsatz kriegsversehrt im Rollstuhl und bezieht seine Rente." Oder so etwas in diese Richtung.

Es tut uns schrecklich leid, dass es zu dieser Situation gekommen ist, sagte Thomas, der ebenfalls ein dunkles Bier vor sich stehen hatte.

Allerdings hatte er noch keinen Schluck davon genommen.

Aber...

Mulling winkte ab.

Vergessen Sie es! Die Schuld liegt doch nun wirklich nicht bei Ihnen. Die Indizien waren mehr als eindeutig. Sie haben uns nur zutreffende Informationen gegeben. Was mich aufregt, sind zwei Dinge: Die Verschwiegenheit der Army in diesem Fall, die wir nur durch eine dienstliche Anordnung des obersten Chefs durchbrechen konnten, und das auch noch zu spät. Und zweitens, dass wir einfach auch überreagiert haben. Sie hatten es selber gesagt, an der Tür klingeln und höflich fragen ist ja auch ein Weg!

Abermals neigte er den Kopf hin und her.

Da muss man nun den Chef der Londoner Polizei bemühen, dieser rennt zum Innenminister und der dann wieder zum Verteidigungsminister, der dann den offiziellen Befehl gibt, Teile der Akte Fowley freizugeben. Bloß, um einem ehemaligen Soldaten ein Alibi zu geben! Muss denn so was sein?

Schließlich brach Sarah das Schweigen, das sich nach Mullings rhetorischer Frage am Tisch breitgemacht hatte. Sie hatte im Laufe des Vormittages ihre Scheu abgelegt und es war ihr egal, ob das, was sie nun auf Englisch sagte, vielleicht etwas holprig klang.

Wissen Sie, wenn man es genau betrachtet, musste es genauso kommen, wie es gekommen ist. Sehen wir uns die Sachlage doch an: Wir haben zwingende Indizien. Fakt. Der Verdächtige war beim Militär. Fakt. Das Militär unterliegt notwendigerweise einer gewissen Geheimhaltung. Fakt. Ein Sachbearbeiter hat die dienstliche Anordnung, bei einem bestimmten Aktenvermerk keinerlei Auskunft zu geben und zwar egal, wer oder aus welchem Grund jemand sich an die Behörde wendet. Fakt. Ich würde sagen, die Parameter ließen einfach keinen anderen Ausgang zu. Schuldvorwürfe, vor allem persönlicher Art, sind, denke ich, einfach nicht angebracht.

Mulling lächelte Sarah dankbar an und die Übrigen am Tisch nickten zustimmend.

So sehe ich das auch, unterstützte Intendent Perry Sarah.

Sicher ist das, was passiert ist, insgesamt sehr unbefriedigend, und in Bezug auf die Fowleys in höchstem Maße bedauernswert, aber die perfekte Vorbereitung gibt es einfach nicht. Und dass nun ausgerechnet Fowley dies in seinem Leben zweimal erfahren musste...

Wieder nickten alle bedächtig. Irgendwie war die Stimmung eine Mischung aus Resignation und Akzeptanz. Biergläser wurden gehoben und zum Trinken angesetzt, Sarah nahm einen Schluck von dem Weißwein, den sie anstelle des Gerstensaftes von Perry bekommen hatte. Abermals machte sich Schweigen am Tisch breit. Das Resümee war gezogen, der gemeinsame Schluck schien das Thema symbolisch zu beenden.

Was mir jetzt für Sie beide sehr leid tut, tat Mulling einen neuen Gesprächsfaden auf, ist die Tatsache, dass Sie vollkommen umsonst Ihre Reise hier auf die Insel angetreten haben. Sie haben sich diesen Aufwand sicher lohnender vorgestellt.

Er nahm den letzten Schluck von seinem Bier und sah noch einige Sekunden gedankenversunken in das leere Glas.

Aber ich bitte Sie, entgegnete Thomas, der Ausflug hierher hat sich doch auf jeden Fall gelohnt, und sei es, um Ihre Bekanntschaft gemacht zu haben. Und natürlich auch die Ihrer Kollegen, fügte er mit einem Blick auf den CO19-Leiter, Perry und Pooney hinzu.

So eine bilaterale Zusammenarbeit ist doch immer fruchtend! Allerdings, eines muss ich zugeben: Was unseren Mordfall angeht, sind wir natürlich einen ganzen Schritt zurückgeworfen worden. Alles hatte so gut gepasst! Und ich habe derzeit keine vernünftige Idee, wie wir weitere Tatverdächtige ermitteln können.

Thomas stellte sein Glas, aus dem kaum ein Schluck fehlte, auf die Tischplatte.

Aber ein ziemlich entscheidendes Indiz hat uns diese Aktion doch gebracht oder besser bestätigt.

Mulling und die anderen sahen Thomas fragend an.

Auch Sarah setzte ihr Glas ab und betrachtete ihren Kollegen erwartungsvoll.

Ich meine die Tatsache, begann Thomas, dass unser tatsächlicher Mörder, dessen Identität wir zu ermitteln nun wieder weit entfernt sind, wirklich ein Profi ist: Ein perfekt gefälschter Ausweis einer real existierenden Person. So ausgewählt, dass es ihm ein Leichtes war, nicht nur überzeugend seine Identität anzunehmen, sondern sogar sowohl deutsche als auch britische Behörden an der Nase herumzuführen. Ich würde sagen, das stinkt geradezu nach Professionalität.

Die Anwesenden überdachten die Äußerung und schienen zu dem gleichen Schluss zu kommen.

Da könnte wirklich etwas dran sein, sagte Mulling.

Nur fürchte ich, dass Ihnen daraus keine wirklich neuen Erkenntnisse erwachsen.

Er blickte auf eine Taschenuhr, die er an einer silberschimmernden Kette aus seiner Jackentasche zog.

Aber um Ihrem Ausflug hierher noch einen versöhnlichen Abschluss zu verleihen: Es ist so spät, ich denke, selbst mit dem Helikopter schaffen Sie es nicht mehr, heute Abend noch einen annehmbaren Flug zu bekommen.

Er wandte sich an den Polizeichef.

Perry. Was gibt es denn hier in Rugley für Übernachtungsmöglichkeiten?

Der Intendent überlegte nur einen kurzen Augenblick.

Ich schlage das Cedar Tree Hotel vor. Das ist zwar nichts Besonderes, aber es liegt recht zentral und man kann zu Fuß einige nette Pubs erreichen, wenn man noch weggehen will.

Buchen Sie drei Einzelzimmer, erwiderte Mulling, und zu Sarah und Thomas gewandt sagte er:

Machen Sie mir die Freude und seien Sie diese Nacht Gast der britischen Strafverfolgungsbehörde. Ich würde sehr gerne mit Ihnen beiden noch zu Abend essen und Sie dann morgen nach einem schönen englischen Frühstück nach Stansted fliegen lassen.

Sarah und Thomas blicken sich kurz an und Thomas signalisierte Mulling sein Einverständnis.

Gröber rechnet sicherlich nicht vor morgen Abend mit uns. Gönnen wir uns doch diese bescheidene Auszeit.

Ja?

Der Mann beeilte sich, zu dem Satellitentelefon zu gelangen, als dieses begann, dezente Töne von sich zu geben. Wenn auf diesem Apparat angerufen wurde, konnte es nur Salam sein! Salam Bishara war sein Kontakt zu der vierköpfigen Spitze der Organisation, der Einzige, dessen Namen er kannte und auch der Einzige, den er jemals getroffen hatte.

Wir haben ein Problem!

Es war Salams Stimme, ruhig und sachlich wie immer, trotz der Ankündigung von zu erwartenden Schwierigkeiten.

Morimuras Frau hat Besuch von der Polizei bekommen. Und die Nachforschung hat den Verdacht bestätigt: Morimura ist gefunden und identifiziert worden!

Diese Nachricht hatte er als Letztes erwartet! Sofort versuchte er in Gedanken zu klären, wie das hatte passieren können! Fieberhaft analysierte er sein Vorgehen und fahndete nach dem Fehler, der das für unmöglich Gehaltene möglich gemacht hatte. Er konnte keinen plausiblen Grund finden. Salam meldete sich wieder zu Wort.

So unerwartet und unerfreulich diese Nachricht auch ist, wir haben die Situation unter Kontrolle. Es wurden schon entsprechende Maßnahmen ergriffen. Ich wollte es dich aber wissen lassen. Du möchtest vor Ort vielleicht zusätzliche Sicherheitsvorkehrungen treffen.

Die Reaktion war typisch für Salam. Er wusste, dass professionelle Arbeit geleistet wurde und sicher alle Unwägbarkeiten ausgeschlossen worden waren. Dass es trotzdem so weit gekommen war, musste Folge einer allzu unglücklichen Verkettung von Zufällen sein. Deswegen lag auch nicht ein Hauch von Vorwurf in seiner Stimme.

Ich danke dir, Salam, sagte er, ich werde dafür sorgen, dass wir gewappnet sind!

Ich informiere dich, sowie wir mehr wissen, entgegnete Salam.

Es klickte in der Leitung und das Gespräch war tot.

Langsam und nachdenklich legte der Mann das Telefon mit seiner vernarbten Hand auf das Holzbrett vor sich. Er überdachte die Situation.

Wenn durch Zufall die Leiche Morimuras gefunden worden war, so konnte er sich vorstellen, dass es den deutschen Behörden möglicherweise trotz der Beseitigung der Fingerkuppen gelungen war, ihn zu identifizieren. Aber das war nur die eine Seite. Eine Verbindung zu ihm, zur Organisation oder zu den Plänen, die sie verfolgten, herzustellen, schien ihm unmöglich.

Einziger Unsicherheitsfaktor war Morimuras Frau. Sie hatten keine Ahnung, was sie wusste. Aber die hatte man, so hatte es Salam ja versichert, unter Kontrolle und konnte sie, so interpretierte er die erwähnten „Maßnahmen", wenn nötig jederzeit ausschalten. Noch war also nichts verloren.

Welch glücklicher Umstand, dass man auf die weitverzweigten Kontakte der Organisation zurückgreifen konnte. Er musste lächeln. Kein Mensch der westlich-imperialistisch-zionistischen Welt ahnte auch nur, über welche Verbindungen und Ressourcen sie verfügten!

Trotzdem fällte er eine Entscheidung und griff nun zu dem Handy, das er in der Jackentasche hatte.

Nassira sah ihn die ganze Zeit über fragend an. Da sie aber Anspannung in seinem Gesicht las, fragte sie ihn nicht, was passiert war. Sie wusste sehr gut, wann sie ihn besser in Ruhe lassen musste. Wenn er genervt war, konnte er mitunter sehr harsch und unbeherrscht reagieren. So beobachtete sie nur, wie er das Handy, dessen Akku kurz vor dem Aufgeben war, in die Ladeschale legte, Ahmeds Nummer wählte und die beiden Geräte an sein Ohr hielt. Nach zweimaligem Klingeln ging Ahmed an den Apparat.

Ahmed!, meldete er sich gewohnt knapp.

Ich habe hier noch einige Ausrüstungsgegenstände, die wir benötigen!

Ich höre.

Er dachte einen kurzen Moment nach.

Als Erstes einige Pfund Semtex oder C4, dazu Zündkapseln und einen Fernauslöser.

Er konnte Ahmed am anderen Ende der Leitung Schlucken hören.

Ist das ein Problem?, fragte er deshalb.

Nein, kein Problem, allerdings kann das ein, zwei Tage dauern.

Mach so schnell, wie es geht!

Ok, was noch?

Eine Handfeuerwaffe mit ausreichend Munition für jeden! Kalaschnikow, MP5, UZI, egal. Wenn möglich einige Handgranaten. Und ganz wichtig: zusätzlich zwei Präzisionsgewehre!

Am anderen Ende raschelte das Papier, auf dem Ahmed eifrig mitschrieb.

Was für die ganz langen Distanzen im Kaliber .50 B.M.G.? fragte dieser nach.

Der Gefragte machte sich ein Bild von der Einsatzumgebung.

Nein, sagte er schließlich.

Ein M16 mit guter Zieloptik oder was Vergleichbares reicht!

Ich kann kurzfristig ein Sako TRG 21 besorgen, versprach Ahmed.

Sehr gut! Genau das Richtige!

Er sparte nicht an Lob.

Als Zweites kann ich ein M40A3, ebenfalls im Kaliber 7,62 NATO auftreiben, wenn es nicht stört, dass damit schon gearbeitet wurde.

Er überlegte einen Moment, und kam zu dem Schluss, dass es unerheblich war, ob im Zweifelsfall durch die Behörden festgestellt werden konnte, dass mit der Waffe bereits irgendein israelischer oder amerikanischer Politiker erschossen oder ein hochrangiger Militär eliminiert wurde.

Das geht in Ordnung, raunte er in das Telefon.

Nassira, die angestrengt versucht hatte, auch die Worte am anderen Ende der Leitung zu verstehen, rückte näher an ihren Partner und legte ihren Arm um seine Schultern. Sie beobachtete genau seine Reaktion, aber er lehnte sich in die Berührung und schien die Nähe zu mögen. Also begann sie, seinen Nacken leicht zu massieren. Ein kurzes Lächeln bestätigte ihr, im Moment nichts falsch zu machen.

Ahmed schien mit seinen Aufzeichnungen fertig zu sein und meldete sich wieder.

Ok, habe ich! War das alles?

Das war alles! Wann können sich die Anderen in Bewegung setzen?

Kurzes Zögern verriet, dass Ahmed sich nicht sicher war, wie schnell er die georderten Waffen beschaffen konnte.

In zwei Tagen, sagte er schließlich.

Das würde bedeuten, dass sie in vier Tagen zu ihm stoßen könnten. Das war akzeptabel.

Also gut.

Er legte auf und stellte das Handy samt Ladeschale auf den provisorischen Schreibtisch. Sollte es der Polizei doch durch irgendeinen Zufall gelingen, auf ihre Spur zu kommen, würden sie gerüstet sein!

Er drehte sich zu Nassira, legte seine Arme um ihre Hüften und zog sie zu sich.

Die Abendsonne schien bereits mit einem leichten Goldton in Gröbers Büro, als Sarah und Thomas den Raum betraten und durch einen kurzen Wink aufgefordert wurden, sich zu setzen. Nach einem sehr unterhaltsamen Abend mit Chief-Superintendent Mulling hatten die beiden am Morgen etwas länger geschlafen, und jeder war im eigenen Zimmer, so wie sie abends zuvor zu Bett gegangen waren, leicht verkatert aufgewacht. Trotzdem war es ihnen dank des Helikopters und eines Telefonates von Mulling gelungen, einen Flug nach Basel um 12.30 Uhr zu bekommen. Als sie jedoch um 15.00 Uhr auf der Dienststelle in Freiburg eingetroffen waren und Gröber einen detaillierten Bericht geben wollten, war dieser nicht im Büro anzutreffen.

„Er hat einen wichtigen Auswärtstermin", hatte Helen sie informiert, und ihr Gesichtsausdruck ließ keinen Zweifel daran, dass es um die Dringlichkeit nicht unbedingt so bestellt war, wie es klang.

Da bis Gröbers Rückkehr weitere vier Stunden ins Land gezogen waren, konnten Sarah und Thomas den Bericht bereits in ausgedruckter Form mitbringen. Thomas reichte die Formulare und den Freitext über den Schreibtisch, bevor er sich auf den Stuhl fallen ließ. Gröber nahm die Blätter entgegen, legte sie jedoch unbesehen beiseite und sah die beiden Ermittler erwartungsvoll an. Wie Thomas ließ er sich die Dinge, wenn sich die Möglichkeit bot, lieber erzählen, als sich mühsam durch die trockenen Protokolle zu arbeiten. Da er bis auf das „Guten Tag" das er bei Sarahs und Thomas' Eintreten von sich gegeben hatte, beharrlich schwieg, ergriff Sarah das Wort.

Nun, da sind wir wieder. Wie schon am Telefon gesagt, das Unternehmen war ergebnislos für uns und für die britischen Kollegen fast schon eine kleine Katastrophe, begann sie.

Was genau wollen Sie noch wissen?

Gröber legte die gefalteten Hände an die Nasenspitze und blickte mit neutraler Miene von einem zum anderen. Es dauerte eine ganze Weile, bis er seine Überlegungen abgeschlossen hatte und antwortete.

Wie haben denn die Briten reagiert, als klar wurde, was für ein Desaster die Operation war?

Erwartungsgemäß galt Gröbers größte Sorge der Reputation seiner Abteilung und seinem eigenen Ruf.

Sarah beruhigte ihn.

Die örtlichen Behörden, allen voran Chief-Superintendent Mulling, sehen die Ursache für die unglückliche Situation ausschließlich begründet in der mangelnden Kommunikation und Kooperation der Institutionen auf britischer Seite. Unsere Ermittlungsergebnisse werden vorbehaltlos akzeptiert und unserer Seite werden keinerlei Vorwürfe gemacht.

Auch wenn Gröber nicht im sprichwörtlichen Sinn aufatmete, so lehnte er sich doch merklich entspannt zurück. Er schlug die Beine übereinander und legte die Hände auf seinen Bauch.

Die Spur war also nichts wert, resümierte er.

Was für Auswirkungen hat das Ihrer Meinung nach auf den Fall? Wie wollen Sie weiter vorgehen?

Thomas schüttelte leicht den Kopf.

Auch wenn uns die Spur nicht zum Täter geführt hat, so offenbart sie doch Einiges. Nämlich das professionelle Vorgehen des richtigen Täters. Deswegen haben wir meiner Meinung nach trotz allem nun die Gewissheit, dass es sich um einen Profi handelt.

Gröber wog das Argument mit leicht wiegendem Kopf ab, sagte aber nichts.

Und was die weitere Vorgehensweise angeht, so schlage ich vor, nun doch LKA und BKA intensiver in die Recherche einzubinden, auch wenn wir das Risiko eingehen, uns einen Terrier aufzuhalsen.

Gröber verzog leicht das Gesicht, schien aber einzusehen, dass dies zum gegenwärtigen Zeitpunkt eine vernünftige Option schien.

Was macht die Suche nach dem Tatort?, fragte er nach.

Bernauer, Pfefferle, Polocek und Neubauer sind dran, die in Frage kommenden Etablissements abzuklappern, antwortete Sarah.

Wir erhoffen uns davon immer noch neue Erkenntnisse.

Und was machen Sie beide im Moment?

Es war Gröber anzumerken, dass er bereits am Kalkulieren war, wie lange er noch drei volle Ermittlerteams und die Infrastruktur sowie die Logistik für den Fall aufwänden sollte.

Wir werden jetzt noch einmal alle Fakten neu sichten, den Schwerpunkt auf unsere Profitheorie legen und nach weiteren Ermittlungsansätzen suchen. Möglicherweise liefern uns auch die japanischen Behörden noch wichtige Fakten.

Gröber klopfte mit dem Zeigefinger auf die Schreibtischkante und überlegte.

Also gut, sagte er schließlich, treten Sie nochmals an BKA und LKA heran. Aber zunächst wirklich nur für Back-Office-Tätigkeiten. Provozieren Sie keinesfalls ein Eingreifen durch die ermittelnden Abteilungen. Dann machen Sie Ihre Analyse und lassen Sie die beiden anderen Teams noch weiter nach dem Tatort suchen. Ich gebe Ihnen jetzt noch drei Tage, wenn bis dahin nichts Verwertbares oder Weiterführendes herauskommt, ziehe ich Personal ab. Ich warte nicht mehr lange, dann geht der Fall als ungelöstes Tötungsdelikt zu den Akten. Ich sehe einfach keine weiteren Ansatzpunkte. Und vielleicht war es ja doch eine Tat aus dem Affekt, ohne Planung und ohne irgendwelche Hintergründe!

Thomas war nicht begeistert, aber er nickte.

Rufen Sie die Anderen morgen zusammen und informieren Sie sie über den Stand. Wenn sich nichts ergibt, worüber ich Bescheid wissen müsste, sehen wir uns in drei Tagen hier wieder. Lassen Sie sich von Helen einen Termin geben!

Sarah und Thomas erhoben sich und verließen das Büro ebenso grußlos, wie sie Gröber eben entlassen hatte.

Was hältst du denn davon, wenn wir die, sagen wir, internationalen Verknüpfungen noch etwas höher aufhängen?, fragte Pfefferle Thomas.

Dieser hatte seinen Bericht von dem Einsatz in England und der Unterredung mit Gröber eben abgeschlossen.

Immerhin hatte unser Mörder, und dessen sind wir uns ja sicher, einen so perfekt gefälschten britischen Reisepass bei sich, dass wir und sogar die Behörden in Großbritannien darauf hereingefallen sind. Gut, die hatten nur die gescannte Version, aber trotzdem...

Sarah blickte Pfefferle fragend an.

Worauf willst du hinaus?

Das BKA und Interpol konnten uns ja bei unserer ersten Nachfrage schon nichts liefern. Natürlich lag das daran, dass wir mit dem Reisepass ja auch eine eindeutige Identifizierung hatten. Das hat deren Eifer, zu unseren Ermittlungen in irgendeiner Form beizutragen, sicherlich gedämpft. Was ich meine, ist, dass unser Mörder dem Foto in dem Pass ja zumindest so ähnlich sah, dass er damit Teile einer sehr teuren Tauchausrüstung ausleihen konnte. Wenn wir nun diesen, wie hieß er doch gleich... Bühler, Dennis Bühler, ein Phantombild von ihm erstellen lassen? Ohne ihm noch mal den Pass zu zeigen! Und dann mit Hilfe des Passbildes und der Phantomzeichnung noch mal an die Stellen herantreten?

Er schielte jetzt zu Thomas, der mit verschränkten Armen nachdenklich auf der Tischkante Platz genommen hatte.

Ich meine auch an Stellen, die wir, mhmmm, ich würde sagen, nicht so ohne Weiteres offiziell kontaktieren können?

Thomas ließ sich den Denkanstoß ausgiebig durch den Kopf gehen. Alle anderen sahen gespannt zu Pfefferle und Thomas. Keiner der Anwesenden verstand, was Ersterer mit diesen Andeutungen sagen wollte. Thomas verharrte noch einige Momente still und schien dann zu einem Entschluss gekommen zu sein.

Das machen wir, sagte er bestimmt.

Ich weiß nicht, was Gröber davon hält, aber da das Ganze inoffiziell läuft, wirbeln wir keinen Staub auf. Also sollte es ihm recht sein.

Er wies mit dem Zeigefinger auf Neubauer.

Thorsten, Sie setzen sich mit Dennis Bühler in Verbindung und vereinbaren so schnell wie möglich einen Termin mit unserer Phantomzeichnerin. Die Kontaktdaten stehen in den Ermittlungsprotokollen. Holen Sie ihn ab und kümmern Sie sich um ihn. Sowie wir die Bilder haben, werde ich sie weitergeben. Ungeachtet dessen gibt es ja noch andere Spuren. Karen, Hans Nico, versucht weiter, die Absteige von Morimura zu finden. Der Faden ist zwar dünn, aber vielleicht bringt uns eine kriminaltechnische Untersuchung des Zimmers, sollten wir es denn finden, doch noch weiter. Immerhin könnte es der Tatort sein. Sarah, du und ich, wir kümmern uns wieder um den Hintergrund Morimuras in Japan. Gonda wartet ja sicherlich auch schon seit vorgestern auf eine Reaktion unsererseits. Alles klar? Dann los!

Sarah war wieder fasziniert, mit welchem Elan Thomas die Aufgaben an die Kollegen delegierte und sie zu motivieren suchte, war doch die Ermittlung angesichts des fatalen Fehlschlages in England eigentlich fast schon totgelaufen. Doch anstelle, wie sonst üblich, die Unterlagen zu greifen und an die Arbeit zu gehen, blickten alle Thomas abwartend an. Selbst Thorsten Neubauer, sonst befleißigt, die ihm übertragene Tätigkeit ohne zu zögern wahrzunehmen, war noch nicht einmal aufgestanden. Lediglich Hans Pfefferle ordnete seine Papiere, stieß den Stapel einige Male auf dem Tisch auf und steckte ihn in seine Arbeitsmappe. Dann stutzte er, weil immer noch alle am Tisch saßen.

Ich glaube, sagte er grinsend, deine Kollegen wollen wissen was du mit dem Passbild und den Phantomzeichnungen von Mr. X machen willst, wenn sie vorliegen.

Er hatte die abwartende Haltung der Anderen richtig gedeutet, machte sich doch nach seiner Bemerkung ein herausforderndes Grinsen auf deren Gesichtern breit.

Thomas schaute mit erhobenen Augenbrauen auf, als schien er jetzt erst zu bemerken, dass noch niemand Anstalten gemacht hatte, den Raum zu verlassen.

Ach so, ja klar. Kein großes Ding, sagte er, ich habe einen alten Freund aus meiner Zeit bei der Marine. Sarah, du kennst ihn vom Namen her. Leon. Mit dem ich neulich surfen war.

Sarah nickte.

Er hat nach dem Kommiss auch eine Laufbahn bei einer, sagen wir, polizeiähnlichen Behörde eingeschlagen, sprich: Er ist beim BND gelandet.

Oha! Karen Polocek war sichtlich beeindruckt.

Und da wir diese Truppe nicht so ohne Weiteres frontal angehen können, willst du es über ihn versuchen. So ganz unter Freunden.

Thomas nickte.

Jepp! Ich meine, fragen kostet nichts, und Leon ist immer für einen Gefallen gut. Habe ihm ja auch schon das ein oder andere Mal aus der Patsche geholfen. Ich werde ihn also bitten, unauffällig mit den Bildern hausieren zu gehen. Er hat durch seine Tätigkeit der letzten Jahre auch beste Kontakte zu, nun, nennen wir es äquivalenten Organisationen befreundeter Nationen.

CIA, MI6, DGSE, GRU…, gab Nico Berner halblaut und mit einem leicht spöttelnden Unterton von sich.

Thomas ließ sich von Berner nicht provozieren und blickte in die Runde.

Wenn, wie Hans es aufgrund des professionellen Vorgehens und des Reisepasses vermutet, unser Täter im weitesten Sinne mit diesem Umfeld zu tun hat, haben wir eine zugegebenermaßen winzige, aber doch immerhin eine Chance, etwas zu erfahren.

Er hielt einige Sekunden still und sah einen nach dem anderen an. Immer noch schien keiner daran zu denken, sich zu erheben.

Und, fuhr er fort, so spannend das Ganze im Vergleich zu unseren momentanen Aufgaben auch sein mag, gehen wir jetzt konzentriert an die Arbeit. Es wird eine Weile dauern, bis ich von Leon Informationen bekomme, ganz zu schweigen, dass wir dafür erst mal die Bilder brauchen.

Sein strenger Blick blieb nach diesen Worten auf Neubauer liegen, der nach einem kurzen Moment der Informationsverarbeitung sofort aufsprang und mit einem gestammelten: „Bin schon unterwegs“ aus dem Raum stürmte. Auch Karen Polocek, Sarah und Berner, Letzterer mit einem süffisant amüsierten Blick, sammelten ihre auf dem Tisch verteilten Dokumente ein und packten zusammen. Einer nach dem anderen verließ den Raum, um sich an die zugewiesene Arbeit zu machen. Sarah blieb sitzen, bis auch Thomas seine Unterlagen, ohne sie irgendeiner Ordnung oder Sortierung zu unterziehen, in die dunkelblaue Nylon-Aktentasche stopfte und den Reißverschluss zuzog.

Im Schein der Taschenlampen folgten Nassira und ihr Partner dem eben betonierten Gang. Immer da, wo Verzweigungen oder Abbiegungen einen alternativen Weg anboten, konnten sie verlässlich anhand des Betonbodens den wahrscheinlichsten Weg wählen, ohne mit Markierungen oder einer Schnur den Rückweg zu sichern. Nach gut zehn Minuten, während derer der Gang niemals schmaler als knappe drei Meter geworden war, gelangten sie an eine Abzweigung, an der in beiden Richtungen der Boden auszementiert war. An dieser Stelle bückte sich Nassira und malte mit etwas Kreide einen gut erkennbaren Pfeil auf den Boden, der in Richtung des Schachtes wies. Dann nahmen sie die Abzweigung, die nach links führte, mussten aber feststellen, dass hier nach wenigen Metern eine Sackgasse war. Eine massive Wand aus naturgewachsenem Granit markierte das Ende dieses Stollens. Also drehten sie um, Nassira malte das Symbol für ein totes Ende auf den Boden und sie gingen den ursprünglichen Stollen weiter. Doch nach etwa 30 Metern endete zwar nicht der Stollen, wohl aber der Zementboden. Von nun an bildete wieder roh behauener, äußerst unwegsamer Fels den Fußboden, und nach und nach wurde der Gang auch enger. Nach wenigen Metern drehte sich der hochgewachsene Mann um.

Hier kann es nicht sein!, sagte er.

Durch diesen Stollen hätte man niemals die erforderlichen Maschinen transportieren können! Man könnte kaum einen Kinderwagen über diesen Boden schieben!

Nassira leuchtete den Boden ab, besah sich die Wände und nickte zustimmend.

Haben wir uns geirrt? Sind wir doch noch nicht im richtigen Stockwerk?

Lass uns noch mal zu der Abzweigung gehen, entgegnete er.

Die Indizien sind so eindeutig, ich möchte an dieser Stelle diese Ebene noch nicht aufgeben!

Nassira und er machten kehrt und gingen noch einmal zu dem kurzen Blindgang, bis sie vor der Wand aus Granit standen. Ohne ein Wort an Nassira zu richten untersuchte er peinlich genau den Boden der Sackgasse. Er nahm sich viel Zeit, zog sein Einhandmesser, stocherte in den Ecken und klopfte mit dem Griff den Fels ab. Schließlich erhob er sich.

Raffiniert, sagte er, äußerst raffiniert!

Er zeigte Nassira die Stellen, an denen er mit seinem Messer scheinbar mühelos den Fels weggekratzt hatte.

Dieser Granitblock hier, er klopfte gegen den Stein, ist eine Tür. Als sie zum letzten Mal verschlossen wurde, hat man eine Art Granitmörtel ungleichmäßig in die Ecken gestrichen und gemäß dem Fels modelliert, damit man die Fugen nicht erkennen kann!

Nassira beugte sich zu der Stelle, an der von dem Mörtel Teile weggesplittert waren. So wie es aussah, war das wirklich des Rätsels Lösung. Hätte sie der ebene Zementboden nicht bis hierhin geführt, wäre die Tarnung der Tür perfekt gewesen!

Und nun?, fragte sie.

Als erstes besorgen wir uns ein weiteres Notstromaggregat. Dann verschaffen wir uns hier unten Licht und haben auch die Möglichkeit, dem Mörtel mit einem Meißel oder Ähnlichem zu

Leibe zu rücken. Wenn wir alles davon entfernt haben, werden wir sehen, wie sich diese Tür öffnen lässt. Das war es für diese Nacht!

Ohne sich die Geheimtür noch einmal anzusehen, drehte er sich um und Nassira musste sich beeilen, um seinem entschlossenen Schritt zu folgen.

Am darauffolgenden Abend um 20 Uhr trafen sich Karen Polocek, Nico Berner, Thorsten Neubauer, Sarah und Thomas zu einer inoffiziellen Besprechung im kleinen Konferenzraum des Polizeipräsidiums, um sich den Bericht von Leon Berger, der Neuigkeiten angekündigt hatte, anzuhören. Pfefferle war schon Richtung Münstertal aufgebrochen, weil er und seine Frau irgendeine Veranstaltung der Pfarrgemeinde hatten, wo sie, seit sie alleine lebten, sehr aktiv waren. Offensichtlich im Zwiespalt hatte er sich verabschiedet und nochmals auf die Selbstverständlichkeit hingewiesen, ihm am folgenden Tag „auch ja alles zu berichten". Die Uhrzeit hatte Thomas bewusst gewählt und die Teilnahme freigestellt. Er wollte vor allem vermeiden, dass Gröber anwesend war. Außerdem musste er ja auch Leon Berger die Gelegenheit geben, die Sache unter der Hand zu behandeln und dieser hatte der Uhrzeit zugestimmt. Mit Sarah und Karen hatte Thomas gerechnet, und da Neubauer stets fleißig war, sich seine Sporen zu verdienen, überraschte auch seine Anwesenheit nicht. Aber dass Nico Berner den Weg ins Konferenzzimmer zu dieser Stunde gefunden hatte, obwohl er recht spöttisch auf Thomas' Vorschlag reagiert hatte, verwunderte schon ein wenig.

Wahrscheinlich, dachte Sarah, findet er das Ganze doch interessanter, als er zugeben möchte.

Thomas startete den PC auf dem Konferenztisch. Während das Gerät hochfuhr, ließ er die elektrisch betriebene Leinwand am Kopfende des Raumes hinunter und aktivierte den Beamer, der am anderen Ende unter der Decke hing. Kaum hatte er den Modus „Eingehende Rufe überwachen" aktiviert, als auch schon mit einem leisen Piepsen signalisiert wurde, dass ein anderer Rechner versuchte, eine Verbindung aufzubauen. Als das Gerät nach wenigen Bruchteilen von Sekunden die Verschlüsselung und Authentizität der Anfrage bestätigt hatte, gewährte Thomas seinerseits den Verbindungsaufbau mit einem Mausklick.

Sofort erschien ein Gesicht auf der Leinwand. Der Mann war wie Thomas unrasiert, schien drahtig zu sein, hatte hellblaue Augen und sehr buschige, blonde Augenbrauen. Der Haarschnitt war militärisch kurz, es war klar zu erkennen dass hier ein Rasierapparat seine Arbeit verrichtet hatte. Um seine wachen Augen bildeten sich bereits einige Falten, deren Ursache möglicherweise zu viel Zeit in der Sonne war. Er mochte vielleicht ein halbes Jahrzehnt älter als Thomas sein, allerdings begannen die blonden Stoppeln an den Schläfen bereits zu ergrauen. Leon Berger blickte sich um, und als er Thomas sah, verzog er sein Gesicht zu einem breiten Grinsen.

Ah! Da ist ein bekanntes Gesicht! Hier bin ich also richtig, sagte er, während sich die Fältchen an den Augen und im Mundwinkel noch weiter kräuselten.

Grüß dich Leon, entgegnete Thomas, ja du bist richtig. Vielen Dank für deinen Anruf. Bevor wir anfangen, sage ich dir noch, wer alles da ist.

Thomas stellte einen nach dem anderen vor. Leon Berger musterte alle ganz genau und nickte jedem zu. Bei Karen und Sarah war seine Miene besonders charmant.

Das war es, schloss Thomas, nachdem er die Vorstellung mit Neubauer beendet hatte, wir sind vollzählig!

Das heißt, Gröber, die Pfeife, gehört nicht zu eurer trauten Runde?, fragte Berger und abermals warfen die Fältchen in seinem

Gesicht Berge und Täler um sein Grinsen. Obwohl ihn keiner der Anwesenden außer Thomas kannte, war sofort Sympathie auf den Gesichtern der anderen Ermittler abzulesen.

Wir hielten ihn für abkömmlich, ahmte Thomas Gröbers leicht näselnde, hohe Stimme nach.

Lasst uns gleich loslegen, setzte er mit normaler Stimme hinzu.

Also gut, begann Berger, wie viel Zeit habt ihr mitgebracht? Ich habe einiges zusammentragen können. Immer vorausgesetzt, es handelt sich dabei um die Person, die wir vermuten!

Ihr konntet ihn tatsächlich identifizieren?, preschte Thomas in vollkommen ungewohnter Manier los.

Wie hast du es rausgefunden?

Ich habe, antwortete Berger, deine Bilder erst mal so gut es ging, versucht zu biometrisieren und dann durch unsere Datenbanken gejagt. Aber so sehr ich auch an den Parametern gespielt habe, ich konnte keine vernünftige Übereinstimmung finden. Sogar unseren Spezialisten habe ich unter einem Vorwand und gegen Abgabe einer Flasche Veuve Clicquot für ein paar Stunden an diese Aufgabe gesetzt. Leider gab auch das keine brauchbaren Ergebnisse.

Berger sprach absolut sachlich und ruhig. Er redete offensichtlich frei und ohne Stichwortzettel, denn er sah die Teilnehmer der Konferenz immer abwechselnd an.

Also habe ich versucht, eure bisherigen Ergebnisse mal unter anderen Gesichtspunkten anzusehen, sprich, die Fakten nach weiteren oder unterschiedlichen Zusammenhängen zu durchleuchten.

Ein nicht sehr vielversprechendes Unterfangen, entfuhr es Berner, der sofort von Thomas mit einem strengen Blick abgestraft wurde.

Berger jedoch ließ sich nicht beirren.

Langer Rede, kurzer Sinn: habt ihr einmal nachgedacht, warum euer Mörder ausgerechnet die Identität eines britischen SAS-Soldaten benutzt hat?

Neubauer preschte vor.

Um, im Falle einer Identifizierung des Toten, die Behörden, also uns, auf die falsche Fährte zu locken!

Berger lächelte und zeigte die leichte Andeutung eines Kopfschüttelns.

Da bin ich, und übrigens auch unsere Analysten, anderer Meinung. Er hat diese Identität benutzt, *weil sie ihm zur Verfügung stand!*

Den letzten Satzteil hatte Berger sehr betont und akzentuiert ausgesprochen, so, als wollte er die Ermittler auf einen bestimmten Weg bringen. Prompt war es Thomas, der verstand, worauf sein Freund hinaus wollte.

Du meinst, das hat etwas mit Fowleys Gefangennahme durch die islamistischen Terroristen seiner Zeit zu tun?

Berger nickte.

Und nun seht euch das Bild von Fowley noch mal an. Ich weiß, angesichts Globalisierung, Gaststudenten, Fremdarbeitern, Einbürgerungen et cetera ist das Folgende eine gewagte Annäherung. Aber wohin würdet ihr Fowley, geographisch betrachtet, ohne jedes Hintergrundwissen stecken?

Da niemand einen Vorstoß wagte, beantwortete Berger seine Frage selbst.

In den Nahen Osten oder nach Vorderasien. Das war meine erste Assoziation.

Die Runde nickte einträchtig, es wurde aber kein Wort gesprochen. Also nahm Berger den Faden wieder auf.

Also habe ich in meinem Schwarzen Buch die Nummer von einer, sagen wir, Bekannten rausgesucht, die für die Kollegen in Israel arbeitet. Um es auf den Punkt zu bringen, sie ist Katsa beim Mossad.

So, jetzt wird es spannend, tönte Nico Berner und nahm eine lässige Körperhaltung ein, die Arme hinter dem Kopf verschränkt.

Ob seine Bemerkung ironischer Natur oder ernst gemeint war, ließ sich in diesem Augenblick nicht sagen.

Ohne darauf in irgendeiner Form zu reagieren, berichtete Berger weiter.

Sie hat mir alle nun folgenden Informationen zukommen lassen. Shoshanna, so heißt sie übrigens wirklich, konnte ihn auf unseren Bildern nicht zu 100 Prozent identifizieren, aber hält es für gut möglich, wenn nicht sogar sehr wahrscheinlich, dass es sich hier um Mahmoud Chalid al-Qaradawi handelt.

Berger blendete ein ziemlich verschwommenes Foto ein, auf dem eine Gruppe von fünf Menschen in traditioneller arabischer Kleidung abgebildet war. Um eine Person war ein roter Kringel gezogen, von dem aus ein Pfeil auf den Namen al-Qaradawi deutete. Dann poppte ein weiteres Fenster auf, diesmal mit dem Foto einer Person im Halbprofil. Auch dieses Bild war nicht ganz scharf, jedoch war eindeutig die Ähnlichkeit zu dem Mann auf dem Passbild und der Phantomzeichnung zu erkennen.

Die Bilder maile ich dir nachher noch von meinem privaten E-Mail account zu, sagte Berger beiläufig, bevor er fortfuhr.

Doch jetzt zu den Fakten, was Mahmoud Chalid al-Qaradawi angeht: Die gesicherte Dokumentation seines Lebens beginnt im Februar 1983. Aus diesem Jahr existieren Adoptionsunterlagen, derer zufolge er als Vollwaise von einem Arzt aus Beirut, Saad Yassir al-Qaradawi und dessen einziger Frau, Ayse al-Qaradawi, beide Libanesen palästinensischer Abstammung, aufgenommen wurde. Zu dieser Zeit ist er etwa neun Jahre alt. Als Geburtsdatum geben die Adoptiveltern den 10. April 1973 an. Ob es sich dabei wirklich um seinen Geburtstag handelt, ist unsicher. Möglicherweise ist es auch ein symbolisches Datum.

Was war denn am 10. April 1973?, fragte Nico Berner, der trotz seiner scheinbar gelangweilten Pose Bergers Bericht aufmerksam zuzuhören schien.

An diesem Tag, antwortete der Gefragte, hat ein Kommando der Sajeret Matkal in einer Nacht-und-Nebel-Aktion drei Mitglieder der PLO liquidiert. Die PLO und die DFLP haben zu dieser Zeit, wie allgemein bekannt ist, aus dem Süden des Libanon ihren Terror-Krieg gegen Israel geführt. Für Israel war das ein legitimer Schlag gegen einen Kriegsgegner. Das Echo der Weltöffentlichkeit war damals allerdings äußerst zwiespältig. Die Aktion hat hohe Wogen geschlagen und wird als ein weiterer Meilenstein in der Radikalisierung der Beziehungen zwischen Israel und den Palästinensern gesehen.

Thomas beugte sich vor.

Auch wenn mir das genaue Geburtsdatum von Mahmoud eigentlich egal ist, interessehalber die Frage, warum diese Aktion des Sajeret Matkal so viel Aufmerksamkeit erregt hat.

Das hat zwei Gründe, antwortete Berger, der immer noch nicht in Papieren nachschlug oder auf einen Zettel schaute, sondern Thomas konzentriert fixierte.

Zum einen: Es handelte sich bei den Getöteten um die Führungsspitze der PLO: Höchstrangig und wahrscheinlich primäres Ziel des Sajeret Matkal war Yusuf an-Naddschar, genannt Abu Yusuf, damals vermutlich Stellvertreter Arafats und Chef der Terrorgruppen. Das zweite Opfer hieß Kamal Adwan und war aller Wahrscheinlichkeit nach der Kommandeur der Fatah. Bei dem dritten handelte es sich um Kamal Nassir, der, und das ist Fakt, damals der Sprecher der PLO war. Der zweite Grund ist, dass bei einer zweiten Aktion der Operation „Frühling der Jugend", so der Codename beim israelischen Militär, eine europäische Zivilistin getötet wurde. Ein Team des Kommandos hatte den Auftrag, eine Sprengstofffabrik der Fatah zu sprengen. Bei der sonst erfolgreichen Aktion kam eine italienische Staatsbürgerin, die nebenan wohnte, ums Leben.

Verstehe, sagte Thomas, und ich vermute, dass du gleich zu Beginn mit Fakten aus dem Nahostkonflikt anrückst, hat seine Gründe?

Berger nickte.

Mal davon abgesehen, dass das ziemlich nahelag, hast du leider recht mit deiner Äußerung. Denn der schwelende oder auch offene Konflikt hat sehr bestimmend auf das Leben von unserem Freund Mahmoud Einfluss genommen.

Wie auf das Leben fast aller Menschen, die in dieser Region leben, schnaubte Nico Berner.

Mal Hand aufs Herz, glaubt ihr, da unten lebt auch nur ein Mensch, der nicht schon unter dem Terror der Palästinenser oder dem der Israelis zu leiden hatte? Einen einzigen, der nicht schon Bekannte, Freunde oder Verwandte verloren hat?

Karen Polocek schoss in die Höhe.

Wie kannst du es wagen, die Aktionen der israelischen Regierung „Terror" zu nennen! Das Volk hat ein Recht auf Selbstverteidigung! Wie würdest du reagieren, wenn täglich Raketen in deiner direkten Nachbarschaft einschlügen? Oder du im Café ständig Angst haben müsstest, dein Tischnachbar sprengt sich gleich in die Luft!

Berner konterte angriffslustig.

Ach! Und wie würdest du es finden, wenn irgendwann eine Gruppe von Menschen im fernen New York auf einmal sagt, das Gebiet, in dem du und deine Vorfahren seit tausenden von Jahren leben, wird jetzt einfach mal zu einem neuen Staat erklärt? Und der wird von einer anderen Religionsgemeinschaft besiedelt, deren Mitglieder aus der ganzen Welt angekarrt werden, die dich nach und nach aus deinem Lebensraum verdrängen?

Was ist eigentlich los mit dir?

Karen war aufgesprungen und lehnte sich über den Tisch in Richtung Berner. Sie hatte einen hochroten Kopf.

Hast du im Geschichtsunterricht nicht aufgepasst? Oder habt ihr in Argentinien noch Bücher von vor 1945 verwendet?

Was, verdammt, willst du mir denn damit unterstellen?

Nico war ebenfalls von seinem Stuhl aufgestanden, sein Gesicht von Ärger verzerrt.

Hast du vielleicht eine Ahnung, warum ich in Argentinien groß geworden bin?

Sein Atem ging schwer, aber zur Überraschung aller setzte er sich wieder auf seinen Stuhl. Mit ruhiger, sachlicher Stimme wandte er sich an die ganze Runde.

Lasst mich Folgendes klarstellen: Die Israelis haben meine volle Sympathie, sie haben meinen Respekt und, aus der Geschichte heraus, gönne ich ihnen von Herzen einen Staat und Ruhe und Frieden mit ihren arabischen Nachbarn. Aber ich schäme mich nicht, zu sagen: Mit vielen ihrer militärischen oder siedlungspolitischen Aktionen der vergangenen Jahre hat die Führung nun mal viel von der Sympathie und dem Respekt verspielt!

Karen, auch etwas ruhiger, ließ nicht locker

Aber wer hat denn mit dem Terror angefangen? Auf wessen...

Schluss jetzt!!

Thomas, der keine kostbare Zeit bei der Diskussion verschwenden wollte, wer nun in dem grotesken Spiel des Mordens und der Vergeltung Aggressor, wer Opfer und wer Täter war, machte einen Schnitt.

Einigen wir uns an dieser Stelle darauf, dass in der Region eine historisch bedingte, nicht von heute auf morgen zu lösende Situation herrscht, in der man für beide Seiten Verständnis und auch für beide Seiten Unverständnis aufbringen kann. Wir werden an diesem Tisch sicher keinen Einfluss auf die dortigen Prozesse nehmen können. Leon, erzähl bitte weiter!

Sein Ton war so bestimmend, dass keiner mehr ein Wort sagte. Die erste Regung machte Neubauer, der ein Taschentuch hervorkramte und sich den Schweiß von der Stirn wischte. Berger, der die Diskussion süffisant lächelnd in Stille verfolgt hatte, fuhr nach einigen Momenten der Stille fort.

Ich werde leider nochmal Öl in das Feuer gießen, das du gerade zu löschen versucht hast, Thomas. Die Zeit nach Mahmouds Adoption durch Saad Yassir und Ayse al-Qaradawi ist ziemlich gut und auch glaubhaft dokumentiert. Darauf komme ich im Anschluss. Ich möchte euch aber auch noch mitteilen, was vermutlich vor Februar 1983 mit dem kleinen Jungen passiert ist.

Ist das wichtig?, fragte Thomas

Es malt ein ziemlich gutes Gesamtbild und fördert das Verständnis für Mahmoud, seine heutige Einstellung und sein Handeln. Und das kann ja möglicherweise für euch bei der Findung eines Motivs hilfreich sein. Auch wenn ich zugebe, dass derzeit kein zwingender Zusammenhang mit eurem Fall erkennbar wäre.

Berger hielt inne und wartete auf eine Reaktion von Thomas.

Wir sollten vielleicht erst mal alle Puzzleteile gesehen haben, bevor wir anfangen, sie zusammenzulegen, sagte dieser. Also los!

Diesmal räusperte sich Berger und griff nach einem außerhalb der Videoprojektion befindlichen Wasserglas. Er nahm einen Schluck und blickte wieder in die Runde, bevor er anfing zu sprechen.

Mahmoud tritt im Februar 1983 als etwa Neunjähriger als Adoptivkind der al-Qaradawis in Erscheinung. Al-Qaradawi ist zu diesem Zeitpunkt, wie gesagt, Arzt in Beirut, wo er eine kleine allgemeinmedizinische Praxis betreibt. Seine Frau unterstützt ihn als Sprechstundenhilfe, sie ist gelernte Chemielaborantin. Die beiden gehören also der gebildeten Mittelschicht bzw. unteren Oberschicht in Beirut an.

Berger blendete ein Foto ein, auf dem ein etwa 40-jähriger Mann und eine etwas jüngere, sehr attraktive Frau, zu erkennen waren. Beide trugen westliche Kleidung, die Frau hatte ein Kopftuch um.

Das sind die beiden, die Aufnahme entstand 1981, also bevor Mahmoud in die Familie aufgenommen wurde. Eigene Kinder hatten und haben sie den Unterlagen zufolge nicht.

Er blendete das Bild wieder aus.

Saad Yassir al-Qaradawi war einer der ersten Ärzte, die im Auftrag der UNO und unter der Aufsicht des Roten Kreuzes und des Roten Halbmondes die Flüchtlingslager Shatila und Sabra nach dem Massaker vom 16. und 17. September 1982 betreten konnten und medizinische und humanitäre Hilfe leisteten. Er war auch einer derjenigen, die mit Berichten und auch einigen Fotos von den Gräueltaten die Weltöffentlichkeit richtig wachgerüttelt haben.

Sarah sah sich in der Runde um und konnte auf den Gesichtern der Anderen erkennen, dass auch sie sich fragten, was es mit dem genannten Vorfall auf sich hatte. Lediglich Thomas blickte ruhig und abwartend auf die Leinwand. Also ergriff sie für alle das Wort:

Auf die Gefahr hin, dass ich mich jetzt als ungebildet oute: Könnten Sie kurz umreißen, was damals passiert ist?

Berger lächelte in die Runde.

Ja, zu dem Zeitpunkt dürften die meisten von Ihnen noch mit Barbie oder Playmobil gespielt haben, insofern ist das keine Schande. Ich selbst kenne die Umstände auch erst, seit ich beruflich damit konfrontiert wurde. Kurz der Hintergrund: Shatila und Sabra waren während des libanesischen Bürgerkriegs zwei Palästinenser-Flüchtlingslager im Süden von Beirut. Bereits in den Jahren zuvor war es immer wieder zu Übergriffen und gezielten Morden gekommen. Mal gingen die Gewaltaktionen von den christlichen Phalangisten, den Anhängern Bashir Gemayels aus, mal von der muslimisch-palästinensischen Seite. Die ganze Region war dort in Aufruhr und auch die Israelis mischten kräftig mit. Es kam immer wieder zu gezielten Anschlägen seitens der Israel Defense Forces, IDF, gegen mutmaßliche Terroristen, die sich in den Flüchtlingslagern aufhalten sollten. Mitunter wurde sogar mit Artillerie oder Boden-Boden-Raketen gefeuert. Kurzum, am 14. September, etwa drei Wochen, nachdem Bashir Gemayel zum Präsidenten des Libanon gewählt worden war, wurden dieser und einige Mitglieder seines Stabes in der Parteizentrale in Beirut durch einen Bombenanschlag getötet. Die Phalangisten machten die Palästinenser und die PLO dafür verantwortlich.

Berger nahm sich wieder sein Wasserglas und nahm einige Schlucke. Thomas nutzte die Unterbrechung, um seinen Blick durch die Runde schweifen zu lassen. Er stellte fest, dass alle aufmerksam bei der Sache waren. An Sarah blieb sein Blick hängen. Sie schaute mit leicht geöffnetem Mund gespannt zu der Leinwand am Kopfende des Tisches und schien es nicht erwarten zu können, dass Leon Berger seinen Vortrag wieder aufnahm. Dieser stellte das Glas ab und setzte seinen Bericht fort.

Unmittelbar nach diesem Anschlag riegelte die IDF, die bereits im Vorfeld im Libanon interveniert hatte, die Lager Shatila und Sabra hermetisch ab. Um etwaige Milizen entwaffnen zu können, lautete die Begründung des damaligen israelischen Verteidigungsministers, Ariel Sharon. Dann ließ die IDF aber zu, dass etwa 150 radikale Phalangisten, die den Anschlag auf Gemayel rächen wollten, in die Lager eindrangen und dort ein wahres Blutbad unter den Frauen, Kindern und alten Männern anrichteten. Das Gemetzel ging etwa zwei Tage, und die IDF stand daneben und hat zugesehen.

Berger machte eine Pause und blendete einige Fotos ein. Den gezeigten Eindrücken standzuhalten, fiel den Ermittlern mit jedem Bild schwerer. Frauen mit zerschmetterten Schädeln, Kinder mit gebrochenen Gliedmaßen, entsetzlich entstellte Leichen. Ganze Berge von Toten, die mit Bulldozern in irdene Massengräber geschoben wurden. Berger hob den Blick, um die Reaktionen seiner Zuhörer begutachten zu können. Alle in der Runde schüttelten den Kopf oder hielten sich entsetzt die Hand vor den Mund. Berger ließ die Bilder noch ein paar Sekunden wirken, dann nahm er den Faden wieder auf.

Während des Massakers müssen sich unglaubliche, unmenschliche Dinge abgespielt haben. Augenzeugen berichteten, dass schwangeren Frauen die Kinder aus dem lebendigen Leib geschnitten wurden. Dass die christlichen Milizionäre mit einer nicht vorstellbaren Grausamkeit vorgegangen sind.

Die Ermittler in dem kleinen Konferenzraum verzogen angewidert die Gesichter. Nico Berner brach die Stille.

Wie viele Opfer gab es damals?, fragte er mit einem leichten Zittern in der Stimme.

Berger schnaubte kurz durch die Nase.

Dazu gibt es, sagte er, wie Sie sich sicher vorstellen können, sehr unterschiedliche Angaben. Eine offizielle Zahl lautet etwa 460. Viele gehen aber davon aus, dass es über 800 waren. Manche sprechen gar von bis zu 3500 Toten. Es gibt sogar Historiker, die behaupten, ein Beiruter Golfplatz sei über Massengräbern angelegt worden, in denen alleine ein- bis zweitausend Menschen liegen. Wem man hier Glauben schenken mag, sei wie immer dahingestellt. Aber dass die Zahl sicher weit höher als die offiziell angegebenen 460 sind, dürfte wohl so ziemlich jedem klar sein.

Wurden die Täter zur Rechenschaft gezogen?, fragte Karen Polocek, die Hand immer noch über den Mund gelegt und betrachtete mit geweiteten Augen die nächste Serie Bilder, die Berger einblendete.

Diesmal lachte er verächtlich auf.

Die Täter? Nein! Diejenigen, die das Massaker, obwohl selbst bis in die Zähne bewaffnet, nicht unterbunden haben? Auch nicht. Die einzige Folge der israelischen Duldung war, dass Ariel Sharon als Verteidigungsminister zurücktreten musste. Ihm konnte nachgewiesen werden, dass er frühzeitig Kenntnis von den Verbrechen in Shatila und Sabra hatte, aber seine Soldaten nicht anwies, einzugreifen. Strafrechtlich allerdings wurde er nie belangt und machte später ja noch weiter politische Karriere, unter anderem als Ministerpräsident.

Und deine Vermutung ist nun, schob Thomas ein, der ein Wiederaufflammen der vorigen Diskussion unbedingt vermeiden wollte, dass unser Mahmoud Chalid, damals ein kleiner Junge, das Massaker überlebte und von Yassir al-Qaradawi, einem der Ärzte, die als erste am Ort der Geschehnisse eintrafen, gerettet und einige Monate später offiziell adoptiert wurde.

Der Gedanke liegt ja ziemlich nahe, wenn man die zeitliche und räumliche Nähe der Ereignisse betrachtet, bestätigte Berger Thomas' Theorie.

Und unter welchen Umständen sonst könnte ein kleiner Junge alle Verwandten aufs Mal verlieren, wenn nicht bei diesem Verbrechen? Auf alle Fälle haben wir jetzt das Bild eines Kindes, das in einem Alter, wo es schon die meisten Zusammenhänge begreift, durch grauenhafte Szenen wahrscheinlich hochgradig traumatisiert, in einer gebildeten und recht prosperierenden Familie heranwachsen darf.

Aber das, was er möglicherweise erlebt und gesehen hat, wird ihn sein Leben lang quälen!, warf Sarah ein, er war zu dem Zeitpunkt einfach schon zu alt. Er hat alles bewusst aufgenommen und hatte wahrscheinlich nie die Chance, das zu verarbeiten.

Karen Polocek lehnte sich nickend zurück.

Und er hat sicher recht zeitig begonnen, seinen Adoptiveltern Fragen zu stellen. Das Warum, die Hintergründe; je älter er wurde, sicher auch die politischen und historischen Begleitumstände. Ich könnte wetten, er hat, als er alt genug war, auch selber recherchiert und versucht, soviel Informationen über das Ereignis zu bekommen, wie er kriegen konnte.

Das hat er sicher, kommentierte Berger.

Von nun an lässt sich sein Werdegang zumindest in groben Zügen dokumentieren. Kurz nach den Ereignissen in Beirut zog die kleine Familie nach Syrien, in eine Stadt im Verwaltungsbezirk Rif Dimaschq, mit Namen Darayya, unweit von Damaskus. Seine Adoptiveltern richteten sich dort wieder eine Praxis ein. In Darayya machte Mahmoud seinen Schulabschluss und begann dann in Damaskus ein teils über Stipendien finanziertes Studium der Wirtschaftswissenschaften. Er verbrachte mehrere Semester im Ausland, wo er allerdings fachfremde Kurse belegte. Die Details sind in den Unterlagen, die ich noch schicke.

Immer noch war nicht festzustellen ob Berger die Fakten irgendwo ablas.

Nach seinem Abschluss, den er bereits mit 24 Jahren machte, meldete er sich freiwillig für vier Jahre Militärdienst bei den syrischen Streitkräften, da er kurz zuvor die syrische Staatsangehörigkeit angenommen hatte. Er verrichtete seinen Dienst bei der Marine, wurde als Einzelkämpfer, Minensprengmeister und Scharfschütze ausgebildet und brachte es bis zum Rang eines Oberleutnants. Ich möchte an dieser Stelle noch erwähnen, dass er auch eineinhalb Jahre einer Tauchereinheit angehört hat. Das macht ihn auf der einen Seite zu einem „Kollegen" von uns zwei, Thomas. Auf der anderen Seite haben wir hier natürlich einen ersten Berührungspunkt zu eurem Fall!

Wo zum Teufel bekommt man derart detaillierte Informationen über Angehörige des Militärs eines, na ja, sagen wir nicht gerade besonders nahestehenden Landes? fragte Karen Polocek, und jeder im Raum dachte unweigerlich daran, dass eben jene funktionierende militärische Geheimhaltung vor ein paar Tagen zu dem desaströsen Zugriff auf Robert Isaak Fowley geführt hatte.

Ich spreche Shoshanna das nächste Mal darauf an, gab Berger augenzwinkernd zurück.

Nein im Ernst, wir beim BND haben schon sehr gut funktionierende Informationskanäle, GRU, MI6 und CIA sind ebenfalls hervorragend aufgestellt, aber von den Möglichkeiten des Mossad können wir alle nur träumen! Allein die Tatsache, dass die Israelis mit dem Judentum eine Religion auf das Engste verbindet, stellt ein unglaubliches Potential dar. Jüdische Gemeinschaften sind schließlich über den ganzen Planeten verteilt, und fast überall sind die Mitglieder Staatsbürger des Landes, in dem sie leben. Und so ist zum Beispiel das Thema Infiltrierung überhaupt kein Problem für den Mossad. Es ist gemeinhin bekannt, dass Agenten ganz normale friedliebende Zivilisten kontaktieren und zur Mitarbeit bewegen.

Aus Bergers Stimme war Bewunderung zu erkennen. Es war fast offensichtlich, dass er seine israelischen Kollegen um ihre Fähigkeiten und Ressourcen ein wenig beneidete.

Bei uns sagt man, der schnellste und sicherste Weg, den Israelis eine sensible Information zukommen zu lassen, ist, eine verschlüsselte Botschaft an die CIA zu senden.

Entspanntes Lachen in der Runde quittierte Bergers letzte Bemerkung.

Aber zurück zu Mahmoud, brachte dieser das Gespräch wieder auf das Wesentliche.

Nach seinem Militärdienst trat er eine Stelle als Dozent an der Universität Damaskus an. Dort knüpfte er ziemlich schnell enge Kontakte zu Mitgliedern einer ultrakonservativen Gruppierung von Studenten. Den arabischen Namen kann ich nicht aussprechen. Aber übersetzt heißt sie in etwa soviel wie: „Elite für die Wahrung der muslimischen Rechte oder Werte“. Und von diesem Augenblick an hatte auch der Mossad ein Auge auf ihn geworfen, denn dieser Gruppierung wird unterstellt, Verbindungen zu einer hierzulande gänzlich unbekannten Terrorgruppe mit Namen „Kämpfer für ein zionistenfreies Palästina" zu unterhalten.

Das klingt, sagte Thomas, schon etwas radikaler als „Elite für die Wahrung der muslimischen Rechte oder Werte". Wie sind denn die beiden Gruppen bisher in Erscheinung getreten?

Die Elite setzt sich mit den Themen Religion, Staat, Scharia, Verhältnis zum Judentum und anderen Religionen etc. nach derzeitigen Erkenntnissen tatsächlich intellektuell auseinander. Fundamental islamistisch, aber rein intellektuell! Und sie agieren auch nicht polemisch oder Hass schürend. Die Äußerungen scheinen sehr eloquent zu sein. Zwar für unsereins unverständlich und teils inakzeptabel, aber nicht militaristisch oder gewalttätig. Das sind keine Menschen, die sich mit zehn Pfund Dynamit in einer Einkaufsstraße in Tel Aviv in die Luft sprengen.

Und die Kämpfer?

Thomas spielte seit ein paar Minuten mit einem Kugelschreiber, hatte aber auf das Papier, das vor ihm lag, noch nichts geschrieben.

Da verhält es sich ein wenig anders. Durch Attentate ist die Bewegung bis zum heutigen Tag noch nicht in Erscheinung getreten. Aber sie geben sich keine Mühe, ihre Existenz zu verheimlichen und bekennen sich, anders als die Elite, offen zur Gewalt. Im Überblick klingt das, was sie so von sich geben, genau wie der kranke Sermon, den man von den militanten Gruppierungen der Hisbollah, Fatah, Al-Qaida et cetera zu hören bekommt.

Also die Art von Botschaften, die deine Kollegen im Gelobten Land hellhörig machen und auf die sie mit Recht allergisch reagieren, verlautete Thomas.

Wie kommt der Mossad darauf, dass die beiden Gruppen in Verbindung stehen?

Berger machte ein abschätziges Gesicht.

Wie immer gibt es auch in der intellektuellen Schicht einige, denen irgendwann Worte nicht mehr ausreichen und die im Innersten gewaltbereit sind. Der Mossad sagt, es gab nachweislich mindestens sieben Fälle, in denen Mitglieder der Elite zu den Kämpfern übergetreten sind. In einem Fall ist sich der Geheimdienst sogar sicher, dass ein Student über längeren Zeitraum in beiden Gruppen verkehrt hat und versuchte, aus der Elite zu rekrutieren.

Für uns bedeutet das, dass Mahmoud potentiell Kontakt zu einer gewaltbereiten, terroristischen Gruppe hatte, schaltete sich Karen Polocek ein.

In Verbindung mit den Erlebnissen seiner Kindheit und je nachdem, wie seine Adoptiveltern auf ihn eingewirkt haben, kann das eine höchst brisante Konstellation ergeben. Ist etwas über die politische Einstellung von Saad Yassir und Ayse al-Qaradawi bekannt?

Berger neigte abwägend den Kopf hin und her.

Politisch sind sie nie in Erscheinung getreten. Beide sind gläubige, praktizierende Muslime. Aber auf jeden Fall ziemlich liberal, wie man auf dem Foto von vorhin erkennen kann. Als Angehörige der gebildeten Mittelschicht dürften sie zu dem Gros der aufgeklärten und toleranten Islamanhänger gehören.

Das heißt, es ist nicht zu erwarten, dass Mahmoud von seinen Adoptiveltern radikalisiert wurde?, fragte Nico Berner nach.

Berger bestätigte die Vermutung mit einem Nicken.

So wie sich die al-Qaradawis uns darstellen, dürften sie eher traditionelle Werte vermittelt und ihn aufgeklärt erzogen haben. Aber leider reicht, wie so oft, ein stabiles Elternhaus alleine nicht aus, wenn junge Menschen mit den falschen Freunden verkehren.

Auch wenn von den Anwesenden noch niemand die Verantwortung als Eltern hatte, ließen alle ihr Verständnis erkennen. Ihr Beruf hatte den Ermittlern schon zu oft gezeigt, wie recht Berger mit dem eben Gesagten hatte.

Ist denn der, wie ich verstehe, nicht nachgewiesene Kontakt mit einer nicht radikalen Gruppe an der Uni Grund genug, um in Mahmoud eine potentielle Gefahr zu sehen?, fragte Karen Polocek.

Es geht ja noch weiter, sagte Berger

2002 kündigte Mahmoud seine Dozentenstelle und verschwand von der Bildfläche. Shoshanna und ihr Team sehen es als gesichert an, dass er wegen seiner spezifischen Kenntnisse in Sachen Sprengstoff, Feuerwaffen, Guerillataktik etc. abgetaucht ist, um sein Wissen weiterzugeben. Sie gehen davon aus, dass er irgendwo in Syrien als Terrorausbilder tätig ist. Möglicherweise hat er aber auch das Land verlassen und bildet irgendwo anders in der Region Kämpfer aus. Nährboden gibt es dort unten weiß Gott genug. Und die Terroristen sind ja auch untereinander sehr kooperativ, wenn es darum geht, einander mit Wissen und Waffen zu versorgen. Auf alle Fälle haben unsere Freunde seit Mahmouds Verschwinden nichts mehr von ihm gehört. Das heißt, wenn ihr nicht zufällig bei euren Ermittlungen tatsächlich auf ihn gestoßen seid, und er sich hier in Europa aufhält oder aufhielt.

Thomas schnalzte mit der Zunge.

Das alles klingt zwar, was die Person Mahmoud Chalid al-Qaradawi angeht, absolut stimmig, aber ich kann außer der Tatsache, dass er beim Militär getaucht hat und die Ähnlichkeit mit unseren Fahndungsfotos, keinen konkreten Zusammenhang zu unserem Fall herstellen. Schließlich wurde hier kein Israeli oder Jude anderer Staatsbürgerschaft ermordet, sondern ein Japaner, der, und das haben wir schwarz auf weiß, schintoistischen Glaubens und politisch nicht aktiv war.

Diesen Zusammenhang, so es ihn denn gibt, gilt es nun für euch herauszufinden.

Berger zwinkerte in die Runde.

Und lasst es mich wissen, wenn ihr was habt.

Hat der BND Interesse an Mahmoud Chalid al-Qaradawi?, fragte Sarah.

Berger schüttelte den Kopf.

Nein. Ich habe mit dem Sektionsleiter gesprochen, aber der hat abgewinkt. Zu vage Informationen, keinerlei erkennbare Aktivitäten. Das Gefährdungspotenzial, welches ihm von unserer Seite beigemessen wird, reicht nicht aus, um uns mit ihm zu beschäftigen. Selbst bei den Israelis hat er nur eine der mittleren Prioritäten. Es gibt einfach zu viele hochkarätige, bereits in Erscheinung getretene Terroristen, mit denen man sich intensiver befassen muss. Wenn ihr allerdings seine Identität bestätigen könntet oder gar seinen Aufenthaltsort ermittelt, hätte ich Shoshanna gegenüber wieder einen kleinen Trumpf im Ärmel.

Thomas grinste breit über das ganze Gesicht.

Im großen Spiel ein Geben und Nehmen! Es hat sich nichts geändert, oder?

Nichts!, entgegnete Berger, und auch er lächelte.

Was meinst du, wie ich so schnell an so detaillierte Informationen kommen konnte? Mal abgesehen davon, dass die Israelis hier auch ein eigenes Interesse verfolgen, ist es immer gut, wenn man den ein oder anderen Happen vorwerfen kann!

Hast du noch Unterlagen, die du uns zukommen lassen kannst? Etwas über sein Studium, seine Zeit als Dozent, Kontakte, Operationen aus seiner Militärzeit?

Thomas wollte sichtlich zum Ende kommen.

Schick ich dir später noch zu. Ist Gott sei Dank fast alles auf Englisch und nicht auf Hebräisch. Räum deinen Postkorb vorher auf, ist eine ganze Menge für eine Gute-Nacht-Lektüre.

Hassan Abbas wartete eine Lücke im Gegenverkehr ab und lenkte den Lkw geschickt durch das offenstehende Tor auf das weitläufige Gelände des Güterbahnhofes. Kurz zuvor hatten er, Kerim Abu-Assad und Tawfik Konafani, die beide neben ihm saßen, die A5 an der Ausfahrt Freiburg-Mitte verlassen und sich mit Hilfe von Mahmouds Anweisungen durch den Stadtverkehr bis hierher durchgekämpft. Die gut zweitägige Fahrt war gänzlich ohne Probleme verlaufen. Lediglich an den Grenzen zu und aus Bulgarien waren die Frachtpapiere kontrolliert und ein flüchtiger Blick in den Laderaum geworfen worden. Bei allen weiteren Grenzübertritten hatte, wenn überhaupt, das Zeigen der gefälschten Ausweise und des KFZ Scheines ausgereicht. So waren die Drei mit ihrer brisanten Fracht knapp 2500 km unbehelligt quer durch Europa gefahren. Jetzt, endlich am Ziel ihrer Reise angelangt, fiel die Anspannung merklich von den drei Männern ab. Dass hier noch irgendetwas schiefgehen könnte, war so gut wie ausgeschlossen. Kerim, der auf dem mittleren Sitz leicht erhöht saß, blätterte noch einmal zu der letzten Seite der Wegbeschreibung und lotste Hassan direkt zu der alten Lagerhalle, vor der Mahmoud bereits wartete. Als er den Lkw sah und sicher war, dass er auf ihn zuhielt, hob er zur Begrüßung die Hand. Kurz darauf brachte Hassan das Gefährt unmittelbar vor dem kleineren der beiden Tore, zu dem Mahmoud sie eingewiesen hatte, zum Stehen. Hassan, Kerim und Tawfik stiegen aus und wurden von ihrem Anführer nacheinander umarmt.

Probleme bei der Fahrt?

Keine!

Sie hatten in den vergangenen Tagen nur zweimal von öffentlichen Münzfernsprechern telefoniert, um im Falle einer Entdeckung keine Spur zu Mahmoud und Nassira zu legen. Also hatten sie sich darauf beschränkt, kurz ihre Position durchzugeben und die voraussichtliche Restdauer der Reise mitzuteilen.

Ist Nassira nicht da?

Sie macht Besorgungen, ihr trefft sie später. Habt ihr alles dabei?

Hassan nickte.

Achmed hat gute Arbeit geleistet.

Mahmoud grunzte zufrieden, schob das Tor auf und zeigte auf eine freie Fläche an der rechten Seitenwand.

Stellt ihn da ab, dann laden wir aus, was wir hier brauchen.

Wortlos schwang sich Hassan ins Führerhaus, startete den Dieselmotor und ließ das schwere Gefährt langsam in die Halle rollen. Mahmoud ließ Kerim und Tawfik den Vortritt und zog hinter sich das Holztor wieder zu.

Thomas Bierman knallte seine Unterlagen auf den Schreibtisch, der, sehr zu Sarahs Bedauern, wieder einen erhöhten Grad an Unordentlichkeit aufwies, und ließ sich in seinen Bürostuhl fallen. Während Sarah auf der gegenüberliegenden Seite ihre Schreibtischschublade öffnete und jene Unterlagen, von denen sie annahm, sie heute nicht mehr zu benötigen, sorgsam verstaute, beobachtete Thomas sie mit hinter dem Kopf verschränkten Armen. Als auch sie sich gesetzt hatte, lehnte er sich vor, startete den Monitor, der an seiner Dockingstation angeschlossen war, fuhr sein Laptop hoch und öffnete nach zwei Minuten Microsoft-Sanduhr sein Mailprogramm. Masao Gonda hatte in der Zwischenzeit zwei Mails geschickt, die jüngste war erst wenige Stunden zuvor eingegangen und hatte eine ganze Reihe von Anhängen.

Hoffentlich ist er nicht sauer, weil wir ihn so lange haben warten lassen, murmelte Thomas geistesabwesend, als er die erste der beiden Nachrichten öffnete, aber die Aktion in England hätte, so wir dabei unseren Mörder dingfest gemacht hätten, ja alle weiteren Ermittlungen in Japan überflüssig gemacht.

Die erste Mail enthielt jedoch lediglich Informationen zu Masaos Person und die fast überschwängliche Bekundung der Freude, mit den Freiburger Behörden zusammenarbeiten zu können. Des Weiteren kündigte er an, dass mit Ergebnissen und Daten erst in ein bis zwei Tagen zu rechnen sei, da er und seine Mitarbeiter zurzeit ziemlich viel zu tun hätten. Für einen Japaner eine erstaunliche Offenheit bezüglich seines Unvermögens, fand Thomas. Dafür fiel die nachfolgende Entschuldigung auch entsprechend umfangreich und blumig aus. Das Schreiben war in perfektem Schriftdeutsch abgefasst und bestätigte die Ankündigung Kimi

Matsako bezüglich Masaos Sprachkenntnis. Thomas las Sarah die Mail vor, schob sie in den eigens angelegten Ordner „Gonda" und öffnete die nächste Nachricht. Hier schien der Kommissar so ziemlich alles, was er in den vorangegangenen Tagen an Informationen zusammenstellen konnte, bereitgestellt zu haben. Die Mail selbst umfasste schon mehrere Seiten mit etlichen Verweisen auf die insgesamt sieben Megabyte Dateianhänge. So konnten sich Thomas und Sarah, die mit ihrem Stuhl um den Schreibtisch herumgerollt war, ein ziemlich genaues Bild von Shigeru Morimura machen. Er schien ein gänzlich angepasstes, unauffälliges Leben geführt zu haben. Geboren am 14. Februar 1964 in Osaka, dann mit seinen Eltern im Alter von vier Jahren umgezogen nach Takarazuka. Dort zur Schule gegangen, in Tokyo Biologie und Physik studiert, ersteres 1986 auch erfolgreich abgeschlossen. Die folgenden Jahre arbeitete er als Angestellter bei einer Firma in Kagoshima im Süden Kyushus, die Umweltverträglichkeitsstudien und Gutachten für die Industrie und das Militär erstellte. Dort lernte er auch seine Frau, Umeko Kimura, ebenfalls Biologin bei derselben Firma, kennen. Heirat im Mai 1993, das Paar blieb kinderlos. Anfang 1997 zogen die beiden dann zurück in Shigerus ursprüngliche Heimatstadt Takarazuka. Dort bauten sie ein eigenständiges Unternehmen auf, das sich, so wie ihr Arbeitgeber zuvor, mit entsprechenden Umweltfragen beschäftigte und als beratende Institution gegen Entgelt entsprechende Gutachten oder Empfehlungen erstellte. Das Unternehmen war erfolgreich genug, ein kleines Labor zu unterhalten und drei Angestellte zu beschäftigen, einen Chemiker, einen Juristen in Teilzeit und eine Sekretärin. Irgendwie war es den Morimuras wohl gelungen, ihrem früheren Arbeitgeber einige Kunden abzuwerben, denn unter ihren Auftraggebern fanden sich auch namhafte Unternehmen wie Sanyo, Toyota, Canon und die japanischen Streitkräfte. Auch beide Universitäten in Takarazuka gehörten schon zu den Auftraggebern des Büros. Das Unternehmen bestehe bis zum heutigen Tag, die Zukunft sei nach dem Hinscheiden von Shigeru Morimura allerdings ungewiss.

Gonda hatte sich, nachdem er die Unterlagen erhalten hatte, unverzüglich mit Umeko Morimura getroffen und sie davon unterrichtet, dass ihr Mann mit großer Sicherheit in Europa den Tod gefunden hatte. Über die genauen Umstände hatte er sie im Unklaren gelassen, aber er bat sie, ihm persönliche Gegenstände ihres Mannes wie Haar- oder Zahnbürste auszuhändigen, damit eine eindeutige Identifizierung möglich sei. Bei dem folgenden Gespräch sei Umeko allerdings sehr aufgelöst gewesen, so dass sie nicht viel mehr als einige Rahmenparameter angeben konnte.

Ihr Mann habe schon seit langem davon gesprochen, für einen nicht genau absehbaren längeren Zeitraum alleine nach Europa zu reisen. Im Januar habe er dieses Vorhaben dann in die Tat umgesetzt, über die Hintergründe konnte oder wollte Umeko zu diesem Zeitpunkt nicht sprechen. Ihre spontane Reaktion war, sich in ein Flugzeug zu setzen und nach Europa zu fliegen. Glücklicherweise hatte Gonda sie davon abhalten können. Allerdings, so der japanische Kommissar, beharrte sie darauf, in den kommenden Tagen, wenn sie für ihr kleines Unternehmen alle nötigen Vorbereitungen für ihre Abwesenheit getroffen hatte, nach Deutschland zu reisen und ihren Mann nach Hause zu holen. Ob denn die Freiburger Ermittler damit einverstanden wären, Frau Morimura in Empfang zu nehmen und entsprechend zu betreuen.

Der nun folgende Abschnitt des Berichtes, von Gonda wahrscheinlich minder wichtig eingestuft, erweckte Sarahs und Thomas Interesse. Es ging um die Herkunft Shigeru Morimuras und Umeko Kimuras. Besondere Aufmerksamkeit rief der kurze Steckbrief von Shigerus Vater hervor. Tadashi Morimura, 1936 in Osaka geboren, hatte nach dem Krieg studiert, promoviert und nach seiner Habilitation eine Professur zunächst in Nagoya und dann in Takarazuka innegehabt. Der Fachbereich, den Morimura lehrte, sprang Sarah und Thomas augenblicklich an. Shigerus Vater war Professor für Geschichte, hauptsächlich die des 20. Jahrhunderts, wobei sein Schwerpunkt europäische Geschichte und die Entwicklung im Nahen Osten nach Ende des zweiten Weltkrieges gewesen war. Er saß einem privaten Förderverein vor, der Stipendien an junge Menschen aus den Krisengebieten Libanon, Gaza und Syrien vermittelte und setzte sich dafür ein, Studenten längere Aufenthalte in Japan zu ermöglichen.

Das gibt es doch nicht, entfuhr es Sarah.

Sie und Thomas sahen sich an.

Denkst du das Gleiche wie ich?

Thomas hatte das Fenster schon minimiert und die Mail von Leon Berger geöffnet. Fieberhaft suchte er in den zahlreichen Dateianhängen denjenigen, der sich mit al-Qaradawis Auslandssemestern befasste und den durchzusehen sie bisher noch nicht gekommen waren. Thomas kaute angespannt auf seiner Unterlippe, während er den englischen Text überflog.

Verdammt, da ist es, sagte er kopfschüttelnd und zeigte mit dem Finger auf einen Abschnitt.

Mahmoud hat von Oktober 1995 bis Mai 1996 acht Monate als Gaststudent Geschichte des 20ten Jahrhunderts gehört... an der Koshien Universität in Takarazuka, Japan. Gefördert wurde dieser Aufenthalt von einer dort ansässigen Stiftung.

Er lehnte sich zurück und schlug sich mit beiden Händen auf die Oberschenkel.

Da haben wir den Link zu unserem Fall! Shigerus Vater und al-Qaradawi haben sich aller Wahrscheinlichkeit nach gekannt!

Wann ist Shigeru mit seiner Frau zurück nach Takarazuka gezogen?, fragte Sarah

Thomas brauchte nicht nachzusehen.

Anfang 1997. Das bedeutet, dass er und al-Qaradawi sich nicht notwendigerweise begegnet sein müssen.

Thomas hatte begriffen, worum es Sarah ging.

Möglich ist es trotzdem, wenn wir unterstellen, dass Shigeru und Umeko seine Eltern in der Zeit besucht haben, und sie dabei mit Mahmoud in Kontakt kamen.

Haben wir irgendetwas zu dem Verhältnis zwischen Vater und Sohn?

Ohne eine Antwort Sarahs abzuwarten klickte sich Thomas durch die Anhänge und versuchte, entsprechende Hinweise im Mailtext zu finden. Nach einer Viertelstunde gab er auf und schnippte die Maus über den Schreibtisch.

Das gehört dann wohl zu den Informationen, die uns Umeko geben könnte und die sie, da das Gespräch recht einseitig und fruchtlos verlief, Masao Gonda vorenthalten hat.

Sarah hatte eine nachdenkliche Miene aufgesetzt.

Jetzt sollten wir aber wirklich mit Herrn Gonda telefonieren! Er muss unbedingt nachforschen, ob und wie intensiv Professor Morimura mit Mahmoud al-Qaradawi Kontakt hatte. Vielleicht bekommt er sogar heraus, ob sich Shigeru und Mahmoud kennengelernt haben! Letzteres wird ihm sicher auch Umeko Morimura sagen können.

Thomas sah Sarah mit leicht zusammengekniffenen Augen an.

Wenn wir ein wenig Glück haben, sagte er, finden wir mit Gondas Hilfe das Motiv für den Mord an Shigeru! Das stimmt mich einerseits sehr positiv, denn die Puzzleteile fügen sich so langsam zu einem Bild. Auf der anderen Seite macht mir die Entwicklung aber auch etwas Sorge!

Du meinst, konstatierte Sarah, dass wir nun mehr oder weniger Gewissheit haben, dass es sich bei unserem Täter um Mahmoud al-Qaradawi handelt. Ein Mann, der militärisch ausgebildet ist und von einem der besten Geheimdienste der Welt verdächtigt wird, Mitglied, wenn nicht sogar im Führungsstab, einer terroristischen Vereinigung zu sein. Mit anderen Worten: wir haben es mit einem hochgefährlichen, unberechenbaren Gegner zu tun, der uns, da wir bisher keinen blassen Schimmer haben, warum er den Sohn seines ehemaligen Gönners getötet hat, immer einen Schritt voraus sein wird!

Sarah knetete einige Sekunden ihre Unterlippe und dachte nach.

Glaubst du, dass es sich um ein persönliches Motiv handelt, oder sein Tun doch eher mit seinen terroristischen Aktivitäten zu tun hat?

Thomas schüttelte langsam den Kopf. Auch er nahm sich einige Sekunden, um seine Gedanken zu ordnen.

Ich habe, sagte er, keine Ahnung.

Die Tatsache, dass Shigeru aufgrund seiner politisch-religiösen Ansichten nicht in die Zielgruppe der „Kämpfer für ein zionistenfreies Palästina" fällt und außerdem möglicherweise eine Bekanntschaft zwischen Täter und Opfer besteht, lässt mich eher dazu tendieren, von einer Beziehungstat auszugehen. Was ihn als Gegner aber nicht minder gefährlich macht!

Und es wäre ja nicht das erste Mal, ergänzte Sarah, dass ein Profi seine Fähigkeiten dazu nutzt, seine privaten Probleme auf illegale, gewaltsame oder gut versteckte Art und Weise zu lösen. Soldaten, Polizisten, Ärzte... Beispiele gibt es genug!

Auf der anderen Seite, setzte Thomas seinen von Sarah unterbrochenen Gedankengang fort, haben wir die seltsamen Aktivitäten mit den unzähligen Tauchgängen, von denen wir ausgehen, dass es sich um eine gezielte Suche nach was auch immer handelt. Aber was um Himmels Willen könnte das mit antiisraelischem Terror zu tun haben? Mir fehlt jegliche Idee, was das Motiv sein könnte. Das gilt im Übrigen auch für die Beziehungstat.

Er klopfte mit dem Kugelschreiber, den er die ganze Zeit über geschickt durch seine Finger hatte laufen lassen, einige Male auf den Tisch.

Es nützt nichts, wir werden mit Gonda oder vielleicht auch Umeko Morimura sprechen müssen, um hier weiterzukommen, sagte er schließlich und beendete das nervöse Hämmern gerade noch rechtzeitig, bevor ihm Sarah das Spielzeug aus der Hand riss.

Sollten wir an dieser Stelle nicht komplett an LKA oder BKA übergeben?, fragte sie fast so, als befürchtete sie, Thomas könnte mit einem klaren „Ja" antworten.

Doch er winkte ab.

Solange wir die Frage des Motivs nicht geklärt haben, bearbeiten wir die Sache weiter. Im Moment ist es immer noch ein Tötungsdelikt, das in unseren Zuständigkeitsbereich fällt. Wenn die Ermittlungen einen terroristischen Hintergrund ergeben, muss Gröber entscheiden, er hat ja oft genug betont, dass es ausschließlich in seiner Kompetenz liegt, wenn höhere Instanzen eingeschaltet werden sollen.

Jetzt lächelte Thomas verschmitzt.

Und, um dich zu beruhigen: Sollte es soweit kommen, bin ich fast sicher, dass Gröber uns so lange wie nur eben möglich ohne die Federführung von LKA oder BKA weitermachen lässt. Denn eins ist gewiss: Wenn er den Erfolg für diese Ermittlung ausschlachten kann, dann wird er es auch tun. Und wir wissen ja, wie die Kollegen sind, wenn sie die letzten zwei Prozent zur Lösung eines Falles beigetragen haben...

Sarah nickte fast erleichtert. Einmal hatte sie bereits miterleben müssen, wie frustrierend es war, in einem Fall die mühevolle Kleinarbeit zu erledigen, um dann von den Beamten der Landes- oder Bundespolizei quasi „betrogen" zu werden.

In diesem Moment zerriss das Gitarrensolo aus Iron Maidens „Can I play with madness" die Ruhe im Büro und Thomas angelte nach seinem Handy, mehr um dem Lärm Einhalt zu gebieten, als an das Telefon zu gehen. Ein Blick auf das Display hielt ihn aber davon ab, das Gespräch einfach wegzudrücken.

Das ist Pfefferle, sagte er zu Sarah und schob das Motorola Slider auf, um den Anruf entgegenzunehmen.

Was gibt's?, fragte er ungeduldig ins Telefon und hörte dann schweigend dem Gegenüber zu, um gelegentlich mit einem „Ok" oder „Mhm" Pfefferle zu bestätigen, dass er weiter am Apparat war.

Schließlich fragte er noch:

Name der Pension und wo genau befindet sie sich?

Dann schob er das Handy nach erfolgter Antwort wieder zusammen. Sarah sah ihn erwartungsvoll an.

So wie es aussieht, haben Neubauer und Pfefferle die Pension ausfindig gemacht, in der Shigeru in den Wochen vor seinem Tod abgestiegen ist, beantwortete Thomas ihren fragenden Blick.

Hans geht davon aus, dass wir zu ihnen stoßen, um uns selber ein Bild zu machen. Die KT hat schon Bescheid, die Kollegen sind unterwegs.

Er griff an die Lehne seines Bürostuhls und nahm seine Jacke.

Gehen wir! Japan hat Zeit, ich schätze, dass Gonda bereits zu Hause ist und selig schlummert.

Das ist Frau Schneider, sie ist die Inhaberin des „Schwarzwaldblick", stellte Pfefferle Sarah und Thomas eine etwa 55 Jahre alte Frau vor, die in einer ausgewaschenen Strickjacke und einer schmuddeligen Jeans am Tresen der dunklen, muffig riechenden Rezeption stand und nervös an einer Zigarette zog.

Schon als sie die ausgetretenen, kaugummiverklebten Sandsteintreppen zum Eingang hinaufgestiegen waren, hatten sich Thomas und Sarah unweigerlich gefragt, von welchem Punkt der Pension aus man wohl einen Blick auf den Schwarzwald erhaschen konnte – befand man sich doch in einer Seitenstraße mitten im Stühlinger. Von den Dachfenstern aus, das mussten die beiden nach einem Blick gen Himmel allerdings einräumen, bestand möglicherweise tatsächlich die Chance, die Berge zu sehen, die sich im Osten bis in die Stadt hineinschoben. Auf alle Fälle hatten die Lage und der Name der Unterkunft bereits erahnen lassen, was man von dem Etablissement zu erwarten hatte. Thomas und Sarah sahen sich um. Die Rezeption war durch die drei Fenster nur spärlich erhellt, was daran lag, dass die Vorhänge, die auch als Fliegengitter getaugt hätten, bereits eine dunkelgraue Färbung angenommen hatten. Auf den Fensterbrettern standen, wegen des Staubes in den Vorhängen nur schemenhaft zu erkennen, kitschige Vasen, die, lieblos verteilt, billigen Plastikblumensträußen eine Heimstatt boten. Linker Hand war eine Sitzgruppe im 70er Jahre-Stil um einen Plastiknierentisch arrangiert. Auf dem Tisch lagen ein paar abgegriffene Magazine und einige Exemplare der Badischen Zeitung. Die Blümchentapete hatte als dominierende Farbe ein Rot, welches dem des Teppichs gerade eben so ähnlich war, dass das Ergebnis ein Maximum an Geschmacklosigkeit darstellte.

Der Bodenbelag, von dem den Ermittlern ja mittlerweile bekannt war, dass es sich um das Modell „Florenz" in Alt-Bordeaux handelte, war an den häufig begangenen Passagen verschlissen und schmutzig. An der den Fenstern gegenüberliegenden Wand befand sich ein halbherzig restaurierter Schrank, der tatsächlich einem Bauernhaus des Hochschwarzwaldes hätte entspringen können. Direkt daneben lehnte sich ein ziemlich angestaubtes Buffet aus dunkler Eiche an die Tapete, auf dem eine wahllos angeordnete Armada von Zinntellern und Bierkrügen für etwas Atmosphäre sorgen sollte. Zwischen dem Buffet und der Rezeption konnte man durch einen rustikalen Türrahmen den Blick in einen dunklen Gang und ein Treppenhaus werfen, welche beide ebenfalls mit „Florenz" ausgelegt waren.

Für Frau Schneider, die, von einem zum anderen blickend, wartete, dass man sie ansprach, bot dieser Raum den perfekten Rahmen. Angefangen bei den grauen Wollsocken, die in giftgrünen Crocks steckten, bis hin zu den grau-strähnigen, fettigen Haaren fügte sie sich in das Bild, das sich Thomas und Sarah bot, perfekt ein. Die ungepflegten Nägel und die gelben Finger, mit denen sie jetzt ihren Zigarettenstummel in einem schweren Glasaschenbecher mit dem Aufdruck „Brauerei Ganter" ausdrückte, machten das Bild ebenso vollkommen, wie die schief sitzende, von Fingerabdrücken und Schmutz verschmierte Brille, die sie auf der leicht geröteten Nase sitzen hatte. Ihren Anflug von Ekel professionell verbergend musterte Sarah das Gesicht der ihr gegenüberstehenden Frau. Dass man die dunkle, behaarte Warze, die millimeterdick Frau Schneiders linke Wange zierte, nicht schon in deren Jugend entfernt hatte, bewertete Sarah schon fast als ein Verbrechen, sowohl an Frau Schneider, als auch an ihrem Umfeld. Auch Thomas ließ sich nichts anmerken, vermied es jedoch, ihr die Hand zu reichen, als er Frau Schneider begrüßte und gleich zur Sache kam.

Frau Schneider, Sie haben meinen Kollegen ja bereits bestätigt, dass dieser Mann hier, er hielt ihr eine Kopie aus Morimuras Reisepass unter die Nase, über einen längeren Zeitraum Gast bei Ihnen war.

Jo, sell han i ihm scho gsait!

Ihr Kopf wies Richtung Pfefferle.

Und wir müssten nun das Zimmer, in dem Herr Morimura gewohnt hat, genau untersuchen. Wissen Sie noch, welches Zimmer er hatte?

Die einedrießig. Sell han i ihm au scho gsait!

Wieder wies sie auf Pfefferle.

Können Sie uns auch sagen, wie viele Gäste in etwa das Zimmer 31 bewohnt haben, seit Herr Morimura ausgezogen ist?

Nit viele. Vielliecht zwai.

Frau Schneider verdeutlichte die Zahl mit erhobenem Zeige- und Mittelfinger, und Sarah fiel es schwer, beim Anblick der schmutzigen, rissigen Nägel nicht das Gesicht zu verziehen.

Ist das Zimmer denn im Moment bewohnt? Oder können wir uns da jetzt gleich umsehen?

Thomas ließ sich weder von dem unappetitlichen Anblick noch von dem schier unverständlichen Dialekt mit dem kehligen „ch" aus der Ruhe bringen.

Nai, sell isch frei, kumme Se nur, entgegnete Frau Schneider, und sie musste derart offensichtlich darum kämpfen, dass ihre Dritten nicht den Weg aus dem Mund fanden, dass man glaubte, eine schlechte Horst-Schlämmer-Parodie zu verfolgen.

Sie griff in einen dunklen Wandschrank, nahm den Zimmerschlüssel und schlurfte voran. Alle vier Ermittler folgten ihr, und als Sarah an Thomas vorbeiging, der allen den Vortritt gewährte, ließ sie es sich nicht nehmen, Thomas mit einer Grimasse und einer abwehrenden Geste zu vermitteln, was sie beim Anblick der Pension und ihrer Besitzerin empfand. Thomas lächelte nur schelmisch und flüsterte dann hinter vorgehaltener Hand:

Aber es erhöht die Chance, hier noch auf Spuren zu stoßen.

Na danke! Sarahs Reaktion drückte ihren Ekel aus.

Hat Schwarz vielleicht an Morimuras Leichnam Spuren von Krätze oder Soor gefunden?

Thomas tat, als wäre er über Sarahs Bemerkung entrüstet und deutete mit dem Kopf an, den Anderen zu folgen. Kaum waren die Fünf über die knarzenden Holzstufen im dritten Stock angelangt und vor der Tür zu Zimmer 31 versammelt, piepte Pfefferles Handy.

Die KT, murmelte er, nahm ab und sagte nur:

Wir sind im dritten Stock, kommt einfach rauf zu uns.

Kurz darauf stießen zwei Kollegen der Spurensicherung zu ihnen und stellten ihre schweren Aluminiumkoffer auf den Boden. Nach kurzer Begrüßung meldete sich Neubauer zu Wort.

Nur eine Frage: Warum wird das Zimmer jetzt kriminaltechnisch untersucht? Opfer und Täter sind doch eindeutig identifiziert, oder?

Bevor Pfefferle seinen Schützling seufzend fragen konnte, was man auf der Polizeischule denn heutzutage denn überhaupt noch lernen würde, winkte Thomas die beiden Kriminaltechniker durch die Tür und ergriff das Wort.

Weil das, was wir bisher haben, reine Indizien sind. Es passt alles zusammen und möglicherweise würde es der Staatsanwaltschaft sogar reichen, um Anklage zu erheben. Aber wenn wir feststellen, dass hier der Mord passiert ist, und wir al-Qaradawi dann nachweisen können, dass er hier war, ihn möglicherweise direkt mit der Tat in Zusammenhang bringen, dann ist die Sache schon fast wasserdicht.

Mit rotem Kopf und weißer Nasenspitze nickte Neubauer.

Natürlich!, stammelte er nervös.

Wobei, fügte Thomas nachdenklich hinzu, ich nicht glaube, dass es zu einer Verhaftung und einem Prozess kommen wird, sollten wir Mahmoud tatsächlich aufspüren können.

Allen war klar, was er damit meinte und so trat betretene Stille ein. Jeder machte sich seine Gedanken, was alles passieren könnte, würde dieser Mann wirklich gefunden und in die Enge getrieben werden.

Während die Mitarbeiter der KT in dem schummrigen Zimmer ihre Utensilien auspackten, wandte sich Thomas an Frau Schneider, die neugierig versuchte, zwischen den Beamten hindurchzusehen, um die Vorgänge zu beobachten.

Die genauen An- und Abreisedaten von Herrn Morimura können Sie uns doch bestimmt anhand Ihrer Anmeldungen sagen, oder?

Natierlig, die Angesprochene nickte eifrig.

Bi uns hät älles sei Richtigkait!

Sicher hat es das!

Thomas kramte in seiner Brusttasche.

Das machen wir dann später unten. Aber wir sind auch an den Dingen interessiert, die Sie gesehen und beobachtet haben, deswegen bitte ich Sie, sich genau zu erinnern: Hat Herr Morimura manchmal von diesem Herrn hier Besuch gehabt?, er zeigte ihr das Phantombild von al-Qaradawi.

Oder hat dieser Mann vielleicht sogar auch bei Ihnen gewohnt?

Frau Schneider wandte den Blick von dem Treiben der KTler ab und studierte das Bild.

Jo, den kenn i!

Sie stieß mit dem Finger auf das Blatt.

Sell isch de Freund vu sellem Japaner. Die hänt sich als hier troffe. Aber gwohnt hätt der nit bi uns!

Diese Antwort schien Thomas erwartet zu haben.

Warum können Sie sich an diesen Mann so genau erinnern?, wollte er wissen.

Der sell war so oft bi dem Japaner und am End hätt er ja au die Rechnung vu Morimaru zahlt, lautete die spontane Antwort.

Er war also dabei, als Morimura, Thomas betonte die richtige Aussprache, hier abgereist ist?

Nai, der Morimumu war da nit derbie. Seller hat sei ganzes Züg us'm Zimmer g'holt und dann zahlt. Füfzg Euro Trinkgeld hätt er mir gä!

Frau Schneider strahlte über beide Backen, als sie berichtete. Dann verfinsterte sich ihr Gesicht, als Thomas und Sarah sie schweigend ansahen

I hammer nix derbie dänkt, so guet wie selle sich kennt hän!

Sie haben nichts falsch gemacht!, beruhigte Sarah sie, da Thomas nun auch interessiert in das Zimmer schaute, um zu sehen, ob die Kollegen bereits irgendetwas Verwertbares gefunden hatten.

Hat er wirklich alle Sachen von Herrn Morimura mitgenommen oder hat er etwas zurückgelassen?

Thomas war mit seiner Aufmerksamkeit wieder im Flur.

Sell Zimmer isch leer gsi, nachdem er weg war. I hann ihn au no g'säh, wie er mit sellem Koffer und sellere Reisetasch zum Auto g'loffe isch.

Innerlich schüttelte sich Sarah. Wenn der Mord hier in diesem Haus begangen wurde, hatte Frau Schneider beobachtet, wie al-Qaradawi die Leiche Morimuras entsorgt hatte. Wenn sie wüsste, was sich möglicherweise in dem Koffer befand, der vor ihren Augen auf die Straße getragen wurde!

Morimuras Wagen?, hakte Thomas nach.

Nachdem auf die Anfrage bei sämtlichen lokalen und überregionalen Autovermietern bisher immer noch keine Antworten eingetroffen waren, erhoffte sich Thomas von Frau Schneider einen Hinweis auf al-Qaradawis Fortbewegungsmittel zu bekommen.

Sell weiß i nit, war die knappe Antwort, und nun, da klar war, dass al-Qaradawi mit Fowleys Reisepass geschickt von sich abgelenkt hatte, lag der Verdacht wirklich nahe, dass er ganz bewusst nirgends mit seinem Fahrzeug in Erscheinung getreten war.

Also gut, wir brauchen Sie hier oben jetzt nicht mehr, seien Sie doch so freundlich und suchen Sie uns schon mal die Reisedaten von Herrn Morimura heraus, entließ Thomas die eifrig umherblickende Frau Schneider.

Für die Kollegen war offensichtlich, dass er die neugierige Person bei den nun folgenden Besprechungen nicht dabei haben wollte.

Ein Kollege der Spurensicherung trat zur Tür.

Wir haben hier unglaublich viel an Fasern, Haaren und Hautschuppen gefunden. Kaum vorzustellen, dass das von nur einer Person stammt. Fingerabdrücke gibt es so viele, dass es Tage dauern wird, sie aufzubereiten und digital auswertbar zu machen.

Er stockte ein wenig und mit einem schrägen Blick auf Frau Schneider, die noch keine Anstalten machte, zur Rezeption hinunterzugehen, fügte er hinzu:

Die zu erwartende Hygiene herrscht da drin auf keinen Fall.

Wie erwartet reagierte die Inhaberin nicht auf die blumige Formulierung. Nachdem keiner der Anwesenden das nun folgende Schweigen brach und Thomas sie mit seinen Blicken nochmals eindringlich aufforderte, zu gehen, machte sie sich endlich auf den Weg.

Irgendwelche Spuren von Blut?, fragte Thomas, nachdem die Besitzerin um die Ecke verschwunden war und man ihre schlurfenden Schritte auf der Treppe hören konnte.

Im Schlafraum nichts. Mein Kollege nimmt sich gerade schon das Badezimmer vor.

Ok, rufen Sie uns, wenn Sie etwas finden.

Der Kriminaltechniker nickte und verschwand wieder in Morimuras Zimmer.

Neubauer, der erstaunlich aktiv mit seinen Nachfragen war, wandte sich an Pfefferle.

Dass man ohne ein Bleichmittel Blutspuren selbst mit größter Anstrengung nicht vollständig beseitigen kann, ist klar.

Er wollte offenbar einer Belehrung Pfefferles vorbauen.

Aber wie sieht das in einem Badezimmer aus? Die glatten Kacheln lassen sich doch sicher auch ohne Bleiche gut reinigen?

Pfefferle nickte.

Das ist richtig. Aber in den Fugen setzt sich alles sehr gut ab. Das Material ist in der Regel so porös, dass es sogar fast unmöglich ist, auch nur die sichtbaren Spuren zu beseitigen. Aber die unsichtbaren Rückstände, die unsere Kollegen wahrscheinlich gerade versuchen mit Luminol zum Vorschein zubringen, die bekommt man bei aller Anstrengung praktisch nicht entfernt.

Kaum hatte Pfefferle ausgesprochen, ertönte ein gedämpfter Pfiff aus dem Raum nebenan.

Ach du meine Scheiße!, hörte man einen der Techniker zu seinem Kollegen sagen.

Was um Himmels willen ist denn hier passiert? Hat man hier ein Schwein abgestochen oder was?

Und nach einem Moment der Stille rief er:

Herr Bierman? Ich glaube, das sollten Sie und Ihre Kollegen sich unbedingt mal ansehen!

Neugierig betraten erst Sarah, dann Thomas und nach ihnen Pfefferle und Neubauer den Raum und gingen gleich weiter in das erstaunlich große Badezimmer. Die Techniker händigten Thomas einen UV-Strahler aus und verließen das Bad, um den Kollegen ausreichend Platz zu verschaffen.

In der Dunkelheit konnten sie an der Rückwand ein großflächiges, hellblau leuchtendes Gitternetz erkennen. Wie Pfefferle eben Neubauer erklärt hatte, waren es die Fugen zwischen den Kacheln, auf denen die Chemolumineszenz hervortrat. Die gesamte Fläche des leuchteten Gitters war etwa 1,5 Meter hoch und sicher zwei Meter breit.

Wow, entfuhr es Pfefferle, das ist ja wirklich unglaublich!

Nachdem sie das unheimlich leuchtende Schauspiel eine Minute beobachtet hatten, machte Thomas das Licht an und öffnete die Tür zum Schlafzimmer.

Das glühende Gitternetz befand sich an der gekachelten Rückwand der Badewanne, an der auch eine Schiebeschiene mit einem Duschkopf angebracht war. Der gelbliche Vorhang war am anderen Ende der Wanne zur Seite geschoben. Thomas wandte sich an die Kriminaltechniker.

Haben wir hier möglicherweise ein Problem mit alten Kupferleitungen?

Der Kollege schüttelte den Kopf.

Nein, den Kupferionentest haben wir schon durchgeführt, er war negativ. Wir haben es hier also wirklich mit Blut zu tun!

Dann, sagte Thomas, haben wir hier tatsächlich den Tatort vor uns! Und einige unserer Theorien und das, was Schwarz vermutet, bestätigt sich an dieser Stelle.

Er musterte die Wanne nachdenklich.

Morimura war tatsächlich nackt, als er erstochen wurde. Wahrscheinlich nahm er nach seinem letzten Tauchgang eine warme Dusche. Schätzungsweise kam sein Mörder, al-Qaradawi, unbemerkt ins Bad, packte ihn mit der linken Hand an Mund oder Hals und schlitzte ihm mit der Rechten die Lungen und die Aorta auf. Dabei spritzte eine gehörige Menge Blut an die Kacheln an der Wand.

Über so eine große Fläche?, fragte Sarah ungläubig.

Einer der Spurensicherer schaltete sich ein.

Das Blut hat sicher nicht die ganze Fläche bedeckt. Aber als der Täter nach getaner Arbeit die Kacheln abgespritzt und wahrscheinlich sogar geschrubbt hat, ist das Blut in die Fugen geraten. Verdünnt zwar, aber immer noch ausreichend konzentriert um die Chemolumineszenz des Luminoltests auszulösen, der ja, wie Sie wissen, sehr empfindlich ist!

Aber ein paar wenige Blutstropfen reichen dafür nicht aus, oder?, hakte Pfefferle nach.

Von der Menge her unter Umständen schon, aber die Tatsache, dass fast die ganze Rückwand und die Stirnseite mit Blut kontaminiert ist, sagt uns, dass auch überall dort Blut hingespritzt ist. Man schrubbt oder spült doch ein paar Blutspritzer nicht über mehr als zwei Meter über die Badezimmerwand.

Der Techniker wies nachdrücklich mit dem Zeigefinger in die Badewanne.

Hier, sagte er, ist meiner Meinung nach eine riesige Sauerei passiert. Eine offene Ruptur der Aorta, wie Sie sie beschrieben haben, kommt mit Sicherheit in Frage!

Reicht das, was hier noch vorhanden ist, für eine DNA Analyse?, fragte Pfefferle

Die Antwort bestand in einem skeptischen Gesicht und einem Schulterzucken.

Ich kratze auf alle Fälle von dem Mörtel aus den Fugen! Mal sehen was wir hinbekommen.

Gut, knüpfte Thomas wieder an seine Rekonstruktion des Tatherganges an.

Morimura ist also innerhalb weniger Minuten tot. Möglicherweise hat ihn al-Qaradawi einfach in die Badewanne gelegt und gewartet, bis er sich nicht mehr gerührt hat. Schreien oder sich großartig bewegen konnte er in den letzten Minuten seines Lebens nicht mehr.

Vielleicht, sagte Pfefferle, hat er aber auch in Seelenruhe die Vorbereitungen getroffen, um die Leiche fortzuschaffen. Wenn die Tat geplant war, hatte er möglicherweise bereits Plane und Seil mitgebracht. Er legt also alles bereit, schneidet Morimura noch die Fingerkuppen ab... die hat er, denke ich, im Klo runter gespült...

Sarah schüttelte sich leicht bei der Vorstellung, was hier vor etwa drei Wochen passiert war. Neubauer hatte ein ziemlich weißes Gesicht bekommen und sah aus, als würde er jeden Moment in Ohnmacht fallen.

Allein Thomas schien vollkommen unberührt und theoretisierte weiter.

Haben Sie auf dem Boden keine Spuren von Blut gefunden?, fragte er einen der Kollegen der Spurensicherung mit einem Blick auf den gefliesten, verfugten Fußboden. Dieser schüttelte den Kopf.

Nein, da ist nichts, außer in dem direkten Bereich um die Toilette. Gehen Sie mal davon aus, dass das Luminol hier auf die Urinspritzer der Steh-Pinkler reagiert.

Ok, fasste Thomas zusammen, also wird al-Qaradawi vermutlich die Plane auf dem Boden ausgebreitet und über den Badewannenrand gelegt haben. Dann hat er Morimuras Leiche aus der Wanne gehoben und auf der Plane für den Transport im Koffer vorbereitet. Vielleicht hat er hier schon gemerkt, dass er nicht reinpasst und ihn so, wie wir ihn gefunden haben, zusammengefaltet.

Pfefferle übernahm:

Ich denke, er hat ihn „blutdicht" verpackt und das Bündel über den Boden ins Schlafzimmer gezogen. Dabei werden sich die Fasern des Teppichs in einer der Ösen der Plane und in dem groben Seil festgesetzt haben. Dann hat er alles in den Koffer gepackt.

Bleiben ihm immer noch einige Dinge zu tun, ergänzte Sarah.

Erstens: Er muss die Sauerei im Bad so entfernen, dass man mit bloßem Auge nichts erkennt. Zweitens muss er Morimuras Sachen, die nicht in die von Frau Schneider erwähnte Reisetasche passten, entsorgen. Den Koffer konnte er ja nicht benutzen.

Ich vermute, sagte Thomas, dass er die Sachen irgendwo in den Müll geworfen hat. Ich würde fast wetten, dass hinten im Hof einige von diesen großen Rollcontainern stehen. Er entledigt sich also Morimuras Habseligkeiten. Auch die Handschuhe, die er, wie wir wissen, bei der Tat trug, lässt er verschwinden und richtet das Zimmer so her, wie ein Gast es beim Auschecken normalerweise verlässt. Dann geht er in aller Seelenruhe runter, bezahlt Morimuras Rechnung, lädt die Leiche in den Kofferraum und verschwindet von der Bildfläche.

Einer der Kriminaltechniker, der die Diskussion aufmerksam verfolgt hatte, trat zum Fenster, öffnete es, lehnte sich ein wenig hinaus und hob den Daumen in Richtung der Ermittler.

Sie haben recht, bestätigte er Thomas' Vermutung, da unten im Innenhof stehen acht große Müllcontainer. Al-Qaradawi brauchte also mit dem Platz nicht sparsam zu sein!

Er schloss das Fenster, das sich nur mühsam zurück in seine Ausgangsposition drücken ließ.

Macht eine Untersuchung der Müllcontainer noch Sinn?, fragte Neubauer den Kollegen der Spurensicherung.

Ich fürchte nein, antwortete er.

Die Dinger wurden seit der Tat schon mindestens dreimal geleert. Ich kann mir nicht vorstellen, dass wir da noch etwas finden, was sie wirklich weiter bringt. Wir können natürlich bei der Entsorgungsfirma in Erfahrung bringen, wohin der Müll gebracht wird und vielleicht auch die Stelle, wo dieser Müll auf der Deponie abgeladen wurde, eingrenzen. Dann haben wir eine gewisse Chance, Morimuras Sachen zu finden.

Und möglicherweise auch Dinge, die wir mit al-Qaradawi in Verbindung bringen können, zum Beispiel die Handschuhe oder die Kleidung, die er bei der Tat trug, hakte Thomas ein.

Ich kann mir nicht vorstellen, dass die Sachen sauber geblieben sind! Veranlassen Sie bitte Entsprechendes! Ich weiß, das ist eine Scheißarbeit, aber so können wir dem Staatsanwalt vielleicht eine lückenlose Beweiskette vorlegen!

Dem Kriminaltechniker war anzumerken, dass er von der Aussicht, mit einer Gruppe von Kollegen möglicherweise tagelang auf einer Mülldeponie zu verbringen, um buchstäblich im Dreck zu wühlen, nicht besonders angetan war. Zumal klar war, dass es schier unmöglich schien, Dinge, die sich in dem Müllberg befanden, tatsächlich Morimura oder al-Qaradawi zuordnen zu können.

Ich kümmere mich darum, sagte er mit säuerlicher Miene und widmete sich wieder den unzähligen Beweistüten.

Ok, danke.

Thomas wandte sich an Pfefferle und Neubauer.

Schaut doch bitte nach, ob Frau Schneider schon die An- und Abreisedaten herausgesucht hat, damit wir einen genauen zeitlichen Ablauf der Ereignisse erstellen können. Und dann sagt Nico und Karen Bescheid, die sollen euch helfen, die Anwohner zu befragen. Besonders diejenigen, die Anrainer des Innenhofes sind. Vielleicht kann sich ja doch noch jemand an etwas Auffälliges erinnern.

Im Präsidium angekommen, liefen Sarah und Thomas auf dem Flur Helen in die Arme. Die Sekretärin hob den Zeigefinger.

Stopp!, sagte sie, ich habe zwei Nachrichten für euch!

Erstens: Die Firma Sixt hat bestätigt, dass Morimura einen Kia Cee'd für längere Zeit angemietet hatte. Der Wagen wurde aber vor etwa drei Wochen zurückgegeben, und zwar auf den Parkplatz gestellt und die Schlüssel und Unterlagen eingeworfen. Die Miete wurde, wie in solchen Fällen üblich, über die hinterlegten Kreditkartendaten abgebucht.

Sarah und Thomas warfen sich einen vielsagenden Blick zu. Natürlich hatte es al-Qaradawi wieder vermieden, in Erscheinung zu treten.

Und zweitens?, fragte Thomas.

Zweitens: Die japanische Botschaft in Berlin hat angerufen, eine Kimi Ma... soundso. Es geht um irgendwelche Zuständigkeiten. Sie erbittet den Rückruf von einem von euch.

Thomas runzelte die Stirn.

Zuständigkeiten? Hat sie irgendetwas Genaueres gesagt?

Helen lächelte ihn gespielt vorwurfsvoll an.

Hätte sie mir Genaueres gesagt, würde ein Rückruf nicht vonnöten sein.

Natürlich!

Die Telefonnummer...

Liegt wahrscheinlich auf meinem Schreibtisch, schnitt ihr Thomas das Wort ab.

Danke dir, Helen!

Die Sekretärin hatte sich schon umgedreht und hob nach hinten winkend die Hand. Sarah und Thomas indes bogen zu ihrem Büro ab. Dort angekommen nahm sich Thomas mit der einen Hand Helens säuberlich geschriebene Notiz, mit der anderen griff er den Hörer und wählte die Nummer der Botschaftsangestellten.

Wie sich herausstellte, wollte Kimi Matsako die Freiburger Ermittler nur darüber informieren, dass die diplomatische Zuständigkeit für den Fall Morimura nunmehr auf das Konsulat in München übergegangen sei. Der Ansprechpartner dort, ein gewisser Hideo Suzuki, hatte wohl schon Kontakt mit Shigeru Morimuras Witwe sowie den ermittelnden Behörden in Japan und würde sich sehr über einen zeitnahen Anruf freuen. Also notierte sich Thomas die Nummer, um zugleich Herrn Suzuki in München anzurufen. Der sympathisch klingende Mann am anderen Ende der Leitung sprach wie seine Kollegin in Berlin ein akzentfreies Deutsch und stellte sich als Kulturattaché des japanischen Konsulates vor. Nach einer sehr herzlichen Begrüßung berichtete er von seiner telefonischen Unterredung mit Umeko Morimura. Diese, so Suzuki, hatte sich nicht davon abhalten lassen, einen Flug nach Deutschland zu buchen, da sie unbedingt persönlich mit den ermittelnden Beamten sprechen wollte. Sie würde bereits morgen in München ankommen, einen Tag später würde er mit ihr mit dem Auto nach Freiburg kommen. Natürlich nur, wenn Thomas und Sarah nichts einzuwenden hätten.

Thomas sah fragend zu Sarah, die das Gespräch auf ihrem Apparat mitgehört hatte. Sie nickte bekräftigend und deutete mit der Hand an, dass man Frau Morimura bei dieser Gelegenheit zu den Aktivitäten ihres Mannes befragen könne. Thomas nickte und gab sein Einverständnis an Hideo Suzuki. Noch während der Verabschiedung zeigte ein leises Tuten in der Leitung, dass ein weitere Telefonat einging, also beeilte sich Thomas, das Gespräch mit dem Japaner so schnell wie möglich, jedoch ohne unhöflich zu wirken, zu beenden.

Thomas, hier ist Hans, klang Pfefferles Stimme aus dem Apparat, nachdem Thomas auf die wartende Leitung umgeschaltet hatte.

Wir sind hier bei der Befragung der Nachbarn vom Schwarzwaldblick auf etwas Interessantes gestoßen.

Sarah hob fragend die Augenbraue in Thomas‘ Richtung.

Schieß los!

Einer der Anwohner ist so ein Bastler und Sammler, der mit so ziemlich allem, was er findet, irgendetwas anstellt. Ein ziemlich verschrobener Kauz!

Sofort festnehmen!

Thomas schien zum Scherzen aufgelegt.

Spaß beiseite, was hat er gesehen oder gefunden?

Du wirst es nicht glauben, aber er hat in der Tat vor etwa drei Wochen beobachtet, wie ein Gast, das muss wohl unser Mann sein, mehrmals in den Hof gegangen ist, um jede Menge Zeug in den großen Abfallcontainern zu entsorgen.

Passt denn seine Beschreibung auf Mahmoud?, fragte Sarah zwischen.

Pfefferle verneinte.

An die Person kann er sich nicht mehr erinnern, sagt er.

Nur an den Vorgang. Er hat nämlich, neugierig wie er ist, nachdem der Mann nicht mehr zu den Containern kam, einen Blick hineingeworfen.

An dieser Stelle hakte Thomas ein.

Ich kann mir nicht vorstellen, dass al-Qaradawi bei seiner professionellen Vorgehensweise irgendetwas Auffälliges wie blutverschmierte Kleidung oder Ähnliches hinterlassen hat. Nichts, was in irgendeiner Weise Interesse oder gar Aufsehen erregen würde. Das hat er bestimmt in der Reisetasche fortgeschafft. Bist du sicher, dass sich der Mann nicht wichtig tun will?

Das Fehlen einer Personenbeschreibung, das etwas suspekt wirkende Umfeld des Zeugen, die augenscheinlichen Gewohnheiten des Mannes, all das legte den Verdacht nahe. Das Lächeln Pfefferles war deutlich zu vernehmen, bevor er antwortete.

Das bin ich!, sagte er.

Er hat nämlich keinerlei Horrorgeschichten aufgetischt, sondern mir gezeigt, was er aus einem Haufen Klamotten, wie er sagt, aus dem Abfall gefischt hat. Und damit hat er seine Glaubwürdigkeit zweifelsfrei untermauert!

Nun spann uns nicht länger auf die Folter!

Sarah wurde ungeduldig.

Es ist ein elektronisches Gerät, und nun haltet euch fest. Dabei handelt es sich um einen akkubetriebenen, sehr handlichen, kleinen Metalldetektor. Und: Das Ding ist bis 100 Meter wasserdicht! Noch Fragen?

Wow!, Sarah war von dem Fund sichtlich beeindruckt.

Auch Thomas nickte mit einem sehr nachdenklichen Gesichtsausdruck. Nach einer kurzen Pause sagte er:

Sehr gute Arbeit! Beschlagnahmt das Gerät und sorgt dafür, dass es in die KT geht!

Ohne sich zu verabschieden, legte er den Hörer auf. Dann wandte er sich Sarah zu.

Es wird immer spannender! Offensichtlich bestand das, wonach auch immer Morimura und al-Qaradawi so intensiv gesucht haben, aus irgendeinem Metall!

Wollte Gröber nicht dazustoßen, wenn Frau Morimura und ihr Begleiter vom Konsulat hier eintreffen? Da könnte er sich doch wichtigmachen!

Sarah und Thomas standen an der Straße vor dem Polizeigebäude in der Sonne und warteten. Einige Minuten zuvor hatte sich Hideo Suzuki per Telefon gemeldet und die Ankunft von Umeko Morimura und ihm selbst in etwa 20 Minuten angekündigt. Da das Wetter wie in den letzten Tagen traumhaft, der blaue Himmel ohne auch nur das Anzeichen einer Wolke zu bewundern war, hatten sie sich entschlossen, hinunterzugehen und draußen vor dem Präsidium zu warten.

Von den Kollegen, die jetzt in kleinen Gruppen aus dem Gebäude traten und sich mit einem „Mahlzeit" in die Mittagspause verabschiedeten, ließen sich Sarah und Thomas nicht aus der Ruhe bringen. Seit jenem Abend, der in einer Katastrophe geendet hatte, waren sie nicht mehr privat zusammen gekommen. Ungebrochen war jedoch die gegenseitige Anziehung, die sie verspürten, und so hatten sie vereinbart, auf gar keinen Fall etwas zu überstürzen oder gar die wachsende Nähe zwischen ihnen durch einen weiteren Crash zu riskieren. Trotzdem war der Umgang ziemlich ungezwungen und vertraut, so dass sich beide sicher waren, auf dem richtigen Weg zu sein.

Nein, antwortete Thomas auf Sarahs Frage, ich habe ihm zwar durch Helen ausrichten lassen, dass der Besuch gleich da ist, aber er ist in einer Besprechung mit dem Oberstaatsanwalt. Ich glaube, die beiden spielen zusammen Golf draußen in Kirchzarten.

Beyerle kann sich das im Gegensatz zu Gröber wenigstens leisten, entgegnete Sarah lakonisch und spielte auf die herausragende Kompetenz des Staatsanwaltes an.

Ich meine, während der Arbeitszeit Golfen zu gehen.

Sie fasste Thomas, der gerade herzhaft in einen Schokoriegel gebissen hatte, am Handgelenk und führte den Snack zu ihrem Mund.

Lass mich auch mal, lächelte sie und ergatterte ein nicht minder großes Stück von dem Snickers.

Bereitwillig ließ er sie ein weiteres Mal abbeißen, um sich dann den letzten Rest selbst zu nehmen. Das Papier steckte er vorbildlich in die Tasche, nachdem er sich umgeschaut hatte und kein Papierkorb zu entdecken war. Spöttisch lächelnd applaudierte Sarah.

Sieh an, er wird doch noch ein Vorzeigepolizist, ließ sie vernehmen und, als er sie daraufhin lächelnd musterte, stellte er zum wiederholten Male fest, dass Sarah in der letzten Zeit nur äußerst dezent geschminkt war. Sogar ihre Fingernägel waren nicht wie früher dunkelrot lackiert, sondern nur mit einem transparenten Glanzlack behandelt, wie er erfreut registrierte.

In diesem Moment fuhr eine schwarze Audi A8 Limousine neuesten Baujahres vor ihnen auf den Parkplatz. Das Münchner Kennzeichen, die abgedunkelten Scheiben und das CC Länderkennzeichen verrieten, dass es sich hier um das Fahrzeug des Japanischen Konsulates handelte. Kaum war der Wagen zum Stillstand gekommen, öffnete sich die Beifahrertür und hinaus sprang behände ein drahtiger, schwarzhaariger Mann. Der in einen grauen Anzug gekleidete Asiat kam lächelnd auf Thomas und Sarah zu, er mochte nicht älter als 30 Jahre alt sein. Die Fahrertür und die Türen im Fond rührten sich nicht.

Konitschiwa, Konitschiwa!, rief der sympathisch wirkende Botschaftsangestellte schon auf halben Weg zu den beiden Ermittlern und streckte seine Hand entgegen.

Sie müssen Herr Bierman und Frau Hansen sein. Mein Name ist Hideo Suzuki, ich bin Kulturattaché und Dolmetscher am japanischen Konsulat in München.

Konitschiwa!, entgegneten Sarah und Thomas und schüttelten dem Besucher die Hand.

Willkommen in Freiburg, wir freuen uns, Sie hier begrüßen zu dürfen, auch wenn der Anlass natürlich kein sehr erfreulicher ist!, fand Sarah den Einstieg ins Gespräch.

Oh, ich habe ja schließlich keinen Angehörigen verloren, grinste der Angesprochene und schielte dabei mit einem Auge Richtung des parkenden Wagens. Sofort drängte sich Thomas und Sarah der Verdacht auf, dass sich der Gast mit Dr. Schwarz hervorragend verstehen würde. Da sich Suzuki jedoch nicht sicher zu sein schien, wie seine Gastgeber auf diese locker-makabre Art reagierten, fügte er nach einigen Momenten der Stille schuldbewusst ein: „Bitte entschuldigen Sie diesen Fauxpas" hinzu.

Sarah rettete die Situation.

Nicht doch! Machen Sie sich mal keine Sorgen! Kommen Sie, wir gehen erst mal einen trinken, danach zeigen wir Ihnen, wo wir heute Abend Spaß haben werden.

Suzuki lächelte sie dankbar an. Auch Thomas gab sich bewusst locker:

Was macht eigentlich ein Kulturattaché so den lieben langen Tag, wo doch die Zeiten des kalten Krieges längst vorbei sind?

Industriespionage, konterte Suzuki schlagfertig, da ihm nun klar war, dass er sich mit seiner Bemerkung nicht ins Abseits gestellt hatte.

Und natürlich die Rückführung im Ausland am Stendhal-Syndrom verstorbener japanischer Staatsbürger.

Die drei musterten sich mit freundlichen Blicken.

Sagen Sie, fragte Thomas schließlich, Sie sind nicht in Japan groß geworden, oder? Ich meine ohne Ihnen zu nahe treten zu wollen...

... aber ich bin so gänzlich unjapanisch, unterbrach Suzuki und grinste wieder breit.

Seine dunklen Augen blitzten vor Schalk.

Das lässt sich nicht verbergen, nicht wahr? Nein, Sie haben ganz recht, ich bin in den Niederlanden aufgewachsen... ich denke, daher habe ich auch meine ganze Art. Wenn ich nicht die Schlitzaugen hätte, würde ich, glaube ich, einen tollen Holländer abgeben.

Eene van de beste!, witzelte Thomas, aber kommen wir zur Sache. Frau Morimura haben Sie doch dabei, oder?

Suzuki nickte und wies dann mit dem Kopf in Richtung des A8.

Sie sitzt hinten im Wagen. Ich wollte Sie nur gerne vorher alleine sprechen. Frau Morimura ist zwar sehr gefasst, aber immer noch in Trauer und ein wenig verstört. Ich wollte Sie nicht in Ihrem Beisein fragen, ob es zu einer Identifizierung durch sie kommen wird?

Sarahs Augen weiteten sich.

Um Gottes Willen! Das würde sie nicht verkraften. Der Zustand ihres Mannes ist, na ja, reden wir nicht um den heißen Brei, sehr unappetitlich, nach drei Wochen im Wald. Und außerdem ist die Identität durch das Gebissschema, welches unser Kollege in Takarazuka überprüft hat, hinreichend gesichert. Die Leiche ist definitiv die ihres Mannes. Wegen uns hätte sie diese Reise nicht auf sich nehmen müssen. Aber offensichtlich bestand sie ja darauf.

Das hat, erklärte Suzuki, im Wesentlichen zwei Gründe. Zum einen – und das ist, denke ich, gut nachzuvollziehen – möchte sie ihren verstorbenen Mann persönlich heimholen. Zweitens: Gonda in Japan und auch mir gegenüber war sie sehr verschlossen, aber sie wollte unbedingt mit Ihnen persönlich reden, als sie erfuhr, dass ihr Mann einem Gewaltverbrechen zum Opfer gefallen ist. Ursprünglich war sie von einem Unfall ausgegangen.

Oha!, entfuhr es Thomas, es wird spannend! Das klingt ja ganz so, als ob Frau Morimura etwas über die Beweggründe weiß, die ihren Mann veranlasst haben, nach Deutschland zu reisen.

Thomas vermied bewusst, die Tauchaktionen zu erwähnen, er wollte Suzuki und vor allem Umeko Morimura ihre Theorien vollkommen unvoreingenommen äußern lassen.

Und die Tatsache, ergänzte Sarah, dass sie beim Thema Gewaltverbrechen aufmerksam wurde, zeigt, dass sie seinen Aufenthalt hier irgendwie mit einem Motiv für diese Tat verbindet. Warum sonst würde sie mit uns sprechen wollen?

Das sehe ich auch so, Suzuki hatte wieder einen Blick zu dem Auto geworfen, aber ich möchte Sie beide bitten, nicht gleich mit der Tür ins Haus zu fallen. Lassen Sie sie kommen. Bedrängen Sie sie nicht. Das, was mir an Zurückhaltung und Kontrolliertheit zum perfekten Japaner fehlt, verkörpert sie praktisch perfekt! Sprechen Sie nicht zu laut, vermeiden Sie wilde Gesten und versuchen Sie, einen sachlichen Ton anzuschlagen. Sie wird schon erzählen, wenn sie den Augenblick für richtig hält.

Wie sollen wir sie denn gleich begrüßen, fragte Sarah von Suzukis langer Rede etwas verunsichert... verbeugen oder so?

Ach was, lachte Suzuki, ein einfaches Konitschiwa und ein Händedruck, wie unter Europäern.

Was heißt denn: „Unser aufrichtiges Beileid" auf Japanisch? wollte Thomas wissen.

Kokora karao kuyami moushiage masu, antwortete Suzuki.

Wenn Sie das auf Anhieb richtig aussprechen können?

Kokora karao kuyami moushiage masu, wiederholte Thomas und Suzuki hob anerkennend die Augenbrauen.

Sehr gut!, sagte er, während er schon Richtung Auto lief.

Sie sollten Japanisch sehr leicht lernen können.

Sarah und Thomas beobachteten, wie Suzuki die Tür hinter dem Beifahrer öffnete und einer etwa 40-jährigen Frau in einem beigen Business-Kostüm die Hand zum Aussteigen reichte. Er wechselte ein paar Worte mit ihr und wies in Sarahs und Thomas' Richtung.

Die beiden nahmen das als Signal, nun auch zu dem Auto hinüberzugehen. Suzuki stellte die beiden Ermittler auf Japanisch vor, während Thomas und Sarah Frau Morimura freundlich lächelnd die Hand schüttelten und sie dabei aufmerksam beobachteten.

Die Japanerin war klein und zierlich, dabei von auffälliger Schönheit. Das glänzende, pechschwarze Haar war zu einer Hochfrisur zusammengesteckt und betonte das ebenmäßige Gesicht. Sofort waren Thomas und Sarah von den großen, nur ein klein wenig mandelförmigen Augen fasziniert. Nicht nur ihre Größe und die langen, dunklen Wimpern, mit denen sie das zarte Gesicht dominierten, war bemerkenswert, sondern vor allem auch deren Ausdruck fiel den beiden sofort auf. Es waren die leicht abwesenden Augen einer Frau in tiefer Trauer, die mit Scheu umherblickte und versuchte, zu begreifen, was in den letzten Tagen geschehen war.

Als Thomas sein „Kokora karao kuyami moushiage masu" aufsagte und sie dabei mit festem Blick ansah, huschte ein müdes Lächeln über ihr Gesicht.

Domo arigato!, erwiderte sie leise und senkte die Augen für einen Moment zu Boden.

Eine peinliche Stille entstand, da Thomas und Sarah nach Suzukis Einführung nicht recht wussten, wie sie den Einstig in das Gespräch finden sollten.

Sie haben doch sicher auf der Fahrt hierher nichts gegessen, begann zu guter Letzt Sarah ein unverfängliches Thema.

Was halten Sie von dem Vorschlag, jetzt gemeinsam etwas zu uns zu nehmen um in ungezwungenem Rahmen zu versuchen, ins Gespräch zu kommen?

Mich brauchen Sie da nicht zu fragen, antwortete Suzuki und wandte sich auf Japanisch an Frau Morimura.

Diese antwortete zurückhaltend und leise.

Sie meint, wenn es keine allzu großen Umstände macht, würde sie auch eine Kleinigkeit essen, übersetzte Suzuki.

Was auf Europäisch im Klartext etwa soviel heißt wie, dass sie einen ziemlichen Hunger hat und es nicht erwarten kann, etwas zum Kauen zu bekommen.

Na, dann sind wir uns ja einig, versuchte sich Thomas in einem so neutralen Tonfall wie nur eben möglich auszudrücken.

Der Japaner hatte einfach eine sehr charmante Art, mit den Eigenheiten seiner Nationalität humorvoll umzugehen.

Wissen Sie, griff Thomas das Thema wieder auf, ob Frau Morimura mit der europäischen Küche zurechtkommt?

Ansonsten können wir auch zu einem exquisiten chinesischen Restaurant gehen, das schon nationale Preise gewonnen hat, warf Sarah ein, bevor Suzuki für Frau Morimura übersetzen konnte.

Dieser machte auf Sarahs Vorschlag hin ein gespielt empörtes Gesicht und achtete darauf, dass seine Landsmännin das nicht sehen konnte. Seinen Tonfall hielt er sehr neutral, als er sagte.

Frau Hansen! Chinesisch? Das kann so gut sein, wie es will, aber wenn Sie es sich nicht gleich mit ihr verscherzen möchten...

Einen leichten Anflug von Lächeln ließ er sich nun doch nicht nehmen.

Wissen Sie, Sie haben eine sehr traditionsbewusste Frau vor sich, und chinesisches Essen hat schon in China nichts mit der japanischen Küche zu tun. Geschweige denn das, was hier in Europa angeboten wird. Nein, ich denke, normale, deutsche Küche geht schon in Ordnung.

Wir könnten natürlich auch, fiel Thomas ein, ins Basho-an gehen. Das ist ein traditionelles japanisches Restaurant mit einem ausgezeichneten Spitzenkoch.

Suzuki wechselte ein paar Worte mit Umeko Morimura.

Ich glaube, das wäre ihr sehr recht, wenn also das Basho-an für Sie in Ordnung ist, fahren wir einfach hinter Ihnen her.

Ok, dann los, sagte Thomas, und während Suzuki Frau Morimura in den Wagen half, ging Sarah bereits Richtung des ML, der nur wenige Meter entfernt auf dem Polizeiparkplatz stand. Sie stieg ein, setzte schwungvoll zurück und bremste neben Thomas scharf ab. Dieser wartete, bis Suzukis Chauffeur den A8 gewendet und hinter dem Polizeifahrzeug Position bezogen hatte, dann stieg auch er ein. Als sich die kleine Kolonne in Bewegung setzte, bemerkte niemand den schmutzigen, weißen Toyota Land Cruiser, der sich hinter ihnen geschickt in den Verkehr einfädelte und, sorgsam auf Abstand achtend, den beiden Fahrzeugen folgte.

Hassan Abbas, der eine dunkle Sonnenbrille trug, beobachtete, wie sich die blonde Frau und der schwarzhaarige Mann mit den beiden Asiaten unterhielten. Nach einigen Minuten, in denen sich das Quartett mit Ausnahme der Japanerin angeregt zu unterhalten schien, verteilten sich die Vier auf zwei Fahrzeuge, die schwarze Konsulatslimousine und einen silbergrauen Mercedes Geländewagen, der vorausfuhr. Hassan startete seinen Wagen und ließ einige andere Fahrzeuge zwischen sich und sein Ziel, bevor er Gas gab und die Verfolgung aufnahm. Dem Fahrer eines Smart Forfour, dem er dabei ziemlich forsch vor den Kühler geprescht war, winkte er eine lässige Entschuldigung aus dem Seitenfenster zu.

An dem großen Sandsteingebäude bogen die beiden Autos nach links ab. Also schien die Fahrt in Richtung Innenstadt zu gehen, soweit kannte sich Hassan bereits aus. Als sie die große, doppelspurige Straße gemächlich entlangfuhren und bereits der Turm des Münsters zu sehen war, steckte sich Hassan ein Headset ins Ohr und drückte an seinem Handy den Knopf für die Sprachwahl. Mahmoud, sagte er, nachdem ihn der Piepton aufgefordert hatte, sein Anrufziel zu nennen. Während die charakteristische Tonfolge in seinem Ohr den Wählvorgang anzeigte, griff er in die auf dem Beifahrersitz liegende Tasche und brachte eine verchromte Beretta 92 FS zum Vorschein. Er drückte den Magazinentriegelungsknopf, sah kurz auf die Lochreihe des Magazins und schob es befriedigt wieder in den Griff. Dann ließ er die Waffe wieder in der Tasche verschwinden.

Ja?, meldete sich Mahmoud am anderen Ende des Telefons.

Du hattest Recht! Sie ist da, sagte Hassan.

Sie hat die beiden Polizisten bereits getroffen, aber sie sind nicht in die Polizeidienststelle gegangen, sondern fahren mit zwei Autos Richtung Stadt. Ich habe sie vor mir.

Gut, antwortete Mahmoud, bleib dran. Aber riskiere nichts! Man wird uns eine gute Gelegenheit verschaffen!

Ok!

Hassan unterbrach das Gespräch, beschleunigte kurz, um an einer Ampel noch bei Grün rüberzukommen. Dann schaltete er wieder hoch und rollte entspannt mit dem Verkehr weiter.

Ich glaube, Frau Morimura würde jetzt gerne ihr Hotelzimmer beziehen und sich für den Rest des Tages ausruhen.

Hideo Suzuki legte die Serviette zweimal gefaltet neben seinen Teller. Im Basho-an hatten sie zwar ein hervorragendes Menü genossen, das der Konsulatsangestellte bei einem vorgetäuschten Gang auf die Toilette bereits bezahlt hatte, doch unterhaltsam war das gut eineinhalbstündige Mittagsmahl nicht gewesen.

Zwischen den winzigen Häppchen, die sich Umeko Morimura wie in Zeitlupe in den Mund geschoben hatte, schwieg sie beharrlich, den Blick meist auf den Teller vor sich gerichtet. Lediglich mit dem Kellner und mit Suzuki wechselte sie den ein oder anderen Satz auf Japanisch. Suzukis Übersetzungen zufolge waren das aber Höflichkeitsfloskeln ohne tiefere Bedeutung. Wegen der fast tragischen Stimmung ihres Gastes waren auch Sarah, Thomas und selbst der temperamentvolle Suzuki während des Essens sehr still gewesen und hatten sich darauf beschränkt, die ihnen dargebotenen Gaumenfreuden zu genießen.

Nach dem köstlichen Nachtisch, den sie alle auf Suzukis Empfehlung hin bestellt und vor wenigen Minuten beendet hatten, hatte Umeko wieder ihr Schweigen gebrochen und Suzuki offensichtlich darum gebeten, ins Hotel gebracht zu werden.

Ja, selbstverständlich!, sagte Thomas und stand auf.

Wir verstehen nur zu gut, dass sie sehr ruhebedürftig ist, nach allem, was sie in den letzten Stunden durchmachen musste!

Auch die anderen erhoben sich.

Dann werden wir uns morgen zu einem Gespräch zusammenfinden?, fragte Sarah Umeko und Suzuki übersetzte.

Die Japanerin nickte zurückhaltend.

Hai, kam leise über ihre Lippen und Suzuki verzichtete auf eine Übersetzung.

Dann werden wir wieder vorausfahren, sagte Thomas und führte die kleine Gruppe ins Freie.

Hassan hatte den Toyota in der Konzerthausgarage unmittelbar neben dem Novotel geparkt und war ohne Eile die Stufen zum Ausgang emporgestiegen. Mit einem prüfenden Rundblick scannte er den großen Platz, bevor er aus der Glasrotunde ins Freie trat. Rechts von ihm die Hauptverkehrsstraße, links das moderne Konzerthaus, über ihm die Stadtbahnbrücke. Der Platz mit den seltsamen, an Wirbelstürme erinnernden Skulpturen war recht belebt. Vor dem Hotel, das sich unmittelbar an das Konzerthaus anschloss, warteten einige Taxis, und auch der Wagen des japanischen Konsulats sowie der Mercedes der beiden Polizisten parkten vor dem Eingang. Hassan setzte seine Sonnenbrille wieder auf und schlenderte in Richtung des Hotels. Er war vollkommen unauffällig gekleidet: ein tailliert geschnittenes, weißes Hemd, das er über der dunklen Anzughose trug und ein edles Paar schwarze Lederschuhe vermittelten das Bild eines Geschäftsreisenden, der seine freie Zeit zu einem Spaziergang durch die Stadt nutzte. Er stellte sich in die Nähe einer der Skulpturen und tat, als würde er die geschwungenen Formen studieren. Dabei beobachtete er genau den Eingang und die Fassade des Hotels und prägte sich die Details ein. Dann schob er die Sonnenbrille auf die Stirn und ging in das Hotel.

Angst, die Polizisten und ihre Begleiter zu treffen, hatte er keine. Sie würden sich, selbst wenn sie unglücklich zusammenprallen sollten, nicht für ihn interessieren.

Im Foyer des Novotels orientierte er sich zunächst. Dort waren die Aufzüge, hier ging es zu dem Speisesaal. Rechter Hand waren das Restaurant und die Bar. An der Rezeption waren noch die Japaner und die Polizisten zugange, offensichtlich hatte mit der Reservierung etwas nicht gestimmt. Hassan kümmerte das nicht, er steuerte die Bar an und setzte sich so, dass er das Foyer gut im Auge behalten konnte.

Als die Bedienung ihn fragte, ob er die Karte wünschte, verneinte er und bestellte einen Mokka und ein Glas stilles Wasser. Während die junge Frau weg war, sah er sich das verlockende Kuchenangebot an und stellte fest, dass er ziemlich hungrig war. Schließlich hatte er seit dem Frühstück nichts mehr gegessen. Also entschied er sich für einen Apfelkuchen und teilte der Bedienung seinen Wunsch mit, als sie die Getränke vor ihm auf den Tisch stellte. Draußen im Foyer schienen die Formalitäten erledigt zu sein. Die beiden Japaner verließen die Halle in Begleitung eines Hotelangestellten mit dem Aufzug, die beiden Polizisten setzten sich in die Couchsessel und unterhielten sich angeregt. Der Apfelkuchen kam und der Mann probierte ein Stück, trank einen Schluck Mokka dazu und behielt die Lounge im Auge.

Einige Minuten tat sich nichts, dann trat der Japaner wieder aus dem Aufzug, sah sich kurz suchend um und steuerte dann die beiden Polizisten an, die sich sofort erhoben. Nach einigen Sätzen verließen sie den Eingangsbereich durch den Haupteingang und stiegen in die beiden Fahrzeuge. Kurze Augenblicke später waren sie verschwunden. Hassan aß weiter an seinem Kuchen, der, das musste er eingestehen, ganz hervorragend schmeckte. Und auch der Mokka war passabel. Nicht so gut wie in seiner Heimat, aber für Deutschland ganz ok. Er wollte gerade den letzten Rest von dem Kuchen in seinen Mund befördern, als sein Handy klingelte. Er nahm es aus der Gürteltasche und meldete sich.

Ja?

Es war Mahmouds Stimme.

Sie hat den Polizisten noch nichts über die Beweggründe ihres Mannes gesagt. Das heißt, wir können die beiden unbehelligt lassen. Keine Ahnung, was sie weiß und was sie ihnen morgen noch erzählen will, aber wir wollen nichts riskieren. Sie hat ein Zimmer im fünften Stock, Nummer 524. Und sie wird die nächsten Stunden alleine auf dem Zimmer sein.

In Ordnung, ich denke, bei dem, was ich bisher gesehen habe, dürfte das kein Problem sein.

Viel Glück!

Mahmoud hatte aufgelegt. Hassan dachte nach. Auch wenn jetzt sicher mehr Betrieb in der Eingangshalle war, der es ihm erleichtern würde, mit den Aufzügen nach oben zu fahren, würde er bis zum Abend warten. Er musste noch den Toyota zu dem Lagerhaus zurückbringen, dieser durfte nicht mit der Tat in Zusammenhang gebracht werden. Auch wenn er nicht damit rechnete, bei seinem Vorhaben gestört zu werden, wollte er nicht riskieren, dass das Fahrzeug in der direkten Umgebung des Tatortes gesehen oder aufgefunden wurde.

Hassan zahlte, gab der jungen Bedienung ein ordentliches Trinkgeld und ging zu den Toiletten. Er hatte Glück! Die sanitären Einrichtungen waren nicht nur vom Restaurant aus zu erreichen, sondern auch von der Eingangshalle des Hotels. Der glückliche Umstand hierbei war, dass der Flur, der die Gaststätte mit den Toiletten und dem hinteren Teil des Foyers miteinander verband, auch der Zugang zum Treppenhaus des Hotels war. Er würde also die Aufzüge nicht benutzen müssen, sondern konnte vom Restaurant aus unverfänglich die Toilette aufsuchen und dann über die Treppe zu Zimmer 524 gelangen.

Aufmerksam ging er den Gang entlang und konnte feststellen, dass der Bereich des Treppenhauses von der Rezeption aus nicht einsehbar war. Besser konnten die Gegebenheiten gar nicht sein. Er machte sich nicht die Mühe, durch das Restaurant zurück den Weg nach draußen zu nehmen, sondern ging selbstsicheren Schrittes quer durch das Hotelfoyer an der Rezeption vorbei und trat durch den Haupteingang ins Freie. Es würde leichter sein, als er es sich anfänglich vorgestellt hatte.

Er ließ noch einmal den Blick über den Platz schweifen und ging dann hinüber zur Parkgarage. Gedanklich beschäftigte er sich noch mit dem Plan für heute Abend. Die zierliche Japanerin würde er mit bloßen Händen lautlos töten können. Außerdem, so entschied er sich, würde er das Zimmer mit einem Zeitzünder in Brand setzen, um etwaige Notizen oder Dokumente von Umeko zu zerstören.

Mit dem Tod der Japanerin musste den deutschen Behörden sowieso klar werden, dass sich hinter dem Tod Morimuras mehr verbarg als bloß ein Mord, aus welchen Motiven auch immer. Also war es auch nicht relevant, dass mit dem Brand eines Hotelzimmers zusätzlich Aufmerksamkeit geschürt wurde. Das Spiel war in eine neue Phase getreten!

Sarah und Thomas stiegen lachend aus dem Wagen und verabschiedeten sich von Hideo Suzuki und dessen Chauffeur, den sie auf der Rückfahrt zum ersten Mal getroffen hatten.

Der Abend mit dem quirligen Japaner war sehr vergnüglich gewesen. Mit seiner charmanten Art hatte er sie oftmals zum Lachen gebracht, und es war eine sehr ungezwungene Stimmung aufgekommen. Die Ermittlungen ließen sie komplett außen vor, sie wollten den sympathischen Japaner nicht in ihre Arbeitswelt mit hineinziehen und hatten auch selbst wenig Lust, sich den entspannten Abend dadurch zu verderben. Entsprechend fröhlich gab sich der Konsulatsmitarbeiter auch, spendierte den ein oder anderen Drink, zog sich und seine Landsmänner witzig durch den Kakao und erzählte so manchen Schwank, den in der Öffentlichkeit zum Besten zu geben er sich sicher nicht getraut hätte.

Als der Wagen abgefahren war und sie alleine auf dem Parkplatz standen, sah Thomas sich nach seinem Motorrad um.

Eigentlich sollte ich nicht mehr fahren, sagte er, ich hatte drei Bier, den B52 und die Caipirinha. Ich bin froh, dass ich mich noch ordentlich artikulieren kann.

Dann fahr doch mit mir, schlug Sarah vor, die sich auch schon Gedanken über den Heimweg gemacht hatte, mein Mazda kann wenigstens an der Ampel nicht umfallen.

Sie musste lachen.

Ups! Das soll kein Angebot sein... .

Schon gut, unterbrach Thomas, habe ich auch nicht so aufgefasst... aber schade eigentlich!

Dann prustete er auch los.

Meine Güte, Alkohol enthemmt wirklich. Ich geh jetzt noch ins Büro und versuche mal rauszukriegen, wo und von wem heute Nacht Alkoholkontrollen gemacht werden. Polizist zu sein hat ja schließlich auch seine Vorteile.

Sarah hakte sich bei ihm ein.

Ich komme mit... Ich wäre meinen Führerschein wahrscheinlich auch los, wenn man mich erwischen würde.

Im Büro angekommen wollte Thomas schon den Laptop hochfahren, als er eine handgeschriebene Notiz von Helen auf seinem Schreibtisch sah. Sofort griff er nach seinem Handy und stellte fest, dass es ausgeschaltet war. Da er Sarahs Handy vor sich in der Ladestation sehen konnte, war ihm klar, dass Helen den Zettel hatte schreiben müssen, weil sie sie nicht erreicht hatte.

Sieh dir das an, rief er Sarah zu sich, unser Kollege Gonda hat angerufen. Er hielt es für wichtig, uns mitzuteilen, dass in der Nacht, also einen Tag nach Umekos Abreise, bei ihr eingebrochen wurde und die Eindringlinge die gesamte Wohnung systematisch durchsucht haben.

Sarah nahm den Zettel und las. Sie schnalzte mit der Zunge, denn der Einbruch in Morimuras Wohnung war nicht das Einzige, was ihr japanischer Kollege zu berichten hatte.

Noch mehr Bedeutung gewann der Umstand durch die Tatsache, dass auch in die Geschäftsräume gewaltsam eingedrungen worden war und praktisch jeder Winkel der Büros auf den Kopf gestellt wurde.

Das, sagte Thomas, lässt jetzt alles in einem ganz anderen Licht erscheinen! Ganz offensichtlich haben die Freunde von Mahmoud auch in Japan jemanden, der ihre Interessen verfolgt. Verflucht, die sind weit besser organisiert, als ich vermutet hätte!

Sarah dachte angestrengt nach.

Weißt du, was das noch zu bedeuten hat? Sie haben nicht vor einem Mord zurückgeschreckt, sie werden auch vor einem zweiten nicht haltmachen.

Umeko könnte in Gefahr sein!

Hassan hatte seinen Toyota Land Cruiser in dem alten Lagerraum abgestellt und noch kurz seinen Plan mit Mahmoud und den anderen besprochen. Sein Handy, Brieftasche, überhaupt alles, was ihn für den Fall eines Fehlschlages hätte identifizieren können, hatte er zurückgelassen. Er trug jetzt eine Blue Jeans, ein T-Shirt und darüber ein sportliches Sakko, das seine Utensilien, das Päckchen mit dem Sprengstoff und seine Beretta, die er in seinem Rücken im Gürtel stecken hatte, gut verbarg. In mehreren flachen, am Körper anliegenden Kunststoffflaschen hatte er gut zwei Liter Benzin dabei. Einen simplen, zuverlässigen Zeitzünder trug er in der Seitentasche. Außerdem hatte ihm Nassira einen falschen Vollbart angepasst und sein eher schütteres Haar mit einem Haarteil aufgewertet.

Mahmoud hatte spekuliert, dass Teile des Hotels wie Foyer, Treppenhaus und Aufzüge möglicherweise mit Videoaufzeichnungsgeräten ausgestattet waren, und deswegen zu der Verkleidung geraten. Also stopfte er auch die Schultern des Sakkos aus und schnallte sich ein Kissen unter das T-Shirt. Dann übte er einen gebeugten und schwerfälligen Gang und gab so seiner ganzen Figur ein gänzlich anderes Erscheinungsbild. Während die anderen sich aufmachten, um in dem alten Bergwerk die Verankerungen für den provisorischen Kran fertigzustellen, schlenderte er zu Fuß los. Bei der Fahrt am Nachmittag war ihm klar geworden, wie nah in dieser Stadt alles beieinander war, und für ihn war die Strecke zwischen ihrem Versteck und dem Hotel problemlos in 20 Minuten zurückzulegen.

Erst in unmittelbarer Nähe des Bahnhofes verfiel er in den sorgsam geprobten, schwerfälligen Gang. Am Hotel angekommen, setzte er sich zunächst in das Restaurant, diesmal aber an einen Tisch, der den Toiletten sehr viel näher war. Er ließ sich die Karte kommen und stellte fest, dass das Personal offensichtlich komplett gewechselt hatte. Keine der Bedienungen hatte er am Nachmittag gesehen, auch der Mann hinter dem Tresen war ein anderer. Sein Unternehmen stand wahrlich unter einem guten Stern!

Er bestellte eine Bärlauchcremesuppe als Vorspeise und Lammfilets mit Kartoffelgratin und Majoranbohnen als Hauptgericht. Da er die Speisen nicht bezahlen würde, konnte er es sich auch gutgehen lassen. Ohne jede Nervosität genoss er das Mahl.

Da er ausgiebig von dem Angebot Gebrauch machte, von dem Gratin und den Bohnen nachzubekommen, dehnte sich sein Abendessen entsprechend aus. Als er mit dem Hauptgang endlich abgeschlossen hatte, fing es gerade eben erst an zu dämmern. Also bat er um die Dessertkarte und studierte sie sehr intensiv. Schließlich bestellte er die Crème brûlée. Nachdem einige Zeit später auch diese von dem geschmackvoll dekorierten Teller verschwunden war, hielt er den Zeitpunkt für gekommen. Er bestellte einen Espresso, um den Eindruck zu erwecken, er komme wieder, und fragte nach den Toiletten, um seine Abwesenheit zumindest für eine gewisse Zeit zu erklären. Er ließ die leere Handyhülle auf dem Tisch liegen und ging, ohne das Eintreffen des Espressos abzuwarten, durch die Tür zu den Toiletten. Er trug wieder seinen zuvor praktizierten, schwerfälligen Gang zu Schau und schielte um sich, um sicherzugehen, dass er alleine war. Dann öffnete er die Tür zum Treppenhaus und widerstand dem Drang, die Stufen nach oben zu sprinten. Gemächlich legte er den Weg in den fünften Stock zurück, orientierte sich kurz, um notfalls auch mit dem Aufzug flüchten zu können und suchte schließlich Zimmer 524.

Er horchte konzentriert auf irgendwelche Geräusche und als er sicher war, die nächsten 15 Sekunden alleine zu sein, klopfte er laut an die Tür.

Zunächst rührte sich jenseits der Tür nichts, doch dann drang ein zaghafter Laut zu ihm, der sowohl ein schlecht gesprochenes „Yes" als auch irgendein japanischer Ausdruck sein konnte. Er rief laut und deutlich „Roomservice" in der Hoffnung, das Wort fände im Deutschen auch Verwendung, oder aber die Japanerin würde es selbst auch nicht besser wissen. Tatsächlich näherten sich leise Schritte der Tür, der Schlüssel drehte sich und die Tür ging einen Spalt weit auf. Ohne darauf zu achten, wer die Tür öffnete, schlug er sie mit Wucht auf, griff mit beiden Händen nach dem dunkel behaarten Kopf, eine Hand auf dem Mund, die andere im Genick. Er schob die schmächtige Gestalt in das Zimmer. Die entsetzte Frau war unter dem Schock dieses plötzlichen Angriffes zu keiner Gegenwehr fähig.

Mit dem Fuß schlug er die Tür zu. Als er die Japanerin herumdrehte, so dass sie mit dem Rücken zu ihm stand, erwachten nun doch ihre Lebensgeister: Sie fing an zu strampeln und versuchte unter dem kräftigen Griff seiner rechten Hand zu schreien. Das alles kümmerte ihn wenig. Es dauerte nur Bruchteile von Sekunden, bis er routiniert mit dem linken Arm um sie herumgefasst, ihre rechte Schulter fest gepackt und ihr mit einem Ruck das Genick gebrochen hatte. Sofort fiel ihr Körper wie der einer Stoffpuppe leblos in seine Arme. Er ließ sie einfach auf den Teppichboden gleiten und sah sich um. Dann begann er, den Raum systematisch zu durchsuchen.

Willst du im Hotel anrufen?, fragte Sarah Thomas, der eine besorgte Miene aufgesetzt hatte.

Er schüttelte den Kopf und lief Richtung Tür.

Bis wir die Nummer haben, sind wir schon den halben Weg gefahren, komm!

Anstatt auf den Aufzug zu warten, sprintete er die Treppen hinunter, sodass Sarah Mühe hatte, ihm zu folgen.

Hältst du es wirklich für so dringend?, rief sie ihm auf dem Parkplatz außer Atem zu.

Ich weiß es nicht, antwortete dieser und öffnete den ML mit der Fernbedienung.

Aber nach dem, was bisher passiert ist, halte ich alles für möglich!

Er schwang sich hinter das Steuer, Sarah warf sich auf den Beifahrersitz. Mit quietschenden Reifen wendete Thomas den Wagen und fuhr halsbrecherisch auf die Straße. Empörtes Hupen begleitete sie, bis Sarah das Magnetblaulicht auf das Dach stellte. Daraufhin stellten die anderen Verkehrsteilnehmer ihren Protest ein und machten bereitwillig Platz. Die Fahrt, auf der die beiden kein Wort miteinander wechselten, dauerte tatsächlich nur drei Minuten. Auf dem Konzerthausplatz angekommen, bremste Thomas den Wagen unmittelbar vor dem Haupteingang des Hotels ab und die beiden Ermittler stiegen aus. Das Blaulicht ließen sie eingeschaltet. Zügigen Schrittes, aber ohne zu rennen, traten sie an die Rezeption, wo ein junger Mann in grauem Anzug und mit gegelten Haaren sie mit fragendem Blick erwartete. Noch im Laufen zog Thomas seinen Ausweis aus der Brusttasche und hielt ihn dem Jüngling entgegen.

Kriminalpolizei, wir müssen dringend mit Frau Morimura, Zimmer 524, sprechen.

Als sei das Blaulicht des quasi im Eingang stehenden Geländewagens nicht schon ausreichend Beleg für die Identität und die Dringlichkeit, beugte sich der Rezeptionist vor und begutachtete den Ausweis in aller Ruhe. Dann sah er schweigend Sarah an. Bevor auch sie ihren Ausweis zücken konnte, herrschte Thomas den Mann an.

Sie gehört zu mir. Haben Sie nicht verstanden? Wir müssen dringend mit Frau Morimura sprechen, würden Sie uns bitte ankündigen.

Mit geradezu provokativer Langsamkeit studierte der Angesprochene den Computermonitor vor sich. Schließlich sagte er:

Es tut mir leid, so wie es aussieht, hat Frau Morimura ihr Telefon auf die Rezeption umgestellt und ausdrücklich darum gebeten, nicht gestört zu werden.

Thomas wandte sich zu den Aufzügen und griff Sarah am Ellenbogen

Also gut, dann halt so. Komm, wir gehen rauf zu ihr.

Der Rezeptionist hechtete an den beiden Ermittlern vorbei und stellte sich ihnen mit verärgertem Gesicht in den Weg.

Sie können nicht einfach so einen unserer Gäste belästigen, Sie...

Wir können, sagte Thomas nur und schob den jungen Mann unsanft beiseite.

Völlig verdattert lief er mit in Richtung Aufzüge und wollte weiter protestieren.

Sarah legte ihm die Hand auf die Brust und stieß ihn zurück.

Bleiben Sie genau da, wo Sie hingehören! Stellen Sie sich hinter Ihren Tresen und rühren Sie sich nicht von der Stelle, verstanden? Wir können möglicherweise ein Verbrechen verhindern, falls Sie uns nicht weiter im Weg stehen!

Nun schien er begriffen zu haben.

Und was soll ich hier unten machen?, stammelte er.

Nichts! Nichts, was Sie sonst nicht auch tun. Wir sagen Ihnen Bescheid, wenn wieder alles in Ordnung ist.

Sarah hatte Thomas just in dem Moment eingeholt, als mit einem dezenten Gong die Ankunft eines Lifts signalisiert wurde und sich kurz darauf die Türen öffneten. Sie ließen erst ein elegant gekleidetes älteres Ehepaar aussteigen, dann betraten sie den Aufzug und Thomas drückte voller Ungeduld die „5".

Hassan schaute sich noch ein letztes Mal um. Er hatte jeden Winkel des Hotelzimmers durchsucht, aber keinerlei Dokumente oder Aufzeichnungen gefunden. Trotzdem entschied er sich, mögliche Spuren und vielleicht trotz seiner Bemühungen dennoch vorhandene Informationen zu vernichten. Er nahm sein Jackett von der Stuhllehne, griff in die Innentasche und nahm die Kunststoffbehälter mit dem Benzin aus ihren Halterungen. Er öffnete sie und stellte sie auf den kleinen Schreibtisch neben sich. Dann packte er Umeko Morimuras Leiche und hob sie auf das Bett, nahm das

Benzin und schüttete einen Großteil davon über der Toten aus, bevor er den Rest auf dem Schreibtisch und den Kleiderschränken verteilte. Schließlich platzierte er das etwa Tischtennisball große Stück Plastiksprengstoff auf Umekos Bauch, stellte den Zeitzünder auf 15 Minuten und drückte die Zündkapsel in die knetartige Masse.

In der Zeit bis zur Zündung würde er das Hotel verlassen und schon einige hundert Meter weit entfernt sein. Außerdem würde ein nicht unerheblicher Teil des Benzins verdampft sein und mit der Luft in dem Hotelzimmer ein zündfähiges Gemisch ergeben. Selbst nach wenigen Minuten dieses Infernos dürfte es unmöglich sein, etwas Verwertbares in diesem Raum sicherzustellen. Er zog den Sicherungsstift aus dem Zeitzünder, die Uhr begann zu laufen. Ohne Eile wandte er sich zur Tür, horchte kurz, ob sich vor dem Zimmer jemand befand und trat dann auf den Korridor.

Der Fahrstuhl kam mit einem kaum wahrnehmbaren Ruck zum Stillstand und die Türen öffneten sich mit einem leisen Summen. Thomas und Sarah traten auf den Flur und schauten sich um. Zwei kleine Schilder wiesen den Weg zu den entsprechenden Zimmernummern. Zu Zimmer 524 ging es nach rechts. Im Vorbeigehen sahen sie sich die Nummern an den Türen an und stellten fest, dass das gesuchte Zimmer noch hinter dem Knick liegen musste, wo der Gang im 90 Grad-Winkel nach rechts führte.

Als sie um die Ecke gebogen waren, lag ein weiter Flur vor ihnen. Links war eine fensterlose Wand, an der in regelmäßigen Abständen abstrakte Bilder ihnen unbekannter Künstler hingen, Acryl auf Leinwand, „Originale", wie Sarah flüsternd feststellte. Der Gang war ruhig, lediglich ein älterer, beleibter Herr mit Vollbart bewegte sich schwerfällig in ihre Richtung. Er hatte einen schleppenden Gang und die typische Haltung eines von einem Buckel geplagten Menschen. Als sie sich dem Mann näherten, trafen sich ihre Blicke und man nickte sich im Vorbeigehen freundlich zu. Unmittelbar nach der Begegnung hielt Thomas kaum merklich inne. Irgendetwas ließ seine Alarmglocke schrillen. Er konnte es nicht festmachen, aber irgendetwas hatte ihn an dem Mann gestört! War es die Kleidung? War es die offensichtliche Behinderung? Innerhalb von Sekundenbruchteilen versuchte Thomas den Grund für sein Misstrauen zu finden. Dann wurde es ihm klar. Es war der Blick, als sich ihre Augen für diesen kurzen Moment trafen. In dem Blick war etwas Überraschtes gewesen, so, als ob dem Mann just bei ihrem Aufeinandertreffen etwas klar geworden war, oder er etwas erkannt hatte. Ihn erkannt hatte! Sarah erkannt hatte! Im Augenblick dieser Erkenntnis nahm Thomas auch ganz schwach den Geruch von Benzin wahr, den der Mann hinter sich herzog. Wie so oft vertraute er seiner Intuition, nahm Sarah bei der Hand, um sie zum Umdrehen zu bewegen und legte seine Rechte auf den Griff seiner Dienstwaffe. Der Mann war schon fast an der Ecke angekommen, als Thomas ihm hinterherrief.

Entschuldigen Sie bitte, dürften wir Sie etwas fragen?

Der Mann blieb stehen und drehte sich herum. Thomas sah wie in Zeitlupe, dass er noch in der Bewegung das Sakko nach hinten schlug und mit der Rechten in seinen Rücken griff, so als wollte er sein Portemonnaie zücken. Thomas war diese Bewegung nur allzu gut bekannt, trug er doch zuweilen seine Pistole auch hinten im Gürtel. Er rief Sarah laut ein: „Vorsicht!" zu und rempelte sie grob zur Seite. Seine Rechte hatte die Pistole schon gezogen. Der Mann am Ende des Ganges hatte seine Waffe ebenfalls in der Hand und schoss zweimal schnell hintereinander auf die beiden Polizisten. Thomas, der bereits in der Hocke war, konnte spüren, wie eine der Kugeln dicht über seinen Kopf hinwegfegte, die zweite schlug neben ihm in die Wand und riss eine gewaltige Furche in das Mauerwerk. Putz und Mauerbrocken spritzten Thomas ins

Gesicht. Er konnte über die Visierung den Mann erkennen und zog den Abzug seiner Waffe durch. Zweimal in schneller Folge krachten die Schüsse aus der Pistole, hinter dem Mann ging die Fensterscheibe zu Bruch. Einmal schoss er noch zurück, doch die Kugel landete hinter Thomas und Sarah in der Decke. Dann war er um die Ecke verschwunden und seine schnellen Schritte, nicht mehr die eines lahmen Greisen, hallten durch den Gang. Thomas blickte zu Sarah, die auch schon ihre Waffe in der Hand hielt.

Bist du ok?, fragte er.

Nichts abbekommen, antwortete sie, und bei dir?

Alles klar!

Er stand auf und lief mit der Waffe im Anschlag den Flur entlang. Sarah tat es ihm gleich.

Als sie an der Ecke angekommen waren, konnten die beiden immer noch die Schritte des Angreifers hören, die sich weiter Richtung Aufzug und Treppenhaus entfernten. Thomas blickte vorsichtig um die Ecke. Der Mann hatte die Tür zum Treppenhaus noch nicht ganz erreicht. Um die schwere Tür zu öffnen, musste er komplett stehen bleiben. Der Verfolger in seinem Rücken bewusst, feuerte er blindlings zwei Schüsse ab, die Thomas und Sarah zwangen, sich auf den Boden zu werfen. Ein Projektil schlug hinter ihnen in die Wand, das zweite zerschmetterte eine Vase, die an der Seite des Ganges auf einer kleinen Anrichte stand. Das Blumengesteck fiel auseinander und die Blüten verteilten sich auf dem Boden. Sarah nutzte die Chance, noch auf dem Boden liegend auf den Flüchtenden zu feuern, und auch Thomas schoss abermals eine schnelle Doublette. In Sekundenbruchteilen zerbarst das Glas der Treppenhaustür und fiel dann komplett aus dem Rahmen. In den Stahltüren des Aufzuges dahinter bildeten sich zwei tiefe Dellen. Der Mann war im Treppenhaus verschwunden. Zu allem Unglück öffnete sich eine der Zimmertüren und ein Mann steckte seinen Kopf heraus.

What the fuck is going on here?, schrie er wütend und war sich offensichtlich nicht der Gefahr bewusst, in die er sich begab.

Police officers! Go back in your room and stay away from the door!, rief Thomas in voller Lautstärke und als der Mann nicht reagierte, wiederholte er:

Police! Go back! Lock the door!

Endlich zog sich der Mann zurück und schloss die Tür.

Wertvolle Sekunden Vorsprung für den Flüchtenden, dachte Thomas bitter. Als er und Sarah am Treppenhaus angekommen waren, wagte Sarah, die Waffe mit beiden Händen im Anschlag, einen Blick in die Tiefe. Der Mann war schon zwei Stockwerke tiefer und rannte, was das Zeug hielt. Als sie kurz seine Hand am Treppengeländer sah, feuerte sie. Der Kunststoffhandlauf des Geländers zersplitterte, ob sie den Mann verletzt hatte, konnte sie nicht sagen.

Thomas war bereits einen Absatz tiefer angelangt und konnte unter sich den Flüchtenden hören und auch kurz einen Blick von ihm erhaschen. Er setzte ihm weiter nach.

Lieber Gott, dachte er, als sich der Gejagte dem Erdgeschoss näherte, lass ihn nicht in die Lobby kommen und dort um sich schießen oder Geiseln nehmen!

Nach dem nächsten Absatz – Thomas glaubte seinem Gegner ein halbes Stockwerk abgenommen zu haben – stellte er sich ans Geländer und wartete die halbe Sekunde, bis sein Kontrahent auf dem Absatz unter ihm zu sehen war. Als dessen Beine in Thomas Gesichtsfeld kamen, feuerte er aufs Geradewohl. Einen Augenblick nach dem Getöse seiner 9 Millimeter hörte er die drei Patronenhülsen klimpernd auf den Boden fallen. Sichtbaren Erfolg konnte er nicht feststellen, außer, dass die Steinplatten, die er sehen konnte, ziemlichen Schaden genommen hatten. Unter ihm waren die Schritte unverändert zu hören, aber offensichtlich hatte der Mann das Erdgeschoss hinter sich gelassen und war auf dem Weg in den Keller. Von oben konnte er hören, wie Sarah die Treppe herunterkam, also rannte Thomas weiter. Als er am Ende der Stufen angelangt war, schaute er blitzschnell um die Ecke und zog den Kopf sofort wieder zurück. Er konnte nichts sehen und es war auch kein Schuss gefallen. Also lugte er vorsichtig etwas länger um die Ecke und sah gerade noch, wie eine feuersichere Stahltür langsam von dem hydraulischen Schließzylinder zugedrückt wurde. Auf der Tür war ein Schild angebracht. „Hotelwäscherei, für Unbefugte kein Zutritt".

Thomas hielt die Waffe mit der Rechten und bewegte sich vorsichtig seitlich den Gang entlang, um ein möglichst kleines Ziel zu bieten. An der Tür angekommen, nahm er den Knauf schon in die Hand, um sie aufzureißen, als Sarah an der Treppe auftauchte und sofort zu ihm hinüber kam.

Aufgehalten worden?, fragte Thomas und brachte trotz der Anspannung ein Grinsen zustande.

Verstärkung herbeordert, die das Hotel abriegeln und zu Umeko aufs Zimmer hoch soll, vielleicht ist ihr ja noch zu helfen, antwortete Sarah außer Atem, und Thomas musste ihre Geistesgegenwart und Übersicht neidlos anerkennen.

Saubere Arbeit!, flüsterte er und bedeutete ihr, die Plätze zu wechseln und an seiner statt die Tür zu öffnen, damit er in den Raum sehen und notfalls gleich schießen konnte.

Sarah nickte und nahm den Türgriff in die Hand.

Drei, zwo, eins, los!, zählte Thomas an, und in dem Moment, als sich die Tür einen Spalt öffnete, steckte er auch schon seine Pistole hindurch und bewegte den Kopf schnell hin und her, um den gesamten Raum erfassen zu können. Sofort schlug ihm feuchtwarme, nach Wasch- und Desinfektionsmittel riechende Luft entgegen. Die Wäscherei war groß, größer als er gedacht hatte. An der Decke waren nackte Neonröhren angebracht, die für eine erfreulich intensive Helligkeit sorgten. Linker Hand befanden sich große Wasch- und Trockenmaschinen, die nur zum Teil liefen, der Rest des Raumes war mit den allseits bekannten Wäschewagen, Bügelstationen und Mangeln vollgestellt. Lange Tische, an denen wahrscheinlich die Bett- und Tischwäsche gefaltet wurde, zogen sich im hinteren Bereich durch die ganze Wäscherei. Der Raum bot also eine riesige Anzahl hervorragender Verstecke, allerdings ohne wirkliche Deckungsmöglichkeiten. War ein Ziel erst mal lokalisiert, nutzte es nichts, sich zu verbergen: ein Routinier feuerte dann schlicht auf das Versteck, in der Gewissheit, dass die meisten Dinge in diesem Raum einem großkalibrigen Geschoss nicht ausreichend Widerstand boten. Ein Albtraum!

Thomas konnte zwei Türen ausmachen. Eine schien rechter Hand in eine Art Aufenthaltsraum zu führen, die zweite war eine Doppelflügel-Stahltür am anderen Ende der Wäscherei. Seine Befürchtung war, dass diese Tür vielleicht eine Fluchtmöglichkeit bot, also ließ er sie nicht aus den Augen. Er bedeutete Sarah, in die Knie zu gehen und die Tür mit einem Holzkeil zu sichern, der hinter ihr auf dem Boden lag. Jetzt erst erkannte er zwei junge Frauen, die in Hausmädchenuniformen hinter einem der großen Wäschetrockner in Deckung gegangen waren und angsterfüllt zu ihm hinüberstarrten. Er legte den Finger auf die Lippen und zeigte den beiden seinen Dienstausweis, auch wenn er wusste, dass sie über diese Distanz nichts erkennen konnten. Seine Hoffnung war, dass sie seine Geste richtig deuteten. Prompt nickte eine der beiden und ein hoffnungsvoller Ausdruck machte sich auf ihrem Gesicht breit. Thomas zeigte auf seine Augen, dann in den Raum, und zuckte mit der Schulter. Eine der Frauen verstand. Sie zeigte in Richtung der Faltstationen und bedeutete Thomas, dass sein Gegner schon ein ganzes Stück zurückgelegt hatte. Er nickte dem ängstlichen Mädchen zu und machte ihr klar, dass sie und ihre Kollegin sich nicht vom Fleck rühren sollten. Sofort signalisierte sie, dass sie verstanden hatte.

Jetzt suchte sich Thomas eine solide Deckung, die er mit einem Satz erreichen konnte. Er erspähte einen Wäschewagen, in dem offensichtlich frische Wäsche sorgsam gefaltet und eingeschichtet war.

Ich gehe rein!, raunte er Sarah zu, vielleicht verrät er uns seine Position!

Sarah nickte und rückte ein wenig näher, ohne ihre Deckung aufzugeben.

Also los!

Thomas trat in den Türrahmen und hechtete sofort nach links, ständig in Erwartung, Schüsse fallen zu hören. Doch er erreichte seine Deckung, ohne dass etwas geschah. Vorsichtig lugte er über den Wäschewagen, konnte aber nichts erkennen. Im Raum bewegte sich nichts und außer den Hintergrundgeräuschen der laufenden Maschinen war auch nichts zu hören. Aufmerksam spähte er jeden Winkel seines Blickfeldes ab. Mit einem Mal sah er direkt an der großen Tür am anderen Ende des Raumes einen Arm hinter einem Stapel Wäsche auftauchen, der in Höhe der Klinke nach irgendetwas zu greifen schien. Da er den Stoff des Sakkos erkannte, feuerte er sofort. Zwei Querschläger jaulten durch den Raum, um dann irgendwo in den Wäschebergen einzuschlagen, ohne Schaden anzurichten. Von seiner Position aus konnte er nicht auf die Deckung des Gegners schießen, es waren zu viele Hindernisse im Weg. Als er noch nach einer Möglichkeit suchte, ungefährdet seine Position zu wechseln, sah er, wie sich einer der beiden Türflügel langsam öffnete. Offensichtlich konnte der Mann außerhalb Thomas' Gesichtsfeld das schwere Eisenblatt irgendwie aufziehen. Thomas sprang im selben Moment auf, als auch sein Gegner hinter der Deckung hervorkam, sich blitzschnell durch den Spalt drückte und sogar noch einmal auf Thomas schießen konnte. Die Kugel blieb tatsächlich in dem Wäschewagen vor ihm stecken!

Hinter sich hörte er Sarah ihre Waffe abfeuern und auch er drückte noch zweimal ab. Doch die Projektile schlugen lediglich an der Stahltür, die sich langsam schloss, einige Funken. Thomas rief nach Sarah und setzte zur Verfolgung an. Durch die vielen Utensilien, die im Weg standen, war die Tür aber schon lange vor seiner Ankunft zu und als er mit aller Gewalt daran rüttelte und Sarah neben ihm auftauchte, wurde ihm klar, was passiert war. Der Attentäter hatte sich den Schlüssel gegriffen, der von innen im Schloss gesteckt haben musste, und die Tür nun von außen verschlossen.

Scheiße!, entfuhr es ihm, und auch Sarah schüttelte mit sichtlich verärgerter Miene den Kopf.

He, Sie beide da hinter dem Trockner! Wo führt diese Tür hin?, rief Thomas in den Raum.

Keine Reaktion.

Haben Sie keine Angst, er ist weg! Wir sind von der Polizei, forderte nun Sarah die beiden Hausmädchen auf, die auch tatsächlich verschüchtert die Köpfe hoch streckten.

Diese Tür, Thomas deutete hinter sich, wo führt die hin?

In die Hoteltiefgarage, fasste sich eine der beiden Angesprochenen ein Herz.

Ist das die öffentliche Garage? Die vom Konzerthaus?, hakte er nach.

Die junge Frau bestätigte.

Ja, also der öffentliche Parkhauskomplex. Hotel, Konzerthaus und Bahnhof.

Und abermals entfuhr Thomas ein „Scheiße“!

Ruf die Kollegen an, sie sollen nicht nur das Hotel abriegeln, sondern auch das gesamte Parkhaus, da ist unser Täter hin. Ihm war aber anzusehen, dass er ihre Chancen, den Flüchtigen zu fassen, rapide schwinden sah.

Verflucht, das Ding hat so viele Ausgänge und Rampen, das schaffen wir nie!

Scheiße!

Diesmal war es Sarah, die den Kraftausdruck laut ausstieß und die Augen verdrehte.

Hier unten ist kein Empfang!

Los, zurück ins Treppenhaus! Thomas dirigierte Sarah an der Schulter.

Beeil dich!

Hassan musste innerlich lächeln, als er den Schlüssel in der massiven Stahltür herumdrehte. Er atmete einige Male tief durch und sah sich um. Die Umgebung kam ihm bekannt vor und er erkannte schnell, dass er sich in dem Parkhaus befand, in dem er heute Morgen den Geländewagen abgestellt hatte. Er erinnerte sich, dass die Garage, die sich komplett unter der Erde befand, aus drei Bereichen bestand, die untereinander mit dem Auto und natürlich auch zu Fuß zu erreichen waren. Dem Bereich des Hotels, in dem er sich im Moment befand, daran anschließend den Bereich des Konzerthauses und, unterirdisch verbunden, auf der anderen Seite der Hauptverkehrsstraße, der Bereich des Hauptbahnhofes. Dort waren die Ausgänge, die am weitesten vom Hotel entfernt lagen. Wenn er sich nicht täuschte, gelangte man von dort auch direkt ins Bahnhofsgebäude und, ohne auch nur einmal ans Tageslicht treten zu müssen, zu den Unterführungen, welche die Gleise miteinander verbanden. Der ideale Fluchtweg. Den Schlüssel ließ er stecken, falls im Inneren der Wäscherei noch ein weiterer vorhanden war. Dann lief er zielstrebig in Richtung der Schranken, wo er auch schon Schilder mit der Aufschrift „Bahnhofsgarage" erkennen konnte. Deutsch konnte Hassan zwar nicht, aber das Wort „Bahnhof" gehörte zu den wenigen, die er bei der Vorbereitung auf den Einsatz gelernt hatte. Als er loslief, spürte ein schmerzhaftes Ziehen in seinem Unterleib. Er wusste, woher es rührte. Dieser verfluchte Polizist hatte ihn mit einem seiner ersten Schüsse in den Bauch getroffen. Hassan war dankbar, dass er sich das dicke Kissen seiner Tarnung fest um den Körper geschnallt hatte. Er war nicht sicher, ob und wie tief die Kugel in seinen Körper eingedrungen war, der Schmerz war schwer zu lokalisieren. Aber er traute sich nicht nachzusehen, denn bisher trat kein Blut aus und das Kissen hatte wahrscheinlich den Effekt einer Kompresse oder eines Druckverbandes. Er fühlte sich nicht geschwächt und konnte bis auf das schmerzhafte Ziehen auch normal laufen. Also ging er zügigen Schrittes durch die Parkdecks und hinüber zum unterirdischen Teil des Bahnhofes. Dort stellte er fest, dass gleich die erste der Gleisunterführungen auch gleichzeitig ein Ausgang war und zwar auf der anderen Seite der Schienen. Er würde also jenseits des Bahnhofes nach oben kommen, weit vom Hotel und dem Konzerthaus entfernt. Als er am Ende des Ganges die rollstuhlgerechte Rampe nach oben ging, verstärkte sich das Ziehen etwas und er merkte, dass er ein wenig mehr außer Atem kam, als er es eigentlich dürfte. Jetzt begann er, sich Sorgen zu machen. Auf gar keinen Fall durfte er in der näheren Umgebung des Lagerhauses zusammenbrechen. Dann würde die Polizei den Unterschlupf dort vermuten und das Gebiet durchkämmen. Er versuchte, seine körperliche Verfassung einzuschätzen. An dem Kissen war immer noch kein Blut zu sehen, und er konnte auch frei von Schwindel klar denken. Also entschied er, ohne sich zu überanstrengen zum Lagerhaus zu gehen. Er würde bei diesem Tempo etwa 30 Minuten brauchen, und als er merkte, dass das Gehen in der Ebene nicht weiter beeinträchtigt war, stieg seine Zuversicht wieder. Allerdings wurde ihm von Minute zu Minute immer mehr bewusst, dass er von der Verletzung geschwächt wurde. Nach einer knappen Viertelstunde schließlich wurde ihm plötzlich schwarz vor Augen und er musste sich an einen Laternenpfahl lehnen, um nicht der Länge nach hinzuschlagen. Er wusste, wenn er jetzt zu Boden fiele, würde er es wahrscheinlich nicht schaffen, wieder aufzustehen. Der Anfall ging vorbei und Hassan zwang sich mechanisch einen kleinen Schritt vor den anderen zu setzen.

Nur noch ein paar hundert Meter, sagte er sich, es sind nur noch ein paar hundert Meter!!

Der zweite Blackout ereilte ihn genauso plötzlich wie der erste. Diesmal konnte er sich gerade noch an einem rostigen Prellbock abstützen und so verhindern, dass er zu Boden ging.

Nein! Nicht jetzt! Nicht hier, nicht so nahe an dem Versteck! Er konnte das Lagerhaus schon sehen. Zweifel überkamen ihn. Wäre es für die Operation besser gewesen, er hätte sich in der Wäscherei auf ein offenes Feuergefecht mit den beiden Polizisten eingelassen und vielleicht einen oder beide mit in den Tod zu reißen? Er nahm verschwommen sein Ziel wahr. Dass er wohl doch schwer verwundet war, wusste er spätestens seit seinem Schwindelanfall bei dem Laternenpfahl. Doch jetzt gab es kein Zurück, er musste es bis hinter die Tür des Versteckes schaffen! Egal, ob er dann dort in dem dunklen Raum starb, Hauptsache, er wurde nicht gefunden. Also mobilisierte er alle Kräfte und visierte sein Ziel an.

So nah! So nah!

Wie er es geschafft hatte, an dem Schiebetor anzukommen, wusste er nicht mehr. Aber er war da! Einen Moment lehnte er sich an die Holzbretter und sah an sich hinunter. Jetzt war ein etwa faustgroßer dunkler Fleck auf seinem T-Shirt zu erkennen. Das Blut hatte also den Weg durch das Kissen gefunden. Er richtete sich auf, das anfängliche Ziehen war mittlerweile zu einem heftigen Dauerschmerz geworden und er war auch nicht mehr in der Lage, scharf zu sehen. Es fiel ihm unendlich schwer, das große Kombinationsvorhängeschloss zu öffnen und als er endlich die Tür einen Spalt aufschieben konnte, war ihm nur noch schwarz vor Augen. Mit aller Kraft presste er seine linke Hand gegen das blutdurchtränkte Kissen. Er brachte es fertig, die Tür noch zuzuschieben und die paar Schritte zu seiner Matratze zu machen. Dann sackte er in die Knie und fiel langsam in seine provisorische Schlafstätte.

Thomas und Sarah hasteten den Weg zurück zu der Tür, durch die sie in die Wäscherei gelangt waren. Im Zickzack wichen sie den Tischen, Bügelbrettern und Wäschewagen aus. Nur nebenbei wurden sie gewahr, dass sich auch in dem kleinen Abstellraum zu ihrer Linken etwas regte und dort drei Frauen, alle in Dienstkleidung des Hotels, vorsichtig die Lage sondierten. Sie konnten sich im Moment nicht um die geschockten Angestellten kümmern. Immer wieder starrte Sarah auf ihr Handy, aber selbst als sie die Tür hinter sich gelassen hatten und in dem Flur zur Treppe waren, erschienen keine Balken auf dem Display. Erst als sie den ersten Treppenabsatz erreichten und die letzten Stufen Richtung Parterre zurücklegten, rief Sarah freudig:

Jetzt habe ich Empfang!

Thomas zog sie weiter.

Vergiss es, wir sagen es den Kollegen lieber selbst!

Er stieß die Tür zum Flur auf und rannte weiter zur Empfangshalle. Sarah blieb ihm dicht auf den Fersen. Sie erreichten das Foyer, in dem sich etwa zwei Dutzend Uniformierte in Einsatzanzug mit schusssicherer Weste befanden, die sich offensichtlich gerade von dem Einsatzleiter einwiesen ließen. Im Eingang stand immer noch ihr ML und leuchtete mit seinem Blaulicht die ganze Lounge aus. Auf dem Platz hatten sich vier Einsatzfahrzeuge der Polizei, drei Mannschaftswagen und ein Notarztwagen dazugesellt. Die Rettungssanitäter luden gerade eine Trage und ihr Equipment aus. Thomas kannte den Einsatzleiter persönlich und steuerte direkt auf ihn zu.

Michel!, rief er, bevor er ihn erreicht hatte.

Sofort hatte er die ungeteilte Aufmerksamkeit. Er reichte dem Kollegen die Hand.

Wie habt ihr es mit der Hundertschaft so schnell hierher geschafft?

Der Angesprochene lächelte:

Das Sportclub-Spiel ist vor einer Dreiviertelstunde zu Ende gegangen, wir waren gerade aufgesessen, als die Meldung über Funk kam!

Thomas nickte etwas angespannt und wandte sich lautstark an die wartenden Beamten.

Das ist die Situation: Dunkelhäutiger Mann, Mitte 30, etwa 1,80 Meter, bewaffnet, ist vor wenigen Minuten durch das Untergeschoss in die Parkgarage geflohen. Er trägt eine Blue Jeans, ein weißes T-Shirt, darüber ein dunkles Sakko. Er ist beleibt und hat einen

Vollbart, was aber beides Teil einer Verkleidung sein könnte. Er hat schon von der Schusswaffe Gebrauch gemacht und ist extrem gefährlich, zumal er nichts zu verlieren hat! Sämtliche Aus- und Eingänge auf dem Vorplatz, im Konzerthaus und am Bahnhof sind zu sperren und jeder, der raus will, ist peinlich genau zu kontrollieren!

Er überließ es dem Einsatzleiter, die einzelnen Beamten einzuteilen und wandte sich stattdessen Sarah zu, die den Rettungssanitätern Anweisungen gab, wohin sie zu gehen hatten und mit was sie rechnen mussten. Als sie fertig war, meldete er sich zu Wort.

Seien Sie vorsichtig! Ich meine, vorhin Benzin gerochen zu haben. Am besten geht jemand von uns mit Ihnen, um...

In diesem Moment tönte ein lautes Krachen von oben zu ihnen in die Empfangshalle, so dass alle Anwesenden zusammenzuckten. Nach drei Sekunden der Stille und des Schreckens ging der Feueralarm los. Sofort setzte unter den Gästen, die sich im Eingangsbereich befanden, Panik ein und sie liefen hysterisch auf den Eingang zu.

Verflucht!, schrie Sarah in dem Lärm Thomas zu, das war das Werk unseres schießwütigen Freundes!

Thomas nickte.

Geh du mit den Sanitätern in den fünften Stock und sieh zu, was du retten kannst. Ich komme gleich nach!

Sarah nickte beflissentlich und winkte den beiden verunsicherten Maltesern, mitzukommen. Nach kurzem Zögern folgten sie ihr Richtung Treppenhaus.

Thomas wandte sich wieder an den Einsatzleiter.

Michel! Reichen unsere Leute aus, um das Parkhaus zuverlässig abzuriegeln?

Was heißt hier abriegeln?, entgegnete dieser. Dir ist sicher nicht entgangen, dass der Feueralarm ausgelöst wurde! Im Gegenteil, wir werden die Straße absperren, damit jeder, der raus will, auch raus kann! Aber wir werden unser Möglichstes tun, um den Flüchtenden zu identifizieren und zu isolieren!

Widerwillig musste Thomas das akzeptieren.

Ok! Ich weiß, dass ihr euer Bestes gebt. Sowie der Feueralarm aus ist, macht ihr aber die Schotten dicht, alles klar? Übrigens, da kommt Verstärkung.

Thomas deutete auf zwei weitere Mannschaftswagen, die gerade mit Blaulicht auf den Platz rollten.

Michel nickte und hob im Weggehen die Hand.

Thomas beeilte sich, Sarah und den Sanitätern zu folgen. An der Rezeption blieb er kurz stehen und rief den jungen Mann, der sie kurz zuvor so arrogant hatte auflaufen lassen, zu sich.

Wenn gleich die Feuerwehr eintrifft, schicken Sie sie in den fünften Stock, Zimmer 524, dort hat sich die Explosion ereignet.

Er ließ den verdattert dreinblicken Mann ohne jede weitere Erklärung stehen und rannte die Treppen so schnell es ging hinauf.

Im fünften Stock zog ein brandiger Geruch in seine Nase, aber der Gang war praktisch rauchfrei. Er nahm sich einen Feuerlöscher vom Treppenabsatz und rannte weiter. Als er um die Ecke bog, wo sich vor 20 Minuten der erste Schusswechsel abgespielt hatte, war die Luft schon leicht mit Schwaden von dunklem Qualm durchzogen. Er konnte die beiden Sanitäter sehen, die am Boden kauernd Sarah beim Hantieren mit einem Pulverlöscher zusahen. Wenige Sekunden später hatte er sie erreicht, genau in dem Moment, als Sarahs Löscher nur noch ein leises Zischen von sich gab. Sofort setzte Thomas seinen Löscher ein und sprühte den züngelnden Flammen in kurzen Stößen Löschmittel entgegen.

Sarah neben ihm rief:

Mit den Löschern können wir das Inferno da drin nicht löschen! Ich habe nur dafür gesorgt, dass die Flammen nicht auf den Flur übergreifen.

Ok! Den Gang runter habe ich noch zwei große Feuerlöscher gesehen, rief Thomas gegen den Lärm des Feueralarmes und das Brausen der Flammen zurück.

Ich mach hier weiter, hol du mit den beiden die anderen Löscher. Ich denke, bis die Feuerwehr da ist, können wir die Flammen zurückhalten!

Sarah nickte, fasste Thomas kurz an der Schulter und zog einen der beiden Sanitäter an der Uniformjacke mit sich den Gang entlang.

Kurze Zeit später tauchten die beiden wieder auf und hatten drei 20-Kilogramm-Löscher dabei. Damit konnten sie den Flammen eine ganze Weile Einhalt gebieten. Thomas hoffte, dass der Brand nicht durch das sicherlich geborstene Fenster in den Stock über ihnen schlug. Er machte einen letzten Sprühstoß, dann warf er das leere Gerät zur Seite und griff sich ein neues. Auch Sarah zog den Splint an einem der Druckbehälter und gemeinsam versuchten sie, die Flammen von der Tür zurückzudrängen. Die Zeit kam ihnen endlos vor, bis zu ihrer Erleichterung ein Trupp vollausgerüsteter Feuerwehrmänner in dem Flur erschien, die ein schlaffes C-Rohr hinter sich her zogen. Bei den beiden Polizisten angekommen, rief einer der Männer „Wasser marsch" in das Funkgerät an seiner Schulter, ein zweiter zog Sarah und Thomas von der Tür weg. Innerhalb zweier Sekunden blähte sich der leere, schlaffe Schlauch auf und wurde steinhart. Sofort nahmen drei Männer die Spritze und bekämpften die heißen Flammen mit breit gefächertem Strahl. Der heiße Dampf, der unmittelbar darauf aus dem Zimmer schoss, nahm Thomas und Sarah den Atem, obwohl sie einige Meter abseits auf dem Boden saßen. Auch die Rettungssanitäter wandten sich ab und krochen noch ein paar Meter weiter weg von dem Inferno. Zwei Feuerwehrmänner reichten den Ermittlern und den Sanitätern Atemmasken, die sie dankbar aufsetzten. Derweil gelang es den Profis an der Spritze relativ schnell, die Flammen ins Zimmer zurückzudrängen und selbst in den Raum nachzurücken. Mit der Kraft des mächtigen Schlauches dauerte es nur ein paar Minuten, bis auch das letzte Feuerzünglein erstarb.

Das müsste reichen!

Mahmoud schaltete den Hilti Bohrhammer aus und lehnte das Gerät an die Wand. Er zog den Mundschutz ab, hängte ihn vor seine Brust und wischte sich mit dem Ärmel den Schweiß aus dem Gesicht. Nassira, Kerim und Tawfik entledigten sich ebenfalls der Feinstaubmasken und sahen sich das Ergebnis der letzten Stunde an. Etwa 25 Löcher, jedes etwa 40 Zentimeter tief, säumten den Granitblock, den sie als Eingang zu dem erhofften Versteck identifiziert hatten. Obwohl die Spuren am Boden eindeutig waren und sie sicher sein konnten, dass der mächtige Fels, der den Eingang tarnte, irgendwie auf mechanische Weise zu öffnen sein musste, war es ihnen nicht gelungen, eine entsprechende Vorrichtung hierfür zu finden. Um nicht weiter Zeit zu verschwenden hatte Mahmoud kurzerhand entschlossen, das Hindernis wegzusprengen. Wenn ihnen auch kein Dynamit zur Verfügung stand, hoffte Kerim, mit entsprechenden Mengen Semtex, von dem sie mehr als genug von Ahmed mitbekommen hatten, den gleichen Effekt zu erzielen. Es kam hauptsächlich auf die hinreichende Verdichtung des Verschlussmaterials an, mit dem sie die Bohrlöcher nach Einführung des explosiven Materials und der Zündkapseln verschließen mussten. In aller Ruhe platzierten sie nun die Sprengeinheiten, die Tawfik während der Bohrarbeiten bereits portioniert und verkabelt hatte, am Grund der Löcher. Nassira rührte derweil in einem Mörtelkübel einen schweren, schnellbindenden Reparaturbeton aus dem Baumarkt an, der für diese Aufgabe zweckdienlich schien. Als alle Sprengsätze verteilt waren, füllten sie den Beton in die Löcher und stopften mit einem Holzstab vorsichtig nach. Eine größere Luftblase in der Nähe eines Zündsatzes, so Kerim, könnte wegen der leichten Komprimierbarkeit zuviel der Sprengenergie absorbieren. Da ihnen ein mechanischer Verdichter für die Bohrlöcher nicht zur Verfügung stand, musste es der Holzstab tun, den Nassira mehrfach rhythmisch in die Löcher stieß, nachdem Mahmoud wieder etwas von dem Beton angerührt und eingefüllt hatte. Es vergingen fast zwei Stunden, bis das letzte Bohrloch auf diese Weise verschlossen war.

Und wie lange muss das jetzt trocknen?, wollte Mahmoud wissen.

Der Mann im Baumarkt sagte, dass eine 15 Zentimeter Schicht bereits nach einer Stunde fast die Endfestigkeit erreicht hat, antwortete Kerim. Da wir etwa 30 Zentimeter haben, sollten wir mindestens zwei bis drei Stunden warten, bis auch die letzten Pfropfen soweit sind.

Gut, dann arbeiten wir derweil an dem Kran weiter, sagte Mahmoud und schritt Richtung Schacht.

Die Sprengung machen wir unmittelbar, bevor wir gehen, dann kann sich über Tag der Staub setzen und die Gase können sich verflüchtigen.

In der oberen Kammer angekommen machten sie sich sogleich daran, die Aufzugteile, die sie in den vergangenen Nächten vorbereitet hatten, in den Schacht einzubauen. Erst als sie nach einigen weiteren Stunden zum ersten Mal einen schweren Eisenträger über die Konstruktion aus Balken, Umlenkrollen, Ketten und Seilen über die drei Etagen bis zur dritten Sohle abgelassen hatten, war Mahmoud zufrieden.

Das wird funktionieren!, sagte er zuversichtlich.

Nassira, du und Kerim, ihr kümmert euch ab morgen Nacht um die Minenfahrzeuge im Zugangsstollen. Wir werden dann die Reste der Sprengung beseitigen und, falls notwendig, eine weitere vorbereiten. Wir stehen kurz vor dem Ziel!

Er legte Kerim und Tawfik eine Hand auf die Schulter und sah seine drei Mitstreiter der Reihe nach feierlich an.

Bald können wir der Welt zeigen, dass wir sehr, sehr ernstzunehmend sind und unsere Vorstellungen von Gerechtigkeit, Gottesfürchtigkeit und Ehre durchsetzen! Die Menschen werden vor uns erzittern! Und Allah wird uns für unser Tun reich belohnen!

Noch während er sprach, griff er zu dem Fernzünder, dessen Kabel sich in der Tiefe des Schachtes verloren, und drehte an dem Dynamo-Hebel. Fast augenblicklich dröhnte wie zur Bestätigung seiner großen Worte ein dumpfes, mächtiges Grollen aus der Tiefe zu ihnen nach oben.

Es war bereits drei Uhr morgens, als Sarah und Thomas müde und erschöpft im Büro ankamen. Gröber selbst war nicht am Tatort aufgetaucht, hatte aber eindringlich verlangt, dass am nächsten Morgen ab 7.30 Uhr ein vollständiger Bericht zu den Vorgängen des Abends auf seinem Schreibtisch zu liegen habe. Schließlich habe es Zeugen des Brandes im Hotel und der Schießerei gegeben, es war also sicher, dass die Polizei am folgenden Tag von der Presse belagert würde. Die Ermittler sollten sich um 8.30 Uhr, nachdem er den Bericht gelesen habe, bei ihm im Büro einfinden, um seine Fragen und die Strategie für die Pressekonferenz, die sicher im Laufe des Tages angesetzt werden müsse, zu klären. Unter normalen Umständen hätte Thomas die Anweisung bezüglich des Berichtes schlicht ignoriert, aber auch er sah es als unvermeidlich an, die Medien zügig mit Informationen zu versorgen. Umso leichter würde es sein, die ganze Sache herunterzuspielen. Würde man jetzt abblocken oder zu lange warten, würde die Meute Verdacht schöpfen und weiter bohren. Oder, noch schlimmer, eigene Ermittlungen anstellen und sich und viele andere in Gefahr bringen. Also musste die Polizeibehörde bei ihrer Stellungnahme sehr sorgsam vorgehen, nach außen hin aber den Eindruck von Offenheit und Kooperationsbereitschaft vermitteln. So wenig Wahrheit wie möglich, so viel Desinformation wie nötig und vor allem eine klar definierte, abgesprochene Linie.

Thomas legte das Gürtelholster mit der Heckler & Koch P2000 auf den Schreibtisch und ließ sich in den Bürostuhl fallen. Sarah auf der anderen Seite des Schreibtisches griff ebenfalls nach ihrer Dienstwaffe, entnahm ihr das Magazin, öffnete den Verschluss und ließ die sich darin befindliche Patrone vorsichtig auf die Schreibtischplatte fallen. Dann drückte sie die restliche Munition mit dem Daumen aus dem Magazin und zählte die verbliebenen Schuss.

Und, wie oft hast du geschossen?, fragte Thomas, der ebenfalls nachsah, wie viele Patronen ihm noch verblieben waren, um entsprechende Angaben in den Bericht schreiben zu können.

Dreimal, antwortete Sarah, und du?

Elfmal, sagte Thomas und stellte lediglich vier 9-Millimeter-Patronen vor sich auf den Tisch. Sarah hob fragend die linke Augenbraue.

Immer zweimal abdrücken, alte Grundregel bei den Kampfschwimmern, auch wenn's bei der Polizei nicht so gerne gesehen wird, erklärte Thomas achselzuckend.

Sarah nickte müde und setzte sich ebenfalls.

Dann wollen wir mal den Sch... Schreibkram erledigen, vielleicht reicht es ja dann noch für drei oder vier Stunden Schlaf.

Beide starteten die Laptops, luden die entsprechenden Blankoformulare für Ereignisbericht, Schusswaffengebrauch und Protokoll und fingen schweigend an, die Dokumente auszufüllen.

Nach etwa einer Viertelstunde unterbrach Thomas die Stille.

Weißt du, was mir gerade für ein Gedanke durch den Kopf geht?, fragte er.

Sarah unterbrach ihre Schreibarbeit, sah Thomas mit großen, müden Augen an und schüttelte nur ganz leicht den Kopf. Dieser lehnte sich zurück und kaute an einem Kugelschreiber, wobei er Sarah nachdenklich fixierte. Auch Sarah nahm eine entspanntere Position auf ihrem Bürostuhl ein, sagte aber nichts.

Bezüglich unserer Überlegung, wie Mahmoud erfahren hat, dass wir Morimura gefunden haben und wie der Meuchler auf die Spur von Umeko gekommen ist. Ich glaube, mit unserer Theorie, dass Umeko bereits in Japan beobachtet wurde, liegen wir nicht schlecht. Mahmoud weiß, dass, sollte sein Opfer gefunden und trotz aller Versuche, seine Identität zu verschleiern, dennoch identifiziert werden, würde als erstes seine Frau in Japan benachrichtigt. Also setzt er einen Gesinnungsbruder auf Umeko an.

Dieser beobachtet den Besuch der Polizei und bekommt mit, dass sie sich anschickt, nach Europa zu reisen. Dann meldet er ihre Abreise, die Flugnummern, Ankunftsdaten etc. an die hier operierende Einheit, so nenne ich jetzt mal Mahmoud und seine Leute.

Sarah, deren Lebensgeister wieder erwacht waren, nickte, Thomas führte den Gedanken weiter:

Trotzdem die Frage: Woher wusste unser schießwütiger Freund, in welchem Hotel sie abgestiegen war und welches Zimmer sie belegte? Mir schwant etwas sehr Bedenkliches!!

Sarah blies eine Haarsträhne aus dem Gesicht.

Worauf willst du hinaus?

Ich spiele gerade mit dem Gedanken, dass es einen Informanten gibt, der unsere Gegner mit detaillierten Informationen versorgt!

Das ist nicht dein Ernst!, entfuhr es Sarah.

Thomas nickte bekräftigend.

Doch, doch! Gehen wir mal davon aus, dass in unseren Reihen hier bei der Polizei kein Leck ist. Dass Mahmoud über den Kanal BND/Mossad Wind bekommen hat, können wir, denke ich, getrost auch ausschließen. Aber wir wissen, dass Umeko gezielt in ihrem Zimmer ermordet wurde. Woher kennt der Täter ihren Aufenthaltsort?

Das ist recht einfach zu erklären, warf Sarah ein.

Wenn Umekos Schritte in Japan genau überwacht wurden, kann auch relativ leicht die Hotelbuchung recherchiert worden sein. Im Reisebüro gelauscht, ein Telefonat mitgehört...

Und die Zimmernummer?, fragte Thomas nach.

Also ich bitte dich!, entgegnete Sarah.

Detaillierte Anweisungen, mit welchen Tricks man die Zimmernummer eines Gastes im Hotel herausfindet, bekommt man in jedem drittklassigen Krimi. Und wir haben es hier mit intelligenten Leuten zu tun...

Ok, räumte Thomas ein, aber damit wäre immer noch nicht geklärt, wieso der Attentäter auf dem Gang das Feuer auf uns eröffnet hat. Er hat uns ja eindeutig gekannt!

Sarah überlegte einen Augenblick.

Auch das ist zu erklären, sagte sie schließlich.

Wenn er Umeko schon aufgespürt hatte, bevor sie im Hotel war, brauchte er sich nur an sie zu hängen und zu verfolgen. Dann hätte er uns mit ihr zusammen gesehen. Möglicherweise wurde Umeko sogar bereits seit ihrer Ankunft in München beschattet, dann hätte man nicht einmal ihre Buchungen oder Telefonate überwachen müssen.

Thomas schien Sarahs Argumente sorgfältig abzuwägen. Dann lenkte er ein.

Ja, so kann es sich natürlich abgespielt haben. Wahrscheinlich bin ich wieder mal am überkombinieren.

Nachdem er für einige Minuten schweigend und mit Falten in der Stirn ins Leere gestarrt hatte, griff Sarah das Thema nocheinmal auf.

Der Gedanke lässt dich aber nicht los, habe ich Recht?, fragte sie.

Sieht man mir das an, ja?

Ein Lächeln huschte über sein Gesicht.

Du hast Recht, ich bin damit noch nicht fertig. Bis gerade eben war es nur so ein Gefühl, aber jetzt habe ich ganz konkrete Ideen.

Und was für Ideen entspringen zu dieser nachtschlafenden Stunde deinem Kopf?

Sarah lehnte sich weit in ihrem Bürostuhl zurück und wartete auf Thomas' Erklärung.

Es ist sehr spekulativ! Aber pass auf: Warum wurde Umeko nicht schon in Japan beiseite geräumt, als klar war, dass wir Morimura identifiziert hatten? Warum wurde sie nicht elegant in München oder auf dem Weg hierher ausgeschaltet? Warum gehen sie das Risiko ein, sogar zwei Polizisten zu ermorden?

Sarah dachte angestrengt nach. Die Fragen waren mehr als berechtigt, schließlich deutete alles darauf hin, dass ihre Gegner hervorragend organisiert waren und es tatsächlich ein Leichtes gewesen wäre, Frau Morimura vor dem Zusammentreffen mit den deutschen Behörden zu eliminieren.

Plötzlich verstand Sarah.

Ja klar, begann sie, sie wollten herausfinden, wie viel Umeko wusste! Oder... nein, vielleicht wollten sie auch herausfinden, wie viel *wir* wissen. Dann war Umeko nur ein Lockvogel um unauffällig an uns heranzukommen und... und...

Sarah stockte fast der Atem, als sie die Tragweite dieser Vermutung begriff.

...aber das würde ja bedeuten, dass...

Genau das würde es bedeuten!, fiel ihr Thomas ins Wort, da er erkannt hatte, dass Sarah den gleichen Verdacht hatte wie er.

Sie lehnte sich vor und tippte energisch mit dem Finger auf die Schreibtischplatte.

Möglicherweise haben sie Umeko auch umgebracht, weil sie uns noch nicht alles gesagt hatte, aber erkannt wurde, dass sie über weitere Informationen verfügte.

Thomas nickte.

Sie hat doch entsprechende Andeutungen gemacht, als sie sagte, morgen werde sie uns erzählen, warum ihr Mann hier nach Freiburg gekommen ist!

Wenn das alles zutrifft, dann hat jemand Kenntnis vom Inhalt unseres Gespräches im Basho-an erlangt. Dir ist klar, was diese Überlegungen für einen Schluss nach sich ziehen?

Sarah wollte es von Thomas hören. Dieser drehte den Kugelschreiber in beiden Händen. Dann schürzte er die Lippen und blickte Sarah mit erhobenen Augenbrauen an, schwieg aber beharrlich. Schließlich ergriff Sarah das Wort.

Unser sympathischer Dolmetscher, Kulturattaché am Konsulat in München mit Namen Hideo Suzuki ist ein Maulwurf. Vielleicht Sympathisant der Kämpfer oder der Elite, wie auch immer. Er war der Einzige, der diese Informationen zusammentragen und weiterleiten konnte.

Nicht nur das, ergänzte Thomas, erinnerst du dich, dass er gestern Abend erst Umeko ins Hotel komplimentiert hat und dann quasi darauf bestand, mit uns noch einen trinken zu gehen? Er wollte uns von Umeko trennen!

Sarah war voller Eifer.

Er wollte dem Mörder die Chance geben, Umeko in Ruhe zu eliminieren! Und dann hat er uns später eine Runde nach der anderen ausgegeben! Er wollte uns angreifbar machen! Er hatte gehofft, dass er weitere Informationen aus uns rausholen kann. Gott sei Dank hatten wir die Verbindung zu Mahmoud und die Terrorgruppe in dem Gespräch mit Umeko noch nicht erwähnt!

Haben wir im späteren Verlauf des Abends Suzuki gegenüber irgendetwas davon erzählt? Thomas schien sich dessen zwar sicher zu sein, wollte aber Sarahs Bestätigung.

Nein, wir haben überhaupt nicht über den Fall gesprochen!

Hat er versucht, das Gespräch irgendwie darauf zu lenken?, hakte Thomas nach und Sarah versuchte konzentriert, sich zu erinnern.

Einmal hat er ganz beiläufig so etwas wie „Da fragt man sich, warum ein armer Tropf wie Morimura hier in so einem netten Städtchen ermordet wird". Mein Gott, ist das raffiniert! Zu dumm nur für ihn, dass wir wohl beide keine Lust hatten, über den Fall zu sprechen!

Thomas hatte auch angestrengt nachgedacht.

Bei einer anderen Gelegenheit hat er die Uhrzeit erwähnt und gesagt, wir hätten doch morgen sicher viel zu tun. Könnte auch ein Anreißer gewesen sein. Er hat innerlich bestimmt gekocht vor Ärger, dass wir nicht drauf angesprungen sind. Fällt dir noch was ein?

Thomas und Sarah ließen sich den gestrigen Tag und Abend nochmals durch den Kopf gehen. Schließlich meinte Sarah:

Nüchtern betrachtet ist das alles schon ziemlich weit hergeholt. Alleine der Zufall, dass ausgerechnet Suzuki, der in Verbindung mit der Terrorgruppe steht, beauftragt wird, sich um Umeko zu kümmern.

Moment, widersprach Thomas, wir wurden lediglich von Kimi Matsako aus Berlin informiert, dass das Konsulat München jetzt für die Betreuung zuständig ist!

Er suchte in seinem Mailordner die entsprechende Nachricht.

Hier haben wir es: „... möchte ich Ihnen mitteilen, dass das Konsulat in München nun Ihre Ansprechstelle ist und sich in

Kürze ein Mitarbeiter mit Ihnen in Verbindung setzen wird." Da bleibt vollkommen offen, von welcher Seite aus der Wechsel der bearbeitenden Stelle initiiert wurde! Wir haben nur wegen der räumlichen Nähe angenommen, dass Berlin den Fall abgetreten hat. Möglicherweise hat sich Hideo Suzuki ja auch dafür eingesetzt, die Aufgabe übertragen zu bekommen.

Das ließe sich ja feststellen, entgegnete Sarah.

Wir könnten bei Kimi nachfragen, wie es zu der Übernahme durch München kam. Natürlich möglichst unverfänglich, um keine Steine loszutreten.

Thomas war einverstanden.

Wir rufen sie gleich morgen früh an. Begründung: Für das Protokoll oder so, da fällt mir noch was ein. Und wenn dabei herauskommt, dass sich Hideo um den Fall Morimura gerissen hat, dann haben wir ein riesiges Problem!

Dann haben wir mehrere riesige Probleme!, sagte Sarah.

Erstens haben wir keinerlei Beweise, sondern nur Indizien, die kräftig mit Spekulationen angereichert sind. Zweitens genießt Hideo diplomatische Immunität und diese aufzuheben ist ein hochsensibler, mitunter unerfreulicher Akt mit diplomatischen Verwicklungen. Drittens, wenn wir voreilige Schritte unternehmen ist Hideo gewarnt und kann entsprechend agieren. Wenn er nicht sowieso damit rechnet, dass wir ihn verdächtigen.

Und viertens, fügte Thomas hinzu, ist noch etwas klar geworden: Der Mossad tut Recht daran, die Kämpfer und die Elite misstrauisch zu beobachten. Wenn alles, was wir uns zusammengereimt haben, stimmt, dann sind eine oder beide dieser Vereinigungen ein hervorragend organisiertes, international operierendes Netzwerk, dessen Mitgliedern es sogar gelungen ist, diplomatische Kreise zu infiltrieren. Wer weiß, was da noch alles auf uns zukommt!

Wir werden, sagte Sarah, Suzuki eine wohlüberlegte Falle stellen müssen, die ihn eindeutig entlarvt. Oder eben eindeutig von unseren Verdächtigungen entlastet. Und das Ganze muss so eingefädelt sein, dass er, auch nachdem wir Gewissheit haben, nichts, aber auch gar nichts davon ahnt!

Damit, falls wir uns irren, kein diplomatischer Zwischenfall aus unserer kleinen Aktion wird, beendete Thomas Sarahs Gedankengang.

Dann stand er auf, griff nach seinem Portemonnaie und fragte: Auch einen Kaffee?

Sarah nickte und erhob sich ebenfalls, um Thomas zu dem ein Stockwerk tiefer stehenden Automaten zu begleiten. Als sie nebeneinander den Flur Richtung Aufzug entlanggingen, griff Thomas den Faden wieder auf.

Wenn sich unser Verdacht bestätigt, müssen wir sehr darauf bedacht sein, Suzuki, ohne dass es auffällt, mit Fehlinformationen zu versorgen, um Mahmoud in Sicherheit zu wiegen. Er, Suzuki und die anderen werden nach diesem Fehlschlag äußerst vorsichtig und hellhörig sein!

Glaubst du auch, dass Suzuki, obwohl es für seine Anwesenheit hier eigentlich keinen Grund mehr gibt, versuchen wird, an uns dran zu bleiben?, fragte Sarah.

Thomas rief den Aufzug mit einem Druck auf den entsprechenden Knopf.

Ich bin sogar überzeugt davon, dass er alles daran setzen wird, denn wenn unsere Gegner einen Informanten so nah am Geschehen platzieren konnten, wäre es töricht, diese Quelle versiegen zu lassen. Es dürfte ihm übrigens nicht schwerfallen, einen Grund für seine Anwesenheit zu finden. Schließlich ist bereits der zweite japanische Staatsbürger eines gewaltsamen Todes gestorben.

Er könnte also, sagte Sarah nachdenklich, ein gesteigertes Interesse seitens der japanischen Behörden vorschieben und sogar versuchen, sanften Druck auf uns auszuüben, damit wir ihn von unseren Plänen und Ergebnissen unterrichten.

Die Aufzugtüren öffneten sich und die beiden Ermittler betraten die Kabine.

Dann fallen solche Sätze wie: „Die Regierung meines Landes ist über die Entwicklung sehr besorgt und möchte gerne zeitnah über die Fortschritte unterrichtet werden".

Thomas hatte einen leicht sarkastischen Ton angeschlagen.

Oberstes Ziel unserer Aktion muss sein, ihn so lange wie möglich bei der Stange zu halten! Ich glaube zwar nicht, dass Suzuki und Mahmoud sich persönlich kennen, geschweige denn, sich treffen werden, aber vielleicht gelingt es uns doch, irgendwie über Suzuki an Mahmoud und seine Gruppe heranzukommen.

Schweigend zogen sich Thomas und Sarah ihren Kaffee aus dem Automaten und traten den Rückweg an.

Erst als sie sich im Büro wieder gesetzt und einen Schluck genommen hatten, fing Thomas wieder an zu sprechen.

Als erstes frage ich morgen bei Frau Matsako nach. Nur als zusätzliches Indiz, falls sich Gröber querstellen sollte. Dann beantragen wir eine Totalüberwachung von Hideo Suzuki.

Sarah schlürfte an ihrem Kaffee.

Wie gut, sagte sie, dass er Nico, Karen Hans und Thorsten nicht getroffen hat. Gröber wird uns die Vier nach dieser Nacht ja sicher wieder zurückgeben!

Er wird uns die Türen zu allem öffnen, was wir brauchen, antwortete Thomas, alleine um sicherzustellen, dass wir es sind, die diesen Fall zu Ende bringen. Und das ist gut so! Zusätzlich zur Beschattung brauchen wir die Kramer und den Panecke von der Elektronikabteilung. Ich will wissen, wenn er online geht oder ein Handy benutzt. Vielleicht schaffen es die Jungs ja sogar, sich in den Informationsverkehr von Suzuki einzuhacken.

Glaubst du, wir können ihn tatsächlich glauben machen, er würde nicht von uns verdächtigt?

Sarah war in Bezug auf Suzuki skeptisch:

Immerhin ist er ein intelligenter Kerl und die Rückschlüsse, die wir gezogen haben, kann er auch ziehen.

Thomas wirkte mit einmal sehr nachdenklich.

Ich glaube, das ist das größte Problem, das wir haben. Wir brauchen irgendetwas Plausibles, um ihm klarzumachen, dass er nicht aufgeflogen ist. Eine eindeutige, simple Erklärung!

Wenn er nicht morgen früh schon über alle Berge ist, sagte Sarah.

Das glaube ich nicht.

Thomas war zuversichtlich.

Er wird auf jeden Fall wissen wollen, was unsere nächsten Schritte sind. Und fürs Erste kann er sich auf seine diplomatische Immunität verlassen. Die wird nicht so einfach über Nacht aufgehoben, und solange wir ihn nicht auf frischer Tat bei einem Kapitalverbrechen erwischen, können wir ihn auch nicht festhalten. Das weiß er natürlich und er wird zumindest austesten, ob er, beziehungsweise Mahmoud und seine Leute gefahrlos weitermachen können.

Am besten wird sein, wir tun so, als ob wir absolut im Dunkeln tappen, was die Hintergründe von Shigerus und Umekos Tod angeht. Er hat keine Ahnung, dass wir die Verbindung zu der Terrorgruppe kennen. Es muss so aussehen, als ob wir erst wegen des Anschlags im Hotel mehr hinter Morimuras Tod vermuten. Er weiß ja nicht einmal, dass wir über die Taucherei zu seiner Identifizierung gelangt sind! Er wird dann zumindest davon ausgehen, noch sehr viel Zeit zu haben.

Thomas nahm den letzten Schluck von seinem Kaffee und warf den Pappbecher in den Papierkorb unter seinem Schreibtisch.

Ok, wir machen Folgendes: Anfrage bei der Botschaft Berlin wie besprochen. Gröber über unseren Verdacht informieren. Dann Treffen mit Suzuki, um, sagen wir, unser Beileid zum Hinscheiden von Umeko zu bekunden. Wir können ihm mitteilen, dass angesichts der Ereignisse Morimuras Tod für uns nun keinesfalls mehr zufällig erscheint und dabei einfließen lassen, dass wir der Überzeugung sind, dass Umeko verfolgt wurde. Und zwar bis zum Basho-an und von dort ins Hotel. Und dann lassen wir ihn kommen. Mal sehen, wie er darauf reagiert.

Mahmoud sprang vom Beifahrersitz des Lkw und ging zu dem kleineren Schiebetor, während Kerim am Steuer und Tawfik hinter ihm in dem Toyota bei laufenden Motoren warteten, bis sie in die Lagerhalle einfahren konnten. Sie hatten über die anstrengende Arbeit im Bergwerksschacht die Zeit aus den Augen verloren und ihre Wirkungsstätte viel später verlassen, als ursprünglich geplant. Als sie am frühen Morgen an das Sonnenlicht traten, standen aber noch keine weiteren Fahrzeuge vor dem Stollen, deren Besitzern die Anwesenheit ihrer eigenen Gefährte hätte verdächtig vorkommen können. An der Tür angekommen, runzelte Mahmoud die Stirn. Sie war zwar ordnungsgemäß zugeschoben, jedoch weder das Vorhängeschloss an dem Schnapphaken, noch die Kette, die auch von innen durch zwei Löcher in Tür und Mauerwerk gezogen werden konnte, waren an ihrem Platz. Hatte Hassan nach seiner Rückkehr gestern vergessen, das Gebäude vor Neugierigen zu sichern? Oder, schlimmer noch, hatte er es beim Aufbruch vergessen und war noch nicht wieder eingetroffen? Er machte einen Schritt zurück und blickte auf sein Handy. Keinerlei Benachrichtigung über eine SMS oder einen verpassten Anruf. Insofern sollte alles in Ordnung sein. Trotzdem winkte er Nassira, Kerim und Tawfik aus den Fahrzeugen. Er deutete nur auf das unverschlossene Tor und zog seine Pistole, die anderen folgten seinem Beispiel.

Ob da etwas schiefgegangen ist?, fragte er.

Die anderen zuckten mit den Schultern.

Wir wollen sichergehen, murmelte Mahmoud und wies die anderen an, in eine Position zum Stürmen der Halle einzunehmen. Dann riss er mit aller Gewalt das Tor auf, und folgte mit vorgehaltener Waffe Kerim und Tawfik in das Gebäude, während Nassira ihr Eindringen im Licht des Lkw deckte. Doch weder Schüsse noch die Aufforderung, ihre Waffen abzulegen und sich zu ergeben waren zu vernehmen. Es war eher eine bedrückende Stille, die sie empfing und das leise Stöhnen, das aus dem dämmrigen Teil der Halle zu ihnen drang, ließ den Eindringenden einen leichten Schauer über den Rücken laufen. Eilig steckten sie die Waffen weg und rannten zu der Stelle, wo sie ihre Lagerstatt eingerichtet hatten.

Henning Gröber las die letzten Zeilen des neuneinhalb Seiten umfassenden Berichtes, den Thomas und Sarah ihm eine Stunde zuvor ausgehändigt hatten. Die Ermittler saßen Gröber gegenüber, hatten geduldig gewartet und Gröbers Zwischenfragen so präzise wie möglich versucht zu beantworten. Jetzt warf der Ressortleiter die Blätter vor sich auf den Schreibtisch und sah die beiden schweigend und mit skeptischer Miene an. Er legte seine Hände an die Nase und atmete tief durch.

Was soll ich nur davon halten?

Die Frage war rhetorischer Natur und so gaben Thomas und Sarah auch keine Antwort, sondern erwiderten abwartend Gröbers prüfenden Blick. Endlich lehnte sich dieser nach vorne und stützte sich mit beiden Ellenbogen auf der dunklen Schreibtischplatte ab. Warum er nicht bereits früher über die inoffizielle Nachfrage beim BND und den daraus resultierenden Ermittlungsergebnissen in Kenntnis gesetzt wurde, hatten sie bereits beim Durcharbeiten des Berichtes geklärt. Gröber schien das geschluckt zu haben, obwohl Thomas ihm ins Gesicht gesagt hatte, dass er an der Unterstützung durch ihn angesichts der spekulativen Theorien gezweifelt hatte. Er schien sich nun zu einer Entscheidung durchzuringen.

Ich stimme mit Ihnen überein, was die Verwicklungen der beiden antisemitischen Terrorgruppen in die Todesfälle der Morimuras betrifft. Herr Bierman, ich muss zugeben, Sie hatten den richtigen Riecher, wir haben es hier mit einer Verschwörung internationalen Ausmaßes zu tun!

Die erste Hürde war genommen, obwohl sich Sarah und Thomas einig waren, dass an ihren Theorien diesbezüglich im Zuge der gestrigen Ereignisse nicht mehr zu rütteln war.

Was die Mittäterschaft oder Unterstützung von Hideo Suzuki angeht, habe ich aber ganz üble Bauchschmerzen. Ich will auf keinen Fall in einen diplomatischen Skandal verwickelt werden! Schließlich ist Japan ein befreundetes Land.

Auch diese Entwicklung hatten die beiden Polizisten vorausgesagt, schließlich wussten sie nur allzu gut, dass Gröber dazu neigte, Verantwortung für Fehler geschickt zu umgehen oder abzudrücken.

Wie haben Sie sich die weiteren Schritte vorgestellt?

Thomas überließ Sarah das Wort.

Ganz allgemein brauchen wir dringend wieder Bernauer, Pfefferle, Polocek und Neubauer. Die Vier sind bereits mit den meisten Fakten vertraut.

Gröber gab nickend sein Einverständnis.

Was Suzuki angeht, werden wir gleich im Anschluss ganz unverfänglich bei der Botschaft in Berlin anfragen. Aber eigentlich haben wir unabhängig von der Antwort vor, ihn peinlichst genau zu überwachen und über unsere Elektronikabteilung irgendwie an seine Kontakte zu kommen. Natürlich ohne das Risiko einzugehen, dass er etwas merkt.

Auch das segnete Gröber schweigend ab.

Als nächstes wollen wir über unsere inoffiziellen Kontakte beim BND den Mossad um Informationen bitten, was die Personen in al-Qaradawis Umfeld angeht. Vielleicht können wir den Attentäter von gestern identifizieren.

Diesmal meldete sich Gröber zu Wort.

Aber lassen Sie das Ganze so aussehen, dass sich unsere israelischen Freunde nicht veranlasst sehen, hier tätig zu werden. Ausländische Agenten mit Eliminierungs- oder Entführungsauftrag können wir hier im Moment nicht gebrauchen!

Die Worte belegten, wie ernst es Gröber mit dem Fall mittlerweile war. Sarah kam zum Abschluss.

Gut, dann setzen wir uns mal mit den Überwachungsfreaks zusammen und organisieren die Beschattung Suzukis.

Sie sah auf die Uhr.

Es wird langsam Zeit, jemanden zum Colombi zu schicken und ihn über die Vorgänge der letzten Nacht zu unterrichten. Schließlich sind wir verpflichtet, ihn schnellstmöglich vom Ableben seines Schützlings zu informieren.

Je nachdem, wie er darauf reagiert, fallen dann die nächsten Schritte aus. Das könnte auch Einfluss auf unsere Strategie bei der Pressekonferenz haben!

Gröber, der jedes gesagte Wort zu analysieren schien, nickte.

Haben sie schon einen Plan, wie viel sie ihm erzählen werden?

Thomas beugte sich vor.

Über den zeitlichen Ablauf müssten wir ihn eigentlich täuschen, damit er sich keine Gedanken macht, warum wir zu dieser Stunde noch bei Umeko im Hotel aufgetaucht sind. Aber leider wird er unter Umständen den tatsächlichen zeitlichen Ablauf erfahren.

Sie denken an die Berichterstattung in der Presse?, fragte Gröber nach.

Nein, schaltete sich Sarah ein. Die Presse macht uns keine Sorgen. Die Zeugenaussagen sind so chaotisch wie gewöhnlich, daraus lässt sich kein genauer Tathergang ableiten. Das Problem ist der Attentäter selber. Wir wissen zwar nicht, wie eng die Verbindung zu Suzuki ist, aber hier könnte der Informationsfluss stattfinden.

Wir werden also, griff Thomas den Faden auf, Suzuki sagen müssen, warum wir noch einmal im Hotel vorbeigeschaut haben, die Dramatik aber verschweigen. Gewisse Diskrepanzen zu den Presseberichten können wir jederzeit als taktische Maßnahme erklären. Was die Hintergründe angeht, müssen wir uns so arglos wie möglich geben, um ihn nicht zu verschrecken.

Sie könnten ihm nahelegen, sagte Gröber, doch jetzt abzureisen, da es für ihn hier nichts mehr zu tun gibt.

Thomas und Sarah sahen sich verblüfft an. Der Vorschlag war so genial wie einfach.

Natürlich, sagte Sarah, wir lassen ihn spüren, dass er uns jetzt bei unserer Arbeit nervt. Damit ist ihm klar, dass er für uns nicht zum Kreis der Verdächtigen zählt.

Und solange wir ihn hinhalten können, versuchen wir mit allen Mitteln, seine Kontakte zu identifizieren und unsere Gegner mit Fehlinformationen zu versorgen!

Gut!, sagte Thomas, dann schicken wir jetzt einen Kollegen zu ihm, der ihm die Hiobsbotschaft überbringt und unseren Besuch am späten Vormittag ankündigt. Das verschafft uns Zeit, die Überwachung zu organisieren.

Gröber schien immer nachdenklicher zu werden. Ob er sich nur Sorgen um seine Karriere machte, oder ob er Angst hatte, dass dieser Fall für seine Abteilung nun doch eine Nummer zu groß wurde, würde für immer ein Geheimnis bleiben. Mit einem fast resigniert klingenden: „In Ordnung. Seien Sie vorsichtig!" entließ er Thomas und Sarah schließlich.

Mahmoud, Kerim und Tawfik standen schweigend um die Matratze, auf welcher der schwer verletzte Hassan lag. Nassira kniete neben ihm auf dem Boden und fixierte mit einigen Streifen Heftpflaster die dicke Kompresse, die sie auf die Schusswunde gedrückt hatte. Hassan war bei Bewusstsein, er stöhnte vor Schmerz und sein ganzer Körper war schweißgebadet. Er hatte sich eingenässt, doch Nassira hatte es nicht gewagt, den Verwundeten umzubetten, um ihn auf saubere Laken legen zu können. Neben ihr lag auf dem Boden das perforierte Kissen und ein ganzer Haufen durchgebluteter Kompressen, mit denen sie bis eben vergeblich versucht hatte, die Wunde zu schließen. Jetzt schien der Verband Wirkung zu zeigen, seit einigen Minuten war kein Blut mehr hervorgetreten. Ob das jedoch ein gutes oder ein schlechtes Zeichen war, vermochte sie nicht zu sagen. Mit ängstlichem Blick sah sie Mahmoud an. Den fragenden Ausdruck in seinen Augen beantwortete sie nur mit einem kaum wahrnehmbaren Schulterzucken. Innerlich war sie genauso überzeugt wie er und die anderen, dass Hassan diese Verletzung unter den herrschenden Bedingungen nicht überleben würde. Sie senkte den Blick und nahm sich wieder der Pflege von Hassan an. Sie tauchte einen Baumwolllappen in eine Plastikschüssel mit Wasser und legte es ihm auf die schweißnasse Stirn. Mit einem anderen Tuch rieb sie seine Arme ab, um sie mit dem Wasser zu kühlen. Schwer atmend sah Hassan sie dankbar an, war aber nicht imstande, irgendetwas zu sagen. Der kurze Bericht über den Verlauf des gestrigen Anschlages hatte ihn so viel Kraft gekostet, dass er kein weiteres Wort über die Lippen brachte.

Mahmoud kniete sich neben ihn, legte die Hand auf seine Schulter und nickte ihm ernst aber aufmunternd zu. Dann stand er auf und winkte Kerim und Tawfik hinter den Lkw, um die Konsequenzen aus dem Vorfall zu beratschlagen. Nassira blieb bei Hassan und sprach mit sanfter Stimme zu ihm, während sie weiter sein Gesicht und seine Arme mit getränkten Tüchern abtupfte.

Was meint ihr, begann Mahmoud die Diskussion, ist die deutsche Polizei wirklich an uns dran? Oder war das gestern einfach viel Pech?

Eines ist sicher, sagte Tawfik, es ist Hassan gelungen, hierher zu gelangen, ohne dass die Polizei ihm in irgendeiner Weise folgen konnte. Die würden niemals einen verletzten Menschen einfach nur da liegen lassen. Sie hätten Hassan versorgt und die Halle bei unserer Ankunft gestürmt. Ich bin der Meinung, dass wir hier im Moment sicher sind.

Mahmoud nickte. Diesen Gedankengang hatte er auch schon vollzogen.

Wir wissen, dass Hassan es geschafft hat, Umeko Morimura zu töten. Sie hatte bis zu diesem Zeitpunkt noch nichts Relevantes erzählt. Wir wissen aber nicht, warum die beiden Polizisten zu dieser relativ späten Zeit noch einmal im Hotel aufgetaucht sind. Glaubt ihr, unsere Mission ist gefährdet?

Diesmal ergriff Kerim das Wort.

Ich kann mir nicht vorstellen, dass die Polizei auch nur eine Idee davon hat, was hier abläuft. Sicher ist für sie jetzt nur, dass Shigerus Mord kein Zufall war und dass die beiden Todesfälle zusammen hängen. Mehr aber nicht! Ich finde, wir sollten keinesfalls übereilt abbrechen.

Auch Tawfik vertrat diese Ansicht.

Du hast selber gesagt, dass unsere Kontaktperson keine, aber auch gar keine Hinweise bekommen hat, dass die Polizei bereits einen Verdacht oder eine Spur hätte. Wir sollten das heutige Telefonat abwarten und uns bis dahin still verhalten.

Mahmoud war nachdenklich, aber er schien mit den beiden übereinzustimmen.

In Ordnung. Warten wir ab, wie das gestrige Ereignis auf die Polizei gewirkt hat und welche Schlüsse sie daraus ziehen. Am besten schlafen wir alle erst einmal. Ich vermute, angesichts des gestrigen Abends könnte sich das Telefonat noch etwas verzögern.

Die sechs Ermittler hatten sich mit Retho Kramer und Maria Panecke im Besprechungsraum versammelt. In dem kurzen Telefonat mit der japanischen Botschaft hatte Kimi Matsako bestätigt, dass die Initiative für die Übertragung des Vorgangs vom Konsulat in München ausging. Thomas hatte daraufhin alle Anwesenden äußerst knapp und präzise von den Fakten unterrichtet. Es ging nun darum, wie man Suzuki eindeutig überführen und möglicherweise sogar an seine Kontaktmänner, namentlich Mahmoud al-Qaradawi, und den Attentäter der letzten Nacht herankommen konnte.

Verstehe ich richtig, fasste Retho Kramer seine Aufgabenstellung zusammen, ihr habt nur eine Person. Keine Handynummer, kein E-Mail account, rein gar nichts und möchtet herausfinden, mit wem er, wenn ihr nicht dabei seid, Kontakt hat?

Er sah zu Maria Panecke und die beiden lächelten verschwörerisch.

Keine Chance, meinte Nico Berger, habe ich recht?

Retho Kramer ließ sich nicht aus der Ruhe bringen.

Können wir sein Umfeld verwanzen?

Thomas schüttelte den Kopf.

Wenn wir es umgehen können, wäre es besser. Die Person darf unter keinen Umständen, ich wiederhole, unter gar keinen Umständen etwas mitbekommen!

Aber ihr könnt doch die Person sicher rund um die Uhr beschatten?, fragte Kramer weiter.

Ist schon genehmigt, antwortete Sarah.

Gut! Mit ein klein wenig Glück, viel Geduld und Fleiß und einem richterlichen Beschluss könnt ihr das hinbekommen, dazu braucht ihr nicht mal unseren elektronischen Schnickschnack.

Richterlicher Beschluss?, warf Nico Berger verächtlich ein.

Der Verdächtige genießt diplomatische Immunität! Außerdem hat Thomas doch ganz klar gesagt, dass er nichts mitbekommen darf.

Retho Kramer grinste breit.

Ich habe nicht gesagt, dass sich der Beschluss auf die Person eures Verdächtigen bezieht! Passt auf, ihr geht folgendermaßen vor: Ihr sorgt dafür, dass ihr euren Mann so gut wie nicht aus den Augen oder aus den Ohren verliert. Nutzt starke Ferngläser, Richtmikrofone oder alles, was euch sicher genug erscheint, um nicht durch ihn entdeckt zu werden. Für sein Zimmer besorge ich euch ein Laserabtastmikrofon, das ihr auf seine Fensterscheibe richtet. Funktioniert auch beim Auto, solange der Motor nicht läuft. Ansonsten stören die Vibrationen der Karosserie.

Alle waren gespannt, auf was er hinaus wollte.

Wenn euer Mann also mit dem Handy telefoniert, ist es wichtig, so exakt wie möglich den zeitlichen Beginn und das Ende des Gespräches festzuhalten, sowie den Ort, an dem das Gespräch stattgefunden hat.

Und dann?, fragte Thomas nach, da sich Retho Kramer eine längere Redepause gönnte.

Dann braucht ihr einen Richter, der in Bezug auf die Auslegung des Datenschutzes kein Hardliner ist, und stellt mit Hilfe der Mobilfunkanbieter fest, um welches Handy es sich dabei handelt, welches andere Handy angerufen wurde und wo sich dieses Handy zum fraglichen Zeitpunkt befand.

Wie soll denn das gehen?

Nico Berger sah unüberwindliche Hindernisse.

Erstens wird uns kein Richter Zugriff auf *sämtliche* Verbindungsdaten *aller* Mobilfunkanbieter verschaffen, zweitens gibt es sicher etliche Handygespräche, die eine sehr ähnliche Zeit und Dauer haben...

Maria Panecke hob beschwichtigend die Hand.

Mooooment!, sagte sie.

Passt auf! Es ist tatsächlich einfacher, als ihr euch das vorstellt. Zunächst ein paar Fakten. Normalerweise kennen wir ja bei solch einer Suche die Telefonnummer eines Apparates und wollen den Aufenthaltsort ermitteln. Die Problemstellung ist diesmal umgekehrt! Wir haben Aufenthaltsort und Zeit des Gespräches und wollen die Nummer des Gerätes herausbekommen. Ein Handy hat ja in der Regel immer zu mehreren Relaisstationen Kontakt. Kennen wir die Position, von der aus ein Gespräch geführt wird, wissen wir auch, zu welchen Relaisstationen, also Funkmasten, das Gerät zum Zeitpunkt des Gespräches Kontakt hatte. Wir brauchen also zunächst nur die Nummern der Handys, die zum fraglichen Zeitpunkt genau dieses, nennen wir es Nutzungsprofil, aufweisen.

Das sind aber immer noch unter Umständen jede Menge, warf Karen ein.

Wir sind ja auch noch nicht fertig! Die Mobilfunkanbieter können getrost all jene Geräte aussortieren, die mit einem Vertrag betrieben werden, da wir ja davon ausgehen, dass unser Mann mit einem Prepaid-Handy telefoniert. Jetzt kommt es auf die Genauigkeit der Gesprächsdaten an. Mit Glück reicht nur der Beginn oder auch die Endzeit eines Telefonates schon aus, und wir haben mit einem einzigen beobachteten Anruf die Nummer identifiziert und damit auch Zugriff auf die für uns so wichtigen Verbindungen zu anderen Geräten, inklusive deren ungefähren Aufenthaltsort zum Zeitpunkt der Gespräche.

Nico Berger schien immer noch nicht zufrieden.

Und wenn wir Pech haben, etliche andere Nummern, für die unsere Kriterien auch zutreffen, sagte er.

Retho Kramer stand seiner Kollegin zur Seite.

Da wir uns natürlich nicht auf das Glück verlassen wollen, beobachten wir einen zweiten Anruf. Dann sind wir mit über 99 Prozent dabei, die Nummer zu isolieren.

Die Skepsis war den Ermittlern immer noch deutlich anzusehen.

Aber wenn die Chance, dass innerhalb eines räumlich und zeitlich eingegrenzten Rahmens mehr als ein Handy dasselbe Nutzungsprofil aufweist, doch relativ hoch ist, bräuchten wir doch etliche Anrufe, um einigermaßen sicher zu sein, was die Identifizierung angeht. Thomas Neubauer schien auch noch Bedenken zu haben.

Kramer lächelte.

Nein, ein Gespräch reicht mit etwas Glück aus. Können wir ein zweites beobachten, haben wir ihn. Es ist natürlich richtig: wenn beim ersten Gespräch ein oder mehrere Geräte das gleiche Nutzungsprofil aufweisen, sind es beim zweiten Gespräch, rein statistisch betrachtet, natürlich ungefähr genauso viele. Das heißt, wir werden immer je beobachtetem Zeitfenster eine mehr oder minder große Anzahl an Geräten haben, welche die gleichen oder ähnliche Kriterien erfüllen. Aber wie groß ist die Wahrscheinlichkeit, dass neben unserem Zielgerät ein weiteres Gerät *beide Male* dasselbe Profil aufweist? Die geht nun wahrhaftig gegen Null. Es sei denn, die beobachteten Gespräche unseres Verdächtigen richten sich an dieselbe Person, die auch noch so nah ist, dass ihr Handy die exakt gleichen Relaisstationen nutzt und die auch noch den gleichen Prepaidanbieter hat. Dann kriegen wir natürlich zwei Nummern.

Verstehe, sagte Thomas, wenn wir also die Mobilfunkanbieter mit den Daten zu zwei Gesprächen versorgen und sie auffordern, uns nur die Anschlussnummern und Verbindungsdaten zu geben, die in *beiden* Ergebnislisten auftauchen, wird dabei praktisch immer lediglich eine einzige Nummer herauskommen, nämlich die unserer observierten Person. Oder aber, und das ist ja für die Provider leicht ersichtlich, eine zweite Nummer, die in diesem Fall das entsprechende Pendant zu unseren Anrufen darstellt. Also die Information, auf die wir letzten Endes aus sind!

Und damit haben wir dann auch den Datenschutz auf unserer, sagen wir, etwas aufgeweichten Seite, fasste Retho Kramer zusammen.

Kein Richter der Welt wäre bereit, uns Einsicht in die kompletten Verbindungsdaten sämtlicher Mobilfunkanbieter zu verschaffen, und, nebenbei, keines der Unternehmen würde sich darauf einlassen. Eher würden sie gegen einen solchen Beschluss klagen, und das zu Recht. Aber da die Auswertung auf Seiten des Anbieters liegt und wir garantieren können, dass bei unserer Anfrage nur ein einziger Anschluss oder gegebenenfalls auch die Gegenstelle herauskommt, diese beiden noch dazu anonym sind, sieht das schon anders aus!

Verblüfftes Schweigen und anerkennendes Nicken in der ganzen Runde. Keiner hätte erwartet, dass es mit derart trivialen Methoden möglich sein konnte, an die Verbindungsdaten einer nicht bekannten Prepaid-Handynummer zu kommen.

Hideo Suzuki war trotz der spürbaren Anspannung auf seine jugendlich charmante Art freundlich. Die Organisation der lückenlosen Überwachung und die Instruktionen der dafür zusätzlich abgestellten Beamten hatte doch länger als erwartet gedauert. Bis Sarah und Thomas wie angekündigt in der Eingangshalle des Colombihotels mit dem Japaner zusammentrafen, waren mehr als drei Stunden vergangen. Folglich musste Suzuki die ganze Zeit auf heißen Kohlen ausharren, bevor er in Erfahrung bringen konnte, inwieweit die Ermittler ihre Rückschlüsse zu dem erneuten Mord gezogen hatten oder in welche Richtungen ihre Anstrengungen nun gehen würden. Ob er über den Ablauf der Ereignisse aus der Vornacht bereits durch Mahmoud informiert worden war, wussten Sarah und Thomas nicht zu sagen, gingen jedoch davon aus, dass bereits ein informativer Kontakt stattgefunden hatte. Für ihre eigene Geschichte hatten sich die beiden bereits eine plausible Erklärung bereitgelegt, die sogar ziemlich genau mit der Wahrheit übereinstimmte. Nachdem Thomas Suzuki nochmals offiziell über den Tod Umekos unterrichtet und das Beileid im Namen der Freiburger Polizeibehörden ausgedrückt hatte, begann er mit dem Bericht zu dem gestrigen Abend.

Wir sind eigentlich nur im Novotel vorbeigegangen, weil unser Kollege in Takarazuka mir gestern noch eine Mail gesandt hatte, dass in die Privat- und Geschäftsräume der Morimuras eingebrochen wurde. Wir sollten Umeko bitten, sich mit ihm deswegen in Verbindung zu setzen. Dabei sind wir dann auf den Angreifer gestoßen und es hat sich eine Verfolgungsjagd und eine Schießerei entwickelt.

Während Thomas sprach, beobachtete Sarah Suzuki genau. Der Japaner machte die ganze Zeit ein entsetztes Gesicht und schüttelte hier und da den Kopf. Sollten ihre Verdächtigungen zutreffen, spielte er das Spiel gut mit!

Zu guter Letzt zündete dann auch noch der Brandsatz im Hotelzimmer, so dass es zu dem Großaufgebot von Feuerwehr und Polizei kam, von dem Sie bereits im Radio gehört haben.

Abermals schüttelte Suzuki ungläubig den Kopf und stieß die Luft aus den Lippen.

Für uns ergibt sich jetzt natürlich eine komplett andere Sachlage, fuhr Thomas fort, denn dieses kaltblütige und professionelle Attentat lässt auch den Tod von Shigeru Morimura in einem ganz anderen Licht erscheinen!

Auch Thomas beobachtete Suzuki genau, ohne jedoch im geringsten anklagend oder aggressiv zu wirken.

Einen Zufallsmord an Shigeru schließen wir jetzt natürlich aus. Wir müssen uns nun wirklich mit dem Gedanken befassen, dass bereits diese Tat ein geplantes und mit bestimmten Absichten ausgeführtes Verbrechen war. Aber leider haben wir keinerlei Anhaltspunkte, was dahinterstecken könnte. Zumal der gestrige Abend ja die Vermutung aufkommen lässt, dass kein Einzeltäter hinter den beiden Morden steckt. Dafür war der Ausführende gestern zu gut über die Situation informiert!

An dieser Stelle musste Thomas vorsichtig sein, um Suzuki nicht zuviel ihrer Verdachtsmomente darzulegen. Die Möglichkeit einer Verbindung zu seiner Person durfte auch nicht nur ansatzweise zu erkennen sein. Suzuki indes hörte konzentriert zu, schien innerlich mit sich zu kämpfen, sagte aber nichts.

Wir vermuten, sagte Sarah, dass der Attentäter gestern Umeko bereits seit ihrer Ankunft in Deutschland beschattet hat. Anders können wir uns das alles nicht erklären. Wobei das „Warum" immer noch eine der zentralen Fragestellungen ist, zu deren Beantwortung wir praktisch keinerlei Fakten aufweisen können!

Sie schnaubte kurz verächtlich.

Ja, nicht einmal Theorien oder Hypothesen! Und selbst für unsere Kollegen in Japan ist die Motivsuche bisher ohne Ergebnis geblieben, wenngleich auch sie von den gestrigen Ereignissen erst vor wenigen Stunden informiert wurden.

Während des nun folgenden Schweigens machte Suzuki immer deutlichere Anzeichen, den Ermittlern etwas mitteilen zu wollen. Schließlich schien er sich durchgerungen zu haben.

Frau Hansen, Herr Bierman, sagte er leise und in konspirativem Ton, ich werde Ihnen jetzt etwas mitteilen, wozu ich nur im Ausnahmefall ermächtigt worden bin.

Er blickte Sarah und Thomas in die Augen und schien auf ein Versprechen der Verschwiegenheit zu warten. Die beiden sahen ihn, ohne ein Wort zu sagen, fragend an.

Dass ich Umeko hierher begleitet habe, ist kein Zufall. Wie Sie wissen, bin ich als Kulturattaché keinesfalls in irgendeiner Weise mit dem kulturellen Austausch oder der Betreuung von Theatergruppen befasst.

Offensichtlich meinte er, einen guten Witz gemacht zu haben und lächelte breit. Um eine Atmosphäre des Vertrauens aufzubauen, taten Sarah und Thomas es ihm gleich. Wieder blickte sich Suzuki um, als könnten sich unbefugte Zuhörer in Hörweite befinden. Nach einer weiteren Pause fuhr er fort.

Die Wahrheit ist um einiges komplexer, und angesichts der schrecklichen Dinge, die sich gestern Nacht ereignet haben, mache ich mir schwere Vorwürfe, Sie nicht früher eingeweiht zu haben.

Die beiden Ermittler quittierten das Gesagte mit einem Ausdruck leicht gesteigerter Neugier. Innerlich waren sie zum Zerreißen gespannt, was ihnen der junge Japaner jetzt für eine Geschichte auftischen würde.

Die Geheimpolizei in Japan ist seit geraumer Zeit hinter den Köpfen einer Yakuza Gruppe her, die in den letzten Jahren durch besondere Brutalität und Effizienz aufgefallen ist. Sie wissen, was die Yakuza sind?

Thomas und Sarah nickten, sagten aber nichts.

Über Jahre hinweg wurde Shigeru Morimura im mittleren, nennen wir es „Management", der Organisation vermutet. Nachweisen konnte man ihm aber nie eine Straftat oder auch nur die Verbindung zum organisierten Verbrechen. Vor etwa einem Jahr gelang dann der Durchbruch. Ich will nicht ins Detail gehen, aber letztendlich konnte Morimura dazu bewegt werden, als V-Mann für unsere Seite zu arbeiten. Sie können sich vorstellen, dass eine Enttarnung für ihn den sicheren Tod bedeutet hätte.

Bedeutsam sah er erst Sarah, dann Thomas tief in die Augen.

Vor einigen Monaten nun brach die Verbindung zu ihm plötzlich ab. Das war zu dem Zeitpunkt, als er nach Europa reiste, ohne seine Kontaktmänner über seine Pläne informiert zu haben. Auf unserer Seite ging man natürlich davon aus, dass er aufgeflogen war und liquidiert wurde.

An dieser Stelle hakte Thomas ein, ohne jedoch Zweifel an seiner Bereitschaft, die Geschichte als solche zu glauben, aufkommen zu lassen.

Was war mit Umeko? Sie wurde doch sicher observiert und nach dem Verschwinden ihres Mannes auch unter Personenschutz gestellt?

Suzuki nickte.

Natürlich wurde sie das. Aber da sie zu keinem Zeitpunkt auch nur ansatzweise unter Verdacht geriet, von den Machenschaften ihres Mannes zu wissen, wurden diese Maßnahmen im Verborgenen ergriffen. Morimura selbst bestand darauf.

Und im Zuge der Observierungen, sagte Sarah, wurde natürlich festgestellt, dass sich keine Auffälligkeiten in ihrem Verhalten zeigten, obwohl ihr Mann geraume Zeit von der Bildfläche verschwunden war.

Richtig.

Suzuki nickte.

Also keimten bei uns wieder Hoffnungen auf, dass das Verschwinden sowohl mit seiner Frau als auch mit den Yakuza abgesprochen war. Schließlich hätte Shigeru seine Frau niemals der Gefahr ausgesetzt, durch sein Verschwinden zum Objekt von Repressalien oder Rache seitens seiner Kollegen werden zu lassen.

Und was geschah dann?, wollte Thomas wissen.

Nichts. Absolut nichts. Es flossen keine Informationen mehr, wir fühlten uns wie mit einer Schere von Morimura und den Yakuza abgeschnitten. Bis dann der Kollege der Kriminalpolizei bei Umeko auftauchte und sie vom Tod ihres Mannes unterrichtete.

Warum hat uns Gonda nichts von den Ermittlungen mitgeteilt?

Thomas musste bei allem Bestreben, Suzuki mit seiner Geschichte in Sicherheit zu wiegen, Professionalität walten lassen.

Wie gesagt, das Ganze ist eine Aktion der Geheimpolizei, Gonda weiß bis heute nichts davon und wir möchten ihn, soweit möglich, auch weiterhin nicht davon in Kenntnis setzen.

Das war ein kluger Schachzug, denn Suzuki erreichte damit, dass die deutschen Ermittler bei den Behörden in Takarazuka seine Geschichte nicht veri- oder falsifizieren konnten.

Aber wenn unsere Kollegen in Japan bei Routineermittlungen zum Beispiel mit Festnahmen oder Razzien Ihre Arbeit gestört hätten?

Thomas warf Sarah einen kurzen warnenden Blick zu. Schließlich wollten sie Suzuki nicht in die Enge drängen. Doch dieser hatte eine plausible Antwort parat.

Das haben wir in Kauf genommen, um die Geheimhaltung unserer Aktion zu unterstützen. Es würde den Yakuza schon recht merkwürdig vorkommen, wenn auf einmal keine polizeilichen Aktionen mehr durchgeführt, keine Verhaftungen und Verhöre mehr vorgenommen würden. Das würde ja praktisch nur so nach Protektion eines Maulwurfes stinken. Und auf eine Koordination haben wir verzichtet, weil die Gefahr, dass etwas durchsickert, einfach zu groß ist. Die Arbeit der Polizei sollte realistisch sein, also haben wir sie unbehelligt ihren Job machen lassen.

Die Selbstsicherheit in Suzukis Tonfall ließ keinen Zweifel an der Richtigkeit seiner Aussage zu.

Und deshalb haben Sie auch uns weiter ermitteln lassen, ohne uns über die Situation aufzuklären, warf Thomas ein.

Richtig. Und wäre es Ihnen gelungen, den Mörder Shigerus zu identifizieren und zu verhaften, dann wäre es eben so gewesen.

Für die Obrigkeit der Yakuza in Japan ein Indiz, dass die Geheimpolizei derzeit keine verdeckten Ermittlungen am Laufen hat.

Das bedeutet, baute Thomas Suzuki eine Brücke über den kleinen Logikbruch in seiner Geschichte, dass sie noch jemanden in das Spiel eingeschleust haben, denn Shigeru ist ja vom Platz gestellt worden.

Suzukis Miene nahm wieder den verschwörerischen Ausdruck an.

Ich wusste vom ersten Moment, dass Sie beide richtig gute Polizisten sind!, sagte er dann nur lächelnd.

Nachdem Suzuki keine Anstalten machte, noch mehr zu berichten, brach Thomas das Schweigen.

Wir sind Ihnen überaus dankbar für Ihre Offenheit!, sagte er.

Das hilft uns für die Einschätzung der Lage natürlich ungemein weiter. Allerdings stellt sich für uns nun die Frage, wie wir uns bei den weiteren Ermittlungen verhalten sollen?

Suzuki überlegte kurz.

Als erstes bitte ich Sie natürlich um absolute Verschwiegenheit! Sie können mit Ihrem Vorgesetzten über die Sache sprechen, aber das eben Gesagte darf keinesfalls Kreise ziehen! Des Weiteren machen Sie genau so weiter, als ob Sie diese Informationen nie erhalten hätten. Nur business as usual kann garantieren, dass die Gegenseite keinen Verdacht schöpft.

Sarah gab sich skeptisch.

Ich denke, es wird ziemlich schwierig für uns sein, das eben Erfahrene bei unserer Arbeit zu ignorieren!

Natürlich ist es das!, entgegnete Suzuki.

Aber Sie können selbstverständlich auch auf Basis Ihrer bisherigen Erkenntnisse die Ermittlungen in Richtungen lenken, die durch unser Gespräch erst besser beleuchtet wurden. Ich denke da zum Beispiel an die ethnische Herkunft der Mordopfer.

Sie geben uns also den Tipp, fasste Thomas zusammen, den Täter unter asiatischen beziehungsweise japanischen Mitbürgern oder Besuchern zu suchen. Das alleine würde auf Seite der Yakuza noch unverdächtig erscheinen.

Suzuki zwinkerte mit dem Auge.

Wie ich schon sagte, Sie machen Ihren Job richtig gut!

Suzuki übersah offensichtlich die Tatsache, dass Thomas und Sarah im Hotel den Attentäter gesehen und sicherlich mitbekommen hatten, dass es sich dabei nicht um einen Asiaten handelte. Er stand auf und reichte Sarah und Thomas die Hand.

Ich werde hier in Freiburg bleiben und bitte Sie, mich über Ihre Ergebnisse auf dem Laufenden zu halten. Möglicherweise sind Informationen, die Ihnen unwichtig erscheinen, für meine Kollegen von großer Bedeutung! Kann ich auf Sie zählen?

Sein fragender Blick traf zuerst Sarah, dann Thomas.

Selbstverständlich!

Thomas bekräftigte seine Aussage mit einem festen Kopfnicken.

Sowie wir etwas haben, werden wir es Ihnen als erstes mitteilen!

Auch er und Sarah erhoben sich aus den Clubfauteuils.

Ich danke Ihnen!

Suzuki hob die Hand und ging in Richtung der Aufzüge. Kaum waren die Türen zu geglitten, sagte Sarah:

Die Geschichte klingt aber mal wirklich plausibel!

Thomas sah sie ein wenig erschrocken an.

Hat er dich wirklich verunsichert?, fragte er.

Nein! Natürlich nicht, antwortete sie hastig, aber wenn wir nicht schon so viele Indizien und gesicherte Erkenntnisse hätten, die auf unsere Version der Geschichte hindeuten, hätte ihm doch jeder das Theater eben abgekauft.

Ja, das hätte ich wahrscheinlich auch, pflichtete ihr Thomas bei.

Hast du gemerkt, was für ein ausgekochter Hund das ist? Mit ein paar Nebensätzen hat er uns praktisch jede Möglichkeit genommen, seine Story zu überprüfen und es sogar geschafft, unsere Ermittlungen in eine komplett falsche Richtung zu lenken! Ethnischer Hintergrund, dass ich nicht lache! Allerdings hat seine Geschichte auch eine kleine Lücke. Nicht zwingend, aber immerhin ein Ansatz zum Zweifeln.

Du meinst, fehlende Tattoos auf Shigerus Körper, entgegnete Sarah trocken.

Thomas sah sie nicht ohne ein gewisses Staunen in seinem Blick an.

Wow, sagte er, ja genau, das meine ich. Ein Yakuza in Shigerus Alter, der seit etlichen Jahren in der mittleren Führungsriege agiert, hätte sicherlich eine Unmenge an Tattoos aufzuweisen gehabt. Suzuki unterschätzt entweder unser Wissen über seinen Kulturkreis, oder aber er hat einfach kaltschnäuzig angenommen, dass uns das angesichts seiner überzeugenden Darlegungen nicht weiter aufstößt. Wie dem auch sei, jetzt hoffen wir, dass er das Telefonat, welches er ja nun sicherlich zur Beruhigung al-Qaradawis führen wird, erst in seinem Zimmer beginnt, damit die Kollegen mit den Ferngläsern oder dem Laserabtaster schon mal Mobilfunkdaten sammeln können.

Sarah und er steuerten den Ausgang an und versuchten dabei auszumachen, wo sich Kollegen auf die Lauer gelegt hatten. Doch auf dem Weg zu dem ML gelang es ihnen nicht, auch nur eine einzige Person zu identifizieren, die gerade mit der Observation Suzukis beschäftigt war. Thomas musste innerlich lächeln.

Ja, nicht nur Sarah und er machten ihren Job wirklich gut!

Als Mahmoud, Kerim und Tawfik in der folgenden Nacht zu dem Granitblock kamen, den sie zuvor versucht hatten, zu sprengen, stellten sie erfreut fest, dass es ihnen tatsächlich mit dem ersten Anlauf gelungen war, die massive Tür quasi zu pulverisieren. In dieser Nacht waren sie nur zu dritt. Hassan war noch am Leben, jedoch ließen seine Kräfte schleichend nach. Bevor er in eine Art Delirium fiel, hatte er Mahmoud geradezu angefleht, mit dem Unternehmen weiterzumachen und ihn in der Lagerhalle seinem Schicksal zu überlassen. Ihn von seinem Leiden zu erlösen oder ihm eine Waffe in Reichweite zu legen, hatten alle entrüstet abgelehnt, also beschränkte sich Hassans Drängen auf die Fortführung der Mission.

Nassira hatte Mahmoud aus reiner Vorsicht mit einem der Präzisionsgewehre außerhalb der Halle postiert, damit sie den Unterschlupf bewachen und gegebenenfalls auch schützen konnte. Er hatte sich trotz des beruhigenden Telefonats mit ihrem Informanten nach dem Attentat auf Umeko zu dieser Maßnahme entschlossen. Auch wenn er und die anderen überzeugt waren, dass ihr Vorhaben weiter unentdeckt blieb, so wollte er dennoch kein Risiko eingehen. Auch zu dritt würden sie in der Lage sein, alle erforderlichen Arbeiten in dem Stollen zu Ende zu führen.

Jetzt galt es zunächst, die Trümmer der Granittür zu beseitigen, und die drei Männer widerstanden dem Drang, über den Schutthaufen hinwegzuklettern und die freigelegten Räumlichkeiten zu erkunden. Schweigend stapelten sie die größeren Brocken auf den Rollwagen, den Nassira in den letzten Nächten aus Profilstahl und Schwerlastrollen zusammengeschweißt hatte. Insgesamt drei Wagenladungen mit mehr oder minder großen Steinbrocken kippten die Männer in den Blindstollen, wo diese den Abtransport des eigentlichen Zieles der Mission nicht behindern würden. Als der Weg endlich frei war, und sich der Wagen problemlos durch den Eingang in den dahinter liegenden Raum schieben ließ, zogen sie auch das Kabel nach, über das sie mit dem Notstromaggregat den Stollen notdürftig mit Licht versorgten. Als Tawfik eine Birne in die nächste Fassung drehte und sie zum ersten Mal richtig sahen, was hinter der Geheimtür verborgen gewesen war, fanden sie sich endgültig bestätigt. Kein rauer Fels, kein feuchter Boden. Sauber verputzte, gerade Wände, akkurat gezimmerte, lackierte Türen und elektrische Lampen zeigten ihnen an, dass sie tatsächlich an jenem geheimnisvollen Ort waren, von dem der alte Morimura im Kreise der Vertrauten so oft gesprochen hatte.

Ohne Zeit zu verlieren gingen sie systematisch den langen, breiten Gang entlang, öffneten jede der Türen, die rechts und links abzweigten, und leuchteten für einen kurzen Blick in die Räume dahinter. Auch wenn am Ende des Ganges eine besonders große Doppelflügeltür aus Stahl zu erkennen war, die vermuten ließ, dass sie dahinter mit ihrer Suche erfolgreich sein würden, kontrollierten sie jede der noch bis dort verbleibenden Türen und leuchteten mit ihren Taschenlampen hinein. Schließlich standen sie vor der Stahltür, auf der verschiedene Symbole und Buchstaben zu erkennen waren, deren Bedeutung sie jedoch nicht erschließen konnten. Vielmehr untersuchten sie die Tür, ob sie mit irgendeinem besonderen Schließmechanismus versehen war. Doch sie konnten lediglich ein großes Rad ausmachen, das vermutlich, einem Schott gleich, im Inneren der Tür mit Bolzen verbunden war. Mahmoud ergiff es – das Rad ließ sich problemlos bewegen. Als nach einer dreiviertel Drehung mit einem satten Klack der Anschlag erreicht war, glaubten die drei Männer gesehen zu haben, dass sich die Tür leicht bewegt hatte. Nun zogen sie gemeinsam daran, die beiden Flügel glitten wie auf gut geschmierten Rollen auf und gaben den Blick in einen Raum frei, der so groß war, dass mit dem Licht aus dem Gang keine Wände oder die Decke zu erkennen waren. Ein leichter Luftzug wehte ihnen aus der Dunkelheit entgegen, als sie dort standen und ehrfürchtig in die Leere vor sich starrten. Dann nahm Mahmoud seine Taschenlampe und leuchtete in den Raum. Als er den Lichtstrahl von einem Ende zum anderen gleiten ließ, konnten sie das Ausmaß der unterirdischen Anlage erahnen.

Die Halle war gut und gerne 15 Meter hoch, sicherlich 45 Meter breit und an die 100 Meter lang. Ähnlich einem modernen Großraumbüro waren an beiden Seiten unterschiedlich große Abteilungen etwa brusthoch abgetrennt. In diesen Separees befanden sich die unterschiedlichsten Dinge: Werkbänke, chemische Laborausrüstung, Drehbänke, Schreibtische. Die Halle war so groß, dass sie nicht erkennen konnten, was noch alles an Ausrüstung und Werkzeugen zu finden war. Zwischen den Abteilen standen auf der freien Fläche verschiedene Großmaschinen, Stahlpressen,

Bohrer und eine beträchtliche Anzahl an runden Stahltrögen, die an große Zentrifugen erinnerten. An der Decke waren Schienen angebracht, in denen Stahlträger mit Laufkatzen hingen. Mit diesen Kränen waren offensichtlich die schweren Bauteile und auch die fertigen Produkte der Anlage bewegt worden. Die Beseitigung des Abraumes und die Installation der Ausrüstung und Maschinen – ausschließlich über den Schacht und die doch relativ schmalen Tunnel – musste eine zeitintensive, sorgsam geplante und präzise ausgeführte Aktion gewesen sein. Einige der Dinge, welche im Schein der Taschenlampen auftauchten, waren sicherlich erst vor Ort zusammengesetzt worden. Allein die Notwendigkeit der absoluten Geheimhaltung hatte wahrscheinlich seinerzeit diesen hohen logistischen Aufwand rechtfertigt.

Langsam schritten die drei Männer durch die Halle, warfen interessierte Blicke auf die verschiedenen Abteile und Maschinen und versuchten, einen oder mehrere der Apparate zu identifizieren, deren Baupläne und Sichtzeichnungen sich einzuprägen Mahmoud sie mehrfach angehalten hatte.

Es war bereits kurz nach sechs, als Helen mit einem Zettel bewaffnet an die Tür des Konferenzzimmers klopfte und ohne ein „Herein" abzuwarten ihren Kopf in den Raum steckte.

Zwei Tage hatten die Beamten versucht, verlässliche Daten über Suzukis Handygespräche zu protokollieren, doch der Japaner schien seine Gespräche immer außer Sichtweite der Beobachter und der Reichweite der Richtmikrofone zu führen. Am Tag zuvor schließlich war es innerhalb relativ kurzer Zeit gelungen, zwei Telefonate exakt zu beobachten. Die Anfrage bezüglich der Isolierung der Telefonnummern war, begleitet von dem richterlichen Schreiben, umgehend an die Mobilfunkprovider gegangen. Bei den zu erwartenden Protesten des ein oder anderen Anbieters hatte Richter Oberle persönlich zum Telefonhörer gegriffen und letztendlich alle zur Kooperation bewegen können. Bis zum jetzigen Zeitpunkt waren einige Antworten bereits eingetroffen, jedoch ohne ein positives Ergebnis aufzuweisen.

In Erwartung weiterer ausstehender Informationen winkte Thomas Gröbers Sekretärin umgehend herein.

Helen!, begrüßte er sie, hast du noch etwas für uns?

Hallo zusammen, warf sie wie immer freundlich lächelnd in die Runde.

Ja! Das sind noch mal zwei Nachrichten von Mobilfunkanbietern wegen unserer Anfrage bezüglich der dokumentierten Handygespräche!

Alle folgten ihr gespannt mit dem Blick, als sie den Tisch umrundete, bis sie neben Thomas stand.

Die eine Nachricht ist von Vodafone, die Abfrage ihrer Verbindungsdaten hat zu keinem Ergebnis geführt.

Sie legte ein Blatt vor Thomas auf den Platz. Da sie noch etwa 15 Blätter in der Hand hielt, die mit einer Büroklammer zusammengehalten wurden, stieg die Spannung im Raum merklich. Auch Helen war sich bewusst, wie wichtig ihre nun folgenden Neuigkeiten für die laufenden Ermittlungen waren. Sie holte einmal tief Luft und berichtete weiter.

Das hier hat uns die Zentrale von Congstar in Köln gerade eben gefaxt.

Sie zog übertrieben langsam die Büroklammer von den Unterlagen.

Hier haben wir eine Prepaidnummer mit den Daten, wann und zu welcher Nummer telefoniert wurde.

Sie gab Thomas das Blatt, leckte den Zeigefinger und nahm einige Blätter vom Stapel.

Das hier sind Karten mit der ungefähren Eingrenzung, wo sich der Anrufer zum Zeitpunkt der Gespräche befunden hat.

Sie kam nicht dazu, die folgenden Blätter auf den Tisch zu legen, Thomas nahm sie ihr einfach aus der Hand. Nach einem kurzen Stirnrunzeln fuhr sie fort.

Dann haben wir hier eine Aufstellung der Gegenstellen und auch die Karten mit den ungefähren Aufenthaltsorten, natürlich nur, wenn sie auch bei Congstar registriert waren und sich in Deutschland befanden.

Auch diese Papiere nahm Thomas ihr ungeduldig ab und warf sofort einen prüfenden Blick darauf.

Zu guter Letzt habe ich hier noch eine Aufstellung der angerufenen Nummern, mobil und Festnetz. Das hier sind die mobilen Nummern, die nicht bei Congstar sind, und die entsprechenden Mobilfunkunternehmen, bei denen sie registriert sind.

Sie übergab das letzte Blatt an Thomas, der es nach einem kurzen Blick vor sich auf den Tisch legte.

So, das war es, ich hoffe, das hilft euch jetzt weiter!, schloss Helen ihren wohlinszenierten Auftritt ab.

Ich wünsche euch einen nicht allzu langen Abend und eine gute Nacht!

Sie ging wieder Richtung Tür.

Danke dir!, sagte Thomas und auch die anderen verabschiedeten sie mehr oder minder verständlich in den Feierabend.

Als sie den Raum verlassen hatte, nahm sich Thomas zuerst die Liste der angerufenen Nummern vor. Die anderen warteten ungeduldig, während er und Pfefferle, der neben ihm saß, die Liste und die Karten der angerufenen Apparate überprüfte. Er gab einen Stapel mit Listen und Karten an Sarah.

Hier, das sind die auf Suzukis Nummer eingehenden Gespräche. Du, Nico und Karen, ihr schaut diese bitte nach Auffälligkeiten durch! Hans und Thorsten, wir kümmern uns um die abgehenden Verbindungen.

Sarah setzte sich mit Berner und Polocek an das eine Ende des Tisches, Thomas, Pfefferle und Neubauer gruppierten sich um das gegenüberliegende. Leises Gemurmel erfüllte den Raum, als sich die Ermittler bemühten, aus den vorliegenden Daten relevante Informationen zu ziehen.

Nach etwa 25 Minuten signalisierten beide Gruppen, dass sie mit ihrer Analyse fertig waren, und man traf sich wieder am oberen Ende des Tisches. Karen eröffnete die Besprechung.

Wir haben hier, sagte sie, mehrere Anrufe von einer Festnetznummer in Japan, verteilt über die letzten vier Wochen. Nicht weiter verdächtig, außer der Tatsache, dass nach dem 11. Mai, das ist der Tag, an dem wir die japanische Botschaft in Berlin informiert haben, die Gesprächsdichte zunimmt. Vor diesem Datum waren es ein bis zwei Telefonate in der Woche, dann sind es zwei bis drei am Tag.

Sarah legte eine mit Highlighter markierte Kopie der Liste auf den Tisch.

Bei den ersten Gesprächen war Suzuki erwartungsgemäß im Bereich München eingelogged, analog zu seinem Auftauchen hier dann im Raum Freiburg. Ein Gespräch hat er auf der A8 zwischen Pforzheim und Karlsruhe geführt.

Sie legte eine mit Farbmarkern bearbeitete Karte zu der Liste.

Dann ist hier eine Mobilnummer eines Handys, das in der Türkei registriert ist. Sie taucht nur einmal auf, das war vor drei Tagen, also als Suzuki schon hier in Freiburg war. Die Karte mit den aktiven Relaisstationen belegt das. So wie es aussieht, war er da im Innenstadtbereich, vielleicht in seinem Hotelzimmer im Colombi. Muss auch nichts bedeuten.

Sarah nahm die beiden letzten Blätter und sah noch einmal von einem zum anderen.

Aber die nächste Nummer ist interessant. Es handelt sich um eine der angerufenen Mobilnummern. Sie taucht viermal auf, einmal einen Tag, bevor er hier ankam, und seitdem dreimal. Sie gehört zu einem Prepaid Handy, das in Syrien zugelassen ist. Wo sich dieses Handy zum Zeitpunkt der Anrufe befand, konnte nicht angegeben werden. Entweder das Roaming fand über einen anderen Anbieter statt, oder das Handy befand sich im Ausland.

Thomas sah sich die Liste an und legte sie wieder auf den Tisch.

Die Nummer taucht auch auf der Liste der abgehenden Gespräche auf. Zweimal, auch hier keine Angaben über die Position des Angerufenen.

Das bedeutet, wir müssen uns mit den syrischen Behörden in Verbindung setzen, sagte Karen Polocek enttäuscht.

Das kann ewig dauern, wenn die überhaupt was rausrücken.

Nicht unbedingt!, beruhigte sie Thomas.

Unter den abgehenden Gesprächen haben wir eine Nummer, die auch zu einem Handy bei Congstar gehört. Prepaid natürlich. Und hier haben wir folglich auch die Eingrenzung des Aufenthaltsortes des Angerufenen. Der Clou: Alle Gespräche, bis auf eines, hat der Angerufene hier in Freiburg geführt! Und alle fanden nach dem 13. Mai statt. Ich denke, das ist Mahmoud, unser Mann!

Bevor Thomas die Karten mit den Funkmasten ausbreiten konnte, fragte Sarah nach:

Was hältst du von der Spur mit dem syrischen Handy? Weiterverfolgen?

Thomas überlegte einen Moment.

Stellt euch vor, ihr wärt dabei, im Ausland ein Ding zu drehen. Oberste Priorität: Anonym bleiben, nicht auffallen. Würdet ihr euer Handy nehmen, mit dem ihr auch zu Hause rumtelefoniert?

Alle dachten kurz nach und schüttelten dann den Kopf.

Nico Berner meinte:

Ich würde mir auf jeden Fall im betreffenden Land ein Prepaid kaufen und bar bezahlen.

Das würde ich auch!, sagte Thomas.

Und ich wette, Mahmoud hat das auch getan. Allerdings könnte ich mir vorstellen, dass das syrische Handy zu einem der Hintermänner Mahmouds gehört. Da unsere Aktionsmöglichkeiten diesbezüglich minimal sind, schlage ich vor, wir geben diese Nummer ohne Behelligung der syrischen Behörden an Leon weiter. Der kann ja dann überlegen, ob er sie an die CIA oder den Mossad weitergibt. Mich interessiert primär immer noch unser Doppelmord!

Jetzt legte er die Karten aus, die er während der ganzen Zeit in der Hand gehalten hatte.

Wir haben hier, sagte er, die Karten von den aktiven Funkmasten während der Gespräche mit eben jenem nicht identifizierten Congstar Handy, von dem wir vermuten, dass es von Mahmoud benutzt wird.

Er tippte auf eine Karte, wo sich die Reichweiten dreier Funkmasten eine relativ kleine Schnittmenge lieferten, die auf der Karte bunt schraffiert war.

In diesem Bereich hat sich der Angerufene während fast aller Gespräche aufgehalten.

Alle beäugten die Karte, die in verhältnismäßig kleinem Maßstab einige Freiburger Stadtteile zeigte. Anhand der Legende schätzten sie ab, dass das Gebiet etwa einen Kilometer lang und zwischen 400 und 800 Metern breit war. In den fraglichen Bereich fielen neben der Freiburger Messe und dem Flugplatz auch Teile des Güterbahnhofes, das Universitätsklinikum, sowie Gebiete der Stadtteile Herdern und Zähringen.

So, sagte Sarah nach einigen Momenten des Schweigens, hier irgendwo halten sich Mahmoud und sein schießwütiger Pyromane also auf. Ein ziemlich guter Anhaltspunkt, aber weit davon entfernt, das Versteck offen darzulegen!

Thomas schob die Karte in die Mitte des Tisches.

Schaut es euch genau an, forderte er alle auf.

Etwa eine Minute herrschte Stille im Konferenzraum. Aber schließlich war es Thorsten Neubauer, der ganz leise das Wort „Güterbahnhof“ in den Raum warf.

Das Gelände war natürlich allen Anwesenden bekannt, folglich nickten Thomas und die anderen zur Bestätigung. Karen Polocek sprach die Assoziationen aus, die alle am Tisch hatten:

Ein großes Areal. Viele alte, unbenutzte Gebäude und Hallen. Abgestellte Eisenbahnwagons. Abgeschiedenheit einerseits, Zentrumsnähe andererseits.

Auch Neubauer zählte seine Stichworte auf:

Anonymität. Ungestörtheit. Übersicht. Viele Verstecke.

Und was meint ihr?, fragte Thomas Sarah, Nico Berner und Hans Pfefferle.

Letzterer ergriff das Wort:

In den Hallen, die noch aktiv genutzt werden, sind Spediteure, Lageristen, Großhändler und jede Menge ungelernte Arbeitskräfte, die dort arbeiten. Da interessiert sich niemand für das Treiben des anderen.

Eigentlich ist dort immer Etwas los, auch nachts und am Wochenende, ergänzte Karen, also würde sich niemand darüber wundern, wenn dort irgendjemand zugange wäre. Außerdem sind da noch diese In-Kneipe im nördlichen Teil und die Musik-Gigs, die dann und wann stattfinden.

Auch Sarah hatte etwas beizutragen:

Keiner wundert sich über Kommen und Gehen! Unter den Arbeitern ist ein hoher Ausländeranteil. Dunkelhäutige, Farbige, Asiaten. Niemand fällt auf!

Billiger Raum, für was auch immer, fiel auch Nico Berner ein.

Die Inhaber vermieten die alten Lagerhallen für einen Appel und ein Ei. Und fragen nicht, was die Mieter in dem Gebäude so tun und lassen!

Und, auch Thomas teilte der Gruppe seine Gedanken mit, schätzungsweise zwei Drittel der Gebäude stehen leer. Wenn man also eine gewisse Abgeschiedenheit wünscht, kann man sich irgendwo einmieten, wo man keine Nachbarn hat. Und solange man nicht auf offener Straße jemanden erschießt, wird man komplett in Ruhe gelassen!

Sarah fasste das Gesagte in einem Satz zusammen:

Der ideale Platz, um sich über längere Zeit ein Versteck einzurichten, wo man gefahrlos aus- und eingehen kann und im Verborgenen so ziemlich alles planen und organisieren kann, was man will!

Wem gehört das Areal? Beziehungsweise, wer verwaltet es?, fragte Thomas in die Runde.

Der Bahn, antwortete Nico Berner.

Es wird von einer Tochter der Bahn AG verwaltet und soll ja in Kürze erschlossen werden. Lange wird es die alten Lagerhallen und Gebäude wohl leider nicht mehr geben!

Wir brauchen Adresse und Ansprechpartner der Verwaltungsgesellschaft. Die müssen uns schnellstmöglich eine Aufstellung aller Mieter besorgen!

Berner schaute skeptisch.

Ich könnte mir vorstellen, dass das nicht einfach wird. Soweit ich weiß, sind viele der Bauten mehrfach untervermietet oder zum Teil sogar im Stillen bezogen und illegal genutzt! Das Gelände ist ja bis auf die wenigen ansässigen Firmen und die paar Szene-Clubs dem langsamen Verfall überlassen. Das Meiste soll abgerissen und durch Neubauten ersetzt werden. Wenn sich die Interessenten denn mal mit der Bahn und der Stadt auf einen Nutzungsplan einigen können.

Thomas sah auf die Uhr. Draußen war es dunkel geworden.

Kurz nach zehn! Und Freitagabend. Wir verlieren schon wieder zwei Tage, bis wir unsere Anfrage bei der Verwaltungsgesellschaft machen können. Ich würde ja am liebsten einfach hinfahren und mich mal umsehen.

Karen Polocek sah ihn an und hob eine Augenbraue.

Hast du keine Angst, da ohne zu wissen, wo genau der Unterschlupf ist, und ohne SEK aufzutauchen? Mahmoud und sein Kumpel sind schließlich brandgefährlich. Und sicher auf der Hut!

Zwei Tage!, erwiderte er.

Wieder zwei volle Tage! Und wer weiß, wie lange wir dann auf die Daten warten müssen! Al-Qaradawi ist jetzt schon seit fast drei Monaten dabei etwas auszuhecken und wir wissen immer noch nicht, was er vorhat. Wieder drei oder vier Tage in den Wind schießen?

Nico Berner ergriff als Erster das Wort.

Also ich denke, wir sollten uns auf jeden Fall dort einmal umsehen. Ohne großes Aufsehen zu erregen. Auch um diese Zeit ist auf dem Gelände abends ja so mancher unterwegs. Zum Teil auch mit unlauteren Absichten. Getrennt werden wir nicht weiter auffallen.

Auch Sarah nickte bekräftigend.

Ich schließe mich Nico an. Einfach mal ein bisschen die Lage peilen. Kein Risiko eingehen. Augen offen halten.

Weder Hans Pfefferle noch Karen Polocek schienen gegen einen harmlosen Erkundungsbesuch etwas einwenden zu wollen, Thorsten Neubauer hatte nur rote Ohren bekommen, machte aber einen neutralen Gesichtsausdruck.

Ok, fasste Thomas den Entschluss, dann machen wir ein wenig auf verliebte Pärchen und sondieren das Areal. Jeder zieht seine Schutzweste unter die Jacke, nur für den Fall.

Er stand auf und blickte in die Runde, es schien keine weiteren Fragen zu geben. Lediglich Thorsten Neubauer schien sich gedanklich mit seiner Rolle bei dem „verliebten Pärchen" Pfefferle/Neubauer auseinander zu setzen, sagte jedoch nichts.

Gut, in zehn Minuten unten am Parkplatz!

Nassira nahm von Mahmoud das TRG 21 entgegen, um wie die Abende zuvor ihre Stellung auf dem Turm des alten Stellwerkes zu beziehen. Von dort aus hatte sie nicht nur Sicht auf ihren Unterschlupf, sondern konnte fast alle Annäherungswege überblicken und so Neuankömmlinge frühzeitig erkennen. Mahmoud reichte ihr auch den Fernzünder, mit dem sie den Brandsatz in der Halle im Notfall zur Explosion bringen konnte. Sie nickte und steckte das Gerät in die Innentasche ihrer Jacke. Mahmoud sagte kein Wort, er sah ihr nur einen Augenblick tief in die Augen. Dann wandte er sich um und bedeutete den Anderen, den 7,5 Tonner und den Land Cruiser zu besteigen.

Nassira ging mit zur Ladefläche des Lkw und berührte noch einmal das Bündel aus Leintüchern und Decken. Mit Schmerz in ihrem Blick verabschiedete sie sich von Hassan, der vor wenigen Stunden verstorben war und dessen Leid nun ein Ende gefunden hatte. Die Gruppe hatte diskutiert, was man mit seinem Körper nun machen solle. Ein Transport in sein Heimatland stand außer Frage. Ihn hier in der Halle der langsamen Verwesung zu überlassen, war ebenfalls undenkbar. Das Risiko, bei einer Bestattung entdeckt zu werden, stuften alle als zu groß ein. Und da eine Feuerbestattung aus religiöser Überzeugung nicht in Frage kam, wurde man sich einig, Hassan in einem Stollen des alten Bergwerkes abzulegen und ihm so eine ehrenvolle Totenruhe zu garantieren. Ein ruhmreicher Empfang durch Verwandte, Freunde und Anhänger war ihm dadurch zwar verwehrt, aber diese Lösung schien unter den gegebenen Umständen der einzig mögliche Kompromiss zu sein. Nassira beugte sich vor und gab dem Toten einen Kuss auf die Stirn. Dann wünschte sie den anderen Glück und verließ ohne sich umzudrehen die Halle.

Der Weg zu dem alten, heruntergekommenen Turm dauerte nur ein paar Minuten. Das gesamte Areal war wie jeden Abend bei Einsetzen der Dunkelheit durch vereinzelte, schwache Laternen nur sehr spärlich beleuchtet. Sie dienten mehr der Orientierung, und auf dem riesigen Gelände konnte man durch sie nur schemenhaft Hallen, Schienen, Prellböcke und Schrotthaufen erkennen.

Warum dieser weitestgehend verlassene Ort überhaupt mit einer Art Notbeleuchtung ausgestattet war, entzog sich Nassiras Logik. Aber immerhin half es ihr bei der Bewachung ihres Unterschlupfes, denn die Zieloptik ihres Gewehres verfügte nicht über eine Infrarotlinse oder einen Restlichtverstärker. Sie trat an die Rückseite des Turmes und öffnete die alte Tür. Im Inneren herrschte weitgehend Dunkelheit, also schaltete sie ihre abgeschirmte Stirnlampe an und ging die Treppen nach oben, bis sie in dem Kontrollraum ankam, der einem Flugzeugtower nicht unähnlich sah. Von hier hatte man schon einen hervorragenden Überblick, aber sie stieg über eine Leiter durch eine Dachluke und kroch vorsichtig auf dem flachen Dach bis zum Rand. Hier lagen bereits zwei kleine Sandsäcke, die ihr nicht als Deckung dienten, sondern als Auflage für ihre Waffe. Über ein Zweibein verfügte sie ebenso wenig wie über ein zweites Magazin. Sie legte das Gewehr auf einen Sandsack und nahm das Tor des Unterschlupfes ins Visier.

Durch das Zielfernrohr konnte sie sehen, wie Tawfik das kleinere Tor zuschob, auf den Beifahrersitz des Land Cruisers stieg und dann beide Fahrzeuge davonfuhren. Sie richtete sich auf eine weitere lange Nacht auf ihrem Beobachtungsposten ein.

Routiniert steuerte Mahmoud den Land Cruiser über die dunkle Fahrstraße. In seinem Rückspiegel beobachtete er, dass Kerim mit dem Lkw den Anschluss nicht verlor. Da er die Strecke nun etliche Male im Dunkel gefahren war, irritierten ihn die wegen des Wildschutzes angebrachten, reflektierenden Bänder nicht, die im Scheinwerferlicht grell aufleuchteten. Ob diese Vorkehrungen tatsächlich ihren Zweck erfüllten, bezweifelte er. Nur drei Tage zuvor hatte sich trotz des Lichtes ein Hase auf die Fahrbahn verirrt, den er prompt mit dem rechten Vorderrad angefahren hatte. Da das Tier zwar tot aber keineswegs zerquetscht war, hatten sie es kurzerhand eingepackt und abends darauf auf dem Gaskocher nach heimischer Art zubereitet. Eine willkommene Abwechslung zu der Dosennahrung, die sie bisher der Einfachheit halber zu sich genommen hatten. Diesmal jedoch verlief die Fahrt ohne Zwischenfall und schon bald bogen die zwei Fahrzeuge auf den Kiesparkplatz vor dem Stollentor ein.

Während Mahmoud die Schlösser ohne Zuhilfenahme von Taschenlampe und Spiegel blind öffnete, trugen Tawfik und Kerim die Leiche Hassans zum Stollentor. Dort legten sie ihn bedächtig ab und warteten auf Mahmoud, der vorauseilte, um die alte, von ihnen frisch überholte und gefettete Lore zu holen, mit der sie bereits das gesamte Material, das sie für die kommenden Tage benötigten, bis an den Schacht gebracht hatten. Tawfik ging noch einmal zum Lkw und kehrte kurz darauf mit dem M16, den Maschinenpistolen und einer Kiste Munition zurück. Dann schloss er das schwere Tor und ließ die Schlösser einrasten.

Mittlerweile war auch Mahmoud wieder zu sehen, er hatte seine Taschenlampe auf die Pritsche des Wagens gelegt, den er mit schnellen Schritten vor sich her schob. Als er bei ihnen angekommen war, hoben sie gemeinsam Hassans Körper auf den Schienenwagen. Kerim packte noch die Waffen und die Munition dazu und der Leichenzug nahm seinen Weg durch die Dunkelheit.

Als sie nach dem langen, schweigsamen Marsch am Schacht angekommen waren, luden sie zunächst die Waffen ab und lehnten sie in einer Ecke an die Wand. Dann bugsierten sie den Toten zum Schachtrand. Während sich Mahmoud mittels der Flaschenzüge abseilte, um Hassan unten in Empfang zu nehmen, machte sich Kerim daran, Lastengurte um das Leinenbündel zu zurren. Der provisorische Aufzug, an dem sie seit einigen Tagen bauten, konnte noch nicht eingesetzt werden. Also hakten Tawfik und Kerim einen Karabiner in die Gurte und ließen das Paket auf Mahmouds Signal hin langsam nach unten. Da sie den Toten frei schwebend ohne Umlenkrolle nach unten beförderten, mussten beide kräftig anpacken.

Die schweißtreibende Arbeit war nicht nur mühsam, sondern auch gefährlich, hatten sie doch auf eine Sicherung verzichtet. Als Tawfik, der vorne stand, nach einigen Minuten die Kraft ausging, machte er einen unkontrollierten Ausfallschritt auf den Schachtrand zu, bevor er in Panik das Seil los ließ. Augenblicklich lief eine wahre Kettenreaktion ab. Obwohl der plötzliche Anstieg des Gewichtes Kerim fast überwältigte, hielt er mit aller Gewalt das Seil fest. Alleine konnte er den Toten jedoch nicht halten, er wurde nach vorne geschleudert und prallte auf den ohnehin schon verzweifelt nach Halt suchenden Tawfik. Jetzt erst erkannte er, dass er den toten Freund aufgeben musste, und ließ das Seil fahren. In Panik griff Tawfik wild um sich und bekam Kerims Arm zu fassen. Um ein Haar hätte er sie beide in die Tiefe gerissen, Kerim bekam jedoch im letzten Moment eine der Sicherungen, die Mahmoud vor Wochen angebracht hatte, zu greifen und konnte so den Fall in den dunklen Schacht verhindern. Mit nur einem Bein auf dem Schachtrand baumelte er über der schier endlosen Tiefe, und hielt den angsterfüllten Tawfik krampfhaft fest. Es gelang ihm irgendwie, mit der einen Hand die Sicherung festzuhalten und mit der anderen seinen Freund am Absturz zu hindern. Stück für Stück zog er sich mit dem Fuß näher an den Schachtrand und konnte, bevor ihn die Kräfte in den schmerzenden Armen verließen, Tawfik bis an den Betonrahmen schwingen. Nachdem sie sich mühsam und außer Atem sicheren Boden unter den Füßen verschafft hatten, gab Kerim seinem Kameraden eine kräftige Kopfnuss und überschüttete ihn mit einem Schwall schmähender Worte. Kleinlaut und mit hochgezogenen Schultern entschuldigte sich Tawfik und gemeinsam berieten sie, wie sie den Vorfall Mahmoud erklären sollten, der bereits ungeduldig aus der Tiefe herauf rief.

Immer wieder wurde Nassira auf ihrem Beobachtungsposten in Alarmbereitschaft versetzt. Zweimal kamen Leute in die Nähe der Lagerhalle. Beide Male waren es Pärchen, die vermutlich dem Lärm und der schlechten Luft des Clubs, der sich am anderen

Ende des Geländes befand, für eine Zeit entfliehen, oder einfach nur einen romantischen Spaziergang durch die vereinsamten Industriebauten machen wollten. Nassira beobachtete jede Bewegung. Immer bereit zum Schuss hatte sie die jungen Menschen mit dem Zielfernrohr verfolgt und auf Anzeichen geachtet, die sie vielleicht als Polizisten entlarvt hätten. Aber sie waren an der Halle vorbeigegangen, ohne gesteigertes Interesse außer an dem jeweiligen Gegenüber erkennen zu lassen, um kurz darauf wieder aus dem Gefahrenbereich zu verschwinden. Als eine Gruppe Jugendlicher auftauchte, die zwei Bierkästen schleppte und deren Gegröle Nassira bis hinauf zu ihrer Stellung hören konnte, machte sie sich nicht einmal die Mühe, sie genauer zu beobachten oder gar das Gewehr in Anschlag zu nehmen. Mit bloßem Auge konnte sie erkennen, dass die nachlässig gekleideten Leute mit den bunten Frisuren auf dem Weg zu einem Saufgelage waren. Sie kamen nicht mal in die Nähe des Unterschlupfs, sondern zogen in mehr als 50 Metern Entfernung um die Ecke.

Gerade hatte Nassira sich wieder ihrem inneren Monolog zugewandt, mit dem sie die Langeweile der nächtlichen Lauer zu unterbrechen pflegte, als sich auf dem Gelände unter ihr wieder etwas tat. Zwei Autos kamen den Hauptweg entlang, jedoch fuhren sie nicht wie die anderen Fahrzeuge weiter in nördlicher Richtung, wo sich der Tanzclub und auch ein Restaurant befanden, sondern sie bogen links ab und hielten nur sechs Hallen von ihrem Versteck entfernt. Das mochten irgendwelche Eigentümer sein, die noch etwas in ihren Lagerhallen kontrollieren oder abholen wollten. Oder aber, und Nassira musste bei dem Gedanken lächeln, es waren Menschen, die den Ort zur Abwicklung eines illegalen Geschäftes nutzten. Drogendealer vielleicht, Schmuggler oder irgendeine Art konspiratives Treffen. Aber es könnte sich eben auch um die Polizei handeln, die entweder ihretwegen oder wegen anderer subversiver Elemente hier nach dem Rechten sah.

Nassira nahm das TRG 21 und beobachtete die beiden Fahrzeuge, einen Geländewagen und einen Kombi, beide der Marke

Mercedes. Die Scheinwerfer beider Autos erloschen, aber es stieg zunächst niemand aus. Erst nach etwa einer Minute öffneten sich die Türen und die Insassen verließen die Fahrzeuge.

Aus dem Geländewagen stiegen ein Mann und eine Frau. Die Frau, auffallend gut aussehend und der Mann, ein wenig verlottert mit fast schulterlangen schwarzen Haaren unterhielten sich kurz. Dann traten die Insassen des Kombi zu ihnen. Nassira betrachtete das Sextett. Ein komische Zusammensetzung, fand sie. Aus dem Kombi waren ein Mann und eine Frau ausgestiegen, die in etwa dasselbe Alter wie die beiden aus dem Geländewagen haben könnten. Auch ein Pärchen vielleicht. Doch die beiden anderen Personen passten nicht ins Bild. Ein älterer, schwergewichtiger Mann, vielleicht Ende 50, und ein hagerer Jüngling von vielleicht gerade mal 25. Die Gruppe diskutierte eine Weile, der Mann mit den schwarzen Haaren zeigte in verschiedene Richtungen, dann trennten sie sich und verließen paarweise die parkenden Autos. Sämtliche Alarmglocken schrillten bei ihr auf! Die Gruppe und ihr Verhalten roch förmlich nach Polizei!

Jetzt galt es, genau zu beobachten und festzustellen, ob tatsächlich gezielt nach etwas gesucht wurde, oder vielleicht doch nur eine Routinekontrolle der Anlage durchgeführt wurde, vielleicht wegen des Wochenendbetriebes und der Musikveranstaltung, die im nördlichen Teil stattfand.

Ehe sich Nassira versah, konnte sie den beleibteren Mann und den Jüngling schon nicht mehr ausmachen. Die beiden mussten gleich hinter der Halle, vor der die Autos abgestellt waren, in westliche Richtung gelaufen sein. Da sie sich damit tendenziell von ihr und dem Versteck entfernten, beunruhigte sie das nicht weiter. Auch die kleinere Frau mit den dunklen Haaren und ihr Begleiter, ein großer schlanker Mann mit einer blonden Kurzhaarfrisur, schlugen eine für Nassira unbedenkliche Richtung ein. Lediglich der Mann mit den schwarzen Haaren, der eine Art Anführer zu sein schien, kam mit seiner Begleiterin direkt auf sie zu. Dass es sich bei den Neuankömmlingen um Polizisten handelte, zweifelte Nassira bereits nicht mehr an. Jetzt musste sie nur ruhig Blut bewahren und im Ernstfall die richtige Entscheidung treffen. Vielleicht zogen sie ja nach einer Weile wieder unverrichteter Dinge ab. Würden sie aber eindeutiges Interesse an dem Versteck zeigen, müsste sie eingreifen, so war es besprochen.

Sarah parkte den ML auf einer freien Fläche vor einer der unzähligen Lagerhallen und schaltete das Licht aus. Direkt neben ihr fuhr Nico Berner mit dem E-Klasse Kombi ebenfalls bis unmittelbar vor die verwitterte, bröckelnde Außenwand des Gebäudes. Bevor sie und Thomas ausstiegen, überprüften beide nochmals den Sitz der Schutzwesten und der Jacken, die sie darüber trugen, um so unauffällig wie möglich zu erscheinen.

Wir hätten getrennt herkommen sollen, sagte Sarah mit einem Daumenzeig auf Polocek, Neubauer, Berner und Pfefferle, und die Autos weiter oben in der Nähe der Disco parken sollen.

Sieht doch komisch aus, wie wir hier vorfahren, oder?

Thomas zuckte mit den Schultern.

Es gibt so viele Gründe, warum irgendjemand hier auf diese Art und Weise auftauchen kann. Geschäftsleute, die noch etwas erledigen möchten, illegale Geschäfte... ich glaube nicht, dass wir hier als Polizisten auffallen. Außerdem wäre es schon ein riesiger Zufall, sollte uns jemand aus Mahmouds Gruppe hier sehen. Und wir haben ja schon erörtert, dass sie höchstwahrscheinlich in der Nacht arbeiten und gar nicht zugegen sind.

Er steckte zwei Ersatzmagazine in die Seitentasche seiner Jacke und öffnete die Autotür. Auch Sarah stieg aus, verriegelte den ML und trat zu Thomas, der im Schein eines der trüben Lichtmasten noch letzte Anweisungen gab. Als er die Zweierteams verschiedenen Bereichen des Areals zugewiesen hatte, und sich die Kollegen auf den Weg machten, hakte er sich bei Sarah ein und zog sie, wie für ein unsichtbares Publikum laut lachend und leicht torkelnd, in die Richtung, in der er sich mit ihr etwas umschauen wollte. Sarah wusste um den Hintergrund seiner körperlichen Nähe, spielte jedoch weit mehr als nur zum Schein mit und genoss die scheinbar ausgelassene Stimmung eines frisch verliebten Pärchens.

Auch Thomas machte den Eindruck, als ob er das neckische Geplänkel gern hatte. Als sich ihre Blicke trafen, hatte Sarah seit einiger Zeit wieder das Gefühl, er müsse sich ehrlich beherrschen, um sie jetzt nicht fest in den Arm zu nehmen und sie leidenschaftlich zu küssen.

Thomas atmete einmal tief durch, lächelte sie verschmitzt an und sah sich dann wieder unauffällig um. Der Moment war verflogen, jedoch wussten beide, dass sie es mit dem vereinbarten Abstand nicht mehr allzu lange durchhalten würden. Arm in Arm gingen sie scheinbar ziellos von einem Schuppen zum nächsten und achteten genau auf verdächtige Spuren.

Die beiden Polizisten waren an der Halle angekommen. Die Gebäude auf ihrem Weg hatten sie nur oberflächlich in Augenschein genommen. Aber vor ihrem Versteck blieben sie nun stehen, der Mann zeigte mit dem Finger auf den Boden und die junge Frau folgte ihm mit den Blicken. Vermutlich hatten sie in dem staubigen Untergrund die Fahrzeugspuren entdeckt. Nassira spannte sich an und presste das Gewehr fester an die Schulter. Die beiden waren immer noch nicht zur Tür oder dem Tor gegangen, sondern musterten die Halle weiter von außen. Sie drehten eine komplette Runde um das Gebäude und tauchten kurz darauf wieder vor dem Eingang auf. Offensichtlich hatten sie nichts gefunden, denn die Fenster waren, das wusste Nassira schließlich, von innen sehr solide vernagelt. Und das Notstromaggregat, dessen Geräusch und Abgase sicherlich Verdacht erregt hätten, war wie immer, wenn sie unterwegs waren, ausgeschaltet.

Trotzdem war das Maß an Aufmerksamkeit, das die beiden Polizisten der Halle zukommen ließen, kritisch. Innerlich hatte sich Nassira schon darauf eingestellt, in den nächsten Minuten zwei tödliche Schüsse abzugeben und, da es durch die Anwesenheit der vier anderen Personen unmöglich war, die Leichen zu entsorgen, auch die Halle in die Luft zu sprengen. Jetzt näherte sich die Frau der Tür, der Mann blieb in einigen Metern Entfernung stehen. Als letzten Beweis ihrer Identität zogen sie beide nun Pistolen, der Mann sprach in ein Sprechfunkgerät.

Als die Frau nun versuchte, ins Innere der Halle zu schauen und ihren Kollegen auf das schwere Vorhängeschloss aufmerksam machte, war für Nassira die Entscheidung klar. Zuerst die Frau. Sie nahm die blonde Polizistin ins Visier.

Da sie sich nur wenig bewegte, nahm sich Nassira Zeit, genau zu zielen. Sie konnte durch das Zielfernrohr die Mimik der Frau beobachten, sie redete mit ihrem Begleiter und schien recht fröhlich zu sein.

Da sie den Kopf ständig bewegte, und ihren Begleiter mit Gesten auf verschiedene Dinge hinzuweisen schien, senkte Nassira die Waffe ein wenig, um den verhältnismäßig ruhigen Oberkörper ins Visier zu nehmen. Als das Fadenkreuz genau auf der linken Brust der Frau lag, drückte sie ab.

Vor einer Halle stießen Thomas und Sarah auf Reifenspuren, die vor dem Tor einer ziemlich heruntergekommenen Lagerhalle zu erkennen waren. Auch wenn das prinzipiell nicht ungewöhnlich für diesen Ort war, entschlossen sie sich, das Gebäude etwas genauer anzusehen, und schlenderten zunächst einmal außen herum.

Wieder vor der Halle angekommen, versuchte Sarah in das Innere zu spähen, konnte aber durch den schmalen Spalt, den das grobe Holztor mit dem Backsteinrahmen bildete, nichts erkennen. Sie griff zu dem sehr neu wirkenden Vorhängeschloss und begutachtete auch die rostfreie Kette, die ebenfalls ihren Platz an dieser Lagerhalle erst jüngeren Datums bekommen hatte.

Diese Halle hier wurde erst vor kurzem mit Kette und Schloss gesichert, sagte sie zu Thomas, der einige Meter abseits stand.

Beides ist praktisch fabrikneu.

Thomas schaute immer noch auf die Reifenspuren, die zu dem kleineren Tor führten und blickte nur kurz auf.

Zwei verschiedene Fahrzeuge, sagte er nachdenklich, ein relativ großer Wagen mit grobem Profil, ein echter Geländewagen vermutlich, und ein Lkw mit Zwillingsrädern. Die letzten Spuren scheinen aus dem Tor hinaus zu führen. Wie vermutet sind unsere Freunde unterwegs!

Sarah drehte sich lächelnd zu Thomas.

Na, dann haben wir ja sturmfreie Bude, sagte sie, es ist noch früh, wir könnten uns in Ruhe umschauen.

Sie hatte den Satz kaum ausgesprochen, als sie plötzlich nach hinten gerissen wurde, so als hätte ihr jemand einen brutalen Schlag auf die Schulter versetzt. Mit Entsetzen konnte Thomas sehen, dass ihre Jacke auf der linken Seite ein klein wenig aufgefetzt war, als Sarah zwei Schritte rückwärts taumelte und dann mit geschlossenen Augen langsam an der Wand entlang zu Boden rutschte.

Sarah!, rief er angstvoll und war mit drei langen Sätzen bei ihr.

Den leicht gedämpften Knall des Schusses hatte er überhaupt nicht wahrgenommen, aber ihm war klar, dass seine Kollegin soeben von einem Projektil aus dem Hinterhalt getroffen worden war.

Lieber Gott, lass die Weste hinreichend stabil genug sein, dachte er, als er sie erreichte und neben ihr in die Knie ging.

Sarah war wohl bei Bewusstsein, hatte die Augen jedoch immer noch geschlossen und schien mit Gedanken nicht in der Realität zu weilen. In diesem Moment krachte eine zweite Kugel auf Thomas' Kopfhöhe in die Backsteinwand. Er konnte den scharfen Luftzug des Projektils spüren, das seine Nase nur um wenige Millimeter verfehlt hatte!

Ein Scharfschütze! Ungeachtet einer möglichen Verletzung riss er Sarah an den Schultern nach vorne, legte den Arm um sie und zog sie, so schnell es ging, die zwei Meter um die Ecke, wo sie seiner Einschätzung nach der Sniper nicht treffen konnte.

Kaum war er dort angelangt, krachte auch schon die nächste Kugel in die Wand und sandte einen Splitterregen auf die beiden. Thomas lehnte Sarah, die nun vor Schmerz stöhnte, gegen die Wand.

Thomas..., begann sie, doch ihr Gesicht verzerrte sich vor Schmerz und sie sprach nicht weiter.

Still, sagte er, nicht sprechen!

Er riss Sarahs Jacke auf. Darunter kam die Weste zum Vorschein. Das Material war aufgeplatzt und schien perforiert. Von der Kugel, die sich in der Regel stark verformte und in dem Gewebe stecken blieb, war nichts zu sehen.

Oh nein! Bitte nicht!, flüsterte er und öffnete die kugelsichere Weste.

Er sah, dass auch die Innenseite ein Loch aufwies und es durchzuckte ihn eine unglaubliche Angst, als er feststellte, dass auch Sarahs Bluse ein stark ausgefranstes Einschussloch hatte.

Thomas, ich..., begann Sarah wieder.

Schschsch..., machte Thomas und versuchte festzustellen, wie schwer sie verwundet war.

Kein Blut um die Einschussstelle! Das musste jedoch nichts heißen. Vorsichtig öffnete er einige Knöpfe der Bluse und schlug sie zur Seite. Auch auf dem weißen Top, das Sarah darunter trug, war kein Blut zu sehen. Dann spürte er etwas Schweres in seiner Hand und mit einem Mal traf ihn die Erleichterung wie ein Eimer kaltes Wasser. Er musste lächeln, als er aus der Brusttasche der Bluse Sarahs iPod angelte, die Glasfront komplett zerschmettert, die Metallrückseite kräftig ausgebeult. Aus den Trümmern ragten die Fragmente eines komplett in seine Bestandteile zerlegten Stahlmantelgeschosses. Thomas atmete tief durch. Er drückte Sarahs Kopf gegen seine Schulter und streichelte ihr die Haare.

Alles wird gut, flüsterte er ihr ins Ohr, du hast einen Mordsdusel gehabt!

In diesem Moment kamen Nico Berner und Karen Polocek im Laufschritt angestürmt.

Das ist ein Scharfschütze!, rief Berner, er muss dort hinten irgendwo sein.

Dann erkannten sie die Situation und Karen kniete sofort neben Sarah auf den Boden.

Ist sie getroffen? Ist es schlimm?, fragte sie besorgt.

Thomas zeigte ihr nur den iPod.

Es wird schon wieder, kam es leise über Sarahs Lippen, und alle atmeten erleichtert auf.

Jetzt meldete sich Pfefferle über Funk.

Ist bei euch alles in Ordnung? Waren das Schüsse?

Nico Berner griff zum Funkgerät.

Ja, es ist soweit alles in Ordnung und ja, es waren Schüsse. Irgendwo im südlichen Teil des Geländes ist ein Scharfschütze! Wo seid ihr?

Schätzungsweise 150 bis 200 Meter südwestlich von unseren Fahrzeugen, wir könnten ihn in die Zange nehmen!

Pfefferle war voller Eifer.

Bleibt zunächst, wo ihr seid, mahnte Thomas, ich werde versuchen, ihn zu provozieren und seine Position zu verraten!

Bist du verrückt?, fragte Sarah, die mehr und mehr zu Sinnen kam.

Wir sollten Verstärkung anfordern!

Der Schütze ist nicht routiniert, entgegnete Thomas, lediglich sein erster Schuss war ein Treffer, und zwar nur, weil du unbeweglich dagestanden hast. Als wir uns bewegt haben, hat er nicht mehr getroffen.

Na, wie beruhigend, ließ Karen zynisch verlauten und reichte den zerschmetterten iPod an Nico Berner weiter.

Wir müssen trotzdem Verstärkung anfordern!

Das tun wir nicht!

Thomas' Ton war sehr bestimmt!

Oder willst du jede Menge Kollegen in das Schussfeld des Snipers bringen? Je mehr Menschen hier rumlaufen, desto eher trifft er auch jemanden!

Karen blickte hilfesuchend zu Nico Berner, der nur ganz leicht mit dem Kopf nickte, und lenkte dann ein.

Ok, was hast du vor?

Thomas studierte das Schussfeld des Schützen. Dann hatte er seinen Plan gefasst.

Also gut, sagte er zu Karen und Nico, ich werde jetzt da hinten rübersprinten. Er wies auf einen etwa 50 Meter entfernten Lichtmast, bei dem eine Anzahl wild zusammengewürfelter Stahl- oder Betonröhren lag.

Ich mache zwischendurch die ein oder andere Rolle, nicht erschrecken! Und ich variiere das Tempo. Ihr versucht derweil zu erkennen, woher die Schüsse kommen! Alles klar?

Die beiden nickten und schon setzte Thomas zum Spurt an.

Nassira blickte ihrem ersten Schuss, wie sie es von Mahmoud gelernt hatte, hinterher. Fasziniert beobachtete sie, wie die blonde Polizistin langsam an der Wand der Lagerhalle in die Knie ging. Sie hatte sie definitiv getroffen! Erst als der schwarzhaarige Polizist in das Sichtfeld des Zielfernrohres trat, wurde ihr bewusst, dass sie ja noch einige weitere Gegner auszuschalten hatte.

Etwas zu übereilt gab sie den zweiten Schuss ab und konnte sehen, wie der Polizist zusammenzuckte, die Kugel jedoch hinter ihm in die Mauer schlug. Schon hatte der Mann seine Kollegin gefasst und begann, sie in Deckung zu zerren. Wieder drückte sie ab, doch auch diese Kugel verfehlte ihr Ziel. Die beiden Polizisten verschwanden hinter der Ecke der Lagerhalle.

Gut!, dachte sie bei sich. Von dort konnten sie nicht weg. Wenn sie zu den Autos oder dem Ausgang des Geländes wollten, müssten sie ihr Schussfeld queren, und das würden sie tunlichst unterlassen. Ein Hochgefühl überkam sie! Fast wie im Rausch genoss sie das Gefühl der Macht und der Überlegenheit! Sie hatte einen Polizisten getötet! Sie hatte die anderen festgenagelt, dazu gezwungen in ihrer Deckung zu bleiben!

Selbstbewusst suchte sie mit dem Zielfernrohr die anderen verbliebenen Gegner. Der dicke Mann und sein hagerer Kollege mussten irgendwo links von ihr auftauchen, wenn überhaupt. Auch sie würden nach den vorigen Minuten sehr, sehr vorsichtig sein! Trotzdem nahm sie das Gewehr und spähte auch den Bereich links des Turmes sorgsam ab. Dann meinte sie im Augenwinkel eine Bewegung zu erkennen. Sollten die anderen es tatsächlich wagen, in den Bereich ihrer Präzisionswaffe einzudringen?

Sie beobachtete wieder den Schauplatz vor dem Unterschlupf und musste zu ihrem Ärger feststellen, dass tatsächlich einer der Polizisten quer über den Platz rannte. Sofort gab sie zwei Schüsse ab, der Polizist fiel zu Boden, rollte vorwärts und entschwand dann hinter einem Stapel mit Schrott und Baumaterial.

Auch hinter der Lagerhalle lugte ein Kopf hervor und Nassira zögerte nicht, auch auf den anderen Polizisten zweimal zu schießen, sofort verschwand das Gesicht wieder hinter der Ecke.

Ob sie ihn oder seinen rennenden Kollegen getroffen hatte, konnte sie nicht sagen, aber die Situation hatte sich im Prinzip nicht geändert. Der Ausbrecher hatte an dieser Stelle zwar Deckung, aber fort konnte er auch nicht, ohne dass sie es mitbekommen würde!

Nassira war mit ihrer Position mehr als zufrieden, sie hatte alles im Griff. Und im Notfall war es nur ein Knopfdruck und ihre Aufgabe, sämtliches Material zu schützen oder zu zerstören, wäre erledigt! Aufmerksam spähte sie durch das Zielfernrohr und wartete ab.

Der Stapel alter Betonröhren bot Thomas gute Deckung. Er schlug sich den Staub aus der Kleidung und gab mit zum „O" geformten Daumen und Zeigefinger Nico, Sarah und Karen das Zeichen, dass alles in Ordnung mit ihm war. Er versuchte vorsichtig zu ermitteln, von wo die Schüsse, die seiner Meinung ziemlich spät abgegeben worden waren, herkamen. Er sah zu Nico, Karen und Sarah hinüber. Sarah saß mit dem Rücken an die Lagerhalle gelehnt, hatte aber den Kopf gehoben und schien mit Karen zu sprechen, die vor ihr in die Hocke gegangen war. Offensichtlich hatte sie der MP3-Player tatsächlich vor schlimmeren Verletzungen bewahrt. Was für ein Glück sie hatte! Nico Berger sah abwartend zu Thomas hinüber. Dieser nahm das Funkgerät.

Hat irgendjemand sehen können, von wo die Schüsse kamen?, fragte er.

Nach kurzem Rauschen meldete sich Nico Berner und verneinte, was er auch durch ein deutliches Schulterzucken in Thomas' Richtung bekräftigte.

Danach meldete sich Pfefferle

Auf alle Fälle aus südlicher Richtung. Neubauer und ich bewegen uns gerade westlich von euch und wollen weiter versuchen, seitlich an ihn ranzukommen.

Ok! Seid vorsichtig!, antwortete Thomas.

Dann sprach er wieder Nico an.

Glaubst du, du kannst irgendwie einen weiteren Schuss provozieren? Ich will zusehen, den Standort ausfindig machen zu können.

Er konnte sehen, wie sich Nico Berner suchend umsah und dann eine lange Stange oder einen Stock vom Boden aufhob.

Ich halte mal meine Jacke raus!, sagte er über Funk.

Gut! Warte noch, ich will schauen, dass ich irgendwie einen sicheren Blick wagen kann!

Statt zu antworten nickte Berner nur in Thomas' Richtung. Dieser inspizierte sein Umfeld. Ausgerechnet neben dem ungeordneten Stapel von Röhren, hinter dem er sich verbarg, stand eine von den spärlich auf dem Gelände verteilten Leuchten, die zwar nicht wirklich hell war, aber einem Gegner immerhin das gezielte Schießen auf ihn ermöglichte, wenn er sich aus seiner Deckung begab. Allerdings war sich Thomas sicher, dass der Schütze nicht mitbekommen hatte, in welche Richtung genau er hinter dem Müll und Schrott gekrochen war. Schließlich war er ja damit beschäftigt, noch zwei weitere Schüsse abzugeben, die eindeutig seinen Kollegen hinter der Lagerhalle galten. Trotzdem würde sein Gegenüber das Umfeld akribisch absuchen und wahrscheinlich beim geringsten sichtbaren Körperteil gezielt das Feuer eröffnen. Eine der größeren Röhren lag so, dass nach Thomas' Einschätzung kein Licht auf das andere Ende fiel. Kurzerhand kroch er durch das Betonteil, bis er einen zufriedenstellend großen Teil des südlichen Geländes überblicken konnte. Dann gab er Nico Berner das Signal, seine Jacke ins Zielfeld des Schützen zu halten.

Wenn der Kerl wirklich abgebrüht war, würde er warten, bis er ein ordentliches Ziel identifizieren konnte und dann den Trick und auch die dahinterstehende Absicht durchschauen. Aber so, wie er sich bisher gebärdet hatte, war es einen Versuch wert.

Prompt konnte Thomas den kurzen Schein eines gedämpften Mündungsfeuers aufblitzen sehen, unmittelbar darauf erreichte ihn auch der dumpfe Knall des Schusses. Ein zweites Mal tauchte ein kurzer Lichtblitz auf, und auch diesen Knall nahm Thomas mit ein wenig Verzögerung wahr. In dem fast dunklen Teil des Areals, von dem die Schüsse kamen, konnte Thomas die Umrisse eines kleinen Turmes ausmachen. Vom Dach dieses Gebäudes war geschossen worden, Thomas war sich ganz sicher. Mehr konnte er allerdings nicht erkennen.

Sehr gut! Das war dein erster großer Fehler!, dachte Thomas. Er zog sich langsam rückwärts aus der Röhre zurück. Wieder im Freien angekommen, nahm er erneut das Funkgerät.

Er sitzt auf dem alten Stellwerk, informierte er seine Kollegen.

Ich schau mal, wie ich da ohne gesehen zu werden hinkommen kann.

Er blickte sich um. Links von ihm konnte er sich gut vorstellen hinter zwei Hallen dem Turm ziemlich nahekommen zu können. Allerdings musste er auf dem Weg dorthin einige Meter mit spärlicher Deckung überwinden. Es schien jedoch die einzige Möglichkeit zu sein, denn frontal oder weiter rechts sah es mit Verstecken erheblich schlechter aus. Also kroch er bäuchlings, solange er sicher sein konnte, von dem Schützen nicht gesehen zu werden, dann funkte er wieder seine Kollegen an.

Hans! Habt ihr Sicht auf den Turm?

Ich kann den Turm gut einsehen, ist aber zu dunkel, um etwas zu erkennen, antwortete dieser prompt.

Ok, auf mein Zeichen hin gibt jeder von euch vier oder fünf Schuss auf die vordere Dachkante ab. Ihr werdet auf die Entfernung sicher nichts treffen, aber in der Zeit wird der Kerl abgelenkt sein oder sogar den Kopf einziehen. Verstanden?

Ok!, tönte es aus dem Lautsprecher.

Thomas atmete einige Male tief durch.

Drei, zwo, eins, Feuer!

Er wartete die ersten beiden Schüsse ab, dann schnellte er hoch und sprintete die drei oder vier Meter über freies Feld und hechtete hinter seine nächste Deckung. Als er dort hart auf dem Boden aufschlug, hörte er noch den letzten Schuss seiner Kollegen verhallen. Der Scharfschütze hatte das Feuer nicht auf ihn eröffnet und auch nicht das seiner Kollegen erwidert.

Sollte er doch so professionell sein, das Ablenkungsmanöver erkannt haben und einen Stellungswechsel vornehmen? Oder sich absetzen? Ein gedämpfter Knall von dem Turm gab ihm die Antwort. Selbst aus dieser Entfernung konnte Thomas sehen, dass an der Wand, hinter der sich Karen, Sarah und Nico befanden, eine große Staubwolke aufwirbelte. Offensichtlich hatte Nico einen Blick riskiert und der Schütze hatte mit einer abermals übereilten Reaktion einen Teil des Mauerwerks pulverisiert. Immerhin schien er immer noch auf dem Dach des Stellwerkes zu sein. Das ermutigte Thomas!

Ich habe es geschafft, seid ihr ok?

Alles in Ordnung, klang zunächst Nico Berners Stimme aus dem Gerät, kurz darauf war von Hans Pfefferle ein Ok zu vernehmen.

Thomas sah sich seinen nächsten Wegabschnitt an. Von hier aus würde er seiner Einschätzung nach gut verdeckt in geduckter Haltung bis ganz nah an den Turm kommen, vielleicht sogar schon bis in den toten Winkel, den ein auf dem Dach liegender Scharfschütze nach unten hin ja zwangsläufig haben musste. Also schlich er nah am Boden weiter, immer darauf bedacht, dass er selbst den Turm nicht sehen konnte. Stellenweise kroch er hinter niedrigeren Verstecken wieder auf dem Boden, immer in der Hoffnung, dass der Schütze weiterhin den Fehler beging, seinen Posten nicht zu verlassen. Mit einer fundierten militärischen Ausbildung wäre ihm das als Scharfschütze nicht passiert. Unbemerkt annähern. Einen, maximal einen zweiten Schuss abgeben. Stellung wechseln oder absetzen. Er war so in Gedanken bei seinem Gegner, dass er beinahe zu weit gekrochen wäre und damit seine Deckung verlassen hätte. Er war jetzt auf etwa 30 Meter an den Turm herangekommen und befand sich einiges links von seinem ursprünglich geplanten Kurs. Auf diese Entfernung konnte er jetzt sogar einen länglichen Gegenstand ausmachen, der über den Rand des Daches ragte. Da der

Schalldämpfer, wie Thomas am Geräusch der abgegebenen Schüsse vermutete, recht weit hervorlugte, musste der Schütze relativ nah an der kleinen Umrandung liegen, die das Dach umgab. Folglich konnte er auch nah bis an die Basis des Turmes sehen. Ob er noch von der Person auf dem Dach wahrgenommen werden konnte, vermochte er nicht zu sagen, hinter dem Gewehrlauf war vollkommene Dunkelheit. Aber immerhin hatte der Schütze nicht das Weite gesucht! Thomas sah keine Möglichkeit, bis zu dem Turm zu kommen, ohne eine Entdeckung und damit die Gefahr eines gezielten Schusses zu riskieren. Er brauchte wieder eine massive Ablenkung.

Gebt mir keine Antwort!, flüsterte er in das Funkgerät, da er fürchtete, der Mann auf dem Dach könnte die Stimmen aus dem Lautsprecher vielleicht hören.

Ich brauche nochmal so einen Feuerzauber wie gerade eben. Aber noch massiver! Der Schütze befindet sich im rechten Drittel des Daches, zentriert euer Feuer dort!

Er gab seinen Kollegen einige Sekunden Zeit.

Drei, zwo, eins, Feuer.

Wieder wartete er die ersten drei Schüsse ab, sprintete dann bis zu dem Turm und lehnte sich mit dem Rücken an die Wand. Wieder war kein Schuss auf ihn abgegeben worden. Sein Blick wanderte nach oben. Der Gewehrlauf bewegte sich langsam nach hinten und war kurz darauf verschwunden! War der Schütze durch einen Zufallstreffer verwundet worden? Oder hatte er schließlich doch erkannt, dass er auf dem besten Wege war, seinen Rückzugsweg zu verlieren? Thomas drückte sich an der Wand entlang um das Gebäude herum und gelangte zu einer Tür, der vermeintlich einzigen, durch die man in den Turm gelangte. Sie stand einen Spalt weit offen. Von jetzt an musste Thomas damit rechnen, dass er dem Mann direkt in die Arme lief. Er überlegte, ob er leise hineinschleichen oder die Tür aufreißen und mit Taschenlampe und Pistole den Raum stürmen sollte. Als er wieder einen Knall vom Dach hörte, wurde ihm klar, dass er den Schützen doch noch aus dem Hinterhalt überraschen konnte. Offensichtlich hatte er nur seine

Position auf dem Dach gewechselt und, Thomas mochte nicht daran denken, nun Pfefferle und Neubauer unter Beschuss genommen. Durch die Feuersalven war deren Position ja leicht zu erkennen gewesen. Er hoffte inständig, dass die Kollegen so umsichtig gewesen waren, sich vorher eine gute Deckung zu verschaffen.

Leise öffnete er die Tür und schlich mit vorgehaltener Waffe in den dunklen Raum. Es fiel ihm schwer, etwas zu erkennen, aber er wagte nicht, seine Taschenlampe einzusetzen. Nach und nach nahm er schattenhafte Umrisse wahr. Vor ihm befand sich eine Treppe, die er nach einem prüfenden Blick langsam Stufe für Stufe nach oben stieg. Schließlich kam er in den Kontrollraum. Überrascht, welch imposanten Überblick man von diesem nicht übermäßig hohen Stellwerk hatte, sah er sich sorgfältig um. Immerhin war es hier bedeutend heller als unten. In der Mitte des Raumes befand sich eine Leiter. Leise trat er darunter – immer bereit, zu feuern – und konnte über sich eine offene Dachluke sehen. Ganz vorsichtig setzte er den Fuß auf die erste Sprosse und begann den Aufstieg zum Dach.

Nassira war nach der zweiten Salve klargeworden, dass ihre Gegner versuchen würden, sie auf dem Dach zu stellen. Aber bisher war keiner der Leute, die sich an der Tür des Unterschlupfes zu schaffen gemacht hatten, auch nur in die Nähe des Turmes gekommen. Bei den letzten Schüssen, die zum Teil gefährlich nahe bei ihr einschlugen, konnte sie sehen, dass einige davon links von ihr abgegeben wurden.

Sie blieb auf dem Bauch liegen, zog das Gewehr zu sich, nahm einen der Sandsäcke und robbte zur linken Seite des Daches. Dort baute sie ihren provisorischen Anschlag wieder auf und suchte durch die Linse des Zielfernrohres die Stelle ab, wo sie glaubte, die Schüsse gesehen zu haben. Eigentlich war es an der Zeit, das Lagerhaus zu sprengen, dachte sie, denn nach dieser wilden Schießerei musste der Polizei klarwerden, wo sie zu suchen hatten. Aber da sie sich noch nicht unmittelbar bedroht sah, begnügte sie sich damit, den Zünder aus der Jackentasche zu holen und neben sich auf das Dach zu legen. Dann griff sie noch zu ihrem Colt Government und legte ihn daneben, für alle Fälle. Bevor sie die Fernbedienung betätigte, wollte sie so viele Gegner wie möglich aus dem Hinterhalt ausschalten.

Sie sah wieder durch das Zielfernrohr und konnte es kaum fassen. Da war tatsächlich einer der Polizisten aus seiner Deckung gekommen. Er schaute hinter einem Stapel von überwucherten Fässern hervor und blickte angestrengt in ihre Richtung. Sie wusste, dass er von dort ohne Fernglas keine Chance hatte, sie zu sehen. Also nahm sie ihn seelenruhig ins Visier und als das Fadenkreuz genau auf der Mitte seines Gesichtes lag, drückte sie ab.

Da sie das Gewehr nicht richtig gegen die Schulter gepresst hatte, bäumte sich die Waffe mehr auf, als sie das sollte. Zu dumm, jetzt hatte sie nicht gesehen, ob sie den Mann getroffen hatte. Auf alle Fälle war sein Gesicht nicht mehr hinter dem Fässerstapel zu sehen. Sie suchte weiter geduldig nach einem weiteren Opfer, konnte aber trotz intensiver Beobachtung kein Ziel mehr ausmachen.

Plötzlich nahm sie hinter sich etwas wahr. Es war nur ein leises Geräusch, ein Schlurfen wie ein unachtsam aufgesetzter Schuh. Blitzschnell griff sie nach dem Colt und wirbelte herum. Sie konnte die Gestalt hinter sich noch laut irgendetwas rufen hören. Doch in dem Moment, wo sie die Pistole hob, sah sie zwei kurz aufeinanderfolgende Blitze, das Geräusch der beiden Schüsse verschmolz zu einem einzigen Knall.

Sie spürte auch nur einen einzigen dumpfen Schlag gegen ihren Oberkörper, als die beiden Projektile sie in wenigen Zentimetern Abstand in die rechte Schulter trafen. Sie sank nach hinten auf den Rücken, versuchte sich nochmals aufzurichten und die Waffe zu heben. Aber ihr Arm gehorchte ihr nicht mehr.

Wieder sank sie zurück und hatte nur noch einen Gedanken: Sie musste den Fernauslöser betätigen! Das Versteck und sämtliche Spuren mussten vernichtet werden! Sie mobilisierte all ihre Kräfte. Wie in Zeitlupe griff sie nach dem neben ihr liegenden Zünder.

Mit aller Vorsicht und unter Vermeidung jeder unnötigen Bewegung streckte Thomas seinen Kopf aus der offenstehenden Luke und sah sich auf dem Dach um. Genau in der Richtung, in der die Leiter auf das Dach führte, sah er eine dunkel gekleidete Person, die ein Gewehr mit einem Zielfernrohr im Anschlag hielt und konzentriert durch die Optik sah. Er hoffte inständig, dass es ihm gelang, die letzten Sprossen geräuschlos hinaufsteigen zu können. Gerade als er auf das Dach getreten war und die Waffe mit beiden Händen vor sich hielt, musste die Person ihn bemerkt haben. Blitzschnell richtete sie sich halb auf, griff neben sich und drehte sich zu ihm um. Er kam gerade noch dazu: „Keine Bewegung, Waffe fallen lassen!“, zu rufen und erkannte dann in Sekundenbruchteilen, dass sein Gegenüber zu einer Faustfeuerwaffe gegriffen hatte. Ehe die Mündung vollständig in seine Richtung wies, drückte er zweimal ab. Die Person zuckte zusammen und fiel langsam nach hinten, der Arm mit der Waffe lag flach auf dem Dach. Dann versuchte sich die Gestalt noch einmal aufzurichten, schien das aber wegen ihrer Verletzung nicht richtig zu schaffen. Stattdessen tastete sie halb auf der Seite liegend mit ihrer linken Hand den Boden ab. Thomas konnte einen weiteren Gegenstand erkennen, an dem ein kleines grünes LED-Lämpchen blinkte. Er rief noch einmal laut „Keine Bewegung!", aber die Hand näherte sich weiter dem ominösen Kästchen. Thomas, der ahnte, worum es sich dabei handeln könnte, zielte mitten auf den Oberkörper der Person, und in dem Moment, als sich die Hand auf den Gegenstand legte, schoss er erneut zweimal schnell hintereinander. Diesmal flog der Getroffene förmlich nach hinten und sein Körper zeigte augenblicklich keine Regung mehr. Thomas wartete einige Sekunden. Obwohl er sich sicher war, dass der Scharfschütze vor ihm tot war, behielt er ihn im Visier seiner Waffe, trat behutsam näher und schob als erstes das kleine Kästchen mit dem Fuß beiseite. Dann betrachtete er die Leiche vor sich.

An den langen schwarzen Haaren und den Wölbungen unter der weiten Jacke konnte er erkennen, dass es sich um eine Frau handelte. Er nahm die Taschenlampe und leuchtete sie ab. Sie war schlank und muskulös, Thomas schätzte sie auf etwa seine Größe. Er leuchtete ihr in das Gesicht, sie war hübsch, aber mit harten, fast maskulinen Zügen, die gut zu dem durchtrainierten Körper passten. Die Augen waren weit geöffnet, mit einem leeren Ausdruck starrte sie in den Himmel. Die Frau war bestenfalls 30 Jahre alt. Wegen der dunklen Haut, Augen und Haare assoziierte sie Thomas sofort mit dem Nahen Osten. Shoshanna, Leons israelische Kollegin, würde sicher herausbekommen, wen er hier gerade erschossen hatte.

Thomas nahm das Funkgerät.

Ich habe den Schützen erwischt. Ich konnte ihn leider nicht lebend überwältigen. Ist bei euch alles ok?

Bei uns ist alles in Ordnung, antwortete Karen Polocek.

Die Bestätigung von Hans Pfefferle und Thorsten Neubauer blieb zunächst aus.

Thomas kniete zu Boden und sah sich als erstes die Präzisionswaffe an. Ein TRG 21, stellte er fest, eines der besten Scharfschützengewehre auf dem Markt. Abermals wurde ihm bewusst, wieviel Glück Sarah gehabt hatte, denn die unbekannte Frau hatte wohl mit Munition gefeuert, die für den polizeilichen Einsatz konzipiert war. Deshalb hatte sich das Projektil nach dem Auftreffen derart deformiert und war von dem MP3-Player abgefangen worden. Wäre diese Waffe mit der üblichen Militärmunition bestückt gewesen, wäre das Geschoss weder von der Weste, noch von dem iPod und auch nicht von Sarahs Körper aufgehalten worden. Nachdenklich warf er einen Blick auf den .45er Colt, der beinahe gegen ihn zum Einsatz gekommen wäre, beließ die Waffe jedoch in der Hand der Toten. Stattdessen widmete er sich dem Kästchen, dessentwegen er die hübsche Frau getötet hatte. Bei genauerer Betrachtung schien sich sein Verdacht zu bestätigen. Oben ragte eine kurze Stummelantenne aus dem Gerät. Auf der Vorderseite befand sich in Reichweite des Daumens ein roter Knopf unter einer transparenten Sicherungsklappe. Wäre diese Klappe nicht gewesen, hätte die Frau wahrscheinlich mit ihrer letzten unkoordinierten Bewegung den Mechanismus, für was auch immer, ausgelöst. Die blinkende LED signalisierte Thomas' Einschätzung nach den Kontakt zu einem in der Nähe befindlichen Zünder. Er besah das Gerät von allen Seiten und steckte es dann in die Jackentasche. Auch das Präzisionsgewehr nahm er an sich und stieg, ohne nochmals einen Blick auf die tote Frau zu werfen, die Leiter hinunter und lief außer Atem über die verrotteten Schwellen und rostigen Gleise zurück zu der Halle, wo er die anderen zuvor zurückgelassen hatte.

Sarah stand um die Ecke an den bröckelnden Putz gelehnt und hielt immer noch die rechte Hand über der Brust an den Körper gedrückt. Bei ihr stand Karen Polocek und sprach leise mit ihr. Als Thomas angerannt kam, hoben beide den Kopf, Sarah brachte ein müdes Lächeln zustande.

Und, wie sieht es aus? Thomas war sehr besorgt.

Tut sicher höllisch weh, oder?

Sarah nickte nur und verzog leicht das Gesicht, als wieder eine Welle des Schmerzes durch ihren Körper schoss.

Das ist jetzt schon ein riesiges, tiefblaues Hämatom!, sagte Karen Polocek.

Würde mich nicht wundern, wenn die ein oder andere Rippe gebrochen ist oder sie sogar eine Lungenprellung abbekommen hat!

Sie hielt Thomas den zerschmetterten iPod hin.

Hätte sie nur die Weste oder nur den iPod getragen, wäre sie jetzt tot!

Es lag kein Vorwurf in ihrer Stimme, sie hatten alle beschlossen, ohne Unterstützung herzukommen und sich nur umzusehen.

Wo sind die anderen?, wollte Thomas wissen.

Ist mit ihnen alles in Ordnung?

Nico sucht gerade Neubauer und Pfefferle, die beiden wollten dort drüben von der anderen Seite den Schützen in die Zange nehmen. Ich hoffe, es ist nichts passiert, sie melden sich beide nicht!

Auch Thomas war beunruhigt. Er drückte Karen das Gewehr in die Hand und bat sie, Kriminaltechnik, Rechtsmedizin und Einsatzkräfte anzufordern, um den Ort abzusperren und Beweise sicherzustellen. Dann lief er in die von ihr gezeigte Richtung und suchte ebenfalls nach seinen beiden Kollegen.

Er brauchte nicht lange, bis er in einiger Entfernung Nico Berner entdeckte, der, genau wie Thomas die Waffe in der Hand, aufmerksam um sich blickend durch das Gelände streifte. Thomas gab einen kurzen Pfiff von sich. Berner sah ihn und hob beide Arme, um ihm zu zeigen, dass er noch nichts entdeckt hatte.

So langsam wandelte sich Thomas' Sorge in echte Angst, seine beiden Kollegen könnten von dem Scharfschützen schwer verletzt oder sogar getötet worden sein. Ungeduldig rannte er auf das nächste Gebäude zu.

Als er die großen Tore passiert hatte und an der Längsseite hinunterblickte, sah er als erstes Nico Berner an der anderen Seite der Halle auftauchen.

Doch dann erkannte er in dem schummrigen Licht, dass etwa in der Mitte zwischen ihnen eine Person auf dem Boden saß und abwesend mit der Hand irgendetwas auf den Boden zu malen schien. Die Silhouette erschien schmächtig, es musste sich also um Thorsten Neubauer handeln.

Er näherte sich ihm langsam und rief alle paar Schritte seinen Namen, um sicherzugehen, dass er nicht womöglich das Feuer auf ihn eröffnete. Nico Berner kam ihm von der anderen Seite entgegen. Als die beiden näher kamen, erkannten sie, dass es sich tatsächlich um Thorsten Neubauer handelte, der vollkommen apathisch auf dem Boden kauerte und mit seiner Pistole in irgendeiner flüssigen Substanz herumwischte. Thomas hoffte, dass dies kein Blut sei!

Als er bei ihm angekommen war, steckte er seine Pistole weg, kniete sich neben ihm zu Boden und nahm als erstes mit ruhigen Bewegungen Neubauers Waffe an sich. Er reichte sie Nico Berner und fasste den jungen Kollegen an beiden Schultern.

Thorsten!, sprach er den verstört wirkenden jungen Mann mit fester Stimme an.

Was ist passiert? Sind Sie verletzt?

Er musste ihn ganz leicht schütteln und seine Fragen wiederholen, bevor Thorsten Neubauer eine Reaktion zeigte. Langsam hob er den Kopf. Mit starrem Blick und einem tränenverschmierten Gesicht schaute er Thomas schweigend an.

Sind Sie verletzt?, fragte dieser ein drittes Mal.

Jetzt schüttelte Neubauer langsam den Kopf und starrte wieder auf den Boden vor sich.

Thomas, der seinem Blick folgte, bemerkte, dass es sich bei der Substanz auf dem Boden um Erbrochenes handelte. Thomas ahnte Schlimmes.

Wo ist Pfefferle? Was ist mit ihm?

Wieder hob Neubauer den Kopf. Dann zeigte er in Richtung einiger alter Eisenfässer, die von Gras umsäumt und mit Unkraut bewuchert waren.

Tot, sagte er nur ganz leise.

Mit ungläubigem, verzweifeltem Gesicht sah er Thomas an.

Tot, wiederholte er und es traten Tränen in seine Augen.

Thomas atmete tief durch und bedeutete Nico Berner, sich um den jungen Kollegen zu kümmern. Er nahm das Funkgerät, stand auf und lief in Richtung der alten Fässer.

Im Gehen funkte er Karen Polocek an.

Karen, wir haben Neubauer. Er scheint unverletzt, steht aber unter schwerem Schock und ist praktisch nicht ansprechbar. Bestell einen Notarzt und Rettungswagen. Wir haben Hans noch nicht gefunden, aber Neubauer meinte, er sei nicht mehr am Leben!

Thomas konnte fühlen, wie Karen am anderen Ende schwer schlucken musste, und auch er war zerrissen von einer tiefen Sorge um den Kollegen und der Hoffnung, dass ihm vielleicht doch noch zu helfen sei.

Als er jedoch an dem von Neubauer bezeichneten Ort angekommen war, wurde ihm schnell klar, dass diese Hoffnung nur ein Strohhalm war, an den er sich geklammert hatte. Er fand Pfefferle auf dem Rücken liegend, alle Gliedmaßen von sich gestreckt. In der einen Hand hielt er noch seine Waffe, in der anderen das Funkgerät. Von seinem Kopf, oder besser, den Trümmern seines Kopfes, breitete sich eine Lache aus Blut, Knochensplittern und Hirnmasse aus. Das Gesicht seines Kollegen schien fast unverletzt, lediglich auf dem linken Jochbein war eine Eintrittswunde zu erkennen. Allerdings war die hintere Hälfte des Schädels komplett weggesprengt. Der Gesichtsausdruck von Hans Pfefferle war friedlich. Er musste von dem Schuss aus dem Nichts vollkommen überrascht worden sein.

Thomas kniete neben dem Leichnam auf den Boden und berührte seinen Kollegen an der Schulter.

Mein Gott Hans!, sagte er halblaut zu dem Toten.

Es tut mir so unendlich leid. Aber wenigstens hast du nichts gespürt, mein Freund!

Er dachte an Hans' Frau Maria, und wie sie sich auf den Ruhestand ihres Mannes gefreut hatte. Sie hatte schon so viele Pläne geschmiedet für die Zeit, wenn er nicht mehr nachts aus dem Bett gerufen wurde oder Anrufe aus dem Büro kamen, dass es nun doch wieder später werden würde. Sie hatte Hans soweit überreden können, einen kleinen Campingbus zu kaufen, damit sie ohne Plan und ganz spontan einfach drauflosfahren konnten. Thomas hatte ihr strahlendes Gesicht vor Augen, als sie ihm auf der letzten Weihnachtsfeier davon berichtet hatte. Und in diesem Augenblick traten auch Thomas die Tränen in die Augen. Er drückte die Hand seines toten Kollegen und schüttelte nachdenklich und voller Trauer den Kopf.

Das Funkgerät riss ihn aus seinen Gedanken.

Thomas, was ist los?

Es war Karen.

Thomas, hörst du? Hast du Hans gefunden?

Müde griff Thomas zu dem Funkgerät. Jetzt erst wurde er gewahr, dass in einiger Entfernung die Blaulichter verschiedener Einsatzfahrzeuge die alten Hallen und Gebäude in ein unregelmäßiges, bedrohliches Licht tauchten.

Thomas seufzte kurz und betätigte die Sprechtaste.

Ich habe ihn gefunden. Er ist tot. Er hatte nicht die Spur einer Chance.

Eine Pause zeigte ihm, dass Karen die Nachricht verdauen musste. Dann meldete sie sich wieder.

Wo seid ihr? fragte sie mit zitternder Stimme.

Thomas sah sich um.

Etwa fünf Lagerhallen südlich von euch. Etwas westlich von dem alten Turm, von dem der Schütze geschossen hat.

Ich schicke die Kollegen zu euch, antwortete sie nur kurz.

Schweigend sahen Thomas, Nico Berner und Karen den beiden Leichenwagen hinterher, die langsam bis zu der asphaltierten Straße rollten, dann zügig Gas gaben und sich in Richtung des Ausganges entfernten. Thorsten Neubauer und Sarah waren schon einige Zeit zuvor in separaten Krankenwagen abtransportiert worden,

Neubauer immer noch unter Schock, Sarah in zunehmend besserer Verfassung. Sie hatte darauf bestanden, alleine zur Untersuchung in die Klinik gefahren zu werden, damit die Kollegen sich vor Ort um alles Notwendige kümmern konnten.

Mittlerweile war die Spurensicherung mit zwei Vans vor Ort und hatte den Turm des Stellwerkes sowie die Stelle, an der Hans Pfefferle erschossen worden war, abgesichert. Die Beamten waren akribisch bei der Arbeit. Auch waren einige Einsatzwagen der uniformierten Kollegen eingetroffen, um notfalls zur Hand zu gehen oder etwaige Schaulustige von dem südlichen Teil des Geländes fernzuhalten. Allerdings schien die heftige Schießerei bisher niemanden behelligt zu haben, nächtlicher Lärm schien den doch in beträchtlicher Entfernung lebenden Anwohnern nicht fremd.

Wir müssen Maria Bescheid sagen, flüsterte Karen, nachdem die beiden Leichenwagen außer Sichtweite waren.

Thomas nickte, sagte aber kein Wort. Nach einer Weile begann Karen von Neuem.

Thomas, wir müssen es ihr sagen, sobald wie möglich!

Thomas sah auf und starrte sie an.

Ich weiß, sagte er nur kurz.

Ich kann das machen, sagte sie, als sie merkte, wie schwer sich Thomas mit einer Entscheidung tat.

Schaut ihr euch das Lagerhaus an. Und morgen sehen wir weiter!

Ein dankbarer Blick war alles, was er zustande brachte. Dann wandte er sich wieder ab. Nico Berner griff in die Tasche und reichte Karen den Schlüssel des Mercedes Kombi. Sie nahm ihn, schaute noch einmal von einem zum anderen und stieg dann schweigend in den Wagen. Als der Motor startete, war das für Thomas wie ein Signal, aus seiner Lethargie zu erwachen.

Ok, sagte er zu Berner, dann sehen wir uns mal das Lagerhaus genauer an.

Und er war sich sicher, dass es nichts zu finden gab, was wichtig genug wäre, um den Tod Hans Pfefferles in irgendeiner Form zu rechtfertigen.

Nico Berner legte ihm kurz die Hand auf die Schulter, eine Geste, die er sich unter normalen Umständen niemals getraut hätte und die sich Thomas von Berner auch nicht hätte gefallen lassen. Doch in diesem Moment nahm er das Zeichen des Mitgefühls regungslos und fast dankbar an. Dann winkte er zwei uniformierte Beamten herbei und wies sie knapp an, Brechstange und Bolzenschneider zu holen. Nur wenige Augenblicke später waren sie mit dem Werkzeug wieder zur Stelle. Sofort machten sie sich auf den Weg zu der alten Halle, wo das Unglück mit dem Schuss auf Sarah begonnen hatten. Als sie diese nach knappen fünf Minuten erreicht hatten, blieben sie vor dem alten, aus rohen Brettern gezimmerten Schiebetor stehen und musterten es interessiert. Es mochte groß genug für einen kleineren Lkw sein. Das Tor daneben war um einiges größer, möglicherweise waren hier einst sehr große Gabelstapler oder Verlademaschinen im Einsatz gewesen. Thomas zeigte Nico Berner die Reifenspuren, die als erstes Sarahs und sein Interesse geweckt hatten.

Als wir uns dieser Halle näherten, hat die Heckenschützin das Feuer eröffnet, erklärte Thomas.

Sie hat so lange gewartet, bis Sarah an der Türe war. Ich denke, sie hat bis zuletzt gehofft, dass wir vorbeigehen. Aber Sarah hat versucht, durch einen Spalt zu schauen und sich dann zu mir umgedreht. In diesem Moment fiel der erste Schuss.

Berner hatte seine Nase an dem Tor plattgedrückt und versuchte, ins Innere zu spähen.

Wollen wir rein?, fragte er, oder glaubst du, dass da noch jemand drin ist?

Thomas schüttelte den Kopf.

Meine Vermutung ist, dass Mahmoud und seine Leute ihren Geschäften nachgehen und den Scharfschützen zurückgelassen haben, um das Versteck zuerst zu verteidigen und notfalls auch zu zerstören.

Er holte den, wie er vermutete, Fernzünder aus der Tasche und gewährte Berner einen Blick darauf, so dass die beiden Kollegen ihn nicht sehen konnten.

Ich bin sicher, dass dort niemand drin ist!

Dann zeigte er dem Polizisten mit dem Bolzenschneider das Vorhängeschloss.

Aber Vorsicht!, warnte Thomas sie.

Es gibt Grund zu der Annahme, dass das Gebäude mit Sprengfallen ausgestattet wurde. Nur das Schloss aufmachen!

Der Beamte sah sich die nähere Umgebung der Kette und des Vorhängeschlosses an, leuchtete alles akribisch ab und machte dann einen beherzten Schnitt. Kette und Schloss fielen zu Boden, nichts tat sich.

Bitte, sagte er.

Nach Ihnen!

Auch Thomas nahm sich viel Zeit, die morsche Tür genau zu untersuchen. Als er sicher war, dass sie nicht mit irgendeinem Kontakt oder Draht verbunden war, schob er sie einen Spalt auf und leuchtete mit seiner Taschenlampe das Innere der Halle ab Dann steckte er den Kopf durch den Spalt, sah sich die andere Seite der Tür genau an und schob sie schließlich so weit auf, dass man bequem zu zweit nebeneinander durch die Öffnung gehen konnte.

Wir können rein, sagte er und beleuchtete den Boden vor jedem Schritt genau ab, um nicht etwa einen Stolperdraht auszulösen.

Doch Mahmoud schien sich auf die Frau mit dem Scharfschützengewehr verlassen zu haben, es waren keinerlei Zündvorrichtungen oder Fallen zu erkennen. Nicht zu übersehen allerdings waren drei große Fässer, an denen mehrere Pakete mit Plastiksprengstoff befestigt waren. An einem der Pakete war ein kleines elektronisches Bauteil mit einer Antenne, vermutlich das Gegenstück zu dem Sender, den Thomas in der Hand hielt. Er pfiff leise und zeigte Berner den Sprengstoff.

Je nach Qualität macht das hier schon einen ganz ordentlichen Rums! Aber das ist trotzdem eine Brandbombe. Ich vermute, in den Fässer ist eine ölige oder gelartige, hochbrennbare Substanz, die bei der Explosion an so ziemlich allem hier drin haftet und ein gigantisches Inferno auslösen würde! So in der Art wie Napalm.

Nico Berner betrachtete das Arrangement ehrfürchtig.

Du meinst also, primäres Ziel dieser Bombe ist nicht, Eindringlinge zu töten, sondern Spuren zu vernichten.

Für die Eindringlinge war der Scharfschütze zuständig. Vielleicht auch, um eventuell Löscharbeiten so lange zu verhindern, bis hier alles in Asche und Rauch aufgegangen wäre.

Thomas sah sich in dem Raum weiter um.

... drei, vier, fünf Matratzen zähle ich hier, sagte er zu Berner und wies auf die Schlafstellen, die an der Wand zur linken aneinandergereiht waren.

Das bedeutet, nach dem Tod der Frau auf dem Dach haben wir es noch mit vier Personen zu tun!

Ich tippe eher auf drei, entgegnete Berner und leuchtete mit seiner Taschenlampe auf eines der Betten.

Matratze und Laken waren von trockenem, bereits schwarz verkrustetem Blut durchtränkt. Daneben lag ein Kissen, mehrere Kompressen und Wundbinden, allesamt stark mit Blut beschmiert.

Schätze, ihr habt den Hotelmörder doch erwischt! Und so wie das hier aussieht, hat er es nicht überlebt!

Thomas musterte die Stelle. Dann ließ er den Schein seiner Lampe weitergleiten. In dem Lichtkegel wurden Kleiderstapel, Gaskocher, Töpfe, Lebensmittelpackungen, Wasserflaschen und Etliches mehr sichtbar. Ein großer Haufen mit Müll neueren Datums, der ganz hinten in der Ecke zu erkennen war, ließ erahnen, dass die Gruppe die Halle schon seit geraumer Zeit als Unterschlupf nutzte. Besonderes Interesse weckte nun aber der im Schein der beiden Taschenlampen auftauchende Schreibtisch. Thomas und Nico Berner gingen bedächtig auf die provisorische Arbeitsstelle zu.

Na, wenn das nicht mal ein Volltreffer ist!

In Berners Stimme lag ein wenig Triumph. Auf der Holzplatte standen inmitten von vergilbten Skizzen und ledernen Aktenordnern ein Notebook und ein Satellitentelefon. Lediglich eine Nokia Ladeschale war leer, das zugehörige Handy hatte Mahmoud sicher mitgenommen.

Da werden sich unsere Technik-Freaks aber freuen!

Thomas und winkte die beiden Kollegen, die noch an der Eingangstür warteten, herein.

Sagen Sie den Leuten der KT Bescheid, sie sollen mit einem großen Wagen herkommen, wir packen das alles ein!

Die beiden Beamten nickten und verließen die Halle. Hinter Thomas stieß Berner einen langen Pfiff aus.

Thomas, rief er, das hier solltest du dir mal genauer ansehen!

Ohne zu antworten richtete dieser seinen Blick auf den Kegel von Berners Taschenlampe. An der rechten Seitenwand fand sich eine Anzahl sauber aufgeschichteter, schmutziger und zum Teil mit Pflanzenresten überwucherter Transportkisten. Es dauerte einen kurzen Augenblick, bis Thomas registrierte, warum Berner diesen Kisten eine größere Bedeutung zuwies. Er ging ein paar Schritte näher an den Stapel heran und war sich dann sicher.

Auf allen Seiten der Metallkisten war eine reliefartige Prägung, etwa 15 Zentimeter groß. Ein leichter Schauer lief Thomas den Rücken herunter, als er erkannte, dass es diese Kisten waren, wonach Morimura und al-Qaradawi getaucht hatten. Und noch viel betroffener war er, als ihm klar wurde, aus welcher Zeit sie stammten!

Trotz der Verschmutzungen und Verkrustungen war das Logo, das auf den Kisten prangte, noch gut zu erkennen. Ein flügelschlagender Adler trug in seinen Fängen einen Siegeskranz, in dem sich ein Hakenkreuz befand. Darunter war in altdeutscher Schrift zu lesen: „Heereswaffenamt des Deutschen Reiches".

Tief im Inneren des Schauinslandes waren Mahmoud, Kerim und Tawfik am Ziel ihrer begehrlichen Suche angelangt. Sie hatten sich langsam und gründlich durch alle Abteilungen in der riesigen Kaverne gearbeitet. Auch wenn die Anspannung zu Eile verleitete, waren sie systematisch vorgegangen, hatten alles Vorgefundene gründlich gesichtet und sich so einen sehr genauen Überblick über die unterirdische Anlage verschafft.

Nun waren sie am hintersten Ende der Halle angelangt, in einem weiteren mit Türen gesicherten Raum, und standen beinahe ehrfürchtig vor den Apparaten, die augenscheinlich genau den Blaupausen aus den alten Stahlkisten entsprachen. Sechs Stück an der Zahl standen sauber aufgereiht vor ihnen. Schnörkellose Quader, mit Metallplatten verkleidet und verschraubt. Lediglich an den Kopfenden befand sich eine Art Steckdose, Kerim zu Folge der Platz, an dem ein entsprechender Zündmechanismus anzuschließen war. Diesen zu identifizieren, war ihnen mangels Sprachkenntnis und angesichts der Fülle an Material nicht gelungen, hatte jedoch auch keine Priorität gehabt. Nachdem sie einige Minuten schweigend dagestanden hatten, war es Mahmoud, der wieder aktiv wurde.

Wir müssen versuchen, den Kran in Betrieb zu setzen.

Er wies an die Decke des Raumes, wo eine Laufkatze zu sehen war.

Oder aber einen Mechanismus konstruieren, mit dem wir die Kisten auf den Wagen heben können.

In der Ecke des Raumes standen zwei Rollwagen, die offensichtlich dem Transport der Apparate dienen sollten. Das würde ihnen ersparen, ein entsprechendes Gerät mit Schwerlastrollen selbst anzufertigen.

Wir müssen auch am Schacht einen Hebemechanismus installieren, mit dem wir die Dinger in den Transportkorb bekommen.

Er sah Kerim an.

Du kümmerst dich darum. Wir versuchen, hier alles vorzubereiten. Erst wenn alles fertig ist, schaffen wir die Baumaschinen oben aus dem Weg und holen unsere Autos!

Wir müssen noch einen kleinen Hubstapler organisieren, um die Kisten in den Lkw zu laden!, entgegnete Tawfik.

Mahmoud nickte.

Alles zu seiner Zeit! Außerhalb des Stollens werden wir einen Hubstapler benötigen, da gebe ich dir Recht. Aber als erstes gilt es, alles hier unten zu verladen und in unseren Aufzug und auch wieder hinaus bugsieren zu können. Im oberen Stollen können wir dann eine von den Loren benutzen. Los, an die Arbeit!

Ohne ein weiteres Wort zu verlieren, machten sich die drei daran, den Abtransport der Apparate vorzubereiten.

Thomas brauchte einige Sekunden, um die Ereignisse der letzten Stunden in ein Gesamtbild zu bringen. Die Bewachung der Lagerhalle durch die Frau mit dem Scharfschützengewehr. Die vorbereitete Brandbombe, die alles, was sich in diesem Raum befand, binnen Sekunden vernichten würde. Die Behälter des Heereswaffenamtes, das, soviel wusste er, in der NS-Zeit die Kontrolle über den Reichsforschungsrat übernommen hatte. Die akribischen Versuche, alles geheim zuhalten bis hin zu der Tatsache, dass Mahmoud und seine Truppe tatsächlich aus Furcht vor Entdeckung nur des Nachts zu arbeiten schienen.

Thomas war sich mit einem Mal sicher: Irgendwie war die Gruppe um Mahmoud zu Informationen gekommen, dass hier in der Gegend, gut versteckt und bestbehütet, Relikte aus der Nazizeit zu finden waren, die den Kämpfern für ein zionistenfreies Palästina bei ihren Terrorplänen zweckdienlich sein konnten.

Er mochte sich gar nicht ausmalen, um was es dabei gehen konnte. Und er dachte nicht nur an ausschlachtbare Ideologien oder Propagandamaterial, das sich vermutlich ohnehin nur schwer für die regionalen, politischen und religiös motivierten Absichten einsetzen ließ. An Ideologie mangelte es den Fanatikern beider Seiten in dem Konflikt auch nicht.

Er befürchtete weit Schlimmeres: präzise Anleitungen zum Bau von Bomben, vielleicht Massenvernichtungswaffen. Möglicherweise sogar alte Bestände von Giftgasen oder Krankheitserregern! Sprengstoffe und Bomben. Hardware für einen abscheulichen Kampf gegen ein ganzes Volk!

Und in diesem Moment fällte Thomas eine folgenschwere Entscheidung. Da weder die beiden Kollegen noch das georderte Fahrzeug zum Verstauen des vorgefundenen Materials zu sehen waren, wandte er sich an Berner.

Nico! Sorge dafür, dass sofort alle verfügbaren Fahrzeuge und Leute hierher kommen, um das alles wegzuschaffen! Wir müssen jetzt sehr schnell sein!

Ohne eine Frage zu stellen, stürzte Nico Berner zum Ausgang und machte sich auf den Weg zu den Einsatzkräften.

Thomas betrachtete derweil den provisorischen Arbeitstisch. Da fast alle Dokumente und Unterlagen wieder in die Stahlkisten geräumt und abseits gestapelt worden waren, mussten die Schriftstücke, die jetzt noch auf der Tischplatte lagen, diejenigen sein, die für Mahmouds Gruppe die wichtigsten waren. Er nahm einen der Lederordner, auf den auch der Reichsadler mit Hakenkreuz geprägt war, und musterte ihn fast ehrfurchtsvoll.

Was mochte sich wohl in diesen Kisten über 60 Jahre lang befunden haben? Dann hörte er hinter sich bereits mehrere Personen, die eiligen Schrittes die Halle betraten. Er nahm einige Papiere, legte sie in den Ordner und begann, alles Material zu stapeln. Den Kollegen täuschte er eine gewisse Hektik vor.

Schnell! Packen Sie alles zusammen, legen Sie es in die Kiste da vorne. Und dann alles, was hier ist, raus aus der Halle in die Fahrzeuge! Die Sachen auf dem Tisch zuerst. Laptop und Satellitentelefon sind das Wichtigste! Dann die ganzen Stahlbehälter dort drüben!

Die Männer sahen sich erstaunt in der Halle um und machten sich ohne erkennbare Hast an die Arbeit. Thomas wollte sie nochmals zur Eile anhalten, als man schon draußen Fahrzeuge vorfahren hören konnte, und die nächsten Kollegen die Halle betraten. Ihnen rief Thomas laut zu:

Schnell, das ganze Zeug hier nach draußen und verladen! Und dann alles raus und weg von der Halle! Hier fliegt gleich alles in die Luft!

Nun legten auch die anderen Kollegen den erhofften Eifer an den Tag und beeilten sich, Gegenstände zusammenzutragen und aus der Halle zu den wartenden Fahrzeugen zu schaffen. Nico Berner, der ebenfalls half, Material herauszuschaffen, warf Thomas einen fragenden Blick zu.

Thomas lächelte nur leicht und zwinkerte ihm zu. Die Betriebsamkeit, die nach Thomas' Ankündigung entstand, war beachtlich aber verhältnismäßig wohlstrukturiert. Einer der Beamten rief:

Was ist denn um Gottes Willen passiert?

Thomas schätzte ab, wie lange sie wohl noch brauchen würden, um alles aus der Halle zu schaffen und sich selbst, seine Kollegen und die Fahrzeuge in Sicherheit zu bringen.

Sehen Sie die Behälter da?, rief Thomas zurück.

Mein Kollege und ich haben durch einen Stolperdraht eine Zeituhr ausgelöst, wir haben noch sechseinhalb Minuten! Los, los, los!!

Er achtete darauf, dass keiner der anderen den bedrohlichen Stahlfässern zu nahe kam, um so möglicherweise das Fehlen jeglicher Zeituhr an dem Zündapparat festzustellen. Er selbst kniete vor den Zündern nieder und tat, als ob er eine Detonation zu verhindern suchte. Nico Berner trat verschwitzt zu ihm.

Du willst den Laden hier wirklich sprengen?, fragte er.

Hast du das gut durchdacht?

Thomas nickte mit zusammengepressten Lippen.

Wenn wir das nicht tun, weiß Mahmoud, dass wir alle Unterlagen haben und vielleicht ermitteln können, was sie vorhaben, oder gar, wo sie sind. Dann bricht er die Aktion ab und die ganze Gruppe geht uns durch die Lappen. Geht die Bude hier jedoch in die Luft, wird er davon ausgehen, dass seine Komplizin dafür gesorgt hat, dass wir keinerlei Spuren haben. So haben wir eine Chance, ihn zu schnappen. Außerdem sind Satellitentelefon und Laptop ein wahrer Schatz für Leon und seine Freunde! Wenn Mahmoud davon ausgehen muss, dass wir beides in die Hände bekommen haben, wird er seine Hintermänner warnen und sie werden ihre Kommunikationswege neu organisieren!

Nico sah ihn zweifelnd an.

Ich hoffe, du weißt, was du da tust!

Dann wandte er sich wieder den anderen zu und half beim Tragen der Kisten.

Noch zwei Minuten!, schrie Thomas jetzt in gespielter Panik.

Ich kriege das verfluchte Ding hier nicht entschärft!

Vor der Tür setzen sich die ersten Fahrzeuge bereits in Bewegung. Als Thomas sicher war, dass keiner mehr in der Halle war, schätzte er nochmals die Wirkung des gleich erfolgenden Infernos ab. Der vordere Teil der Halle würde durch die Explosion zweifellos zerstört werden. Sollte sich jedoch jemand draußen am hinteren Teil befinden, würde er dort relativ sicher sein. Wenn er zusätzlich die großen Tore öffnete, würde der Hauptteil des Explosionsdrucks nach vorne entweichen und so den hinteren Teil zusätzlich schonen. Er würde also nur dafür Sorge tragen müssen, dass sich im Bereich vor und neben der Halle niemand mehr aufhielt.

Also rannte er zu den Schiebetoren, öffnete mit aller Kraft die schweren Verriegelungsbolzen und versuchte, die Tore zur Seite zu schieben. Die alten Rollen am Boden waren im Gegensatz zu den Bolzen jahrelang der Witterung ausgesetzt und saßen durch Rost und Pflanzenbewuchs fest. Das Tor konnte er kaum einige Zentimeter bewegen. Thomas sah auf die Uhr, noch war er im Zeitlimit.

Zwei der flüchtenden Kollegen sahen, wie er sich abmühte, erkannten seine Absicht, drehten um und halfen ihm. So genau würde in dieser Situation keiner auf die Uhr sehen, dachte Thomas bei sich. Gemeinsam und unter Zuhilfenahme eines Brecheisens gelang es ihnen, die schweren Tore Stück um Stück zu bewegen. Als sie halbwegs offenstanden, trieb er die zwei mutigen Helfer an.

Jetzt aber weg hier!, brüllte er.

Es sind nur noch ein paar Sekunden!

Gemeinsam rannten sie den anderen Beamten hinterher. Im Laufen steckte Thomas die Hand in die Tasche, fasste den Zünder und klappte mit dem Daumen die Sicherung beiseite. Als er sich sicher war, dass ihm und seinen Kollegen nichts mehr passieren konnte, drückte er den roten Knopf.

Was nun folgte, stimmte nur ungefähr mit dem überein, was er aufgrund seines Umganges mit Sprengstoffen bei der Marine gelernt und angewendet hatte. Die Explosion war um einiges heftiger, als er angenommen hatte. Der Knall des Plastiksprengstoffes war ohrenbetäubend. Eine riesige Feuerwalze schoss etliche Meter aus den geöffneten Toren der Halle. Trotz der Druckentlastung hob sich der vordere Teil des Daches sichtbar an, Dachziegel wurden großflächig weggesprengt. Auch an den unmittelbar angrenzenden Gebäuden platzten nahezu gleichzeitig alle Glasscheiben, Trümmer des Daches flogen bis fast zu dem flüchtenden Trio.

Die Druckwelle riss Thomas und seine beiden Kollegen von den Beinen und schleuderte sie einige Meter nach vorne. Thomas gelang es verhältnismäßig gut, sich abzurollen und fand sich in einem dürren, dornigen Busch wieder. Seine Kollegen rutschten auf Bauch und allen Vieren über den trockenen Boden. Instinktiv sah Thomas erst nach oben, ob er und seine Kollegen Gefahr liefen, von umherfliegenden Gegenständen getroffen zu werden. Als er keine brennenden Geschosse am Nachthimmel ausmachen konnte, richtete er sich auf und sah zu der bereits lichterloh brennenden Halle.

Er konnte mitverfolgen, wie das Dachgebälk nur wenige Sekunden nach der Explosion krachend in das flammende Inferno stürzte. Selbst auf diese Distanz war die Hitze zu spüren, die von dem lodernden Feuer ausging. Von der Halle würde wahrlich nicht viel übrigbleiben!

Neben ihm begannen sich seine beiden Kollegen zu rühren. Sie schienen bis auf ein paar Schürfwunden an Händen und im Gesicht nicht weiter verletzt und bestätigten dies auch auf Thomas' besorgte Nachfrage. Er richtete sich vollends auf, half seinen Kollegen in die Vertikale und gab den aus einiger Entfernung hinüberschauenden Kollegen per Handzeichen zu verstehen, dass mit ihnen alles in Ordnung war. Innerlich bereitete er sich schon auf die kommenden Stunden vor.

Es würde eine sehr lange Nacht werden.

Bereits um kurz nach neun klopfte es an der Bürotür und Thomas rief, ohne von seinem Bildschirm aufzuschauen, ein forsches „Herein!" in den Raum. Er war in dem Büro alleine, Sarah war vorsichtshalber für die Nacht in der Klinik einbehalten worden. Sie würde auch am heutigen Samstag nicht auf der Dienststelle erscheinen, sondern sich das ganze Wochenende erholen. Die Tür öffnete sich und Suzuki steckte den Kopf in den Raum.

Guten Morgen, Herr Bierman! Der Pförtner unten kennt mich ja nun schon und war so freundlich, mich hereinzulassen.

Mit seinem Auftauchen hatten die Ermittler schon gerechnet, der Pförtner war entsprechend instruiert worden. Schließlich musste Suzuki abermals mit entsprechenden Falschinformationen versorgt werden, damit al-Qaradawi die Aktion nicht in Panik abbrach.

Thomas warf ihm einen flüchtigen Blick zu, der eindeutig signalisierte, dass er zu tun hatte, und nickte kurz. Suzuki schien etwas verunsichert, wollte aber offensichtlich nicht von seinem Vorhaben abrücken, etwas über die vorige Nacht zu erfahren.

Ich hatte beim Frühstück die Nachrichten gehört und erfahren, dass sich diese Nacht hier in Freiburg eine schwere Explosion ereignet hat, bei der auch ein Polizist ums Leben gekommen ist.

Er betrat den Raum und setzte sich auf einen eher abweisenden denn einladenden Wink von Thomas auf Sarahs Bürostuhl.

Ich hatte mir gedacht, dass ich Sie trotz der Tatsache, dass heute Samstag ist, hier treffe. Ich wollte mich nur erkundigen, ob es Ihnen und Ihren Mitarbeitern gut geht!

Thomas erhob sich und reichte Suzuki über den Schreibtisch hinweg die Hand. Er hoffte, dass er die Lügengeschichte, die er und seine Kollegen noch in der Nacht zurechtgebastelt hatten, trotz seiner Trauer um Hans Pfefferle glaubhaft rüberzubringen imstande war.

Guten Morgen, Herr Suzuki, antwortete er ernst.

Ja, das war eine sehr schlimme Nachricht. Es macht einen immer betroffen, wenn einem Kollegen etwas zustößt.

Thomas blieb kurz angebunden. Suzuki musste schon direkter fragen, um an seine Informationen zu kommen. Nach einigen Sekunden versuchte er es auch prompt durch die Vordertür.

Was hat sich denn zugetragen? Wenn ich Ihnen diese Frage überhaupt stellen darf?

Thomas kratzte sich an seinem Dreitagebart und tat, als ob er überlege, wie viel er dem Japaner sagen wollte. Dann räusperte er sich und sah Suzuki in die Augen.

Zwei Kollegen vom Streifendienst wurden letzte Nacht zum Güterbahnhof gerufen, weil sich Discobesucher durch eine Gruppe betrunkener Jugendlicher belästigt gefühlt haben, die auf dem Gelände Feuerwerkskörper abgebrannt haben. Auf der Suche nach den Kids sind die beiden Kollegen dann an eine Lagerhalle geraten, die aus bisher ungeklärter Ursache plötzlich explodiert ist. Obwohl es wohl eher eine starke Verpuffung war, ist ein Kollege getötet worden.

Offensichtlich war Suzuki in der Lage, seine Gesichtszüge perfekt zu beherrschen. Dennoch glaubte Thomas, einen winzigen Anflug von Erleichterung in seinen Augen aufblitzen zu erkennen.

Das ist ja furchtbar, antwortete Suzuki mit einer betroffenen Miene.

Hatten die jungen Leute so viel Sylvesterkracher, dass es für eine solche Detonation ausreichte?

Fast musste Thomas lächeln. Seiner Meinung nach übertrieb es der Japaner nun mit seiner unschuldigen Art: So naiv konnte doch niemand sein! Aber er ließ sich nichts anmerken und blieb sachlich.

Nein, die Detonation wurde sicher durch etwas anderes hervorgerufen. Wir vermuten, dass der Mieter der Halle illegal leicht flammbare oder gar explosive Stoffe gelagert hat, die dann durch einen unglücklichen Zufall, vielleicht sogar durch die Kracher der Jugendlichen, zur Explosion gebracht wurden. Die Kollegen versuchen gerade, den Mieter zu ermitteln. Die Spurensicherung ist natürlich auch seit dieser Nacht im Einsatz. Allerdings war der auf die Explosion folgende Brand so heiß, dass die Aussicht auf eine genaue Rekonstruktion des Brandherganges recht dünn zu sein scheint. Wir von der Mordkommission sind eigentlich nur hinzugezogen worden, weil es sich um einen unnatürlichen, gewaltsamen Tod handelt. Um einen Mord im juristischen Sinne handelt es sich hier wohl nicht.

Das war ziemlich wörtlich die Mitteilung, die auch an Presse und Rundfunk gegangen war und wahrscheinlich in den Kurznachrichten um 10.30 Uhr das erste Mal an die Öffentlichkeit gelangen würde. Thomas tat alles, um sein Gegenüber in Sicherheit zu wiegen, denn schließlich würde Suzuki mit aller größter Wahrscheinlichkeit unmittelbar nach Verlassen des Hauses mit Mahmoud telefonieren und ihm mitteilen, dass der Unterschlupf zwar gesprengt worden war, der Grund hierfür aber nicht die laufenden Ermittlungen im Mordfall Morimura, sondern in einem unglücklichen Zusammenspiel verschiedener Faktoren zu sehen sei.

Kannten Sie den Kollegen?

Suzukis Frage schien kaum mehr als ein Alibi zu sein, um nicht den Eindruck eines allzu übereilten Aufbruches zu erwecken.

Nur flüchtig, antwortete Thomas und innerlich zerriss es ihn fast vor Trauer und Wut.

Wir haben mit den uniformierten Kollegen nur selten zu tun.

Ah, ich verstehe, trotzdem mein aufrichtiges Beileid!

In diesem Augenblick steckte Nico Berner den Kopf ins Büro.

Thomas, bei der Explosion am Güterbahnhof letzte Nacht hat sich etwas Neues ergeben! Die KT hat in der Ruine der Lagerhalle die verkohlten Überreste eines Menschen, vermutlich einer Frau, gefunden, die sich zum Zeitpunkt der Explosion im Gebäude aufgehalten haben muss!

Hätte Thomas nicht gewusst, dass der Auftritt Berners lediglich inszeniert war, um Suzuki und damit Mahmoud das Verschwinden der Scharfschützin plausibel zu machen, er hätte dem Kollegen die Nachricht sofort abgekauft, so überzeugend spielte dieser seine Rolle. Mit einem vorwurfsvollen Blick wies er schweigend auf den ihm gegenübersitzenden Suzuki, der die Information ohne jegliche Reaktion hingenommen hatte. Thomas' Geste nahm dieser als Anlass, das Wort zu ergreifen.

Ich verstehe natürlich, dass dieses Detail nicht für meine Ohren gedacht war, sagte er mit verständnisvoller Miene.

Und ich verspreche Ihnen, dass von meiner Seite aus auch niemand davon erfahren wird!

Thomas sah ihn scheinbar erleichtert an.

Gerade wollte ich Sie um Diskretion bezüglich dieser Information bitten, denn das Vorhandensein eines Leichnams lässt die Ereignisse von gestern Abend natürlich in einem anderen Licht erscheinen!

Er wandte sich an Berner.

Danke dir, Nico, wenn es etwas Neues gibt, sag mir bitte Bescheid.

Berner nickte und schloss die Bürotür.

Schreckliche Sache!, sagte Suzuki und schüttelte ungläubig den Kopf.

Ja, dass sich des Nachts jemand in solch einer Lagerhalle aufhält, ist schon ungewöhnlich!

Thomas tat, als ob er angestrengt nach einem Grund für die Anwesenheit eines Menschen suchte. Schließlich sagte er:

Vielleicht haben wir es mit einem Fall illegaler Einwanderung oder gar Menschenhandel zu tun. Jetzt haben wir auf alle Fälle einen ganzen Haufen Arbeit mit dieser Explosion!

Suzuki erhob sich.

Na, dann will ich Sie aber nicht länger aufhalten, sagte er.

Sie sollen ja schließlich auch irgendwann Wochenende haben. Ich werde sicher noch bis Mitte nächster Woche bleiben, in der Hoffnung, dass sich im Falle Umeko Morimura noch etwas ergibt!

Und um Mahmoud und seine Gesellen schön auf dem Laufenden zu halten, wie ziellos wir im Dunkeln herumtappen, dachte sich Thomas.

So wie sich Suzuki im Moment gebärdete, war es ihnen gelungen, ihn von ihrer scheinbaren Unwissenheit zu überzeugen. Und bereits am Montag würde alles in die Wege geleitet, Suzukis diplomatische Immunität aufzuheben, um ihn, wenn er als Informant wider Willen nicht mehr gebraucht würde, gleich verhaften zu können. Aber im Moment wollte er ihn noch etwas in Sicherheit wiegen.

Von unserer Seite aus sind Sie eigentlich nicht vonnöten!, sagte er deshalb.

Glauben Sie mir, wir werden den Fall weiter verfolgen. Und ich verspreche Ihnen, Sie jederzeit auf dem Laufenden zu halten.

Dessen bin ich mir sicher, gab Suzuki zurück, und ich möchte keinesfalls den Eindruck erwecken, dass wir an Ihren Fähigkeiten, Ihrem Engagement oder Ihrer Loyalität zweifeln! Und schon gar nicht sollen Sie den Eindruck haben, dass ich Ihnen ständig über die Schulter schaue und Sie kontrolliere. Aber die Aufgabe, den Fall zu begleiten, wurde mir nun mal übertragen und ich habe meine Anweisungen.

Thomas nickte abwesend.

Schon in Ordnung, sagte er, ich dachte, ich könnte Ihnen einfach etwas Zeit ersparen.

Er stand auf und verabschiedete den jungen Japaner mit einem kurzen Händedruck.

Mahmoud legte bedrückt und sehr nachdenklich das ausgeschaltete Handy auf die Ladefläche des Lkw und schwieg. Kerim und Tawfik hatten von dem Telefonat nur Mahmouds kurze Bemerkungen mitbekommen, ihr Anführer hatte darauf verzichtet, während des Gespräches den Lautsprecher anzuschalten. Dass etwas passiert sein musste, war ihnen bereits klar, seitdem das allmorgendliche Telefonat, mit dem Nassira das Ok für die Rückkehr zum Unterschlupf gab, aus welchen Gründen auch immer nicht zustande gekommen war. Folglich waren sie dem Güterbahnhof nicht zu nahe gekommen, sondern hatten mit ihren Fahrzeugen auf einem Parkplatz gewartet, bis sie von Nassira oder Suzuki mit Informationen versorgt wurden.

Der Japaner hatte sich erst sehr spät gemeldet und Mahmouds Stimme und Gesichtsausdruck zufolge waren die Nachrichten nicht gut. Jetzt warteten Kerim und Tawfik darauf, dass Mahmoud sein Schweigen brach.

Nassira ist tot!, begann er nach einigen Minuten seinen Bericht und erzählte Kerim und Tawfik ausführlich über sein Gespräch mit Suzuki. Nachdem er sie über alle Details und auch seine Vermutungen und Sorgen informiert hatte, schloss er den Monolog ab:

Warum auch immer Nassira sich im Gebäude aufhielt, entweder es war eine Fehlfunktion des Zünders, oder aber sie hat aus Panikreaktion auf die Anwesenheit der beiden uniformierten Polizisten geglaubt, es wäre das Beste, sich für die Sache zu opfern. Das ist Stand der Dinge.

Kerim und Tawfik schwiegen eine Weile betreten, wussten sie doch um die enge Verbundenheit zwischen Mahmoud und Nassira. Dass er scheinbar teilnahmslos und sachlich über die Ereignisse sprach, war nur mit seiner unglaublichen Beherrschtheit zu erklären. Seinen Worten war zu entnehmen, dass er die Mission weiterhin als ungefährdet betrachtete und er für sich bereits entschieden hatte, nicht überstürzt abzubrechen. Ohne auf den Tod Nassiras einzugehen, pflichteten beide Mahmoud bei.

Wie sollen wir weitermachen?, auch Tawfik schlug einen sachlichen Ton an. Es galt, sämtliche Aktionen nach Verlust des Versteckes umzuorganisieren.

Wir beziehen den Stollen!, antwortete Mahmoud mit Bestimmtheit. Auf der dritten Sohle sind wir vor Entdeckung sicher! Die Fahrzeuge parken wir getrennt voneinander irgendwo in der Umgebung. Ich möchte nicht, dass sie die ganze Zeit vor dem Eingang des Bergwerks stehen.

Tawfik und Kerim nickten beide.

Wir besorgen jetzt alles, was wir noch brauchen, inklusive Verpflegung, Matratzen und Schlafsäcken. Wir verlassen das Bergwerk nur noch, wenn uns etwas fehlt. Die Fahrzeuge holen wir, wenn die Bergung abgeschlossen ist.

Wieder signalisierten die Beiden ihr Einverständnis. Mahmoud ging zu dem Land Cruiser und kam einen Augenblick später mit einem Block und einem Kugelschreiber zurück. Er setzte sich auf die Ladefläche und legte das Papier neben sich.

Lasst uns zusammenstellen, was wir noch alles benötigen!

Nach einem ereignis- und ergebnislosen Sonntag kam Thomas am folgenden Montagmorgen sehr früh ins Büro und sah, obwohl er nicht auf eine bestimmte Nachricht wartete, erst einmal seine E-Mails durch. Diejenigen, die er anhand der Betreffzeile als Routine identifizieren konnte, verschob er gleich in einen Ordner, der mit: „Bei Gelegenheit“ überschrieben war. Eine Mail allerdings fiel ihm sofort ins Auge, der Absender war Masao Gonda, ihr japanischer Kollege aus Takarazuka. Die Mail war mit Priorität: „Hoch“ gesendet worden, und im Betreff stand nur: „Möglicherweise wichtig“. Der Kollege aus Takarazuka musste die Woche auch schon sehr früh begonnen haben. Die Nachricht hatte einen Text und einen Bildanhang. Zunächst öffnete Thomas die eigentliche Mail und begann mit wachsendem Interesse zu lesen. In knappen Sätzen berichtete Gonda, was er und seine Ermittler über Shigerus Vater in Erfahrung bringen konnten.

Dieser war angesehener Fachmann auf seinem Gebiet, höhere Ehren und öffentliche Anerkennung blieben ihm allerdings verwehrt, da ihm eine gewisse nationalsozialistische Tendenz nachgesagt wurde. Hätte man ihm den Rassismus und vor allem auch den Antisemitismus, der in seine Werke und Publikationen hineininterpretiert wurde, anhand von Fakten und klaren Aussagen eindeutiger nachweisen können, wäre er sicher von seiner Professur abberufen worden. Jedoch war es mangels eindeutiger Stellungnahmen und aufgrund eines lethargischen Desinteresses der Öffentlichkeit an dem Thema niemals zu einer wirklichen Konfrontation gekommen.

Für Thomas passte diese Information genau ins Bild. Als Mann von Ansehen musste er seine Ideale unterschwellig oder geheim verfolgen, zum Beispiel durch die Vergabe an Stipendien ausschließlich an Studierende der Länder, die ein, milde ausgedrückt, gespanntes Verhältnis zu Israel hatten. Dass dabei im Verborgenen vielleicht sehr viel mehr Engagement, möglicherweise sogar eine Verbindung oder Mitgliedschaft bei den Kämpfern für ein zionistenfreies Palästina bestand, ging für Thomas bereits über das Stadium von Spekulationen hinaus.

Doch wie war Shigerus Vater zu seinen Ansichten und Werten gekommen? Gondas Mail gab auch darauf mögliche Antworten und die Fakten, die er in der Folge enthüllte, waren in der Tat von höchster Brisanz!

Shigerus Großvater, Tanaka Morimura, war in den 20er- und 30er Jahren ein renommierter Physiker gewesen. Auch wenn die Bezeichnung damals so noch nicht geläufig war, würde man ihn heute als Kernphysiker bezeichnen. Dieser Umstand alleine machte ihn für das Puzzle um al-Qaradawi und die Ereignisse der letzten Wochen noch nicht interessant. Bemerkenswert war der Umstand, dass Tanaka Morimura mit einigen weiteren hochrangigen Wissenschaftlern im Jahre 1936, kurz nach Unterzeichnung des Antikominternpaktes, im Rahmen eines geheimen, militärischen Projektes nach Deutschland geschickt wurde. Auftrag und Ziel dieses Projektes sei aus den militärischen Archiven nicht mehr zu ermitteln gewesen, zumal die meisten Quellen bei den verheerenden Luftangriffen auf Tokyo ohnehin vernichtet worden waren.

Ebenso wenig sei der Ort der Tätigkeiten in Deutschland identifiziert worden. Klar war nur, dass Tanaka Morimura nie von seiner Reise zurückkehrte und nach Kriegsende zunächst als vermisst geführt und einige Jahre später für tot erklärt worden war. In diesem Zusammenhang, so Gonda, sei der Mailanhang von größtem Interesse, denn möglicherweise sei dies das letzte Lebenszeichen von Tanaka Morimura. Bei dem jpg-Dokument handelte es sich um die gescannte Version eines Briefes an seinen Sohn, Tadashi Morimura, Shigerus Vater. Im Rahmen der Ermittlungen waren Gonda und seine Kollegen auf einen Treuhänder – Gonda meinte sicher eine Art Notar – gestoßen. Dieser habe den Beamten, nachdem Shigerus und Umekos Tod offiziell bestätigt worden war, Zugriff auf ein Bankschließfach verschafft, in dem sich ausschließlich dieser Brief nebst einigen Kopien davon befunden hatten. Masao Gonda habe den Brief übersetzt und als Word-Dokument ebenfalls angehängt.

Thomas war innerlich erregt, als er Gondas Zeilen gelesen hatte. Auch diese Details fügten sich reibungslos in das Gesamtbild ein! Jetzt kam es nur noch darauf an, herauszufinden, welche Verbindung genau zwischen Aufenthalt und Verschwinden von Shigerus Großvater vor 70 Jahren und Shigerus Nachforschungen, die zu seiner Ermordung vor einigen Wochen führten, bestand. Gespannt öffnete Thomas erst den Bildanhang, der ein gelbliches Dokument mit handgeschriebenen japanischen Schriftzeichen zeigte. Dann öffnete er die deutsche Übersetzung und begann zu lesen.

Freiburg 1944

Tanaka Morimura hatte sich fest in seinen Wintermantel gehüllt und drückte den Filzhut fester auf den Kopf. Der Wind, der immer wieder seinen Wollschal wegzuwehen drohte, war eisig, und auch sein Hut lief zuweilen Gefahr, von den kalten Böen in die Luft entführt zu werden.

Es war nun bereits der achte Herbst, den er hier im Süden Deutschlands verbrachte, doch auf die extrem schnellen Wechsel zwischen Sommer und Winter hatte er sich noch immer nicht richtig eingestellt. Da war es bis weit in den Oktober hinein zum Teil noch sommerlich warm, so dass man lange Spaziergänge unternehmen und die Abende im Biergarten verbringen konnte, und wenige Tage später schneite es bereits in den Bergen und auch im Tal wurde es mächtig kalt. Dieser abrupte Umschwung machte ihm zu schaffen, vor allem, wenn es in den Winter hineinging. Im Frühling war es nicht ganz so schlimm, wenn bereits wenige Tage, nachdem der letzte Schnee weggetaut war, die kleinen Jungen in kurzen Hosen und die Mädchen in ihren weißen Kleidchen beim Spiel zu beobachten waren. Auch er war schon Anfang April mit einem befreundeten Ehepaar und deren Kindern zu einem Picknick auf die große Wiese in Günterstal gezogen, wo sie zwischen sprießenden Blumen auf einer Decke saßen und die warmen Sonnenstrahlen genossen. Der nächste kalte Windstoß, der durch seine Kleidung drang und ihn bis auf die Knochen zu treffen schien, riss ihn schnell aus den angenehmen Gedanken an den kommenden Frühling. In diesem Moment wurde ihm auch bewusst, dass der Winter ja noch nicht einmal angefangen hatte, und es noch Monate dauern würde, bis der Frühling „seine“ Jahreszeit einläutete.

Mittlerweile war es selbst in den warmen, sonnigen Monaten für ihn schwer, in einem fremden Land, weit weg von seiner Frau und seinem kleinen Sohn, die er in den vergangenen acht Jahren gerade dreimal gesehen hatte, unter den derzeitigen Bedingungen auch nur zu existieren. Seit Japan vor fast drei Jahren mit einem wahren Paukenschlag in den großen Krieg eingetreten war, hatte es nicht eine einzige Gelegenheit mehr gegeben, nach Hause zu reisen. Selbst die dienstlichen Besuche, bei denen er in seiner Heimat den Militärs vom Stand der Dinge zu berichten hatte, waren seitdem ausgesetzt worden.

Als Folge der prekären militärischen Lage sowohl in Europa als auch im Pazifik war es schlicht viel zu gefährlich geworden, eine solch lange Reise zu unternehmen. Wegen seiner unerbittlichen Erziehung war er Disziplin gewohnt, die Aufopferung für höhere Ziele sah er als selbstverständlich an. Er betrachtete es sogar als Ehre, für Japan und den Kaiser eine so wichtige Aufgabe in der Fremde erfüllen zu dürfen, doch seit sein Sohn auf der Welt war, schmerzte ihn die Distanz zu seiner Familie und zu seiner Heimat zunehmend. Vor allem, weil er entgegen der Propaganda, welche die breite Öffentlichkeit bei der Stange halten sollte, genau darüber informiert war, wie schlecht es um Deutschland und Japan stand. In Europa waren die Alliierten stark auf dem Vormarsch. Nicht nur an der Ostfront wurden die Truppen zurückgedrängt, seit den alliierten Landungen in Sizilien und Frankreich war man auch im Westen stetig auf dem Rückzug. Aber auch seine Landsleute kämpften im fernen Pazifik zunehmend auf verlorenem Posten. Langsam aber sicher zogen die Amerikaner den Ring enger, kämpften sich von Insel zu Insel. Und nach den großen Schlachten von Guadalcanal, Bougainville und Leyte war abzusehen, dass die kaiserlichen Truppen der stetig wachsenden Übermacht nicht mehr lange würden standhalten können. Die Nachrichten über den ersten großen Luftangriff auf Tokyo drei Tage zuvor versetzte ihn in große Sorge, da er ständig um das Wohl seiner kleinen Familie bangte. Es war nur eine Frage der Zeit, bis auch kleinere Städte angegriffen würden, und Tanaka zweifelte daran, ob das einfache Volk dann den gleichen Mut und die Entschlossenheit besaß, einem Samurai gleich hingebungsvoll bis zum Ende zu kämpfen. Ob die Früchte der Arbeit seiner deutschen, italienischen und japanischen Kollegen noch entscheidend eingesetzt werden konnten, war fraglich. In den letzten Tagen waren sämtliche Unterlagen, Konstruktionszeichnungen, Verfahrensanleitungen und Schaltpläne in hermetisch verschlossene Behältnisse verpackt und mit einem Militärlaster weggebracht worden, um sie vor den Alliierten in Sicherheit zu bringen. Ihm war zu Ohren gekommen, dass das Material in dem nahe gelegenen Titisee versenkt werden sollte. Dass ihn diese Information erreichte, war von der Führung keinesfalls beabsichtig gewesen und auch nur ein dummer Zufall, weswegen Tanaka Morimura etliche schlaflose Nächte hatte. Schließlich waren die Arbeiten so geheim eingestuft, dass er und seine Kollegen, obgleich maßgeblich an dem Projekt beteiligt, nicht einmal wussten, wo sie ihre Arbeit verrichteten. Jeden Morgen wurden sie um sieben Uhr abgeholt und mit verbundenen Augen zu den großen Laboranlagen gebracht. Er wusste nur, dass die Anlage unter der Erde sein musste, da eine recht lange Aufzugfahrt morgens und abends zum täglichen Arbeitsweg gehörte. Morimura hatte große Angst, dass sein Wissen um den Zielort der Metallkisten irgendwie herauskam. Aber der Wehrmachtssoldat, der sich ihm gegenüber versprochen hatte, war sicher nicht minder ängstlich. So kam es nun, dass nur noch das Produkt ihrer langjährigen Tätigkeit in den Labors lagerte. Darüber, warum mit dem Einsatz, oder besser, dem Test unter realen Bedingungen aber bis nach dem 15. Dezember gewartet werden sollte, konnte Morimura nur spekulieren.

Der Führer will die Überlegenheit auch auf den, sagen wir, konventionellen Gebieten demonstrieren, hatte der militärische Leiter der Operation, SS-Standartenführer August zu Tiefenstein nur in verschwörerischem Ton verlauten lassen. Wahrscheinlich sollte der Einsatz der neu entwickelten Waffe mit einer militärischen Operation gekoppelt werden.

Nachdenklich lehnte sich Tanaka Morimura an einen der Arkadenpfeiler, wo er ein wenig vor dem Wind geschützt war, und las noch einmal den Brief, den er am Vormittag an seinen Sohn geschrieben hatte. Würde dieser Brief in die falschen Hänge gelangen, wäre dies sicher sein Todesurteil. Aber er wollte seinen Sohn Tadashi unbedingt wissen lassen, was er in den langen Jahren der Trennung gemacht, woran er gearbeitet hatte. Er faltete das Schreiben zusammen und ging mit hochgeschlagenem Kragen in das Postamt. Die Frau, die den Brief entgegen nahm, schaute mit gerunzelter Stirn auf die Adresse. Ob er sich im Klaren sei, fragte sie, dass bei der derzeitigen Lage Briefe immer seltener ihre Empfänger erreichten. Und Post nach Übersee oder nach Asien würde im Moment ohnehin nicht befördert.

Morimura nahm das mit traurigem Gesichtsausdruck zur Kenntnis und bat die Dame, das Schreiben trotzdem auf den Weg zu bringen. Denn irgendwann, meinte er, würde die Post ja wieder ausgeliefert. Die Postangestellte sah in die müden, resignierten Augen und versicherte ihm mit einem Lächeln, dass sein Brief noch am Nachmittag zu der zentralen Poststelle ginge, wo er dann bis zur Weiterbeförderung gelagert werden würde.

Morimura bedankte sich mit einer angedeuteten Verbeugung und einem Kopfnicken, sah auf seine Taschenuhr und trat wieder hinaus in die Kälte.

Die Zeit bis zu dem Treffen mit seinen Kollegen und den wissenschaftlichen und militärischen Leitern würde er schweigend im Münster verbringen. Er klappte den Kragen seines Mantels hoch und schlug den Weg Richtung Marktplatz ein. Angesichts der Temperaturen waren seiner Ansicht nach relativ viele Menschen unterwegs. Auch auf dem Münsterplatz war erstaunlich viel Betrieb. Er folgte einer Frau, die an jeder Hand ein Kind führte, durch das Eingangsportal in die Kirche. Seit Wochen kamen hier Menschen, hauptsächlich Alte oder Mütter mit ihren Kindern zusammen, um zu beten. Das leise, monotone Gemurmel störte Tanaka wenig, er setzte sich wie immer in eine der letzten Reihen, wo es in der Regel verhältnismäßig ruhig war, und ließ den ehrwürdigen Raum auf sich wirken. Auch wenn die kunstvollen, bunten Glasfenster bereits seit einiger Zeit ausgebaut worden waren und sicher in einem Kellergewölbe lagerten, empfand er den erhabenen gotischen Bau als Ort der Ruhe, der Inspiration und der Kontemplation. Auch diesmal fand er innerhalb kurzer Zeit zu sich und sammelte mit geöffneten Augen seine Gedanken.

Als er nach eineinhalb Stunden seine Meditation beendet hatte und durch eine Seitentür wieder auf den Marktplatz trat, war es noch frostiger geworden. Zum Glück waren es bis zu dem Ort der Veranstaltung nur ein paar Schritte. Der Abend sollte eine Art Abschlusstreffen werden. Alle Techniker, Wissenschaftler und Militärs, die an entscheidender Stelle an dem Projekt mitgewirkt hatten, würden anwesend sein. Selbst vom Ministerium waren die zwei federführenden Leiter angereist. Es war sozusagen der innere Kreis derer, die den Gesamtplan kannten, der aus hunderten, wenn nicht gar tausenden Kleinprojekten bestand, deren eifrige Mitarbeiter wenig oder nichts voneinander oder von dem Zweck ihrer Arbeit wussten. Das Treffen war wie immer im Keller des alten Stadthauses, das direkt hinter der mächtigen Apsis des Münsters stand.

Von draußen konnte Morimura bereits laute Stimmen und auch Gelächter hören, die meisten waren wohl schon eingetroffen, und eine gewisse Feierstimmung war bereits aufgekommen.

Kaum hatte er die Stiegen zu der schweren Holztür erklommen und mit dem schmiedeeisernen Türklopfer sein Eintreffen angezeigt, wurde ihm von einem jungen Soldaten in Wehrmachtsuniform geöffnet. Dieser begrüßte ihn mit Namen und bat ihn herein.

Seufzend nahm Tanaka Morimura den Hut vom Kopf, wickelte sich aus dem Schal und ließ sich aus seinem Mantel helfen. Dann trat er auf die alten Steinstufen und schritt hinab in das Kellergewölbe. Es war der Abend des 27. November 1944.

Und? Geht es dir einigermaßen gut?

Thomas fasste Sarah am Arm und sah sie mit besorgter Miene fragend an. Sie hatte am Samstagnachmittag, nachdem sicher war, dass sie nach dem Schuss nur das dunkle Hämatom und eine Prellung zurückbehalten hatte, entlassen worden. Thomas hatte zwar am Wochenende mehrfach mit ihr telefoniert, sie auf ihren Wunsch hin jedoch nicht besucht. Sie wollte nach den Ereignissen von Freitagnacht alleine sein. Umso mehr freute Thomas sich, sie jetzt zu sehen und auch Sarah schien seiner Nähe heute nicht mehr ausweichen zu wollen. Sie lächelte müde.

Geht schon, tut schon noch weh, aber das ist nicht schlimm.

Ihr Blick nahm einen traurigen Ausdruck an.

Ich muss nur immerzu an Hans denken und vor allem an seine Frau.

Thomas senkte den Blick.

Ich kann es immer noch nicht recht begreifen, sagte er leise.

Und ich habe es noch nicht geschafft, mich bei Maria zu melden. Karen hat den ganzen Samstag bei ihr verbracht, bis dann am Abend die Kinder angereist sind. Da wollte ich dann auch nicht stören.

Du brauchst dich nicht zu rechtfertigen!, entgegnete Sarah, die in seinem Gesichtsausdruck die Selbstvorwürfe lesen konnte.

Weder für den Einsatz am Freitag, noch dafür, dass du sie noch nicht gesprochen hast. Wenn der richtige Zeitpunkt kommt, wirst du es wissen, und sie wird es auch verstehen!

Thomas nickte, wenn auch eher abschätzend und skeptisch.

Vielleicht hast du Recht.

Ungeachtet der offenen Bürotür und der Kollegen, die draußen durch den Gang liefen, umarmte Sarah Thomas und drückte ihren Kopf an seine Brust.

Das wird alles wieder!, sagte sie tröstend.

Etwas Tiefsinniges wollte ihr in diesem Moment einfach nicht einfallen. Und was sollte sie auch sagen, um den Schmerz und die Schuld zu lindern?

Thomas hielt sie fest an sich gedrückt, strich zärtlich durch ihre Haare und flüsterte:

Ich bin so froh, dass dir nichts Schlimmeres passiert ist! Das ist im Moment das Wichtigste!

Einige Augenblicke hielten sie sich, dann trat Gröber durch die geöffnete Tür und bat Oberstaatsanwalt Beyerle herein, der wie gewöhnlich sehr beherzten Schrittes in das Büro betrat. Thomas kannte Beyerle schon gut aus der Zeit, als die Staatsanwaltschaft noch direkt mit den ermittelnden Beamten zusammenarbeitete. Sarah hatte ihn nur einige wenige Male getroffen. Als die beiden Männer auftauchten, lösten Thomas und Sarah ihre Umarmung eilig, fast wie verliebte Teenager, die bei einem ersten Kuss ertappt wurden. Gröber ignorierte die Zärtlichkeiten der beiden und kam direkt zur Sache.

Bierman, Hansen, Oberstaatsanwalt Beyerle kennen Sie beide ja. Ich habe ihn noch am Sonntag von allen Vorkommnissen und den Ergebnissen in Kenntnis gesetzt. Auch Ihre Rolle bei dem Einsatz von Freitagnacht, er wandte sich an Thomas, habe ich dabei nicht beschönigt. Von nun an wird er bei allem, was in diesem Fall geschieht und unternommen wird, dabei sein.

Beyerle ging auf Gröbers Vortrag zunächst nicht ein, sondern schüttelte Sarah und Thomas mit ernster Miene die Hand und sprach sein Beileid in Bezug auf Hans Pfefferle aus. Danach ließ er sich von den beiden nochmals haargenau die Ereignisse schildern. Als Thomas nach einer guten halben Stunde den Bericht abschloss, blieb der Oberstaatsanwalt erst einige Sekunden nachdenklich sitzen. Dann begann er mit ruhiger, überlegter Stimme zu sprechen.

Als erstes, Herr Bierman, wird der Tod Ihres Kollegen Hans Pfefferle von meiner Seite aus keine Konsequenzen für Sie haben. Sie haben trotz erkennbarer Mängel in Vorbereitung und Durchführung der Aktion weiterhin mein Vertrauen.

Er blickte erst Thomas, danach Gröber eindringlich an.

Allerdings haben wir natürlich nun eine komplett andere Sachlage. Deswegen haben wir gestern bereits das BKA umfassend informiert. Ein Spezialistenteam wird noch heute Vormittag hier eintreffen. Der Chef der Gruppe, Gernot Sauer, wird Sie als Leiter der Ermittlungsarbeit ablösen. Trotzdem werden Sie weiterhin mit den Kollegen vom BKA zusammenarbeiten.

Thomas wich dem Blick Beyerles nicht aus und nickte.

Selbstverständlich, sagte er mit fester Stimme.

Die Übernahme durch das BKA war ohnehin längst überfällig.

Um Ihnen möglichen Groll zu nehmen, auch ich werde von Seiten der Staatsanwaltschaft nicht die Leitung behalten. Ich habe anschließend ein Telefonat mit dem Bundesgerichtshof, ich vermute, danach wird hier ein Oberstaatsanwalt dieser Behörde als Kopf fungieren. Unter Umständen sogar der Generalbundesanwalt.

Nicht nur Sarah und Thomas hoben die Augenbrauen, auch Gröber konnte sich einen leisen Pfiff nicht verkneifen.

Aber wegen der fortgeschrittenen Ermittlungen und der Komplexität des Falles bleibt nicht nur Ihre Dienststelle, Herr Gröber, sondern auch die Freiburger Staatsanwaltschaft maßgeblich involviert, das wurde mir bereits angedeutet.

Sichtlich befriedigt lehnte sich Gröber in seinem Stuhl zurück, und auch Thomas und Sarah bewerteten diese Entwicklung äußerst positiv. Im Gegensatz zu Gröber allerdings nicht nur in Bezug auf den möglichen Imagegewinn, sondern auch in dem Wissen, dass im eingespielten Team der Fall besser vorangetrieben werden würde.

Des Weiteren werden im Moment auf unsere Anforderung hin zwei Arbeitsgruppen zusammengestellt. Diese werden aus Spezialisten der jeweiligen Fachgebiete rekrutiert. Zum einen ein Team von Militärhistorikern, welche die von Ihnen geretteten Dokumente inhaltlich auf historische Relevanz und Authentizität überprüfen. Die zweite Gruppe wird aus Physikern und Chemikern bestehen, die verifizieren sollen, ob es sich bei den Blaupausen tatsächlich um Pläne für einen nuklearen Sprengsatz handelt und gemeinsam mit dem ersten Team eine Schätzung vornehmen, ob die Wissenschaftler und Techniker aus dem Dritten Reich technisch wie logistisch in der Lage waren, eine solche Bombe zu bauen.

Beyerle machte ein kurze Pause und schien seine Gedanken neu zu sammeln.

Da es, was die Aktivitäten der Gruppe um al-Qaradawi vermuten lassen, gelungen ist, den Standort der alten Labors und damit den theoretischen Standort der, sagen wir, Errungenschaften ausfindig zu machen, wird eines unserer primären Ziele sein, diesen Ort ebenfalls zu identifizieren und die Gruppe festzusetzen. Ersteres wird Ihre Aufgabe in Zusammenarbeit mit den Kollegen des BKA sein. Letzteres übernimmt dann eine Kampfeinheit der GSG 9, die bereits marschbereit ist und nach Einsatzbefehl innerhalb kürzester Zeit hier sein kann.

Alles klar soweit?

Das ist es, antwortete Thomas.

Haben wir Ansprechpartner bei den Spezialistenteams? Wir können z.B. aufgrund der Größe und des Gewichts der Apparate, so denn vorhanden, auf die erforderliche Logistik des Teams schließen. Transportmittel, Bergungshilfen und so weiter.

Deswegen werden die Dokumente auch von einem Dreierteam gesichtet, bevor sie den einzelnen Gruppen zugeleitet werden. Selbstverständlich ist außerdem eine ständige Kommunikation erforderlich. Auch muss sichergestellt sein, dass jeder Mitarbeiter über die Gesamtheit unserer Bemühungen Bescheid weiß, damit nicht einzelne Erkenntnisse in einer Gruppe untergehen, die einem anderen Team wertvolle Hinweise geben könnten. Sie werden das gemeinsam mit Herrn Sauer koordinieren.

Wieder nickte Thomas, und in diesem Moment klingelte das Handy von Oberstaatsanwalt Beyerle. Dieser entschuldigte sich, stand auf und nahm das Gespräch entgegen.

Während er in der anderen Ecke des Raumes leise telefonierte, wandte sich Gröber an Thomas.

Sie haben ein Riesenglück, dass Sie bei Beyerle so einen Stein im Brett haben. Hätten Sie nicht seine Unterstützung, hätte ich Sie nach dieser Schlamperei von Freitag nicht nur von dem Fall abgezogen, sondern auch auf unbestimmte Zeit suspendiert! Von einer internen Untersuchung einmal ganz abgesehen!

Angesichts der Situation und der gewohnten cholerischen Ausfälle war Gröbers Ton relativ sachlich, auch seine Gesichtsfarbe war normal.

Also tun Sie sich und mir den Gefallen und geben Sie sich diesmal als Teamplayer! Ich kann es nicht gebrauchen, wenn Sie in der Zusammenarbeit mit den Bundesbehörden ein schlechtes Licht auf unsere Einheit werfen.

Hätte Thomas normalerweise Gröber innerlich den Stinkefinger gezeigt und mit einem lapidaren „Jaja“ eine abwertende Verbalzustimmung gegeben, konnte er jetzt nicht umhin, Gröbers Worte ernstzunehmen. Deswegen schaute er ihm auch in die Augen, als er, ohne provokativ zu wirken: „Selbstverständlich!“ sagte.

Beyerle kam zurück an den Tisch.

Das war Gernot Sauer, er und sein Team sind eingetroffen. Man bringt sie im Moment in den kleinen Konferenzraum. Ich schlage vor, Sie holen Ihre Kollegen und treffen sie dort. Ich selbst habe jetzt meine Konferenz mit der Bundesanwaltschaft. Danach stoße ich zu Ihnen und unterrichte Sie vom Stand der Dinge.

Er nahm den Stapel Papiere vor sich, schlug sie einmal vor sich auf den Tisch und verließ den Raum.

Nach zwei Tagen intensiver Arbeit trafen sich Sauer und sein Team, die Freiburger Kollegen, die Leiter der technischen Recherche, die Mitarbeiter des militärhistorischen Bundesamtes sowie Oberst Backenruth, der Chef der GSG 9 und sein Stellvertreter, Major Müller, um die ersten Ergebnisse zusammenzutragen und die erforderlichen Aktionen zu besprechen.

Nachdem in den vergangenen Tagen der Versuch, Mahmoud und seine Gruppe über das Handy zu orten fehlgeschlagen war – es wurde nur für kurze Telefonate und immer an unterschiedlichen Orten eingeschaltet – lagen nun alle Hoffnungen auf der Auswertung der Materialien.

Selbst Thorsten Neubauer war zugegen, er hatte sich unter der Betreuung des Polizeipsychologen zur Verwunderung aller erstaunlich schnell erholt und es strikt abgelehnt, einige Zeit frei zu nehmen. Nachdem er von seinen Kollegen mit Händeschütteln und Schulterklopfen wieder im Kreise der Ermittler begrüßt worden war, bat Sauer die Anwesenden, sich zu setzen, damit man endlich anfangen könne.

Alle Gruppen hatten wichtige Erkenntnisse angekündigt, und so versprach man sich viel von der sehr kurzfristig angesetzten Konferenz.

Da Sauer gleich zu Beginn der Zusammenarbeit unmissverständlich klar gemacht hatte, dass er das Sagen hatte, überließ es Thomas, trotz seiner Rolle als Gastgeber für die auswärtigen Kollegen, dem BKA-Beamten, die Sitzung zu koordinieren.

Meine Damen und Herren! Gehen wir der Priorität nach vor!

Einem Henning Gröber nicht unähnlich verzichtete er an dieser Stelle auf unnötige Grußworte.

Deswegen zunächst hier folgende Information: Als Standort der Labors, die in Tanaka Morimuras Brief an seinen Sohn erwähnt werden, konnten wir aus den gesichteten Unterlagen das alte Silberbergwerk im Schauinsland sicher identifizieren. Dort wurde offensichtlich unter größter Geheimhaltung über Jahre hinweg eine entsprechende Anlage errichtet, die, so versichern uns die Kollegen des militärhistorischen Bundesamtes, in keinerlei anderen Dokumenten erwähnt wird.

Sein Blick wanderte zu den angesprochenen Personen und forderte Bestätigung seiner Ausführung, die auch prompt in Form eines „Genau so verhält es sich" aus dem Mund des Teamleiters erfolgte. Sauer akzeptierte die Antwort mit einem steifen Nicken.

Wir haben deswegen vor wenigen Stunden bereits Kontakt mit dem hiesigen Amt für Bergbau und dem Förderverein aufgenommen, der sich um die Begehbarmachung des Museumsbergwerkes kümmert. Diese beiden Institutionen sind derzeit diejenigen, die uns am meisten über die Bergwerksanlage sagen können. Durch sie wollen wir Aufschluss erlangen, was strategisch günstige Eingänge betrifft, wie die Logistik für ein solches Vorhaben aussehen mag und vielleicht sogar, in welchem Teil des weitläufigen Labyrinthes sich bisher unentdeckte Räume von beachtlicher Größe befinden könnten. Die Vertreter treffen wir gleich im Anschluss an diesen kurzen Informationsaustausch.

Er wandte sich an den Sprecher des technischen Rechercheteams.

Sie, Dr. Volz, haben uns auch einige Neuigkeiten versprochen! Darf ich Sie in aller Kürze bitten... ?

Dr. Volz, ein drahtiger, weißhaariger Mann mittleren Alters, stand für seine Ausführungen auf.

Das akribische Studium der technischen Pläne hat tatsächlich sensationelle Erkenntnisse hervorgebracht: Die Wissenschaftler der Nazis haben uns nicht nur detaillierte technische Pläne für den Bau einer Nuklearwaffe hinterlassen, sondern auch sehr präzise physikalische Formeln und Berechnungen rund um das radioaktive Uranisotop U-233. Auch erstaunlich genaue Reaktionsbilanzen und Vorhersagen des Ablaufes der unkontrollierten Kettenreaktion konnten wir in den Unterlagen finden.

Lässt sich, hakte Sarah ein, aufgrund der Kombination aus technischem Know-how und der Exaktheit der physikalischen Berechnungen ableiten, ob eine funktionsfähige Kernwaffe produziert werden konnte?

Dr. Volz zögerte einen Moment. Dann bestätigte er Sarahs Frage.

Alle theoretischen Voraussetzungen hierfür sind erfüllt. Nur ein paar Beispiele: Die kritische Masse des U-233, die bis dahin ja noch nicht bekannt war, wurde relativ genau mit etwa 17 kg errechnet. Dieser Wert bezieht sich auf eine Masse ohne einen installierten Neutronenreflektor. Auch die angegebenen 6,5 kg bei Vorhandensein eines solchen Neutronenreflektors aus einem massiven Stahlmantel ist erstaunlich genau.

Dr. Volz griff nach seinem Wasserglas, nahm einige Schluck und fuhr, da keine Frage gestellt wurde, weiter fort.

Die überkritische Masse sollte gemäß der Pläne nach dem sogenannten Gun-Prinzip zusammengeführt werden, eine simple Konstruktion, die sogar bei den Amerikanern 1945 als so sicher galt, dass sie nicht vor dem Abwurf getestet wurde.

Geradezu sensationell sind die Maße der fertigen Konstruktion. Das Gerät wäre laut Plänen ein Kubus mit einem quadratischen Querschnitt der Kantenlänge 52 Zentimeter und der Länge von etwa zwei Metern. Das ist erstaunlich kompakt! Die Wissenschaftler haben allerdings in Bezug auf ihre mathematischen Berechnungen kein Risiko eingehen wollen und die entsprechenden Einzelmassen etwas überdimensioniert.

Trotzdem ist die Masse des einsatzfähigen Apparates als gering zu bezeichnen. Das Gewicht wird mit ungefähr 640 kg angegeben, was als absolutes Leichtgewicht durchgeht. Aber die Mengen und Gewichte der verwendeten Materialien sind plausibel. Der größte Teil entfällt hierbei auf den Neutronenreflektor aus Stahl. Der Rahmen, die Abdeckungen und der konventionelle Sprengstoff machen einen erheblich kleineren Teil des Gewichtes aus.

Wie kommt es, fragte Sauer, dass die erste amerikanische Nuklearwaffe etwa achtmal soviel wog, während es den Deutschen gelungen ist, fast eine Mini-Nuke zu konstruieren?

Dr. Volz lächelte: Die Amerikaner wollten ihre Bombe von vornherein aus einem Flugzeug abwerfen. Nicht nur, dass sie komplizierte Überwachungselektronik, Funkentstörung und etliches Anderes verbaut haben. Sie hatten auch ein ungemein kompliziertes Zündverfahren, das aus einer Kombination aus Zeitzünder, Höhenmesser, Radarabstandsmesser und einer Vielzahl anderer Sicherungen bestand. Noch dazu war alles redundant ausgelegt. Unser Sprengkopf hier ist vergleichsweise simpel. Wird der Zünder betätigt, erfolgt die Kettenreaktion. Mehr nicht.

Heißt das, fragte Sauer weiter, Sie gehen davon aus, dass der Apparat, den Sie uns vorgestellt haben, funktionieren würde?

Diesmal kam Dr. Volz' Antwort wie aus der Pistole geschossen.

Wenn den Wissenschaftlern damals genug hochangereichertes, spaltbares Material zur Verfügung gestanden hat: Ja! Dann gehe ich genau davon aus!

Auf das betretene Schweigen, das sich im Anschluss an Dr. Volz' Ausführungen breitmachte, folgte alsbald eine rege Diskussion, in welcher der Physiker seine Vermutungen durch weitere Details untermauerte und den Laien weite Einblicke in die Mechanismen und Wirkungsweisen einer Nuklearwaffe gab.

Als die Sprache auf die zu erwartende Sprengkraft kam, überraschte Dr. Volz die Ermittler abermals.

Die Kernwaffentests der Amerikaner und der Russen haben relativ früh gezeigt, dass bei der Kettenreaktion ohne besondere Vorkehrungen nur ein Bruchteil des spaltbaren Materials zur Reaktion kommt, was sich natürlich negativ auf die freigesetzte Energie, sprich, die Sprengkraft auswirkt. Das liegt daran, dass die überkritische Masse einfach nicht schnell genug auf engsten Raum zusammengebracht werden kann.

Ein Blick in die Runde bestätigte Dr. Volz, dass sein Auditorium ihm bisher folgen konnte.

Da man bei dem Gun-Prinzip hier die Grenzen gesehen hatte, wurden die späteren Waffen nach dem sogenannten Implosionsprinzip gebaut. Hierbei wird eine Hohlkugel aus spaltbarem Material durch umliegenden Sprengstoff im Zentrum der Kugel komprimiert, wodurch die Effizienz um Etliches gesteigert werden konnte. Nachteil: Erheblich kompliziertere Konstruktion und Herstellung. Die Wissenschaftler, die unsere Bombe hier konstruiert haben, haben allerdings eine Effizienzsteigerung im Wesentlichen durch zwei Dinge erreichen wollen. Zum einen, so stellt sich das für uns dar, durch die Entwicklung eines extrem schnell abbrennenden Initialsprengsatzes, der das Urangeschoss in bisher unerreichtem Maße beschleunigt hätte. Unterstützt wurde dieser Effekt noch durch eine besondere Konstruktion des Geschosstunnels, der über Düseneffekte das spaltbare Material noch weiter beschleunigt hat. Die Formgebung der stationären Masse und des Urangeschosses haben zusätzlich dazu beigetragen, dass der Anteil des an der Reaktion beteiligten Materials weiter angestiegen wäre.

Sauer nutzte eine weitere Trinkpause von Dr. Volz, um eine Zwischenfrage zu platzieren.

Welche Auswirkungen könnten Ihrer Meinung nach diese technischen Raffinessen auf die zu erwartende Sprengkraft haben?

Diese Frage hatten sich alle Anwesenden bereits mehrfach gestellt, und Sauer hatte den perfekten Zeitpunkt für seine Unterbrechung gewählt. Dr. Volz stellte sein Glas wieder ab.

Mit dem Vorbehalt, dass sich hier alles um theoretische Vorgaben handelt, sind wir übereingekommen, das TNT-Äquivalent der Bombe zwischen 100 und 150 Kilotonnen anzusiedeln. Das entspricht der acht- bis zwölffachen Sprengkraft der Hiroshimabombe.

Abermals wurde es still in dem Raum. Wahrscheinlich dachte jeder an die Bilder des Angriffs auf Hiroshima und versuchte, sich die Auswirkungen einer zehnmal so starken Explosion auf eine moderne Großstadt auszumalen. Es hatte noch niemand etwas gesagt, als ein kurzes Klopfen an der Tür Besuch ankündigte und einen Moment später Helen den Kopf in den Konferenzraum steckte.

Entschuldigung, Herr Wagner und einer seiner Mitarbeiter vom Förderverein des Museumsbergwerkes sind jetzt da. Soll ich sie noch etwas warten lassen?

Sauer sah in die Runde. Auf keinem der Gesichter konnte er die Absicht erkennen, Dr. Volz noch weitere Fragen stellen zu wollen. Er wandte sich Helen zu.

Nein, wir sind gerade fertig. Schicken Sie die Herren herein. Ich hoffe inständig, dass sie uns mit brauchbaren Informationen versorgen können. Ich befürchte, dass uns die Zeit davonrennt.

Kurz darauf erschien Helen mit zwei Herren im Schlepptau. Den Älteren stellte sie als Jochen Wagner, Leiter des Fördervereins Silberbergwerk, den Jüngeren als Siegmund Frey, aktivstes und erfahrenstes Mitglied unter Tage vor. Frey war derjenige, der sich am besten mit den Begebenheiten in dem Stollensystem auskannte. Wagners Aufgabe war es, die historische Entwicklung des Bergwerkes zu erläutern und so offenzulegen, wo die Gruppe um Mahmoud am wahrscheinlichsten in die Stollen eindringen würde und wo sich eine geheime wissenschaftliche Anlage befinden könnte.

Gerade als die beiden Herren mit ihren Berichten beginnen wollten, klopfte es wieder an der Tür und Helen leitete zwei weitere Personen in den Raum. Es handelte sich dabei um den Leiter der Einsatzgruppe der GSG 9, Oberst Ulf Backenruth, sowie seinen Teamleiter Major Friedrich Müller. Die beiden stellten sich nur sehr knapp vor und setzten sich an das untere Ende des Tisches, um den Ausführungen der beiden Zivilisten bezüglich des Bergwerkes zu folgen.

Es dauerte über dreieinhalb Stunden, bis sämtliche Aspekte erläutert, die räumlichen Möglichkeiten eingegrenzt und die vermutlich anzutreffende Situation im Inneren der Stollen abgeklärt waren. Das Meiste beruhte auf Vermutungen, denn auch Siegmund Frey, der mehrfach über den zentralen Roggenbachschacht in tiefere Gänge abgestiegen war, konnte nicht von Anzeichen der ehemaligen Anlagen berichten. Die darauffolgende, vor allem von

Thomas auf der einen, und Sauer, Backenruth und Müller auf der anderen Seite leidenschaftlich geführte Diskussion war in weiten Teilen nicht übermäßig fruchtbar. Aber zumindest eines konnte am Ende des Gespräches als gesichert angesehen werden: Die Bergung der Bomben war ausschließlich über den Leopoldstollen möglich. Dieser Einstieg etwas oberhalb des Ortsteils Kappel gelegen war also der Ort, wo der Zugriff auf die Terroristen stattfinden musste, wollte man eine riskante Aktion im Inneren des Berges verhindern.

Mein Name ist Gernot Sauer vom BKA. Ich leite das Mobile Einsatz Kommando, das aufgrund der Vorkommnisse der letzten Tage die Verantwortung in diesem besonders gelagerten Fall übernimmt. Viel zu spät, wenn ich das an dieser Stelle noch hinzufügen darf.

Trotz der Spitze gegen Gröber und die anderen Freiburger Kollegen schien Sauer sachlich und kooperationsbereit zu sein. Alle an dem Fall beteiligten Freiburger Ermittler inklusive Gröber waren anwesend, außerdem der Vertreter der Bundesanwaltschaft, Oberstaatsanwalt Beyerle, Oberst Backenruth, Major Müller und sechs weitere Kollegen, die Gernot Sauer aus Wiesbaden mitgebracht hatte. Die hinteren Reihen des Konferenzraumes waren von etwa 40 sichtlich durchtrainierten Männern der GSG 9 besetzt, denen das Briefing eigentlich galt.

Wie Sie alle wissen, haben wir durch die Analyse des von der Freiburger Kriminalpolizei sichergestellten Materials Kenntnis von kriminellen Vorgängen äußerst bedrohlichen Ausmaßes erhalten. Die Sichtung und Auswertung der Dokumente ist angesichts des Zeitdruckes nur oberflächlich abgeschlossen, aber das, was unsere Spezialisten zusammentragen konnten, stellt sich wie folgt dar:

Mit einer Fernbedienung aktivierte er den Laptop und mittels des angeschlossenen Beamers konnten alle Anwesenden der eilig zusammengeschusterten PowerPoint-Präsentation folgen.

...offensichtlich wurde Ende der 30er Jahre vom Reichsforschungsamt der nationalsozialistischen Regierung eine streng geheime Gruppe aus Wissenschaftlern gebildet, die sich mit der militärischen Nutzbarkeit der Kernspaltung beschäftigen sollte. Der Durchbruch gelang, wie wir alle wissen, Otto Hahn, der übrigens nicht in dieser Gruppe arbeitete, erst Ende 1938, aber die theoretischen Grundlagen waren auch davor schon bekannt.

Begleitend zu seinem Vortrag blendete Sauer die wichtigsten Stichpunkte ein.

Um es kurz zu machen: Aufgrund der jüngsten Auswertungen ist davon auszugehen, dass es den Forschern gelungen ist, zumindest auf dem Papier eine funktionstüchtige Nuklearwaffe zu entwickeln.

Auch wenn alle Anwesenden mit der Thematik befasst waren und es praktisch keine andere Interpretationsmöglichkeit der Vorgänge und vor allem Tanaka Morimuras Brief an seinen Sohn zu geben schien, ging an dieser Stelle ein Raunen durch den rückwärtigen Teil des Raumes.

Diese Tatsache alleine wäre zwar schon eine Sensation, aber leider haben wir starken Grund zu der Annahme, dass auch schon mindestens ein, vielleicht mehrere Sprengköpfe fertiggestellt wurden. Dank der Ermittlungen unserer Kollegen hier konnte aufgedeckt werden, dass eine antisemitische, anti-westliche terroristische Organisation – die Details will ich Ihnen ersparen – bestrebt ist, in den Besitz dieser Waffen zu gelangen und möglicherweise kurz davor ist, dieses Ziel auch zu erreichen.

Wieder wurde es unruhig in dem Raum, Sauer ließ sich jedoch nicht beirren.

Zum Glück konnten wir den ungefähren Standort der Waffen feststellen. Ebenfalls zu unseren Gunsten spricht die Tatsache, dass die Bergung der Sprengköpfe eine komplizierte, aufwändige Aktion ist, welche die Gruppe um Mahmoud al-Qaradawi – das ist unser Hauptverdächtiger in dieser Angelegenheit – nun schon seit Wochen vorzubereiten scheint.

Sauer blendete ein Bild ein, dasselbe, welches seinerzeit Leon Berger präsentiert hatte.

Kurzum, die Bomben, so sie denn existieren, befinden sich irgendwo in der alten Silbermine des Schauinslands. Den genauen Standort der Laboratorien und Werkstätten konnten wir weder aus den sichergestellten Unterlagen, noch durch die Mithilfe des Amtes für Militärgeschichte ermitteln. Es existieren schlicht keine Aufzeichnungen über die Arbeit an der unkontrollierten Kernspaltung aus dieser Zeit. Unsere Vermutung und auch einzig plausible Erklärung ist, dass die einzigen schriftlichen Aufzeichnungen, die den Krieg überstanden haben, jene sind, die wir im Unterschlupf der Terroristen sicherstellen konnten. Was die Personen angeht, die seinerzeit von dem Projekt wussten, haben wir ernstzunehmende Indizien, dass die Wenigen, die um den Zweck der Unternehmung wussten, hier in Freiburg bei dem verheerenden Luftangriff vom 27. November 1944 ums Leben kamen. Somit ist das ganze Projekt in Vergessenheit geraten. Nur dem Brief eines japanischen Physikers an seinen damals acht Jahre alten Sohn haben wir es zu verdanken, dass das Geheimnis wieder ans Licht gekommen ist.

Sauer beendete die PowerPoint-Show und schaltete den Beamer mit der Fernbedienung aus.

Dies ist sozusagen in Steno, was uns alle hier zusammengeführt hat. Ihre Aufgabe wird nun sein, er richtete seine Worte an die Einsatzkräfte der GSG 9, den Zugriff durchzuführen. Dabei gilt es zwei Ziele zu erreichen. Erstens: Festsetzen der beteiligten Personen und zwar unter allen Umständen. Niemand darf dem Zugriff entgehen! Zweitens: Sicherstellung der Nuklearwaffen, falls sie existieren, schloss er seinen Vortrag und winkte Oberst Backenruth nach vorne.

Dieser griff im Gehen in seine Seitentasche, zog einen USB-Stick hervor und stöpselte diesen an den Laptop. Dann griff er zu der Fernbedienung, schaltete den Beamer aufs Neue ein und begann, seine Leute genauestens zu instruieren.

Die Situation ist folgende. Er blendete eine Luftaufnahme der Umgebung des Stolleneinganges ein, die von einem zivilen Rettungshubschrauber im Vorbeiflug aufgenommen worden war.

Dies ist der einzige Zugang zu dem vermutlichen Standort der Nuklearwaffen. Ob sich eine oder mehrere Zielpersonen zu diesem Zeitpunkt bereits im Stollen aufhalten, ist ungewiss. Allerdings ist, wie Sie sehen, kein Transport- oder Fluchtfahrzeug im Bereich des Einganges zu erkennen, das bedeutet, dass sich zumindest eine Person außerhalb des Zielortes befinden könnte! Diese Aufnahme ist früh morgens entstanden, tagsüber sind in der Regel die Autos von Wanderern und Ausflüglern auf dem Parkplatz. Wir haben beim Zugriff je nach Tageszeit auch mit Unbeteiligten zu rechnen. Ein Thermobildscan des Umfeldes hat ergeben, dass offensichtlich kein Scharfschütze für die Überwachung des Eingangs abgestellt ist, so wie es bei ihrem provisorischen Unterschlupf praktiziert wurde.

Wieder veranschaulichte er das Gesagte mit Bildern, diesmal mit Aufnahmen in den typischen Falschfarben einer Wärmebildkamera.

Für den Zugriff bedeutet das, dass wir genau dann in Aktion treten, wenn wir sicher sind, alle Zielpersonen auch anzutreffen. Aus diesem Grund hat sich bereits ein getarnter Beobachter angenähert, der uns laufend mit Berichten zur Lage versorgt.

Das nächste Bild war eine Teleaufnahme der Stollentür.

Diese Eisentür ist gemäß unseren Informationen etwa 120 Millimeter stark und widersteht allen uns zur Verfügung stehenden Handfeuerwaffen. Zudem ist der Bereich hervorragend aus dem Inneren heraus zu verteidigen. Das bedeutet, diese Tür muss zwingend gesichert sein, bevor sich die Zielpersonen dahinter verschanzen können. Falls das nicht gelingt, gefährdet das die ganze Operation! Soviel zu den Örtlichkeiten.

Er wechselte die Anzeige und es erschienen Bilder von al-Qaradawi und einigen anderen Personen, meist ziemlich unscharfe

Aufnahmen, die eindeutig bei verdeckten Observationen geschossen wurden.

Unsere Zielpersonen. Die Bilder haben uns freundlicherweise die Kollegen vom BND zur Verfügung gestellt, läutete Backenruth das nächste Kapitel ein.

Einzig sicher identifiziert sind drei Personen. Dieser Mann hier, er blendete ein den Freiburger Kriminalbeamten nur allzu gut bekanntes Bild ein, ist der Kopf der Gruppe, sein Name ist Mahmoud Chalid al-Qaradawi. Militärisch ausgebildet. Wie man erkennen kann, sehr kräftig und durchtrainiert. Er ist mit allen Arten des waffenlosen und bewaffneten Nahkampfes bestens vertraut. Mit ihm dürften wir nicht nur den Anführer der Gruppe, sondern auch deren gefährlichstes Mitglied vor uns haben.

Backenruth klickte sich langsam durch einige weitere Aufnahmen, die Mahmoud in verschiedenen Situationen zeigten. Als ein Foto von der am Güterbahnhof getöteten Frau erschien, unterbrach Backenruth kurz und erläuterte.

Das ist die zweite positive Identifizierung. Bei dieser Person handelt es sich um die junge Frau, die bei einem Feuergefecht mit der Polizei vor einigen Tagen ums Leben gekommen ist. Sie hatte zuvor einen Kollegen erschossen und eine weitere Beamtin leicht verletzt. Ihr Name ist Nassira Suleiman. Sie war eine Vertraute al-Qaradawis und möglicherweise auch seine Geliebte. Sie hat ein Ingenieurstudium im Bereich Maschinenbau erfolgreich absolviert und war höchstwahrscheinlich für alles Technische verantwortlich. Wir mutmaßen, dass sie auch diejenige war, die für die Bergung der Nuklearsprengsätze das erforderliche Know-how bereitstellen sollte. Inwieweit sie ihre Aufgabe bereits erledigt hatte, vermag niemand zu sagen.

Er machte eine kurze Pause.

Dieser Mann hier schließlich, Backenruth blendete ein Bild von Hassan ein, hat vermutlich einen Brandanschlag auf ein hiesiges Hotel zu verantworten, er wurde von den Freiburger Kollegen identifiziert. Wir gehen jedoch davon aus, dass er bei dem darauffolgenden Schusswechsel schwer verwundet wurde und mittlerweile nicht mehr am Leben ist.

Backenruth zeigte noch eine Handvoll weiterer Bilder, auf denen die Beteiligten erkennen konnten, was für eine attraktive Frau Nassira Suleiman gewesen sein musste. Dann erschienen verschiedene Bilder von Personen, die allen gänzlich unbekannt waren. Backenruth klickte auch durch diese Aufnahmen langsam durch und nannte Namen und Hintergründe.

Dies sind Personen aus al-Qaradawis Umfeld. Sie stellen eine Auswahl derer dar, die für eine solche Aktion in Frage kommen. Mit ziemlich großer Wahrscheinlichkeit sind die drei noch verbleibenden Mitglieder der Gruppe unter diesen hier zu finden. Aber wer auch immer derzeit al-Qaradawi begleitet, die Gruppe ist gut organisiert, paramilitärisch ausgebildet und hervorragend ausgerüstet. Zudem haben sie in jüngster Vergangenheit bewiesen, dass sie in höchstem Maße gewaltbereit sind. Auch wenn es wie immer unser Ziel ist, sie lebend festzusetzen, müssen wir davon ausgehen, dass sie bei Sichtung sofort die Waffe benutzen. Wir gehen keinerlei Risiko ein, und wenn ich sage, keinerlei, dann meine ich das auch so, ist das verstanden worden?

Alle Anwesenden schwiegen und nicht nur den Mitgliedern der GSG 9 war klar, dass die Anweisung den sonst üblichen Warnschuss oder gezielten Schuss in Arme oder Beine von vornherein ausschloss.

Sollte einer von al-Qaradawis Männern zur Waffe greifen, würde er dies höchstwahrscheinlich nicht überleben. Auch wenn die Bedingungen für diesen Einsatz grundsätzlich andere waren, ein Desaster wie bei dem Zugriff auf den Terroristen Wolfgang Grams sollte sich nicht wiederholen, zumindest, was den Tod eines ihrer Kollegen anging.

Mit Karten und Fotos wies Backenruth seine Leute bis ins kleinste Detail der bevorstehenden Aktion ein. Über eineinhalb Stunden wurde jeder Schritt analysiert und auf jede denkbare Entwicklung eingegangen. Da der nahe gelegene Ortsteil Kappel sowohl den zivilen Einsatzfahrzeugen der GSG 9 als auch der Mobilen Einsatzzentrale des BKA genügend Möglichkeiten gab, unbemerkt relativ nah an den Parkplatz vorzudringen, wurde darauf verzichtet, sich unter Tarnung durch das Gelände anzunähern. Wenn die Streckenposten die Fahrzeuge der Gruppe identifiziert hatten, würde man außerhalb des Sichtabstandes folgen und, so zumindest die Planung, maximal 30 Sekunden nach den Terroristen am Stolleneingang eintreffen. Genügend Zeit, um sie am Verschanzen hinter der schweren Eisentür zu hindern.

Und wenn sie es doch schaffen?, war die lapidare Frage von Nico Berner, der durch seinen Einwurf bohrende Blicke von Gröber auf sich zog.

Backenruth erkannte den sachlichen Charakter der Frage.

Sie schaffen es nicht!, sagte er.

Aber falls doch, haben wir auf sehr direktem Dienstweg den Zugang zu weiteren Mitteln, die ich zu diesem Zeitpunkt nicht erläutern will.

Ob Berner und die anderen Anwesenden mit dieser Antwort zufrieden waren, ließ sich nicht feststellen. Für Backenruth war das Thema damit jedenfalls erledigt, und er fuhr in seinem Briefing fort. Nach einer weiteren Viertelstunde kam er mit seinen Ausführungen zum Ende.

Gibt es irgendwelche Fragen?, schloss er den Vortrag.

Blicke wurden ausgetauscht, die Köpfe nach und nach geschüttelt. Backenruth schien mit seiner präzisen Ausarbeitung keinen Punkt offengelassen zu haben. Als klar war, dass sich niemand äußern würde, ergriff Thomas das Wort.

Ich weiß, dass wir im Vorfeld bereits darüber diskutiert haben, aber ich möchte trotzdem noch einmal auf die Möglichkeit zu sprechen kommen, durch den ältesten Teil des Bergwerkes einzudringen und so die Zielpersonen von hinten überraschen zu können. Warum verzichten wir auf diese Option?

Mit dieser Frage löste er ein unruhiges Gemurmel aus. Sarah hielt ob dieser Provokation den Atem an. Während Gröber erstaunlich ruhig die Reaktionen der anderen studierte, verfinsterte sich das Gesicht von Sauer und er bekam einen hochroten Kopf. Auch Major Müller richtete ernste Blicke auf Thomas und schien jeden Moment zu platzen. Backenruth jedoch nahm den Einwand gelassen hin. Mehr an seine Einsatzgruppen denn an Thomas gerichtet war auch seine Antwort.

Weil die Stollen für uns mit Weste und Ausrüstung zum Teil zu schmal sind, ansonsten keinerlei Bewegungsfreiheit lassen und wir uns über mindestens fünf Stockwerke auf maroden Holzleitern nach unten kämpfen und das letzte Stück freihängend abseilen müssten. Eine Höhendifferenz von mindestens 200 Metern. Diese Aktion birgt zu viele Risiken, außerdem ist auf diesem Wege eine spontane Flucht für unsere Zielpersonen nicht möglich. Und nun will ich von diesem Thema nichts mehr hören.

Die Bestimmtheit, mit der er den letzten Satz hervorbrachte ließ keinen Zweifel daran, dass jedes weitere Wort hierzu Konsequenzen haben würde. Das Gemurmel verstummte, Sauer und Gröber blickten angespannt auf Thomas.

Ich muss darauf bestehen, diese Möglichkeit weiter in Betracht zu ziehen, begann Thomas von Neuem, aber Sauer schnitt ihm das Wort ab.

Jetzt reichts!, schrie er laut.

Sie haben mich und Oberst Backenruth sehr gut verstanden! Ihr Beitrag zu den bisherigen Ermittlungsergebnissen ist Ihnen wohl zu Kopf gestiegen! Mischen Sie sich nicht in die Arbeit von Profis ein!

Und an Gröber gewandt setzte er hinzu:

Ich bin immer noch bereit, Ihre Kollegen bei der Aktion teilhaben zu lassen, aus Goodwill und wegen ihres Verdienstes bei diesem Fall. Aber ihn hier, er deutete drohend auf Thomas, will ich nicht auch nur in der Nähe des Stolleneinganges sehen, wenn der Einsatz beginnt! Haben Sie mich verstanden?

Gröber nickte geflissentlich und stand auf. Entgegen seiner cholerischen Art war die Ansage an Thomas ungewöhnlich ruhig, wenn auch scharf und unmissverständlich.

Bierman, ich hatte Sie gewarnt!, sagte er, Sie sind raus! Machen Sie irgendetwas, alte Akten sortieren oder sonst was, aber wagen Sie es nicht, beim Zugriff am Stolleneingang aufzutauchen, haben Sie verstanden?

In dem Raum hätte man die sprichwörtliche Stecknadel fallen hören können, als Thomas mit einem leicht überheblichen Grinsen zunächst schwieg und dann in aller Ruhe antwortete.

Ich habe verstanden!

Dann fangen Sie gleich damit an, sich woanders nützlich zu machen, setzte Sauer hinzu, wir brauchen Sie hier jedenfalls nicht mehr.

Betont lässig stand Thomas auf, nahm seinen Aktenordner und ging Richtung Tür. Als er mit Sarah noch einmal Blicke tauschte, lächelte er kaum merklich und zwinkerte ihr im Vorbeigehen zu. Sarah, die den kurzen Schlagabtausch mit roten Ohren verfolgt hatte, begriff nun, was gerade geschehen war. Offensichtlich hatte Thomas den Ausbruch bewusst provoziert, um anschließend sein Ding durchziehen zu können. Und das war eindeutig, selbst in den Stollen hinabzusteigen, um für den Fall eines misslungenen Zugriffs die vieldiskutierte Gefahr einer Sprengung der Bomben zu verhindern. Ob er Gröber in seinen Plan eingeweiht hatte? Der ruhige Verweis des Chefs ließ dies vermuten, aber irgendwie konnte sie sich das nicht vorstellen. Schließlich hätte er sie doch als erstes informiert! Jedoch auch Gröbers Gesichtsausdruck bestätigte Sarahs Verdacht, dass Thomas mit ihm abgesprochen hatte, entweder den Einsatz durch die Hintertür durchzusetzen, oder eben über einen Ausschluss aus dem Fall eigeninitiativ vorgehen zu können. Innerlich musste sie lächeln, als Thomas die Tür beim Verlassen mit einem lauten Knall ins Schloss warf.

Weiß Gröber darüber Bescheid, was du vorhast?

Sarah hatte Thomas, nachdem die Sitzung kurz nach der heftigen Konfrontation für beendet erklärt worden war, auf dem Parkplatz abgefangen. Sie hatte ihm auf den Kopf zugesagt, was er ihrer Meinung nach plante, und Thomas hatte ihre Vermutung bestätigt.

Ich habe Gröber kurz vor dem Meeting gesagt, dass ich alles daran setzen werde, den Einstieg durch das Museumsbergwerk doch noch durchzusetzen oder eben auf eigene Faust zu handeln. Ich finde es nach wie vor unverantwortlich, ja geradezu fahrlässig, diese Option außer Acht zu lassen!

Sarahs Blick war eine Mischung aus Neugier und Sorge, als sie fragte:

Und wie hat er darauf reagiert?

Er hat mir natürlich jegliche offizielle Rückendeckung verweigert. Klar, er würde sich ja gegen das BKA stellen. Ich habe jedoch den Eindruck, dass er insgeheim mit meinem Vorgehen einverstanden ist.

Sarah nickte.

Ja, so habe ich seine Reaktion gerade eben auch gedeutet. Wie stellst du dir die Aktion vor?

Ich werde jetzt gleich den jungen Mitarbeiter vom Bergwerkverein anrufen, der soll mich bis zu dem Hauptschacht bringen, von da an werde ich alleine nach unten steigen.

Das meine ich nicht!

Sarah schüttelte den Kopf.

Wenn du unten bist, was willst du da machen?

Ich werde, sagte Thomas mit zuversichtlichem Ton, dem Eingang, von dem sich Backenruth mit seinen Männern nähern wird, auf jeden Fall fernbleiben.

Ein leichtes Aufatmen bei Sarah.

Mein Plan ist es, in einer strategischen Position zu bleiben und zu warten, ob der Zugriff am Stolleneingang erfolgreich ist. Sollte das so geschehen, klettere ich unverrichteter Dinge wieder aus dem Schacht. Wenn allerdings die Aktion schief geht, wird mindestens einer der verbleibenden Terroristen versuchen, zu den Bomben zu gelangen, um sie zu zünden. Du hast den BKA-Profiler gehört, ein Teilerfolg ist besser als ein Misserfolg.

Sarahs Miene blieb neutral.

Und ausschließlich in diesem Fall wirst du eingreifen, konstatierte sie.

Ausschließlich in diesem Fall!, bestätigte Thomas.

Sarah hingegen schwieg einige Momente und ihr Ausdruck veränderte sich beinahe schlagartig.

Ich mache mir solche Sorgen! Du gehst ein unkalkulierbares Risiko ein, ich habe Angst, dass dir etwas passiert!

Sie fasste Thomas am Arm und sah ihm gerade in die Augen.

Und ich kann diesen Gedanken nicht ertragen, verstehst du?

Thomas nickte nachdenklich. Doch dann entgegnete er:

Wir gehen jeden Tag mehr oder weniger unkalkulierbare Risiken ein. Und, versteh mich bitte nicht falsch, für mich ist dieses Risiko um einiges kalkulierbarer als für dich oder die anderen aus unserem Team.

Er suchte in Sarahs Augen Verständnis, fand es jedoch nicht, deswegen redete er weiter.

Diese Situation ist nicht anders als etliche Situationen, die ich bereits durchlebt habe. Und glaube mir, ich werde jeden einzelnen Schritt genau überlegen. Ich komme da unten schon klar!

Sarah zeigte keine Reaktion, sondern schluckte nur schwer. So sehr sich Thomas auch bemühte, ihre Ängste konnte er ihr nicht nehmen.

Vergiss eines nicht!, versuchte er es trotzdem weiter.

Mein unschätzbarer Vorteil ist, dass, wer auch immer da unten ist, nicht mit mir rechnet. Diesen Vorteil werde ich ausnutzen können, das ist eindeutig der Trumpf in diesem Spiel.

Das ist *kein* Spiel!, begehrte Sarah auf.

Auf wen du auch triffst, derjenige ist genauso gut ausgebildet wie du! Und steht mit dem Rücken zur Wand! Herrjeh, begreifst du nicht, was ich fühle?

Thomas fasste sie an beiden Schultern und sah ihr in die Augen.

Das begreife ich, sagte er leise, und deswegen verspreche ich dir auch, vorsichtig zu sein. Und im Übrigen: Wenn du bei dem Zugriff dabei bist, bleibe im Hintergrund. Riskiere nichts! Am besten, du hältst dich an Backenruth, ok?

Sarah seufzte.

Ok!

Er beugte sich vor und küsste sie zärtlich auf den Mund. Dann schwang er sich auf seine Enduro, ließ den Motor an und fuhr davon.

Bereits fünf Stunden nach dem Briefing saßen Sarah, Nico Berner, Karen Polocek und Thorsten Neubauer angespannt im Auto und horchten den Funksprüchen zwischen Sauer, Müller und den Beamten des GSG 9-Kommandos. Zuvor war gemeldet worden, dass eine einzelne Person den Stollen verlassen und sich zu Fuß in Richtung Kappel auf den Weg gemacht hatte. Den Fotos zufolge, die der getarnte Scharfschütze der Einsatzleitung per MMS übermittelt hatte, handelte es sich höchstwahrscheinlich um Kerim Abu-Abbas, einen der Männer, die Backenruth bei seinem Vortrag vorgestellt hatte.

Diese Information warf die Annahmen, die Terroristen würden des Nachts im Stollen arbeiten und tagsüber in ihren Fahrzeugen irgendwo auf einer Autobahnraststätte oder einem anderen geeigneten Platz weit weg vom Stolleneingang schlafen, über den Haufen. So wie sich die Sachlage nun darstellte, verbrachten sie die ganze Zeit innerhalb des Bergwerkes und hatten ihre Autos irgendwo abgestellt, wo sie keinen Verdacht erregen würden.

Nun war Abu-Abbas offensichtlich auf dem Weg zu einem der Fahrzeuge, sei es um etwas Wichtiges zu besorgen, oder um den Abtransport der Sprengkörper vorzubereiten. Auf jeden Fall war eines klar: Das Szenario, alle Personen im Freien außerhalb der schweren Stahltür festsetzen zu können, schien nun in den Bereich des Unmöglichen gerückt zu sein. Ohne zu diskutieren hatte Oberst Backenruth die Vorgehensweise bestimmt. Ohne Widerspruch hatten alle Beteiligten seine Anweisungen in die Tat umgesetzt, schließlich waren es ausschließlich seine Männer, die bei dem zu erwartenden Zugriff ihr Leben riskierten. Auf den Hauptverkehrswegen in Kappel und auf der Straße zum Parkplatz vor dem Stollen hatten Sauers Beamte in gut getarnter oder unverfänglicher Position Stellung bezogen, um die Rückkehr Kerims, sei es zu Fuß oder in einem Fahrzeug, zu melden. Derweil warteten die GSG 9-Beamten in ihren zivilen Audi Kombis in Seitenstraßen auf die Beschreibung des Fahrzeuges, um im Falle Kerims motorisierter Ankunft wie abgesprochen ohne Sichtkontakt folgen zu können.

Vor dem Stollen würde der vor Ort liegende Scharfschütze melden, wenn die Stollentür geöffnet sei, damit Kerim überwältigt werden konnte. Wenn möglich sollte dies lautlos vonstattengehen, um ein risikoloses Eindringen in den Stollen zu gewährleisten. Der Gedanke, bereits jetzt in der Nähe des Eingangs einige Männer zu positionieren, wurde verworfen, da unsicher war, ob der Bereich der Stahltür nicht von den Terroristen elektronisch überwacht wurde. Zudem musste jederzeit mit dem Auftauchen Kerims gerechnet werden.

Die mobile Einsatzzentrale, ein hochmotorisierter, zivil anmutender Dreißigtonner mit leichter Panzerung, beschusssicheren Scheiben und jeglichem elektronischem Equipment, hinter dem Sarah und die anderen warteten, sollte nach Eingang des Einsatzbefehls den Fahrzeugen der GSG 9-Einsatztruppe folgen und mit Sicht auf die Stollentür Position beziehen. Die Hoffnung war, dass bei Eintreffen des Trucks Kerim bereits außer Gefecht gesetzt und der Eingang gesichert werden konnte. In dem Fahrzeug befanden sich neben Sauer, Backenruth und Müller noch ein

Dolmetscher und Sauers Profiler, ein Verhandlungsspezialist, der bereits am Vormittag Statements zu den voraussichtlichen Reaktionen der Terroristen abgegeben hatte. Wenn alle Kräfte vor Ort waren, würde die eigentliche Säuberung des Stollens, wie Müller es nannte, unter höchsten Sicherheitsvorkehrungen ein recht langwieriges und gefährliches Unterfangen sein. Nicht zuletzt, weil die verbleibenden Zielpersonen bereits seit einiger Zeit in dem Tunnelsystem zugange waren und über entsprechende Ortskenntnis verfügten, von Sprengfallen oder anderen Überraschungen einmal ganz abgesehen.

Sarah war in Gedanken bei Thomas, der sich vermutlich gerade zu diesem Zeitpunkt durch das Dunkel der mittelalterlichen Stollen vorkämpfte, als der lang ersehnte Funkspruch eintraf.

Einsatzzentrale, hier Posten Rot, ich habe eine eindeutig positive Identifizierung. Kerim Abu-Abbas ist auf dem Weg durch Kappel in Richtung Bergwerk. Er fährt einen weißen Toyota Land Cruiser, 80er-Baujahr. Er muss gleich an Posten Grün vorbeikommen. Over.

Sauers Stimme erklang aus dem Funkgerät.

Rot, hier Einsatzzentrale, verstanden. Ende! Grün, bitte um Bestätigung, wenn Zielperson Sie passiert hat. Over.

Etwa 30 Sekunden lang geschah nichts, dann kam die Meldung des angesprochenen Beamten.

Einsatzzentrale, hier Posten Grün, beschriebenes Fahrzeug hat mich eben passiert. Bestätige Identifizierung. Am Steuer sitzt Abu-Abbas. Over

Nun war es Major Müllers Stimme, die seinen wartenden Männern in den Fahrzeugen den Einsatzbefehl gab. Keine 20 Sekunden später rauschten die vier dunklen Audi Avant der GSG 9-Einsatzgruppe an Sarah und ihren Kollegen vorbei, um dem Land Cruiser außer Sichtweite zu folgen. Kaum hatten sie sie passiert, startete der Truck vor ihnen den Motor und setzte sich unerwartet schnell in Bewegung. Auch Sarah ließ den Wagen an und folgte der Einsatzzentrale in wenigen Metern Abstand.

Sie wissen, wie es von nun an weitergeht?

Siegmund Frey befestigte das letzte Paket Seil an einem Karabiner von Thomas Klettergurt. In etwa zweieinhalb Stunden waren die beiden Männer durch etliche Stollen und Schächte in die Tiefe gestiegen. Um eine zufällige Entdeckung, etwa durch den Schein der starken Taschenlampen, zu vermeiden, waren sie nur bis auf drei Quergänge zum Roggenbachschacht vorgedrungen. Ohne Freys Hilfe hätte Thomas den Weg durch das Labyrinth selbst mit dessen handgezeichneten Plänen sicher nicht gefunden. Dankbar hatte er das Angebot des jungen Mannes, ihn bis in die Nähe des Schachtes zu begleiten, angenommen. Jetzt aber war es an der Zeit, alleine weiterzugehen, Thomas wollte seinen Helfer auf gar keinen Fall in Gefahr bringen.

Nach dem dritten Querstollen biege ich rechts ab, dann an der ersten Biegung wieder links, dann stoße ich auf den Roggenbachschacht.

Thomas zog die Gurte noch einmal nach, schaltete die Taschenlampe aus und steckte sie in das Holster. Frey nickte, stellte die LED-Stirnlampe auf die niedrigste Stufe und reichte sie Thomas. Dieser setzte sie auf und schaute zur Probe in einen dunklen Nebengang. Er konnte alles erkennen, aber das Licht war schwach genug, um nicht irgendwelche Reflexionen hervorzurufen.

Ich danke Ihnen für alles!

Thomas reichte seinem Begleiter die Hand.

Frey ergriff sie mit beiden Händen.

Viel Glück beim Abstieg! Und bei allem, was danach kommt!

Thomas lächelte kurz und ging dann den nur spärlich von seiner Stirnlampe erhellten Stollen entlang. Frey blieb im Schein seiner MagLite nur als Silhouette erkennbar zurück.

Nach etwa zehn Minuten hatte Thomas den dritten Querstollen hinter sich gelassen und bog nun nach rechts in den etwas geräumigeren Tunnel ab. Keine 15 Meter weiter erreichte er auf der linken Seite abermals einen relativ geräumigen Gang, durch den er ohne Zögern weiterging. Jetzt war Vorsicht angesagt, denn der obere Eingang des Roggenbachschachtes war – Freys Worten nach – recht unscheinbar und praktisch nur ein Loch im Boden.

Erst etliche Meter weiter unten, wo der Bergbau bereits mit moderneren Maschinen betrieben worden war, konnte man von einem komfortablen Schacht mit den Möglichkeiten, einen Aufzug zu nutzen, sprechen. Tatsächlich erkannte Thomas im Schein der Stirnlampe ein Stück vor sich eine fast kreisrunde Öffnung im Boden des Tunnels, mit einem Durchmesser von etwa zwei Metern.

Langsam näherte sich Thomas an, denn auch wenn er seine Gegner mindestens 150 Meter unter sich vermutete, nämlich dort, wo der Leopoldstollen auf eben diesen Schacht traf, so bestand von nun an zumindest theoretisch Sichtkontakt. Sorgfältig untersuchte Thomas die Umgebung des Einstieges, ob sich eine Möglichkeit bot, sein Abstiegsseil fest anbringen zu können, ohne einen Felshaken einschlagen zu müssen. Dieses Geräusch würde zweifellos auch bis in die tiefer gelegenen Ebenen zu hören sein, zumindest wenn man sich in der Nähe des Schachtes befand. Eine alte Stütze aus Holz, um die sich ein Knoten legen ließ, befand Thomas für stabil genug, um sein Gewicht und das seiner Ausrüstung zu tragen. Weiter unten würde er laut Frey ziemlich sicher auf Reste des alten Fahrstuhls treffen, Eisenverankerungen und Krampen, die ausreichend Möglichkeit böten, sich zu sichern. Sollte das erste 120 Meter lange Seil nicht ausreichen, müsste er eben noch ein Stück verlängern – freischwebend nicht eben einfach, aber machbar.

Als er das Seil mit einem simplen Palstek befestigt hatte, hakte er sich ein und begann mit dem Abstieg, ständig nach unten blickend, um rechtzeitig einen Gegner ausfindig zu machen und sein Stirnlicht zu löschen. So bewegte er sich trotz aller Umsicht recht zügig in die Tiefe. Und tatsächlich: Noch bevor er das Ende seines Seiles erreicht hatte, traf er auf Betonstrukturen und die beschriebenen Eisenarmierungen. Er holte den Rest des Seiles auf, und da er das verbleibende Stück auf bestenfalls 15 Meter schätzte, entschied er bereits hier, auf das nächste Seil umzusteigen. Sollte es am Ende seiner jetzigen Sicherung keine geeignete Befestigungsmöglichkeit geben, würde ihn der Aufstieg viel Kraft kosten. Kraft, die er unter Umständen später dringend benötigte.

Das neue Seil ließ Thomas, nachdem er sich eingepickt hatte, nicht in die Tiefe rauschen, seiner Einschätzung nach musste es bereits in die von den Terroristen genutzten Bereiche hineinreichen und somit zu einer Entdeckung führen. Stattdessen rollte er immer nur zwei bis drei Meter ab, die er sich dann am Stück hinuntergleiten ließ.

Als er nach schätzungsweise zwei Dritteln des neuen Seiles unten einen Lichtschimmer wahrzunehmen glaubte, knipste er augenblicklich seine Stirnlampe aus und verharrte ohne Bewegung. Etwa 30 Meter unter sich konnte er tatsächlich aus einem rechteckig wirkenden Einlass zum Schacht Licht einfallen sehen. Das musste seiner Einschätzung nach der Leopoldstollen sein.

Noch während er die Situation unter ihm begutachtete, waren gedämpfte Laute zu vernehmen. Durch die Stollen waren sie verfälscht, doch Thomas konnte die Geräusche eindeutig als Schüsse identifizieren. So wie es aussah, hatte am Eingang des Stollens der Zugriff begonnen und entgegen aller Voraussagen war es zu einem Schusswechsel gekommen. Der Heftigkeit nach zu urteilen, leisteten die Terroristen erbitterten Widerstand. Und da sich auch kein Ende der Schießerei abzeichnete, war es ihnen wohl gelungen, sich hinter der Stahltür zu verschanzen. Der worst case für die Zugriffseinheit!

Unter Thomas kam nun Bewegung in das Bild. Eine Person tauchte in dem Lichtschein auf, griff nach einem Seil und ließ sich, genau wie er selber, zügig und ohne einen Blick nach oben zu werfen, den Schacht herab. Thomas wartete eine Weile. Es erschien keine weitere Person. Er vermutete, dass die anderen Mitglieder der Gruppe am Stolleneingang die Einsatzkräfte daran hinderten, in die Nähe der Tür zu gelangen, die sie sonst sicherlich zügig mittels Haftminen oder Ähnlichem sprengen würden. Der Eingang war zu zweit oder dritt problemlos längere Zeit zu halten. Und die Person, die Thomas eben beobachtet hatte, sollte nach unten, um irgendetwas mit den Bomben zu tun, an deren Existenz Thomas nun ohne jeden Zweifel glaubte. Besorgt, doch ohne Panik machte sich Thomas daran, dem Mann in die Tiefe zu folgen.

Als Sarah den Mercedes – einem Instinkt folgend in Deckung hinter der mobilen Einsatzzentrale – mit einer Vollbremsung zum Stehen brachte, war über Funk bereits zu hören, dass bei der Einsatzgruppe der GSG 9 nicht alles nach Plan lief. Aus den hektischen Wortwechseln zwischen den Mitgliedern der Einsatztruppe und Major Müller setzte sich ein wenig ermutigendes Bild zusammen. Kerim musste die Verfolger bemerkt haben, denn der weiße Land Cruiser war, dem Bericht des vor Ort stationierten GSG 9-Beamten zufolge, mit sehr hoher Geschwindigkeit auf dem Parkplatz angelangt und mit blockierenden Reifen bis neben das Betonbauwerk geschlittert, das die Stollentür umgab. Kaum zum Stillstand gekommen, war der Fahrer auch schon zu der Tür gehetzt. Da die Verfolger, die keinen Sichtkontakt zu dem Geländewagen hatten, mit einer normal angemessenen Geschwindigkeit unterwegs waren, hatte Kerim genügend Zeit, die schwere Tür zu öffnen und auch wieder hinter sich zu schließen, noch bevor der erste Wagen der GSG 9 auf dem Parkplatz erschienen war. Zwar hatte der Scharfschütze die Situation erkannt und um Feuererlaubnis gebeten, doch die Antwort war zu zögerlich gekommen, so daß er bei Bestätigung bereits keine Möglichkeit mehr zur Schussabgabe hatte. Als dann die GSG 9-Beamten eingetroffen waren und ihre Einsatzfahrzeuge verlassen hatten, waren sie sofort von massivem Feuer zu Boden gezwungen worden. Jetzt, da Sarah und die Anderen angekommen waren und hinter dem Einsatztruck relativ gesichert einen Überblick über die gesamte Szenerie hatten, konnten sie sehen, dass die Elitesoldaten alle in Deckung lagen und praktisch keine Chance hatten, einen Angriff auf die Stollentür zu unternehmen. Keiner der Männer war näher als etwa 40 Meter an das Tor herangekommen, und die Verteidiger hinter der Stollentür hatten die Situation unter Kontrolle. Kaum dass sich einer der GSG 9-Beamten bewegte und auch nur ein noch so kleines Ziel abgab, schlug auch schon eine Kugel in unmittelbarer Nähe ein.

Gernot Sauer erschien in der Seitentür des Trucks und winkte Sarah, Nico, Karen und Thorsten in die mobile Einsatzzentrale. Drinnen waren Oberst Backenruth und Major Müller gerade dabei festzustellen, ob es unter ihren Männern Verluste gegeben hatte. Doch bis auf zwei Streifschüsse und etliche Treffer an den kugelsicheren Westen und den Schutzschilden hatte es erstaunlicherweise keine Verletzungen gegeben. Die beiden getroffenen Beamten lagen in sicherer Deckung und schienen nicht unmittelbar in Lebensgefahr zu sein. Trotzdem tauschten Backenruth, Müller und Sauer besorgte Blicke aus. Die jetzige Pattsituation, bei der sich keine der beiden Seiten, ohne ein unkalkulierbares Risiko einzugehen, einen Vorteil verschaffen konnte, provozierte ja geradezu das von dem Profiler des BKA heraufbeschworene Horrorszenario. Würde eine Bergung der Sprengkörper unmöglich werden, wäre die einzig verbliebene Option für die Fanatiker, eine oder mehrere der Bomben zur Explosion zu bringen und so mit der Zerstörung einer westlichen Großstadt zumindest einen Teilerfolg zu erzielen. Im Moment arbeitete die Zeit auf Seiten Mahmouds, folglich musste so schnell wie möglich eine Lösung gefunden werden.

Langsam und jede Bewegung peinlichst koordinierend näherte sich Thomas dem Stollenfenster, in dem er den Mann vor sich hatte verschwinden sehen. Wenn dieser ihn jetzt bemerkte, würde Thomas kaum eine Chance haben. Es gab außer ein paar Überresten der alten Aufzugsanlage keinerlei Deckung und er brauchte beide Hände am Seil, zumindest während er sich bewegte. Sollte sein Gegner jetzt den Kopf in den Schacht stecken und auf ihn schießen, hätte er nicht die Zeit, sich mit einer Hand zu sichern und die Pistole zu ziehen, geschweige denn in seiner labilen Position gezielte Schüsse abzugeben. Aber eines war sich Thomas sicher: Solange er leiser war als die dumpf bis hier herunter dringenden Schüsse, würde der Mann vor ihm keine Veranlassung sehen, zu dem Schacht zurückzukehren. Das war einerseits eine Beruhigung, andererseits war sein Gegner jetzt in der Situation, in der er nichts mehr zu verlieren hatte. Thomas hatte schon überlegt, ob er es riskieren musste, für einen kurzen Moment seine Stirnlampe anzuschalten, um sicher zu gehen, dass er im richtigen Stockwerk war, aber als er sich dem Stollen näherte, drang ein schwacher Lichtschein zu ihm und das leise Brummen eines Stromaggregats verriet ihm, dass Mahmoud und seine Leute für elektrisches Licht gesorgt hatten. Jetzt, auf gleicher Höhe mit dem Ausstieg, konnte er sogar erkennen, dass einige Seile und Umlenkrollen in den Stollen führten.

Die Vorbereitungen für die Bergung waren offensichtlich schon recht weit fortgeschritten. Sogar ein Tragekorb für den Transport der schweren Apparaturen stand in der Kammer bereit. An der massiven Konstruktion war ein nicht minder solide wirkender Flaschenzug angebracht, durch dessen Rollen bereits Stahlseile liefen. Allerdings schienen die Männer noch keine Gelegenheit gehabt zu haben, eine der Bomben bis hierher an den Schacht zu bringen. Von al-Qaradawi – zumindest vermutete Thomas, dass er es war, den er bis hier verfolgt hatte – war keine Spur zu entdecken. Er schwang sich zu dem Betonrahmen und hakte sich, nachdem er festen Boden unter den Füßen hatte, aus dem Seil aus. Er zog seine Pistole, ging an der Wand in die Hocke und sah sich zunächst einmal um. Angesichts der Stollen, durch die er zu dem ebenfalls sehr altertümlich wirkenden Roggenbachschacht gelangt war, konnte man hier gut erkennen, dass die Wände und Vorrichtungen neueren Datums waren und durchaus der ersten Hälfte des letzten Jahrhunderts entspringen konnten. Der Stollen, der in gewissen Abständen durch nackte Glühbirnen mehr schlecht als recht beleuchtet war, war jedoch aus rohem Fels belassen worden, wenngleich er um einiges breiter und höher und mit einem eingeebneten Zementboden versehen war. Auch dieser Gang war nicht schnurgerade, und als Thomas langsam dem Licht weiter folgte, stellte er fest, dass auch etliche Abzweigungen diesen Abschnitt möglicherweise zu einem wahren Labyrinth machten. Aber Mahmouds Gruppe hatte gute Vorarbeit geleistet, und wenn Thomas die nächste Lampe an einer Kreuzung nicht direkt sehen konnte, diente ihm das Stromkabel als Ariadnefaden. Er war darauf gefasst, jeden Augenblick das Ziel zu erreichen und unversehens Mahmoud al-Qaradawi gegenüber zu stehen. Sein Herzschlag und sein Atem gingen schneller, als er sich mit dem Rücken zur Tunnelwand Stück für Stück weiterarbeitete.

Mahmoud war immer noch geschockt von der Erkenntnis, dass die Polizei es geschafft hatte, seine Spur aufzunehmen und bis hierhin zu verfolgen. Obendrein schienen die Beamten solch ein durchtriebenes Verwirrspiel mit ihm und auch seinem Informanten veranstaltet zu haben, dass er sich zu keinem Zeitpunkt bewusst wurde, wie nah sie ihm tatsächlich auf den Fersen waren. Doch das Warum und Wie brauchte ihn, da er an diesem Punkt angelangt war, nicht mehr zu kümmern. Das Hauptziel der Mission, die Bomben unbemerkt außer Landes zu bringen, war definitiv gescheitert. Schlimmer wäre es eigentlich nur gewesen, wenn es den deutschen Behörden gelungen wäre, ihn und seine Mitstreiter festzunehmen. So aber konnte er immer noch einen Teilerfolg erzielen. Wenn Tawfik und Kerim die Polizisten lange genug von der Erstürmung des Stollens abhalten konnten und es ihm währenddessen gelang, eine der Bomben in die Nähe des Ausganges zu schaffen, würde trotz der Rückschläge ein ruhmreiches Fanal am Ende der Mission stehen. Eine westliche Großstadt würde dem Erdboden gleichgemacht, zigtausende Tote würden zu beklagen sein. Der Führungsstab hatte diese Möglichkeit einkalkuliert, ein entsprechend glorifizierendes Bekennerschreiben war bereits aufgesetzt.

Er erreichte den Eingang zu den Laboratorien und schlug sofort den Weg zu der großen Halle ein, an deren Ende sie den Raum mit den säuberlich aufgereihten Bomben entdeckt hatten. Zum Glück hatten sie in der Nacht zuvor bereits einen der Apparate mit Hilfe eines manuellen Flaschenzuges auf den dafür vorgesehenen Wagen gehoben. Mahmoud war sich ziemlich sicher, dass er trotz der mehrfachen Umlenkrollen nicht in der Lage gewesen wäre, das Gerät alleine auf das Gefährt zu hieven. Das Schwierigste würde nun zunächst sein, mit der schweren Fracht den Schacht zu erreichen. Aber, Allah sei gedankt, die Betreiber von damals hatten den Nutzen eines barrierefreien, ebenen Weges auch geschätzt. Von dort würde es mit der elektrischen Seilwinde zwar langsam aber doch leicht nach oben gehen. Oben angekommen war es ihnen auf jeden Fall möglich, das Gefährt mittels Flaschenzügen auf den flachen Schienenwagen zu schieben und dann über die alten Gleise zu bugsieren. Zum Glück hatten sie sich bereits vor zwei Tagen entschlossen, die schweren Bergbaumaschinen aus dem Weg zu schaffen. So waren sie in der Lage, den Sprengsatz bis unmittelbar hinter das Stollentor zu bringen.

Fieberhaft machte er sich an die Arbeit. Zunächst löste er die Schrauben der Metallverkleidung. Ohne die Ummantelung würde die Gerätschaft schon wieder etliche Kilo leichter sein, und als Transportschutz war die Hülle nun nicht mehr notwendig. Die Platten ließ er eine nach der anderen auf den Boden fallen. Er hatte sich entschlossen, den Sprengsatz hier unten vorzubereiten, wo er in Ruhe arbeiten konnte. Also öffnete er die runde Abdeckung, hinter der sich laut Kerims Worten der Explosionsstoff für die Initialzündung verbarg.

Da es ihnen nicht gelungen war, die Pläne vollständig zu übersetzen und zu interpretieren, konnten sie nicht sagen, wie sie die Zündung auf dem vorgesehenen Wege auszulösen hatten. So wussten sie nicht einmal, welche Spannung sie an die für damalige Zeit recht komplizierten elektrischen Kreise anzulegen hatten, oder ob die Apparatur gar eine Blockade des Zünders aufwies, die nur bei bestimmten Schaltmustern eine Zündung überhaupt zuließ. Also hatte Kerim festgelegt, wo genau eine kleine Menge Semtex anzubringen sei, um die Primärexplosion mit großer Wahrscheinlichkeit auszulösen.

Eine Atombombe sei, so hallten seine Worte noch durch Mahmouds Kopf, von Elektronik abgesehen, damals wie heute eigentlich eine sehr simple und daher auch leicht und sicher zu handhabende Technik. Wenn das Semtex den Initialzündstoff nicht aktivierte, würden sie durch den dann hoffentlich entstandenen Zugang eine dreistufige Hochleistungssprengkapsel in das explosive Material einbringen. Mit dieser Vorrichtung sei so ziemlich jeder bekannte Sprengstoff zur Detonation zu bringen. Schnell und präzise arbeitete er sich weiter ins Innere des Apparates vor.

Thomas verlangsamte seine Schritte noch weiter, als er um eine Felsnase bog und dahinter zu seiner Überraschung einen geräumigen, voll ausgekleideten Flur antraf, von dem rechts und links Türen mit Milchglaseinsatz abführten. Wäre er nicht durch den alten Stollen hierher gelangt, könnte er den Eindruck haben, sich auch in einem alten Bürohaus zu befinden. Vorsichtig sah er sich um. Die Türen waren alle geschlossen und es drang kein Licht durch die alten Scheiben. Die nächste Glühbirne schien um die Ecke in einem weiteren Flur zu hängen, der im hinteren Bereich rechts abbog.

Von Mahmoud war nichts zu sehen oder zu hören, er musste zielstrebig diesen Gang durchschritten haben und mit großer Wahrscheinlichkeit der provisorischen Beleuchtung gefolgt sein. In dem breiten Korridor gab es keinerlei Deckungsmöglichkeit, weswegen Thomas sich nur langsam voran tastete. Er musste jeden Moment damit rechnen, dass Mahmoud am anderen Ende aus dem Halbdunkel auftauchte. Er beäugte auch jede der Türen misstrauisch, denn nach allem, was er über seinen Gegner in Erfahrung gebracht hatte, war es auch im Bereich des Möglichen, dass er ihn bemerkt und daraufhin gezielt in eine Falle gelockt hatte. Wie groß waren hierfür die Chancen? Thomas lehnte sich zwischen zwei Türen an die Wand und analysierte die Situation. Sollte nicht wirklich ein äußerst ungünstiger Umstand seine Anwesenheit verraten haben, dürfte Mahmoud hier unten nicht mit ihm rechnen. Er wusste nicht, was genau dieser vorhatte und wie viel Zeit ihm noch zur Verfügung stand, um Shigerus Mörder zu stellen. Würde es ihm reichen, hier in der Tiefe eine Explosion herbeizuführen, mit dem Risiko, dass durch die schätzungsweise

200 Meter Gestein, die über ihnen lagen, die Wirkung der Waffe nicht oder nur in geringem Maße an der Oberfläche zu Zerstörungen führen würde? Thomas versuchte sich zu erinnern, in welcher Tiefe die unterirdischen Atomtests im Südwesten der USA durchgeführt wurden, ohne dass es zu einer Kraterbildung kam. Sein Gedächtnis wollte ihn aber trotz aller Anstrengung nicht mit dieser Information versorgen. Er entschied, dass es Mahmouds Bestreben sein musste, solange er sicher war, dass oben am Eingang die strategische Position durch seine Komplizen gehalten werden konnte, eine Bombe näher an die Oberfläche zu bringen, im besten Fall direkt hinter die schwere Stollentür. Folglich konnte er weiterhin Vorsicht walten lassen und mit etwas Glück die Sache mit der Überraschung auf seiner Seite beenden.

Sachte setzte er einen Fuß vor den anderen und nahm die Verfolgung wieder auf. Hinter der Tür, die vor ihm lag, herrschte augenscheinlich Dunkelheit. Doch als sich Thomas, um vor dem Licht hinter ihm keine erkennbare Silhouette abzugeben, dem Durchgang auf dem Boden kriechend genähert hatte, erkannte er, dass auch in der dahinter befindlichen Halle zwei Glühbirnen für etwas Licht sorgten. Allein die unfassbare Größe dieser unterirdischen Kaverne war Grund dafür, dass es hier um etliches dunkler war als im Rest der Anlage.

Schnell huschte Thomas in den Schatten und machte sich ein Bild. Am anderen Ende der Halle zeigte ein helles Rechteck einen weiteren, besser beleuchteten Raum an. Thomas war sich nicht sicher, ob der Mann vor ihm noch in der dunklen Halle unterwegs war oder bereits den hellen Raum betreten hatte, also wartete er zunächst. Als nach einigen Minuten leise Geräusche zu ihm drangen, die nach Arbeit mit Werkzeugen und dem Verrücken von Metallgegenständen auf dem Betonboden klangen, war er sich sicher, dass sich in dem Raum die Sprengsätze befanden und sein Gegner die Arbeit an den Apparaten aufgenommen hatte.

Also wurde es höchste Zeit, etwas zu unternehmen. Das Überraschungsmoment war auf seiner Seite, also gab er seine Deckung auf und lief so leise und so schnell, wie er konnte, in Richtung des hellen Raumes. Doch nach einigen Metern stieß er in der Dunkelheit an irgendeinen Gegenstand, der mit lautem Scheppern auf den Boden fiel und noch beim Wegrollen unüberhörbare Geräusche von sich gab.

Zur Salzsäule erstarrt blickte Thomas auf das helle Rechteck vor ihm und tatsächlich tauchte nur Sekunden später die kräftige Gestalt eines Mannes auf, der blitzschnell das Dunkel der Halle suchte. Thomas stellte entsetzt fest, dass die eine der beiden Lampen nur etwa drei Meter von ihm entfernt war und er für seinen Gegner folglich leicht zu sehen war. Ohne zu zögern schoss er auf das Licht, und als die Lampe zerbarst, ging auch die zweite Glühbirne in der Halle aus. Augenblicklich herrschte Dunkelheit um ihn herum.

Instinktiv ließ sich Thomas zu Boden fallen, keine Sekunde zu früh, denn sofort blitzten einige Schüsse auf, die Thomas nur dank seiner schnellen Reaktion verfehlten. Dem Mündungsfeuer zufolge war der Mann im Schutze der Dunkelheit Thomas bereits ziemlich nah gekommen. Also zog er sich auf leisen Sohlen einige Meter zurück und versuchte, sich zu orientieren. Die Waffe hielt er fest mit beiden Händen umfasst.

Er war immer noch von der Anstrengung des Abstieges erhitzt und merkte, wie von seiner Nase und seinem Kinn Schweißtropfen auf den Boden fielen. Immerhin hatte er seinen Atem soweit unter Kontrolle, dass er angestrengt nach Geräuschen horchen konnte, welche die Position seines Feindes verraten könnten. Wohlwissend, dass ein oder mehrere Schüsse im Gegenzug zu seiner Lokalisierung durch al-Qaradawi führen würden, widerstand er dem Verlangen, aufs Geratewohl in die Richtung zu feuern, in welcher er ihn vermutete. In der Dunkelheit versuchte sich Thomas vor seinem inneren Auge den großen Raum vorzustellen und die Stelle, an der er seinen Gegner zuletzt gesehen hatte, zu seiner eigenen Position in Bezug zu setzen. Wo er sich ungefähr aufhielt, konnte er sich bewusst machen, doch da er sich nach der letzten Salve al-Qaradawis zu Boden gehechtet und abgerollt hatte, war er sich über die Richtung, in die er sich wenden musste, nicht im Klaren.

Wie lange würde es noch dauern, bis seine Augen sich an die Umgebung gewöhnt hatten? Er schätzte die Wahrscheinlichkeit, mit der die Lichter, die sich Richtung Schacht befanden, noch intakt waren, als ziemlich hoch ein. Demzufolge bestand die Chance, dass aus dem Flur ein wenig Restlicht in die Halle drang, mit dem er vielleicht schemenhaft den Raum erkennen konnte. Al-Qaradawi schien auch geduldig abzuwarten, ob sich doch noch die visuelle Wahrnehmung einstellte, oder ob sich Thomas durch eine unachtsame Bewegung verriet. Auch er schien einen Kampf in vollständiger Dunkelheit vermeiden zu wollen.

Nach einigen Minuten war sich Thomas sicher, zu seiner Rechten einen ganz schwachen Lichtschein wahrnehmen zu können, und auch am anderen Ende der Halle war noch immer das helle Rechteck der Tür zu erkennen. Nach einigen weiteren Minuten konnte er tatsächlich Teile seiner Umgebung sehen. Mehr als unterschiedlich schwarze Schatten waren es zwar nicht, aber besser als gar nichts. Natürlich hatte al-Qaradawi nun dieselben Voraussetzungen.

Anhand der Lage der Türen konnte sich Thomas nun orientieren. Die ungefähre Richtung, wo sich Mahmoud aufhalten musste, so er denn nicht das Risiko eingegangen war, sich in der Dunkelheit fortzubewegen, lag in dem Bereich des Raumes, der praktisch überhaupt nicht in das schwache Licht getaucht wurde. Das war ein Vorteil für ihn, da Thomas für ihn unter Umständen zu sehen war, wenn er sich bewegte. Auf gar keinen Fall durfte er sich zwischen Mahmoud und der Eingangstüre aufhalten, dann wäre eine Entdeckung unvermeidlich. Also blieb Thomas in der Hocke und legte die Strecke bis zu der der Zentrifuge, oder was auch immer der große Stahlzylinder war, sozusagen im Watschelgang zurück, um sich seinem Gegner seitlich anzunähern.

Was hatte al-Qaradawi vor? Passiv zu warten bis Thomas einen Fehler beging? Wohl kaum, denn er war es, dem die Zeit davonlief. So gut der Eingangsbereich des Leopoldstollens auch zu verteidigen war, irgendwann würden die Einsatzkräfte Erfolg haben, und sei es mit dem Einsatz eines Raketenwerfers oder panzerbrechender Munition. Also würde al-Qaradawi versuchen, die Pattsituation, in der sie sich befanden, irgendwie aktiv zu seinen Gunsten zu wenden.

Sollte also Thomas abwarten und darauf hoffen, dass irgendwann vielleicht doch durch den Museumseingang weitere Kollegen nach hier unten drangen? Auch für Thomas war Warten keine Option, schließlich bestand die Gefahr, dass Mahmoud nun, da er mit dem Rücken zur Wand stand, doch noch versuchte, eine der Bomben hier unten zu zünden. Also schlich er weiter, immer in der Hoffnung, endlich ein Geräusch zu hören oder, weniger wahrscheinlich, Mahmoud in der Finsternis irgendwo erspähen zu können.

Urplötzlich drang ein lautes Scheppern aus dem Teil der Dunkelheit, in dem Thomas al-Qaradawi vermutete! Er richtete die Waffe blitzschnell in die Richtung und wollte schon eine Salve abfeuern, hielt jedoch inne und horchte. Nur das leise Nachklingen des metallischen Geräuschs, sonst konnte er nichts vernehmen. Ein Ablenkungsmanöver, um ihn zu einer unüberlegten Abgabe von Schüssen zu verleiten! Hätte al-Qaradawi tatsächlich aus Unachtsamkeit einen Gegenstand von einem der Regale oder Tische geworfen, wäre er sicher nicht so cool gewesen, unbewegt an dieser Stelle stehenzubleiben. Und einen raschen Versuch, sich von der Lärmquelle fortzubewegen, um den zu erwarteten Schüssen zu entgehen, hätte Thomas bemerkt, da war er sich sicher. Er war zu konzentriert auf alle akustischen Eindrücke, als dass ihm das hätte entgehen können. Also war Qaradawi nicht mehr dort, wo Thomas ihn zuletzt gesehen hatte. Aber wo war er hin? Richtung Ausgang? Eher wahrscheinlich in Richtung der Sprengsätze, also weiter links von seiner letzten Position.

Na dann weiter im Katz-und-Maus-Spiel, dachte Thomas bei sich. Und was du kannst, kann ich auch! Mit seiner Linken gelang es ihm, den Teleskopschlagstock, der an seine Weste geklemmt war, aus der Halterung zu lösen. Auch der würde unüberhörbar sein, wenn er irgendwo dagegen schlug. Wenn er ihn jetzt warf, gab es zwei Möglichkeiten. Entweder al-Qaradawi verlor tatsächlich die Nerven und begann zu feuern, oder aber er würde genau wie Thomas zuvor den Trick durchschauen und dadurch zumindest wissen, wo er *nicht* war. Ober aber...

Thomas warf den Schlagstock fast senkrecht in die Luft, so dass er nur zwei Meter links von seiner Position zu Boden fallen würde. So würde er bei einer massiven Reaktion al-Qaradawis außerhalb der Schusslinie sein. Für den anderen Fall hoffte er, dass sein Gegner den gleichen Gedankengang vollzog und zu dem Schluss kam, dass Thomas' neue Position um einiges weiter in Richtung der Bomben sein müsse.

Der Schlagstock schlug zuerst auf einen der metallenen Rollwägen und fiel danach auf den Boden. Nichts geschah. Folglich war auch Mahmoud nun am Überlegen, wie er die Aktion deuten sollte.

Doch plötzlich brach ein Höllenlärm los! Al-Qaradawi hatte doch noch das Feuer eröffnet und schien sein ganzes Magazin leeren zu wollen. Aber immerhin war eines für Thomas im Schein des Mündungsfeuers zu sehen: Er schoss tatsächlich weiträumig auf eine Stelle etliches weiter links von dem Rollwagen, auf dem der Schlagstock niedergegangen war. Also war al-Qaradawi tatsächlich davon ausgegangen, dass auch Thomas sich in Richtung der Bomben bewegt hatte.

Thomas nutzte die Chance, seinerseits zu schießen. Allerdings konnte er, bevor ein gezielter Schuss möglich war, sehen, dass Qaradawi sich die ganze Zeit bewegte und jetzt wieder im Dunkel verschwunden war. Also sprang auch Thomas auf und drückte, während er vorwärts rannte, sechs oder siebenmal ab, dann duckte er sich zu Boden und kroch den Weg, den er gekommen war, schnell einige Meter zurück. Nachdem der letzte Knall verhallt war, herrschte wieder absolute Stille.

Mahmoud saß auf dem Boden, lehnte an einem der Stahlschränke und atmete tief durch. Der Polizist hatte ihn gekonnt ausgetrickst und bei seinem Gegenschlag waren die Kugeln gefährlich nah um ihn herum eingeschlagen. Ein mehr als ernstzunehmender Gegner! Wie sollte er nun weiter vorgehen? Versuchen, unbemerkt zu der Bombe zu gelangen und sie trotz der ungünstigen Position hier unten zu zünden? Damit musste der Polizist rechnen und würde ihn dort abfangen. Allein der Weg dorthin war schon ein Risiko, weil sein Verhalten vorhersehbar war. Also würde er sich doch zuerst um seinen Widersacher kümmern müssen. Seinen letzten Trick hatte er eindeutig durchschaut und als Antwort sogar noch einen draufgesetzt. Gegenstände umherzuwerfen war an dieser Stelle also ausgereizt. Was konnte er noch unternehmen, um den Polizisten zu täuschen oder zu überrumpeln?

Plötzlich fiel ihm ein, dass er ja bereits etliche Male mit seiner CZ 75 geschossen hatte. Wenn er die abgegebenen Schüsse überschlug, konnte er vielleicht noch zwei, maximal drei Patronen in seiner Waffe haben. Und das Reservemagazin war in der Jacke, die – Ironie des Schicksals – bei der Bombe lag, welche sich im Moment als unerreichbar darstellte. Er musste nur nah genug an seinen Gegner herankommen, dann hätte er mit dem Einhandmesser, das er am Gürtel trug, oder gar mit bloßen Händen alle Trümpfe in der Hand. Aber zuerst musste er dafür sorgen, dass auch dem Polizisten die Munition ausging. Dieser hatte ebenfalls bereits etliche Male geschossen, aber er hatte sicher ein Ersatzmagazin dabei, vielleicht sogar noch ein zweites. Am besten wäre es, er könnte sich einigermaßen sicher an seinen Gegner annähern und ihn zu gleicher Zeit zur Abgabe von Schüssen bewegen. Aber eine Ablenkung müsste schon in Form einer sichtbaren Attrappe erfolgen, auf eine akustische Falle würde der Polizist nicht mehr oder nur zurückhaltend reagieren.

Ohne in seiner Aufmerksamkeit nachzulassen suchte er nach einer Idee. Zuerst machte er sich bewusst, wo in dem großen Raum er sich gerade befand. Dann stellte er aus seiner Erinnerung im Kopf eine Liste zusammen, welche Geräte, welche Labormöbel und was für Material sich in erreichbarer Nähe befinden mussten. In diesem Teil der Halle waren sie bei der Erkundung weniger auf präzise, feinmechanische oder elektrische Bauteile gestoßen, sondern eher auf Maschinen und Werkstoffe, die für die strukturellen Teile der Bomben in Frage kamen. Obwohl es dunkel war, kniff er die Augen fest zusammen und stellte sich vor, was sie alles im Einzelnen gesehen und gefunden hatten. Und mit einem Mal wurde ihm klar, wie er vorgehen würde. Das würde nicht ganz ohne Risiko verbunden sein, aber er schätzte seinen Plan als sehr erfolgversprechend ein. Das Schwierigste würde sein, die schätzungsweise 15 Meter zurückzulegen, wo sich, soweit er sich erinnerte, noch einige solcher Metallplatten befanden, wie er sie zuvor von der Bombe entfernt hatte. Die Größe der Längsteile war genau richtig, etwa 100 mal 50 Zentimeter. Er schätzte die Stärke auf etwa drei bis vier Millimeter. Das würde wahrscheinlich nicht ausreichen, um gegen die Kugeln aus der Polizeiwaffe zu bestehen. Aber er konnte sich nicht vorstellen, dass die Projektile auch zwei von den Platten durchschlagen würden. Das Gewicht einer Platte bezifferte er mit etwa 15 bis 20 Kilogramm, das hieße, er musste einen Schutzschild von maximal 40 Kilogramm vor sich hertragen. Eher ein bisschen weniger. Eine Aufgabe, die er sich für die verhältnismäßig kurze Distanz durchaus zutraute, auch wenn er in seiner Rechten noch die Pistole halten musste, um den Polizisten mit seinen letzten Patronen von gezielten Schüssen auf seine Beine abzuhalten. Zentimeter um Zentimeter schob er sich über den Boden in Richtung der Werk- und Drehbänke, wo er seinen improvisierten Panzer zu finden hoffte.

Thomas lag noch immer flach auf dem Boden und horchte, doch aus dem Dunkel drangen keinerlei wahrnehmbaren Laute zu ihm. Er konnte weder ausmachen, ob er al-Qaradawi verwundet hatte, noch war festzustellen, ob er sich in irgendeine Richtung bewegte. Seine letzte Aktion hatte schlicht gar keine Reaktion hervorgerufen. Offensichtlich war sein Gegner nun auch sehr vorsichtig geworden, oder aber er hatte ihn tatsächlich außer Gefecht gesetzt. Auch wenn dies für Thomas verständlicherweise die angenehmste Erklärung der absoluten Ruhe war, mochte er nicht recht an diesen Erfolg glauben. Leise drehte er sich auf die Seite und richtete sich auf. Er war, nachdem er die paar Meter auf dem Boden zurückgelegt hatte, hinter einem recht massiv wirkenden technischen Apparat zu liegen gekommen. Trotz der relativ sicher anmutenden Stellung wollte er keinesfalls seinen Standort preisgeben. Bei dem letzten Schuss der Feuersalve hatte sich das Verhalten seiner Waffe in seiner Hand anders angefühlt, als zuvor. Thomas brauchte nicht erst nachzusehen, die Rückmeldung seiner Pistole kannte er gut genug, um zu wissen, dass mit dem Verfeuern der letzten Patrone des Magazins der Fanghebel den Verschluss offengehalten hatte. Das Fehlen der nach vorne laufenden Masse nach Auswurf der Hülse hatte das unterschiedliche Gefühl ausgelöst.

Er legte die Hand unter das Magazin und drückte den Halteknopf. Lautlos glitt der leere Behälter in seine Hand. Bedächtig legte er ihn auf den Boden neben sich und griff zu dem Reservemagazin an seiner Weste. Die Klettsicherung unhörbar zu öffnen war ein schwieriges Unterfangen und auch der Klick beim Einrasten des Magazins in die Waffe kam Thomas so laut vor wie das

Zuschlagen einer Autotür. Jetzt auch noch die Waffe zu schließen, war seiner Meinung nach, egal wie vorsichtig er es tat, zu laut. Er legte den Daumen auf den Schlittenfanghebel und machte sich innerlich klar, vor einer möglichen Schussabgabe erst den Verschluss freizugeben.

Dann stand er in geduckter Haltung auf und sah vorsichtig um die Ecke seiner Deckung. Außer den schemenhaften Schatten konnte er nichts erkennen. Stets bereit, sich durch einen Hechtsprung Deckung zu verschaffen und seinen Gegner mit einer Feuersalve zu belegen, bewegte er sich in Richtung der Bomben. Mit einem Mal wurde er einer Bewegung gewahr. Entgegen seiner Erwartung, Mahmoud würde ihn bestenfalls mit einem schleichenden oder kriechenden Stellungswechsel überraschen, richtete sich dieser ohne Vorwarnung zu voller Größe auf und schoss erschreckend genau in seine Richtung. Thomas ließ den Verschluss seiner Heckler & Koch zuschnellen und erwiderte sofort das Feuer. Er schoss ein ums andere Mal, ohne dass al-Qaradawi sichtbare Anzeichen eines Treffers erkennen ließ. Im Gegenteil, er rannte förmlich auf Thomas zu und zwang ihn durch zwei weitere Schüsse, zu Boden zu gehen und sich rollend außer Gefahr zu bringen. Entsprechend ungenau lagen auch die Schüsse, die er auf den immer näher kommenden Mahmoud abgab. Was war nur los? Mahmoud hatte ihn bis auf wenige Meter erreicht, als Thomas erkannte, dass sich Rumpf und Kopf hinter irgendeinem Gegenstand befanden, den er offensichtlich als Schutz vor sich her trug. Fast panisch versuchte er noch auf die Beine zu zielen, die unter dem Schild hervorlugten, doch er schaffte es nicht mehr, den Abzug zu betätigen.

Mahmoud hatte nochmals an Tempo zugelegt, und als Thomas registrierte, dass er auf den verbleibenden zwei Metern den Panzer in seine Richtung geschleudert hatte, war es zu spät. Er konnte weder dem mächtigen Bauteil ausweichen, noch eine gut koordinierte Abwehrbewegung ausführen. Die Platte traf ihn schmerzvoll an seiner Hand und schlug die Pistole fort, die außer Reichweite über den Boden schlitterte. Dann fielen die Platten vornüber auf ihn, was ihn zwar nicht verletzte, aber in seiner Bewegung für einige Sekundenbruchteile behinderte.

Sofort war al-Qaradawi bei ihm. Der Tritt, den er Thomas auf die Brust versetzte, traf ihn glücklicherweise nicht mit voller Wucht, trotzdem nahm ihm der Schlag für einen Moment den Atem. Doch anstatt in derselben Sekunde nachzusetzen, hielt der Angreifer inne. Thomas konnte erkennen, dass er an seinen Gürtel griff und das charakteristische Klicken sagte ihm, dass er ein Messer gezogen und mit einer schnellen Handbewegung geöffnet hatte. Dieser Augenblick reichte Thomas, mit zwei, drei schnellen Rollen etwas Abstand zwischen sich und seinen Gegner zu bringen und aus der Bewegung heraus auf die Beine zu kommen. Sofort wandte er sich Mahmoud zu und nahm eine flexible Kampfhaltung ein. Al-Qaradawi schien das sehr wohl zu registrieren, denn es folgte trotz seiner körperlichen Überlegenheit und des Messers in seiner Hand kein ungestümer Angriff, sondern auch er wechselte seinen Stand und beobachtete Thomas scharf. Langsam begannen sie sich zu umkreisen, jeder die Bewegungen des Anderen lesend und darauf wartend, dass das Gegenüber einen Angriff startete oder eine Möglichkeit zu einer Attacke offenbarte. Einige Minuten passierte nichts, dann machte al-Qaradawi mit vorgestrecktem Messer einen schnellen Ausfallschritt, den Thomas jedoch als Finte erkannte und sich darauf beschränkte, einen halben Meter zurückzuweichen. Im unmittelbaren Gegenzug wagte er einen überraschenden Tritt aus der Drehung gegen die Hand mit dem Messer, doch auch al-Qaradawi war auf der Hut und zog lediglich seine Hand einige Zentimeter zurück.

Das zurückhaltende Abtasten ging weiter, und Thomas beschlich immer mehr das Gefühl, dass er gegen den etwa 20 Zentimeter größeren und sicher 30 Kilo schwereren, erfahrenen Kämpfer keinen entscheidenden Vorteil ausspielen konnte, zumal dieser im Besitz einer Waffe war. Seine Pistole konnte er bei den Lichtverhältnissen nirgends entdecken, so war es ihm auch unmöglich, sich irgendwie dorthin zu bewegen. Zumal er sich nicht einmal sicher war, ob er in der akuten Verteidigungsaktion nicht bereits alle Patronen verschossen hatte. Also verwarf er den Gedanken wieder, aber welche Möglichkeiten blieben ihm noch? Auf manchen Tischen lag sicherlich der ein oder andere Gegenstand, den er als Waffe hätte gebrauchen können, aber al-Qaradawi schien seine Gedanken zu erahnen und hielt ihn geschickt auf Distanz zu den Abteilen, wo er mit einem solchen Fund hätte rechnen können. Außerdem schien er sich seiner physischen Überlegenheit immer sicherer zu werden, denn er begann immer häufiger, Thomas durch forsche Attacken zurückzudrängen und ihn so vor sich herzutreiben.

Dann geschah alles ganz plötzlich: Im Rückwärtsgehen stieß Thomas mit dem Fuß gegen einen Gegenstand. Dieser rutschte zwar weg, so dass er nicht etwa ins Straucheln geriet, aber die minimale Zeitspanne der Unachtsamkeit nutzte al-Qaradawi für einen weiteren, sehr entschlossenen Angriff. Ansatzlos warf er das Messer in Thomas Richtung, der zwar die Bewegung wahrnahm, das anfliegende Messer jedoch im Dunkeln erst zu spät erkennen konnte. Er sah nur einen Schatten schnell auf sein Gesicht zufliegen und im selben Moment traf ihn die Waffe über dem rechten Auge. Auch wenn es nur der Griff des wirbelnden Messers war, der ihn verletzte, so war die Auswirkung doch hinreichend, um al-Qaradawi die Möglichkeit des massiven Nachsetzens zu geben. Er hatte nicht einmal den Aufschlag seines Wurfgeschosses abgewartet, sondern war gleich nach vorne geprescht und landete einen geraden Tritt in Thomas Magengegend. Thomas spürte erst den harten Schlag, dann breitete sich der Schmerz rasend schnell durch seinen ganzen Unterkörper aus. Gott sei Dank war er noch soweit auf dem Posten, dass er den Handkantenschlag, der wie ein Blitz in Richtung seines Kehlkopfes ging, abwehren konnte. Dafür musste er den Stoß mit der flachen Hand auf sein Brustbein einstecken und dieser war so heftig, dass er nach hinten auf den Boden fiel und sich gerade noch mit den Händen abstützen konnte.

Al-Qaradawi tat nun alles, um seine Überlegenheit in dieser Situation voll auszuspielen. Gezielt platzierte er einen Fußtritt gegen Thomas' Gesicht, dem es allerdings gelang, seinen Kopf wenige Zentimeter nach hinten zu ziehen, so dass der Vorstoß ins Leere ging und al-Qaradawi sogar ein wenig das Gleichgewicht zu verlieren schien. Doch Thomas konnte diesen kurzen Moment der Unsicherheit nicht nutzen und schon stand sein Gegner wieder sicher und bearbeitete Thomas Oberschenkel und Hüfte mit zwei Fußtritten. Erneut spürte Thomas den Schmerz durch seinen Körper schießen. Es gelang ihm tatsächlich, mit einem Tritt vom Boden aus al-Qaradawis Knie zu erreichen und voll zu treffen. Bei einem weniger trainierten, nicht so muskulösen Gegner hätte diese Attacke wahrscheinlich das Knie entgegen der Beugerichtung gebrochen, aber al-Qaradawi stöhnte nur kurz auf und wich einen kleinen Schritt zurück, ohne Thomas jedoch eine echte Chance zu geben, vom Boden aufzustehen und wieder aktiver in den Zweikampf einzugreifen.

Wieder prasselten harte Tritte auf ihn ein, denen Thomas größtenteils durch flinke Rollen entgehen wollte, aber der ein oder andere saß trotzdem. Würde ihm nicht bald ein Gegenschlag gelingen, wäre durch die zunehmende Erschöpfung und die Schmerzen sehr schnell keine koordinierte Abwehr mehr möglich. Eher aus Verzweiflung versuchte er nicht, dem nächsten Angriff auszuweichen, sondern er nahm den Tritt mit gekreuzten Armen auf und schaffte es so, al-Qaradawis Fuß festzuhalten und zu verdrehen. Es musste das lädierte Knie sein, denn dieser schrie tatsächlich kurz auf und folgte der Drehbewegung, bis er das Gleichgewicht verlor und auf den Boden schlug.

Doch Thomas' Freude war nur von sehr kurzer Dauer. Kaum war er aufgestanden und wollte nun seinerseits seine überlegene Stellung ausnutzen, da hatte al-Qaradawi mit der immensen Reichweite seiner Beine seinen Fuß in Thomas' Weichteile schnellen lassen. Wie in Zeitlupe ging er zu Boden. Und innerlich war er sicher, diesmal nicht wieder aufstehen zu können.

Das war es!, dachte er bei sich. Al-Qaradawi würde sich den Sieg nicht mehr nehmen lassen. Als er, die Hände zwischen die Beine pressend, schmerzverkrümmt auf die Seite kippte, sah er seinen Gegner bereits wieder auf sich zukommen. Ihm war klar, dass al-Qaradawi ihn nicht am Leben lassen würde. Sein Atem war schnell und flach, als er, zu keiner Bewegung fähig, auf die letzten, vernichtenden Schläge und Tritte wartete.

Doch al-Qaradawi bewegte sich nur langsam auf ihn zu. Mit einem eher leichten Fußstoß drehte er Thomas auf den Rücken. Dann kniete er sich auf seine Beine, so dass er sie nicht einsetzen konnte und beugte sich zu ihm vor.

Thomas konnte trotz der Dunkelheit den hasserfüllten Blick und die blitzenden Augen vor sich sehen, als Mahmoud al-Qaradawi beide Hände um Thomas Hals legte und immer stärker zudrückte. Thomas konnte dem übermächtigen Gegner nichts mehr entgegensetzen. Zwar holte er aus und versetzte ihm mit der Faust ein, zwei Schläge ins Gesicht, doch al-Qaradawi lächelte nur müde über die kraftlosen Aktionen. Verzweifelt tastete Thomas um sich, um vielleicht einen Gegenstand zu finden, mit dem er seine Schlagkraft erhöhen konnte, doch so sehr er auch suchte, es befand sich offenbar nichts in seiner Nähe. Mittlerweile war er wegen des Sauerstoffmangels auch schon leicht benommen, er sah al-Qaradawi wie durch einen Nebelschleier. Dessen Gesicht war zu einer hämischen Grimasse verzerrt.

Langsam wurde das Bild von dem triumphierenden Gesicht vor seinen Augen dunkler und dunkler.

Draußen am Eingang des Leopoldstollens waren die Schüsse seltener geworden. Nachdem bei zwei Vorstößen die Beamten nur wegen ihrer schweren Schutzschilde und Westen von ernsthaften Verletzungen verschont geblieben waren, hatte die GSG 9 die Angriffe eingestellt. Und als klar war, dass auch die Gasgranaten, die man ziemlich exakt vor der trutzigen Eisentür platziert hatte, die Gegenwehr auch nicht im Geringsten beeinträchtigt hatten, war man übereingekommen, den Terroristen nun doch mit etwas Massiverem zu Leibe zu rücken. Der Einsatz einer Panzerfaust war schnell verworfen worden. Zwar würde eine Hohlladung die Tür leicht durchdringen, aber der Schaden wäre bis auf ein faustgroßes Loch doch eher überschaubar. Und auch wenn die Chance, dass die hinter dem Tor lauernden Verteidiger durch die nach innen fliegenden Teile verletzt oder getötet wurden, sehr groß war, so musste man immer damit rechnen, dass die Verteidigung weiterging. Außerdem war es ein großes Risiko, mit einer solchen Waffe in Stellung zu gehen, da die Schüsse aus dem Tunnel immer von höchster Präzision waren. Das wollte die Einsatzleitung unter Backenruths Kommando nicht riskieren. Also warteten alle Kräfte in Deckung und gaben sich im Moment damit zufrieden, das Tor aus der Sicherheit heraus zu beobachten.

Es würde nicht mehr lange dauern, bis die Lösung des Problems einträfe. Angesichts der Dringlichkeit und der höchsten Gefahr, die zum derzeitigen Zeitpunkt bestand, war man übereingekommen, für die Öffnung des Einganges die Unterstützung der Bundeswehr einzuholen. Aufgrund der Besonderheit der Lage wurde der Grundsatz, der es verbietet, die Streitkräfte auf heimischem Boden einzusetzen, kurzerhand vom Verteidigungsminister nach Rücksprache mit dem Kanzleramt außer Kraft gesetzt. Den hochrangigen Beamten des BKA und dem Generalbundesanwalt war es so gelungen, die Freigabe für den beschränkten Einsatz eines Tiger Helikopters zu erhalten. Der Verteidigungsminister persönlich war bereit, die Verantwortung zu übernehmen, auch wenn ein Untersuchungsausschuss zur Klärung des Vorfalls unausweichlich schien. Über das, was im Nachgang kommen würde, dürfe man jetzt nicht nachdenken. Es ginge darum, Schaden von unvorstellbarem Ausmaß von der Bevölkerung abzuwenden. Und schließlich sei die akute Bedrohung mit einer Nuklearwaffe ja fast schon ein kriegsähnlicher Zustand, wenn auch der Gegner nicht die Streitkraft einer anderen Nation war, so dessen Argumentation. Kurzum, der Helikopter war unterwegs, die Besatzung instruiert.

Wenig später bestand bereits Funkkontakt zu den Piloten.

Delta Echo zwo-drei-sieben. Hier ist die Einsatzleitung, können Sie mich hören? Over!

Durch das schusssichere Glas konnten die GSG 9-Offiziere, Sauer, Sarah und die anderen einen Blick auf das Eingangstor werfen, wo mittlerweile vollkommene Ruhe herrschte. Da die Männer der GSG 9 für die Verteidiger unsichtbar in ihren Deckungen lagen und sich dem Eingang nicht wieder näherten, waren die Terroristen nicht veranlasst, weiter Munition zu vergeuden. Oder aber sie hatten sich ins Innere des Berges zurückgezogen, möglicherweise um die schlimmsten Befürchtungen wahrwerden zu lassen!

Einsatzleitung, hier Delta Echo zwo-drei-sieben, höre Sie klar und deutlich, over!

Delta Echo zwo-drei-sieben, wie lautet Ihre geschätzte Ankunftszeit? Over. Sauer hatte den Lautsprecher angeschaltet, so dass alle Anwesenden mithören konnten.

Einsatzzentrale, geschätzte Ankunftszeit ist 17:38 local time, over.

Sarah sah auf die Uhr: noch etwa fünf Minuten.

Delta Echo zwo-drei-sieben, haben verstanden. ETA ist 17:38 LT. Bitte gehen Sie direkt nach Ankunft vor dem Tunneleingang in Stellung. Wir wollen durch Ihre reine Anwesenheit vielleicht doch noch eine Aufgabe erreichen. Möglicherweise werden Sie mit Handfeuerwaffen beschossen. Nichts, was Sie gefährden würde. Haben Sie verstanden? Over.

Einsatzleitung, wir haben verstanden. Stellung beziehen, weitere Befehle abwarten. Feuer ignorieren. Over.

Mittlerweile war der Kampfhubschrauber schon aus der Ferne zu hören. Gleich würde der Zauber losgehen.

Delta Echo zwo-drei-sieben. Wir wollen auf keinen Fall einen Kollaps des Stollens riskieren, das heißt, keine Hellfire, Stinger oder TOW. Wenn wir den Feuerbefehl geben, setzen Sie ihre 30-Millimeter-GIAT ein. Tun Sie das dann nach eigenem Ermessen, am besten ist, wenn von der Tür nichts übrig bleibt. Over!

Sauer schien sich mit der Bewaffnung des Tigers bestens auszukennen.

Einsatzleitung, wir haben verstanden, Beschuss nur mit Maschinenkanone. Wie verhalten wir uns beim Auftauchen von Weichzielen? Over.

Sauer sah Backenruth prüfend an und wechselte auch mit Sarah und Nico Berner den Blick. Er atmete kurz durch, bevor er die Sprechtaste am Funkgerät drückte.

Delta Echo zwo-drei-sieben. Sollten die Weichziele eindeutig erkennbar aufgeben und ohne Waffen den Stollen verlassen, stellen Sie das Feuer ein. Beim geringsten Zweifel haben Sie erneute Feuererlaubnis. Sollte nach Beseitigung der Tür überhaupt nichts zu sehen sein, geben Sie noch ein paar massive Salven in das Innere des Tunnels ab und warten dann auf neue Befehle. Bitte bestätigen. Over.

Einsatzleitung, bestätige, Möglichkeit der Aufgabe einkalkulieren, bei Gegenwehr Feuer eröffnen. Tunnel unter Feuer nehmen und weitere Befehle abwarten. Over.

Mit ohrenbetäubendem Dröhnen kam der Kampfhubschrauber nun eingeschwebt. Der Pilot drehte die Kanzel in Richtung des Kommandotrucks, er und sein Richtschütze salutierten kurz. Dann drehte er ab und ging mit der bedrohlich wirkenden Maschine etwa 30 Meter von dem Tunnel entfernt in den Schwebeflug.

Sofort blitzten aus dem Eingang wieder Schüsse auf, zuerst einzelne, dann war wildes Dauerfeuer zu erkennen. Doch nach wenigen Sekunden musste den Terroristen klar geworden sein, dass sich der gepanzerte Hubschrauber nicht von den Projektilen ihrer automatischen Waffen beeindrucken ließ, und das Feuer ebbte ab.

Jetzt reichte Sauer das Mikrofon an den Dolmetscher weiter und bedeutete einem der Techniker mit einem Kopfnicken, auf die Außenlautsprecher umzuschalten. Der Dolmetscher nahm das Mikrofon von Sauer entgegen und legte sich das Blatt zurecht, auf dem der genaue Wortlaut für die Durchsage notiert war. Dann forderte er die Terroristen auf Englisch, Französisch, Arabisch und Deutsch auf, die Tür zu öffnen und ohne Waffen den Stollen zu verlassen.

Die Verstärker übertönten selbst die Turbinen des Hubschraubers um ein weites. Etwa eine Minute passierte gar nichts. Die Spannung war nun fast zu greifen. Jetzt war der Augenblick gekommen, wo sich entscheiden sollte, ob der Einsatz doch noch unblutig zu Ende gehen könnte. Plötzlich wurde das Abwehrfeuer hinter der Tür wieder aufgenommen. Sauer runzelte nur kurz die Stirn, ihm reichte das als Antwort. Er nahm dem Dolmetscher das Mikrofon wieder aus der Hand und schaltete um auf das Funksprechgerät.

Delta Echo zwo-drei-sieben, Sie haben Feuererlaubnis.

Was nun folgte, hatten sich die Beamten der Polizei, die sich in der Regel mit leichteren Waffen konfrontiert sahen, selbst im Traum nicht so vorgestellt. Als die Bordwaffe des Kampfhubschraubers loslegte und in Sekundenbruchteilen ihre volle Kadenz erreichte, war nicht nur der Lärm zutiefst beeindruckend. Auch die Trefferwirkung an und um die Tür übertraf bei weitem das, womit die Ermittler gerechnet hatten. Innerhalb kürzester Zeit war der Eingang in dichten Staub und Rauch gehüllt. Kurz darauf beendete der Hubschrauber seine ersten Feuerstöße, es waren vielleicht 15 Sekunden vergangen. Ebenso schnell wie der Sichtkontakt zur Tür verlorengegangen war, hatte der Wind der Rotorblätter die Dunstwolke um den Eingang auch schon wieder vertrieben. Noch einmal begann das Bordgeschütz zu rattern, diesmal war von den einschlagenden Projektilen nichts zu sehen. Der Pilot schoss wohl anweisungsgemäß gerade einige Salven in den Tunnel. Abermals verging nicht mal eine Viertelminute, bis die Kanone wieder schwieg. Kurz darauf meldete sich der Pilot des Kampfhubschraubers.

Einsatzleitung, hier Delta Echo zwo-drei-sieben. Tür ist weggesprengt. Kein Sichtkontakt zu Personen. Mein Richtschütze schaut gerade mit dem Infrarot in den Tunnel. Over.

Delta Echo zwo-drei-sieben, verstanden, over, antwortete Sauer, und die folgende Minute warteten alle schweigend und gespannt auf den Lagebericht.

Einsatzzentrale, hier Delta Echo zwo-drei-sieben. Haben mit dem Infrarot zwei Körper ausmachen können. Beide liegen in der Nähe des Einganges, keine Lebenszeichen feststellbar. Vermute, sie haben unser Feuer nicht überlebt. Haben auch noch, soweit es ging, in den Stollen hineingezoomt, aber keinerlei biologische Wärmequelle mehr feststellen können. Erwarte Anweisung. Over.

Delta Echo zwo-drei-sieben, hier Einsatzleitung. Gute Arbeit! Ihr Einsatz ist beendet! Vielen Dank und einen guten Heimflug! Ende.

Verstanden, Ende.

Der gesamte Einsatz des Helikopters hatte keine zehn Minuten gedauert. Sauer blickte erleichtert und aufmunternd in die Runde.

So einfach geht das, wenn man das richtige Werkzeug hat, kam etwas schelmisch über seine Lippen.

Draußen heulten die Turbinen des Helikopters auf. Einen Augenblick später hatte das Fluggerät auch schon beachtlich an Höhe gewonnen und drehte ab. Jetzt wurden Oberst Backenruth und Major Müller aktiv. Sie griffen zu ihren Funksprechgeräten und gaben ihren Männern, die immer noch draußen in Deckung lagen, Anweisungen.

Dann gehen wir jetzt rein, sagte Backenruth zu Sarah und ihren Kollegen, nachdem er seinem Team den Einsatz erläutert hatte.

Eine Person ist noch nicht lokalisiert. Deswegen gehen meine Männer voran, Sie können uns aber gerne unmittelbar folgen!

Die Angesprochenen nickten, zogen ihre Waffen und verließen mit Sauer und den beiden GSG 9-Beamten die mobile Einsatzzentrale.

Immer lauter hörte Thomas das Blut in seinen Ohren rauschen, das Geräusch kam ihm vor wie gewaltige Wellen, die rhythmisch auf den Strand schlugen. Sein Herz hämmerte rasend schnell, mehr und mehr darum bemüht, den Körper mit Sauerstoff zu versorgen, der gar nicht erst bis zu seinen Lungen gelangte. Thomas entschwand unaufhaltsam in die Bewusstlosigkeit, schnell war er nicht mehr Herr über seinen Körper. Seine Arme und Beine begannen unkontrolliert krampfartig zu zucken. Sein Zwerchfell versuchte mit aller Gewalt, Luft in die Lungen zu saugen. Das ist das Ende, dachte er, und al-Qaradawis bösartige Fratze vor sich begann, wie durch einen Tunnel langsam zu verschwinden. Dann wurden die Sinneseindrücke abstrakter. Wie durch ein Kaleidoskop nahm er nur noch wilde Farben und Lichtblitze war, und in seinen Ohren mischten sich ein alles übertönendes Dröhnen mit etwas, das sich anhörte wie Geschrei und Stimmen. Der schmerzende Druck an seinem Hals schien nachzulassen, das Dröhnen in seinen Ohren verhallte.

So hatte er sich den Moment des Todes vorgestellt. Schwindende Sinneswahrnehmungen, kein geordneter Gedanke mehr möglich. Doch plötzlich vernahm er ein leises Röcheln. Es dauerte Sekunden, biss er erkannte, dass er selbst es war, der soeben leise ein wenig von der kalten, dunklen Luft eingesogen hatte. Ein zweiter Atemzug fiel ihm schon leichter, und beim dritten Mal füllte er seine Lungen, bis nichts mehr hineinpassen wollte. Schnell wurden seine Gedanken klar, das Augenlicht kehrte zurück. Immer noch kniete al-Qaradawi auf ihm, seine Hände umfassten nach wie vor seinen Hals, doch der Druck auf seinen Kehlkopf hatte nichts mehr von dem zwingenden Verlangen, ihm seine Lebensgeister mit Gewalt zu entreißen.

Al-Qaradawi starrte auf ihn hinunter, aber sein Gesichtsausdruck war nicht mehr hasserfüllt und kaltblütig, sondern eher von Überraschung und Ungläubigkeit geprägt. Ein leichtes Zucken ging durch al-Qaradawis Körper. Dann machte er den Anschein, als würde sich sein Magen verkrampfen. Plötzlich quoll ein wenig Blut aus seinen Lippen, und Thomas konnte sehen, wie der Glanz in seinen Augen dem stumpfen, leeren Blick des Todes wich.

Langsam kippte al-Qaradawi auf die Seite und schlug neben ihn auf den kalten Zementboden. Thomas konnte sich keinen Reim darauf machen, was gerade passiert war. Doch als er sich ein wenig aufrichtete, konnte er beim Eingang der Halle im Schein von etlichen Taschenlampen eine Gruppe schwarz maskierter Soldaten sehen. Keiner der Gruppe bewegte sich, alle schienen wie gebannt auf irgendetwas zu warten. Dann wurde seine Aufmerksamkeit auf eine Person gelenkt, die bereits viel näher zu ihm vorgedrungen war. Weit vor den uniformierten Soldaten kniete Thorsten Neubauer auf dem Boden, die Waffe noch im Anschlag.

Ungeduldig und nervös stand Sarah am Rand des dunklen Schachtes. Karen, die ihren Arm um Sarah gelegt hatte, redete beruhigend auf sie ein.

Mach dich nicht verrückt, ich bin sicher, Thomas geht es gut! Du weißt doch, wie ausgefuchst er ist!

Sarah, den Tränen nahe, nickte nur schweigend, während Nico unbeholfen daneben stand und nicht recht zu wissen schien, ob er etwas sagen oder doch lieber den Mund halten sollte. Es war bereits fast eine Dreiviertelstunde vergangen, seit sich der letzte GSG 9-Beamte abgeseilt hatte, direkt nach Thorsten Neubauer, der, zur Überraschung aller, absolute Professionalität mit Seil und Haken erkennen ließ. Vor 20 Minuten war eine dumpfe Salve von Schüssen bis zu dem wartenden Trio hinaufgedrungen, und seit diesem Moment an war Sarah, die schon zuvor sehr beunruhigt war, fast von Panik erfasst. Was um alles in der Welt war dort unten geschehen? War Thomas am Leben? Hatte er es geschafft, Mahmoud zu überwältigen? Die Funkgeräte funktionierten nicht mehr, seit sich das Einsatzteam weiter unten vom Schacht weg bewegt hatte, und so blieb den Zurückgebliebenen keine Wahl, als zu warten, bis sich etwas tat. Sarahs Gedanken überschlugen sich. Warum die Schüsse jetzt erst, nachdem die GSG 9 aufgetaucht war? Das bedeutete doch, dass sie auf Mahmoud gestoßen waren. Was aber war dann mit Thomas passiert, der sich doch sicher schon eine ganze Weile dort unten aufhielt? Sie konnte den Gedanken, dass ihm etwas passiert sein könnte, nicht ertragen!

Dann plötzlich hörte man von weit unten Geräusche. Kurz darauf knisterte es in dem Funkgerät.

Hallo ihr da oben?

Es war Thomas' Stimme.

Es geht uns allen gut, wir kommen jetzt rauf!

Ein lautes Juchzen entfuhr Sarah und jetzt, da die Anspannung abfiel, liefen ihr auch die Tränen über das Gesicht. Karen umarmte sie und die beiden hüpften freudig umher. Nico Berner lächelte und schüttelte den Kopf, auch er atmete erleichtert durch, und als Karen und Sarah wieder stillstanden, legte er ihnen die Hände um die Schultern.

Nach etwa zehn Minuten tauchte Thomas' Gesicht im Schein der Beleuchtung auf, und als er endlich in die Kammer am Schachtrand trat, fiel ihm Sarah sofort in die Arme. Minutenlang standen sie da und hielten sich fest, während hinter Thomas bereits Major Müller aus dem Schacht kletterte. Nico Berner brach schließlich das Schweigen, als er gespannt fragte:

Und? Was ist da unten passiert?

Widerwillig löste Thomas sich aus Sarahs Armen und atmete einige Male tief durch.

Was da unten passiert ist?

Major Müller sah erst Thomas, dann seine drei Kollegen an.

Wenn sich Ihr Kollege nicht gegen die strikten Anweisungen seiner Vorgesetzen hier in das Bergwerk gewagt hätte, wären wahrscheinlich nicht nur wir, sondern ein Großteil der Freiburger Bevölkerung nicht mehr am Leben.

Derweil kamen immer mehr GSG 9-Beamte in der Kammer an, und als Thorsten Neubauer dem Schacht entstieg, zog ihn Thomas sofort in die etwas abseits stehende Runde. Noch bevor Thomas von dessen Rettung in letzter Sekunde berichten konnte, traten Gernot Sauer in Begleitung von Henning Gröber, die Taschenlampen noch in der Hand, in die erleuchtete Kammer. Während Gröber beim Anblick seiner Untergebenen, insbesondere Thomas, einen Anflug von Erleichterung auf seinem Gesicht nicht verbergen konnte, bekam Sauer einen hochroten Kopf. Beim ersten Anlauf versagte seine Stimme, doch dann begann er eine Tirade in Richtung Thomas zu schleudern.

Wie kommt es, dass ich Sie hier sehe? Hatten Sie nicht klare Anweisungen, diesem Ort fernzubleiben?

Er schüttelte mit geöffnetem Mund seinen Kopf.

Was um alles in der Welt haben Sie sich dabei gedacht? Sie hätten die ganze Aktion gefährden können! Wie können Sie es wagen, sich derart aufsässig meinen eindeutigen Anweisungen zu widersetzen? Das wird noch Konsequenzen haben!

Er holte tief Luft, um mit seinem Vortrag fortzufahren, doch Backenruth, der eben äußerst geschickt aus dem Schacht kletterte, schnitt Sauer das Wort ab.

Jetzt seien Sie mal einen Moment still!!, fauchte er den BKA-Mitarbeiter an, der den Oberst daraufhin vollkommen konsterniert ansah.

Wie zur Bekräftigung traten zwei der schwerbewaffneten GSG 9-Beamten an Backenruths Seite.

Ich war, wie Sie, gegen den Einsatz durch die Hintertür, aber wenn ich einen offensichtlichen Fehler gemachte habe, dann gestehe ich diesen ein. Wäre dieser Mann hier, er schob Thomas ein wenig in die Mitte, nicht so penetrant und letzten Endes insubordinant gewesen, dann hätten wir jetzt die größte Katastrophe des beginnenden 21. Jahrhunderts erlebt. Vielmehr: Sie und ich hätten sie nicht erlebt, weil wir mit zigtausend anderen Menschen jetzt nur noch ein Häufchen radioaktiv verstrahlter Asche wären.

Nun war es Backenruth, der Luft holte, um seinen Vortrag weiterführen zu können.

Und wenn Sie auch nur daran denken, ihm einen Strick daraus zu drehen oder ein Disziplinarverfahren anzuhängen, seien Sie darauf gefasst, Sie werden es mit mir, meinen Männern und der gesamten Einheit zu tun bekommen!

Die Wortwahl wirkte naturgemäß sehr martialisch, aber jeder der Anwesenden verstand, was der Oberst meinte.

Thomas' Gesichtsausdruck war leer, Sarah, Karen, Nico Berner und Thorsten Neubauer hatten ein breites Grinsen auf dem Gesicht. Dann meldete sich Gröber zu Wort.

Herr Sauer, ich selbst habe meinem Mitarbeiter den Befehl gegeben, den Angriff durch die Stollen zu unternehmen, weil mir das Risiko des frontalen Angriffs nur allzu deutlich bewusst war. Durch seine Tätigkeit bei der Marine ist er bestens für eine solche Operation qualifiziert, sowohl was die Einschätzung der Lage als auch was gezielte Aktionen angeht. Also, wenn Sie jemandem Ärger machen wollen, dann doch bitte mir.

Gröber hatte sofort erkannt, dass er sich angesichts dieser Sachlage nicht nur ohne Risiko vor Thomas stellen, sondern mit diesem Schachzug sogar noch gewaltig Punkte einheimsen konnte. Jetzt kam auch Thomas nicht umhin, ein breites Lächeln aufzusetzen. Er nickte Thorsten Neubauer zu, in seinem Blick lag mehr, als er in diesem Moment zu sagen vermochte. Dann hakte er sich bei Sarah und Karen ein, ließ den verdutzten BKA-Beamten einfach stehen und lief Richtung Stollenausgang.

„Noch 200 Meter bis zum Ziel auf der linken Seite." Das Navigationssystem kündigte ein baldiges Ende ihrer nunmehr fünfstündigen Autofahrt in Sarahs rotem Mazda MX-5 an. Sie und Thomas hatten einige freie Tage für gemeinsame Ausflüge ins Elsass und in die Schweiz genutzt.

Nachdem klar war, dass keiner der Gruppe um Mahmoud den Zugriff und das Feuergefecht am Eingang des Leopoldstollens überlebt hatte, und auch durch Zufall am Schachtboden die zerschmetterte Leiche von Hassan gefunden worden war, wurde als erstes Hideo Suzuki in seinem Hotelzimmer verhaftet. Sarah, Thomas, Nico Berner, Karen Polocek und Thorsten Neubauer hatten es sich nicht nehmen lassen, die Aktion selbst durchzuführen. Suzuki, zunächst selbstsicher, dann zunehmend panisch, wedelte mit seinem Diplomatenausweis um sich und war, nachdem ihm klar war, dass er seinen unantastbaren Status verloren hatte, schnell davon überzeugt worden, dass eine Zusammenarbeit mit den deutschen Behörden für ihn nur von Vorteil sein konnte.

Die Überstellung an die japanischen Stellen musste lediglich angedeutet werden, um ihn zur Kooperation zu bewegen. Unmittelbar darauf wurde er in die Obhut Leon Bergers und seiner Kollegen vom BND übergeben, um unter Einbeziehung des Mossad die Strukturen der „Kämpfer für ein zionistenfreies Palästina" offenzulegen. Berger hatte vor einigen Tagen, – Sarah und Thomas saßen gerade in einer Weinstube in Colmar – auf Thomas' privatem Handy angerufen. Ohne ins Detail zu gehen, richtete er unbekannterweise liebe Grüße von Shoshanna aus.

Mit Suzukis bereitwilliger Hilfe und der Telefon- und Geräteidentifikationsnummer von Mahmouds Handy sowie den Daten aus Laptop und Satellitentelefon sei man mehreren Mitgliedern der Führungsriege der „Kämpfer für ein zionistenfreies Palästina" auf die Spur gekommen. Über diese konnten in der Folgezeit weitere Köpfe der Organisation ermittelt werden. Als man sicher war, mit den Daten keine weiteren Mitglieder identifizieren zu können, habe man entsprechende Maßnahmen ergriffen. Die Welt sei nun ein Stückchen sicherer. Sarahs Frage, was genau mit den identifizierten Terroristen geschehen war, ließ Leon zunächst leise lächelnd im Raum stehen. Dann verwies er jedoch auf die Nachrichten aus dem Nahen Osten der letzten Tage und beendete das Gespräch.

Bereits einen Tag nach dem Zugriff am Bergwerk hatte die eigentliche Aufarbeitung des am Güterbahnhof sichergestellten Materials und die Untersuchung der unterirdischen Laboratorien begonnen. Mitarbeiter des Amtes für Militärgeschichte hatten die Unterlagen und Skizzen entgegengenommen und mit ihren Untersuchungen begonnen. Beamte und Physiker des Amtes für Strahlenschutz hatten Wochen damit zugebracht, alleine die technischen Zeichnungen, Baupläne und Ordner mit Formeln durchzuarbeiten. Da eine oberflächliche Untersuchung der komplexen Apparate ergeben hatte, dass von ihnen eine stark erhöhte radioaktive Strahlung ausging, mussten die Experten annehmen, dass sie tatsächlich bereits bestückt waren. Um zu klären, ob die Bomben aufgrund ihrer Konstruktion und der Qualität des enthaltenen radioaktiven Materials tatsächlich eine nukleare Kettenreaktion hätten auslösen können, mussten weitreichende Untersuchungen und Tests vorgenommen werden.

Am Rande hatten Thomas und Sarah die schier endlosen Diskussionen mitbekommen, welche Behörde zuständig war und wo die Untersuchungen stattfinden sollten. Als schließlich klar war, dass in den Laboratorien des Amtes für Strahlenschutz in Salzgitter gearbeitet werden sollte, wurde das gesamte Areal zunächst zur Hochsicherheitszone ausgebaut und unter militärische Bewachung gestellt. In dieser Zeit blieben die vermeintlichen Sprengsätze tief unten im Bergwerk, das ebenfalls kurzerhand zu militärischer Sperrzone erklärt wurde, um den Einsatz der Bundeswehr rechtlich abzusichern. Unter großem Sicherheitsaufwand waren dann die sechs Bomben aus dem Bergwerk geborgen und mit schwerer Eskorte für die weitere Untersuchung ins Amt für Strahlenschutz transportiert worden. Dort hatten sich Atomphysiker, Sprengstoffexperten und Elektronikspezialisten aus dem ganzen Bundesgebiet, sowie Kernwaffentechniker aus Frankreich und Großbritannien zusammengefunden. Der Öffentlichkeit gegenüber wurde die militärische Präsenz am Silberbergwerk mit einem Fund großer Mengen konventionellen Sprengstoffes aus Zeiten des NS-Regimes erklärt. Ein möglicher Zusammenhang mit der Explosion am Güterbahnhof wurde erst gar nicht ins Gespräch gebracht. Damit konnte zum einen die Sicherheit bei der Analyse gewährleistet werden, zum anderen war man vor den Vorstößen aufdringlicher Pressemitarbeiter geschützt. Seit fünf Wochen waren die Untersuchungen nun schon im Gange, ohne dass die Staatsanwaltschaft, geschweige denn Sarah und Thomas etwas von den Ergebnissen zu hören bekamen.

Heute schließlich waren Thomas und Sarah unterwegs nach Salzgitter, wo sie Professor Dieter Schwabe treffen sollten. Er war der Chef des 40-köpfigen Expertenteams, das mit der Untersuchung des Fundes beauftragt war. Auf ihre Nachfrage bei Dr. Volz, der ebenfalls in das Expertenteam berufen worden war, hatte er sie eingeladen, die Laboratorien zu besichtigen und ihnen versprochen, ihre Fragen zu beantworten.

Aber nur, weil Sie sowieso schon so viel wissen, hatte er mit verschwörerischem Unterton in der Stimme gesagt.

Thomas und Sarah suchten die linke Straßenseite nach einem Hinweisschild ab. Die Einrichtung war freilich nicht zu übersehen.

Da vorne ist es!, sagte Sarah nun.

Thomas passte eine Lücke im Gegenverkehr ab und fuhr dann langsam auf das mit mehreren Lagen Stacheldraht gesicherte, von Militärpolizisten bewachte Pförtnerhäuschen zu. Das Häuschen war mit Sandsäcken eingekleidet; vor der Schranke, die aussah, als ob selbst ein Lkw mit voller Fahrt lediglich ein paar Schrammen hinterlassen würde, standen drei Soldaten mit Schutzwesten und Maschinenpistolen. Etwas weiter entfernt war ein ebenfalls mit Sandsäcken geschütztes Maschinengewehrnest zu sehen, wo zwei behelmte Soldaten mit Feldstechern ihre Ankunft aufmerksam beäugten. Auch die Scharfschützen auf den Dächern der umliegenden Gebäude entgingen Thomas und Sarah nicht. Einer der Uniformierten trat zum Wagen, und Thomas hielt ihm seinen Ausweis hin.

Mein Name ist Thomas Bierman, das ist meine Kollegin Sarah Hansen. Professor Schwabe erwartet uns.

Der Wachmann nahm den Ausweis an sich, ging in das Pförtnerhäuschen und führte ein kurzes Telefonat. Dann kam er zurück, gab Thomas seinen Ausweis wieder und deutete mit dem Finger in Richtung des Gebäudekomplexes.

Fahren Sie dort lang, nach dem dritten Gebäude biegen Sie links ein und fahren geradeaus auf den Parkplatz. Warten Sie dort, man wird Sie am Wagen abholen.

Thomas und Sarah bedankten sich. Die schwere Schranke öffnete sich langsam, und kurz nachdem sie den Checkpoint passiert hatten, erreichten sie den beschriebenen Parkplatz. Ein etwa 60 Jahre alter, schlanker Mann in einem weißen Laborkittel stand bereits an der Eingangstür und sah ihnen freundlich entgegen. Thomas und Sarah stiegen aus dem Auto, gingen zu dem Wissenschaftler und stellten sich vor. Während Sarah Professor Schwabe die Hand schüttelte, bedankte sich Thomas, dass er sich die Zeit für sie nahm.

Sie haben uns ja wirklich in Aufruhr versetzt!, sagte dieser augenzwinkernd.

Angesichts der hochinteressanten Apparate, die Sie uns verschafft haben, war meine Arbeit die letzten Wochen so spannend und interessant wie noch nie zuvor! Da ist eine Privatführung durch unsere Einrichtung hier das Geringste, was ich für Sie tun kann!

Sarah konnte ihre Ungeduld nicht verbergen und trat von einem Fuß auf den anderen. So interessant der Nachmittag in den Labors auch werden würde, eine Frage brannte ihr und auch Thomas schon seit Wochen auf den Lippen. Jetzt war es um ihre Beherrschung geschehen und sie platzte damit heraus.

Was ist nun mit den Bomben? Hätten sie tatsächlich funktioniert?

Jetzt kommen Sie erst mal herein!, lächelte Professor Schwabe und hielt den beiden Polizisten galant die Tür auf.

Dann werde ich Ihnen alles in Ruhe erklären...

Schlusswort

Wie in jedem Roman mischen sich auch in „Sturmernte“ sorgsam recherchierte Fakten mit kreativer Fiktion. Ich möchte an dieser Stelle nur klarstellen, dass die Wissenschaftler der NS-Zeit – so die heutige Geschichtswissenschaft – tatsächlich weit davon entfernt waren, eine Atombombe herstellen zu können.

Aber ein besonderer Hinweis sei mir hier gestattet: Das Stadthaus hinter der Apsis des Freiburger Münsters, in dem im Roman das Geheimnis um den Bau der Atombomben von allen Mitwissern buchstäblich mit ins Grab genommen wird, gab es tatsächlich. Es wurde bei dem Luftangriff vom 27. November 1944 vollkommen zerstört. Aber natürlich fanden dort keine Wissenschaftler und Nazi-Größen den Tod. Da das Gebäude über einen zweiten, noch tiefer liegenden Keller verfügte, hatten dort in jener Bombennacht etliche Freiburger Bürger Zuflucht gefunden und kamen tragischerweise unter den Trümmern ums Leben. Sie wurden nie geborgen, deswegen sind Anzahl und Identität der Opfer bis heute unbekannt. Aus Pietät wurde die Fläche nie wieder bebaut und sie wird auch sorgsam gepflegt. Eine Gedenktafel für die viele Meter unter dem Blumenbeet ruhenden Menschen sucht man jedoch leider bis heute vergebens.

Dank

Folgenden Personen möchte ich an dieser Stelle meinen Dank aussprechen: Zunächst meiner Frau Bettina und meinen drei wundervollen Stieftöchtern Monika, Nicola und Christina. Sie haben mich inspiriert, kritisiert, aufgemuntert, zum Durchhalten bewegt, motiviert und standen mir in einer sehr schwierigen Zeit immer zur Seite.

Meinen Eltern, meiner Schwester Nicole und meinem Schwager Michael danke ich von ganzem Herzen für die intensiven Stunden, die lustigen Abende, die tollen Ausflüge und die allgemeine Unterstützung, die ich durch sie in den letzten Jahren erfahren habe, nicht zuletzt auch für die finanzielle Beteiligung am Projekt „Sturmernte“.

Ganz besonders bedanken möchte ich mich bei Dr. Gabriele Michel, die mir als unbefangene externe Leserin des Manuskripts von Beginn an Feedback gegeben und mich mit konstruktiver Kritik und wertvollen Ratschlägen von Anfang an begleitet hat.

Meiner lieben Freundin Andrea Budig vom Reklamebüro Freiburg ein riesiges Dankeschön für den Satz des Manuskriptes. Ebenso meiner Stieftochter Nicola Lieke für das Coverdesign und die Bearbeitung des Coverfotos. Ein gleichfalls herzlicher Dank an meine Stieftochter Monika Lieke für das Lektorat der zweiten Auflage.

Volker Weber von der Kriminaltechnik und Friedbert Hahne, Leiter des K11 der Kripo Freiburg gilt ein ganz besonderes Dankeschön. Durch sie beide habe ich alle für mein Buch erforderlichen Einblicke in die Tätigkeit der KT und des K11 bekommen.

Herzlichen Dank an dieser Stelle auch den Mitarbeitern der Forschungsgruppe Steiber, die mir „tiefe“ Einblicke in das Silberbergwerk Schauinsland ermöglicht haben.

Heike Ostowski und Michael Berger vom Blue Ocean in Freiburg danke ich nicht nur für die Unterstützung bei den tauchtechnischen Passagen, sondern auch für ihr Einverständnis, den Namen ihres Tauchcenters in meinem Buch benutzen zu dürfen.

Meinem lieben Freund Jochen Pogrzeba danke ich für die Gespräche, in denen mich Bestätigung und Kritik immer wieder weitergebracht haben. Jochen, Dir viel Erfolg bei Deinem eigenen schriftstellerischen Projekt!

Und last but not least der Dank an alle, die mich durch ihren Beitrag bei dem Crowdfundingprojekt unterstützt haben. Ohne ihren Support wäre „Sturmernte“ nicht bis in die Hände der Leser gelangt.

Die Liste der aktiven Spender kann unter www.sturmernte.net eingesehen werden.